诗词曲赋知识手册

SHI CI QU FU ZHISHI SHOUCE

商务印书馆国际有限公司

中国 · 北京

主　　编： 常法宽

副 主 编： 高珍科

编　　委： 曲春晧　冯又松　李树先

李　珉　张宝林　张洪珍

常大鹏　常　铮

目　录

第一篇　律诗指要

第二篇　词谱指要

第三篇 曲谱指要

第四篇 赋典

序　言

在中华民族光辉灿烂、多姿多彩的文化宝库中，诗词曲赋是颗光彩夺目的明珠。

诗的起源非常久远。远古歌谣，最初用的是二言短句，形式上具有鲜明的民族特色。经过长时间的发展演变，到了西周、春秋时期，《诗经》则以四言句式为基础。到了战国时期出现的骚体——楚辞，则又是三、四言乃至七、八言不等，它和《诗经》同在先秦相映生辉。两汉诗歌，不论是民间歌谣，还是文人创作，基本形式是五言，它为音节的变化及抒情、叙事，提供了良好的空间，增强了形式美。魏晋南北朝诗歌继承、发展了前人的成就，诗歌更加成熟，运用对偶，注重文采。其间又出现"四声""八病"等规范，为唐诗的发展准备了条件。到了隋唐五代，诗歌成就尤为巨大，上继风骚，下开词、曲，影响宋、元、明、清并延及近现代，在形式上已经是固定规格，百代流传。

词起于唐而盛于宋。它与音乐、诗歌关系密切，吸收了雅乐、清乐和燕乐。以后乐谱失传，人们仍可从声调的抑扬平仄而"依声填词"。文人创作新词到中晚唐才为多见。宋初词人崇尚典雅，要求细致缠绵，如晏（殊）、欧（阳修）小词，就很柔婉；但也有不同，如范仲淹带兵抗击西夏时所作《渔家傲》词，反映边塞生活，也是颇为苍凉悲壮的；更何况改革家王安石的一首《桂枝香》，乃是刚劲豪放的绝唱。但是词的开拓跌宕、视野广阔，还是到了柳永、苏轼、李清照和辛弃疾等创作的作品出现，才变出一个新的意境。

时至元代，又兴起了一种诗歌形式——散曲。它与音乐的关系，较之诗词更为密切。初起由艺人演唱于勾栏，后经文人的大量创作而兴盛。它与词虽然后来都是按曲调填词，但形式却有新的变化，句式有更多的自由，可加上很多的衬字，且方言土语皆可入曲，直白率真，更可贴近人民生活。明代散曲也出现了许多具有时代气息的作品，笔锋犀利，内容充实，或讽刺时弊，或描绘风俗，或抒亡国之痛。明初朱权《太和正音谱》提出"国初十六人"，以后王骥德在《曲律》中说"近之为曲者"共有十八人，其实大家名流为数甚多。到清代，散曲创作仍呈晚霞灿烂的景象，如夏完淳、归庄之壮怀激烈，沈自晋之黍离悲思，徐石麒之别寓性致等，说明散曲创作是随着时代的变迁而传承不绝、历久弥新的。

至于赋，起源很早，它是继《诗经》、《楚辞》之后的新兴文体。《汉书·艺文志》载："不歌而诵谓之赋，登高能赋可以为大夫。"班固在他的《两都赋·序》中说："赋者，古诗之流也。"刘勰在《文心雕龙·诠赋》中说："《诗》有六义，其二曰赋。赋者，铺也，铺采摛文，体物写志也。"他们都认为"赋自《诗》出"。这几乎成为定论，影响很大，一直到今天还被研究者广泛引用。但"赋"到底是一种写作手法呢，还是一种文学体裁呢？今人又有新论，认为以前"这个论述并不十分准确，也不符合赋作为文体发展的实际"（见费振刚等《全汉赋校注·前言》）。他们说："从严格的文体要求加以区分，可以认为屈原有辞无赋，荀子有赋无辞，而宋玉则是辞赋二体兼长的作家。"（同上）我认为他们的论点对具体时期的作品有一定的道理，但赋作毕竟都是"韵散结合""半诗半文"的特殊文体，与入乐的诗体显然有别，与一般的散文也显然有别。纵观历代典籍，赋作历久不衰，两千多年间，代有佳篇美什，成为世界艺林中罕见的奇品。从现在的许多报刊上可以看到新的赋作，特别是《光明日报》刊登的"百城赋"，均是名家写名城、名地的名作，是颂扬新时代新发展的赞歌。古树开花，将会掀起赋的新潮。

这本《诗词曲赋知识手册》由商务印书馆国际有限公司出版了，这是盛世的善举。据统计，目前海内外有数以百万计的诗词曲赋创作者，希望该书能得到他们的关心与喜爱，并在参考使用时提出宝贵意见。

第一篇　律诗指要

第一章　律诗与杜律简论

律诗，是一种十分规矩和严格的诗歌。因为这种诗的体式完成于唐代，所以唐人称它为“近体诗”或“今体诗”。后世人们也就沿袭相称了。就一般的看法，汉魏六朝诗称为古诗，其中包括汉魏古乐府辞、南北朝乐府民歌和一些文人的诗作。唐以后的诗体，从格律上讲，可分为近体诗和古体诗两类。近体诗要遵守一定的格律，古体诗一般又叫古风，就是按照古诗的写作方法去写，没有格律限制，形式比较自由。从诗句的字数上讲，有四言诗、五言诗和七言诗。唐代以后，写四言诗的很少见了，所以大体上只有五言、七言两类。写五言诗采用古体写法，简称五古；写七言诗采用古体写法，简称七古；三五七言兼用的也笼统称为七古。五言律诗简称五律，限定八句共四十字；七言律诗简称七律，限定八句共五十六字。超过十二句以上的律诗叫作长律，又叫排律。长律一般都是五言。近体诗也包括绝句，有五绝和七绝。五绝四句共二十字，七绝四句共二十八字。

杜（甫）诗共有1400余首，律诗占了多半，有800多首，其中五律最多，有630多首，七律有150多首，长律有100多首。在盛唐诗人中，杜甫的律诗之多，可算是首屈一指的。

关于律诗发展的历史，这里有必要简述一下。从不定规则的古体诗转变为必须遵守一定规则、程式的律诗，是一个了不起的转变。它的演进是随着时代的变更、沿着革新的道路走过来的，是顺乎潮流的，是很自然的。诗歌从古体发展到律体，先是迈着艰难的步伐，从建安时期到初唐年间将近500年的时间里，并无长足的进步。许多人都认为初唐时代是革除六朝文风的开始，但是却没有进一步地去分析研究；其实在初唐时期，六朝风尚变本加厉，愈演愈烈。唯独“初唐四杰”对五言诗引进了“律体”的格调，对七言诗也种下了即将萌芽的种子。郑振铎先生评论说：

“四杰”的起来，在初唐诗坛上是一个极重要的消息，“四杰”也是承袭了梁、陈的风格的。惟意境较为阔大深沉，格律且更为精工严密耳。他们是上承梁、陈而下起沈（沈佺期）、宋（宋之问）的。

《插图本中国文学史》

他又引王世贞的话，以证明他的观点：

卢、骆、王、杨，号称四杰。词旨华靡，固沿陈、隋之遗；翩翩意象，老境超然胜之。五言遂为律家正始。内子安稍近乐府，杨、卢尚宗汉、魏。宾王长歌，虽极浮靡，亦有微瑕，而缀锦贯珠，滔滔洪远，故是千秋绝艺。

同上

嗣圣（中宗李显时期）以前的初唐时代，是四杰的时代。他们对律诗的形成具有启蒙作用，其功劳是不可磨灭的。但是从嗣圣到安史之乱，只有短短的70余年时间，诗坛上变化最大，诗歌革新的速度最快，创作近体的也最多。首先五律较早形成，接着七言律诗也成为诗作的重要形式，紧接着“五绝”、“七绝”的诗体也产生了。联韵组合的“长律”，即“排律”也大量出现了。这时，盛唐诗坛放射出灿烂的异彩。

从嗣圣到先天（玄宗李隆基初，712年）约30年，为“律诗”奠定基础时期，诗歌代表作家是沈佺期和宋之问。沈佺期（？—713），字云卿，相州内黄（今属河南）人。上元二年（675）及进士第，由协律郎累除给事中考功。他受武后朝张易之的宠爱，易之败，长流驩州，后起用，拜起居郎兼修文馆直学士，历任中书舍人、太子少詹事。宋之问（？—712），字延清，一字少连，汾州（今山西汾阳）人，一说虢州（今河南灵宝）人。其貌伟仪，雄于辩才。武后时召与杨炯分直司艺馆。累转尚方监丞、左奉宸内供奉。因附张易之，曾被两度流放，后赐死。沈、宋二人在当时的政治名声颇为狼藉，但才名不可抹杀。他们对律诗体制的形成很有影响。《新唐书·文艺传》说：

魏建安后迄江左，诗律屡变，至沈约、庾信，以音韵相婉附，属对精密。及之问、沈佺期，又加靡丽，回忌声病，约句准篇，如锦绣成文。学者宗之，号为“沈宋”。

从这一段话里，我们可以看出“律诗”的由来和变化发展。

明代胡应麟在《诗薮·内编》中说：

> 五言律体，兆自梁、陈。唐初四子，靡缛相矜，时或拗涩，未堪正始，神龙，卓然成调。沈（佺期）、宋（之问）、苏（味道）、李（峤），合轨于先；王（维）、孟（浩然）、高（适）、岑（参），并驰于后。新制迭出，古体攸分，实词章改革之大机，气运推迁之一会也。

他这一段话，可以说是对律诗发展历史的总结。自南朝齐武帝永明时期的沈约（441—513）等倡导"四声八病"之说，强调声韵格律，律诗便逐渐成型。沈佺期、宋之问的出现，使新体的"律诗"日趋成熟，从内容到形式，人们都十分欢迎和喜爱，便于号召，自易成功，这是大势所趋的。

律诗中的"五言律诗"，"四杰"时期已经流行，如骆宾王便写了体格完备的律诗：

> 西陆蝉声唱，南冠客思深。那堪玄鬓影，来对白头吟。露重飞难进，风多响易沉。无人信高洁，谁为表予心。
>
> 《在狱咏蝉》

但总不如沈、宋写得流畅。如沈佺期的一首：

> 结交三十载，同游一万里。情为契阔生，心由别离死。拜恩前后人，从宦差池起。今尔归汉东，明珠报知己。
>
> 《送乔随州侣》

宋之问的一首：

> 马上逢寒食，愁中属暮春。可怜江浦望，不见洛阳人。北极怀明主，南溟作逐臣。故园肠断处，日夜柳条新。
>
> 《途中寒食题黄梅临江驿寄崔融》

这都是被以后诗人视为律诗写作范本的作品。但是沈、宋对于律体的运用并不只限于"五言"的范围，也进入七言体的范围里了。七言诗从初唐开始流行，到了沈、宋，则有了"七言律"，这是他们的伟大成就。例如沈佺期的著名的七言律：

> 卢家少妇郁金堂，海燕双栖玳瑁梁。九月寒砧催木叶，十年征戍忆辽阳。白狼河北音书断，丹凤城南秋夜长。谁谓含愁独不见，更教明月照流黄。
>
> 《古意呈补阙乔知之》

宋之问所作七律,今天能见到的固然不多,但有一首写得有声有色:

离宫秘苑胜瀛洲,别有仙人洞壑幽。岩边树色含风冷,石上泉声带雨秋。鸟向歌筵来度曲,云依帐殿结为楼。微臣昔添方明御,今日还陪八骏游。

《三阳宫侍宴应制得幽字》

沈、宋二人的重大贡献,还不在于他们的创作本身,而在于他们极力倡导的作用。因为沈、宋才华过人,又都是武后的宠臣,有较高的社会地位。他们陪驾宴游,有作立刻传遍天下,人们竞相传诵。天下文士,无论是出于政治上的晋进,还是辞章上的效仿,自然是从风而靡的。更何况诗歌创作的发展,必然要追寻时代的潮流,因此诗坛上出现新貌,便是自然而然的了。

“排律”的建立,也应归功于沈、宋。明代胡应麟在《诗薮·内编》中说:

排律,沈、宋二氏,藻赡精工。

王世贞在《艺苑卮言》中也说:

二君正是敌手。排律用韵稱妥,事不傍引,情无牵合,当为最胜。

当然,沈、宋之诗,应制之篇,非不精妙,但缺乏真情实感,到了流放之后,才精工起来。如沈佺期流放驩州之作,表现了沉郁痛结的感情,风格流丽疏放。宋之问的遭遇比沈佺期更苦,作品多悲戚的声韵。但与杜甫相比,气度不够阔大,波澜也不够澎湃。但沈、宋是拓荒者,在杜甫的诗歌园圃里是留有他们的种子的。

我们研究杜甫的律诗,有必要提到他的祖父杜审言。杜审言(648?—708),字必简,高宗咸亨元年(670)中进士,后任洛阳丞等职。圣历元年(698)坐事贬吉州(今江西吉安)司户参军。后还东都,武后朝授著作郎,迁膳部员外郎。神龙初(705)因张易之兄弟被诛而受牵连,流放峰州,不久召还,任国子监主簿、修文馆直学士。景龙二年(708)卒。杜审言是初唐的一位重要诗人。青年时代,他与李峤、崔融、苏味道并称为“文章四友”。在这几个人中,杜审言是天才独傲的。杜审言对律诗的定型所作出的贡献,是可以与沈、宋相提并论的。他大力创作五律(留存至今的有28首,约占全部作品的65%),他很注意对仗工稳,音律协调;对于诗的结构和锤字炼句、设色描绘都十分讲究。其艺术造诣已达到盛唐诗作境界。闻一多先生说他“已转变为纯粹的唐代诗风”(见闻一多《唐诗大系》),这一论点是有充分依据的。如:

独有宦游人，偏惊物候新。云霞出海曙，梅柳渡江春。淑气催黄鸟，晴光转绿蘋。忽闻歌古调，归思欲沾巾。

《和晋陵陆丞早春游望》

这首诗被胡应麟推崇为“初唐五言律第一”，这话是不过分的。其他多篇，也都严密工致，各具特色。七律形成较晚，四杰发展了“歌行体”，但对七言律无甚创作，杨炯集无七言，标举汉魏风骨的诗歌革新家陈子昂也不作七言诗。但杜审言有七律三首——《守岁除夜接新年》、《大酺》、《春日京中有怀》，皆通体匀称，整齐严密，或通篇入句皆对，或以舒展自如、活泼轻快的“流水对”作结，技术纯熟，已达佳境。其首创七律之功，当之无愧。胡应麟说：

七言律最难，迄唐世工不数人，人不数篇。初则必简、云卿、廷硕、巨山、延清、道济……

《诗薮·内编》

胡应麟认为七律是最难写好的，但杜审言（必简）则“首创工密”。

还应特别提到的是，杜审言还写了排律七篇。这种铺陈始终、排比声韵的长律，在唐以前虽有人试作，但篇幅不大，音韵未谐。初唐骆宾王、宋之问所写的也不过六韵、十韵，而杜审言《和李大夫嗣真奉使存抚河东》一首，长达四十韵，典丽精工，气势宏伟，开排律先声。杜甫继承祖业，大加发展，创制了百韵鸿篇。其篇之长，气势之大，不仅见称于当时，而且对后世的影响也十分深远。再引胡应麟《诗薮·内编》中的几段作一小结：

唐初无七言律，五言亦未超然。二体之妙，杜审言实为首创。

初唐四十韵惟杜审言，如《送李大夫作》，实自少陵家法，杜《八哀李北海》云“次及吾家诗，慷慨嗣真作”是也。

少陵继起，百代楷模，有自来矣。

以上对律诗的历史发展状况做了个简介，下面要简论一下杜甫的律诗了。我认为学律诗首先要学杜律，因为他是千秋楷模，学习的典范。

杜甫创作了800余首律诗，不仅广泛吸收了前人的经验，还骄傲地宣称“吾祖诗冠古”，而发扬光大；“诗是吾家事”，而艰苦努力，终生不懈。使盛唐诗坛竞放奇葩，五彩纷呈，他是肩负起这个伟大使命的。

杜甫是一位真实的诗人，最擅长写律诗，他的七言律，王世贞称之为“圣”。他的五言律及排律，也无不精妙，其他体式如七言歌行、绝句短章，亦均达妙境。

五律、七律是唐代的新体诗,它比排律要更为严格。排律的句数多少不拘定,而五、七言律则每首只限八句,是章有定句,句有定字,字有定声;而且三、四两句(即颔联)与五、六两句(即颈联)还要讲求对仗,这是五、七言律的特定形式。杜甫继承了前人的优秀传统,广泛吸收,“转益多师”;他不忘祖训,以诗为事业;他惨淡经营,苦心专一,“文章千古事,得失寸心知”,创作态度十分严肃;他发誓要“语不惊人死不休”,故有所作,总是千锤百炼,一丝不苟;他对自己的作品,常常“新诗改罢自长吟”,不厌其烦,反复修改,是从不自满的。我们从他的“晚节渐于诗律细”一语中,也可以看到他精工周密的态度了。在杜甫之前,律诗体式虽已建立,格局虽已定型,但内容仍较贫乏,反映的社会生活不够广阔,表现手法也未臻纯熟。到了杜甫,才正式把这种新体诗的创作推向了高峰。他的五律、七律诗章,现实内容极为丰富,国家的兴衰、人民的苦难、山川的形胜以及个人长期漂泊的困窘、羁旅他乡的哀愁等,都交织在律句里了,在艺术表现方法上又有多样化的对偶和韵律严整的音乐美,可谓出类拔萃,独具风格。胡应麟说:

> 五言律体,极盛于唐……唯工部诸作,气象嵬峨,规模宏远,当其神来境诣,错综幻化,不可端倪。千古以还,一人而已。
>
> 《诗薮·内编》

这是对杜甫五言律的直接赞美,细读杜作,可谓的评。谈到七言律诗,胡应麟又说:

> 古诗之难,莫难于五言古。近体之难,莫难于七言律。五十六字之中,意若贯珠,言如合璧。其贯珠也,如夜光走盘,而不失回旋曲折之妙;其合璧也,如玉匣有盖,而绝无参差扭捏之痕。綦组锦绣,相鲜以为色;宫商角徵,互合以成声。思欲深厚有余,而不可失之晦;情欲缠绵不迫,而不可失之流。肉不可使胜骨,而骨又不可太露;词不可使胜气,而气又不可太扬。庄严,则清庙明堂;沉着,则万钧九鼎;高华,则朗月繁星;雄大,则泰山乔岳;圆畅,则流水行云;变幻,则凄风急雨。一篇之中,必数者兼备,乃称全美。故名流哲匠,自古难之。
>
> 《诗薮·内编》

这一段是说写七律诗,非可轻而易举,虽是对律诗写作要求的泛论,但也可以当作对杜甫的间接评价。因为胡应麟在《诗薮·内编》的另一处说:

> 七言律,唐以老杜为主。

作为律诗的要求，一般是中间两联用对仗。而杜甫在严谨中又极富于变化。有首联对仗的五律，如：

国破山河在，城春草木深。

《春望》

细草微风岸，危樯独夜舟。

《旅夜书怀》

首联对仗的七律，如：

西山白雪三城戍，南浦清江万里桥。

《野望》

岁暮阴阳催短景，天涯霜雪霁寒宵。

《阁夜》

有尾联对仗的五律，如：

无钱从滞客，有镜巧催颜。

《闷》

直苦风尘暗，谁忧客鬓催。

《早花》

尾联对仗的七律，如：

即从巴峡穿巫峡，便下襄阳向洛阳。

《闻官军收河南河北》

请看石上藤萝月，已映洲前芦荻花。

《秋兴八首》之二

有四联八句皆对仗的，五律如：

城郭悲笳暮，村墟过翼稀。
甲兵年数久，赋敛夜深归。
暗树依岩落，明河绕塞微。
斗斜人更望，月细鹊休飞。

《夜二首》之二

天上秋期近，人间月影清。
入河蟾不没，捣药兔长生。
只益丹心苦，能添白发明。

干戈知满地，休照国西营。

《月》

四联八句皆对仗的七律，如：

年年至日长为客，忽忽穷愁泥杀人。
江上形容吾独老，天涯风俗自相亲。
杖藜雪后临丹壑，鸣玉朝来散紫宸。
心折此时无一寸，路迷何处是三秦。

《冬至》

风急天高猿啸哀，渚清沙白鸟飞回。
无边落木萧萧下，不尽长江滚滚来。
万里悲秋常作客，百年多病独登台。
艰难苦恨繁霜鬓，潦倒新停浊酒杯。

《登高》

还有一些比较灵活的对仗，其中有借对，如：

行李淹吾舅，诛茅问老翁。

《巫峡敝庐奉赠侍御四舅别之澧朗》

岐王宅里寻常见，崔九堂前几度闻。

《江南逢李龟年》

以上两诗中“行李”的“李”，本来不是桃李的“李”，这里借用桃李的意义与“茅”字相对；“寻常”，本是平常的意思，古代八尺为寻，两寻为常，借来对数目。又如：

马骄珠汗落，胡舞白题斜。

《秦州杂诗》之三

沧溟恨衰谢，朱绂负平生。

《独坐》

以上两诗中，借“珠”为“朱”，与下文“白”字相对；借“沧”为“苍”，与下文“朱”字相对。

有流水对，如：

遥怜小儿女，未解忆长安。

《月夜》

即从巴峡穿巫峡，便下襄阳向洛阳。

《闻官军收河南河北》

流水对是在律诗高度发展的唐代出现的。明胡震亨《唐音癸签》卷四中说：“谓两句只一意也，盖流水对耳。”出句和对句之间，不是对立的，而是一贯下来如流水一样。总之，律诗要求颔联、颈联必须对仗，其他可以灵活；至于工拙、宽严，则要看作者个人的艺术修养了。

关于杜律的句法，属于五言律的有以下几种。

前一后四，如：

青——惜峰峦过，黄——知橘柚来。

《放船》

壮——惜身名晚，衰——惭应接多。

《将晓二首》之一

前二后三，如：

绿垂——风折笋，红绽——雨肥梅。

《陪郑广文游何将军山林十首》之五

雨抛——金锁甲，苔卧——绿沉枪。

《重游何氏》之四

前三后二，如：

自吟诗——送老，相对酒——开颜。

《宴王使君宅题二首》之二

青虫悬——就日，朱果落——封泥。

《课小竖锄斫舍北果林，枝蔓荒秽，净讫移床三首》之二

属于七言律的有以下几种。

前二后五，如：

时危——兵甲黄尘里，日短——江湖白发前。

《公安送韦二少府匡赞》

一声——何处送书雁，百丈——谁家上濑船。

《十二月一日三首》之一

前四后三，如：

且看欲尽——花经眼，莫厌伤多——酒入唇。

《曲江二首》之一

丛菊两开——他日泪，孤舟一系——故园心。

《秋兴八首》之一

前五后二，如：

永夜角声悲——自语，中天月色好——谁看。

《宿府》

叶心朱实看——时落，阶面青苔老——更生。

《院中晚晴怀西郭茅舍》

杜甫又常写五律、七律组诗，鸿篇巨制，蔚为大观。五律如《秦州杂诗二十首》等；七律如《诸将五首》、《秋兴八首》、《咏怀古迹五首》等，都是盛唐诗人中所没有的。胡应麟说：

杜诗正而能变，变而能化，化而不失本调，不失本调而兼得众调。

老杜字法之化者，如"吴楚东南坼，乾坤日夜浮"，"碧知湖外草，红见海东云"，坼、浮、知、见四字，皆盛唐所无也。然读者但见其闳大而不觉其新奇。又如"孤嶂秦碑在，荒城鲁殿余"，"古墙犹竹色，虚阁自松声"，四字意极精深，词极易简，前人思虑不及，后学沾溉无穷，真化不可为矣。句法之化者，"无风云出塞，不夜月临关"，"露从今夜白，月是故乡明"，"江山有巴蜀，栋宇自齐梁"，"近泪无干土，低空有断云"之类，错综震荡，不可端倪，而天造地设，尽谢斧凿。篇法之化者，《春望》、《洞房》、《江汉》、《遣兴》等作，意格皆与盛唐大异，日用不知，细味自别。

七言如"锦江春色来天地，玉垒浮云变古今"，"织女机丝虚夜月，石鲸鳞甲动秋风"，"香稻啄余鹦鹉粒，碧梧栖老凤凰枝"，"听猿实下三声泪，奉使虚随八月槎"，字中化境也；"无边落木萧萧下，不尽长江滚滚来"，"二仪清浊还高下，三伏炎蒸定有无"，"永夜角声悲自语，中天月色好谁看"，"绝壁过云开锦绣，疏松隔水奏笙簧"，句中化境也；"昆明池水"，"风急天高"，"老去悲秋"，"霜黄碧梧"，篇中化境也。

《诗薮·内编》

胡应麟的这些话，是对杜律全面、精妙的总结，我毋庸饶舌了。

有人认为唐代律诗是讲四声的。其实唐代律诗讲四声的本来就不多，后世诗人也更少沿用。可以说，在诗文声律中，有讲平仄而不细拘四声的，但没有讲四声而不讲平仄的。平仄是容易掌握的。平声包括阴平、阳平，仄声（亦称“侧声”）包括平声以外的各声（即上声、去声、入声）。可以说平和仄（即扬和抑），是汉语声调中最低限度的区别，也是古典诗文声律中最基本的要素。

杜甫律诗，几乎包括所有律诗的篇式，五言律如下例：

A. 仄起不入韵式（平仄脚）

㊀仄平平仄，　好雨知时节，
平平仄仄平。　当春乃发生。
㊥平平仄仄，　随风潜入夜，
㊀仄仄平平。　润物细无声。
㊀仄平平仄，　野径云俱黑，
平平仄仄平。　江船火独明。
仄平平仄仄，　晓看红湿处，
平仄仄平平。　花重锦官城。

《春夜喜雨》

B. 平起不入韵式（仄仄脚）

㊥平平仄仄，　风林纤月落，
平仄仄平平。　衣露净琴张。
㊀仄平平仄，　暗水流花径，
平平仄仄平。　春星带草堂。
仄平平仄仄，　检书烧烛短，
㊀仄仄平平。　看剑引杯长。
平仄平平仄，　诗罢闻吴咏，
平平仄仄平。　扁舟意不忘。

《夜宴左氏庄》

C. 仄起入韵式（平平脚）

平仄仄平平，　清旭楚宫南，
平平仄仄平。　霜空万岭含。
仄平平仄仄，　野人时独往，
平仄仄平平。　云木晓相参。

(仄)仄平平仄，　俊鹘无声过，
平平仄仄平。　饥乌下食贪。
仄平平仄仄，　病身终不动，
平仄仄平平。　摇落任江潭。

《朝二首》之一

D. 平起入韵式(仄平脚)

平平仄仄平，　华亭入翠微，
平仄仄平平。　秋日乱清晖。
平仄平平仄，　崩石欹山树，
平平仄仄平。　清涟曳水衣。
仄平平仄仄，　紫鳞冲岸跃，
平仄仄平平。　苍隼护巢归。
(仄)仄平平仄，　向晚寻征路，
平平仄仄平。　残云傍马飞。

《重题郑氏东亭》

七言律如下例：

A. 平起不入韵式(平仄脚)

仄平(仄)仄平平仄，　舍南舍北皆春水，
(仄)仄平平仄仄平。　但见群鸥日日来。
平仄仄平平仄仄，　花径不曾缘客扫，
(平)平平仄仄平平。　蓬门今始为君开。
(平)平(仄)仄平平仄，　盘飧市远无兼味，
平仄平平仄仄平。　樽酒家贫只旧醅。
(仄)仄(平)平平仄仄，　肯与邻翁相对饮，
(仄)平(平)仄仄平平。　隔篱呼取尽余杯。

《客至》

B. 仄起不入韵式(仄仄脚)

(仄)仄(平)平平仄仄，　剑外忽传收蓟北，
(平)平(仄)仄仄平平。　初闻涕泪满衣裳。
仄平平仄平平仄，　却看妻子愁何在？

Ⓩ仄平平仄Ⓩ平。　漫卷诗书喜欲狂。
Ⓩ仄仄平平仄仄，　白日放歌须纵酒。
Ⓟ平Ⓩ仄仄平平。　青春作伴好还乡。
Ⓩ平Ⓟ仄平平仄，　即从巴峡穿巫峡，
Ⓩ仄平平仄仄平。　便下襄阳向洛阳。

《闻官军收河南河北》

C. 平起入韵式(平平脚)

Ⓟ平平仄仄平平，　昆明池水汉时功，
Ⓩ仄平平仄仄平。　武帝旌旗在眼中。
Ⓩ仄Ⓟ平平仄仄，　织女机丝虚夜月，
仄平平仄仄平平。　石鲸鳞甲动秋风。
Ⓟ平平仄平平仄，　波漂菰米沉云黑，
Ⓩ仄平平仄仄平。　露冷莲房坠粉红。
平仄仄平平仄仄，　关塞极天唯鸟道，
Ⓟ平Ⓩ仄仄平平。　江湖满地一渔翁。

《秋兴八首》之七

D. 仄起入韵式(仄平脚)

Ⓩ仄平平仄仄平，　背郭堂成荫白茅，
Ⓟ平Ⓩ仄仄平平。　缘江路熟俯青郊。
仄平Ⓩ仄平平仄，　桤林碍日吟风叶，
平仄平平仄仄平。　笼竹和烟滴露梢。
Ⓩ仄Ⓟ平平仄仄，　暂止飞乌将数子，
Ⓟ平Ⓩ仄仄平平。　频来语燕定新巢。
Ⓟ平仄仄平平仄，　旁人错比扬雄宅，
Ⓩ仄平平仄仄平。　懒惰无心作解嘲。

《堂成》

总之，杜甫把律诗从定型推向更成熟更完美的阶段，使律诗成为中国特有的诗歌形式。从上面所举例子来看，他所做的五律、七律的篇式，众体皆备，无须再找别的作家作品来做参证了。故学律应首先学杜律，已成为人们的共识。

最后,要顺便提及的是杜甫的律诗、绝句也有“出律”、“出格”的,如《奉济驿重送严公四韵》中“远送从此别”,第四字应平,而“此”字为上声。这给我们一个启示:诗,不能没有格式的约束,也不应全拘泥于平仄。苏轼便“不喜剪裁以就声律”。袁枚也曾云:“忘韵,诗之适者。”但要想“破格”创新,一定应是美什佳构,警策语句。突破是合理和必要的,是不得已而为之,不能草率成篇,要多费推敲,否则会弄巧成拙。

第二章　杜诗美学三题

一、论杜诗的崇高美

崇高美，也可称之为壮美，是讲杜甫诗歌的悲剧性的美学特色。

杜甫诗集被称为“诗史”。诗史中所反映的现实，不仅是杜甫个人的不幸遭遇，而且是时代的遭际；诗史是他痛苦磨炼出来的结晶，是一部极富人民性的痛史，是一种“社会悲剧”的类型，是一个时代的悲剧，它体现了悲壮美、崇高美。宋人黄彻曾说过，在杜甫诗中，“忧战伐，呼苍生，悯疮痍者，往往而是”。近代梁启超对杜诗作了统计，他说：“他集中对于时事痛哭流涕的作品，差不多占四分之一。”（《情圣杜甫》）郭绍虞也说：“他有取于清词丽句的语言艺术，但反对纤弱小巧的风格。认为必须上攀屈、宋，自铸伟词，创造碧海鲸鱼的壮美意境。”（《中国历代文论选》上册）对于杜诗的这一特点，早在北宋时期，王安石就曾用诗句作过概括的说明，他说：

> 吾观少陵诗，为与元气侔。力能排天斡九地，壮颜毅色不可求。
>
> 《杜甫画像》

这些都是对杜诗壮美色彩很好的解释。杜诗的悲壮崇高之美，于很多作品中皆有体现，例如：

> 岁暮阴阳催短景，天涯霜雪霁寒宵。五更鼓角声悲壮，三峡星河影动摇。野哭千家闻战伐，夷歌几处起渔樵。卧龙跃马终黄土，人事音书漫寂寥。
>
> 《阁夜》

这首诗是杜甫大历元年冬天的作品，写得雄奇悲壮。仇兆鳌注曰：

> 此在阁夜而伤乱也。上四，阁夜景象。下四，阁夜情事。鼓角，夜所闻。星河，夜所见。野哭夷歌，将晓所伤感者。

胡应麟在《诗薮·内编》中评论杜甫的《阁夜》等篇，说：

> 气象雄盖宇宙，法律细入毫芒，自是千秋鼻祖。

这些都是对杜诗悲怆、豪雄、飞动、崇高、壮美等美学特点的恰当解说和评论。

一般来说，悲剧是崇高的集中形态，体现的是一种崇高美。悲剧的崇高特征，是通过社会上新旧力量的矛盾冲突，显示新生力量对旧势力的抗争。经常表现为在一定时期，还具有强大实际力量的旧势力对新生力量的压倒，表现为带有一定历史必然性的失败和挫折，表现为正义的毁灭、英雄的牺牲、灾难的降临，等等。在严酷的、艰苦卓绝的奋搏中，显示出崇高人物的理想、信念、精神力量和伟大人格。悲剧中体现的崇高美，亦即壮美，经常以其庄严的内容和新奇的形式而震撼人心，引起人们的崇敬，产生审美价值，它是对进步精神和顽强地追求美好理想的肯定。它跟悲观、悲惨、消沉的含义是不一样的。我们在这里讲的"悲剧"，不是作为一种戏剧的种类，而是作为一种美学的范畴。

杜甫的出身家世、才力学识、理想抱负和当时的政局变幻及他自身的生活遭遇处于十分矛盾的交错之中。杜甫的父系和母系相沿的传统，对杜甫的影响有保守和进步两个方面：

第一，他的历代祖先"奉儒守官"，成为其家世传统的素业，这就形成他一生的忠君思想。因此，他中年时期营求功名，热衷仕进。因他的母系祖先崔氏、李氏有的是李渊、李世民的子孙和裔亲，到武后朝，有多人被杀，因而杜甫对于浮沉藩镇的贵族和流浪江湖的子孙，有时特意写诗寄情。又因他的先辈有弟替兄死、壮以身殉的事，这种血族报仇和孝悌家风，便增强了其家族观念。所以在他的诗中，时常流露怀念弟妹之深情。

第二，他的"奉儒守官"的家世以及其远祖杜预的文治武功，祖父杜审言的文学渊源，都大大启发和鼓励了他"整顿乾坤"、"致君尧舜"的壮志，并借以培养其"读书破万卷，下笔如有神"的文才。父系兄弟间的血族报仇与外家人伦的惨剧，激发其对于人世的不平，使其具有内在的火热的同情心和坚毅的反抗性。因此，杜诗中每每发出沉郁苍凉、回肠荡气的悲鸣。

对于杜甫来说，以上这两种影响是不同的。前者对杜甫一生的发展起着局限作用；后者对杜甫一生的发展则起着积极作用。然而，杜甫之所以能成为伟大的诗人，其诗被称为诗史，又不是小小的家世传统所决定的，而是激烈动荡、地覆天翻的时代大环境所决定的。

杜甫早年，虽然长期生活在太平、繁荣的"开元盛世"，但此时的社会内部已酝酿着两种政治危机：第一，君臣荒淫；第二，穷兵黩武。这两种危机一爆发，便造成天宝末年的重大变乱，即先有安史之乱，后有吐蕃入侵，两京数次失陷，天子两度出奔；其余尚有杀刺史、诛边将的小乱子，另外，小规模的农民起义几乎岁岁皆有，不断发生。杜甫面临的时代是国破家亡，生灵涂炭。中年以后，他所经历的是避乱、流亡的岁月。在此期间，杜甫独能摆脱自己所属阶级环境的局限，放身接触广大人民的现实生活，他思想上飞跃的进步，表现出他可贵的勇气。现实生活是美的本源，在波澜壮阔的现实生活的感发和陶冶下，他的思想升华到崇高的境界。例如，当他看到战争给人民带来了极大的痛苦时，他就写出了在杜集中最早的一首为人民说话的诗篇——《兵车行》：

车辚辚，马萧萧，行人弓箭各在腰。耶娘妻子走相送，尘埃不见咸阳桥。牵衣顿足拦道哭，哭声直上干云霄……君不见青海头，古来白骨无人收。新鬼烦冤旧鬼哭，天阴雨湿声啾啾！

全诗先写人哭，后写鬼哭，真是血泪交织，悲伤激荡。抒情陈事，恳恻如见，令人不忍卒读，具有很高的审美价值。梁启超曾说过，杜甫的诗不是写出来的，而是哭出来的，这话很对。其他如“三吏”、“三别”都倾吐着对人民遭遇不幸的同情。杜甫诗具有“悲天悯人”的浓厚思想，并逐渐加深扩展，达到仁民爱物、痛痒相关的境界；大而对国家人民，小而对妻子弟妹，乃至对动物、植物，都表现了高尚的自我牺牲精神和利他思想。他一生以诗为性命，曾经不止一次地表达他主观情绪与外物的融合。例如：

药里关心诗总废，花枝照眼句还成。

《酬郭十五判官》

病中服药，逼着他“废”掉诗，但仍是无法废掉的，看到照眼的花枝，还是“句还成”的。而且写时本来是遣兴解愁，可是更转凄凉。例如：

愁极本凭诗遣兴，诗成吟罢转凄凉。

《至后》

由于杜甫能够以个人的家计艰难联想到万民的生活疾苦，以一己的家室漂流联想到百姓的疮痍痛楚，因此，他为了排遣对不合理社会的不平，宣泄内心的矛盾与痛苦以及理想与现实的纠葛，以诗为武器，来控诉、来批判、来进行迂回的斗争，涉及的现实问题十分宽广而深刻，传递的情绪真挚而普遍，使人低回吟味，给人以激昂豪荡的美感与共鸣。

关于悲剧，恩格斯的解释是：

历史的必然要求和这个要求的实际上不可能实现之间的悲剧性

的冲突。

《马克思恩格斯选集》第四卷

这是说明悲剧的本质在于客观现实中的矛盾冲突,这种冲突具有客观历史的必然性。

关于悲剧,鲁迅的解释是:

悲剧是将人生有价值的东西毁灭给人看。

《鲁迅全集》第一卷

这里所说的"有价值的东西",是指那些合乎历史必然性的人类的进步要求和美好品质;这里所说的"毁灭",是指人类的进步要求和美好品质,在特定的历史条件下遭受的挫折、失败和牺牲。

我们研究杜诗中大量的痛哭流涕之作,不仅对文学研究有价值,而且对美学研究也有极大的价值。他忠君爱国,仁民体物,客观地反映了极为广阔的社会现实,吟诵出时代的心理。开元时期的昌隆盛世,可谓黄金时代,而时事的剧烈变迁,仿佛一夜之间突然发生。到了天宝之乱的发生,黄金一下变成黑灰,这就给文学界、给诗坛带来了爆炸性的刺激。杜甫生当其时,对这一切都是无法逃避和摆脱的,因此,杜诗的悲剧性随着社会的动乱,无情地展开而且越来越深刻。杜甫的思绪和情感愈发波澜壮阔,荒茫无垠,了无涯际。他以诗为手段,诉人生的痛苦,写人间的不平,他把"人生有价值的东西毁灭给人看",产生了庄重、严肃、崇高的美感作用。因为痛苦的刺激,也会引起人们的快感,而快感也是美感的一种。杜甫诗中的哀婉忧伤、悲凉愁绝的哭声,是振聩启聋、动人心魄的。它影响了人的整个精神世界,使人受到启发,感到愤激,从而起到潜移默化、陶冶性灵的作用,使人的心灵更高尚、更美,使人的精神世界更纯洁、更宽广、更丰富。外在感动力冲击荡摇着内在的心胸从而使其慷慨雄壮,为人民而一往情深,至死不渝。因此,我认为杜甫诗史美学的悲剧特点,正如我国现代语言艺术大师老舍在《论悲剧》一文中所说的:

悲剧是描写在生死关头的矛盾与冲突,它关心人的命运。它郑重严肃,要求自己具有惊心动魄的感动力量。

杜甫和他的诗史就是如此,并且生动地、警拔而美妙地体现出这种特征。在国家、民族、人民和个人处于生死关头的时候,他总是对这一切的前途安危十分关心,充满眷念与同情,细致入微,具体真实。反映主题思想,庄重严肃,使理性思维融化于艺术的美感之中，情与理的结合恰到好处，使理想与感性达到和谐的统一。我国古代诗歌评论家钟嵘在《诗品·序》中说："使味之者无极，闻之者动心，是诗之至也。"杜诗的崇高壮美效果，也就是杜诗的悲剧效果。杜甫通过诗篇倾吐着肺腑之言，体现了一颗赤子之心。杜诗为人们千古传诵，历久不衰，正是由于它深刻的悲剧美感效果，永远能引起人们共同的审美感受。

在西方美学史上，悲剧艺术分为"命运悲剧"、"性格悲剧"和"社会悲剧"。我认为杜甫的性格是极为热情、温厚、宽怀的；他又是那样有气概，富有骨气而不肯趋炎附势，对人民深切同情，痛恨邪恶而富有正气。他在《自京赴奉先县咏怀五百字》中说：

以兹悟生理，独耻事干谒。

他也表现出了傲岸高洁的个性。他在《奉赠韦左丞丈二十二韵》中说：

白鸥没浩荡，万里谁能驯。

此句的意思是，即使在穷途末路之时，也不能在权贵面前低首下心。这显示了他傲视王侯的品格。

他还在《自京赴奉先县咏怀五百字》中说：

穷年忧黎元，叹息肠内热。

可见他一心想到的是对人民的同情，极为热肠。以上都能说明他的性格是不随流俗的。但是我们从总的方面来看，杜诗悲剧的形成，还是因为杜甫的进步思想与旧的社会力量和丑恶的社会现实的矛盾，是时代和社会造成的；不是性格的原因，而是社会的原因，这才是最根本的。所以杜甫的"诗史"，应当属于"社会悲剧"的美学范畴。

总之，杜甫的悲剧性和崇高美的风貌是独具特色的。杜甫生活在从盛唐到中唐的历史发展演变的交错时期，走的是独特的现实主义道路，以崭新的形式包容了千汇万状的时代内容。悲壮美不仅是"数学的崇高"，而且更是"力学的崇高"（康德《判断力批判》）。他的《秋兴八首》，写了上下千年，南北万里，完全脱出宋玉的窠臼，把雄浑风华的境界完全融入壮阔悲慨的感情之中。被胡应麟称为"古今七言律第一"（《诗薮·内编》）的《登高》，是杜甫晚年在夔州的杰作，抄一节如下：

风急天高猿啸哀，渚清沙白鸟飞回。无边落木萧萧下，不尽长江滚滚来。

这种宏大壮美的景色,反映出诗人胸怀的宽广。人生不已,宇宙无穷,诗人在年老多病之时,对未来仍充满希望,烈士暮年、壮心不已的心情,跃然纸上。他把美学的崇高和伦理的崇高自然地统一了起来。于是杜诗美学的崇高美,亦即壮美,就具有独特的价值。我们进一步研究探讨、挖掘整理这份宝贵遗产,是很有意义的。

二、论杜诗的意境美

意境是我国美学思想中的一个重要范畴,人们常常在艺术创造、文学欣赏以及文艺批评中,把"意境"作为衡量其艺术水平的一个标准。意境是客观(生活景物)与主观(思想、感情)相熔铸的产物。意境是情与景、意与境的统一,是情景交融的。

杜甫的诗,写流连风景的比较少。他每有所作,一定对所咏景物作一番细致的观察,经过艺术加工,挥笔成诗,从客观的景物中透出主观的情绪。例如他在《倦夜》一诗中写道:

竹凉侵卧内,野月满庭隅。重露成涓滴,稀星乍有无。暗飞萤自照,水宿鸟相呼。万事干戈里,空悲清夜徂。

在这首诗中,诗人独自一人,心事重重,长夜不眠,疲倦无聊。所写环境是从初夜到中夜,再到后夜。上四句写夜中景,下四句写景中情,刻画夜景,极为工整,在结尾处点明诗人的情绪,漂泊他乡,而蜀地难居,无限惆怅。又如《登高》一诗的前四句:

风急天高猿啸哀,渚清沙白鸟飞回。无边落木萧萧下,不尽长江滚滚来。

写的虽然是景物,却使我们看到一位老病独客他乡的人在秋天登高的形象。即使不读下文"万里悲秋常作客,百年多病独登台",也使我们如见其人。杜甫久客在外,流寓夔州,艰苦备尝,潦倒日甚,语迈悲凉,但颇为雄壮而高爽。由登高所见之景,触发登高感触之愤,是自然透露,油然而生的。又如《旅夜书怀》:

细草微风岸,危樯独夜舟。星垂平野阔,月涌大江流。

这首诗是杜甫离开成都，舟下渝州、忠州所作，好像使我们看到杜甫从旅途夜晚寂寞的环境中，领略出空阔、自由的趣味。但末两句话“飘飘何所似，天地一沙鸥”却把情绪一下点破，使我们顿时明白了他这首诗的真谛，原来是寄托出漂泊无定之感，像沙鸥一样，飘荡于天地之间。语意中透出悲凉但胸中又充满了豪荡的感情。杜甫从来都是把写景作为表情的工具的，所以明代著名的杜诗评论家王嗣奭在《杜诗笺选旧序》中说杜甫是：

当其搦管，境到、情到、兴到、力到；而由后读之，境真、情真、神骨真而皮毛亦真。

这说明了杜甫讲究意境，由意（情）到境（景），也就是从心到物，是意与境融彻贯通，具体地表现为主客观的统一。清代王夫之曾说：

情景名为二，而实不可离。神于诗者，妙合无垠。巧者则有情中景，景中情。

《薑斋诗话》

又说：

景中生情，情中含景，故曰，景者情之景，情者景之情也。

《唐诗评选》

近代著名文艺理论家王国维提出“境界说”，即意与境的统一。他认为“境界是美学的本原”。他说：

境非独谓景物也。喜怒哀乐，亦人心中之一境界。故能写真景物、真感情者，谓之有境界；否则谓之无境界。

《人间词话》

杜甫是最善于抒情的，而且是最讲真情的。如《自京赴奉先县咏怀五百字》：

况闻内金盘，尽在卫霍室。中堂舞神仙，烟雾蒙玉质。暖客貂鼠裘，悲管逐清瑟。劝客驼蹄羹，霜橙压香橘。朱门酒肉臭，路有冻死骨。

最后两句把当时的阶级矛盾概括得十分深刻。热闹的字面里隐藏着人间的不平，得出贫富悬殊的鲜明对比，成为千古传诵的佳句。但他是怎样看出来的呢？当人们正被唐朝黄金时代的雾里镜里的太平景象所迷惑、所醉倒时，杜甫却清醒地看出了社会本质,并流露出无限的悲哀。这是因为他对下层社会的病痛看得真切,所以常把人民的悲苦当作自己的悲苦。他的眼光是非常敏锐的,对于下层社会人们的情绪,当别人还看不出时,他却能看得出;当别人传递不出时,他却能淋漓尽致地传递出来。著名的“三吏”、“三别”便是如此。

如《垂老别》中的一段:

老妻卧路啼,岁暮衣裳单。孰知是死别,且复伤其寒。此去必不归,还闻劝加餐。

又如《新安吏》中的一段:

肥男有母送,瘦男独伶俜。白水暮东流,青山犹哭声。莫自使眼枯,收汝泪纵横。眼枯即见骨,天地终无情。

这些诗句体现了作者主观情感和客观景况是融成一体的。只有这样,才能写得如此真切。总之,诗人杜甫已化为诗中的人物了,达到了物我的统一。

杜甫是最多情而且最善于传情的。如《又呈吴郎》七律一首,上半首是:

堂前扑枣任西邻,无食无儿一妇人。不为困穷宁有此,只缘恐惧转须亲。

诗中所述的内容,是一件小事:一位可怜的妇人偷摘了邻舍“吴郎”的枣子,她的惶恐引起了诗人的怜悯与同情。著名的《茅屋为秋风所破歌》,结尾处体现了他博大的胸怀,在自己处于极端艰难的条件下,他想到的并不是自己,而是“天下寒士”,只要是别人好过了,自己是“吾庐独破受冻死亦足”。这种推己及人而且是忘我的胸怀和思想是多么博大和崇高。

杜甫对于一般人是如此多情,对于亲朋好友更是如此。比如郑虔是他的好朋友,郑虔被贬为台州司户时,杜甫有诗送他,其中有两句:

便与先生应永诀,九重泉路尽交期。

《送郑十八虔贬台州司》

以后怀念他又作诗:

天台隔三江,风浪无晨暮。郑公纵得归,老病不识路。

《有怀台州郑十八司户虔》

想念朋友,天涯海角,云山阻隔,不能相聚;纵使得归,可是老病不能识路了,又将奈何呢!

杜甫对李白是具有深厚感情的。李白因永王李璘事件牵连被流放夜郎，他在《梦李白二首》之一中写道：

死别已吞声，生别常恻恻。江南瘴疠地，逐客无消息。故人入我梦，明我长相忆。恐非平生魂，路远不可测。魂来枫林青，魂返关塞黑。君今在罗网，何以有羽翼。落月满屋梁，犹疑照颜色。水深波浪阔，无使蛟龙得。

这些话说得多么真挚动人，绝不是应酬的客套话，实在是郑、李的遭遇令他感同身受。诗句中是带着血和泪的。

在杜甫诗中，比较集中地反映他想念兄弟姐妹的诗共有20多首，处处都是至情的流露。他早年写过思家诗《月夜》：

今夜鄜州月，闺中只独看。遥怜小儿女，未解忆长安。香雾云鬟湿，清辉玉臂寒。何时倚虚幌，双照泪痕干。

人们常称杜甫的《月夜》是一首很细腻的爱情律诗，的确是这样的。你看他对小家庭的爱是多么深挚。这样缘情旖旎之作，在杜诗里虽很少见，但也可以看出他的感情是很细腻的，巧妙地把真情融合于真景之中了。再举《羌村三首》中的第一首：

峥嵘赤云西，日脚下平地。柴门鸟雀噪，归客千里至。妻孥怪我在，惊定还拭泪。世乱遭飘荡，生还偶然遂。邻人满墙头，感叹亦嘘唏。夜阑更秉烛，相对如梦寐。

杜甫身陷贼中，得机逃脱，真是虎口余生，幸和家人团聚；妻子的惊叹，邻里的嘘唏，让读者也会潸然泪下的。再举《北征》的一段：

况我堕胡尘，及归尽华发。经年至茅屋，妻子衣百结。恸哭松声回，悲泉共幽咽。平生所娇儿，颜色白胜雪。见耶背面啼，垢腻脚不袜。床前两小女，补绽才过膝。海图坼波涛，旧绣移曲折。天吴及紫凤，颠倒在裋褐。老夫情怀恶，呕泄卧数日。那无囊中帛，救汝寒凛栗。粉黛亦解苞，衾裯稍罗列。瘦妻面复光，痴女头自栉。学母无不为，晓妆随手抹。移时施朱铅，狼藉画眉阔。生还对童稚，似欲忘饥渴。问事竞挽须，谁能即嗔喝。翻思在贼愁，甘受杂乱聒。

盛唐诗人，努力打破过去闺怨的旧套，扩大了诗的领域，或写山水，或写田园,或咏边塞,走出了狭窄的胡同,开拓出更加宽广的通衢。杜甫向前迈进了一步,写景抒情,针砭时事,加入议论,使人感到一枝一叶都带着社会背景与时代气息。上述《羌村》与《北征》两篇,用的是客观描述的手法写的。从极为琐碎的片断的家人相聚、悲欢离合到衣着装束等,诗人不厌其烦,详密刻画,形象十分逼真,真事写得详,真情就愈阐发得透,人世的悲苦就愈显得深刻。用客观叙述铺陈的手法写出的真情,是真景中自然地流露,是符合"真即是美"这一美学法则的。这种手法的运用,在中国文学史和美学史上,杜甫虽不是首创,却是用得最多而又最妙的。中国古乐府里虽然也有,但都不如杜甫运用得细致入微。王嗣奭在《杜诗笺选旧序》中说过:"情与境触,其变无穷,而诗之变亦无穷也。"

杜诗篇章丰富,变化无穷,美不胜收,体现了很高的艺术美,正是他紧紧把握着情与景的结合,有意境,才自成高格,这是杜诗成功的秘诀,也是杜诗美学思想的一个重点。

三、论杜诗的风格美

研究杜诗的风格美,也就是研究它的美的整个风貌。杜诗风格多种多样,但最具有特征,并为杜甫所自道,也为历来的评家所一致公认的风格,就是"沉郁顿挫"。西方人关于风格的论点,可以用黑格尔的一句名言概括,即"风格就是人本身"(黑格尔《美学》第一卷)。我国历来也有"文如其人"的说法。当然,分析杜甫的风格应当是具体的。杜甫的诗有"沉郁顿挫"的独特风格,这首先是他自己说的:

> 臣之述作,虽不能鼓吹六经,先鸣数子,至于沉郁顿挫,随时敏捷,扬雄、枚皋之徒,庶可企及也。
>
> 《进雕赋表》

另外,在《观公孙大娘弟子舞剑器行》小序里又有"浏漓顿挫"和"豪荡感激"的说法,似乎也可以作为分析杜甫诗歌风格的参证和补充。后代,宋代严羽评论杜诗时,也以"沉郁顿挫"称其风格。

杜甫作为一位伟大的现实主义诗人,他的这种"沉郁顿挫"风格的形成,是因为他所处的时代和生活环境发生了急剧的变化,个人生活的穷愁困苦,思想感情的博大深厚,品格的刚正不阿,眼前所见,尽是人间的不平,触发思绪,常常是“豪荡感激”,倾泻胸中之块垒,这些是形成他的风格的主要因素。但还应看到他手法的高妙,沉着蕴藉,更是重要的因素。如果拿他和李白相比,他们都鄙薄权贵,李白说:

安能摧眉折腰事权贵,使我不得开心颜。

《梦游天姥吟留别》

杜甫说:

野人旷荡无腼颜,岂可久在王侯间。　《去矣行》

李白写朋友之间的真挚友情,他说:

我寄愁心与明月,随风直到夜郎西。

《闻王昌龄左迁龙标,遥有此寄》

杜甫也写友情,他说:

故凭锦水将双泪,好过瞿塘滟滪堆。　《所思》

通过对比,可以很清楚地看出,他们二人的风格不同,有各自的特征:一个显得“飘逸”,一个显得“沉郁”。李白的风格与杜甫的风格,人们早已指出过:李白是“壮浪纵恣,摆去拘束”,而杜甫则是“铺陈终始,排比声韵”(元稹《唐故工部员外郎杜君墓系铭序》)。因为李白处于整个社会欣欣向荣并无太多束缚的历史发展上升时期,他可以痛快淋漓,随意创造,极力追求突破各种传统的羁绊,满怀抱负而傲岸不驯;他可以脱口而出,美妙奇异,层出不穷地尽情抒发。而杜甫处于盛唐、中唐之交的时期,诗歌美学上显出了另一种特征,即一方面留存了前期的磅礴气概和情势,另一方面又有形式上比较严格的规范化。前者是不事雕琢,具有天才美、自然美;而后者是字斟句酌,庄重严谨,具有人工美、世间美。严羽在《沧浪诗话》中说:

少陵诗法如孙吴,太白诗法如李广。

他的意思是李广用兵如神,但无兵法;孙、吴则是有兵法的,是可以学习和遵循的美的范本。杜甫平易近人,更大众化一些,更易于被人们接受。人们在新建立起的规范之内,去寻求美,去创造美。

我们具体分析杜诗,认为“沉郁”是指内容而言,“顿挫”是指形式而言。清代人陈廷焯在《白雨斋词话》中对“沉郁”的概念作过这样的解释:

所谓沉郁者,意在笔先,神余言外,写怨夫思妇之怀,寓孽子孤臣之感。凡交情之冷淡,身世之飘零,皆可于一草一木发之。而发之又必若隐若现，欲露不露，反复缠绵，终不许一语道破，匪独体格之高，亦见性情之厚。

这段话意思是说，“沉郁”包含着两个层次：一是植根于真实情感，二是必须有寄托。杜诗经常揭露社会现实矛盾和世态炎凉，格调凄婉，形成了“沉郁”的风格。而“顿挫”则是“沉郁”的表现形式。杜甫采用和自创新体，长于五言排律、七言律诗及七言排律的运用。七言长律，作起来很不容易，而杜甫有长达一百韵的杰作，属对律切，得心应手。“顿挫”体现着韵调的节奏和层次，像著名的七律《登高》中的两句：

万里悲秋常作客，百年多病独登台。

这两句 14 字，前人曾经作过深入而细致的分析。这两句诗包含着八层意思，把“悲”写到了极处：他乡作客，一可悲；经常作客，二可悲；万里作客，三可悲；又逢秋日，四可悲；登台无酒，五可悲；寥落孤独，六可悲；扶病登台，七可悲；百年易尽，忽已半百，来日不多，岁月蹉跎，八可悲。这样的分析虽嫌琐细，但也准确地说出诗的曲折回荡的特点；诗的效果，确实给人以悲壮的美感。

因此，我们认识到，杜诗的风格美是由内容的深厚广博，意境的真切自然，感情的雄浑悲壮，语言的遒劲刚健，音律的铿锵和谐，章法的波澜曲折，体制的新颖独创等多方因素所构成。杜甫中年以后，历尽悲辛，发为吟咏，其基调自然是沉郁的；又因杜甫创作态度严谨，并富创新精神，讲求格律和诗味，波澜老成，结构变化多端，所以他构思谋篇，形成了“顿挫”一格。著名的五古大篇《自京赴奉先县咏怀五百字》及《北征》，便是这种风格的典型代表。清代著名杜甫诗歌评论家杨伦在《杜诗镜铨》中有这样的一段评语：

五古前人多以质厚清远胜，少陵出而沉郁顿挫，每多大篇，遂为诗道中另辟一门径……此及《北征》，尤为集内大文章，见老杜生平大本领。

杜甫的本领，确实是很大的。他的许多诗篇内容博大深广，前人认为有发上冲冠、大声如吼、激烈愁绝之势。他的诗有令人悲伤的，有令人欣喜的，有令人可畏的，有令人痛惜的。叙事诗中有纷繁琐细的，有巨刃摩天的，千汇万状，灿烂夺目，这就构成了“沉郁”的特点。他的诗篇制作宏大，波澜壮阔，有的急写，有的闲写，有的一气呼出，有的千回百折，有的开头突兀拔起，有的结势了而不了，正是所谓“篇终接混茫”的真味。它显示出一唱三叹的美感，这就构成了“顿挫”的特点。即使是短小篇幅,也自有一番真情美妙的境界,别有无限的情思。

如果是登高,则是:

花近高楼伤客心,万方多难此登临。

《登楼》

如果是临水,则是:

无边落木萧萧下,不尽长江滚滚来。

《登高》

如果是写秋日,则是:

丛菊两开他日泪,孤舟一系故园心。

《秋兴八首》之一

如果是写冬日,则是:

五更鼓角声悲壮,三峡星河影动摇。

《阁夜》

他怀念宋玉时,便说:

怅望千秋一洒泪,萧条异代不同时。

《咏怀古迹五首》之二

他吊念孔明时,便说:

出师未捷身先死,长使英雄泪满襟。

《蜀相》

以上所举诗作范例,无不是感兴幽微,寄旨深远,意境恢宏,情感真挚的,加之章法得体多变,语句精妙跌宕,读之豪荡感激,这都表现了“沉郁顿挫”的风格。他的这种风格的形成,不仅与他的生活经历有关,而且与他的艺术个性有关,又与他的美学主张有关。他同李白一样,达到了“笔落惊风雨,诗成泣鬼神”的境界,使人得到美的享受。所以杜诗具有强烈的艺术魅力,千余年来脍炙人口,直至今天,仍能激发我们的爱国主义情感,陶冶我们的审美趣味。它超越了时代,持久地发挥着它的作用。杜甫的诗歌艺术理论和它的美学价值,将会垂范百世。

附录

诗韵常用字表

（据《诗韵合璧》整理）

1. 上平声

【一东】东同铜桐筒童僮瞳中衷忠虫终戎崇嵩弓躬宫融雄熊穹穷冯风枫丰充隆空公功工攻蒙笼聋珑洪红鸿虹丛翁聪通蓬烘潼胧砻峒螽梦讧忡酆恫总侗窿懵庞种盅芎倥艨绒葱匆骢

【二冬】冬农宗钟龙舂松冲容蓉庸封胸雍浓重从逢缝踪茸峰锋烽蛩慵恭供淙侬松凶墉镛佣溶邛共憧喁邕壅纵龚枞脓淞匈汹禺蚣榕彤

【三江】江扛窗邦缸降双庞逄腔撞幢桩淙豇

【四支】支枝移为垂吹陂碑奇宜仪皮儿离施知驰池规危夷师姿迟眉悲之芝时诗棋旗辞词期祠基疑姬丝司葵医帷思滋持随痴维卮麋螭麾墀弥慈遗肌脂雌披嬉尸狸炊篱兹差疲茨卑亏蕤陲骑曦歧岐谁斯私窥熙欺疵赀笞羁彝颐资糜饥衰锥姨楣夔涯伊蓍追缁箕椎罴篪萎匙脾坻嶷治骊尸綦怡尼漪累牺饴而鸱推縻璃祁绥逵羲羸肢骐訾狮奇嗤咨堕其睢漓蠡噫馗辎胝鳍蛇陴淇淄丽筛厮氏痍貔比僖贻祺嘻鹂瓷琦嵋怩熹孜台蚩罹魑丕琪耆衰惟剂提禧居栀戏畸椅磁痿离佳虽仔寅委崎隋逶倭犁郦

【五微】微薇晖徽挥韦围帏违霏菲妃绯飞非扉肥腓威畿机几讥矶稀希衣依沂巍归诽痱欷葳颀圻

【六鱼】鱼渔初书舒居裾车渠余予誉舆胥狙锄疏蔬梳虚嘘徐猪闾庐驴诸除储如墟与畲疽苴于茹蛆且沮祛蜍榈淤妤雎纾躇趄滁屠据咀衙涂虑

【七虞】虞愚娱隅刍无芜巫于盂衢儒濡襦须株诛蛛殊瑜榆谀愉腴区驱躯朱珠趋扶符凫雏敷夫肤纡输枢厨俱驹模谟蒲胡湖瑚乎壶狐弧孤辜姑觚菰徒途涂荼图屠奴呼吾梧吴租卢鲈苏酥乌枯都铺禺诬竽吁瞿劬需俞逾觎揄萸臾渝岖镂娄夫孚桴俘迂姝拘摹糊鸪沽呱蛄驽逋舻垆徂孥泸栌嚅蚨诹扶母毋芙喁颅轳句邾洙麸机膜瓠恶芋呕驺喻枸侏龉葫懦帑拊

【八齐】齐蛴脐黎犁梨黧妻萋凄堤低氐诋题提荑缔折篦鸡稽兮奚嵇蹊倪霓西栖犀嘶撕梯鼙批挤迷泥溪圭闺睽奎携畦骊鹂儿

【九佳】佳街鞋牌柴钗差涯阶偕谐骸排乖怀淮豺侪埋霾斋娲蜗娃哇皆喈揩蛙楷槐俳

【十灰】灰恢魁隈回徊枚梅媒煤瑰雷催摧堆陪杯醅嵬推开哀埃台苔该才材财裁来莱栽哉灾猜胎孩虺崔裴培坏垓陔徕皑傀崃诙煨桅唉颏能茴酶偎隗咳

【十一真】真因茵辛新薪晨辰臣人仁神亲申伸绅身宾滨邻鳞麟珍尘陈春津秦频苹颦银垠筠巾民泯缗贫淳醇纯唇伦纶轮沦匀旬巡驯钧均臻榛姻寅彬鹑皴遵循振甄岷谆椿询恂峋莘堙屯呻粼磷辚濒闽豳逡填狺泯洵夤荀竣娠纫鄞抡畛嶙斌氤

【十二文】文闻纹云氛分纷芬焚坟群裙君军勤斤筋勋薰曛熏荤耘芸汾氲员欣芹殷昕贲郧雯蕲

【十三元】元原源园猿辕垣烦繁蕃樊翻萱喧冤言轩藩魂浑温孙门尊存蹲敦墩暾屯豚村盆奔论坤昏婚阍痕根恩吞沅媛援爰幡番反埙鸳宛掀昆琨鲲扪荪髡跟垠抡蕴犍袁怨蜿溷昆炖饨臀喷纯

【十四寒】寒韩翰丹殚单安难餐滩坛檀弹残干肝竿阑栏澜兰看刊丸桓纨端湍酸团抟攒官观冠鸾銮栾峦欢宽盘蟠漫汗郸叹摊奸剜棺钻瘢谩瞒潘胖弁拦完莞獾拌掸萑倌繁曼馒鳗谰洹滦

【十五删】删潸关弯湾还环鬟寰班斑颁般蛮颜菅攀顽山鳏艰闲娴悭孱潺殷扳讪患

2. 下平声

【一先】先前千阡笺天坚肩贤弦烟燕莲怜田填钿年颠巅牵妍研眠渊涓蠲编玄县泉迁仙鲜钱煎然延筵禅蝉缠连联涟篇偏便全宣镌穿川缘鸢铅捐旋娟船涎鞭专圆员乾虔愆骞权拳椽传焉跹溅舷咽零骈阗鹃翩扁平沿诠痊悛荃遄卷挛戋佃滇婵颛犍搴嫣癣澶单竣鄢扇键蜷棉

【二萧】萧箫挑貂刁凋雕迢条跳苕调枭浇聊辽寥撩僚寮尧幺宵消霄绡销超朝潮嚣樵谯骄娇焦蕉椒饶烧遥姚摇谣瑶韶昭招飚标杓镳瓢苗描猫要腰邀乔桥侨妖夭漂飘翘祧佻徼侥哨娆陶橇劭潇骁獠料硝鹞钊蛲峤轿荞嘹逍燎憔剽

【三肴】肴巢交郊茅嘲钞包胶爻苞梢蛟庖匏坳敲胞抛鲛崤铙炮哮捎茭淆泡跑咬啁教咆鞘剿刨佼抓姣唠

【四豪】豪毫操髦刀萄猱桃糟漕旄袍挠蒿涛皋号陶翱敖遭篙羔高嘈搔毛

艘滔骚韬缫膏牢醪逃槽劳洮叨绸饕鹜熬臊涝淘尻挑嚣捞嗥薅呇

【五歌】歌多罗河戈阿和波科柯陀娥蛾鹅萝荷过磨螺禾哥娑驼佗沱峨那苛诃珂轲莎蓑梭婆摩魔讹坡颇俄哦呵皤么涡窝茄迦伽磋跎番蹉搓驮献蝌箩锅倭罗嵯锣

【六麻】麻花霞家茶华沙车牙蛇瓜斜邪芽嘉瑕纱鸦遮叉葩奢楂琶衙赊涯夸巴加耶嗟遐笳差蟆蛙虾拿葭茄挝呀枷哑娲爬杷蜗爷芭鲨珈骅娃哇洼畲丫夸裟瘕些桠杈痂哆爹椰吒笆桦划迦揶吾佘

【七阳】阳杨扬香乡光昌堂章张王房芳长塘妆常凉霜藏场央泱鸯秧嫱床方浆觞梁娘庄黄仓皇装殇襄骧相湘箱缃创忘芒望尝偿樯枪坊囊郎唐狂强肠康冈苍匡荒遑行妨棠翔良航倡伥羌庆姜僵缰疆粮穰将墙桑刚祥详洋徉佯粱量羊伤汤鲂樟彰漳璋猖商防筐煌隍凰蝗惶璜廊浪裆沧纲亢吭潢钢丧盲篁忙茫傍汪臧琅当庠裳昂障糖疡锵杭邙赃滂禳攘瓤抢螳踉眶炀阊彭蒋亡殃蔷镶孀搪彷胱磅膀螃

【八庚】庚更羹盲横觥彭棚亨英瑛烹平评京惊荆明盟鸣荣莹兵卿生甥笙牲檠擎鲸迎行衡耕萌氓宏闳茎莺樱泓橙筝争清情晴精睛菁旌晶盈瀛嬴营婴缨贞成盛城诚呈程声征正轻名令并倾萦琼赓撑瞠枪伧峥猩珩蘅铿嵘丁嘤鹦铮琤砰绷轰訇瞪侦顷榜抨趟坪请

【九青】青经泾形刑邢型陉亭庭廷霆蜓停丁宁钉仃馨星腥醒惺娉灵棂龄铃苓伶零玲翎瓴囹聆听厅汀冥溟螟铭瓶屏萍荧萤荥扃町瞑暝

【十蒸】蒸承丞惩陵凌绫冰膺鹰应蝇绳渑乘升胜兴缯凭仍兢矜征凝称登灯僧增曾憎层能棱朋鹏弘肱腾滕藤恒冯瞢扔誊

【十一尤】尤邮优忧流留榴骝刘由油游猷悠攸牛修羞秋周州洲舟酬仇柔俦畴筹稠邱抽湫遒收鸠不愁休囚求裘球浮谋牟眸矛侯猴喉讴沤鸥瓯楼娄陬偷头投钩沟幽彪疣绸浏瘤犹啾酋售蹂揉搜叟邹貅泅球逑俅蜉桴罘欧搂抠髅蝼兜句妯惆呕缪繇偻篓馗区

【十二侵】侵寻浔林霖临针箴斟沈深淫心琴禽擒钦衾吟今襟金音阴岑簪琳琛椹谌忱壬任黔歆禁喑森参淋郴妊湛

【十三覃】覃潭谭参骖南男谙庵含涵函岚蚕探贪耽龛堪戡谈甘三酣篮柑惭蓝郯婪庵颔褴澹

【十四盐】盐檐廉帘嫌严占髯谦奁纤签瞻蟾炎添兼缣尖潜阎镰粘淹箝甜恬拈暹詹渐歼黔沾苫占崦阉砭

【十五咸】咸缄谗衔岩帆衫杉监凡馋芟喃嵌掺搀严

3. 上声

【一董】董动孔总笼汞桶空拢洞懂侗

【二肿】肿种踵宠陇垄拥壅冗茸重冢奉捧勇涌踊俑蛹恐拱巩竦悚耸溶

【三讲】讲港棒蚌项耩

【四纸】纸只咫是枳砥抵氏靡彼毁委诡傀髓妓绮此褫徙髀尔迩弭弥婢侈弛豕紫捶揣企旨指视美訾否兕几姊匕比妣轨水唯止市葸喜已纪跪技迤鄙晷宄子梓矢雉死履垒诔揆癸趾芷以已似姒巳祀史使驶耳里理李俚鲤起杞士仕俟始峙痔齿矣拟耻滓玺跬圮痞址悝娌秭倚被你仔

【五尾】尾鬼苇卉虺几伟韪炜斐诽菲岂匪蜚

【六语】语圄圉御吕侣旅膂抒宁杼与予渚煮汝茹暑鼠黍杵处贮褚女许拒距炬所楚础阻俎沮举莒序绪屿墅著巨讵咀纾去

【七雨】雨羽禹宇舞父府鼓虎古股贾土吐圃谱庾户树煦琥怙嵝篓卤努肚沪枸辅组乳弩补鲁橹睹竖腐数簿姥普拊侮五斧聚午伍缕部柱矩武脯苦取抚浦主杜祖堵愈祜扈雇房甫腑俯估诂牯瞽酤怒浒诩栩拄剖鹉溥赌伛偻莽滏

【八荠】荠礼体米启醴陛洗邸底诋抵坻弟悌递涕济澧祢

【九蟹】蟹解骇买洒楷锴摆拐矮伙

【十贿】贿悔改采彩海在宰醢载铠恺待怠殆倍猥蕾诒蓓鼐颏浼汇璀每亥乃

【十一轸】轸敏允引尹尽忍准隼笋盾闵悯泯菌蚓诊畛肾牝赈窘蜃陨殒蠢紧缜纯吮朕稹嶙

【十二吻】吻粉蕴愤隐谨近恽忿坟刎殷

【十三阮】阮远本晚苑返反阪损饭偃堰稳蹇犍婉蜿宛阃鲧捆很恳垦圈盾绻混沌娩棍

【十四旱】旱暖管满短馆盥缓碗款懒卵散伴诞浣瓒断侃算疃但坦袒悍澹纂趱

【十五潸】潸眼版产限撰栈绾赧孱柬拣莞板

【十六铣】铣善遣浅典转衍犬选冕辇免展茧辩篆勉翦卷显践饯眄喘软蹇演岘栈扁阐娈跣腆鲜戬吮辫件琏蠕单殄腼蚬缅沔键搴冼燹癣狷钱趁匾宴

【十七小】小表鸟了晓少扰绕娆绍秒沼眇矫蓼皎杳窈袅窕挑掉渺缈藐淼娇标悄缭僚昭夭燎赵兆

【十八巧】巧饱卯狡爪鲍挠搅绞拗姣炒

【十九皓】皓宝藻早枣老好道稻造脑恼岛倒祷抱讨考燥嫂槁潦保葆堡褓

草昊浩颢镐皂袄缫蚤澡灏媪杲缟涝

【二十哿】哿火舸柁沱我娜荷可坷轲左果裹朵锁琐堕垛惰妥坐裸跛簸颇叵祸卵娑爹揣隋

【二十一马】马下者野雅瓦寡社写泻夏冶也把贾假舍赭厦惹若踝姐哆哑且瘕洒

【二十二养】养痒鞅怏泱像象橡仰朗奖浆敞氅枉沆荡惘放仿两傥杖响掌党想爽广享丈仗幌晃莽襁纺蒋攘盎脏苍长上网荡壤赏往罔蟒魍抢慌厂慷向

【二十三梗】梗影景井岭领境警请屏饼永骋逞颍颖顷整静省幸颈郢猛炳杏丙打哽秉耿憬冷靖睛

【二十四迥】迥炯茗挺艇町醒溟酊到等鼎顶胫肯拯酩

【二十五有】有酒首手口母后柳友妇斗狗久负厚走守绶右否受牖偶耦阜九后咎吼帚垢亩舅藕朽臼肘韭剖诱牡缶酉扣欧黝蹂取钮莠丑苟糗某玖拇纣纠枸忸浏赳蚪培擞趣陡寿殴

【二十六寝】寝饮锦品枕审甚衽饪稔禀沈凛荏恁婶

【二十七感】感览榄胆澹啖坎惨敢颔撼毯喊橄嵌

【二十八琰】琰焰敛俭险检脸染掩点贬冉陕谄奄渐玷忝闪歉广俨

【二十九槛】槛范减舰犯湛斩黯掺阚喊滥歉

4．去声

【一送】送梦凤洞众弄贡冻痛栋仲中讽恸空控赣砻哄衷

【二宋】宋重用颂诵统纵讼种综俸共供从缝雍封恐

【三绛】绛降巷撞虹洚淙

【四置】置事地意志治思泪吏赐字义利器位戏至次累伪寺瑞智记异致肆翠骑使试类弃饵媚鼻易辔坠醉议翅避粹侍谊帅厕寄睡忌萃穗臂嗣吹遂恣四骥季刺驷识痣志寐魅邃燧隧谥植织饲食积被芰懿悸觊冀暨匮馈篑比庇畀痹毖泌鸷贽挚渍迟祟豉珥示伺嗜自詈痢莉譬肄惴劓啻企腻施遗值柴出萎司诿陂二近始术瑟德

【五未】未味气贵费沸尉畏慰蔚魏胃渭谓讳卉毅溉既衣忾诽痱蜚翡

【六御】御处去虑誉署据驭曙助絮著豫翥恕与遽疏庶诅预茹语踞狙沮除如女讵欤楚嘘

【七遇】遇路赂露鹭树度渡赋布步固素具数怒务雾鹜骛附兔故顾雇句墓暮慕募注驻祚裕误悟寤住戍库护诉蠹妒惧趣娶铸傅付谕妪捕哺忤措错醋赴恶互孺怖煦寓酤瓠输吐屡塑捂瞿驱讣属作酗雨获镀圃驸足播苦铺姹

【八霁】霁制计势世丽岁卫济第艺惠慧币桂滞际厉涕契毙帝蔽敝锐戾裔袂系祭隶闭逝缀替细税例誓蕙偈诣砺励噬继谛系剂曳睇憩彗逮芮掣蓟妻挤弟题蹶蹶齐棣说毳离荔泥蜕赘揭唳泄娣薜呓濞捩羿谜缔切医

【九泰】泰会带外盖大濑赖蔡害最贝霭沛艾兑奈绘桧脍会太汰癞粝蜕酹狈

【十卦】卦挂懈隘卖画派债怪坏诫戒界介芥械拜快迈话败稗噫疥瀣湃聩惫杀喝解祭蒯喟呗寨

【十一队】队内塞爱辈佩代退载碎背秽菜对废诲晦昧戴贷配妹溃黛赉吠逮岱肺溉耒慨块赛刈耐悖淬敦铠焙在再孛柿睐裁采回粹栽北劾悔

【十二震】震信印进润阵镇填刃顺慎鬓晋骏闰峻衅振舜吝烬讯胤殡迅瞬谆僅蔺徇赈觐摈仅认衬瑾趁轫汛磷躏浚缙娠引诊蜃亲

【十三问】问闻运晕韵训粪奋忿郡分紊汶愠靳近斤郓员缊拚隐

【十四愿】愿论怨恨万饭献健寸困顿建宪劝蔓券钝闷逊嫩贩溷远曼喷艮敦郾褪堰圈

【十五翰】翰岸汉难断乱叹干观散奈旦算玩烂贯半案按炭汗赞漫冠灌窜幔灿璨换焕唤悍弹惮段看判叛腕涣绊惋钻缦锻瀚胖谰蒜泮谩摊侃馆滩盥

【十六谏】谏雁患涧闲宦晏慢盼豢栈惯串苋绽幻讪绾谩汕疝瓣篡铲栅扮

【十七霰】霰殿面县变箭战扇煽膳传见砚选院练燕宴贱电荐绢彦甸便眷线倦羡堰奠遍恋眩钏倩卞汴弁拚咽片禅谴谚缘颤擅援媛瑗佃钿淀狷煎悬袖穿茜溅拣缠牵先炫善缱遣研衍辗转饯

【十八啸】啸笑照庙窍妙诏召邵要曜耀调钓吊叫燎峤少眺诮料肖尿剽掉鹞粜轿烧疗漂醮骠绕娆摇哨约嘹裱

【十九效】效教貌校孝闹淖豹爆罩拗窖酵稍乐较钞敲觉

【二十号】号帽报导盗操噪灶奥告诰暴好到蹈劳傲躁涝漕造冒悼倒骜缟懊澳膏犒部瀑旄靠糙

【二十一个】个贺佐作逻坷轲大饿奈那些过和挫课唾簸磨座坐破卧货左惰

【二十二祃】祃夜下谢榭罢夏暇霸灞嫁赦借藉炙蔗假化舍价射骂稼架诈亚罅跨麝咤怕讶诧迓胯柘卸泻靶乍桦杷

【二十三漾】漾上望相将状帐浪唱让旷壮放向仗畅量葬匠障谤尚涨饷样藏舫访养酱嶂抗当酿亢况脏瘴王谅亮妄丧怅两圹宕忘傍砀恙吭炀张行广汤炕长创诳掠妨旺荡防怏偿荡盎仰挡傥

【二十四敬】敬命正令政性镜盛行圣咏姓庆映病柄郑劲竞净竟孟聘诤泳请倩硬檠晟更横榜迎娉轻评证侦并盟

【二十五径】径定听胜磬应乘媵赠佞称罄邓胫莹证孕兴经醒廷锭庭钉暝剩凭凝橙凳蹬

【二十六宥】宥候就授售寿秀绣宿奏富兽斗漏陋守狩昼寇茂懋旧胄宙袖岫柚覆复救臭幼佑右侑囿豆窦逗溜瘤留构遘媾购透瘦漱镂鹫走副诟究凑谬缪疚灸畜柩骤首皱绉戊句鼬蹂沤又逅蔻伏收犹油后厚扣吼读

【二十七沁】沁饮禁任荫谶浸鸩枕衽赁临渗妊吟深甚沈

【二十八勘】勘暗滥担憾缆瞰三暂参澹淡憨淦

【二十九艳】艳剑念验赡店占敛厌滟垫欠僭砭餍殓苫盐沾兼念埝俺潜忝

【三十陷】陷鉴监汎梵帆忏赚蘸谗剑欠淹站

5．入声

【一屋】屋木竹目服福禄熟谷肉咒鹿腹菊陆轴逐牧伏宿读犊渎牍椟黩毂复粥肃育六缩哭幅斛戮仆畜蓄叔淑菽独卜馥沐速祝麓镞蹙筑穆睦啄覆鹜秃扑鬻辐瀑竺簇暴掬濮郁矗复塾朴蹴煜谡碌毓舳柚蝠辘夙蝮匐觫囿苜茯髑副孰谷

【二沃】沃俗玉足曲粟烛属录辱狱绿毒局欲束鹄蜀促触续督赎浴酷瞩躅褥旭欲渌逯告仆

【三觉】觉角桷较岳乐捉朔数卓涿琢剥趵爆驳邈雹璞朴确浊擢镯濯幄喔药握搦学

【四质】质日笔出室实疾术一乙壹吉秩密率律逸佚失漆栗毕恤蜜橘溢瑟膝匹黜弼七叱卒虱悉谧轶诘戌佶栉昵窒必侄蛭泌秫蟀嫉唧怵帅聿郅桎茁汨尼蒺

【五物】物佛拂屈郁乞掘讫吃绂弗诎崛勿熨厥迄不屹芴倔尉蔚

【六月】月骨发阙越谒没伐罚卒竭窟笏钺歇突忽勃蹶筏厥蕨掘阀讷殁粤悖兀碣猝樾羯汨咄渤凸滑孛纥核饽垡阏堀曰讦

【七曷】曷达末阔活钵脱夺褐割沫拔葛渴拨豁括聒抹秣遏挞萨掇喝跋獭

撮剌泼斡捋袜适咄妲

【八黠】黠札拔猾八察杀刹轧刖戛秸嘎瞎刮刷滑

【九屑】屑节雪绝列烈结穴说血舌洁别裂热决铁灭折拙切悦辙诀泄咽噎杰彻别哲设劣碣掣谲窃缀阅抉挈捩楔蹩亵蔑捏竭契疖涅颉撷撤跌蔑浙澈蛭揭啜辍迭呐侄冽掇批橇

【十药】药薄恶略作乐落阁鹤爵若约脚雀幕洛壑索郭博错跃若缚酌托削铎灼凿却络鹊度诺橐漠钥著虐掠获泊搏勺酪谑廓绰霍烁莫铄缴谔鄂亳恪箔攫涸疟郝骆膜粕礴拓蠖鳄格昨柝摸貉愕柞寞膊魄烙焯厝噩泽矍各猎昔芍踱迮

【十一陌】陌石客白泽伯迹宅席策碧籍格役帛戟璧驿麦额柏魄积脉夕液册尺隙逆画百辟赤易革脊获翮屐适剧碛隔益栅窄核掷责惜僻癖辟掖腋释舶拍择摘射斥弈奕迫疫译昔瘠赫炙谪虢腊硕螫藉翟亦鬲骼鲫借啧蜴帼席貊汐摭咋吓刺百莫蝈绎霸霹

【十二锡】锡壁历枥击绩笛敌滴镝檄激寂翟逖籴析晰溺觅摘狄获戚涤的吃霹沥惕踢剔砾栎适嫡阒觋淅晰吊霓倜

【十三职】职国德食蚀色力翼墨极息直得北黑侧饰贼刻则塞式轼域殖植敕饬棘惑默织匿亿忆特勒劾仄稷识逼克蜮唧即拭弋陟测冒抑恻肋亟殛忒嶷熄穑啬匐鲫或愎翌

【十四缉】缉辑立集邑急入泣湿习给十拾什袭及级涩粒揖汁蛰笠执隰汲吸熠岌歙熠挹

【十五合】合塔答纳榻杂腊蜡匝阖蛤衲沓鸽踏飒拉盍搭溘嗑

【十六叶】叶帖贴牒接猎妾蝶箧涉捷颊楫摄蹑谍协侠荚睫慑蹀挟喋燮褶靥烨摺辄捻婕聂霎

【十七洽】洽狭峡法甲业邺匣压鸭乏怯劫胁插押狎掐夹恰眨呷喋札钾

第二篇　词谱指要

唐(五代)宋词常用谱式

1. 菩萨蛮　（闺情）　李白

【题考】《杜阳杂编》:“大中初,女蛮国贡双龙犀,明霞绵,其国人危髻金冠,缨络被体,故谓之菩萨蛮。当时倡优遂歌菩萨曲。文士也往往效其词。”《唐音癸签》、《南部新书》略同。又《北梦琐言》:“宣宗爱唱菩萨蛮词,令狐丞相假飞卿所撰密进之,戒以勿写泄。”唐时俗称美女为菩萨,菩萨蛮犹称女蛮。当时教坊谱作曲词,遂为词名。后杨升庵改蛮为鬘,失其本矣。后人又名为《重叠金》、《子夜歌》、《巫山一片云》等,非特于词名无涉,且《子夜歌》另有调。而《巫山一片云》更易与别调《巫山一片云》相混,殊属无取。故后世仍通行以《菩萨蛮》为名。

【作者】李白(701—762),字太白,生于碎叶,长于四川,自号青莲居士。凉武昭王九世孙,天才奇特,游长安,贺知章见其文,曰:“谪仙人也。”言于明皇,召对,供奉翰林。帝王在沉香亭赏花,召赋《清平调》三章,后为高力士所谮,赐金放还。安禄山反,永王璘辟为府僚,璘起兵败,白坐当诛,郭子仪救之,长流夜郎;赦还,客当涂。代宗立,以左拾遗召,而白已卒矣。

平林漠漠烟如织韵　寒山一带伤心碧叶
暝色入高楼换平　有人楼上愁叶平

玉阶空伫立三换仄　宿鸟归飞急叶三仄
何处是归程换三平　长亭更短亭叶四平

常用谱式:

(平)平(仄)仄平平仄,　(平)平(仄)仄平平仄。

㊀仄仄平平，　　㊀平平㊀平。

㊀平平仄仄，　　㊀仄㊉平仄，

㊉仄仄平平，　　㊉平㊉仄平。

【作法】本词44字，一般认为是词调中之最古者，即以五七言组成。通篇两句一韵，两平两仄，第一、二句即为七言仄句，第三句为仄起之五言句，换用平韵。第四句为五言拗句。后半第一句为平起仄韵之五言句。第二句为仄起仄韵之五言句，第三、四句与前半第三、四句同。此首相传为太白作，顾上所述调之创始，在唐大中初，则白又何以见此调？《苑词丛谈》谓："今诗余名《望江南》外，《菩萨蛮》、《忆秦娥》称最古，以草堂二词出太白也。余谓太白在当时，直以风雅自任，即近体盛行七言律，鄙不屑为，宁肯事此？且二词虽工丽，而气衰飒，于太白超然之致，不啻穹壤；借令真出青莲，必不作如是语，详其意调，绝类温方城辈，盖晚唐词家名太白耳。"按诸上引《北梦琐言》与此说相合。近人胡适作词选，亦云然。

【简评】本词不是李白之作，但传诵千古，甚至被奉为"词曲之宗"。其义不在其人而在其词抒写一个少妇盼念远人将归，表情殷切委婉，真切动人之故。"寒山一带伤心碧"句，寓情于景，亦景亦情。"寒山"是秋山，说寒山，是人的主观感觉，是人的心情寒，远望盼归未归，故曰"伤心"。"碧"色为冷调，如带的远山，凄冷不堪，只能令人悲伤。"玉阶空伫立"，表露依恋之情。"宿鸟归飞急"，由物及人，联想归人。"长亭连短亭"，替对方着想，极为温婉蕴藉。

【注释】[漠漠]布列貌。[暝色]向晚幽晦之色。[长亭、短亭]行程憩息之所。庾信《哀江南赋》："十里五里，长亭短亭。"

2. 忆秦娥　（思秋）　李白

【题考】《词综》载此词。词名《桂殿秋》。考《苕溪渔隐丛话》：《桂花曲》"仙女侍，董又成，桂殿夜凉吹玉笙"，此《桂殿秋》之名所由昉(始)。此曲据许彦周《诗话》，谓是李卫公所作，《湘江诗话》谓是均州武当山石壁上刻之，云神仙作。《词综》引吴虎臣云："此太白词也。"而《词苑丛谈》则断为晚唐人词(见上篇)。然此调与《菩萨蛮》在词中为最古。郑樵《通志》曰"二词为百代词之祖"，信然。近人杨宪益《零墨新笺》认为是李白所作。别名甚多，曰

《玉交枝》，曰《碧云深》，曰《双荷叶》，又曰《秦楼月》，则与《忆秦娥》同取词中首句之名也。

箫声咽韵 秦娥梦断秦楼月叶
秦楼月叠三字 年年柳色句 灞陵伤别叶

乐游原上清秋节叶 咸阳古道音尘绝叶
音尘绝叠三字 西风残照句 汉家陵阙叶

常用谱式：

平㊥仄， 平平㊀仄平平仄。
平平仄， ㊥平㊀仄， ㊀㊥平仄。

㊀平㊥仄㊥平仄， ㊥平㊀仄平平仄。
平平仄， ㊥平㊀仄， ㊀㊥平仄。

【作法】本调46字。“秦楼月”、“音尘绝”二句俱叠。“灞”、“汉”二字必须用仄声；而名家尤多用去声，音调始畅。第一句为平平仄，第二句为辘轳体，第一字必须用平，否则两秦字不能辘轳。第三叠句即上句之末三字，第四、五句均四字，为平平仄仄，仄平平仄。后半首句为七字，句法与《菩萨蛮》句同。其余与前半无异。（第一句第二字、第二句第三字、第四句第一、三字均平仄不拘。）

【简评】本词在唐宋词中，独具风格，高亢之中含有苍凉之气。“西风残照，汉家陵阙”定有所见而未能见所要见，引人深思。全词以“箫声咽”提出问题，并以呼月而答之，艺术形象生动，有所见而有所感，形诸梦了。

【注释】［秦娥］《列仙传》：“萧史者，秦穆公时人，善吹箫；穆公女弄玉好之。公妻焉。乃为弄玉作凤台，一旦夫妇遂凤而去。”［灞陵］即指灞桥。《三辅黄图》：“灞桥在长安东，跨水作桥，汉人送客此桥，折柳赠别。”故灞陵折柳，世沿以送别。［乐游原］在长安南，汉宣帝立庙宇曲江池之南，世人称为乐游原。原在京城最高处，每逢佳节，士女咸登临祓禊。

3. 调笑令 （宫词） 王建

【题考】《乐府诗集》载：中唐时三台调笑等六词，即所谓中唐六调；本是六言乐府诗,后乃演为长短句之词。调笑,"词谱"作"古调笑";《韦江州集》作《调啸》。一名《宫中调笑》,一名《转应曲》,一名《三台令》。胡适《词选》云:"调笑之名,可见此调本,是一种游戏的歌词;转应之名,可见此调的转折,似是起于和答的歌词;三台令之名,可见此调是六言的三台变出来的。"白居易诗,有"打嫌调笑易"句,自注云:"调笑,曲名也。"由此可见此调成立于中唐之际也。

【作者】 王建(约767—约830),字仲初,颍川人。唐大历十年进士,官昭应县丞,转太常寺丞,终陕州司马。与张籍友善,工为乐府,世称"张王"。有宫词百首传世。《花庵词选·跋》:"王仲初古调笑,融情绘景,犹不失题旨。"

团扇韵　团扇叠句　美人并来遮面叶

玉颜憔悴三年换平　谁复商量管弦叶平

弦管三换仄　弦管叠句　春草昭阳路断叶三仄

常用谱式:

平仄,　平仄,　(平)(仄)(平)平(仄)仄。

(平)(平)(仄)仄(平)平,　(仄)仄(平)(平)仄平。

平仄,　平仄,　(仄)仄(平)平(仄)仄。

【作法】 本调凡32字。起为二字叠句,平仄一定。第三句为平起仄韵之六字句,第二、三字平仄可易。第四句换平韵,为平起平收之六字句,第一、三字平仄不拘。第五句为六字句,仄起平叶,第一字可仄。第六、七句则以上句末二字颠倒而重叠之,换仄韵。末句则与第五句略同,特叶仄韵,而第三、五字平仄亦可通用耳。通首凡三换韵,以六言句为主,盖犹带乐府之旧面目。两字叠句,实为拗体之滥觞;而第六句即为上句末二字倒装,亦为定格也。本调唐人多采用32字,38字者,乃宋人作品。

【简评】 本词代宫中被遗弃的美人抒写不平,哀怨之情十分动人。连呼"团扇",连呼"弦管",面对献色献声之物而无可告语,痛苦极深。"春草昭阳路断"句,表示盼念君王,而长久不得一见,因此发出绝望的哀叹。

【注释】 [昭阳]殿名,《三辅黄图》:"武帝后宫八区,有昭阳殿。"《汉书》:"皇后弟绝幸,为昭仪,居昭阳舍。"汉成帝时赵飞燕之姊住昭阳宫,代表得宠者的住所。失宠的女子不再为人理睬,所以说"昭阳路断",实际是被春草遮断了。

4. 渔歌子 张志和

【题考】《渔歌子》,又名《渔父》、《渔父词》、《渔父乐》。原是唐教坊曲名,后用作词牌。始于唐张志和。《唐书·张志和传》:"志和居江湖,自称'烟波钓徒'。"尝撰渔歌,宪宗图真求其歌,不能致。

【作者】张志和(734—774),字子同。唐肃宗时因事贬官,赦还。居江湖间,自号烟波钓徒,其词作今存五首。

西塞山前白鹭飞韵 桃花流水鳜鱼肥叶
青箬笠句 绿蓑衣叶 斜风细雨不须归叶

常用谱式:

㊥仄平平仄仄平, ㊥平仄㊥仄平平。
平仄仄, 仄平平, ㊥平㊀仄仄平平。

【作法】《渔歌子》为单调词。全词五句,共27字。第一、二、四、五押韵,均用平声韵。第三、四句,例用对偶。

【简评】本词写水乡春泛时渔家辛劳快乐的生活。歌词意境如画,而且都是动态。"西塞山"和"白鹭"是远景,"桃花"和"流水"是近物,"鳜鱼肥"是想象,"青箬笠"和"绿蓑衣"是渔家的打扮,也就是"烟波钓徒"自己。把时间、地点、人物都自然形象地勾画了出来;而且白、红、青、绿色彩鲜明,有静有动,活泼生动,诗情画意,浑然一体。结句"斜风细雨不须归",细雨纷飞,烟波浩渺,此时此刻仍"不须归",含蓄蕴藉,笔意隽永,情趣盎然,耐人寻味。据徐师川《东胡集》记载:苏(轼)黄(庭坚)均爱此歌词,都曾改作为《浣溪沙》。苏词云:"西塞山前白鹭飞,散花洲外片帆微。桃花流水鳜鱼肥。自庇一身青箬笠,相随到处绿蓑衣。斜风细雨不须归。"黄氏改写《浣溪沙》后又增添几句成为"西塞山前白鹭飞,桃花流水鳜鱼肥。朝廷上问元真子,何处如今更有诗。青箬笠,绿蓑衣,斜风细雨不须归。人间欲避惊波险,一日风波十二时。"日本9世纪初,嵯峨天皇仿《渔歌子》作《杂言渔歌》,其中一首为"寒江春晓片去晴,两岸飞花夜更明。鲈鱼脍,莼菜羹,餐罢酣歌戴月行"。这与张志和原作确有异曲同工之妙,艺术的魅力是超越国界的。

【注释】[西塞山]在浙江省吴兴县城西,一说在湖北。[鳜鱼]一种大口细鳞淡黄带褐色的鱼。[蓑衣]草制的雨衣。

5. 长相思 （别情） 白居易

【题考】古诗曰："客从远方来，遗我一书札。上言长相思，下言久别离。"又曰："文彩双鸳鸯，裁为合欢被。著以长相思，缘以结不解。"李陵《与苏武》诗："行人难久留，各言长相思。"苏武《留别妻》诗："生当复来归，死当长相思。"古人辄用"长相思"三字入诗中，其为当时极熟之民间口语可知。厥后演为乐府，乐府诗集收入杂曲歌辞。梁张率始以此三句为句之发端；而陈后主、江总辈，复袭其调。至唐李白等亦仿作之，乃成专调矣。又名《双红豆》、《山渐青》、《忆多娇》、《吴山青》。

【作者】白居易(772—846)，字乐天，太原人。唐贞元十四年，进士拔萃，官集贤校理，入为翰林学士，迁左拾遗，以言事贬江州司马。后入中书舍人，选为杭州刺史，苏州刺史。会昌初，以刑部尚书致仕，卒赠仆射，谥文。白氏晚年，放意诗酒，号醉吟先生。居香山，称香山居士。著有《长庆前后集》七十五卷。

汴水流韵　泗水流叶叠后二字
流到瓜州古渡头叶　吴山点点愁叶

思悠悠叶　恨悠悠叶叠后二字
恨到归时方始休叶　月明人倚楼叶

常用谱式：

(仄)(仄)平，　仄(仄)平。
(平)仄平平(仄)仄平，　(平)平(仄)仄平。

仄平平，　(仄)平平。
(仄)仄平平(平)仄平，　(仄)平(平)仄平。

【作法】本调36字，为双调中上下阕完全相同之最短者。上下阕起二句，俱用叠韵，此为定格，不可悖者。句法与平仄，上下阕完全相同。下阕起为三字叠句，第一字应仄，第二、三字应平(前阕水字以上声读作平声)，第三句为七言句，第一字可平。第四句为平起五言句，第一字应仄，第三字应平，与普通五言句不同。按乐天此词，上阕平仄多误，故当以下阕为准也。

【简评】本词所写的事情是忆别、恨别、盼念远人归来。呼水而语之，倚楼而望之,感情十分真挚。“吴山点点愁”,形容离愁之多,没完没了。“恨到归时方始休”,语言形象,意味隽永,耐人寻味。

【注释】[汴水]亦曰汴渠。受黄河之水,由河南至郑州、开封、归德北境,经江苏徐州,合泗入淮。[泗水]源出山东泗水县陪尾山,自泗水县历曲阜、滋阳、济宁、邹县、沛县、徐州、邳州至清河县入淮。[瓜州]在江苏江都南江滨,当运河之口与镇江斜对,为南北水道交通要处。[吴山]在浙江杭县,春秋时为吴国南界,故名。惟此处则泛指江南一带诸山,江南,古吴地也。[悠悠]眇邈无期貌。

6. 更漏子 （本意） 温庭筠

【题考】唐人称夜间时候为更漏。杜甫《江边新月》诗:“余光隐更漏,况乃露花浓。”许浑《韶州驿楼》诗:“主人不辞下楼去,月在南轩更漏长。”此调创于晚唐,而飞卿又最擅其词。《苕溪渔隐丛话》:“庭筠工于造语,极为绮靡,《花间集》可见矣;《更漏子》一词尤佳。其词云:‘玉炉香,红蜡泪’……是本调飞卿传者已有两首,而所咏有具本意,调名创作,或即为温氏本人耳。”毛氏《填词名解》亦云:“唐温庭筠作秋思中咏更漏,后以名词。”

【作者】温庭筠(约812—870),本名岐,字飞卿,并州人,累举不第。唐大中末,以上书授方山尉,仍失意归。与令狐绹不协,绹以有才无行薄之。徐商知政事,用为国子助教,商罢寻废。著《握兰》、《金荃》等集。

柳丝长句　春雨细韵　花外漏声迢递叶
惊塞燕句　起城乌换平　画屏金鹧鸪叶平

香雾薄三换仄　透重幕叶三仄　惆怅谢家池阁叶四仄
红烛背句　绣帘垂换三平　梦君君不知叶三平

常用谱式:

㊀㊥平, ㊥㊀仄, ㊥仄㊀平㊥仄。
㊥㊀仄, 仄平平。 ㊀平㊥仄平。

平㊥平, ㊥平仄, ㊀仄㊥平㊀仄。
㊀㊀仄, 仄平平。 ㊥平㊥仄平。

【作法】本调为46字。起为三字对句,而平仄互异。第三句为六字句,第一、三、五字平仄可以不拘。第四、五句换平韵,亦为三字对句。第六句五字,第一字宜仄;第三字宜平。虽有用平平仄仄平者,不足法也。后半起句即用韵,第二句不用对偶,“雾”、“透”二字均可平。按下阕起句用韵,独此作为然。宋人词,恒与前半起首相同,不复用韵。第三句以下,均与前同。

【简评】本词所写时间是春夜,地点是华丽的深闺,人是富家外室的少妇,事情是思念很久不来的“丈夫”。通篇辞藻华丽,形象生动,耐人深思。只有深入思考,才能深解其中之味。后阕写思妇长夜不眠的原因,极尽哀婉凄绝之情。

【注释】[迢递]迢遥;绵邈长远貌。[塞燕]塞上之燕,庾信《燕歌行》:“塞燕唱唱渡辽水,桑叶纷纷落蓟门。”杜甫《公安送李二十九弟入蜀》诗:“樯乌相背发,塞燕一行鸣。”[城乌]《左传·襄公十八年》:“晋侯伐齐,齐师夜遁;叔向告晋侯曰:‘城上有乌,齐师其遁?’”杜甫《舟月对驿近寺》诗:“城乌啼眇眇,野宿鹭娟娟。”[金鹧鸪]谓画屏上所绘之金色鹧鸪也,温飞卿《菩萨蛮》云“新帖绣罗襦,双双金鹧鸪”,则非绘而绣矣。[谢家]古称豪华大族。王勃《滕王阁序》文:“非谢家之宝树,接孟氏之芳邻。”韦应物《送宣城路录事》诗:“云林谢家宅,山水敬亭祠。”苏轼诗:“江令苍苔围故宅,谢家语燕集华堂。”

7. 摊破浣溪沙 (秋恨) 李璟

【题考】《南唐书》:“王感化善讴歌,声韵悠扬,清振林木,系乐府为歌本色。元宗尝作《浣溪沙》二阕,手写赐感化。”《浣溪沙》一调,创于南唐中主李璟。所谓摊破浣溪者,特就原调结句,破一句为两句,增七字为十字耳。后人以本首“细雨”、“小楼”一联,脍炙人口,因名为“南唐浣溪沙”。而“沙”字义当为“纱”,或又作“浣沙溪”,则尤应为“纱”。顾沿久已不可改矣。本调别名《山花子》。

【作者】南唐中主(916—961),名璟,字伯玉,初名景通,南唐烈祖李昪的长子,升元七年三月嗣位,改元保大;十五年改元中兴;是年臣属于周,奉周正朔,时周显德五年也。薨于宋建隆元年,享年47岁;请于宋,许复帝号,庙号元宗。

菡萏香销翠叶残韵　西风愁起绿波间叶

还与韶光共憔悴句　不堪看叶

细雨梦回鸡塞远句　小楼吹彻玉笙寒叶

多少泪珠何限恨句　倚阑干叶

常用谱式：

仄⃝平平平仄仄平，　平⃝平平仄仄平平。

平⃝仄平⃝平仄⃝平⃝仄，　仄仄平。

仄⃝仄仄⃝平平仄仄，　仄⃝平平⃝仄仄平平，

平⃝仄仄⃝平平仄仄，　仄平平。

【作法】本调48字，俨然一首七言诗，但颔联与尾联各缺四字耳。第一、二句，即为七言诗仄起之首二句。第三句亦与仄起七言诗第四句相同。后半首二句句法，更与七言诗头联无异。第三句亦与七言诗第七句相同，而末尾三字，其句法竟亦同于仄起七言诗之末尾三字。据词中有减字之例，则此调殆亦可名为减字七言诗矣。

【简评】本词写一个少妇登楼望远，触景生情，表现远思征人的眷恋之情。时间是秋日黄昏，下着蒙蒙细雨。地点是家中、池边、闺中、楼上。你看！“菡萏香销翠叶残，西风愁起绿波间”，先抓住一个“残”字写秋景，然后写“西风”，写“愁”一起生来。景含情，情融景，客观与主观构成了统一体。“还与韶光共憔悴，不堪看”中的“还”与“共”，用字精巧，菡萏（荷花）是韶光的代表，岁月流逝，人与韶光都憔悴了，而且憔悴得不能看了，反映了愁的严重程度。下阕更进一层，细雨惊梦，愁深难遣，吹起笙吧！声彻小楼，便手指也寒了；可是不吹呢，愁又来了，泪更多了，从“梦回”到吹笙，从吹笙到倚阑，层层深入，愁绪难遣，更至无可奈何了。《艺苑卮言》载：中主曾赞叹冯延巳“吹皱一池春水”句；冯答曰：“未若陛下‘小楼吹彻玉笙寒’也。”

【注释】[菡萏]即荷花。《尔雅》：“荷芙蕖，其花菡萏。”[鸡塞]即鸡鹿塞。《水经注》：“自窳（yǔ）浑县西北出鸡鹿塞。”窳浑，在内蒙古鄂尔多斯右翼，黄河西北岸；由此再出西北，即抵蒙古赛音诺颜境。鸡塞，盖当内蒙古与蒙古之界。

8. 应天长　韦庄

【题考】《应天长》有小令与慢词两类。令体始于韦庄，双调50字，8仄韵，后

作亦有减损一字者。一名《应天长令》。慢词始自柳永,《乐章集》注"林钟商"。双调94字,13仄韵。周邦彦添4字,为98字,叶10仄韵,《清真集》注"商调"。

【作者】韦庄(836—910),字端己,京兆杜陵人。乾宁元年(894)进士,授校书郎。后入蜀为王建掌书记。屡官至吏部侍郎兼平章事。有《浣花词》一卷。

别来半岁音书绝韵　一寸离肠千万结叶
难相见句　易相别叶　又是玉楼花似雪叶
暗相思无处说叶　惆怅夜来烟月韵
想得此时情切叶　泪沾红袖黦叶

常用谱式:

㊀平㊉仄平平仄,　㊉仄㊀平平仄仄。
㊉平仄,　㊉平仄,　㊉平㊀平平仄仄。
平平平仄仄仄,　㊉仄㊀平平仄。
㊀仄㊉平㊀仄,　㊉平㊀仄仄。

【作法】本词《应天长》为50字,9句,共8仄韵。

【简评】作者为五代西蜀词家之代表。《历代词人考略》称他的作品"熏香掬艳,炫目醉心,尤以运密入梳,寓浓于淡,花间群贤,殆少其匹"。本词写离情,直接抒写,略用花、月衬托,情致愈为真切。"一寸离肠千万结",语言夸张,不加修饰而愁苦极深。

【注释】[黦](yuè),黄黑色。

9. 三字令　欧阳炯

【题考】《三字令》,据传此调创自五代欧阳炯。此调有48字、54字两体,每句3字,故得此名。

【作者】欧阳炯(896—971),五代后蜀词人。益州华阳(今属四川)人。少事前蜀后主王衍,又仕后蜀,从孟昶降宋。曾任翰林学士,善吹长笛。工词,多写艳情。曾为《花间词》作序。

春欲尽句　日迟迟韵　牡丹时叶
罗幌卷句　翠帘垂叶

彩笺书句 红粉泪句 两心知叶

人不在句 燕空归叶 负佳期叶
香烬落句 枕函欹叶
月分明句 花淡薄句 热相思叶

常用谱式：

平仄仄， 仄平平， 仄平平。
平仄仄， 仄平平。
仄平平， 平仄仄， 仄平平。

平仄仄， 仄平平， 仄平平。
平仄仄， 仄平平。
仄平平， 平仄仄， 仄平平。

【作法】《三字令》为双调。本词为48字体,上下两阕,各8句,均押四平韵。

【简评】作者的词作,多是写浓艳之情。本词通篇以三字为句,语短韵长。上阕写春日迟迟,繁花将尽,作书流泪,欲得一聚,两心共知。下阕写佳期已误,思念最苦。

【注释】[欹]通"倚",倾斜。杜甫《奉先刘少甫新画山水障歌》:"欹岸侧岛秋毫末。"

10. 定风波 欧阳炯

【题考】《定风波》,又名《卷春空》、《定风波令》、《醉琼枝》。原为唐教坊曲名,后用为词牌。任半塘《教坊记笺订》:"《敦煌曲定风波》曰:'谁人敢去定风波。'《词谱》因李珣之调讹作《定风流》,未免不揣本义。"按《定风波》本义应为平定风波变乱之意。始见于五代后蜀欧阳炯词。

暖日闲窗映碧纱韵 小池春水浸晴霞叶
数树海棠红欲尽换仄 争忍叶仄 玉闺深掩过年华换平

独凭绣床方寸乱换仄 肠断叶仄 泪珠穿破脸边花换平
邻舍女郎相借问换仄 音信叶仄 教人羞道未还家换平

常用谱式：

(仄)仄(平)平(仄)仄平，　平(平)(仄)仄仄平平。

(仄)仄(仄)平平(仄)仄，　(平)仄，　(仄)平(平)仄仄平平。

(仄)仄(仄)平平仄仄，　(平)仄，　(仄)平(平)仄仄平平。

(平)仄(仄)平平仄仄，　(平)仄，　(平)平(平)仄仄平平。

【作法】《定风波》为双调词。全词上下两阕,共11句,62字。上阕第一、二、五句,下阕第三、六句押平声韵,上阕第三、四句,下阕第一、二、四、五句押仄声韵。

【简评】本词写闺情很形象。上阕用浓墨重笔极写景物,用“争忍,玉闺深掩过年华”,点出深闺独处的不尽情思。下阕先以“肠断”为枢纽,承前启后写满眼泪痕,心绪烦乱之极。末尾似用对话方式,又在掩饰隐情,情态极妙。

【注释】[玉闺]旧时闺房的美称。李縠《醉中袭美先月中归》诗:“阿鹜还须掩玉闺。”

11. 酒泉子　毛熙震

【题考】《酒泉子》唐教坊曲名,后用为词牌。敦煌曲子词有此调。以平韵为主,间入仄韵。有二体,一见于敦煌曲子词,双调49字,北宋潘阆依之,因忆西湖风景而作,故又名《忆余杭》。《词谱》据《湘山野录》,谓此为潘阆自制曲,非。另一多见《花间集》,自40字至45字,句法用韵彼此大同小异。

【作者】毛熙震(生卒年不详),蜀(今四川)人。曾为后蜀秘书监。工词,为花间派词人。今存词近30首,辞多秾丽,风骨纤弱。有《毛秘书词》辑本一卷。

闲卧绣帏韵　慵想万般情宠换仄

锦檀偏句　翘股重叶仄　翠云欹换平

暮天屏上春山碧三换仄　映香烟雾隔叶三仄

蕙兰心句　魂梦役叶四仄　敛蛾眉换平

常用谱式：

(平)仄(仄)平，　(平)仄(仄)平平仄。

仄平平，　平仄仄，　仄平平。

(仄)平(平)仄平平仄，　仄平平仄仄。

仄平平， 平仄仄， 仄平平。

【作法】本词《酒泉子》为双调，共40字。上阕5句，下阕5句。二平三仄韵。

【简评】本词写闺情，先写"闲卧"时的回想，后写看画时的联想，都透露出一派孤愁。

【注释】［慵］困倦，懒。［翘股］抬腿。［攲］通"倚"。

12. 忆江南 （怀旧） 李煜

【题考】本调原名《望江南》。《乐府杂录》："望江南，始自朱崖李太尉镇浙日，为亡妓谢秋娘所选。"故亦名《谢秋娘》。白乐天作《忆江南》三首。第一《江南好》，第二第三《江南忆》，自注云："此曲亦名《谢秋娘》，每首五句。"（见《碧鸡漫志》）于是又名《江南好》、《江南忆》，本名亦以此而起。此外，刘禹锡词，首句作"春去也"，皇甫松词，有"闲梦江南梅熟日"之句，因又名《春去也》、《梦江南》、《望江南》。而《全唐诗》于李后主《忆江南》注"又名《归塞北》"。万氏《词律》又有《梦江口》之名。至梁武帝与沈约之《江南弄》各曲，或以为亦《忆江南》之别名，此调异名，可谓伙矣。

【作者】南唐后主（937—978），名煜，字重光，初名重嘉，璟第六子。宋建隆二年六月嗣位，在位十七年。至开宝八年十一月，曹彬下江南，后主降。太平兴国三年七月薨，享年四十有二。赠太师，封吴王。其所作词，实集唐、五代之大成，并开两宋词学之先河。

多少恨句 昨夜梦魂中韵 还似旧时游上苑句
车如流水马如龙叶 花月正春风韵

常用谱式：

平㊥仄， ㊥仄仄平平。 ㊀仄㊥平平仄仄，
㊥平㊥仄仄平平， ㊥仄仄平平。

【作法】本调27字。首句为三字句，第二句为仄起平韵之五字句。句法上二下三。第三句为仄起仄收之七字句，第一、三字平仄可不拘。第四句为平起平韵之七字句。第五句句法与第二句同，故第一字可平可仄。此调三、四两句，其句法与平起七言诗中之颔联无异，是以作者多用对偶，以求工整，历来词家，正多其例也。

【简评】本词抒写作者自己国亡被囚,梦旧时生活而悲不自禁。第一句用喷发式的表达法,以“多少恨”三字提出问题,表现出悲痛已极的情调。前两句缓读、重读、顿读,以下逐句一气读完,词气自会体现。“旧时”入梦,梦入“旧时”,真实的、虚幻的交织在一起,亡国之君,无穷之恨,以极少的语言,表达出千种悲恨、万种情怀,正是本词艺术手法的高妙之处。千古绝唱,传诵至今。

【注释】[上苑]即上林苑,秦始皇所筑,汉武帝更增广之,周袤三百里,离宫七十所,在今陕西西安西至鄠县界。[车如流水马如龙]言车马之盛。《后汉书·马后纪》:“濯龙门外家问起居者,车如流水,马如游龙。”

13. 捣练子 (秋闺) 李煜

【题考】《词苑丛谈》:“李重光深院静小令一阕。升庵曰:‘词名捣练子,即咏捣练也,复有《云鬓乱》一篇,其词亦同。’尝见一旧本,则俱系《鹧鸪天》,二词之前,各有半阕,其‘云鬓乱’一阕云:‘节候虽佳景渐阑……’其‘深院静’一阕云:‘塘水初澄似玉容……’”是本调因李后主咏捣练,而从《鹧鸪天》中所分出,自后遂成专调,即以《捣练子》为名。又以词中有“深院”及“月”等字样,因又名《深院月》。

深院静句 小庭空韵 断续寒砧断续风叶

无奈夜长人不寐句 数声和月到帘栊叶

常用谱式:

平仄仄, 仄平平。 ㊀仄平平㊀仄平。

㊉仄㊀平平仄仄, ㊉平㊉仄仄平平。

【作法】本调27字,起为三字对句,句法均上二下一,第三、四句,与平起七绝诗之二、三句无异,故一、三字平仄,俱可不论。

【简评】本词抒情手法清隽可喜。“院静”,“庭空”,一片寂寥气氛。但忽断忽续的风,送来了忽断忽续的寒砧声,孙洙《河满子》云“夜阑几处疏砧”,故砧人的心情也是断续的。一个独处“深院”、“小庭”中的少妇,听到断续的砧声,实在恼人,难以入寐。但声音还是断断续续和着光,送进帘栊。不寐的人,通宵是清醒的。语言洗练,艺术性很强。

【注释】[寒砧]砧,捣衣石也,寒砧,指秋夜之砧声。往时诗人多用以喻凄咽之景况。杜甫《秋兴八首》诗之一:"寒衣到处催刀尺,白帝城高急暮砧。"

14. 相见欢 (秋闺) 李煜

【题考】本调昉于唐时,正名《相见欢》。后主作此,已在归宋之后,故宫禾黍,感事怀人,诚有不堪回首之悲,因名曰《忆真妃》。又以词中有"上西楼"及"秋月"之句,故又名《上西楼》、《西楼子》、《秋夜月》。宋人又名为《乌夜啼》。《词苑丛谈》云:"南唐李后主乌夜啼词最为悽惋,词曰'无言独上西楼'云云。"顾《锦堂春》亦名《乌夜啼》,且《秋夜月》另有82字正调,所应细辨者也。又有一名《日月上瓜洲》。

无言独上西楼韵 月如钩叶
寂寞梧桐豆 深院锁清秋叶

剪不断换仄 理还乱叶仄 是离愁换平
别是一般豆 滋味在心头叶平

常用谱式:

㊥平 ㊀仄平平, 仄平平,
㊀仄 ㊥平、 仄仄仄平平。

㊀㊀仄, ㊀㊥仄, 仄仄平。
㊀仄 ㊀平、 平 ㊀仄平平。

【作法】本调36字。凡两用韵,前半皆用平韵。第一句六字,第一、三字平仄均可,第二句与《捣练子》第二句同。第三句为九字句,但亦有于六字处断句者。万氏《词律》认为此等九字句,尽可先成七言一句,然后再寻两字冠之。后主此词,正用此法耳。后半起二句换仄韵,最宜注意。万氏《词律》云:"断乱二字,是换仄韵,各谱失注,是使学者失去二韵,其误甚矣。"第三句叶平韵,与前半第二句同,末句亦为九字句,句法与前半末句无异。

【简评】本词借深院囚居,写对故国怀念之情。"无言独上西楼","无言",乃心中有恨有愁无人共言,一个"独"字,非常形象。"梧桐深院",已够寂寞,"锁清秋",更是寂寞了。时时刻刻的苦恼,真是千头万绪;一刀两断,断不了;梳理一下吧,却越理越乱。心绪如麻,百感丛生,用“别是一般滋味”让你去领会,语言艺术十分高妙。词情凄婉,哀怨伤绝,动人心扉。

【注释】[一般]犹言一种。邵雍《清夜吟》诗:“一般清意味,料得少人知。”

15. 浪淘沙 (怀旧) 李煜

【题考】本调出于乐府,乐府诗集收入近代曲中。原为28字,即七言绝句一首。唐白居易、刘禹锡并有此词,且词句即咏江浪淘沙。如皇甫松词云:“蛮歌豆蔻北人愁,浦雨杉风野艇秋。浪起䴔䴖眠不得,寒沙细细入江流。”亦非泛作也。追至李煜,因旧调另制新声,乃变作双调,每段仅存七言二句,而所咏亦泛而不必切题矣。词律以28字为正,而以本调为变体。又名《入冥过龙门》、《卖花声》;而《谢池春》亦名《卖花声》,不容稍混也。

帘外雨潺潺韵　春意阑珊叶　罗衾不耐五更寒叶
梦里不知身是客句　一晌贪欢叶

独自莫凭栏叶　无限江山叶　别时容易见时难叶
流水落花春去也句　天上人间叶

常用谱式:

㊥仄仄平平,　㊥仄平平。　㊥平㊀仄仄平平。
㊀仄㊀平平仄仄,　㊀仄平平。

㊀仄仄平平,　㊥仄平平。　㊀平㊥仄仄平平。
㊥仄㊀平平仄仄,　㊥仄平平。

【作法】本调54字,上下阕字句完全相同。第一句5字,与《忆江南》次句同。第二句4字,为平仄平平。而第一字不拘。第三句即为平起平收之七言句。第四句即为仄起仄收之七言句,第五句则与第二句同。此调平仄既宽(因七言诗可以一三五不论),而后半又同前半,故初学填词,实为最易模拟之词调也。

【简评】本词抒写作者自己思念故国的悲苦和绝望的心情。暮春听雨,淅淅沥沥,五更寒气袭人,入梦已不知身为囚徒,得到片刻的欢乐,真是“一晌愁消值万金”。“独自莫凭栏”,是在告诫自己,那会倍增痛苦。一生都成了过去，自己是生耶？死耶？也迷惘不得而知。其痛苦是极深的。抚今追昔，何啻天壤！抽象的感情，全从形象的语言中透露出来。

【注释】[潺潺]水流貌。[阑珊]犹衰落。[一晌]犹言片刻。白居易诗："一晌愁消值万金。"

16. 虞美人 （感旧） 李煜

【题考】《碧鸡漫志》："脞说称虞美人起于项籍虞兮歌，予谓后世以命名可也，曲起于当时，非也。曾宣子夫人魏氏，作虞美人草行，有'三军散尽旌旗倒，玉帐佳人坐中老，香魂夜逐剑光飞，青山化为原上草'之句，世以为工。"又《梦溪笔谈》云："高邮桑宣舒，性知音，旧闻虞美人草，逢人作虞美人曲，枝叶皆动，他曲不然，试之如所传。详其曲，皆吴音也。他日取琴试用吴音制一曲，对草鼓之，枝叶皆动，因曰虞美人操。"观此，《虞美人》一名，在乐府中曰行，在植物曰草，在琴曲曰操，考其源，皆由项王虞兮之歌而得名也。

春花秋月何时了韵　往事知多少叶
小楼昨夜又东风换平　故国不堪回首月明中叶平

雕栏玉砌应犹在换仄　只是朱颜改叶仄
问君能有几多愁换平　恰似一江春水向东流叶平

常用谱式：

㊥平㊀仄平平仄，　㊀仄平平仄。
㊥平㊀仄仄平平，　㊥仄仄平平仄仄平平。

㊥平㊀仄平平仄，　㊥仄平平仄。
㊀平㊥仄仄平平，　㊀仄㊥平平仄仄平平。

【作法】本调56字，上下阕亦完全相同。凡四用韵，两平两仄。第一句七言句，平起仄韵。第二句五言句，仄起仄韵。第三句亦为七言句，平起平收，换平韵。第四句九字句叶平，按语气，似可于第六字略作顿逗，然终以一气贯注为妙。

【简评】本词抒写对故国江山的怀念之情。"春花秋月何时了？"这是对苍天责问的口气，表现他的无限哀愁。原来对花和月抱有极美妙、圆满的追求，而一旦幻梦破灭了,春花秋月也立刻化为无边的愁恨。犹如镜子,照出了纵情欢乐的过去,也照出了凄惨愁苦的现在。想想过去,不堪回首;看看现在,悲愁如满江春水,是多么无奈而又不得已呀!这首词之所以引起无数人的共鸣,正是因为词家的艺术笔锋触动了民族审美意识的重要情结。

【注释】[故国]《西清诗话》:"南唐后主归朝后,每怀故国,且念嫔妾散落,郁郁不自聊。"[雕栏玉砌]喻旧宫之富丽。[朱颜]即红颜,喻美人。《楚辞·招魂》:"美人既醉,朱颜酡些!"

17. 一斛珠 (香口) 李煜

【题考】曹邺《梅妃传》:"梅妃为太真逼迁上阳,明皇于花萼楼念之。会夷使贡珠,命封一斛赐妃,妃谢以诗云:'柳叶双眉久不描,残妆和泪污红绡。长门尽日无梳洗,何必珍珠慰寂寥!'上览诗怅然,令乐府以新声度之,号《一斛珠》。"本调之所由昉也。厥后又名《醉落魂》。

晚妆初过韵　沉檀轻注些儿个叶
向人微露丁香颗叶　一曲清歌句　暂引樱桃破叶

罗袖裛残殷色可叶　杯深旋被香醪涴叶
绣床斜凭娇无那叶　烂嚼红绒句　笑向檀郎唾叶

常用谱式:

㊀平㊥仄,　㊥平平仄平平仄。
㊀平平仄平平仄。　仄仄平平,　㊀仄平平仄。

㊥仄㊀平平仄仄,　平平㊀仄平平仄。
仄平㊥仄平平仄。　仄仄平平,　仄仄平平仄。

【作法】本调57字,首句4字,平起仄韵,次为平起仄韵之七言句,第三句同次句,末句9字,于第四字略逗。顾《词律》迳将四字作句,似有碍一气呵成之妙。下阕换头,为仄起仄收之七言句。以下与上阕全同。

【简评】本词是作者较早的作品。《词筌》云:"词家多翻诗意入词,虽名流不免。吾常爱李后主《一斛珠》末句云:'绣床斜凭娇无那,烂嚼红绒,笑向檀郎唾。'杨孟载《春绣》绝句云:'闲情正在停针处,笑嚼红绒唾北窗。'此却翻词入诗。”

【注释】[个]同“介”,古俗语助词,犹今之“样”、“地”。[丁香]本常叶乔木,一名鸡舌香,喻美人香舌。[涴] 涴潰,水流回曲貌。[无那]无奈;唐人多以“无奈”为“无那”。《存悔斋集·杜诗话》:“飞腾无那故人何!”[檀郎]李贺《牡丹种曲》诗:“檀郎谢女眠何处?”潘安小字檀奴,故妇人呼所欢为檀郎。《坚瓠集》:“诗中多用檀郎字,檀喻香也。”

18. 谒金门 （春闺） 冯延巳

【题考】汉武帝使学士待诏金马门,备顾问,亦省称金门,喻天子宫门。乐府古歌,即有“延宾客,入金门之咏”;后与“玉堂”并称。沿为掇取金紫,列位公卿之词。如扬雄《解嘲》:“今吾子幸得应金门,上玉堂有日矣。”元载杜鸿渐碑:“入则并金门,跻玉堂。”本调为唐词,其取义为儒生朝谒天子。毛先舒《词学全书》:“唐乐有儒生谒金门,词沿其名。”万氏《词律》又收其异名《垂杨碧花自落》,并云:“图谱又将调名收《花自落》。”殆惧掐他人词句以名调耳。

【作者】冯延巳(903—960),字正中,其先彭城人,唐末,徙家新安。事南唐,为左仆射同平章事。《诗史》:“南唐元宗优待藩邸旧僚,冯延巳自元帅府书记,至中书侍郎,遂相。”《本传》云:“冯延巳著乐府百余阕,有‘风乍起,吹皱一池春水’之句。元宗尝戏曰:‘吹皱一池春水,干卿底事?’延巳曰:‘未如陛下“小楼吹彻玉笙寒”。’元宗大悦。”时人称其乐府思深词丽,韵逸调新。著有《阳春录》一卷。

风乍起韵　吹皱一池春水叶
闲引鸳鸯芳径里叶　手挼红杏蕊叶

斗鸭阑干独倚叶　碧玉搔头斜坠叶
终日望君君不至叶　举头闻鹊喜叶

常用谱式:

平⑫⑫,　㊉仄⑫平平仄。
㊉仄㊉平平仄仄,　⑫平平仄仄,

⑫仄㊉平㊉仄。　⑫仄㊉平㊉仄。

㊣仄㊀平平仄仄，　㊀平平仄仄。

【作法】本调45字,首起为三字句,句法为上一下二,平仄仄。第二字虽有用平者,终不如仄声为佳。第二句为六字,叶韵。第三句为仄起仄收之七言句。第四句与《菩萨蛮》下阕第一句句法相同。后半仅第一句为六字句,仄仄平平仄仄。余均与前半相同。此调通篇各句俱叶韵,后半唯孙光宪换头作"轻别离,甘抛掷",两个三字句,然字数及叶韵固无不同也。

【简评】本词写一个贵家少妇,由春水春花而兴起的盼夫归来的忧思。这种思绪来得突然,乍起一阵春风,池水掀起微波,用一个"皱"字,形容水,更突出了内心的感受。忧思无法排遣,引来鸳鸯又是成双成对,更是无法排遣。"手挼红杏蕊",无可奈何的形象跃然纸上。下阕用了一个"独"字,感情蕴藉。独处百无聊赖,头发蓬松,玉簪斜坠,远人不至,情何以堪!"举头闻鹊喜",由久忧而转喜,似乎得到了希望,其实喜中也是带泪的。写一个痴情少妇的形象,由景引情,曲曲折折,语言自然,艺术手法高妙。

【注释】[挼]按揉。[斗鸭]《说郛》引《三国志·孙权传》注:"魏文帝遣使求斗鸭,群臣奏宜无与;权曰:'彼居谅暗中,所求若比,岂可与言礼哉?'具以与之。"又《新唐书》:"齐王祐善养斗鸭,方未反时,狸咋鸭四十余,绝其头去,及败,牵连诛死者四十余人。"是斗鸭自古有之,始与斗鸡相似,供豪家之娱乐者。[搔头]簪之别名。《西京杂记》:"武帝过李夫人,就取玉簪搔头,自此后,宫人搔头皆用玉。"[鹊喜]《禽经》云:"灵鹊兆喜。"注:"鹊噪则喜生。"宋之问《发端州初入西江》诗:"破颜看鹊喜。"世俗因以鹊噪为报喜。

19. 踏莎行　(春色)　寇准

【题考】本调又名《柳长春》。《湘山野录》云:"莱公因早春宴客,自撰乐府词,俾工歌之。"又《词律》中《江南春》词注曰:"或曰:此莱公自度曲,他无作者。"可知莱公于当时能自创词调。此词所咏,于暮春时,莎草离坡,践踏寻芳,写景抒情,正相切合,则是本调之创始,殆由莱公。按《艺林·伐山》:"'踏莎行草过春溪',词名《踏莎行》,本此。"又可知莱公实取韩诗以名词也。再者,《踏莎行》、《御街行》、《望远行》等等之"行"为行步之"行",与乐府歌行之"行"不同。所宜辨也。(见《词律发凡》)

【作者】寇准(961—1023),字仲平,宋下邽人。太平兴国中进士,累官尚书右仆射，集贤殿大学士。景德中，同中书门下平章事，封莱国公。为丁谓所构，乾兴初，贬雷州司户参军，卒赠中书令，谥忠愍。《苕溪渔隐丛话》云：“忠愍诗思凄婉，盖富于情者；如《江南春》云云，疑若优柔无断者。至其端委庙堂，决澶渊之策，其气锐然，奋仁者之勇，全与此诗意不相类。盖人之难知也如此。”著有《巴东集》。

春色将阑句　莺声渐老韵　红英落尽青梅小叶
画堂人静雨蒙蒙句　屏山半掩余香袅叶

密约沉沉句　离情杳杳叶　菱花尘满慵将照叶
倚楼无语欲销魂句　长空黯淡连芳草叶

常用谱式：

㊀仄平平，　㊉平㊀仄，　㊉平㊀仄平平仄。
㊉平㊀仄仄平平，　㊉平㊀仄平平仄。

㊀仄平平，　㊉平㊀仄，　㊉平㊀仄平平仄。
㊉平㊀仄仄平平，　㊉平㊀仄平平仄。

【作法】本调58字，实为七言仄韵诗两绝合成。不过破首句7字为4字两对句耳。故此调之句法及平仄，只需注意首次二句为仄仄平平及平平仄仄之对句。余与七绝二、三句无异，且第一、三字之平仄，均可不拘。

【简评】本词是一首闺怨词。寇准并非词家，是决策澶渊之盟的大政治家。而这首词却写得细腻小巧，颇耐寻味。它表现了一位思妇离绪的难挨和怀远的幽怨，或有所寄托。上阕着意于暮春景象的描绘渲染，创造出一个典型的生活环境和心态环境。下阕写主人公对旧情的追忆和远怀之思。本词中心是写伤春幽怨，但通篇未著一怨字，而字字句句都透出了怨意。怨莺声，怨落红，怨蒙蒙细雨，怨袅袅烟霭，怨菱花，怨小楼，怨长空，怨芳草。怨情层层推开，极为深重。

【注释】[屏山]古时以屏施帐，故屏山多指屏帐言。[菱花]镜也。《飞燕外传》：“婕妤上七尺，菱花镜一奁。”

20. 贺圣朝　（留别）　叶清臣

【题考】以“圣朝”一词为崇仰朝廷之词，多见唐人诗文中，如《旧唐书·礼仪志》:"圣朝垂则,永播于芳规。"杜审言《送和西蕃使》诗:"圣朝尚边策,诏论兵戈偃。"张九龄《饯陈学士还江南同用征字》诗:"圣朝岩穴选,应待鹤书征。"杜甫《诸将五首》诗之四:"炎风朔雪天王地,只在忠臣翊圣朝。"《贺圣朝》之调名,即昉于唐,为教坊曲。(见毛氏《填词名解》)又以张南《史诗》"欣逢众君子,并立圣明朝","圣明"二字并用,因又名《贺明朝》。入宋,改称"熙朝"。如曾肇《贺明堂礼肆赦表》:"讲兹钜典,属在熙朝。"陈师道《贺翰林曾学士启》:"鲁卫同升,亦熙朝之故事。"于是《词谱》所收,本调之又一体61字者,又名《贺熙朝》,实皆同属一调也。

【作者】叶清臣(1000—1049),字道卿,宋长洲人。天圣初进士,历官翰林学士,权三司使,罢知河阳,卒,赠左谏议大夫。有集。

满斟绿醑留君住韵　莫匆匆归去叶
三分春色二分愁句　更一分风雨叶

花开花谢句　都来几许叶
且高歌休诉叶　不知来岁牡丹时句　再相逢何处叶

常用谱式:

㊣平㊀仄平平仄。　仄平平平仄,
㊣平㊣仄仄平平,　仄㊀平平仄。

㊣平㊣仄,　㊣平㊀仄。
仄平平仄仄。　㊀平㊣仄仄平平,　仄㊣平平仄。

【作法】本调49字。首句7字,仄起仄韵。次句5字,为上一下四。第三句为不叶韵之平起平收七言句。第四句句法与第二句同,但"一分风雨"之"一"字,乃以入声作平声耳。下阕换头,作四言两句,多有作对偶,一不叶韵,一叶韵,亦有俱不叶韵者。以下三句,均同上阕。

【简评】人生难得长时聚,人生难得几回醉?留君住,莫归去,更不要行色匆匆。要知别时容易见时难,留下来吧!能留下否?难堪至极。

【注释】[绿醑]美酒。[几许]即几何。古诗:"河汉清且浅,相去复几许。"

21. 河渎神　孙光宪

【题考】《河渎神》,原为唐教坊曲名,后用作词调之称。宋人黄升《花庵词选》

谓唐词多缘体所赋。《河渎神》则咏祠庙。此调有多体。

【作者】孙光宪(约900—968),五代词人,字孟文,贵平(今四川仁寿东北)人。家中藏书甚丰,校勘抄写,数十年如一日,自称葆光子。初事南王三世,官检校秘书少监等职。后归顺宋,官黄州刺史。其词大部分收入《花间词》。并撰有笔记《北梦琐言》。

江上草芊芊韵 春晚湘妃庙前叶
一方卵色楚南天叶 数行斜雁联翩叶

独倚朱栏情不极换仄 魂断终朝相忆叶仄
两桨不知消息叶仄 远汀时起鸂鶒叶仄

常用谱式:

平仄仄平平, ㊥㊀㊥㊥㊀平。
仄平㊀仄仄平平, ㊀㊥平㊀㊥平。

㊀仄㊥平平仄仄, ㊥㊀㊥㊥平仄。
㊀仄㊀平平仄, ㊀平平仄平仄。

【作法】《河渎神》为双调,共8句49字。上阕4句,24字,四平韵;下阕4句,25字,四仄韵。

【简评】本词写两两情思,淡雅含蓄,四平四仄,韵调和谐。

【注释】[芊芊]草木茂盛貌。《列子·力命》:"美哉国乎!郁郁芊芊。"[湘妃]相传尧有二女名娥皇、女英,嫁给舜为妻。舜南巡病死于苍梧,二妃寻找不得,悲恸而死。舜也称湘君,故二妃亦称湘妃。[卵色]如卵颜色的云。[鸂鶒]xī chì,水鸟名,此鸟体形大于鸳鸯而多紫色,亦称"紫鸳鸯"。

22. 点绛唇 (别情) 王禹偁

【题考】《点绛唇》又名《点樱桃》、《南浦月》、《沙头雨》、《寻瑶草》、《万年春》。明杨慎《升庵集》:"《点绛唇》取梁江淹诗'白雪凝琼貌,明珠点绛唇',以为名。"始见于南唐冯延巳《阳春集》。

【作者】王禹偁(945—1001),字元之,济州巨野(今山东巨野)人。出身农家。宋太宗(赵炅)太平兴国八年(983)进士。历官右拾遗、左司谏、翰林学士、知制诰(替皇帝草拟诏令的官职)。遇事敢言,守正不阿,"以直躬行道为己任",故屡遭贬谪。尝作《三黜赋》以明志:"屈于身兮不屈其道,虽百折而何亏。"他反对五代以来"秉笔多艳冶"的颓靡文风,提倡"革弊复古",主张取法韩柳,以"句之易道,义之易晓"为贵。作诗推崇杜甫、白居易。所作诗文,风格质朴。词作仅存一首。有《小畜集》、《小畜外集》。

雨恨云愁句　江南依旧称佳丽韵
水村渔市叶　一缕孤烟细叶

天际征鸿句　遥认行如缀叶
平生事叶　此时凝睇叶　谁会凭栏意叶

常用谱式:

㊥仄平平,　㊥平㊥仄平平仄。
㊣平平仄,　㊣仄平平仄。

㊣仄㊥平,　㊥仄平平仄。
㊥㊣仄,　㊣平㊥仄,　㊥仄平平仄。

【作法】《点绛唇》,为双调,共9句,41字,上阕4句,三仄韵,第二、三、四句押韵。上阕第二句第一字,第三句第一字均宜用去声。下阕四仄韵,第二、三、四、五句押韵。下片第四句第一字亦宜用去声。下阕第三句为三字句,用上二下一句法。

【简评】本词为宋词中最早的篇章之一,也是王禹偁传世的唯一词作。黄升《花庵词选》题作"感兴"。词里含蓄地表达了作者用世的抱负。这首词独具风格,即事触目,寓情于景,格调深沉。词中交替使用比拟与衬托手法,不假锤炼,纯任自然而又蕴藉含蓄,耐人回味。从全篇来看,作者并未着力于刻画水乡鱼市的风光,而只是借景抒情;因此,"征鸿"从"天际"掠过,便禁不住发出感叹。堪与"嗟乎,燕雀安知鸿鹄之志哉"(《史记·陈涉世家》)的豪言相辉映。

【注释】[雨恨云愁]两句,江南一带多雨,但风景依旧很美丽。南朝梁诗人谢朓写过《入朝曲》,有"江南佳丽地"句。[一缕孤烟细]烟,炊烟。象征渔村里人家很少。[行如缀]行列整齐,像是连缀在一起。[凝睇]注视。[会]领会,理解。《韩非子·解老》:"其智深则其会远,其会远,众人莫能见其所极。”[凭栏]依栏居高远眺。张九龄《登乐游原春望》诗：“凭眺兹为关，离居方独愁。”

23. 御街行 （怀旧） 范仲淹

【题考】御街之名，始于宋代。《东京梦华录》：“御街，自宣德楼一直南去，约阔二百余步，两边乃御廊，廊下杈子里，有砖石甃砌御沟水两道，尽植莲荷，近岸植桃李梨杏，杂花相间，春夏望之如绣。”此北宋汴都之御街也。《梦粱录》及《武林旧事》云：“嘉会门直至余杭门一带街，名御街，孟冬遇朝礼，赐群臣簪花，都人瞻仰天表御街，远望如锦，朝臣有恭谢一二词咏之。御街行：‘绣衣花帽挨排砌，锦仗天街里。’此南宋行都之御街也。”御街景物于当时脍炙人口如此。本调创始，当在北宋；至南宋则已普遍朝野矣。

【作者】范仲淹（989—1052），字希文，宋吴县人。大中祥符八年进士。仕至枢密副使，参知政事，卒，赠兵部尚书，楚国公，谥文正。为秀才时，尝言：“士当先天下之忧而忧，后天下之乐而乐。”能以天下为己任。当其镇守延安时，夏人相戒莫敢犯曰：“小范老子，胸中自有数万甲兵。”有集。

纷纷坠叶飘香砌叶　夜寂静豆　寒声碎叶
真珠帘卷玉楼空句　天淡银河垂地叶
年年今夜句　月华如练句　长是人千里叶

愁肠已断无由醉叶　酒未到豆　先成泪叶
残灯明灭枕头攲句　谙尽孤眠滋味叶
都来此事句　眉间心上句　无计相回避叶

常用谱式：

(平)平(仄)仄平平仄，仄仄仄、平平仄。

(平)平(平)仄仄平平，(平)仄(平)平平仄。

(平)平平仄，仄平平仄，(平)仄平平仄。

(平)平平(仄)仄平平仄，仄仄仄、平平仄。

(平)平(平)仄仄平平，(仄)仄(仄)平平仄。

平平仄仄，(平)平(平)仄，(平)仄平平仄。

【作法】本调78字。首句7字,为平起仄韵之七言句,故第一、三字平仄可不拘。次为六字句,上三字均宜仄,下三字叶韵。第三句7字,平起平收,不用韵。第四句6字,叶韵。第五、六句均为四字句,不用韵。结句5字,叶韵。下阕句法,全与上阕相同。

【简评】本词据《范文正公诗馀》,词牌下注"秋日怀旧",作品写作时间大概是在外地任职时,他以怀旧为题,似乎也是怀念朝廷无人,忧念君王,与"居江湖之远则忧其君"的思想是一致的。上阕重在写景,下阕重在写情。写景,景中有情;写情,情中有景。写景时,从听字着笔,从静字命意,很自然地突出了"长是人千里"的无法排遣的离情别绪。写情时,作者饱蘸浓墨,以"愁肠已断无由醉,酒未到,先成泪",表现了愁肠寸断,极度悲伤的情怀。于是在"残灯"黯淡,"孤眠"寂寞中苦熬着。后世评家多以"柔情"、"丽语"称道,自是婉约词的能手,但骨力遒劲,远非一般男女相思之情可比也。

【注释】[玉楼]《十洲记》:"昆仑山之一角,有金台五所,玉楼十二所。"世因称华英之楼曰玉楼。[银河]即云汉。晴夜天空,见有灰白色之带,微光闪闪,弯环如河者,亦名天河,一名天杭,一名银潢。

24. 渔家傲 (秋思) 范仲淹

【题考】《乐府纪闻》:"张志和自称烟波钓徒,愿为浮家泛宅,往来苕霅(zhà)间,作《渔歌子》。"按张志和所作"西塞山前白鹭飞"一词,亦称《渔父词》。其调之曲拍,不传于后。而唐宋词人,又多有《渔家乐》之作,其为描写渔人生活之词则同。至范希文乃有本调之创,题意盖与《渔家乐》无二致也。《东轩笔录》云:"范文正守边日,作《渔家傲》乐歌数曲,皆以'塞下秋来'为首句,颇述边境之劳苦。欧阳公尝呼为'穷塞主'之词。及王尚书素出守平凉,文忠亦作《渔家傲》一首以送之。"此调创自希文,已可证明;惟所咏则渐涉泛耳。

塞下秋来风景异韵　衡阳雁去无留意叶
四面边声连角起叶
千嶂里叶　长烟落日孤城闭叶

浊酒一杯家万里叶　燕然未勒归无计叶
羌管悠悠霜满地叶　人不寐叶　将军白发征夫泪叶

常用谱式：

(仄)(仄)(平)(平)平(仄)仄，　(平)平(仄)仄(平)平仄。

(平)仄(仄)平平仄仄。

平(仄)仄，　(平)平(仄)仄平平仄。

(仄)仄(平)平平仄仄，　(平)平(仄)仄平平仄。

(仄)仄(平)平平(仄)仄。　(平)(仄)仄，　(平)平(仄)仄平平仄。

【作法】本调62字，上下阕同，完全为七言仄韵诗两绝耳。其所异者，惟第三句叶韵，及下又添一三字句，亦必叶韵。七言句，第一、三字虽平仄可通融，顾如杨慎词，于后半第三句作仄平平仄平平仄，则非初所宜法也。

【简评】这首词作者写于镇守西军中，表现作者决心守边御敌的气概。上阕着重写深秋之景；使用一个“异”字，这个“异”字内涵十分丰富。秋景与其他景色迥异，塞上风景与内地迥异，战时景物与平时景物迥异。从“异”字铺开描写，“衡阳雁去”、“四面边声”、“千嶂”、“长烟”、“落日”、“孤城”，使词的意境十分开阔，表现了悲壮、荒凉的韵调，增强了边塞生活的紧张、激烈和艰苦。下阕着重写情，白发将军从战场归来，借酒抒写思乡之情，但报国、思乡的思想感情是交织在一起的，自然是“慷慨生哀”（彭孙遹《金粟词话》）了。

【注释】[衡阳雁]湖南衡阳县南衡山七十二峰之首曰“回雁峰”，相传雁飞至此不过，遇春而回。[边声连角起]古军乐有画角，制出羌胡，所以应胡笳之声音。形如竹筒，本细末大；始仅直吹，后用以横吹，发声呜呜然，哀厉高亢。古时军中用之，以警昏晓。此咏边塞，凡戍兵乐声，均称“边声”。[燕然未勒]《后汉书·窦宪传》载：班固《勒燕然铭》：“惟永元元年，秋七月，有汉元舅车骑将军窦宪，治兵于朔方，踰涿郡，跨安侯，乘燕然，蹑冒顿之区落，焚老上之龙庭。封山刊石，昭明盛德。”

25. 苏幕遮　（怀旧）　范仲淹

【题考】《张说集》有《苏摩遮》词五首，每首下注“忆岁乐”三字。皆为七言绝句。其一云：“摩遮本出海西胡，琉璃宝殿崇髯胡。闻道皇恩遍宇宙，来将歌舞助欢娱。”又《新唐书》：“北方坊色，相率为浑脱队，骏马胡服，名曰‘苏莫遮’。”故《苏幕遮》本为胡乐，唐时传入中国，遂为舞曲之一。“摩”、“莫”与“幕”均一音之转耳。按：苏幕遮为胡妇帽名，不知何以名曲。至宋周邦彦，依此调作词,有"鬓云松,眉叶敛"之句,亦因名《鬓云松令》。

碧云天句　黄叶地韵　秋色连波豆
波上寒烟翠叶　山映斜阳天接水叶
芳草无情豆　更在斜阳外叶

黯乡魂句　追旅思叶　夜夜除非豆
好梦留人睡叶　明月楼高休独倚叶
酒入愁肠豆　化作相思泪叶

常用谱式:

仄平平,　平仄仄。　㊥仄平平、
㊥仄平平仄。　㊥仄㊀平平仄仄。
㊥仄平平、　㊀仄平平仄。

仄平平,　平仄仄。　㊀仄平平、
㊀仄平平仄。　㊥仄㊥平平仄仄,
㊀仄㊥平、　㊀仄平平仄。

【作法】本调62字。起首两个三字句,全与《更漏子》首二句相同。第三句为9字,宜于前4字略逗,若前4字作句,微嫌于词意少贯。第四句为仄起仄韵之七言句。结句与第三句同,乃《图谱注》云"可用平平平仄仄"实谬。万氏云"结句不惟定格如此,而声响不得不然"。下阕与上阕无异。

【简评】本词在黄升《唐宋诸贤绝妙好词》中标以"别恨",在朱孝臧《范文正公诗余》中标以"怀旧",其实这首词也是反映边塞生活的。上阕描写的黄昏秋色图,色彩十分明丽。开头写天,然后写地,接着以"秋色"数句来渲染边塞凄凉气氛。天涯芳草,透出无限的思乡感情。下阕直接抒情,以"黯乡魂、追旅思"领起,一写除非好梦,就难以好睡;二写在月明之际,不敢独自登楼;三写想以酒浇愁,反更添愁。《金粟词话》云:"前段多入丽语,后段纯写柔情,遂成绝唱。"张惠言《词选》说:"此去国之情。"全词语言端丽,柔情又显出刚劲,范文正公的词突破了男女与风月的界限。

26. 浣溪沙　晏殊

【题考】浣溪沙,为唐教坊曲名,后用为词牌。或作《浣纱溪》。宋人词又名

《小庭花》、《满院春》、《东风寒》等。词为双调42字，一般叶五平韵。自南唐李煜始，亦有叶五仄韵者，下阕头二句例用对偶。又，宋周邦彦曾作《浣溪沙慢》，双调93字，上阕五仄韵，下阕六仄韵。

【作者】晏殊(991—1055)，字同叔，临川人。七岁能属文，真宗景德初，以神童召试，赐同进士出身，授秘书省正字。天禧二年(1018)，以户部员外郎充任太子舍人、知制诰。后屡历显要，官至同中书门下平章事兼枢密使。卒赠司空兼侍中，谥元献。范仲淹、富弼、欧阳修等皆出其门。文辞赡丽，诗近西昆，词名最著。多写宴游之余的闲情逸致，轻清宛转，雍容和雅，受南唐冯延巳影响较深。原有《临川集》、《紫微集》，俱不传。仅存《珠玉词》及清人胡亦堂所辑《晏元献遗文》一卷。

一曲新词酒一杯韵　去年天气旧亭台叶
夕阳西下几时回叶

无可奈何花落去句　似曾相识燕归来叶
小园香径独徘徊叶

常用谱式：

㊀仄平平仄仄平，　㊉平㊀仄仄平平，
㊉平㊀仄仄平平。

㊀仄㊉平平仄仄，　㊉平㊀仄仄平平，
㊉平㊀仄仄平平。

【作法】本词《浣溪沙》为双调词。全词上下阕共6句，42字，叶五平韵。下阕首句、二句应以对仗为宜。

【简评】本词是晏殊的名作之一，足以代表晏殊词典雅和婉的基本风格。就词意来说，只是悼惜残春，感伤年华的飞逝，透出迟暮之感。这首词以下阕“无可奈何花落去，似曾相识燕归来”而传颂千古。明代卓人月《词统》中说：“实处易工，虚处难工，对法之妙无两。”本联基本上由虚词构成，但它却具有充实的、耐人寻味的和启发人联想的内容。词中上句的花，既是春天一开一落的花，又使人联想到历史上许许多多一兴一亡的故事。下句的燕，既是指春来秋去的燕子，又使人联想到像燕子那样翩然归来的寻访旧迹的人。“无可奈何花落去”，显得多么无情。“似曾相识燕归来”，又显得多么有情。一无情，一有情，相互对照，构成了跌宕起伏的艺术美，属对十分精巧流利。最后一句的“独”,突出了他的寂寞,但他还在“徘徊”着,不忍离去,可见他对落花的惋惜,对春天、对年华的无限依恋。表现缠绵情致,毫无斧凿痕迹。

【注释】[香径]满是落花香味的路径。[徘徊]来回往复,恋恋不舍。

27. 破阵子 晏殊

【题考】《破阵子》,又名《破阵乐》、《十拍子》、《醉琼枝》,双调。原为唐教坊曲名,后用作词牌。《钦定词谱》:“破阵乐,一名《十拍子》。陈旸《乐书》云:‘唐《破阵乐》属龟兹部,秦王所制。舞用二千人,皆画衣甲,执旗旆。外藩镇春衣犒军设乐,亦舞此曲,兼马军引入场,尤壮观也。’按,唐《破阵乐》,乃七言绝句,此盖因旧曲名,另度新声。”清人毛先舒《填词名解》:“破阵子一名十拍子,然考之唐乐,自是两曲,俱隶教坊也。”始见于晏殊《珠玉词》。

燕子来时新社句　梨花落后清明韵
池上碧苔三四点句　叶底黄鹂一两声叶
日长飞絮轻叶

巧笑东邻女伴句　采桑径里逢迎叶
疑怪昨宵春梦好句　元是今朝斗草赢叶
笑从双脸生叶

常用谱式:

(仄)仄(平)平(仄)仄,　(平)平(仄)仄平平。
(平)仄(仄)平平仄仄,　仄仄平平(仄)仄平,
(平)平(平)仄平。

(仄)仄(仄)平仄仄,　(平)平(仄)仄平平。
(仄)仄(平)平平仄仄,　(仄)仄平(仄)平仄平,
(平)平(仄)仄平。

【作法】《破阵子》为双调词。全词共 10 句,62 字。上下阕第二、四、五句押韵,均用平声韵。上下阕前四句应对仗。

【简评】本词黄升《花庵词选》题作《春景》。作者用轻盈的笔触刻画春天美好的景色:燕子新来,梨花落后,池上碧苔,叶底黄鹂,柳花轻扬,有静有动,有

声有色,好一派令人赏心悦目的美景!后段写得更为生动:采桑少女做斗百草之戏,她们天真无邪,兴高采烈的笑声从春天的田野中传来,格外使人感到生活的温馨和美丽。《宋史》本传说晏殊"文章赡丽,应用不穷,尤工诗,闲雅有思致"。富贵宰相,文笔工丽,语言艺术和表现手法十分高超。

【注释】[社]指春社。这个节日在立春后,清明前。相传燕子这时从南方归来。[飞絮]飘飞的柳花。[巧笑]美丽的笑容。[疑怪昨宵春梦好]两句,难怪昨夜做了那么一个美好的梦,原来就是"今朝斗草赢"的预兆啊。我国古代妇女常用草来做比赛的游戏。梁宗懔《荆楚岁时记》:"五月五日,四民并踏百草,又有斗百草之戏。"

28. 锦缠头 (春游) 宋祁

【题考】《旧唐书·郭子仪传》:"大历二年二月,子仪入庙,宰相元载、王缙,仆射裴冕,京兆尹黎干,内侍鱼朝恩,共出钱三十万,宴于子仪第,恩出罗锦二百匹,为子仪缠头之费。"又杜甫诗云:"笑时花近眼,舞罢锦缠头。"《三楚新录》引徐仲雅《咏棕枝》诗:"叶似新清绿,身如乱锦缠。"是"锦缠"二字,为当时所艳称。本词调名,应创始于中唐前后也。又名《缠锦道》。

【作者】宋祁(998—1061),字子京,宋安州安陆人,徙开封之雍邱。天圣中进士。累官翰林学士承旨,卒赠尚书,谥景文。有《出麾小集》、《西州猥稿》。

燕子呢喃句 景色乍长春昼韵 睹园林豆
万花如绣叶 海棠经雨胭脂透叶
柳展宫眉句 翠拂行人首叶

向郊原踏青句 恣歌携手叶 醉醺醺豆
尚寻芳酒叶 问牧童遥指孤村道句
杏花深处句 那里人家有叶

常用谱式:

㊀仄平平, ㊀仄㊥平平仄。 仄平平、
㊀平平仄。 ㊀平㊥仄平平仄。
仄仄平平, ㊀仄平平仄。

仄平平仄平, 仄平平仄。 仄平平、

仄平平仄。　㊀仄平㊥仄平平仄，

仄平平仄，　㊀仄平平仄。

【作法】本调66字。起四字句，与《踏莎行》首句同。故第一字可平，次句6字起韵，第一字可平，第三字不宜平。第三句7字，句法上三下四，上三字略逗，必作仄平平。第四句为7字仄韵，与《渔家傲》次句同。第五、六两句，倘作九字句读，而于第四字略逗，则与《苏幕遮》结句无异矣。下阕换头。首句5字，其句法为上一下四，仄平平仄平，定格不可变也。次句4字，与"一斛珠"首句同，宜用仄平平仄，亦不可移易。第三句上三下四，与上阕第三句同。第四句虽8字，实则于七字句上，加一衬字"问"耳。词中自有此上一下七之句法，如除去"问"字，与前半第四句同。第五、六句共9字，上四下五，与前半结句同，而上四之平仄，则一为仄仄平平，一为仄平平仄耳。

【简评】本词描写朋友结伴春游，被美景所感，乃至兴发如狂，恣歌放酒的情态。上阕写景，确实令人陶醉。莺歌燕舞，繁花似锦。"海棠经雨胭脂透"，一片红湿；绿柳如眉，翠枝轻拂，令人流连。"向郊原"以下，写得醉态可掬，是美酒醉人，还是美景令人陶醉，耐人寻味。

【注释】[柳展宫眉]旧时妇人，画眉如柳叶。白居易《长恨歌》："芙蓉如面柳如眉。"故以展眉喻柳舒。此言宫眉，谓宫妆也。[踏青]苏辙诗序："正月八日，士女相与嬉游，谓之踏青。"《岁华纪丽谱》："二月二日，踏青节也。"《旧唐书·太宗纪》："大历二年壬午，幸昆明池踏青。"《千金月令》："三月三日，踏青，上鞋履。"是踏青之时期，各说不同，今俗则以清明日出游为踏青。[问牧童]三句，杜牧清明诗："清明时节雨纷纷，路上行人欲断魂。借问酒家何处有，牧童遥指杏花村。"即为此所本。

29. 离亭燕　(怀古)　张升

【题考】《全唐诗话》："黄颇，宜春人，与卢肇同乡，颇富而肇贫。同日遵路赴举，郡牧宴颇离亭，肇驻蹇十里以俟。"唐人喜取科举故事入词，此事又为当时艳称，因以调名。

【作者】张升(992—1077)，字杲卿，宋韩城人。第进士，累官参知政事。以彰信军节度使，同中书门下平章事判许州，改镇河阳，以太子太师致仕，卒赠司徒兼侍中，谥康节。《过庭录》载"张康节公居江南，有词"云云。本调是其晚年致仕后所作也。

一带江山如画韵　风物向秋潇洒叶
水浸碧天何处断句　霁色冷光相射叶
蓼屿荻花洲句　掩映竹篱茅舍叶
云际客帆高挂叶　烟外酒旗低亚叶
多少六朝兴废事句　尽入渔樵闲话叶
怅望倚层楼句　寒日无言西下叶

常用谱式：

㊥仄㊥平平仄，　㊥仄㊄平平仄。
㊄仄㊄平平仄仄，　仄仄㊄平平仄。
㊄仄仄平平，　㊄仄㊥平平仄。

㊥仄㊄平平仄，　㊥仄㊄平平仄。
㊥仄㊄平平仄仄，　仄仄㊥平平仄。
㊄仄仄平平，　㊥仄㊥平平仄。

【作法】本调72字。前半起首两个六字句，只须叶韵，不必对偶，惟黄山谷词，第二句首二字作平平，第三句7字，本为仄起仄收之七言句；而晁补之词，乃拗第六字作平声，音节不谐，不足法也。第四句6字，叶韵。第五句上二下三，不叶韵。结句句法与第二句同，第一、三字平仄可不拘。惟晁词首二字概作平平，则非所宜矣。下阕句法概与前同，惟起首二句须用对偶耳。

【简评】本词以写景为主，写的是南京一带江山，秋高气爽的景色，后段结合怀古，增加了抒情成分，提高了词的品格。江山如画，古都风物，本来极为奇美，又值秋天，更是"潇洒"。纵目远望，水天一色，苍茫寥廓。一个"浸"字，写出了秋水之大，气势磅礴。目光一转，蓼屿荻洲，竹篱茅舍，尽收眼底。"怅望倚层楼"，承上启下，看到这一片繁荣景象，遥想到"多少六朝兴废事"，一时兴起一时废亡；人事变迁，都成了过去的历史，成了渔樵闲谈的话题。"寒日无言西下"，语言形象，充满艺术魅力。

【注释】［低亚］亚与压通，低亚，即低压。［六朝］吴、东晋、宋、齐、梁、陈，均都建业，故称六朝。

30. 诉衷情 （眉意） 欧阳修

【题考】本调为温飞卿所创,义取《离骚》“众不可户说兮,孰云察余之中情”,而曰诉衷情。本为单调,33 字,其第二句用韵起者,又名《一丝风》。《词谱》又收其 37 字一调,入后变作双调。有 41 字者,因毛文锡词,首句为“桃花流水漾纵横”,故又名《桃花水》。更有王倚之 44 字,张元幹之 46 字两体。至赵长卿与欧阳修之 45 字体出,于是词家奉为正调。张以第三句嵌一字,故有诉衷情及渔父家风之聚讼,实在仍属一调耳。至另有 75 字之《诉衷情近》,则与本调无涉。

【作者】欧阳修(1007—1073),字永叔,号六一居士,宋庐陵(今江西吉安)人。第进士,历官礼部侍郎,兼翰林侍读学士,拜枢密副使,参知政事。以太子少师致仕,卒赠太子太师,谥文忠。曾肇《乐府雅词序》云:“欧公一代儒宗,风流自命,乃小人或作艳曲,谬为公词。”《名臣录》云:“修知贡举,为下第举子刘辉等所忌,以醉蓬莱、望江南诬之。”故《六一词》集中所无者,非修作也。

清晨帘幕卷轻霜韵　呵手试梅妆叶
都缘自有离恨句　故画作豆　远山长叶

思往事句　惜流光叶　易成伤叶
未歌先敛句　欲笑还颦句　最断人肠叶

常用谱式:

㊥平㊀仄仄平平，　㊀仄仄平平。
㊥平㊀仄平仄，　㊥仄仄、　仄平平。

平仄仄，　仄平平，　仄平平。
㊀平平仄，　㊥仄平平，　㊥仄平平。

【作法】本调 45 字。第一句为平起平韵之七言句。第二句 5 字,叶韵,句法与《菩萨蛮》第三句同。第三句为六字句。第四句亦为六字句,而第三字略逗,盖与《捣练子》起句相同。《词律》载《沈氏别集》,以“故”字连上作七字句,而下作五字句,实乃大谬。后半换头,首二句亦与《捣练子》同。第三句即与本阕第二句同。此三句谓之流水格。第四、五句则为四言对句,而不用韵。末句亦四字句,叶韵。此三句亦自成一组,谓之虾须格。

【简评】本词写一位歌女在晨妆画眉时的心绪，眉宇之间，透露出生活的苦闷。作者的艺术表现手法十分高妙，妇女画眉，都是把它画得细长，以增其美；而这位歌女，只是因为应付歌筵的需要，于是长眉却成了长恨的象征；同时画眉的目的也不是为了求美，而是为了寄愁。“思往事，惜流光，易成伤”，概括了歌女的无限幽恨，抒发了往事不堪回首，年华易逝，色艺难久的伤感。然后再进一步铺垫，用“未歌先敛，欲笑还颦”两句，写出歌女本不愿歌，本不愿笑，又不能不歌，不能不笑。以强颜欢笑，取悦于人。“先敛”、“还颦”，这种复沓的咏叹，刻画出歌女的痛苦，实在太强烈了。词意十分深婉。

【注释】［梅妆］宋武帝女寿阳公主，人日卧于含章殿阙下，梅月落于额上，成五出之花，号为梅花妆。［远山长］古人以山喻眉。苏轼《卜算子·别意》词：“水是眼波横，山是眉峰聚。”

31. 阮郎归　（踏青）　欧阳修

【题考】毛先舒《词学全书》之《填词名解》：“阮郎归用《续齐谐》阮肇事。”按《续齐谐记》云：“永平中刘晨、阮肇入天台山采药，见二女，容颜绝妙，便唤刘、阮姓名，因邀至家，设胡麻饭与食之。”《续齐谐记》为梁吴均撰，而刘、阮入天台遇仙事，又为唐人所艳称。时见于诗歌，可知本调创于隋唐间也。

南园春半踏青时韵　风和闻马嘶叶
清梅如豆柳如眉叶　日长蝴蝶飞叶

花露重句　草烟低叶　人家帘幕垂叶
鞦韆慵困解罗衣叶　画堂双燕归叶

常用谱式：

(平)平(平)仄仄平平，　(平)平(平)仄平。
(仄)平(平)仄仄平平，　(平)平(仄)仄平。

(平)(仄)仄，　仄平平，　(平)平(仄)仄平。
(平)平(平)仄仄平平，　(平)平(仄)仄平。

【作法】本调47字。首句起韵，与《诉衷情》首句同。第二句与《长相思》第四句同。作者亦有于第三字作仄者，如吴文英词“春如日坠西”是。但入声在词韵中本可作平,故以第三字作平为宜也。第三、四句与上一、二句同。后半换头,起首二句为三字对句,与《捣练子》首二句同,与《更漏子》第三、四句亦同。第三、四、五句与前半第二、三、四句同。

【简评】本词写一位思妇在春半黄昏时候,因去南亩踏青而感思远人的温婉之情。用“风和闻马嘶”一句领起,联想到良人远出未归,展开了一系列的心理活动。“清梅如豆柳如眉”,既写景,又点出了时间,春日已半,春光将暮,好景将尽,而良人不归,徒唤奈何!何况“日长”昼永,思绪无法排遣;看到蝴蝶双双偕飞,愈感情伤。“画堂双燕归”句是用在“慵困解罗衣”句之后,更是妙极!

【注释】[鞦韆]亦作秋千,绳戏也。植木为架,悬于横木下,系以板,手握绳,立板上,令身躯向上而动荡。《古今艺术图》云:“鞦韆本山戎之戏,齐桓北伐,此戏始传中国,汉唐以来,宫中多用之。”

32. 南歌子 (闺情) 欧阳修

【题考】张衡《南都赋》云:“坐南歌兮起郑舞。”隋唐以来,曲名称“子”,本调调名,殆滥觞于此。又万氏《词律》,本调下注云“歌又作柯”,毛先舒《词学全书》亦云:“《南歌子》题,采淳于棼事,一名《南柯子》。”是本调先后有二名也。淳于棼事,见唐李公佐《南柯记》,系叙一蚁穴中之梦境。此调凡有四体,独本词又名《望秦川》、《风蝶令》。至唐刘采春另有《南歌子》词,系五言绝句,与此无涉也。

【作者】又据《草堂诗余》作僧仲殊词。按仲殊名辉,姓张氏。安州进士,弃家为僧,吴杭州吴山宝月寺。有词七卷。《中吴纪闻》:“仲殊字师利,承天寺僧也。初为士人,尝与乡荐。其妾以药毒之,遂弃家为僧。工于长短句,有《宝月集》行于世。”《全宋词》仍以为欧阳修作品。

凤髻金泥带句　龙纹玉掌梳韵
去来窗下笑相扶叶　爱道画眉深浅入时无叶

弄笔偎人久句　描花试手初叶
等闲妨了绣工夫叶　笑问鸳鸯两字怎生书叶

常用谱式:

㊇仄平平仄,　平平仄仄平。

(仄)平 (平)仄仄平平， (仄)仄(仄)平 (平)仄仄平平。

(仄)仄平平仄， 平平仄仄平。

(仄)平 (平)仄仄平平， (仄)仄(平)平 (平)仄仄平平。

【作法】本调52字,上下阕相同。起为五言对句,首句仄起仄收,次句平起平韵,与平起之五言律颔联无异。第三句7字,为平起平韵之七言句,故一、三字平仄不拘。末句9字,句法上二下七,与《相见欢》末句相同。万氏《词律》云:“两结,语气可上六下三,亦可上四下五。”然终以上二下七为顺。如本词上阕末句下七字,盖唐诗句也,岂宜割裂耶?

【简评】这首词使用了唐代朱庆馀“画眉深浅入时无”的诗句,当是咏新嫁娘的新婚生活。欧阳修的词刻画得更加细腻。前两句是新娘梳妆打扮完了,以传神的笔触写出她与丈夫“笑相扶”的亲昵的举动。“爱道画眉深浅入时无”中的“爱道”是态度,“画眉深浅入时无”是亲切抚爱的问语。结尾“笑问鸳鸯二字怎生书”极富情趣。新婚夫妇,彼此相爱,语言情态极为形象生动。

【注释】[画眉]句,唐朱庆馀《闺意上张籍》诗云:“洞房昨夜停红烛,待晓堂前拜舅姑。妆罢低声问夫婿,画眉深浅入时无?”

33. 临江仙 (妓席) 欧阳修

【题考】本调之创,本咏水仙。厥后依调填词,多属泛咏,字数增减,体可增多。据万氏《词律》所收,有54字者,有56字者,而58字有七体之多,更有62、74、93字者。至60字者,除本词外,只有秦观一首。尾三字作仄平仄;顾夐一首,尾作三字两句,俱非正格。欧公此词,据《野客丛话》云:“欧阳永叔任河南推官,亲一妓。时钱文僖公为西京留守,一日,宴于后园,客集而欧与妓皆不至,移时方来。钱责妓云:‘未至何也?’妓云:‘中暑,往凉堂睡觉,失金钗,犹未见。’钱曰:‘若得欧推官一词,当为偿汝。’欧即席赋此。坐者击节,命妓满斟送欧,而令公库偿钗。”因即注题“妓席”,而后人即奉为临江仙调正宗。

池外轻雷池上雨句 雨声滴碎荷声韵

小楼西角断虹明叶 阑干私倚处句 遥见月华生叶

燕子飞来窥画栋句 玉钩垂下帘旌叶

凉波不动簟纹平叶　水晶双枕畔句　犹有堕钗横叶

常用谱式：

(仄)(仄)(仄)(平)平(仄)仄，　平平(平)仄平平。

(仄)平(仄)仄仄平平。　仄平(平)仄仄，　(平)仄仄平平。

(仄)(仄)(平)(平)平仄仄，　(平)平(平)仄平平。

(仄)平(仄)仄仄平平。　平(仄)平仄仄，　(仄)仄仄平平。

【作法】本调60字，上下阕相同。起为仄起仄收之七言句，不用韵。次为六字句，用韵。第三句为平起平叶之七字句，故一、三两字平仄可不拘。四、五两句，恰与仄起五言绝句末二句法相同，每句第一字，亦不必拘平仄。

【简评】本词抒写的是一时的闲情逸致，而艺术手法很高。以“私”启全篇，炼字很有功夫。用燕子窥帘，写所见种种，隽永有致，而不伤雅，尤为难得。全词情调轻松，对歌伎谑而不虐，毫无轻薄之处，亦足可称赞。

【注释】［断虹］即残虹，雨后所见。［月华］谓秋月之光华。《月令广义》：“月之有华，常出于中秋，或十三至十八夜；其状如锦云捧珠，五色鲜荧磊落，匝月如刺锦。”

34．归自谣　欧阳修

【题考】《归自谣》，双调。《词律》列为《归国谣》之一体，注“国一作自，谣一作遥”，但两者实非一体。按《归国遥》原为唐教坊曲名，后用为词牌，调见《花间集》。双调42或43字，仄韵。与宋词《归自谣》不同。《词律》误为一调，《词谱》已分列。

何处笛韵　深夜梦回情脉脉叶　竹风帘雨寒窗隔叶

离人几岁无消息叶　今头白叶　不眠特地重相忆叶

常用谱式：

平仄仄，　(平)仄(仄)平平仄仄，　(仄)平(仄)仄平平仄。

平平(仄)仄平平仄，　平平仄，　(仄)平(仄)仄平平仄。

【作法】《归自谣》为双调词，34字。两阕各三句，共六韵，均为仄韵。本词应为双调字数最少者。

35. 西江月 （佳人） 司马光

【题考】李白《苏台览古》诗："只今惟有西江月，曾照吴王宫里人。"又张祜《江西道中作三首》诗："西江江上月，远远照征衣。"本调调名所本也。一名《步虚词》。吴任臣云："步虚词与道家法曲，如佛家梵呗之类，庾子山诸君所作，与《西江月》全不类，是昔人之误。"毛先舒云："《步虚词》之即《西江月》，此是词家假古题以名其词，取新耳目，亦误也。"

【作者】司马光(1019—1086)，字君实，宋陕州夏县人。宝元初，中进士甲科，累官资政殿学士，尚书左仆射，兼门下侍郎，卒赠太师、温国公，谥文正。《侯鲭录》云："司马文正公言行俱高，然亦每有谑语，有长短句云云，风味极不浅，乃《西江月》词也。"按温公本词，本为赠妓而作，人或疑为他人伪托以诬公者。盖以此老平素言行及文字，不当有此风怀之作也。

宝髻松松挽就句　铅华淡淡妆成韵
红烟翠雾罩轻盈叶　飞絮游丝无定换仄

相见争如不见句　有情还似无情换平
笙歌散后酒微醒叶平　深院月明人静换仄

常用谱式：

(仄)仄(平)平(仄)仄，　(仄)平(仄)仄平平。
(仄)平(仄)仄仄平平，　(仄)仄(仄)平平仄。

(仄)仄(仄)平(平)仄，　(仄)平(仄)仄平平。
(仄)平(平)仄仄平平，　(仄)仄(仄)平(平)仄。

【作法】本调 50 字，平仄两叶，为以诸体所无。薄子居诗话云："《西江月》、《一剪梅》二调，易致庸俗，故词人多不作。"诚以此调平仄五叶，较难处置，最宜失之呆滞耳。起句 6 字，不用韵，为仄仄平平仄仄；第一、三、五字，平仄可以通融。第二句用平韵，而平仄恰与首句相反；然一、三两字，可以平仄互调，而第五字不能勉强。第三句叶平韵，为平起平收之七言句，一、三两字平仄不论。第四句换仄韵，而句法全与第一句同。后半之作法与前半无异。

【简评】本词写一位年轻美丽的女子在春天的孤单与寂寞。从词的本身看,其突出特色有二:一是含蓄;二是淡雅。如“飞絮游丝无定”,本来“飞絮”、“游丝”是春天特有的景象,加上“无定”二字,不仅点缀了春光,而且含蓄地点出了这位少女的生活遭遇,揭示其内心的感受。历来描写春日美人者,多以浓艳出之。但这首词用“红烟翠雾”,色泽淡雅不浓;而“飞絮”、“游丝”,亦未着色彩;最后“深院月明人静”,环境亦十分恬淡。从景到人,全取淡妆而去浓抹。可见作者的审美趋向。

【注释】[铅华]妇女化妆之粉也。曹植《洛神赋》:“芳泽无加,铅华弗御。”[飞絮]柳花随风飘落,茸散如絮,谓之飞絮。庾信《杨柳歌》:“独忆飞絮鹅毛下,非复青丝马尾垂。”[游丝]蜘蛛或青虫所吐之丝,飞扬于空中者。梁武帝《天安寺疏圃堂》诗:“晻暧瞩游丝。”亦以状物之纤细而浮动者。杜甫《宣政殿退朝晚出左掖》诗:“宫草微微承委佩,炉烟细细驻游丝。”

36. 桂枝香 (金陵怀古) 王安石

【题考】唐裴思谦状元及第,诣平康宿,诘旦赋诗云:“银釭斜背解鸣珰,小语低声贺玉郎。从此不知兰麝贵,夜来新惹桂枝香。”又咸通中袁皓登第,悦妓蕊珠,赋诗有“桂枝香惹蕊珠香”之句,词名当本于此。宋张宗瑞赋此调,有“疏帘淡月,照人无寐”之语。因又名《疏帘淡月》。或以旧谱此调,分南北词,用入声韵则名《桂枝香》,用去上声韵名《疏帘淡月》,顾亦无据也。

【作者】王安石(1021—1086),字介甫,宋临川人。举进士。熙宁初,同中书门下平章事,封荆国公,加司空。卒赠太傅,谥曰文,崇宁中追封舒王。有《临川集词》一卷。《词源》云:“荆公金陵桂枝香词清空中有意趣,无笔力者,未易到。”

登临纵目韵　正故国晚秋句　天气初肃叶
千里澄江似练句　翠峰如簇叶　征帆去棹残阳里句
背西风豆　酒旗斜矗叶　彩舟云淡句
星河鹭起句　画图难足叶

念往昔豪华竞逐叶　叹门外楼头句　悲恨相续叶
千古凭高对此句　漫嗟荣辱叶　六朝旧事随流水句
但寒烟豆　衰草凝绿叶　至今商女句

时时犹唱句 后庭遗曲叶

常用谱式：

平平仄仄，仄(仄)仄(仄)平，平(仄)平仄。

平仄平平(仄)仄，仄平平仄。(平)平(仄)仄平平仄，

仄平平、(仄)(平)平仄。仄平平仄，

平平(仄)仄，仄平平仄。

仄(仄)(仄)平平仄仄。仄(平)(仄)平(平)，(平)(仄)平仄。

(平)仄平平(仄)仄，仄平平仄。(仄)平(仄)仄平平仄，

仄平平、(平)(仄)平仄。仄平平仄，

平平(平)仄，仄平平仄。

【作法】本调101字。首句4字起韵，第二句5字，其第一字“正”可作一逗。第三句4字叶韵。第四、五句实即10字一句。句法为上六下四，但亦可作上四下六。张宗瑞《梧桐细雨》一首正是。第六句为平起仄收之七言，不叶韵。第七句7字，句法为上三下四，于第三字略逗。结为3个四字句，上两句用对偶与否，听便；下一句叶韵。其平仄与上一句相同。下阕惟句首7字与前半异，其句法为上一下六，但亦可作上三下四，须叶韵。以下均与上阕无异。惟末二句须一气呵成方佳。

【简评】本词所写内容是赞美故国江山的“画图难足”，叹过去竞逐豪华的“悲恨相续”。作者退出政治斗争，有心退隐，流连于山水之间。其词风已有很大变化，开始摆脱绮靡风气的影响。故刘熙载在《艺概》中说：“一洗五代旧习。”上阕以“登临纵目”展开，先总说，逐层描写，后总赞为“画图难足”。下阕写感慨，先古后今，以古为主，最后假借商女“时时犹唱，后庭遗曲”以自警。其布局谋篇，遣词造句方面均有独到之处。

【注释】[金陵]即今南京，《舆地纪胜》之《金陵图径》云：“昔楚威王见此有王气，埋金以镇之，故曰金陵。”按六朝均建都于此。[星河]即天河。杜甫《陪王侍御同登东山最高顶宴姚通泉晚携酒泛江》诗：“满空星河光破碎。”[商女]即妓女。杜牧《泊秦淮》诗：“商女不知亡国恨，隔江犹唱后庭花。”[后庭花]词曲名。《南史》：“陈后主每引贵客对张贵妃等游宴，使诸贵人及学士与狎客共赋新诗相赠答，采其尤丽者为曲调。其曲有《玉树后庭花》。”

37. 天仙子 （送春） 张先

【题考】段安节《乐府杂录》云:“《天仙子》本名《万斯年》,李德裕进,属龟兹部舞曲,因皇甫松词有‘懊恼天仙应有以’之句,取以为名。”又毛先舒《词学全书》云:“韦庄词‘刘郎此日别天仙’云云,遂采以名。”按万氏《词律》所收皇甫松《天仙子》一阕,系 34 字单调,至宋沈会宗始加一叠,为 68 字双调。是此调盖昉于唐时,而调名由来,当以《乐府杂录》为是。

【作者】张先(990—1078),字子野,宋乌程人。天圣八年进士,官至都官郎中。有《安陆集》二卷,词一卷。晁无咎云:“张子野与柳耆卿齐名,人以子野不及耆卿富,而子野韵高,是耆卿所乏处。”《后山诗话》:“尚书郎张先,善著词,有云‘云破月来花弄影’,‘帘压卷花影’,‘堕飞絮无影’,世称诵之,谓之‘张三影’。”

水调数声持酒听韵　午醉醒来愁未醒叶
送春春去几时回句　临晚镜叶
伤流景叶　往事后期空记省叶

沙上并禽池上暝叶　云破月来花弄影叶
重重帘幕密遮灯句　风不定叶
人初静叶　明日落红应满径叶

常用谱式:

(平)仄(仄)平平仄仄，　(仄)仄(仄)平平仄仄。
(仄)平(平)仄仄平平，　(平)(仄)仄，
(平)(仄)仄，　(仄)仄(仄)平平仄仄。

(平)仄(仄)平平仄仄，　(平)仄(仄)平平仄仄。
(平)平(平)仄仄平平，　(平)(仄)仄，
(平)(平)仄，　(平)仄(仄)平平仄仄。

【作法】本调 68 字。全仄韵,为七言仄韵诗两首合并而成,仅上下阕第四、五句嵌入三字句两句耳。通体颇近《渔家傲》,首句正同,次句正反,第三句平起平收,与《渔家傲》第三句异趣,而与《踏莎行》第二句相同。第四、五句,《渔家傲》则仅一句。第六句则与《渔家傲》首句同。后半即叠上阕,无

异处。

【简评】本词黄升《花庵词选》题作《春恨》。以春光流逝而感叹往事，均徒然留在记忆之中，情景交融。从“沙上并禽”两句看，归结到伤春情别上。初看水中禽鸟成双，池边暮色笼罩，一片朦胧；仔细欣赏，又见花影轻轻摇动，原来是月亮冲破云缝而出。词人赏玩徘徊，回到室内，风很大了，故“重重帘幕密遮灯”。到了风定人静之后，想到明日之景，将近落红满地，令人伤感。张词含蓄而富有韵味。周济《宋四家词选·序论》评他：“子野清出处，生脆处，味极隽永。”这词中“云破月来花弄影”一句为古今绝唱。胡仔《苕溪渔隐丛话》引《古今诗话》：“有客谓子野曰：‘人皆谓公张三中，即心中事，眼中泪，意中人也。’子野曰：‘何不曰之为张三影？’客不晓。公曰：‘“云破月来花弄影”，“娇柔懒起，帘压卷花影”，“柳径无人，堕飞絮无影”，此余生平所得意也。’”《逐斋闲览》记载，尚书宋祁很欣赏张先的词，特意拜访。到门口传话，要见“云破月来花弄影”郎中。张先出来迎接，也打趣地说：“得非‘红杏枝头春意闹’尚书耶？”足见他们都致力于字句词意的精工。

【注释】[水调]曲调名。《海录碎事》：“隋炀帝开汴河，自造水调。”《唐音癸佥》：“明皇幸蜀，听水调歌，有‘山川满目泪沾衣’之辞，为李峤所作。后演为词调。”

38. 雨霖铃 （秋别） 柳永

【题考】《碧鸡漫志》：“《明皇杂录》及《杨妃外传》云：‘帝幸蜀，初入斜谷，霖雨弥日，栈道中闻铃声，帝方悼念贵妃，采其声为雨霖铃以寄恨。’”世传明皇宿上亭，雨中闻牛铎声，怅然而起，问黄幡绰作何语，曰：“下特郎当。”特郎当，俗称不整治也；明皇一笑，遂作此曲。《杨妃外传》载：“上皇回京后，复幸华清，侍官嫔御，多非旧。于望京楼下，命张野狐奏雨霖铃曲，上回顾惨然。张祜诗云：‘雨霖铃夜却归秦，犹是张徽一曲新。’张徽，即野狐也。祜意明皇入蜀时作此曲，至雨霖铃夜，却又归秦，犹是张野狐向来新曲，非异说也。”

【作者】柳永（约 987—约 1053），字耆卿，初名三变，宋崇安人。景祐元年进士，官至屯田员外郎。著有《乐章集》九卷。《四库提要》云：“张端义《贵耳集》亦曰：‘项平斋言，诗当学杜诗，词当学柳词。盖词本管弦冶荡之音，而永所作，旖旎近情，使人易入。虽颇以俗为病，然好之者终不绝。’”

寒蝉凄切韵 对长亭晚豆 骤雨初歇叶

都门帐饮无绪句　方留恋处豆　兰舟催发叶
执手相看豆　泪眼竟无语凝噎叶
念去去豆　千里烟波句　暮霭沉沉楚天阔叶

多情自古伤离别叶　更哪堪豆　冷落清秋节叶
今宵酒醒何处句　杨柳岸豆　晓风残月叶
此去经年句　应是良辰好景虚设叶
便纵有豆　千种风情句　更与何人说叶

常用谱式：

平平(平)仄，　仄平平仄、　仄(仄)平仄。
平平仄(仄)(平)仄，　平平仄仄、　平平平仄。
仄仄平平、　(仄)仄仄平(仄)平仄。
仄仄(仄)、　平仄平平，　(仄)仄平平仄平仄。

(平)平仄仄平平仄，　仄平平、　(仄)仄平平仄。
(平)平仄(仄)(平)仄，　(平)仄仄、　仄平平仄。
仄仄平平，　平仄平平仄(仄)平仄。
仄仄仄、　(仄)仄平平，　(仄)仄平平仄。

【作法】本调 103 字。拗句至多，历来作者平仄率依此词为准，不敢稍有出入。兹详释其句法如下：首句 4 字，上三字平，下一字仄，起韵。次句 8 字，第四字略顿，作逗。上四字句法，为上一下三，务用仄平平仄；下四字韵，而第二字可作平声。第三句 6 字，不用韵，作平平仄仄平仄。第四句 8 字，句法与第二句同，而平仄则异。第五句 11 字，上四下七，于第四字略逗，有作上六下五者，误也。又下七字第三字，系衬字，更须注意，切不可作为七言诗句。第六句 7 字，上三字一逗，务作仄仄仄，乃定格也。结句 7 字，仄仄平平仄平仄，多作上四下三句法。下阕起首，即为平常之七言仄句，应作上四下三句法，有作上三下四者，则音节远逊矣。次句 8 字，上三下五，于第三字略逗。第三句 6 字，与上阕第三句同。第四句 7 字，上三下四，于第三字略逗。第五句 4 字，为仄仄平平。第六句 8 字，上二下六，其下六字，句法与上阕同。第七句上三下四，亦与前第六句相同。结句 5 字，上二下三，为仄仄平平仄，亦有于第三字作仄者，音节终逊，不足法也。

【简评】本词是柳永的著名词作之一。写的是男女惜别时难以割舍的离情，着重写女子送别悱恻缠绵的至爱深情。时间是暮秋的傍晚，地方是京都郊外的长亭。作者一生屡试不中，仕途失意，也曾离京远行，有漂泊、游宦和流连于秦楼楚馆的经历。因而词中男女主人公虽不一定是实指作者，但仍寄托着他自己的生活和感情。词作之能够引起人们的共鸣，主要在于他把一对恋人的别情，写得含蓄委婉，千回百转，真切入微，细腻动人。其次是作者纯熟自然的虚实结合的抒情手法。全词有情有景，有点有染，如"自古多情伤离别"，是点；而"今宵酒醒何处，杨柳岸、晓风残月"，是染。情景交融，虚实结合，把惜别不舍的感情波澜推向了高潮。同时，正当高潮掀起之时，全词戛然而止，意犹未尽，余音缭绕，耐人寻味。全词写作的艺术技巧非常高明，组织结构非常自然，如行云流水，天衣无缝，创造了一个完善的意境。夏敬观《手评乐章集》："耆卿词当分雅、俚二类，雅词用六朝小品文赋作法，层层铺叙，情景兼融，一笔到底，始终不懈。俚词袭五代淫波之风气，开金、元曲子之先声，比于里巷歌谣，亦复自成一格。"

【注释】[长亭]道途憩息之所。《白帖》："十里一长亭，五里一短亭。"[帐饮]谓饯别。《晋书·石崇传》："崇有别馆，在河阳之金谷，送者倾都，帐饮于此焉。"盖送行时祭道神曰诅，供张曰帐，合言之曰诅帐，故饯行曰帐饮。[兰舟]即木兰舟。《述异记》："木兰洲在浔阳江中，多木兰树，有鲁班所刻木兰舟。"[凝噎]谓声音似断若续也。[楚天]即楚地，今两湖一带均是。

39. 八声甘州 柳永

【题考】《八声甘州》，又名《甘州》、《潇潇雨》、《宴瑶池》。原为唐教坊大曲名，后用作词牌。王灼《碧鸡漫志》："甘州，世不见。今仙吕调有破曲、有八声慢、有令，而中吕调有象甘州八声，他调不见也。凡大曲就本宫调制引、序、慢、近、令，盖度曲者常态。"《钦定词谱》："八声甘州，此调前后段八韵，故名八声，乃慢词也。"始见于宋柳永《乐章集》，唐五代及两宋作家就《甘州》大曲摘遍，填上歌词而流为词牌的，有《甘州曲》、《甘州遍》、《倒排甘州》、《八声甘州》等，单调有两体，一体 29 字，一体 33 字，都是五平韵。兹举双调一种。

对潇潇暮雨洒江天句　一番洗清秋韵

渐霜风凄紧句　关河冷落句　残照当楼韵

是处红衰翠减句　苒苒物华休韵　唯有长江水句
无语东流韵

不忍登高临远句　望故乡渺邈句
归思难收韵　叹年来踪迹句　何事苦淹留韵
想佳人豆　妆楼颙望句　误几回豆
天际识归舟韵　争知我豆
倚阑干处句　正恁凝愁韵

常用谱式：

仄(平)平(仄)仄仄平平，　(仄)平仄平平。
仄平平平仄，　平平仄仄，　平仄平平。
仄仄平平仄仄，　仄仄仄平平。　平仄平平仄，
(平)仄平平。

(仄)仄(平)平(平)仄，　仄(仄)平(仄)仄，
(平)仄平平。　仄(平)平(平)仄，　(平)仄仄平平。
仄平平、　(平)平(平)仄，　仄(仄)平、
(仄)仄仄平平。　平平仄、
(仄)平(平)仄，　(仄)仄平平。

【作法】《八声甘州》，为双调词。全词上下两阕，共 18 句，97 字。上阕第二、五、七、九句，下阕第三、五、七、九句押韵，均用平声韵。上阕第一句用上一下七句法，第三句用上一下四句法。下阕第二句用上一下四句法，第六句用上三下四句法。

【简评】本词是抒写羁旅行役及离愁别恨，意想家中人盼归的作品。全词表现手法高妙，运用“领字”而生发诗意，表现情思。上阕用一个“对”字领起，极写暮秋傍晚的江雨景色，为表现游子的凄凉愁绪作了有力的烘托。同时作者又巧妙地把具体描写和高远的意境结合在一起，用了一个“洒”字，形象地写出了这一壮阔景色的动态。潇潇暮雨过后，秋空清朗，作者用了一个“洗”字，就极为形象。下三句又用一个“渐”字，承上启下，写秋雨过后的所见所感，“霜风凄紧，关河冷落，残照当楼”，显出一派肃杀之气；以下又写万花凋零，江水无语东流，极力抒发了离愁和归思。下阕融情于景，本已“登高临

远”,却用“不忍”二字领起,抒写思乡的凄凉。又以“叹”字领起,抒写思归不得。本来是自己思乡,却又用“想佳人”二句,推己及人,虚实相间,极尽委曲婉转之妙。赵令畤《侯鲭录》载苏轼说:“人皆言柳耆卿词俗,然如‘霜风凄紧,关河冷落,残照当楼’,唐人佳处不过如此。”

【注释】[潇潇]雨势急骤貌。[一番洗清秋]经过一番暴风雨的洗涤,成为凄清的秋天。[关河]山河。关,关山之地。[是处红衰翠减]到处花木凋零。李商隐《赠荷花》诗:“此荷此叶常相映,翠减红衰愁煞人。”[苒苒物华休]景物逐渐凋残。[渺邈]遥远。[淹留]久留他乡。[颙望]抬头呆望。[误几回、天际识归舟]多少次错把远处开来的船当作爱人的归舟。谢朓《之宣城郡出新林浦向板桥》诗:“天际识归舟,云中辨江树。”温庭筠《望江南》词:“过尽千帆皆不是。”[争]怎。[凝愁]愁结不解。

40. 望海潮 柳永

【题考】《望海潮》,为柳永创调,见柳永《乐章集》。

东南形胜句　三吴都会句　钱塘自古繁华韵
烟柳画桥句　风帘翠幕句　参差十万人家叶
云树绕堤沙叶　怒涛卷霜雪句　天堑无涯叶
市列珠玑句　户盈罗绮竞豪奢叶

重湖叠巘清嘉叶　有三秋桂子句　十里荷花叶
羌管弄晴句　菱歌泛夜句　嬉嬉钓叟莲娃叶
千骑拥高牙叶　乘醉听箫鼓句　吟赏烟霞叶
异日图将好景句　归去凤池夸叶

常用谱式:

(平)平平仄，(平)平(平)仄，(平)平(仄)仄平平。
平仄仄平，平平仄仄，(平)平(仄)仄平平。
(平)(仄)仄平平，仄(平)平(平)仄，(平)仄平平。
(仄)仄平平，(仄)平(平)仄仄平平。

(平)平(仄)仄平平。仄(平)平(仄)仄，(仄)仄平平。

平仄仄平， 平平仄仄， (平)平(仄)仄平平。

(平)仄仄平平， 仄(仄)平平仄， (平)仄平平。

(仄)仄平平(仄)仄， (平)仄仄平平。

【作法】《望海潮》为双调词。全词上下两阕,共22句,107字。上阕第三、六、七、九、十一句,下阕第一、三、六、七、九、十一句押韵。均用平声韵。也有在下阕第一句首二字增押一韵的。上阕第四句第三字,下阕第四句第三字用去声,为定格。上阕第十句与第十一句前四字,例作对偶。

【简评】据罗大经《鹤林玉露》说:“孙何帅钱塘,柳耆卿作《望海潮》词赠之。”又据《词苑丛谈》:“柳耆卿与孙相何为欲见之不得。作《望海潮》词往诣名妓楚楚曰:‘欲见孙相,恨无门路,若因府会,愿朱唇歌之,若问谁为此词,但说柳七。’中秋夜会,楚楚婉转之,孙即席迎耆预坐。”又据《钱塘遗事》说:这首词流传到北国,金主亮闻之,欣然有慕于“三秋桂子,十里荷花”,遂起投鞭渡江之志。又据《舆地纪胜》:“范蜀公叹曰:‘仁宗四十年太平,镇在翰林十余载,不能一语歌咏,乃于耆卿见之。’”本词写的是三秋季节,主要是铺叙杭州形势之美好繁盛,以及孙何的显赫得意。上阕前三句,以鸟瞰的方式,高度概括钱塘的位置和形胜,从空间和时间上突出了杭州的重要;接下三句,更表现了杭州的形胜和繁荣。下阕又用巧妙的对仗手法,集中地写出了西湖风光。“三秋桂子”对“十里荷花”,“羌管”对“菱歌”,“弄晴”对“泛夜”,山色与湖景,秋与夏的照应,构思极巧妙。最后是孙何的颂语,亦紧扣对杭州的赞美。其写作方法是由古及今,由外到内,由景及人,最后由钱塘全貌到孙何个人,称赞别人而毫无阿谀之词,是客观的真实,亦是艺术的真实,手法十分巧妙。陈振孙《直斋书录》评这首词说:“音律谐婉,词意妥帖,承平气象,形容曲尽。”确是的评。

【注释】[形胜]形势重要、交通便利的地区。[三吴]钱塘(今杭州)位于钱塘江北岸,旧属吴国,故说江吴都会。[风帘翠幕]挡风的帘子和翠色的帷幕。[参差]这里用来形容房屋的高低不齐。[霜雪]形容白色的浪花。[天堑]天然险阻,堑坑。古代偏安南方的国家以长江为抵抗北方敌人的天堑。这里形容钱塘江形势的雄壮和江南的广阔无边。[重湖叠巘清嘉]北宋时西湖已有外湖、里湖之别,故称重湖。叠巘,重叠的山峰。清嘉,清秀、美丽。[羌管弄晴]两句,羌管,即羌笛;晴天丽日,处处都演奏着音乐,菱舟夜泛,传来一片清歌。[嬉嬉钓叟莲娃]嬉嬉,戏耍笑乐貌。莲娃,采莲女。[千骑拥高牙]高牙,军前天旗;借指高级官吏。[烟霞]山水,风景。[凤池]凤凰池,中书省所在地。唐宋时中书省是最高行政机关,这里指朝廷。

41. 卜算子 (别意) 苏轼

【题考】《词律》引毛氏云:“骆义乌诗,用数名,人谓为‘卜算子’,故牌名取之。”又云:“按山谷词‘似扶著卖卜算’,盖取义以今卖卜算命之人也。”又因秦观词有“极目烟中百尺楼”之句,故《图谱》删卜算子而名《百尺楼》,然《卜算子》之名,得之较早也。又,《白香词谱笺》认为本词是王观的作品。

【作者】苏轼(1036—1101),字子瞻,苏洵长子,眉山(今四川县名)人。嘉祐二年进士,累官中书舍人、翰林学士,历端明殿学士、礼部贡举。绍圣初,坐讪谤,安置惠州,徙昌化。徽宗立,赦还,提举玉局观。建中靖国元年(1101),卒于常州。高宗朝赠太师,谥文忠。有《东坡词》一卷,又《东坡乐府》二卷。

水是眼波横句 山是眉峰聚韵
欲问行人去那边句 眉眼盈盈处叶
才始送春归句 又送君归去叶
若到江南赶上春句 千万和春住叶

常用谱式:

⓪仄仄平平, ⓪仄平平仄。
平仄平平仄仄平, ⓪仄平平仄。

⓪仄仄平平, ⓪仄平平仄。
⓪⓪平平仄仄平, 仄仄平平仄。

【作法】本调44字。上下两阕,均四句而两韵,通体各句第一字均平仄不拘。第一、二句句法,俱为上一下三,中加一衬字。第三句与《捣练子》第三句同。末句五字,仄仄平平仄,与《雨霖铃》末句同。后半类推。

【简评】本词写一个送夫远行的少妇,未登程先盼归程的情意。开始两句比拟很妙:应该是眼似横波水,眉似山峰聚。词中不用“似”,而用“是”,其修辞法在诗坛上不多见。下阕“才始”、“又送”两句,表现出两种愁苦。末尾

“住”意反为“归”,生出另一番境界。全篇无一惜别词句,但依依惜别之情,非常浓重。

【注释】[眼波]谓目光流盼,有若水波也。杜牧《宣州留赠》诗:“为报眼波须稳当。”[眉峰]谓双眉蹙聚,有若山峰也。[盈盈]喻清浅。古诗:“盈盈一水间。”

42. 蝶恋花 (春景) 苏轼

【题考】毛先舒云:“蝶恋花,商调曲也,采梁简文帝乐府‘翻阶蛱蝶恋花情’为名。其词始于宋。司马槱在洛下,昼梦美姝牵帷歌‘妾本钱塘江上住’五句,询其曲,名《黄金缕》。槱后赴钱塘幕官,为秦少章言之,少章续其后段。槱复梦美姝每夕同寝,同寀云:‘公廨后有苏小小墓,得毋妖乎?’不逾岁,槱病死。故调除《黄金缕》外,又有《一箩金》、《鹊踏枝》、《凤栖梧》、《卷珠帘》、《鱼水同欢》、《明月生南浦》等名。”

花褪残红青杏小韵　燕子飞时句　绿水人家绕叶
枝上柳绵吹又少叶　天涯何处无芳草叶

墙里秋千墙外道叶　墙外行人句　墙里佳人笑叶
笑渐不闻声渐悄叶　多情却被无情恼叶

常用谱式:

㊀仄㊉平平仄仄,　㊉仄平平,　㊀仄平平仄。
㊉仄㊀平平仄仄,　㊉平㊀仄平平仄。

㊀仄㊉平平仄仄,　㊉仄平平,　㊀仄平平仄,
㊉仄㊀平平仄仄,　㊉平㊀仄平平仄。

【作法】本调60字,为仄韵七绝两首相合而成,特于第二句加两字为冠,而第三句亦用韵耳。首句与《临江仙》同。次句上四下五,叶仄。第三句同第一句。末句平起仄叶,又与《踏莎行》末句同。下阕全同上阕。

【简评】本词是作者贬谪岭南时有所感而作。前段写伤春,后段写伤情,都是用来反映“行人”(作者自己)失意的心情。据《历代诗余》引《冷斋夜话》说:“东坡东渡海,惟朝云王氏相随。曰有‘枝上柳绵’二句,为之流泪。”又,

《林下词谈》:"子瞻在惠州,与朝云闲坐,时青女初至('青女',霜神,此指秋初霜降),落木萧萧,凄然有悲秋之意。命朝云把大白,唱'花褪残红',朝云泪满衣襟曰:'奴不能歌是"枝上柳绵吹又少,天涯何处无芳草"也。'"本来屡遭贬谪,背井离乡,痛苦很深。可是用了"天涯何处无芳草",似可随遇而安了。而"多情却被无情恼",又是无可奈何的心情了。王士祯《花草蒙拾》说:"'枝上柳绵',恐屯田(柳永)缘情绮靡,未必能过。孰谓坡但解作'大江东去'耶?"故后人说此词可代表苏词婉约的风格。

【注释】[柳绵]柳絮。柳花既实,其种子上带有丛毛,随风堕落,茸散如絮,故称柳絮,亦曰柳绵。韩偓《寒食有怀》诗:"往年月在鸾桥上,见倚朱阑咏柳绵。"

43. 洞仙歌 (夏夜) 孟蜀主作 苏轼改

【题考】《花庵词选》:"公自序云:'仆七岁时,见眉州老尼,姓朱,忘其名,年九十余。自言尝随其师入蜀主孟昶宫中。一日,大热,主与花蕊夫人夜起,避暑摩诃池上,作一词,朱具能记之。今四十年,朱已死矣,人无知此词者,独记其首两句,暇日寻味,岂洞仙歌令乎?乃为足之云。'"《墨庄漫录》云:"顷见一诗话,全载孟蜀主一诗:'冰肌玉骨清无汗……'云:'东坡少年遇美人,喜洞仙歌,又邂逅外景色暗相似,故隐括稍协律,以赠之也。'据此乃诗耳,而东坡自序,乃云《洞仙歌令》,盖公以此叙自晦耳。《洞仙歌》腔出近世,五代及国初皆未之有也。"观此,本调创始,或即自东坡。原有一"令"字,后又名《羽仙歌》。

【作者】后蜀后主(916—965),姓孟名昶,字葆元,初名仁赞。知祥第二年,明德元年七月丁卯嗣位,不改元,至四年始改政广,至二十八年,宋将王全斌军至城下,出降,五月至汴京,改封秦国公,越七日薨,追封楚王,葬洛阳。《边州闻见录》:"孟昶尝言,不效王衍作轻薄小词,而词自工。"

冰肌玉骨句 自清凉无汗韵 水殿风来暗香满叶
绣帘开豆 一点明月窥人句
人未寝豆 攲枕钗横鬓乱叶

起来携素手句 庭户无声句 时见疏星渡河汉叶
试问夜如何句 夜已三更句
金波淡豆 玉绳低转叶 但屈指豆

西风几时来句　又只恐流年句　暗中偷换叶

常用谱式：

(平)平仄仄，　(仄)(平)平平仄，　(仄)仄平平仄平仄。
仄平平、　(仄)仄平仄平平，
(平)(仄)仄、　(平)仄平平(仄)仄。

(仄)(平)平仄仄，　(平)仄平平，　(平)仄平平仄平仄。
仄(仄)(仄)平平，　(仄)仄平平，
(平)(平)仄、　(仄)平平仄。　仄(仄)(仄)、
(平)(平)仄平平，　仄(仄)仄平平，　仄平平仄。

【作法】本调83字，首句4字仄句，不用韵。次句5字起韵，句法上一下四。第三句7字，第一字平仄不拘，下三字必作仄平仄，乃定格也。第四句9字，应作上五下四，今此调作上三下六，实非正格。东坡词每不为格所拘，即此类也。学者止作上五下四填可耳。第五句亦9字，句法上三下六，惟于第三字略逗，《词律》径作句，转失一气呵成之义矣。下六字，第一字平仄不拘，第三字若用仄，则第五字须用平，方得相称。下阕换头，首句五字，不叶韵，第一字平仄不拘。第二句4字，实即下七字之逗。第三句7字，与上阕第三句同，宜拗，第四句5字，仄起平收。实下句之句法，且与第二句同。第五句4字。第六句7字，句法上三下四。第七句8字，实系仄起平收之七言拗句，上冠一"但"字耳。结句9字，上五下四，语气须连贯到底，故上五字亦可作豆。

【简评】苏轼喜隐括改动前人所作的诗文词作，如《哨偏》隐括陶渊的《归去来兮辞》，《水调歌头》隐括韩愈的《听颖师弹琴》诗，这首词是隐括孟昶的作品。以后词、曲均受其影响，在南宋和元曲中，便成了一格。沈际飞《草堂诗余正集》评曰："清越之音，解烦涤苛。"郑文焯《手批东城乐府》云："坡老改添此词数字，诚觉意气万千，其声亦如空山鸣泉，琴筑并奏。""一点明月窥人"，其中"一点"用得奇妙。

【注释】[水殿]营于水间之宫殿。《北史》："秦王俊为水殿，梁柱楣栋之间，周以明镜，间以珠宝，极营饰之美。"[河汉]即天河。古诗："皎皎河汉女。"成公绥《天地赋》："河汉委蛇而带天。"[金波]谓月光。《汉书》："月穆穆兮金

波。”[玉绳]星名。在玉衡之北。张衡《西京赋》:“上飞闼而仰眺,正睹瑶光与玉绳。”

44. 念奴娇 苏轼

【题考】《念奴娇》,又名《大江东去》、《赤壁谣》、《酹江月》、《壶中天》、《湘月》、《寿南枝》、《古梅曲》、《百字令》、《千秋岁》、《大江西上曲》、《太平欢》、《白雪词》、《百字谣》、《杏花天》、《淮甸春》、《无俗念》、《庆长春》、《续断令》、《大江乘》、《酹月》、《大江东》、《壶中天慢》。唐元稹《连昌宫词》自注:“念奴,天宝中名娼,善歌。明皇不欲夺侠游之盛,尝置在宫禁,岁幸温汤,时巡东洛,有司潜遣从行而已。”五代王仁裕《开元天宝遗事》:“念奴有色,善歌,宫伎中第一。帝尝曰:‘此女眼色媚人。’又云:‘念奴每执板当席,声出朝霞之上。’”词名取义于此。始见于《东坡乐府》。

大江东去句 浪淘尽豆 千古风流人物韵
故垒西边句 人道是豆 三国周郎赤壁豆
乱石穿空句 惊涛拍岸句 卷起千堆雪豆
江山如画句 一时多少豪杰豆

遥想公瑾当年句 小乔初嫁了句 雄姿英发叶
羽扇纶巾叶 谈笑间句 樯橹灰飞烟灭叶
故国神游句 多情应笑我句 早生华发叶
人间如梦句 一尊还酹江月叶

常用谱式:

(仄)平(平)仄，仄平(平)、(仄)仄(平)平平仄。
(仄)仄(平)平，平仄仄、(仄)仄(仄)平平仄。
(仄)仄平平，(平)平仄仄，仄(仄)平平仄。
(平)平(平)仄，(仄)平平仄平仄。

(平)仄(仄)仄平平，(平)平(仄)仄仄，(平)平(仄)仄。
(仄)(平)仄平、平仄仄，(仄)仄(平)平平仄。
(仄)仄平平，(仄)平(平)仄仄，(仄)仄平仄。

㊀平平仄，　㊀平平仄平仄。

【作法】《念奴娇》为双调词。全词上下两阕,共19句,100字。上阕第二、四、七、九句,下阕第三、五、八、十句押韵,均用仄声韵。上阕首句不用韵。第二句为九字句,用上三下六句法,亦可用上五下四句法。第七句为五字句,第三字不可用仄声字。

【简评】本词是在怀古人之业绩,感时光之流逝,伤功业之无成,抒壮心之未已。苏轼谪居黄州,时年四十七,游赤壁,写了这首词。全词次序井然,开头写赤壁的景色,次写周瑜的战功并借以抒志,最后是作者的慨叹。这几部联系紧密,用"遥想"转入第二层,由"故国神游"转入第三层,编织自然。它成功地描写了赤壁战场的雄奇景色,塑造了一个"雄姿英发"的英雄形象,在文人词里还是首创。结尾用达观的态度来解决理想与现实的矛盾,但追求理想的豪迈心情仍溢于言表。据俞文豹《吹剑录》载:"东坡在玉堂(翰林院),有幕士善讴。因问:'我词比柳词何如?'对曰:'柳郎中词,只好十七八女孩儿,执红牙板,唱"杨柳岸晓风残月";学士词须关西大汉,执铁板,唱"大江东去"。'公为之绝倒。"

【注释】[赤壁]三国时吴将周瑜击破曹军的地方,在今湖北嘉鱼县东北长江南岸。苏轼所游的赤壁在黄冈城外,不是当年发生大战的赤壁。[人道是、三国周郎赤壁]这里说"人道是",是根据人云亦云的意思把这个地方当作古战场,借以怀古。周瑜为吴将军时年仅二十四岁,吴中呼为周郎。赤壁以周瑜得名,故称周郎赤壁。[乱石穿空]陡峭不平的石壁插入天空。[公瑾]周瑜字。[小乔]乔公有两个女儿,都很美丽,称大、小乔;其中,小乔嫁给周瑜。[英发]言论见解,卓越不凡。《三国志·吴志·吕蒙传》载:孙权论吕蒙的学问筹略可以比周瑜,"但言论英发,不及之耳"。[故国神游]神游于故国(三国)的战地。[多情应笑我]两句,应笑自己多情善感,头发都变得花白了。[酹]把酒倒在地上祭奠。

45．江城子　(乙卯正月三十日夜记梦)　苏轼

【题考】《江城子》,一名《江神子》。唐五代词多为单调,字数自35至37不等,皆叶五平韵。宋词始有双调体,70字,十平韵或十仄韵。

十年生死两茫茫韵　不思量叶　自难忘叶

千里孤坟句　无处话凄凉叶

纵使相逢应不识句 尘满面句 鬓如霜叶
夜来幽梦忽还乡叶 小轩窗叶 正梳妆叶
相顾无言句 唯有泪千行叶
料得年年肠断处句 明月夜句 短松冈叶

常用谱式：

㊀平㊉仄仄平平， 仄平平， 仄平平。
㊀㊀㊉㊉， 平仄仄平平。
㊀仄㊉平平仄仄， 平平仄， 仄平平。

平平平仄仄平平。 仄平平， 仄平平。
㊀仄平平， 平仄仄平平。
仄仄平平平仄仄， 平仄仄， 仄平平。

【作法】《江城子》本词为双调词，共 70 字。上下阕共 8 句，每阕皆叶五平韵。

【简评】本词作于熙宁八年(1075)正月十二日夜，时作者徙知密州。词中抒发对亡妻的深切怀念之情。上阕直抒悼念之情，用白描层层推进的手法，写尽了亲人死别的伤怀，情真意切，极为感人。"纵使"三句，哀痛已达极点。下阕以"夜来幽梦"起首，手法大变，"小轩窗，正梳妆"，想象亡人，栩栩如生；"明月夜，短松冈"，形容死者孤寂凄凉，表现了对妻子永世不忘的真挚感情。

【注释】[十年生死两茫茫]作者于宋神宗熙宁八年(1075)知密州，写此词时，他的妻子王弗恰恰死去十年。[千里孤坟]王弗坟在四川彭山县，距密州(山东诸城市)数千里。[短松冈]指遍植松树的山冈墓地。

46. 贺新郎 苏轼

【题考】《贺新郎》，一作《贺新凉》。又名《金缕歌》、《金缕曲》、《金缕词》、《金缕衣》、《乳燕飞》、《风敲竹》、《貂裘换酒》、《雪月江山夜》。清毛先舒《填词名解》："《贺新郎》，宋苏轼守钱塘作。词云：'乳燕飞华屋，悄无人，桐阴转午，晚凉新浴。'故名《贺新凉》，后误为'郎'。"又《苕溪渔隐丛话》引《古今词话》："杨湜云：苏子瞻守钱塘，有官妓秀兰，天性黠慧，善于应对。一日，湖中有宴会，群妓毕集，唯秀兰不至，督之良久方来。问其故，对以沐浴倦睡，忽闻叩门甚急,起而问之,乃乐营将催督也。子瞻已恕之,坐中一倅怒其晚至,诘之不已。时榴花盛开,秀兰折一枝藉手告倅,倅愈怒,子瞻因作《贺新凉》,令歌以送酒,倅怒顿止。”曾季貍《艇斋诗话》云:“东坡《贺新郎》在杭州万顷寺作,寺有榴花树,故词中云石榴。又是日有歌者昼寝,故词中云:‘渐困倚孤眠清熟。’”此调始见于《东坡乐府》。

乳燕飞华屋韵　悄无人豆　桐阴转午叶
晚凉新浴叶　手弄生绡白团扇叶
扇手一时似玉叶　渐困倚豆　孤眠清熟叶
帘外谁来推绣户叶　枉教人豆　梦断瑶台曲叶
又却是豆　风敲竹叶

石榴半吐红巾蹙韵　待浮花豆　浪蕊都尽句
伴君幽独叶　秾艳一枝细看取叶
芳心千重似束叶　又恐被豆　西风惊绿叶
若待得君来向此叶　花前对酒不忍触叶
共粉泪豆　两簌簌叶

常用谱式:

(仄)仄平平仄。　仄平平、　(平)平(仄)仄,
(仄)平平仄。　平仄平平平平仄,
(平)仄(平)平(仄)仄。　(仄)(仄)仄、　(平)平(平)仄。
(仄)仄(平)平平仄仄,　仄(平)平、　(仄)仄平平仄。
(仄)仄仄、　(平)平仄。

(平)平(仄)仄平平仄。　仄(平)(平)、　(平)(平)(仄)仄,
仄平(平)仄。　平仄平平(平)仄仄,
(平)仄(平)平仄仄,　仄(仄)仄、　(平)平(平)仄。
(仄)仄(平)平平(平)仄,　(平)平(仄)仄平平仄。
(平)仄仄、　(仄)平仄。

【**作法**】全词上下两阕,共18句,115字。上下阕第一、三、五、六、八、十句一定押韵,均用仄声韵。上下阕第二句以平仄用皆同。

【简评】本词是作者自抒其怀才不遇的抑郁心情，不是为一妓而发，是有所托意。上阕写美人春睡，被人惊起，美梦破灭，看到风敲竹响，一片清寂。下阕写石榴，当花开时状如皱折红巾，等到“浮花浪蕊都尽”，百花都凋零了，榴花才来陪伴你冷静孤独。但是浓艳茂盛美丽的榴花又恐怕经不起西风的摧残。最后两句写花又写人。黄蓼园《蓼园词选》云：“末四句是花是人，婉曲缠绵，耐人寻味不尽。”不难明白，前段写的是一位高洁绝尘而孤寂的美人，后段写的是不愿和“浮花浪蕊”为伍，而甘愿“伴君幽独”的榴花。最后指明美人与榴花都处于失时失意的时候，别开一境，真是匠心独运。

【注释】[白团扇]晋中书令王珉与嫂婢有情，珉好执白团扇，婢作《白团扇歌》赠珉。[扇手一时似玉]晋王衍每执玉柄麈尾玄谈，与手同色。[红巾蹙]白居易《石榴诗》：“山榴花似结红巾。”[浮花浪蕊]韩愈《杏花》诗：“浮花浪蕊镇长有。”傅干注：“石榴繁盛时，百花零落尽矣。”[西风惊绿]皮日休《石榴诗》：“石榴香老愁寒霜。”

47. 水调歌头 （中秋） 苏轼

【题考】《隋唐嘉话》：“炀帝凿汴河，自制水调歌。”《脞说》：“水调河传，炀帝将幸江都时所制。”《明皇杂录》：“禄山犯阙，议欲迁幸，帝置酒楼上，命作乐，有进水调歌者，上问谁为此曲，曰李峤，上曰，真才子也。”《南唐近事》：“元宗尝命乐工杨花飞奏水调词进酒，花飞惟唱‘南朝天子好风流’一句。”白乐天听水调诗云：“五言一遍最殷勤，调少情多但有因。”《碧鸡漫志》：“水调歌为炀帝自制，今曲乃中吕调。”综观以上诸说，本调创始隋唐间，为五言曲调。嬗至五代，乃有七字句。入宋，始演变新腔，而成今调。当时最为通行，词人填者极多。吴梦窗名曰《江南好》，姜白石名曰《花犯念奴》，后遂俱为本调异名。至所谓“歌头”者，乃首章之一解也（《海录碎事》）。

明月几时有句　把酒问青天韵　不知天上宫阙豆
今夕是何年叶　我欲乘风归去句
又恐琼楼玉宇句　高处不胜寒叶
起舞弄清影句　何似在人间叶

转朱阁句　低绮户句　照无眠叶
不应有恨豆　何事长向别时圆叶　人有悲欢离合句

月有阴晴圆缺句 此事古难全叶

但愿人长久句 千里共婵娟叶

常用谱式:

㊣仄仄平仄, ㊀仄仄平平。 ㊣平㊀仄平仄、

㊀仄仄平平。 ㊀仄㊣平㊣仄,

㊀仄㊣平㊀仄, ㊣仄仄平平。

㊀仄㊀平仄, ㊣仄仄平平。

㊀㊣㊀, ㊣㊀仄, 仄平平。

㊀平㊀仄、 平仄㊣仄仄平平。 ㊣仄㊣平㊣仄,

㊀仄㊣平㊣仄, ㊀仄仄平平。

㊀仄㊣平㊀, ㊀仄仄平平。

【作法】本调95字。气在拗句。首句5字,下三字为仄平仄,定格也。次句5字,为通常之五言句。此两句各惟第一字平仄不拘,余无可勉强。第三句11字,句法上六下五,或上四下七均可,此词则作上六下五。第一、三、七字俱平仄不拘。《词律》于第六字亦注可平,殊不尽然。盖惟作上四下七句法,第六字间或可平,而上六下五之句法,则万无作平之理也。第四句6字,不用韵,第五句亦6字,有时可与上句对偶,而第五字平仄,均可不拘。第六句5字,与第六句同。第七、八句亦均5字,与首次二句同。下阕转头,起首为三字三句,与《相见欢》下阕起首三句同。《词律》注第一句三字平仄不拘,第二句上两字亦可平可仄,殊非是。且第三句定须作仄平平,乃定格也。第四句以下,与上阕无异。

【简评】《宋史·苏辙传》:"辙与兄进退出处,无不相同,患难之中,友爱弥笃,无少怨艾,近古罕有。"本词作者以豪气磅礴,尽吐胸中块垒。卓人月《词统》云:"画家大斧皱,书家劈巢体也。""我欲"三句,造型极美,用意双关,堪称绝妙。刘体仁《七颂堂词绎》:"'琼楼玉宇',《天问》之道也。"董毅《续词选》云:"神宗读'琼楼玉宇,高处不胜寒'之句,以为终是爱君,宜矣。"刘熙载《艺概》评此三句为"犹觉空灵蕴藉"。"起舞"二句,全是无可奈何的形象,但以心安理得的快乐之形来表现。"不应"二句,责月是表,恨别是里,指朝廷而"兼怀"子由,双关语自有妙处。"人有"三句,曲折委婉,抒写郁闷。

全篇以笑代哭，旷达处含凄楚辛酸。胡仔《苕溪渔隐丛话》云："中秋词自东坡《水调歌头》一出，余词尽废。"可见它的影响深远。千百年来，被人喜爱。

【注释】[琼楼玉宇]谓月中宫殿也。《拾遗记》："瞿乾祐于江岸玩月，或谓此中何有？瞿笑曰：'可随我观之。'俄见月规半天，琼楼玉宇烂然。"[婵娟]指月亮。

48. 清平乐　（晚春）　黄庭坚

【题考】《松窗杂录》："开元中，禁中初种木芍药。上乘照夜白游赏，宣翰林学士李白，立进清平调词三章。上命梨园子弟，约格调，抚丝竹，促龟年歌，太真妃领歌意甚厚。"张君房《脞说》，指此为《清平乐》曲。《碧鸡漫志》："明皇宣白进清平调词，乃是令白于清平调中制词。盖古乐取声律高下，合为三调，曰：清调，平调，侧调。此谓三调中，明皇止令就择上两调，偶不乐侧调故也。况白词七字绝句，与今清平乐曲不类。后人不深考，妄指此三绝句耳。此曲在越调，唐至今盛行。"万氏《词律》注此调，亦云："与清平调无涉。"是清平乐虽系唐词，顾与清平调毫不相干。《图谱》改名《忆萝月》，或亦因此。

【作者】黄庭坚(1045—1105)，字鲁直，分宁人，举进士。元祐初，为校书郎，迁集贤校理，擢起居舍人，追谥文节。有《山谷词》二卷。苏籀云："黄太史词，纤秾精稳，体趣天出，兰切流美，触中之能。"《四库提要》云："庭坚词佳者，妙脱蹊径，迥出慧心。"

春归何处韵　寂寞无行路叶
若有人知春去处叶　唤取归来同住叶

春无踪迹谁知换平　除非问取黄鹂叶平
百啭无人能解句　因风飞过蔷薇叶平

常用谱式：

㊥平㊀仄，　㊀仄平平仄。
㊀仄㊥平㊥仄仄，　㊀仄㊥平㊀仄。

㊥平㊀仄平平，　㊥平㊀仄平平。
㊀仄㊥平㊀仄，　㊥平㊀仄平平。

【作法】本调46字。凡两用韵,前半叶仄,后半叶平。第一句4字,仄句,起韵。第三字可仄。次句5字,与《卜算子》第二句同。第三句7字,仄起仄叶。第一、三、五字平仄不拘。亦有第六字作平,则第五字必须作仄,乃成拗句。如青莲本词"玉帐鸳鸯喷兰麝"即是,顾非初学所宜。第四句6字,第一、三、五字平仄虽可不拘,但第五字作仄,则第三字必须作平,所当注意耳。后半换叶平韵。首次二句,俱6字,用韵。各句第一、三字,平仄可不拘。第三句与前半第四句同。末句与后半第二句同。

【简评】本词写的是一个迷恋春天的人,在暮春时节,痴情地想把春天留住,于是问春、找春、追春,达到忘我的地步。最后看到夏日来临,蔷薇开放,知道春天已过去了。"唤取归来同住",表现得多么天真,多么诚恳,多么痴情!"问取黄鹂",设想新奇,似乎透出了一线希望。可是黄鹂"百啭",答而不解,以有答代无答,构想更是奇特。"因风飞过蔷薇",表达委婉深致,惜春之情,仍不一语道破,飘然一结,余音袅袅,给人留下无限的回味。

【注释】[黄鹂]即黄莺,暮春喧声独盛,故俗以黄鹂为春光逝去之表示。《云仙杂记》:"戴颙春携双柑斗酒,人问何之,曰:'主听黄鹂鸣声,此俗耳针砭,诗肠鼓吹。'"

49. 蓦山溪 (别意) 黄庭坚

【题考】本调一名《上阳》,为唐代宫名。《唐书·地理志》:"东都上阳宫,在禁园之东,东接皇城之西南隅,上元中置,高宗常居以听政。"至武后时,兴修益广。迨天宝后,始渐废圮。是本调《上阳春》之名,当出自禁中,时在开、天以前,至何以演为《蓦山溪》,则不可考矣。

鸳鸯翡翠韵 小小思珍偶叶 眉黛敛秋波句
尽湖南豆 山明水秀叶 娉娉袅袅句
恰近十三余句 春未透叶
花枝瘦叶 正是愁时候叶

寻芳载酒叶 肯落他人后叶 只恐远归来句
绿成荫豆 青梅如豆叶 心期得处句
每自不由人句 长亭柳叶
君知否叶 千里犹回首叶

常用谱式：

(平)平(仄)仄，(仄)仄平平仄。(平)仄仄平平，
(仄)(平)(平)、平平(仄)仄。(平)平(仄)仄，
(仄)仄仄平平。平(仄)仄，
(平)平仄，仄仄平平仄。

(平)平仄仄，(仄)仄平平仄。(仄)仄仄平平，
(仄)(平)(平)、平平(平)仄。(平)平(平)仄，
(仄)仄仄平平。平(平)仄，
(平)平仄，(平)仄平平仄。

【作法】本调82字，首句4字，平起仄收；次句5字，仄起仄收；第三句5字，仄起平收；所有第一字，均平仄不拘。第四句7字，上三下四，上三字平仄不拘；然以音节论，则以仄平平为佳。第五句4字，第六句5字，亦可并作九字句，可皆叶仄韵。此调作家凡上下阕两首句不起韵者，则此两句及后半之同样两句多不叶韵，而平仄俱各参差。如张元幹、易祓等所填本调，即其例也。惟首句起韵，则三字亦须叶仄。自以本词为正轨。至第九句5字，则与《苏幕遮》结句同。下阕概同上阕。

【简评】本词《山谷集》题曰"赠衡阳妓陈湘"，写别意依依难舍。结尾"长亭柳，君知否？千里犹回首"，有绵绵无尽之意。

【注释】［娉娉袅袅］杜牧《赠别》诗："娉娉袅袅十三余，豆蔻梢头二月初。春风十里扬州路，卷上珠帘总不如。"［绿成阴］杜牧《叹花》诗："应是寻春到已迟，不须惆怅怨芳时。狂风落尽深红色，绿叶成荫子满枝。"［长亭柳］喻送别。戴叔伦《长亭柳》诗："濯濯长亭柳，阴连灞水流。"

50. 忆王孙 （香闺） 秦观

【题考】《楚辞·招隐士》："王孙游兮不归，春草生兮萋萋。"刘安《招隐士》："王孙兮归来，山中不可以久留。"后诗人多用"王孙"、"芳草"为感景怀人之词。杜甫诗"短畦带碧草，怅望思王孙"，已隐有"忆念王孙"之意矣。考《北里志》天水光远题杨莱诗，有"萋萋芳草忆王孙"句。则本词全用其句，调名

或即始此。徽宗北狩时,谢克家作《忆君王》词,即其调也。见毛先舒《词学全书》。又一名《豆叶黄》、一名《阑干万里心》。《啸余吟谱》云:"改用仄韵后,增一叠,即《渔家傲》也。"

【作者】秦观(1049—1100),字少游,一字太虚,号淮海居士,宋高邮人。登第后,苏轼荐之于朝。除太学博士,迁正字,兼国史院编修官,坐克籍徙。徽宗立,放还,至藤州,卒。有《淮海居士长短句》,亦名《淮海词》三卷。《四库提要》云:"观词情韵兼胜,在苏黄之上,流传虽少,要为倚声家一作手。"

萋萋芳草忆王孙韵　柳外楼高空断魂叶

杜宇声声不忍闻叶　欲黄昏叶　雨打梨花深闭门叶

常用谱式为:

㊉平㊉仄仄平平,　㊀仄平平㊉仄平,

㊀仄平平㊀仄平。　仄平平,　㊀仄平平㊉仄平。

【作法】本调31字。首次二句,即为平起之七言诗句。第三句与第二句同。第四句为三字句,平仄不可移易,尤以第一字用去声为谐音律。末句亦为七言诗句,与二、三句同。本调第二、三、五句之第五字,平仄虽可移易,实惟作平音节乃始婉妙。本词第三句之"不"字,入声本可作平。学者当知所法。又有双调,用仄韵。

【简评】全词句句是景句,亦句句是情句,语言流畅生动,毫无雕凿,明白如话。晁无咎云:"近来作者,皆不及少游……虽不识字人,亦知是好言语也。"李易安云:"秦词专主情致,而少故实。譬如贫家美女,虽极妍丽丰逸,而终乏富贵态。"张叔夏云:"秦少游词,体制淡雅,气骨不衰。清丽中不断意脉,咀嚼无滓,久而知味。"

【注释】[杜宇]即子规。《禽经》:"子规,蜀右曰杜宇。"杜宇,蜀帝名。《华阳国志》:"杜宇称帝,号曰望帝。"《成都记》:"杜宇死,其魂化为鸟,名曰杜鹃,亦曰子规。"

51. 如梦令　(春景)　秦观

【题考】后唐庄宗自度曲。词云:"如梦,如梦,残月落花烟重。"乐府遂取"如梦"二字名曲。或云:"庄宗修内苑,掘土有绣花碧色,中得断碑,载此调。"

此调更加一叠者，名《如意令》。盖唐武氏有如意曲，词名因袭之（见毛氏《词学全书》）。考后唐庄宗制此曲时，本名《忆仙姿》，或谓苏轼以词中有“如梦，如梦”叠句，而改为《如梦令》，是此调始于五代，已可无疑，惟调名《如梦令》，或创于宋，未可知耳。此外，复名《宴桃源》，更名《比梅》。

莺嘴啄花红溜韵　燕尾剪波绿皱叶
指冷玉笙寒句　吹彻小梅春透叶
依旧叶　依旧叠叶　人与绿杨俱瘦叶

常用谱式：

㊥仄㊥平平㊀，　㊀仄㊀平平仄。
㊥仄仄平平，　㊥仄㊀平平仄。
平仄，　平仄，　㊥仄㊀平平仄。

【作法】本调33字。通体以六言句为主。第一、二句第一字平仄可以通用，第三字则以仄声为佳。第五字则以用平声为宜。本词“绿”字，盖以入声作平声也。且此二句，例用对偶，故于平仄尤不宜假借，最好以一、三、五字平仄相对，则更工致矣。第三句为仄起平收之五言句，不用韵。第四句及末句，与第一、二句同；惟第三字宜用仄声，第一字宜用平声耳。第五、六句为两字叠句，叶韵；为通篇扼要之句，最宜注意。

【简评】本词写绚丽的春景和吹笙人的孤独寂寞心情。“指冷玉笙寒”，似可与李煜“小楼吹彻玉笙寒”句相媲美。“依旧”叠用，显得十分孤寂。“人与绿杨俱瘦”用语新奇。作者善于刻画，文字精密，富有情韵。

52. 桃源忆故人　（冬景）　秦观

【题考】古代相传之桃源有二：一为汉永平中刘晨、阮肇遇仙处，在浙江天台，见于王立程《天台山记》。一为晋太元中，武陵渔人所发现，在湖南常德桃源县，见于陶潜《桃花源记》。然其为理想之仙境则一。古人因地怀人，心焉向往，形诸篇什。如陈子良《夏晚寻于政世置酒赋韵》诗：“一返桃源路，别后再追寻。”杜甫《北征》诗：“缅思桃源内，益叹身世拙。”王维《蓝田山石门精舍》诗：“笑谢桃源人，花红复来觌。”均属忆念桃源仙境，怀人感事之作。本调调名，于此昉焉。亦作《虞美人影》，与《虞美人》本调无涉也。

玉楼深锁多情种韵　清夜悠悠谁共叶
羞见枕衾鸳凤叶　闷则和衣拥叶

无端画角严城动叶　惊破一番新梦叶
窗外月华霜重叶　听彻梅花弄叶

常用谱式:

㊥平㊀仄平平仄，　㊥仄㊥平平仄。
㊀仄㊀平平仄，　㊀仄平平仄。

㊥平㊀仄平平仄，　㊀仄㊥平平仄。
㊀仄㊀平平仄，　㊀仄平平仄。

【作法】本调48字。第一句与《菩萨蛮》首句同。第二句6字,为平仄平平平仄,而一、三两字,平仄可不拘。第三句全同第二句。第四句5字,为仄起仄叶之五言句。第一字亦不拘平仄。后半与前半同。本调通篇逐句用韵。

【简评】本词以写冬景融离情,清雅婉丽。上下阕结句均妙。尤以末尾“听彻梅花弄”,颇有余味。

【注释】[玉楼]称妇人妆阁。白居易《听妓人筝》诗:“花脸云鬟坐玉楼,十三弦里一时愁。”[鸳凤]鸳鸯与凤凰,喻伉俪。[梅花弄]琴曲有《梅花三弄》。陆游《远兴》诗:“梅花调苦愁三弄,竹叶香清泥一觞。”

53. 鹊桥仙　（七夕）　秦观

【题考】古时关于“鹊桥”之神话,以《风俗通》“织女七夕当渡河,使鹊为桥”为最早(见《岁华纪丽》)。至唐时,民间传说更为普遍。诗人每多咏入篇什。如李白《拟古》:“银河非鹊桥,非时将安适。”李洞《赠庞炼师》诗:“若能携手随山令,皎皎银河渡鹊桥。”本调调名,即于此际产生。清毛先舒《词学全书》云:“鹊桥仙取填河事,盖见于鸿烈解。”查今本淮南固未见鹊桥事也。

纤云弄巧句　飞星传恨句　银汉迢迢暗度韵
金风玉露一相逢句　便胜却豆　人间无数叶

柔情似水句　佳期如梦句　忍顾鹊桥归路叶
两情若是久长时句　又岂在豆　朝朝暮暮叶

常用谱式：

(仄)平(平)仄，　(平)平(平)仄，　(平)仄(仄)平(平)仄，

(仄)仄(平)仄仄平平，　(仄)(仄)仄、　(平)平(仄)仄。

(平)平(仄)仄，　(平)平(平)仄，　(平)仄(仄)平(平)仄。

(平)平(平)仄仄平平，　(仄)(仄)仄、　(平)平(平)仄。

【作法】本调56字。首二句为4字，第一字平仄均不拘。惟首句第三字虽可作平，然必须次句第三字作仄，方为合宜。第三句6字，起韵，第一、三、五字平仄均可不拘。第四句为七言句，平起平收，不用韵。第五句上三下四，于“却”字分逗，而第二、第六两字，可平可仄。下阕概同上阕。

【简评】本词是写牛郎织女的词，作者一反旧套，认为牛郎织女一年一度相会，胜过人间无数相会。他认为只要爱情真挚不渝，两情长久，即很可贵，并不在于朝暮厮守。命意有独到之处。

【注释】[金风玉露]称秋天景况。昭明太子《七月启》：“金风晓振，偏伤征客之心；玉露夜凝，真泫仙人之掌。”唐太宗《秋日》诗：“菊散金风起，荷疏玉露圆。”

54. 鹧鸪天　秦观

【题考】《鹧鸪天》，又名《思越人》、《剪朝霞》、《骊歌一叠》、《醉梅花》、《禁烟》、《锦鹧鸪》、《避少年》、《鹧鸪引》。清毛先舒《填词名解》：“‘鹧鸪天’采郑嵎诗‘春游鸣鹿寒，家在鹧鸪天’。”始见于宋代宋祁词。

枕上流莺和泪闻韵　新啼痕间旧啼痕叶
一春鱼鸟无消息句　千里关山劳梦魂叶
无一语句　对芳樽叶　安排肠断到黄昏叶
甫能炙得灯儿了句　雨打梨花深闭门叶

常用谱式：

(仄)(仄)(平)(平)(仄)(仄)平，　(平)平(平)仄仄平平。

(仄)平(平)仄(平)平仄，　(平)仄平平(仄)仄平。

(平)(仄)仄，　仄平平，　(仄)平(平)仄仄平平。

(平)平(仄)仄平平仄，　(平)仄平平(仄)仄平。

【作法】《鹧鸪天》为双调词。全词上下两阕，共9句，55字。上阕第一、二、四句，下阕第二、三、五句押韵。均用平声韵。上阕第三、四句，下阕第一、二句，多用对偶。

【简评】本词极写闺房相思之苦。“流莺”声美，但触发的不是愉悦而是伤心，起句意贯至底。“新啼痕间旧啼痕”、“安排肠断到黄昏”、“雨打梨花深闭门”，真是妙语连珠。

【注释】［甫能］刚能，才能。［炙］烧，烤。

55. 青玉案　（春暮）　贺铸

【题考】张衡《四愁诗》：“美人赠我锦绣段，何以报之青玉案。”按“青玉案”，盛酒之具也，唐人诗多引用之。如李白《南奔书怀》诗：“侍笔黄金台，传觞青玉案。”杜甫《又示宗武》诗：“试吟青玉案，莫羡紫罗囊。”本调调名，即取以创始焉。作者以此调得名，人称贺梅子，盖“梅子黄时雨”一句，脍炙人口也。涪翁诗云：“解道江南肠断句，世间唯有贺方回。”亦指此词咏也。本调据毛氏《词学全书》云：“又名《一年春》。”

【作者】贺铸(1052—1125)，字方回。宋卫州人。孝忠皇后族孙。元祐中，通判泗州，又倅太平州，退居吴下。有《庆湖堂遗老集》二十九卷，《东山寓乐府》三卷。张文潜云：“方回乐府，妙绝一世；盛丽如游金张之堂，妖冶如揽嫱施之袪，幽索如屈宋，悲壮如苏辛。”

凌波不过横塘路韵　但目送豆　芳尘去叶
锦瑟年华谁与度叶　月楼花院句
绮窗朱户叶　唯有春知处叶

碧云冉冉蘅皋暮叶　彩笔空题断肠句叶
试问闲愁都几许叶　一川烟草句
满城风絮叶　梅子黄时雨叶

常用谱式：

(平)平(仄)仄平平仄，　仄(仄)仄、　平平仄。

(仄)仄(仄)平平仄仄，　(仄)平(平)仄，

㊀平㊥仄，㊥仄平平仄。

㊀平㊀平平仄仄，㊀仄平平仄平仄。

㊀仄㊥平平仄仄，㊀平㊥仄，

㊀平㊥仄，㊥仄平平仄。

【作法】本调67字，上下两阕。唯第二句一为6字，一为7字，余皆相同。起首为七言平起仄收句，起仄韵。第二句6字，为五字句上加一字。《词律》作三字逗，非也。故"目"字可作平。第三句7字，与《渔家傲》第三句同。第四、五句俱4字，俱仄平平仄，宜用对偶。其第一字虽可作平，但以仄声为佳。第六句与《锦缠道》末句同。下阕惟改第二句为七言拗句，应作仄仄平平仄平仄，此定格也。

【简评】本词抒写作者的孤寂之情。据《竹坡诗话》载："贺方回尝作《青玉案》，有'梅子黄时雨'之句，人皆服其工，士大夫谓之'贺梅子'。""唯有春知处"，耐人寻味。"处"，用作动词，意为处理，怎么办。"春"字虽实而虚，那就是谁也没有办法，构词巧妙。结尾三句"一川烟草，满城风絮，梅子黄时雨"，都是回答上句"试问闲愁都几许"的。极言其多，修辞手段高妙。

【注释】[凌波]喻美人微步也。[横塘]在今江苏吴中区西南十里，为吴中风景胜地。崔颢《长干行》诗："君家何处住，妾住在横塘。"[锦瑟年华]李商隐《锦瑟》诗："锦瑟无端五十弦，一弦一柱思华年。"[冉冉]行貌。《楚辞·离骚》："老冉冉其将至兮。"[蘅皋]满镇香填之岸也。曹植《洛神赋》："税驾乎蘅皋，秣驷乎芝田。"注："蘅，杜蘅也。"[断肠句]指杜牧《池州春送前进士蒯希逸》诗："芳草复芳草，断肠还断肠。"盖伤春作也。

56. 烛影摇红　贺铸

【题考】《烛影摇红》，据宋人吴曾《能改斋漫录》曰："王都尉（诜）有忆故人词。""徽宗喜其意，犹以不丰容宛转为恨。遂令大晟别撰腔。周美成增损其词，而以首句为名，谓之《烛影摇红》。"又称为《忆故人》、《归去曲》、《秋色横空》、《玉珥坠金环》。王诜词为50字，周邦彦衍为96字。此调有多种体格，兹举贺铸48字体为例。

波影翻帘句　泪痕凝蜡青山馆韵

故人千里念佳期句 襟佩如相款叶

惆怅更长梦短叶 但衾枕豆
余芳剩暖叶 半窗斜月豆
照人肠断句 啼鸟不管叶

常用谱式:

平仄平平, 仄平平仄平平仄。
仄平平㊉仄平平, 平仄平平仄。

平仄仄平仄仄。 仄平仄、
平平仄仄。 仄平平仄、
仄平平仄, 平平仄仄。

【作法】本词为双调。全词分上下阕。上阕四句,押二仄韵,23 字,下阕五句,押四仄韵,25 字。全词共 48 字。

【简评】本词写思妇怀念远人。“半窗斜月、照人肠断,啼鸟不管。”用词凄清。陈廷焯《白云斋词话》云:“方回词胸中眼中,另有一种伤心说不出处,全得力于《离骚》。而远以变化,允推神品。”评价是很高的。

57. 减字木兰花 (春情) 王安国

【题考】《岚斋录》:“唐张搏自湖州刺史移苏州,于前大植木兰花,当盛开时,燕郡中诗客,即席赋之。陆龟蒙后至,张连酌浮白,龟蒙径醉,强执笔题两句云:‘洞庭波浪渺无津,日日征帆送远人。’颓然醉倒。搏命他客续之,皆莫能详其意。既而龟蒙稍醒,援笔卒其章曰:‘几度木兰船上望,不知元是此花身。’有遂为一时绝唱。”欧阳炯词遂有“今年却忆去年春,同在木兰花下醉”之句,因以木兰花为调名。顾此词称“减字”者,在词调中固有此法,所谓“偷声”,所谓“减字”者,俱于原有腔调有所增省也。《木兰花》本有 52、54、55、56 字体,本调只 44 字,以示较原调字数为减,故曰《减字木兰花》,或简称曰《减兰》。有以本调为昌岩所作者,特词人假托神仙以炫奇耳。

【作者】王安国(1028—1074),字平甫,宋临川人。安石弟也。举进士,又举茂才异等,熙宁初,除西京国子教授,终秘阁校理,有《王校理集》。

画桥流水韵　雨湿落红飞不起叶
月破黄昏换平　帘里余香马上闻叶平
徘徊不语三换仄　今夜梦魂何处去叶三仄
不似垂杨四换平　犹解飞花入洞房叶四平

常用谱式：

㊥平㊀仄，仄㊥仄平平仄仄。
㊥仄平平，㊀仄平平㊀仄平。
㊥平㊀仄，㊥仄㊥平平仄仄。
㊥仄平平，㊀仄平平㊀仄平。

【作法】本词44字。首句4字起仄韵，句法与《诉衷情》后半第五句同。第三句4字，换用平韵，句法与《诉衷情》后半末句同。第四句7字，句法与《忆王孙》第二、三、五句均同。下阕句法无异，惟又换两韵耳。

【简评】本词题为“春情”，盖伤春怀人之意。“雨湿落红飞不起。月破黄昏，帘里余香马上闻。”色彩鲜明，形象飞动，均是妙语。

【注释】［画桥］阴铿《渡岸桥》诗：“画桥长且曲，傍险复凭楼。”刘宪《侍宴长宁公主东庄》诗：“画桥飞渡水，仙阁涌临虚。”［洞房］深远之室也。《楚辞·招魂》：“姱容修态，絙洞房些。”

58. 千秋岁　（夏景）　谢逸

【题考】万岁千秋，本指生寿。“穷万祀而不异，千秋而不萎”，已见谢偃《高松赋》。入唐，因玄宗定诞辰为千秋节，于是“千秋”、“万岁”之运用，更为普遍。《唐书·张九龄传》：“初，千秋节，王公并献宝鉴，九龄上事鉴十章，号千秋金鉴录。”《隋唐嘉话》：“八月初五日，明皇生辰，为千秋节，士庶结承露囊，更相遗问。”故王维诗云：“共欢天意同人意，万岁千秋奉圣君。”词名之创，一本含祝颂，盖即“千秋万岁”之省耳。

【作者】谢逸（1068—1113），字无逸，宋临川人。第进士，有《溪堂词》一卷。

楝花飘砌韵　蔌蔌清香细叶　梅雨过句　蘋风起叶
情随湘水远句　梦绕吴峰翠叶

琴书倦句 鹧鸪唤起南窗睡叶

密意无人寄叶 幽恨凭谁洗叶 修竹畔句 疏帘里叶
歌余尘拂扇句 舞罢风掀袂叶
人散后句 一钩新月天如水叶

常用谱式：

(仄)平(平)仄， (平)仄平平仄。 (平)(仄)仄， 平平仄。
(平)平平仄仄， (平)仄平平仄。
平(仄)仄， (仄)平(仄)仄平平仄。

(仄)仄平平仄， (平)仄平平仄。 (平)(仄)仄， 平平仄。
(仄)平平仄仄， 仄仄平平仄。
平(仄)仄， (平)平(仄)仄平平仄。

【作法】本调71字。首句4字,与《减兰》第一句同。第二句5字,与《卜算子》第二句同。第三、四句,与《天仙子》第四、五句同。第五、六句与《菩萨蛮》第五、六句同,但宜用对偶。末二句则与《渔家傲》末二句同。后半换头。首五言仄韵句,第一字可平,余均同上阕。

【简评】本词抒写一位年轻人参加宴会,有所思恋而又不能寄诉之情。“歌余尘拂扇,舞罢风掀袂”,是夸张的写法。歌声嘹亮,绕梁不绝,把梁上的尘土都震了下来,落在歌舞时所用的扇子上。舞蹈已停止了,因舞而生的风,仍能掀动长袖。结尾“一钩新月”,渲染气氛,形容寂寞。艺术表现技巧都很好。

【注释】[楝花]《东皋杂录》:“花信风,梅花风最先,楝花风最后。”王安石《晚步》诗:“小雨轻风飞楝花。”[蔌蔌]风声疾貌。鲍照《芜城赋》:“蔌蔌风威。”[梅雨]梅子黄熟之时,蒸郁成雨,谓之梅雨。唐太宗《咏雨》诗:“梅雨洒芳田。”又见前贺铸《青玉案》词:“梅子黄时雨。”[蘋风]宋玉《风赋》:“夫风生于地,起于青蘋之末。”陆贽《月临镜湖赋》:“桂华不定,多因蘋末之风。”[湘水]一名湘江,湖南巨浸也。与漓水同发源于广西兴安县之阳海山,曰漓湘。至零陵,合潇水曰潇湘。至衡阳,合蒸水浸曰蒸湘。故曰三湘。[吴峰]泛指长江下游江南诸山。[鹧鸪]南方之禽。《禽经》:“随阳越雉,鹧鸪也,飞必南翥晋安曰怀南。”注:“鹧鸪,其鸣自呼,其志怀南,不北徂也。”

刘长卿《北归次秋浦界清溪馆》诗：“渐知行近北，不见鹧鸪飞。”

59. 锁窗寒　（寒食）　周邦彦

【题考】锁本作琐。凡窗棂之镂花纹者，均称琐窗。鲍照《玩月城西门廨中》诗：“玉钩隔琐窗。”孤独及《和赠远》诗：“中庭桃李映琐窗。”至杜牧《咏村舍燕》诗，始作锁。“汉宫一百四十五，多下珠帘闭锁窗。”本调因之取名《锁窗寒》。于是有误解“锁”字为关锁之义者，以元稹诗有“暗风吹雨入寒窗”句，因倒作“锁寒窗”，如汲古阁《梦窗甲集》，元萧允之词，俱是。顾查南曲南吕调，元作锁寒窗者，可知其误。

【作者】周邦彦（1056—1121），字美成，宋钱塘人。元丰中，献《汴都赋》，召为太乐正。徽宗朝，仕至徽猷阁待制。出知顺昌府，徙处州卒。自号清真居士，有《片玉词》三卷。《四库提要》云：“《宋史·文苑传》称：‘邦彦疏隽少检，不为州里推重，好音乐能自度曲，制乐府长短句，词韵清蔚。’邦彦妙解声律，为词家之冠，所制诸调，不独音之平仄宜遵，即仄字中上去入三音，亦不容相混，所谓分划节度，深契微芒。”

暗柳啼鸦句　单衣伫立句　小帘朱户韵
桐花半亩句　静锁一庭愁雨叶　洒空阶豆
更阑未休句　故人剪烛西窗语叶　似楚江暝宿句
风灯零乱句　少年羁旅叶

迟暮叶　嬉游处叶　正店舍无烟句　禁城百五叶
旗亭唤酒句　付与高阳俦侣叶　想东园豆
桃李自春句　小唇秀靥今在否叶　到归时豆
定有残英句　待客携樽俎叶

常用谱式：

仄仄平平，　平平仄仄，　仄平平仄。
平平仄仄，　(仄)仄(仄)平平仄。　仄(平)平、
(仄)(平)仄平，　(仄)平(仄)仄平平仄。　仄(仄)平(仄)仄，
(平)平(平)仄，　仄平平仄。

平仄。　平平仄。　仄(仄)仄(平)平，　平平(仄)仄。

平平㊀仄，　㊀仄㊉平平仄。　仄㊉平、

㊉㊀仄平，　㊀平仄仄平㊀仄。　仄㊉平、

㊀仄平平，　仄㊀平㊉仄。

【作法】本调99字。起首四字三句，为仄仄平平、平平仄仄，仄平平仄，至第三句起韵，其平仄皆有一定，不可移易。第四、五句实即十字一句，而以上四字为豆耳。然"亩"字亦有叶韵者，如千里河，即用"许"字。中惟"一"字可平，余均不可移易。第六句7字，上三下四，上三字作仄平平，下四字亦可作平仄仄平，变拗为顺。第七句与《青玉案》起句同，顾第六字可仄。结亦为四字三句，上加一字逗，惟平仄与起首三句迥异。上句第二、四字可仄，中句第三字可仄，末句不可移易。下阕换头，首句2字，次句3字，俱仄韵。第三、四句即8字，加一逗，舍"百"可平外，余均不易。第五句起至第八句，均与上阕第四句至第七句同，惟第七句5字，与第八句6字，均应用仄，非若上阕之第六、七句可以不拘耳。结尾12字，句法上七下五，上七字又分作上三下四，平收而不用韵，下句5字叶仄。此长句惟"定"字可作平。

【简评】周乃宋代词人中最善于融合古人的词家。宋人陈振孙在《直斋书录解题》中说："清真词多用唐人诗语，隐括入律，浑然天成。长调优善铺叙，富艳精工。"本词显示了这一特点。陶潜、李白、杜甫、白居易、李商隐等大诗人的诗，皆信手拈来，毫不费力。非学词精博，很难臻此妙境。

【注释】[剪烛西窗]谓话旧也。李商隐《夜雨寄北》诗："何当共剪西窗烛。"[楚江]指两湖以上之长江。李白《望天门山》诗："天门中断楚江开。"杜甫《七月一日题终明府水楼》诗："楚江巫峡半云雨。"[风灯]风中之灯，可喻人生之暂促。苏轼《孙莘老求墨妙亭诗》："过眼百世如风灯。"[百五]即寒食节。《荆楚岁时记》："冬至后一百五日，为寒食。"姚合《寒食本事诗》："今朝一百五，出户雨即晴。"[旗亭]市楼也。张衡赋"旗亭五里"，沿称酒楼。王昌龄、高适、王之涣同饮旗亭，画壁赌诗。事见《集异记》。[高阳俦侣]指酒徒。高阳地名，在今河南杞县西。《史记·郦生陆贾列传》："郦生瞋目按剑叱使者曰：'走！复入言沛公，吾高阳酒徒也，非儒生也。'"李白《梁甫吟》："君不见高阳酒徒起草中，长揖山东隆准公。"[东园]泛指花园。陶潜《停云》诗："东园之树，枝条再荣。"白居易有《东园玩菊》诗，欧阳修有《真州东园记》。至徐彦伯《钱塘永昌》诗："斗鸡香陌行春倦，为摘东园桃李花。"李白《古风》："桃花开东园，含笑夸白日。"则为以桃李著名东园矣。

60. 过秦楼 （秋夜） 周邦彦

【题考】秦楼之名，昉于《陌上桑》：“日出东南隅，照我秦氏楼。”厥后泛指歌舞之所。李白《忆秦娥·思秋》词：“箫声咽，秦娥梦断秦楼月。”亦名以酒楼。《揽髻录》：“过相州，有秦楼、翠楼、康乐楼，皆旗亭也。”于是“秦楼”之名，运用浸广，遂以入词。李甲词有“双燕来时，曾过秦楼”句，即以调名。但此调异名甚多，《惜余春》、《惜余春慢》、《苏武慢》、《选冠子》等，字数不同，原总一调耳。（见万树《词律》）

水浴清蟾句　叶喧凉吹句　巷陌马声初断韵
闲依露井句　笑扑流萤句　惹破画罗轻扇叶
人静夜久凭栏句　愁不归眠句　立残更箭叶
叹年华一瞬句　人今千里句　梦沉书远叶

空见说豆　鬓怯琼梳句　容销金镜句
渐懒趁时匀染叶　梅风地溽句　虹雨苔滋句
一架舞红都变叶　谁信无聊为伊句　才减江淹句
情伤荀倩叶　但明河影下豆　还看疏星几点叶

常用谱式：

仄仄平平，　㊀㊀平㊁，　仄仄㊀平平仄。
平平仄仄，　㊀仄平平，　㊀仄仄平平仄。
平仄仄仄平平，　平㊀平平，　㊀平平㊀。
仄平平仄仄，　平平㊁仄，　仄平平仄。

㊁仄㊀、　仄仄平平，　㊁平㊁仄，
仄仄㊀平平仄。　平平仄仄，　㊁仄平平，
㊀仄仄平平仄。　平仄平平仄平，　平仄平平，
㊁平平仄。　仄平平仄仄、　㊁仄平平仄仄。

【作法】本调111字。起为四字对句，第三句6字起韵。中惟“叶”字可平，余均不能移易。第四、五句，亦为四字对句。第六句与第三句同。第七句与第八句，平仄一定，但上句于第三、四句换平，则第五句应仄。又两句相连，作上四下六亦可。俱有先例也。第九句4字仄叶，宜与上两句语气连贯。结

为四字三句,加上一字逗,与《锁窗寒》上阕结句同。自第六句至此,平仄均不能移易,下阕相同,惟起句加三字逗,而结句减去二字,成为上五下六,或上三下八之11字耳。

【简评】由秦楼而写秋夜,"人静夜久凭栏",怀远音信沓。引经据典,神伤至极。

【注释】[清蟾]月也。李中《思朐阳春游感旧寄柴司徒》诗:"银蟾飞出海东头。"[露井]无覆盖之井也。古诗:"桃生露井上,李树生桃旁。"[更箭]即更漏,古计时器有漏壶,上立铜人,抱漏以指时,故称夜间时间曰更箭。[梅风]《风俗通》:"五月有落梅风,江淮以为信风。"[虹雨]古以虹与雨有因果关系,故称。刘孝威《和皇太子春林晚雨》诗:"雨日共成虹。"梅尧臣《高车再过谢永叔内翰》诗:"浮荣有若送雨虹。"[才减江淹]梁江淹,字文通,少以文章著;一日,梦一丈夫,自称郭璞,谓曰:"吾有笔在卿处多年,可以见还。"淹乃探怀中,得五色笔一,以授之。尔后为诗,无得佳句,时之谓之才尽。[情伤荀倩]三国魏荀粲,字奉倩,简贵不与常人交接。曹洪女美色,聘以为妻,容服帐帷甚丽,专房吹宴。两年后,妇病亡,痛悼不已,岁余亦亡,年仅29。时人谓之神伤。[明河]即天河。

61. 西河 (金陵怀古) 周邦彦

【题考】此调系唐代从西凉传入西河郡(在今山西),宋人另制新曲。又称《西湖》、《西河慢》,为三叠词,共105字。

佳丽地韵　南朝盛事谁记叶　山围故国绕清江句
髻鬟对起叶　怒涛寂寞打孤城句　风樯遥度天际叶

断崖树句　犹倒倚叶　莫愁艇子曾系叶
空余旧迹郁苍苍句　雾沉半垒叶　夜深月过女墙来句
赏心东望淮水叶

酒旗戏鼓甚处市叶　想依稀豆
王谢邻里叶　燕子不知何世叶　入寻常豆
巷陌人家句　相对如说兴亡豆　斜阳里叶

常用谱式:

平(仄)仄，(平)平(仄)仄平仄。(平)平(仄)仄仄平平，

(仄)平(仄)仄。(仄)平(仄)仄仄平平，(平)平(平)仄平仄。

(仄)(平)(仄)，(平)(仄)仄，(仄)平(仄)仄平仄。

(仄)平(仄)仄仄平平，(仄)平(仄)仄。(仄)平(仄)仄仄平平，

(平)平(平)仄平仄。

仄平仄仄仄仄仄，(仄)平(平)、

平(仄)平仄。(仄)仄(仄)平平仄。仄平平、

仄仄平平，(平)仄(平)仄平平，平平仄。

【作法】《西河》词,分三叠,第一段6句,押四仄韵,33字。第二段7句,押四仄韵,36字。第三段5句,押四仄韵,36字。第二段第一句也可作仄平平、平仄仄、仄仄仄。第三段后三句,也可作3字一句,6字一句,7字一句。

【简评】本词是作者隐括唐代刘禹锡的《金陵五题》中的三首而成。一为《石头城》:“山围故国周遭在,潮打空城寂寞回。淮水东边旧时月,夜深还过女墙来。”二为《乌衣巷》:“朱雀桥边野草花,乌衣巷口夕阳斜。旧时王谢堂前燕,飞入寻常百姓家。”三为《台城》:“台城六代竞豪华,结绮临春时最奢。万户千门成野草,只缘一曲后庭花。”词旨深沉,言“佳丽地,南朝盛事”,只能使人感到“怒涛寂寞”;状“断崖树”,只能引人对明月而伤情;看乌衣王谢巷陌,只能让燕子相对去说兴亡故事。张炎《词源》中说:“清真最长处,在善于融化诗句,如自己出。”许昂霄《词综偶评》中说:“隐括唐句,浑然天成。”梁启超《饮冰室评词》中说:“张玉田谓清真最长处,在善于融化古人诗句如自己出,读此词,可见此中三昧。”就其品格来说,在周邦彦《片玉词》中,也算是最高的一首。

【注释】[佳丽地]谢朓《入朝曲》:“金陵帝王州,江南佳丽地。”[怒涛寂寞打孤城]刘禹锡《石头城》诗:“山围故国周遭在,潮打空城寂寞回。淮水东边旧时月,夜深还过女墙来。”[莫愁艇子曾系]乐府诗:“莫愁在何处,住在石城西。艇子折两桨,催送莫愁来。”莫愁原不在金陵,但宋代已有金陵之传说。[燕子不知何世]刘禹锡《乌衣巷》诗:“朱雀桥边野草花,乌衣巷口夕阳斜。旧时王谢堂前燕,飞入寻常百姓家。”

62. 金人捧露盘　程垓

【题考】《金人捧露盘》，金，一作铜。又称《小月霄》、《上西平》、《西平曲》、《上南平》、《天宁乐》、《凌歊》等。此调格体多样。

【作者】程垓(生卒年不详)，字正伯，四川眉州人，与苏轼为中表。杨慎《词品》盛赞其词。有《书舟词》一卷。

爱春一归句　忧春去句　为春忙韵
旋点检雨障云妨叶　遮红护绿句　翠帏罗幕任高张叶
海棠明月句　杏花天豆　更惜浓芳叶

唤莺吟句　招蝶拍句　迎柳舞句　倩桃妆叶
尽呼起豆　万籁笙簧叶
一觞一咏句　尽教陶写绣心肠叶
笑他人世句　漫嬉游拥翠偎香叶

常用谱式：

仄平平平，　平(平)仄，　仄平平。
平(仄)(仄)(仄)仄平平。　(平)平(仄)仄，　(仄)仄(平)仄仄平平。
(仄)平(平)仄，　仄平(平)、　(仄)平平平。

仄平平，　平(平)仄，　平仄仄，　仄平平。
仄(平)(仄)、　(仄)仄平平。
(仄)平(仄)仄，　(平)仄(仄)仄仄平平。
(仄)平(平)仄，　仄平(平)(仄)仄平平。

【作法】词为双调。上阕8句，下阕9句，79字，共八韵，均押平声。

【简评】本词抒写对春天的热爱。良辰、美景、赏心、悦目，四美俱备，要尽情地游乐一番。通篇语简句丽，形象生动。

【注释】[偎]紧贴，挨着。温庭筠《南湖》诗："野船著岸偎春草，水鸟带波飞夕阳。"

63. 眼儿媚　王雱

【题考】《眼儿媚》，又名《秋波媚》、《小阑干》、《东风寒》等。

【作者】王雱(1044—1076),北宋抚州临川(今江西)人,字元泽,王安石之子。英宗(赵曙)治平四年(1067)进士,调旌德尉。神宗朝,历任太子中允,崇政殿说书,天章阁待制兼侍讲,龙图阁直学士。以病辞官,卒赠左谏议大夫,能诗文。词亦蕴藉婉媚,今存一首。见《乐府雅词拾遗》卷上。

杨柳丝丝弄轻柔韵　烟缕织成愁叶
海棠未雨句　梨花先雪句　一半春休叶

而今往事难重有句　归梦绕秦楼叶
相思只在句　丁香枝上句　豆蔻梢头叶

常用谱式:

㊥仄㊥㊥仄平平，　㊥仄平平平。
㊈平㊈仄，　㊥平㊥仄，　㊈仄平平。

㊥平㊈仄平平仄，　㊥仄仄平平。
㊥平㊈仄，　㊥平㊥仄，　㊈仄平平。

【作法】《眼儿媚》为双调,共48字。上下阕各5句,共五平韵。

【简评】本词写情思,上阕景语中蕴含着万端愁绪,无限的伤怀。下阕以“归梦”、“相思”,带起“丁香枝上,豆蔻梢头”,直率而又曲婉。全词语言精工。

【注释】[豆蔻]本植物名,有白豆蔻、圆豆蔻。此喻少女。杜牧《赠别》诗:“娉娉袅袅十三余,豆蔻梢头二月初。”旧时因谓女子十三四岁时为“豆蔻年华”。

64. 画堂春　徐俯

【题考】《画堂春》,此调相传首作秦观,因咏画堂春色而得名。

【作者】徐俯(1075—1141),字师川,自号东湖居士,洪州分宁(今江西修水)人。以父荫授通直郎。高宗绍兴初,赐进士出身,累官端明殿学士,签书枢密院事,权参知政事。江西派诗人,其舅父黄庭坚对其影响很深。晚年风格平畅自然。有《东湖居士诗集》,已佚亡不传。

落红铺径水平池韵　弄晴小雨霏霏叶
杏花憔悴杜鹃啼叶　无奈春归叶

柳外画楼独上句　凭栏手撚花枝叶
放花无语对斜晖叶　此恨谁知叶

常用谱式：

㊀平㊥仄仄平平，　㊀平㊀仄平平。
㊀平㊥仄仄平平，　㊥仄平平。

㊀仄㊀平仄仄，　㊀平㊀仄平平。
㊀平㊥仄仄平平，　㊀仄平平。

【作法】《画堂春》为双调词。上阕4句，押四平韵，24字，下阕4句，押三平韵，23字。共47字。两结亦可增一字。

【简评】本词为伤春怀远之作。上阕“杏花憔悴杜鹃啼，无奈春归”，伤情很重；下阕“放花无语对斜晖，此恨谁知”，又进一层。语言畅达自然流畅。

【注释】[弄晴]弄，本义为玩弄，引申为玩赏。李白《别山僧》诗：“何处名僧到水西，乘舟弄月宿泾溪。”全句意为本来是想玩赏一下明朗的晴天，却偏是“小雨霏霏”。[撚]“拈”字的异体。用手搓转。章炳麟《新方言·释言》：“引绵作线，揉纸使紧，曰拈。”杨万里《观雪》诗：“倩谁细拈成汤饼。”

65. 昭君怨　（春怨）　万俟雅言

【题考】《昭君怨》本琴曲名。《琴曲谱录》：“中古琴弄名，有昭君怨，明妃制。”又《琴操》：“齐国王穰，以其女昭君，献之元帝，帝不之幸。后欲以一女赐单于，昭君请行，及至，单于大悦。昭君恨帝始不见遇，乃作怨思之歌。”故李商隐《戏赵枢言草阁三十二韵》诗：“一弹明昭君，一去怨不回。”（晋人避司马昭之讳，昭君后改明君。）至隋唐由乐府而入长短句，浸成词曲名。清毛先舒《词学全书》云：“汉王昭君作怨诗，入琴操，乐府吟叹曲，有王昭君，盖石崇拟作，以教绿珠，隋唐相沿有此曲。”词调多取名于琴曲，观此，可知本调调名之由来矣。又本调亦名《一痕沙》、《宴西园》。

【作者】万俟（mò qí）雅言（生卒年不详），工于词。自号词隐。宋崇宁中，充大晟府制撰。有《大声集》五卷。黄叔旸云：“雅言之词，词之圣者也，发妙音于律吕之中，运巧思于斧凿之外，平而工，和而雅，比诸刻琢句意而求精丽者远矣。”

春到南楼雪尽韵仄　惊动灯期花信叶仄
小雨一番寒换平　倚阑干叶平

莫把阑干频倚三换仄　一望几重烟水叶三仄
何处是京华四换平　暮云遮叶四平

常用谱式：

(平)仄(平)平(仄)仄，　(平)仄(平)平(平)仄。
(仄)仄仄平平，　仄平平。

(仄)仄(平)平(平)仄，　(仄)仄(仄)平(平)仄。
(平)仄仄平平，　仄平平。

【作法】 本调40字，上下阕相同。第一、二、三句，与《如梦令》句法相同，惟《如梦令》第三句不用韵，此则换用平韵。第四句3字，即叶平韵，句法为仄平平，不可移易。

【简评】 本词写景淡雅，抒情深沉细腻。前人赞雅言之词曰："运巧思于斧凿之外，平而工，和而雅，比诸刻琢句意而求精丽者远矣。"

【注释】 [灯期]犹灯节；如上元等放灯之候也。陆游《上元前一日》诗："微雨恼灯期。"[花信]花之消息也。范成大《雪后守之家梅未开》诗："凭君趣花信，把酒撼琼英。"清汪琬《说铃》："花信风者，风应花期，其来有信也。"

66. 好事近　（初夏）　蒋子云

【题考】 唐宋时，民间所称"好事"一语，其义有二：一本于《孟子》"好事者为之也"，沿为喜好事故之词。好读去声，呼报切；如杜甫诗"旧来好事今能否，老去新诗传与谁"，白居易诗"门以招贤盛，家因好事贫"。《图画宝鉴》载兴元章谓："好事家与赏鉴家自是两等，家多资力，贪名好胜，遇物收置，不过听声，此谓好事。"皆是也。二谓慈善事业曰好事。《五代史·唐明宗纪》："谷帛贱，民无疾疫，则欣然曰：'吾何以堪之？当与公等做事以报上天。'"《录异记》："嘉陵江侧，有妇人，自称十八姨，往来民家，不饮不食；每数谕于人，莫违负神明。"本调调名取义，必居二者之一。至"近"字，在词牌中与"令"、"引"、"慢"等相类，为表曲类之区别与节奏之不同，与调名本义已无关涉。后世称男女爱恋之事曰好事，以李渔《蜃中楼传奇》有"可见从来好事，毕竟多磨”之句。于是“好事多磨”之“好事”,训“好事近”之“近”,为远近之近,义似“佳期近矣”,实非所本也。又本调亦名《钓船笛》。

【作者】蒋子云(生卒年不详),字元龙,宋人。爵里无考。《乐府雅词拾遗》载其《乌夜啼》词,《草堂诗余》载其《长相思》词。

叶暗乳鸦啼句　风定老红犹落韵
蝴蝶不随春去句　入薰风池阁叶

休歌金缕劝金卮句　酒病煞如昨叶
帘卷日长人静句　任杨花飘泊叶

常用谱式:

(平)仄仄平平,　(平)仄(仄)平平仄。
(平)仄(仄)平平仄,　仄(平)平平仄。

(平)平(平)仄仄平平,　(平)(平)仄平仄。
(仄)仄(仄)平平仄,　仄(平)平平仄。

【作法】本调45字。首句与《诉衷情》第二句同。次句与《昭君怨》首句同。第三句同次句,但不用韵。第四句5字,为仄平平平仄,不可移易,《词律》注第二字可仄,终属不宜。且句法为上一下四,亦定格也。下阕换头。首为七言句,平起平收,与《诉衷情》第一句同而不用韵。次句5字叶韵,第一、二字可作平,为平平仄平仄。末两句之法,与上阕同。

【简评】本词抒写倦于歌舞饮宴,静中无绪的慨叹。“叶暗乳鸦啼,风定老红犹落。蝴蝶不随春去”,写得含蓄蕴藉,似有惜春归,感年华早逝之情。

【注释】[薰风]即南风。《史记》:“南风之薰兮,可以解吾民之愠兮。”[金缕]金缕衣,曲名,因杜秋娘诗句“劝君莫惜金缕衣”而得名。杜牧《秋娘诗》:“秋将白玉笋,与唱金缕衣。”[金卮]金制酒具也。陈子昂《晦日重宴高氏亭林》诗:“象筵开玉馔,翠羽饰金卮。”

67. 祝英台近　(晚春)　辛弃疾

【题考】祝英台与梁山伯事,为中国男女因恋爱而殉身相传最早最普遍者。据《宁波府志》:“东晋穆帝时,会稽梁处仁,字山伯,从师过钱塘,逢一士子同渡，自称上虞祝资，字信斋。同堂三年，祝先归，梁后访之。则为祝氏九娘英台也。梁求婚，祝已许字鄮城马氏。梁后为鄮令，旅卒。祝适马氏，过梁家，临奠哀恸，地裂并埋焉。”是梁祝事，发生于浙江，时则东晋。顾据《劳久杂记》：“梁祝为孔子弟子，曲阜孔庙，有梁祝读书处。”则又事出山东，而时远在春秋矣。复考《宜兴荆溪新志》，谓“梁祝在宜兴善权山碧鲜岩读书同宿三年，善权寺后有石刻，大书‘祝英台读书处’”，则又事出江苏。而蒋薰《留素堂集》，且谓“清水及舒城，并有祝英台墓”。则又在甘肃及安徽矣。总之，梁祝事为千古所绝称，流行甚广，各处遗迹，未必确真，而民间传说渐近神话。于是传祝陵山中，杜鹃开时，辄有大蝶双飞不散，乃是二人精魂。《荆溪新志》吴中呼黄色蝴蝶为梁山伯，墨色为祝英台，谓死后焚衣所化。《劳久杂记》：“此哀感顽艳之迹，久播乃来一般人心目之中，附会牵擦，俯拾即是。”本曲则始宋，即以名调，亦可见故事由来之久矣。本调或无“近”字，又名《月底修箫谱》。

【作者】辛弃疾(1140—1207)，字幼安，号稼轩，宋历城人。耿京聚兵山东，节制忠义军马，留掌书记，奉表来归。高宗召见，授承务郎，差判江阴。累官浙东安抚，加龙图阁待制，枢密院承旨。德祐初，赠少师，谥忠敏。有《稼轩长短句》十二卷。《四库提要》云：“弃疾词，慷慨纵横，有不可一世之概。于倚声家为变调，而异军特起。能于剪翠刻工之外，屹然别立一宗。”

宝钗分句　桃叶渡韵　烟柳暗南浦叶
怕上层楼豆　十日九风雨叶　断肠点点飞红句
都无人管句　倩谁唤豆　流莺声住叶
鬓边觑叶　试把花卜归期句　才簪又重数叶
罗帐灯昏豆　哽咽梦中语叶　是他春带愁来句
春归何处句　却不解豆　带将愁去叶

常用谱式：

仄平平，　(平)仄仄，　(平)仄(仄)平仄。
(仄)仄平平、　(平)(仄)(仄)(平)仄。　(仄)平(平)仄平平，
(仄)平(平)仄，　(仄)平仄、仄平(平)仄。

仄(平)仄。　(平)(仄)(平)仄平平，　(平)(平)(平)(仄)仄，
(平)仄平平、　(平)仄(仄)平仄。　(仄)平(平)仄平平，

㊉平㊉仄，　㊀㊉㊀、　㊀平平仄。

【作法】本调77字。首二句3字对偶，起韵。平仄不可移易。第三句5字，第一字可仄，尾三字作仄平仄拗句，乃定格也。第四句9字，上四下五，第一字平仄不拘。第六句4字，平起仄收，不用韵，顾第一字亦可仄，最好语气与上句相连，合为十字一句。第七句7字，上三下四，“谁”、“流”二字可仄。下阕换头，起为三字拗句，叶仄韵，平仄不可稍移。第二句6字，上三字平仄不拘，惟当斟酌者，下宜四个仄声相迭，即如第二字用仄，则第三字宜平耳。以下均与上阕同。

【简评】本词在辛词中是最为“精致缠绵，词意婉约”的名篇。沈谦《填词杂说》称道这首词：“稼轩词以激扬奋厉为工，至‘宝钗分，桃叶渡’一曲，昵狎柔，魂销意尽，才人伎俩，真不可测。”实则这一类的单纯抒情之作，在《稼轩词》中也很不多见。范开第一次编刊《稼轩词》时，在文中指出“清而丽，婉而妩媚”的作品是不少的。足证所谓正宗词人的长技者，在以豪放雄浑著名的辛弃疾笔下，也不乏婉约佳作。说明了辛词风格的多样化。

【注释】[宝钗分]喻夫妇离别也。秦嘉与妇徐淑书：“今致宝钗一双，价值千金，可以耀首。”淑答曰：“未奉光仪，则宝钗不设。”又陆罩《闺怨》诗：“自怜断带日，偏恨分钗时。”[桃叶渡]《古今乐录》：“王献之爱妾名桃叶，其妓曰桃根。献之尝渡歌以送之，后人因名渡曰桃叶。”按在今南京秦淮河青溪合流处。[南浦]南面的水边。《楚辞·九歌·河伯》：“送美人兮南浦。”《文选·江淹·别赋》：“送君南浦。”张铣注：“南浦，送别之处。”

68. 水龙吟　(登建康赏心亭)　辛弃疾

【题考】《水龙吟》，又名《半年瑞》、《鼓笛慢》、《龙吟曲》、《小楼连苑》、《庄椿梦》、《海天阔处》等。清毛先舒《填词名解》：“《水龙吟》，越调曲也。采李白诗‘笛奏龙吟水’。”始见于《东坡乐府》。

楚天千里清秋句　水随天去秋无际韵　遥岑远目句
献愁供恨句　玉簪螺髻叶　落日楼头句
断鸿声里句　江南游子叶　把吴钩看了句
栏杆拍遍句　无人会豆　登临意叶

休说鲈鱼堪脍叶 尽西风豆 季鹰归未叶
求田问舍句 怕应羞见句 刘郎才气叶
可惜流年句 忧愁风雨句 树犹如此叶
倩何人豆 唤取红巾翠袖句 揾英雄泪叶

常用谱式：

(仄)平(平)仄平平， (仄)平(平)仄平平仄。 (平)平(仄)仄，
(仄)平(仄)仄， (仄)平(仄)仄。 (仄)仄平平，
(仄)平平仄， (平)平平仄。 仄平(平)(仄)仄，
(平)平(仄)仄， (平)(平)仄、 平平仄。

(平)仄(平)平(平)仄， 仄平平、 (仄)平(平)仄。
(平)平(仄)仄， (仄)平(平)仄， (平)平(平)仄。
(仄)仄平平， (平)平(平)仄， (仄)平平仄。
仄(平)平、 (仄)仄(平)平(仄)仄， 仄平平仄。

【作法】《水龙吟》为双调词。全词上下两阕，共21句，102字。上阕第二、五、八、十句，下阕第一、二、五、八、十句押韵，均用仄声韵。上阕起首二句为上六下七，亦可作上七下六。

【简评】本词是作者在宋孝宗乾道四年(1168)至乾道五年，任建康通判时作的。他本是一位抗金战士，23岁那年(1162)南渡，青年壮志，意气风发，正是大展宏图的好机会。但朝廷无意复国，不得重用。上阕用"落日"比国势，用"断鸿"比自己。写景有远有近有浓有淡，很有层次。只"江南游子。把吴钩看了，栏杆拍遍，无人会、登临意"，抒写了他的苦恼。下阕前六句用张翰、许汜故事，均是反诘的语气，以此为羞。"可惜流年"三句，是词的主旨，抒发出国势飘摇，有志难伸的慨叹。末尾抒写英雄失意的悲哀，回应上阕的结句。形象地描景，也显露对美好河山的热爱，笔调是很精巧的。

【注释】[玉簪螺髻]山形像玉簪，像螺形发髻。[吴钩]吴王阖闾所造的钩形之刀。[休说鲈鱼]三句，晋朝张翰，字季鹰，在洛阳做官，秋风起，想到家乡的莼羹、鲈鱼脍，便弃官归乡。见《晋书·张翰传》。尽，"尽教"、"尽管"的省文。[求田问舍]三句，是说求田问舍会被贤者所耻笑。《三国志·魏

志·陈登传》:“许汜与刘备共在荆州牧刘表坐。表与备共论天下人。汜曰:‘陈元龙湖海之士,豪气不除。’备问汜:‘君言豪,宁有事耶?’汜曰:‘昔遭乱,过下邳,见元龙。元龙无客主之意,久不相与语,自上大床卧,使客卧下床。’备曰:‘君有国士之名。今天下大乱,帝王失所,望君忧国忘家,有救世之意,而君求田问舍,无言可采。是元龙所讳也,何缘当与君语? 如小人(刘备自称)欲卧百尺楼上,卧君于地,何但上下床之间耶!’”刘郎,指刘备。[树犹如此]刘义庆《世说新语》:“桓公(桓温)北征,经金城,见前为琅琊时种柳,皆已十围,慨然曰:‘木犹如此,人何以堪!’攀枝折条,泫然流泪。”[揾]揩拭。

69. 摸鱼儿　辛弃疾

【题考】《摸鱼儿》,唐教坊曲中有歌诵捕鱼的歌曲《摸鱼儿》。宋以后改作此词。又称《山鬼谣》、《买陂塘》、《陂塘柳》、《双渠怨》、《迈陂塘》、《摸鱼子》。任半塘《教坊记笺订》:“《摸鱼子》应为民间捕鱼时所歌。”北宋之《摸鱼儿》应本此。始见于欧阳修《六一词》。

更能消豆　几番风雨句　匆匆春又归去韵
惜春长怕花开早句　何况落红无数叶　春且住叶
见说道豆　天涯芳草无归路叶　怨春不语叶
算只有殷勤句　画檐蛛网句　尽日惹飞絮叶

长门事句　准拟佳期又误叶　蛾眉曾有人妒叶
千金纵买相如赋句　脉脉此情谁诉叶
君莫舞叶　君不见句　玉环飞燕皆尘土叶
闲愁最苦叶　休去倚危栏句　斜阳正在豆
烟柳断肠处叶

常用谱式:

仄平平,　(仄)平平仄,　(平)平(平)仄平仄。
(平)平(仄)仄平平仄,　(平)仄仄平平仄。　平仄仄,
(仄)仄仄、　(仄)平(仄)仄平平仄。　(平)平(仄)仄,
仄(仄)仄平平,　(平)平(仄)仄,　(仄)仄(仄)平仄。

平平仄，(平)仄平平(仄)仄。(平)平(平)仄平仄。
(平)平仄(平)平平仄，(平)仄(仄)平平仄。
平仄仄，(仄)(平)仄，(平)平(仄)仄平平仄。
(平)平(仄)仄。仄(平)仄平平，(平)平(仄)仄、
(平)仄仄平仄。

【作法】《摸鱼儿》为双调。全词上下两阕，上阕10句，57字，押六仄韵，下阕11句，59字，押七仄韵。全词上下阕共116字。上阕第八句，下阕第十句，用上一下四句法。

【简评】本词题《花庵词选》作“暮春”，《草堂诗余》作“春晚”，《绝妙好词》无题，《鹤林玉露》作“晚春”。淳熙己亥为宋孝宗淳熙六年(1179)，作者时年40岁，渡江十余年，本来是想北抗金兵，收复失地，建功立业的，但“漕移湖南”，只是管钱粮的工作。国家前途暗淡，祖国江山统一无望，自然要发出“烟柳断肠”的哀吟。全词明写惜春，暗喻国事。上阕开头以“更能消、几番风雨”的反问句，把长期抑郁的感情喷薄吐出。写落花，写风雨，国事蜩螗，一误再误，坐失复国的良机。下阕感叹自己受排挤，抒发受压抑的情绪。说“休去倚危栏”，不忍心看到国土永久沦丧，内心极为悲哀。

【注释】[消]经得起。[见说道]句，听说芳草铺到了天边，遮断了春天的归路。意思为春天已尽，不再回来。[算只有]两句，算来只有屋檐边的蜘蛛网在整天地沾惹纷飞的柳絮，像是把春天网住似的。[长门事]五句，司马相如《长门赋序》：“孝武皇帝陈皇后，时得幸，颇妒，别在长门宫，愁闷悲思。闻蜀郡司马相如天下为文，奉黄金百斤，为相如、文君取酒，因于解悲愁之辞。而相如为文以悟其主上，皇后复得亲幸。”但史无记载，序是后人伪托。这里是说由于有人妒忌，千金重价买来的《长门赋》，并没有收到预期的效果。[君莫舞]两句，你(善妒的人)不要得意忘形，像杨玉环、赵飞燕那样得宠幸的女子都化为尘土了。杨玉环，被赐死于马嵬坡；赵飞燕被废为庶人后，自杀。

70. 一剪梅 李清照

【题考】《一剪梅》，又名《蜡梅香》、《玉簟秋》。据《钦定词谱》，周邦彦词起句有“一剪梅花万样娇”句，取以为名。始见于宋周邦彦《片玉词》。

【作者】李清照(1084—约1155)，号易安居士，济南人。其父李格非曾以文章受知于苏轼，为当时著名学者、散文家，曾官京东提刑。其母为状元王拱辰之孙女，亦知书能文。李清照自少年时代便有诗文，为“苏门四学士”之一的晁补之所赏识。徽宗建中靖国元年(1101)适太学生赵明诚。早期生活优裕，感情深笃，常以诗词唱和。同时他们收藏研究书画金石。靖康事变，同丈夫赵明诚渡淮南奔。建炎三年(1129)，赵明诚病亡于建康。以后辗转流离于杭州、越州、台州和金华一带，晚年生活孤寂凄苦。她工诗能词，词名尤著。由于时代和家庭生活的变化，她前期多写闺情，后期则多写身世之感，故国之思。词风也由妍丽疏落转变为低回哀婉，并时有流露雄杰之气。因其文心深细，工于造语，时号“易安体”。原有“易安词”散佚，后人有《漱玉词》辑本，今人辑有《李清照集》。

红藕香残玉簟秋韵　轻解罗裳句　独上兰舟叶
云中谁寄锦书来韵　雁字回时韵　月满西楼叶

花自飘零水自流叶　一种相思韵　两处闲愁叶
此情无计可消除叶　才下眉头叶　却上心头叶

常用谱式：

(仄)仄平平(仄)仄平，　(平)(仄)(平)(平)，　(仄)仄平平。
(平)平(平)仄仄平平，　(平)仄平平，　(仄)仄平平。

(仄)仄(平)平(仄)仄平，　(仄)(仄)平(平)，　(仄)仄平平。
(平)平(平)仄仄平平，　(平)仄平平，　(仄)仄平平。

【作法】《一剪梅》为双调词。全词上下两阕，共12句，60字。句句押韵。上下阕第二、三句及第五、六句，多用对偶。

【简评】据史料载：“易安结缡(婚)未久，明诚即负笈远游，易安殊不忍别。觅锦帕书《一剪梅》词以送之。”故此词乃抒写丈夫外出后怀念的思绪。上阕写怀念远人。开头一句“秋”字，有两层意思：一是所感，天凉了；一是表时间，秋天来了。闺居无聊，于是改妆外出，借以排遣。“独”字重要，是全词的眼目，全词意绪都由此生出。因此盼念锦书寄来，可是终究是失望的，“月满西楼”，已是深夜了。下阕写离情别绪，无法排遣，极为形象。“花自飘零水自流”，语言精妙。“一种”、“两处”对举，心灵彼此相通。“相思”与“闲愁”

是同样的，更觉情深。“才下眉头，却上心头”，其设意造形，直可与李煜的“剪不断，理还乱”相媲美。

71. 声声慢　李清照

【题考】《声声慢》，一作《胜胜慢》，又名《人在楼上》、《寒松叹》、《凤求凰》、《神光烂》。始见于宋晁补之《琴趣外篇》。李清照的这首词善用叠字，历来评家都非常称赞。徐釚在《词苑丛谈》里说：“真似大珠小珠落玉盘也。”

寻寻觅觅韵　冷冷清清句　凄凄惨惨戚戚叶
乍暖还寒时候句　最难将息叶　三杯两盏淡酒句
怎敌他豆　晚来风急叶　雁过也句
正伤心句　却是旧时相识叶

满地黄花堆积叶　憔悴损句　如今有谁堪摘叶
守着窗儿句　独自怎生得黑叶　梧桐更兼细雨句
到黄昏豆　点点滴滴叶　这次第句
怎一个豆　愁字了得叶

常用谱式：

平平仄⃝仄⃝，　仄⃝仄平平，　平⃝平仄⃝平⃝平⃝仄。
仄⃝仄⃝仄平⃝平仄，　仄⃝平平仄。　平⃝平仄平仄⃝仄，
仄平⃝平、　平⃝平平仄。　仄⃝仄⃝仄，
平⃝平⃝平，　仄⃝仄仄平⃝平⃝仄。

仄⃝仄平⃝平仄⃝仄。　仄⃝仄⃝仄，　平平⃝仄平平仄。
仄⃝仄平平，　平⃝仄仄⃝平平仄。　平⃝平仄平仄⃝仄，
仄平平⃝、　平⃝平⃝平⃝仄。　仄⃝仄⃝仄，
仄平⃝平⃝、　平⃝仄⃝仄⃝仄。

【作法】《声声慢》为双调词。全词上下两阕，共19句，97字。上阕第一、三、五、七、十句，下片第一、三、五、七、九句押韵，俱用仄声韵。上阕第一句可不用韵。

【简评】本词写作者自己年老孤独寡居，思念死去的丈夫，愁苦无奈的情怀。

徐釚《词苑丛谈》说:“首句连下十四个迭字,真似大珠小珠落玉盘也。”确实是这样,作者施展她的艺术才能,非常巧妙而自然地运用铺排手法,突出地概括了孤寂伤感的生活,加强了感情的渲染。七组迭字,深刻地表现情绪的发展。“寻寻觅觅”,则是心绪迷茫;“冷冷清清”,则是得到的结果;“凄凄惨惨戚戚”,则是内心的苦痛,真是哀婉伤绝。以下“点点滴滴”又是两个迭字,不说细雨敲打着梧桐是从何时开始,只说“到黄昏”,景中之情,更觉凄婉!其语言浅俗而清新,显出高超的艺术魅力。

【注释】[将息]保养身体。[怎生得黑]怎样能挨到天黑。[怎一个]句,一个“愁”字哪能说得尽这时的心情。

72. 凤凰台上忆吹箫 李清照

【题考】《词谱》以为此调名称取自《列仙传拾遗》中箫史与弄玉吹箫引凤,飘然仙去的传说。宋词始见《晁氏琴趣外篇》。

香冷金猊句 被翻红浪句 起来慵自梳头韵
任宝奁尘满句 日上帘钩叶 生怕离怀别苦句
多少事豆 欲说还休叶 新来瘦句
非干病酒句 不是悲秋叶

休休叶 这回去也句 千万遍阳关句
也则难留叶 念武陵人远句 烟锁秦楼叶
唯有楼前流水句 应念我豆 终日凝眸叶
凝眸处句 从今又添句 一段新愁叶

常用谱式:

㊥仄平平, ㊀平㊥仄, ㊥平㊀仄平平。
仄仄平平仄, ㊀仄平平。 ㊀仄平平㊀仄,
平㊀仄、 ㊀仄平平。 平平仄,
平平仄仄, 仄仄平平。

平平。 仄平仄仄, 平㊀仄平平,
㊀仄平平。 仄仄平平仄, ㊀仄平平。

(仄)仄平平(仄)仄， 平(仄)仄、 (仄)仄平平。

平平仄， 平平仄平， 仄仄平平。

【作法】《凤凰台上忆吹箫》,为双调词。共21句,97字,上阕四平韵,下阕五平韵。凡有减字、添声者,皆为变体。

【简评】本词为作者早期写别情的词。她在《〈金石录〉后序》中说赵明诚曾经"屏居乡里十年",故有"武陵人远"的典故。上阕不说因离愁而消瘦,却说"非干病酒,不是悲秋"。下阕不说自己很想寄情流水,却说"惟有楼前流水,应念我、终日凝眸"。这都是极含蓄的深层写法。

【注释】[金猊]金属制如狮子形的香炉。[被翻红浪]没叠好的红被散乱于床上。[慵]懒。[宝奁]镜匣子。[生怕]最怕,只怕。[非干病酒]不关酒吃坏了。[阳关]送行曲。唐王维《阳关曲》有"劝君更尽一杯酒,西出阳关无故人"之句。[武陵人]刘晨、阮肇入天台遇仙女成为夫妇,又思家求归,见《续齐谐记》。这里武陵人指刘、阮,借指自己的丈夫到远方去了。韩琦《点绛唇》词:"武陵凝娣,人远波空翠。"[秦楼]即箫史、弄玉飞仙故事。冯延巳《南乡子》词:"烟锁凤楼无限事。"[凝眸]注视,呆看。

73. 醉花阴 李清照

【题考】《醉花阴》又名《九月》。宋毛滂词中有"人在翠阴中,欲觅残春,春在屏风曲。劝君对客杯须覆"句,取以为名。始见于毛滂《东堂词》。

薄雾浓云愁永昼韵 瑞脑销金兽叶

佳节又重阳句 玉枕纱橱豆 半夜凉初透叶

东篱把酒黄昏后叶 有暗香盈袖叶

莫道不消魂句 帘卷西风豆 人比黄花瘦叶

常用谱式:

(平)(仄)(仄)(平)平(仄)仄。 (平)仄平(平)仄。

(平)仄仄平平, (仄)仄平平、 (平)仄平平仄。

仄平仄仄平平仄。 (平)仄平平仄。

(平)仄仄平平, (仄)仄平平、 (仄)仄平平仄。

【作法】《醉花阴》为双调词。全词上下两阕,共8句,52字。上下阕第一、二、四句押韵,均用仄声韵。上下阕第二句,用上二下三或上一下四句法。上下阕结句为九字句,用上四下五句法,宜文气贯通。

【简评】本词是抒写作者自己在重阳佳节倍加思亲的情怀。据史料载:"易安以重阳《醉花阴》词函致赵明诚,明诚叹赏,自愧弗逮,务欲胜之,一切谢客,忌食忘寝者三日夜,得五十阕,杂易安作,以示友人陆德夫。德夫玩之再三,曰:'只三句绝佳。'明诚诘之。答曰:'莫道不消魂,帘卷西风、人比黄花瘦。'正易安作也。"由此,说明本词和作者的艺术技巧是高人一筹的。

【注释】[瑞脑销金兽]香炉里的香料渐渐烧完了。瑞脑,一种名龙瑞脑的香料;金兽,兽形的铜香炉。[玉枕纱橱]瓷枕、纱帐。[东篱]陶渊明《饮酒》诗:"采菊东篱下,悠然见南山。"此指种菊的地方。[暗香]幽香。[消魂]即销魂。[帘卷西风]西风卷起帘子。[黄花]菊花。

74. 沁园春　(有感)　陆游

【题考】《后汉书·窦宪传》:"宪恃宫掖声势,遂以贱直请夺沁水公主园田。"后沿袭以"沁园春"为公主第宅之代词,多见于唐人诗文。崔湜《侍宴长亭公主东庄》诗:"沁园东郭外,鸾驾游一盘。"储光羲《玉真公主山居》诗:"不言沁园好,独隐武陵花。"昊颂代郭令公《谢男尚主表》:"门开鲁馆,地列沁园。"本调沁园春,创始于初唐,且出自侯门,可知也。万氏亦云:"沁园春是古调,作者极盛,其名最显。"又本调亦名《寿星明》。另有《花发沁园春》,与本调无涉。

【作者】陆游(1125—1210),字务观,宋山阴人。以荫补登仕郎。隆兴初,赐进士出身。范成大帅蜀,辟为参议官,以文字交,不拘礼法。人讥其颓放,因自号放翁。嘉泰初,诏同修国史,升宝章阁待制。有《渭南词》二卷。《四库提要》云:"杨慎词品谓:'游纤丽处似淮海,雄快似东坡。'游之本意,盖欲驿骑于两家之间,故奄有其胜而皆不能造其极。"

孤鹤归来句　再过辽天句　换尽旧人韵

念累累枯冢句　茫茫梦境句　王侯蝼蚁句

毕竟成尘叶　载酒园林句　寻花巷陌句

当日何曾轻负春叶　流年改句　叹围腰带剩句

点鬓霜新叶

交亲叶　散落如云叶　又岂料而今余此身叶
幸眼明身健句　茶甘饭软句　非唯我老句
更有人贫叶　躲尽危机句　消残壮志句
短艇湖中闲采莼叶　吾何恨句　有渔翁共醉句
溪友为邻叶

常用谱式：

(平)(仄)平平，　(平)(平)(仄)(仄)，　(仄)(仄)(仄)平。
仄(仄)平(平)仄，　(平)平仄仄，　(平)平(平)仄，
(平)仄平平。　(仄)仄平平，　(平)平(仄)仄，
(仄)仄平平(平)仄平。　(平)平仄，　(仄)(平)平(平)仄，
(仄)仄平平。

平平，　仄仄平平，　(仄)(仄)(仄)(平)平(平)仄平。
仄(仄)平(平)仄，　(平)平(仄)仄，　(仄)平(平)仄，
(仄)仄平平。　平仄平平，　(平)平(仄)仄，
(仄)仄平平(平)仄平。　(平)(平)仄，　仄(平)平(仄)仄，
(仄)仄平平。

【作法】本调114字。起首三句均4字，上两句句法相同，俱为仄仄平平（孤字可仄）。第三句起平韵，重在第三字，必须用仄，是为拗句。第一、二字平仄可不拘。第四、五句为四字对句，而加一字逗，第二、四字与第一、三字各可平可仄。第六句与第五句同。第七句四字叶韵。平仄恰相反，然第一字亦可平。第八、九句又为四字对句，与《过秦楼》起二句同。第十句7字，第一字不拘。下三字务用平仄平，亦拗句也。第十一句3字，应作平平仄，是乃定格。第十二、十三句，实为上五下四之九字句，亦即两句四字对偶而加一字逗，惟平仄不若第四、五句之可移易耳。下阕起首二字叶韵，俱平声。次句4字，同上阕次句。第三句8字，上一下七，盖即上阕第十句而一字逗也。第四句以下全与上阕同。

【简评】本词作者自题"有感"，是晚期作品。一感旧人尽换，往事成尘；二感流年易改，老鬓星霜；三感亲朋离散，飘落如云。"幸"字以下数句，不是写自己身健眼明，衣食无虞的快乐；而是写忆及过去的种种，想而今壮志消残，感到

无限的悲哀。结尾处“吾何恨,有渔翁共醉,溪友为邻”句,似乎是没有怨恨,实际上此“恨”是无尽的。无可奈何,聊以自嘲而已。艺术手法高妙。陆游诗酒颓放,自号放翁,作词云:“桥如虹,水如空,一叶飘然烟雨中,天教称放翁。”均是旷达之语。

【注释】[孤鹤]四句,《搜神记》:“辽东城门有华表柱,忽有一白鹤来集。言曰:‘有鸟有鸟丁令威,去家千岁今来归。城郭如故人民非,何不学仙冢累累。’”后遂以辽天鹤指仙人。《云笈七签》:“许宣平隐于城阳山,天宝中,李白东游,于传舍览诗吟之,叹曰:‘此仙人诗也。’访之不得,乃题诗庵壁,有‘应化辽天鹤,归当千载余’之句。”[茫茫]三句,唐淳于棼饮槐下,醉归卧,梦入穴中,曰大槐安国,王任为南柯郡守。寤见古槐下土穴明朗,可容一塌,有一大蚁,乃王也。一穴直上南枝,即南柯郡。见《南柯记》。[鬓霜]谓两鬓发白如霜也。范云《送别诗》:“不愁书难寄,但愁鬓将霜。”李郢《王将军诗》:“五湖临去孤舟月,六国平来两鬓霜。”[短艇]句,作者诗有“短艇湖中自采莼”句。自注:“湘湖在萧山县,产莼菜绝美。”按莼亦作莼蔬类植物,可做羹。《晋书·张翰传》:“翰见秋风起,思吴菰菜、莼羹、鲈鱼脍,曰:‘人生贵适意,何能羁宦数千里以要名爵乎!’遂命驾而归。”后遂以“采莼”为隐逸闲放之举。

75. 钗头凤　陆游

【题考】《钗头凤》,原称《撷芳词》,据传因宋代宫中有撷芳园,故有此词之作。后陆游据《撷芳词》中有“可怜孤似钗头凤”之句改为此名。又称《撷红英》、《惜分钗》、《玉珑龙》等。

红酥手韵　黄縢酒叶　满城春色宫墙柳叶
东风恶换韵　欢情薄叶　一怀愁绪句
几年离索叶　错叶　错叠字　错叠字

春如旧韵　人空瘦叶　泪痕红浥鲛绡透叶
桃花落换韵　闲池阁叶　山盟虽在句
锦书难托叶　莫叶　莫叠字　莫叠字

常用谱式:

平平仄,　(平)平仄,　(仄)平(平)仄平平仄。

平(平)仄，　(平)平仄。　(平)(平)平(仄)，

仄平平仄，　仄，　仄，　仄。

平平仄，　(平)平仄。　(仄)平(平)仄平平仄。

平平仄，　(平)平仄。　(平)(平)平(仄)，

仄平平仄。　仄，　仄，　仄。

【作法】《钗头凤》为双调词。上阕句，押七仄韵，二叠字，下阕同，共 60 字。上下阕之仄声韵，上三韵用上、去声，下四韵用入声；上三韵用入声，下四韵须用上、去声。

【简评】根据陈鹄《省旧续闻》记载：陆游这首词写的是一桩爱情悲剧。陆游初娶表妹唐婉，“伉俪相得，弗获于姑，未忍决，为别馆住焉。姑闻而掩之，遂绝，后改适同郡宗室赵士诚。尝以春日出游，相遇于禹踪寺之沈园。唐以语赵，遣致酒肴，陆怅然久之，遂赋《钗头凤》一词云”。作者怀念前妻的真挚爱情，悔恨被迫离异的伤感，也反映出了封建社会男女对婚姻不能自主的现实。上阕开头三句，是写唐婉赠酒情景，写得很凄丽，很思念，也很愤恨。末尾“错”字迭用，强烈地悔恨自己未能坚决反抗封建礼教以致造成终身大错。下阕写的旧情依稀宛在，但处境都已改变，只能徒唤奈何了。末尾“莫”字迭用，语虽平易，而缠绵悱恻的深情，颇有感人的艺术魅力。

【注释】［红酥手］红润而又白嫩的手。［黄縢酒］《省旧续闻》说是“黄封酒”，是一种官酒。［宫墙柳］以柳喻其前妻唐婉。她这时已嫁人，有如宫禁里的杨柳可望而不可即。一说，绍兴原是古代越国的都城，宋高宗时亦曾一度以此为行都，故有宫墙之称。［离索］离散，分居。［泪痕红浥鲛绡透］沾染着脸上胭脂的红泪把手帕都湿透了。鲛绡，丝绸制的手帕。［莫，莫，莫］表示绝望，只好作罢。

76. 诉衷情　陆游

【题考】《诉衷情》为唐教坊曲名，后用为词牌。单调首见于《金奁集》，33 字，以六平韵为主，五仄韵为辅，交相错叶。因五代毛文锡词有“桃花流水漾纵横”句，又名《桃花水》。44 字六平韵，于宋词中最为常见。在宋词中另有《诉衷情近》，与此调不同。

当年万里觅封侯韵　匹马戍梁州叶
关河梦断何处句　尘暗旧貂裘叶
胡未灭句　鬓先秋叶　泪空流叶
此生谁料句　心在天山句　身老沧州叶

常用谱式：

平⃝平仄⃝仄仄平平，　仄⃝仄仄平平。
平⃝平仄⃝仄平仄，　仄⃝仄仄平平。
平仄仄，　仄平平，　仄平平。
仄⃝平平仄，　平⃝仄平平，　平⃝仄平平。

【作法】《诉衷情》44 字，双调词，上阕 4 句，押三平韵，23 字，下阕 6 句，押三平韵，21 字。

【简评】本词为作者晚年退居绍兴镜湖三山时所作。此时作者虽然老年，但抗金的壮志未衰。开首两句回忆 48 岁那年在梁州的一段壮志盈怀的戎马生活。然后用“关河梦断何处”句一转，感情悲凉，跟着用“尘暗旧貂裘”句来写自己常常被排挤闲居的生活。下阕头三句极写不得重用，无法收复失地的痛苦心情。结尾“心在天山，身老沧州”，概括作者晚年的生活和思想上的矛盾，抒发了悲愤的情绪。

【注释】[万里觅封侯]后汉班超说：“大丈夫当立功异域，以取封侯，安能久事笔研(砚)间乎！”陆游 48 岁时曾到汉中川陕宣抚公署，想为国建功立业。[尘暗旧貂裘]《战国策·秦策》：“(苏秦)说秦王，书十上，而说不行，黑貂之裘弊，黄金百斤尽。”这句是说自己不得志归来。[心在天山]用薛仁贵三箭定天山事。《唐书·薛仁贵传》：“仁贵为铁勒道总管，时九姓有众十余万……来挑战。仁贵发三矢杀三人，自余一时请降……军中歌曰：‘将军三箭定天山，战士长歌入汉关。’”[沧州]犹言水滨，隐者遁迹之处。陆游晚年住绍兴镜湖边的三山。

77. 十六字令　蔡伸

【题考】《十六字令》，又名《归字谣》、《苍梧谣》。单调。全词共 4 句，16 字，三平韵。

【作者】蔡伸(1088—1156),字伸道,自号友古居士。莆田(今福建莆田市)人。宋徽宗时进士。做过太学博士及徐州(今江苏徐州市)等地的地方官。有《友古词》。

天韵 休使圆蟾照客眠叶 人何在句 桂影自婵娟叶

常用谱式:

平, ㊀仄平平㊀仄平。 平平仄, ㊁仄仄平平。

【作法】一字句很少见,本词第一句为一字句,而且入韵。它同一字逗是不一样的,一字逗是词的句法中常用的,如上一下三,上一下四,上一下七等,多用虚词。本词16字三平韵,第一、二、四句押韵。

【简评】本词不仅句法上独特,而且用一个"天"字对天发问,语短而气势很足,境界开阔。

【注释】[圆蟾]圆月。蟾,蟾蜍。《后汉书·天文志》刘昭注引张衡《灵宪浑仪》:"羿请无死之药于西王母,姮娥窃之以奔月……是为蟾蜍。"这里作为月的代称。[桂影自婵娟]桂影,指月影。段成式《酉阳杂俎》记叙古传说月中有一棵五百丈的桂树。自,空自。婵娟,美好貌。

78. 扬州慢 姜夔

【题考】《扬州慢》为姜夔的自度曲。郑文焯校《白石道人歌曲》中说:"绍兴三十年(1160),完颜亮南寇,江淮军败,中外震骇。亮寻为其臣下弑于瓜州。此词作于淳熙三年(1176),寇平已十有六年,而景物萧条,依然有'废池乔木'之感。此与《凄凉犯》当同属江淮乱后之作。"其自序中亦云有《黍离》之悲。

【作者】姜夔(约1115—1221),字尧章,号白石道人,饶州鄱阳(今江西鄱阳县)人。他于少年时代,流寓两湖的汉阳、长沙一带。后来家居浙江吴兴,漫游苏、杭、扬、淮之间,到处依人作客。在政治上困顿失意,始终是个布衣。绍熙二年(1191),他冒雪赴苏州石湖别墅访范成大,应约写成《暗香》、《疏影》两首传世名作。姜夔在中国词史上,前人对其评价甚高。陈锐称誉他"如盛唐之有李杜"。《七家畜选》又称他为"词中之圣"。姜夔多才多艺,能诗词,工音律,善书法,词的成就最高。今传《白石道人歌曲》,其中有17首注明工尺谱，是研究宋词乐谱稀有的珍贵资料。著有《白石道人诗集》、《白石道人歌曲》，有《四部丛刊》本，《白石诗说》、《白石道人诗说》附刻其后。今人夏承焘有校集《白石诗词集》。

淮左名都句　竹西佳处句　解鞍少驻初程韵
过春风十里句　尽荠麦青青叶　自胡马豆
窥江去后句　废池乔木句　犹厌言兵叶
渐黄昏豆　清角吹寒句　都在空城叶

杜郎俊赏句　算而今豆　重到须惊叶
纵豆蔻词工句　青楼梦好句　难赋深情叶
二十四桥仍在句　波心荡豆　冷月无声叶
念桥边红药句　年年知为谁生叶

常用谱式：

(平)仄平平，　(仄)平(平)仄，　(仄)平(仄)仄平平。
仄平平(仄)仄，　(仄)(仄)仄平平。　仄(平)(仄)、
平平(仄)仄，　仄平平仄，　(平)仄平平。
仄平平、　(平)(仄)平(平)，　平仄平平。

(仄)平(仄)仄，　仄平平、　(平)仄平平。
仄(仄)仄平平，　(平)平(仄)仄，　(平)仄平平。
仄仄(平)平平仄，　平平仄、　(仄)仄平平。
仄(平)平平仄，　(平)平(平)仄平平。

【作法】《扬州慢》为双调词，上阕10句，下阕9句，共98字。上阕第四、五两句，亦可作六字一句，四字一句，第九、十两句，亦可作五字一句，六字一句。

【简评】本词写作者南流以来，中原沦丧，已16年，而朝廷不力图恢复，毫无振作表现，作者触目伤情，借词抒发郁愤，慷慨悲凉。郑文焯《白石道人歌曲》说："绍兴三十年(1160)，完颜亮南寇，江淮军败，中外震骇。亮寻为其臣下弑于瓜州。此词作于淳熙三年(1176)，寇平已十有六年，而景物萧条，依依有'废池乔木'之感。"语言形象，评家均盛赞其"波心荡，冷月无声"。一"荡"字，使全词生色不少。全词结构严谨，情景交融，用对比、衬托手法，突出主题，增强了感染力。

【注释】[淮左名都]宋时扬州是淮左地区著名都会。[竹西佳处]扬州城东禅智寺侧有竹西亭,环境清幽美丽。杜牧《题扬州禅智寺》诗:"谁知竹西路,歌吹是扬州?"[春风十里]写扬州的繁华景象。杜牧《赠别》诗:"春风十里扬州路,卷上珠帘总不如。"[胡马窥江]金兵于宋高宗建炎三年(1129)和绍兴三十一年(1161),两次南侵,扬州都遭受破坏。此主要指第二次而说。[杜郎俊赏]扬州是杜牧赞赏之地。[纵豆蔻词工]三句,纵使有杜牧"豆蔻"、"扬州梦"诗的才华,也难以表达此时的悲愤心情。[二十四桥]扬州西郊有二十四桥,桥边盛产红芍药。

79. 暗香 姜夔

【题考】《暗香》,又名《红情》、《晚香》。双调。南宋姜夔自度曲。《钦定词谱》:"《暗香》,宋姜夔自度曲,咏梅花作也。张炎以此词咏荷花,更名《红情》。"姜夔《暗香》词序:"辛亥之冬,予载雪诣石湖(范成大)。止既月,授简索句,且征新声,作此两曲。石湖把玩不已,使二妓隶习之。音节谐婉,乃名之曰《暗香》、《疏影》。"始见于姜夔《白石道人歌曲》。《砚北杂志》:"小红,顺阳公(即范石湖)青衣也,有色艺。顺阳公请老,姜尧章诣之。一日,授简徵新声。尧章制《暗香》、《疏影》两词,公使二妓肄习之,音节清婉。尧章归吴兴,公寻以小红赠之。其夕大雪,过垂虹赋诗曰:'自琢新词韵最娇,小红低唱我吹箫。曲终尽过松陵路,回首烟波十四桥。'尧章每喜自度曲,吹洞箫,小红辄歌而和之。尧章后以疾殁于苏,石湖挽之曰:'所幸小红初嫁了,不然啼损马塍花。'"宋时花药出东西马塍。西马塍,皆名人葬处。俱见此词制作吟唱情况。

　　旧时月色韵　算几番照我句　梅边吹笛叶
唤起玉人句　不管清寒与攀摘叶
何逊而今渐老句　都忘却豆　春风词笔叶
但怪得豆　竹外疏花句　香冷入瑶席叶

　　江国叶　正寂寂叶　叹寄与路遥句
夜雪初积叶　翠尊易泣叶　红萼无言耿相忆叶
长记曾携手处句　千树压豆　西湖寒碧叶
又片片豆　吹尽也句　几时见得叶

常用谱式：

(仄)平(仄)仄，　仄(仄)平(仄)仄，　(平)平平仄。
仄仄(仄)平，　(仄)仄平平仄平仄。
(平)仄平平仄仄，　(平)(平)(仄)、　(平)平平仄。
(仄)(仄)(仄)、　(仄)仄平平，　(平)仄仄平仄。

(平)仄，　仄(仄)仄。　仄仄(仄)(仄)平，
(仄)(仄)平仄。　仄平仄仄，　(平)仄平平仄平仄。
(平)仄平平仄仄，　(平)(仄)(仄)、　(平)平平仄。
仄(仄)(仄)、　平(仄)仄，　仄平(仄)仄。

【作法】全词上下两阕，共19句，97字。上阕第一、三、五、七、九句押韵，下阕第一、二、四、五、六、八、十句押韵，均用仄声韵。上阕第二句，下阕第三句均用上一下四句法。

【简评】本词和下首《疏影》，历来被认为是姜夔的代表作。评家推崇备至，在他稍后的张炎说："词之咏梅，惟姜白石《暗香》、《疏影》二曲。前无古人，后无来者，自立新意，真成绝唱。"周济对词颇多讥贬，但他在《介存斋论词杂著》中仍称此二词"寄意题外，包蕴无穷，可与稼轩相伯仲"。其实作品艺术特色最主要表现在其清峭瘦硬的本色，又有丰容委婉之态，在其词作中，堪称上品。

【注释】[唤起玉人]两句，写过去和美人冒着清冷寒风，攀折梅花的韵事。贺铸《浣溪沙》词："玉人和月折梅花。"[何逊而今渐老]两句，何逊，字仲言，南朝梁代诗人。有《何水部集》。他做过南平王萧伟的记室，在扬州有《咏早梅》诗。杜甫《和裴迪登蜀州东亭送客逢早梅相忆见寄》诗："东阁官梅动诗兴，还如何逊在扬州。"作者以何逊作喻，说自己逐渐衰老，游赏的兴趣减退，因而对一向所喜爱的梅花都忘掉为它歌咏了。[竹外疏花]竹林外面几枝稀疏的梅花。[瑶席]席座的美称。[江国]江乡。[翠尊易泣]两句，翠尊，翠绿色的酒杯，指酒；红萼，指红梅。绿酒红梅都不能忘情于玉人。[千树压、西湖寒碧]宋时杭州西湖上的孤山梅花成林，所以有"千树"的话。

80. 疏影　姜夔

【题考】《疏影》又名《佳色》、《解佩环》、《绿意》、《绿影》，双调。姜夔自度曲。

苔枝缀玉韵　有翠禽小小句　枝上同宿叶
客里相逢句　篱角黄昏句　无言自倚修竹叶
昭君不惯胡沙远句　但暗忆豆　江南江北叶
想佩环豆　月夜归来句　化作此花幽独叶

犹记深宫旧事句　那人正睡里句　飞近蛾绿叶
莫似春风句　不管盈盈句　早与安排金屋叶
还教一片随波去句　又却怨豆　玉龙哀曲叶
等恁时豆　重觅幽香句　已入小窗横幅叶

常用谱式：

平平仄仄，　仄仄平仄仄，　(平)仄平仄。
(仄)仄平平，　(平)仄平平，　(平)(平)(仄)(仄)平仄。
平平仄仄平平仄，　(仄)(仄)(仄)、(平)平平仄。
仄(仄)平、(仄)仄平平，　(仄)仄仄平平仄。

平仄平平仄仄，　仄平(仄)仄仄，　(平)仄平仄。
(仄)仄平平，　(仄)仄平平，　(仄)仄(平)平平仄。
平平仄仄平平仄，　(仄)(仄)仄、(仄)平平仄。
仄(仄)(平)、(平)仄平平，　(仄)仄仄平平仄。

【作法】全词上下两阕，共20句，110字。上阕第一、三、六、八十句押韵，下阕第三、六、八、十句押韵，均用仄声韵。上阕第二句上一下四，亦可作仄仄仄仄平。上阕第六句上二下四，亦可作仄仄平平平仄，仄仄仄仄平仄，平仄仄平平仄，仄平仄仄平仄。上阕第八句的三字逗，亦可作仄仄仄，平仄仄，仄平仄，仄平平。

【简评】本词所表现的内容，历来评家都在争议，各执一端。因为词中有“昭君不惯胡沙远”句，郑文焯根据张惠言的意见，在所校《白石道人歌曲》中说：“此盖伤二帝蒙尘，诸后妃相从北辕，沦落胡地，故以昭君托喻，发言哀断。”如果这样理解，那么与后文“深宫旧事”是寿阳公主梅花妆典，“安排金屋”

是汉武帝“金屋藏娇”故事,在主题上就统一不起来。其实《暗香》和《疏影》都是咏梅,前者着重从人事的角度来表现,是从侧面着笔;而本词则是直接表现梅花本身,是从正面描写,多方面表现梅花。

【注释】[苔枝缀玉]范成大《梅谱》说绍兴、吴兴一带的古梅“苔须垂于枝间,或长数寸,风至,绿丝飘飘可玩。”这里形容梅花像玉一般点缀在枝头上。[无言自倚修竹]杜甫《佳人》诗:“天寒翠袖薄,日暮倚修竹。”这里把梅花比作孤独高洁的美人。[昭君不惯胡沙远]昭君王嫱远嫁匈奴,住在沙漠地区,非她心里所愿。[想佩环、月夜归来]杜甫《咏怀古迹》之三,是题咏王昭君的,有“环佩空归月夜魂”语,意思是说王昭君死在匈奴,不能回到故国,只有她的灵魂在月夜归来。佩环,即环佩,借指昭君。[深宫旧事]三句,《太平御览·时序部》引《杂五行书》:“宋武帝女寿阳公主人日卧于含章殿檐下。梅花落公主额上,成五出花,拂之不去。皇后留之,看得几时。经三日,洗之乃落。宫女奇其异,竞效之,今梅花妆是也。”蛾绿,指眉。[安排金屋]《汉武故事》载武帝小时,对姑母说:“若得阿娇作妇,当作金屋贮之也。”这里用来表示惜花之意。[玉龙哀曲]玉龙,笛名。梅花落,笛曲。李白《与史郎中钦听黄鹤楼上吹笛》诗:“黄鹤楼中吹玉笛,江城五月落梅花。”落梅花,即《梅花落》。[横幅]指画幅。

81. 兰陵王　　周邦彦

【题考】《兰陵王》,唐教坊曲名,后用为词牌。《碧鸡漫志》引《北齐书》及《隋唐嘉话》称:“齐人襄之子长恭,封兰陵王。与周师战,尝著假面对敌,击周师金墉城下,勇冠三军。武士共歌谣之,曰《兰陵王入阵曲》。今《越调·兰陵王》凡三段,24 拍。或曰遗声也。”周邦彦《咏柳》一首,于此诸调中最为著名,传至南宋犹歌唱不绝,时人称为《渭城三叠》,周济《宋四家词选》说是“客中送客”,细品词意,亦是表达送别的心情。

柳阴直韵　烟里丝丝弄碧叶
隋堤上句　曾见几番句　拂水飘绵送行色叶
登临望故国叶　谁识叶　京华倦客叶
长亭路句　年去岁来句　应折柔条过千尺叶

闲寻旧踪迹叶　又酒趁哀弦句　灯照离席叶

梨花榆火催寒食叶 愁一箭风快句 半篙波暖句
回头迢递便数驿叶 望人在天北叶

凄恻叶 恨堆积叶 渐别浦萦回句 津堠岑寂叶
斜阳冉冉春无极叶 念月榭携手句 露桥闻笛叶
沉思前事句 似梦里句 泪暗滴叶

常用谱式：

(仄)平仄，(仄)仄平平(仄)仄。
平平仄，平仄(仄)平，(仄)仄平平仄平仄。
(平)平(仄)仄仄。平仄，平平仄仄。
(平)平仄，(平)仄(仄)平，平仄平平仄平仄。

(平)平仄平仄，仄(仄)仄平(平)，平仄平仄。
(平)平(仄)仄平平仄，(平)仄仄平仄，(仄)平(平)仄。
平平(平)仄仄仄仄，仄(平)(仄)平仄。

平仄。仄平仄，仄(仄)仄平(平)，(平)仄平仄。
(平)平(仄)仄平平仄。仄仄仄平仄，(仄)平(平)仄。
平平平仄，仄仄仄，仄仄仄。

【作法】《兰陵王》为三叠词。全词3段，共130字。上阕七仄韵，中阕五仄韵，下阕六仄韵。

【简评】本词写清明节前后登临隋堤，表面上是咏柳，实际上是咏叹送别的痛苦。第一段是写作者登临有感；第二段是以别者的身份，抒写别者的心情；第三段是以送别者身份，抒写送别者的心情。第一段先写柳，用一个“直”字，写出了柳树的行列整齐，显出环境的开阔。“烟里丝丝弄碧”，写得很美，用以反衬送别之苦。接着仍然赋柳，抒发客中送客的伤感。第二段正面写送别，开头实写，然后虚写，虚写是代行者设想，表现依依惜别的心情。第三段先以“凄恻，恨堆积”来直接表达沉重的离愁，以下叙写自己徘徊怅惘。辞藻绮丽而悲凉，十分感人。最后以“泪暗滴”收尾，思想感情表露真挚而不能自禁。

【注释】[柳阴直]长堤上的柳树行列整齐，柳荫成一条直线。[隋堤]指汴京附近汴河一带的堤,是隋朝所筑,故称隋堤。[故国]指故乡。[京华倦客]作者久客京城,感觉厌倦,故云。[梨花榆火催寒食]旧历清明前二日为寒食节,有禁火的风俗,节后另取新火。唐、宋时朝廷于清明日取榆柳的火以赐百官。这句指饯别的时候正是梨花盛开的寒食节前。[愁一箭风快]三句,愁着顺风,船行飞快如箭,回头一看就过了几个驿站。周济《宋四家词选》说这个"愁"字是"代行者设想"。半篙,指撑船的竿没入水中部分。时令已届春天,所以说暖波。迢递,远貌。[别浦萦回]船开了,水波在荡漾着。[津堠岑寂]码头上冷清清的。津堠,码头上守望住宿的地方。

82. 东风第一枝　史达祖

【题考】《东风第一枝》,据传为宋人吕渭老所首创,原为咏梅而作。又名《琼林第一枝》。

【作者】史达祖(1163—1220?),字邦卿,号梅溪,汴人,居杭州。科举不第,在韩侂胄门下掌文书,颇受宠信。韩败,受黥刑,死于贫困之中。其词被称为姜夔羽翼,但词风不同,长于咏物,刻画细腻,以工巧见称。也有寄怀深沉、慷慨悲凉之作。有《梅溪词》。

巧沁兰心句　偷黏草甲句　东风欲障新暖韵
谩凝碧瓦难留句　信知暮寒犹浅叶
行天入境句　做弄出豆　轻松纤软叶
料故园豆　不卷重帘句　误了乍来双燕叶

青未了豆　柳回白眼叶　红欲断豆　杏开素面叶
旧游忆著山阴句　后盟遂访上苑叶
寒炉重熨句　便放慢豆　春衬针线叶
怕凤靴豆　挑菜归来句　万一灞桥相见叶

常用谱式:

(仄)仄平平，　(平)平(仄)仄，　(平)平(仄)仄平仄。
(仄)平(平)仄平平，　仄(仄)(仄)平(仄)(仄)。
(平)平(仄)仄，　(仄)(仄)仄、　(平)平平仄。
仄仄(仄)、　(仄)仄平平，　(仄)仄仄平平仄。

(平)(仄)(仄)、 (仄)(平)仄仄， (平)仄(仄)、 仄平(平)仄。

(仄)平(平)仄平平， 仄(仄)(仄)平(仄)仄。

(平)平(平)仄， (仄)(仄)仄、 (平)平平仄。

仄仄(仄)、 (仄)仄平平， (仄)仄(仄)平平仄。

【作法】《东风第一枝》为双调词。上阕9句,押四仄韵,50字;下阕8句,押五仄韵,50字;全词上下阕共100字。

【简评】本词为咏春雪。姜夔《词品引》评其词曰:“邦卿词奇秀清逸,有李长吉之韵。盖能融情景于一家,会句意于两得。”张炎《词源》评其词曰:“全章精粹,所咏了然在目,且不留滞于物。”沈际飞《草堂诗余正集》谓史达祖《东风第一枝》词用“柳回白眼”、“杏开素面”二句“愧死梨花、柳絮诸语”。

【注释】[山阴]晋王徽之泛舟剡溪访戴逵,造门而返,人问其故,曰:“乘兴而来,兴尽而去,何必见戴?”

83. 采桑子 （别情） 吕本中

【题考】《采桑子》,又名《丑奴儿》、《丑奴儿令》、《采桑子令》、《罗敷媚》、《罗敷歌》、《罗敷媚嵌》、《罗敷令》、《伴登临》、《忍泪吟》、《苗而秀》、《醉梦迷》。唐代崔令钦《教坊记》大曲名有《采桑》。任半塘《教坊记笺订》:“唐大曲之《采桑》,可能与古相和曲《陌上桑》内容有关。《杨下采桑》,乃胡乐。日本乐《采桑老》,一名《采桑子》,主题重在叹老,与此无涉。”此词调名即由《采桑》而来。始见于《尊前集》五代人词。

【作者】吕本中(1084—1145),字居仁,号紫微,安徽寿州人。宋高宗朝,官中书舍人、权直学士院。谥文清。学者称东莱先生。今有《紫微词》。

恨君不似江楼月句 南北东西韵 南北东西叶
只有相随无别离叶

恨君却似江楼月句 暂满还亏叶 暂满还亏叶
待得团圆是几时叶

常用谱式:

(仄)平(平)仄平平仄， (平)仄平平， (平)仄平平。

㊀仄平平㊀仄平。

㊀平㊥仄平平仄，　㊀仄平平，　㊥仄平平。

㊀仄平平㊀仄平。

【作法】《采桑子》为双调词。全词上下两阕，共8句，44字。上阕第二、三、四句押韵，下阕同，均用平声韵。

【简评】本词以女子的口气来倾吐对丈夫的眷恋深情。上下阕均以“江楼月”喻人，妙极。“不似”、“却似”既矛盾又统一，前后两个“恨”字，都是出自真情，感情强烈。上阕“南北东西”重叠，是强调不论在何处都“相随无别离”；下阕“暂满还亏”重叠，强调团聚时间短暂。全词构思精巧，用语浅俗、清新，具有民歌味，情意深长，给人一种新鲜感。

84. 满江红　岳飞

【题考】《满江红》，又名《念良游》、《伤春曲》。此调有仄韵、平韵两体。仄韵始于柳永，平韵始于姜夔。相传为南宋岳飞所作的“怒发冲冠”一首最为知名。平韵体用者不多。

【作者】岳飞(1103—1142)，字鹏举，相州汤阴(今河南汤阴)人。世代务农，家贫力学，徽宗宣和间，应真定宣抚募。后从开封尹兼东京留守宗泽，屡立战功，为留守司统制。南渡后，历少保、河南北诸路招讨使，大败金兵，进枢密副使，封武昌郡开国公。因力主恢复，反对议和，为秦桧所陷，殒大理寺狱。孝宗淳熙六年(1179)赐谥武穆，宁宗嘉定四年(1211)追封鄂王。理宗淳熙六年(1246)改谥忠武。岳飞是行伍出身的将领，作品不多，诗文词均充满昂扬激越的忠愤之音。有《岳武穆遗文》。

怒发冲冠句　凭栏处豆　潇潇雨歇韵
抬望眼豆　仰天长啸句　壮怀激烈叶
三十功名尘与土句　八千里路云和月叶
莫等闲豆　白了少年头句　空悲切叶

靖康耻句　犹未雪叶
臣子恨句　何时灭叶
驾长车踏破句　贺兰山缺叶

壮志饥餐胡虏肉句 笑谈渴饮匈奴血叶

待从头豆 收拾旧山河句 朝天阙叶

常用谱式：

(仄)仄平平， (平)(平)仄、 (平)平(仄)仄。

(平)(仄)仄、 (仄)平(平)仄， (仄)平平仄。

(仄)仄(平)平平仄仄， (仄)平(平)仄平平仄。

仄(平)(仄)、 (平)仄仄平平， 平平仄。

平(平)仄， 平(仄)仄。

平(仄)仄， 平平仄。

(仄)(平)(平)(平)(仄)， (仄)(平)平仄。

(平)仄(仄)平平仄仄， (平)平(仄)仄平平仄。

(平)(仄)(平)、 (仄)仄仄平平， 平平仄。

【作法】《满江红》为双调词，此属仄体。全词分上下两阕，上阕8句，下阕10句，共18句，93字。上阕第二、四、六、八句，下阕第二、四、六、八、十句押韵，均用仄声韵，尤以押入声韵为宜。上阕第五、六句，下阕第七、八句为七字句，多作对偶。下阕第一、二句，第三、四句均为三字句，可作两组，自为对偶，亦可以上二句对下二句。

【简评】本词是一首传诵近千年的激励人心的名作。上阕开头以"怒发冲冠"来突出表现激情，再用"潇潇雨歇"这一景句渲染出一片悲壮气氛。两句用蔺相如、荆轲典故，有其深意，一显其壮，一显其悲，极具典型性。然后用"抬望眼、仰天长啸，壮怀激烈"来进一步塑造一个义愤填膺的英雄形象。后两句对偶，遣词造句，自然流畅，亦极精工。作者认为往昔功业微不足道，不可松懈否则白头空悲，是会终生遗憾的，显出崇高的思想境界。下阕开头四句，表达了报仇雪耻的强烈愿望。以下写对敌人的蔑视，同时表达了"还我河山"的必胜信念。本词风格豪迈，慷慨激昂而又含着悲愤与哀怨。词调激扬，字句铿锵，催人奋进。陈廷焯《白雨斋词话》云："千载下读之，凛凛有生气焉。"

85. 风入松　　康与之

【题考】《风入松》,又名《风入松慢》、《远山横》。宋郭茂倩《乐府诗集》:“《风入松》,晋嵇康所作。”为琴曲。唐僧皎然有《风入松歌》。词名本此。始见于北宋晏几道《小山词》。

【作者】康与之(生卒年不详),南宋词人,字伯可,号顺庵,滑州(今河南滑县)人。渡江初,以词受知于高宗赵构,官郎中。因上《中兴十策》名甚著。后媚事秦桧,为其门下十客之一。桧死,编管钦州,移雷州,复送新州牢城。词作音律甚协,间杂俗语。有《顺庵乐府》五卷,均佚。今有赵万里辑本。

一宵风雨送春归韵　绿暗红稀叶
画楼整日无人到句　与谁同豆　捻花枝叶
门外蔷薇开也句　枝头梅子酸时叶

玉人应是数归期叶　翠敛愁眉叶
塞鸿不到双鱼远句　叹楼前豆　流水难西叶
新恨欲题红叶句　东风满院花飞叶

常用谱式:

（仄）平（平）仄仄平平，　（平）仄平平。
（仄）平（仄）仄平平仄，　（仄）（平）（平）、　（仄）平平。
（平）仄（仄）平（平）仄，　（仄）平（平）仄平平。

（仄）平平仄仄平平，　仄仄平平。
（仄）平（平）仄平平仄，　（仄）平（平）、　（仄）仄平平。
（仄）仄（仄）平（平）仄，　（仄）平平仄平平。

【作法】《风入松》为双调词。全词分上下两阕,共12句,73字(又有76字一体)。上下阕第一、二、四、六句押韵,均用平声韵。

【简评】本词是写伤春怀人。上阕开头写“一宵风雨送春归,绿暗红稀”,辞美句丽,春归何其快也?景物何其暗淡如斯也?情致很深。后写“蔷薇开”、“梅子酸”,可见春天是走远了,而且“画楼整日无人到”,多么孤寂!下阕怀人,音讯远隔,伤情倍增。

【注释】[双鱼]犹双鲤,指书信。

86. 醉太平　（闺情）　刘过

【题考】魏武帝诗，有“对酒歌太平”之句，至杜牧，亦有“下国笙歌醉太平”之诗。于是被之管弦，播入乐府，即取醉太平为词调名焉。“安得中山千日酒，陶然直到太平年”，亦正可为本词之注脚。后又有《醉思凡》、《四字令》二名。

【作者】刘过（1154—1206），字改之，宋庐陵人，号龙洲道人。有《龙洲词》。《桯史》云：“庐陵刘改之，以诗鸣江西，以布衣，放浪荆楚，客食诸侯间，嘉泰癸未岁，在中都时，辛稼轩帅越，闻其名，遣介招之，适以事不及行。因效辛《沁园春》一词，并缄往。辛得之大喜，致馈数百千，竟邀之去。馆燕弥月，酬唱亹亹。垂别，酬之千缗，改之归，竟荡于酒，不问也。”

情高谊真韵　眉长鬓青叶
小楼明月调筝叶　写春风数声叶

思君忆君叶　魂牵梦萦叶
翠绡香暖云屏叶　更哪堪酒醒叶

常用谱式：

平平仄平，　平平仄平。
㊀平㊥仄平平，　仄平平仄平。

㊥平仄平，　㊥平仄平。
仄平㊥仄平平，　仄㊥平仄平。

【作法】本调 38 字，上下两阕相同。起句平仄俱不可移，每句第三字尤关重要，且必须去声，则唱时方能高亢而隽永。第三句 6 字，第一、三字平仄虽可通融，顾仄平平仄平平为佳。盖此调通体拗句，以 4 字为主，仅此句 6 字，亦宜拗以相称也。末句虽 5 字，实则四字句加一逗耳，即上一下四句法也。

【简评】本词写闺中少妇思夫之情。上阕末“写春风数声”，一声声弹出春风的温情，耐人寻味。下阕末“更哪堪酒醒”，实在悲凉！刘过本是稼轩豪放一派，而此词写得颇为婉约。

【注释】［调筝］筝为十三弦古乐器，调筝，即弹筝也。王昌龄《行路难》诗：“宴罢调筝奏离鹤，迴娇转盼泣君前。”［翠绡］翠色轻罗也。杜牧《题池州弄水亭》诗:“弄水亭前溪,飐滟翠绡舞。”[云屏]张协《七命》:“云屏栏盱,琼壁青葱。”刘长卿《昭阳曲》:“芙蓉帐小云屏暗,杨柳风多小殿凉。”

87. 惜分飞　　晁补之

【题考】《惜分飞》,又名《惜双双》、《惜芳菲》等。《辞海》谓此调初见于毛济《东堂词》,其实张先《安陆集》中已经有之,入“中吕宫”。《词谱》以毛词为正格,双调50字,八仄韵。或有添二字、四字、六字者,皆变体。

【作者】晁补之(1053—1110),字无咎,号归来子,巨野(今属山东)人。年十七,从父端友宰杭州之新城,著《钱塘七述》,受知苏轼。元丰年间举进士,试开封及礼部别院,皆第一。元祐中,为著作郎。绍圣末,谪监信州酒税,起知泗州。散文流畅,工诗词。有《鸡肋集》、《晁氏琴趣外篇》六卷。

山水光中清无暑韵　是我消魂别处叶
只有多情雨叶　会人深意留人住叶

不见梅花来已暮叶　未见荷花又去叶
图画他年觑叶　断肠千古苕溪路叶

常用谱式:

㊀仄平平平仄仄,　㊉仄㊉平㊀仄。
㊀仄平平仄,　㊀平㊉仄平平仄。

㊀仄平平平仄仄,　㊀仄㊉平㊀仄。
㊉仄平平仄,　㊀平㊉仄平平仄。

【作法】本词为双调。上阕4句,下阕4句,共50字,押四仄韵。上下阕第一句第一字多用仄声。

【简评】本词抒写自己流连山光水色,但情有所寄,感慨不尽。毛晋为其《琴趣外篇》作跋中云:“无咎虽游戏小词,不作绮艳语。”这是他作品风格的一个特点。“不见梅花来已暮,未见荷花又去”,语浅情深。

【注释】[觑]细看。辛弃疾《祝英台近·晚春》词:“鬓边觑,试把花卜归期,才簪又重数。”[苕溪]在浙江北部,有东西两源。东苕溪(一名龙溪)出天目山南;西苕溪出天目山北,经湖州汇入太湖。

88. 六州歌头　张孝祥

【题考】《六州歌头》，本为唐代《鼓吹曲》名。后用为词牌。六州为中国西部边疆之州，即伊、凉(梁)、甘、石、氐(熙)、渭，每州各有歌曲，统名《六州》。歌头即引歌，也就是“中序”的第一章。此调音声悲壮，慷慨激昂，故宋代每逢盛大的祭祀活动多用此调。

【作者】张孝祥(1132—1169)，字安国，号于湖居士，乌江(在今安徽和县)人。绍兴二十四年(1154)廷试第一，官中书舍人，建康留守。他具有强烈的爱国思想，其词风格豪迈，颇有感怀时事之作。在建康留守席上所作《六州歌头》，表现了要求恢复国家统一的激情，对南宋苟且偷安予以谴责。张浚曾为之罢席。相传作诗文，时常问人：“比东坡怎样?”故其风格也近苏轼。死年 38 岁。有《于湖集》、《于湖词》。

长淮望断句　关塞莽然平韵
征尘暗句　霜风劲句　悄边声叶　黯销凝叶
追想当年事句　殆天数句　非人力句
洙泗上句　弦歌地句　亦膻腥叶
隔水毡乡句　落日牛羊下句　区脱纵横叶
看名王宵猎句　骑火一川明叶
笳鼓悲鸣叶　遣人惊叶

念腰间箭句　匣中剑句　空埃蠹句　竟何成叶
时易失句　心徒壮句　岁将零叶
渺神京叶　干羽方怀远句　静烽燧句　且休兵叶
冠盖使句　纷驰骛句　若为情叶
闻道中原遗老句　常南望豆　翠葆霓旌叶
使行人到此句　忠愤气填膺叶　有泪如倾叶

常用谱式：

平平(仄)平，　(平)仄仄平平。

平(平)仄，　平平仄，　仄平平，　仄平平。

(平)仄平平仄，　(仄)平仄，　平(平)仄。

(平)(仄)仄，　平(平)仄，　仄平平。

(仄)仄(平)平，(仄)仄平平仄，(平)仄平平。

仄(平)平(平)仄，(仄)仄仄平平。

(平)仄平平。仄平平。

仄平平仄，(仄)平仄，平(平)仄，仄平平。

(平)(仄)仄，平(平)仄，仄平平。

仄平平。(平)仄平平仄，(仄)(平)仄，仄平平。

平(仄)仄，(平)(平)仄，仄平平。

(平)仄(平)平(平)仄，(平)平仄、(仄)仄平平。

仄(平)平仄仄，(平)仄仄平平。(仄)仄平平。

【作法】《六州歌头》为双调词。全词分上下阕，上阕19句，押八平韵，71字，下阕19句，押八平韵，72字，共143字。也可平仄同部互押，或换用仄韵。

【简评】本词表达作者对南宋偷安江左的愤慨。宋孝宗隆兴元年(1163)，李显忠、邵宏渊北伐军溃于符离。金兵进犯，朝廷震惊，议和的主张得势，遣使求和。时作者任建康留守，乃作此词示意，以告诫朝廷当政者。上阕意为北望长淮那里的沦陷地区，景象凄凉，而敌人首领夜间打猎，又是多么骄横！下阕慨叹自己空有报国之志。南北议和已成，百姓绝望，收复中原化为泡影。曲折陈述，到结尾“忠愤气填膺。有泪如倾”，感情非常强烈。陈廷焯《白雨斋词话》云：“张孝祥《六州歌头》一阕，淋漓痛快，笔饱墨酣，读之令人起舞。”刘熙载在《艺概》中说：“张孝祥安国于建康留守席是赋《六州歌头》，致感重臣罢席。然则同之兴、观、群、怨，岂下于诗哉!”

【注释】[长淮望断]两句，远望淮河一带，草木长得和关塞一样高了。这是针对南宋撤掉两淮边防而言。长淮，即淮河，南宋的前线地带。莽然，草木茂盛貌。[征尘暗]三句，飞尘阴暗，寒风猛烈，边地上一切都静悄悄的。暗示放弃了抵抗。[黯销凝]黯，精神颓丧貌。伤怀。[当年事]指1129年中原沦陷的事变。[洙泗上]洙、泗二水，流经山东曲阜(春秋时鲁国的国都)。孔子在此讲学。弦歌，乐歌。《史记·孔子世家》：“三百五篇，孔子皆弦歌之，以求合韶、武、雅、颂之音。”[弦歌地]指有文化教育的地方。[亦膻腥]圣地也被敌人的腥臊气玷污了。[隔水毡乡]隔一条淮河，北岸就是金国。其人习惯住毡帐，故称毡乡。[落日牛羊下]《诗经·王风·君子于役》：“日之夕矣，牛羊下来。”写暮色，讽刺金人落后的游牧生活。[区脱]土室，汉时匈奴筑以守边的。[看名王宵猎]1163年,南宋军队在符离溃败以后,金兵很猖狂。名王,指金兵的主将,宵猎,这里指夜行军。[空埃蠹]白白地被尘埃和蠹虫侵蚀坏了。[零]尽。[干羽方怀远]用礼乐文化怀柔远方。这里指妥协政策。《书经·大禹谟》:"舞干羽于两阶。"干盾和翟羽,都是用于乐舞的。[静烽燧]平静无战争。[冠盖使]指1163年与金使通和事。[驰骛]奔走。[若为情]难为情。[翠葆霓旌]翠羽装饰的车盖,像霓虹似的彩色旌旗,借指王师。表示希望北伐中原。[填膺]满怀。江淹《恨赋》:"置酒欲饮,悲来填膺。"

89. 石州慢 (己酉秋吴兴舟中) 张元幹

【题考】《石州慢》又称《柳色黄》、《石州引》。各家句法颇有不同。

【作者】张元幹(1067—1143),字仲宗,自号芦川居士,长乐(今福建县名)人。北宋末年,以诗著称于世。南渡后,秦桧当国,他不愿和奸臣同朝,弃官而去。后因做词送胡铨被除名。今传《芦川词》。

雨急云飞句 惊散暮鸦句 微弄凉月韵
谁家疏柳低迷句 几点流萤明灭叶
夜帆风驶句 满湖烟水苍茫句 菰蒲零乱秋声咽叶
梦断酒醒时句 倚危樯清绝叶

心折叶 长庚光怒句 群盗纵横句 逆胡猖獗叶
欲挽天河句 一洗中原膏血叶
两宫何处句 塞垣只隔长江句 唾壶空击悲歌缺叶
万里想龙沙句 泣孤臣吴越叶

常用谱式:

(仄)仄平平, 平仄仄平, (平)仄平仄。

(平)平(仄)仄平平, (仄)仄(平)平平仄。

(平)平(仄)仄, (仄)(仄)(仄)仄平平, (平)平(平)仄平平仄。

(平)仄仄平平, 仄平平平仄。

平仄。 (仄)平(平)仄, (平)仄平平, (仄)平(平)仄。

㊥仄平平， ㊨仄㊥平平仄。

㊨平㊥仄， ㊨㊨㊨仄平平， ㊥平㊨仄平平仄。

㊥仄仄平平， 仄平平平仄。

【作法】《石州慢》为双调词。全词分上下阕，上阕10句，押四仄韵(宜用入声)，51字。下阕11句，押五仄韵，51字。共102字。下阕第三句也可作平平仄仄，仄平平仄。

【简评】本词写于高宗建炎三年(1129)秋天。这年春，金兵南侵，高宗从扬州渡江南逃，江北地区完全失守，作者十分痛心，遂写此词。词的开头用"雨急云飞"暗喻当时动荡不安的时局。飞云掩月，一片凄迷；"烟水苍茫"、"菰蒲零乱"，是抒写当时的悲凉心情。当雨过酒醒时，"心折。长庚光怒"，又想到时局的艰危。"群盗纵横，逆胡猖獗"，内奸外敌，狼狈勾结。"一洗中原膏血"，可见人民的灾难十分沉重。全词声调激昂，悲愤交加，极为感人。

【注释】[己酉秋吴兴舟中]宋高宗建炎三年(1129)，作者63岁。吴兴，今浙江湖州。[低迷]低低地飘荡。[心折]心中摧折，伤心至极。江淹《别赋》："使人意夺神骇，心折骨惊。"[长庚光怒]长庚星发出愤怒的光闪。长庚，即金星。《史记·天官书》载金星主兵戈之事。[群盗]宋高宗建炎二年，济南知府刘豫降金。建炎三年苗傅、刘正彦作乱。作者这里该是痛斥那些叛逆而言。[逆胡猖獗]作者痛恨金人侵虏，斥为逆胡。[欲挽天河]两句，想挽天河里的水，洗掉中原的血腥。[两宫]指徽宗、钦宗。[塞垣只隔长江]塞垣，边境。这时南宋与金国只隔着长江一水。[唾壶空击悲歌缺]刘庆义《世说新语·豪爽》："王处仲每酒后，辄咏'老骥伏枥，志在千里。烈士暮年，壮心不已'。以如意打唾壶，壶口尽缺。"此借典故表示自己的悲愤心情。[想龙沙]想念徽宗、钦宗二帝被掳塞外，龙沙指二帝北行后所在地。[泣孤臣吴越]孤臣，作者自称。吴、越，是南宋政府的中心地区。

90. 醉落魄　范成大

【题考】《醉落魄》，又称《一斛珠》，因梅妃故事得名。又称《一斛夜明珠》、《醉落拓》、《怨春风》、《梅梢雪》、《章台月》等。

【作者】范成大(1126—1193)，字致能，号石湖居士。宋吴县(今江苏)人。官至参知政事，卒谥文穆。素有文名，尤工诗。词风谐婉。有《石湖词》。

栖乌飞绝韵 绛河绿雾星明灭叶

烧香曳簟眠清樾叶

花影吹笙句 满地淡黄月叶

好风碎竹声如雪叶 昭华三弄临风咽叶

鬓丝撩乱纶巾折叶

凉满北窗句 休共饮红悦叶

常用谱式：

㊥平㊋仄， ㊋平㊋仄平平仄。

平平㊥仄平平仄。

㊥仄平平， ㊋仄平平仄。

㊥平㊋仄平㊥仄， ㊋平㊥仄平平仄。

㊋平㊋仄平㊥仄。

平仄平平， ㊋仄㊥平仄。

【作法】《醉落魄》为双调词。全词分上下阕，上阕5句，押四仄韵27字，下阕5句，押四仄韵，30字，共57字。

【简评】本词是作者晚年退居石湖时作。他的诗名很高，与陆游、杨万里、尤袤合称南宋四大家。他的音节婉转清蔚的小词和雄浑俊逸、慷慨激楚的长调，亦甚著名。小令更胜于长调。上阕写一个星河明灭、栖乌飞绝的幽静夜晚，有人烧香铺席卧眠于林荫之下，听人在花里吹起笙来，音韵清雅。末句"满地淡黄月"，清雅明洁，尽脱尘嚣。下阕进一步描写笙音好听，如古乐《昭华》演奏。此时"凉满北窗"，只能独自领略其悠闲雅趣。语言疏淡俊逸，耐人玩味。

【注释】[绛河]即银河。[绿雾]银河旁的云雾。[烧香]句，焚起香，拖一床竹席，睡在清凉的树荫下。樾，众木交荫。[昭华]古乐器名。《晋书·律历志》："舜时王母献昭华之琯(管)，以玉为之。"这里指笙。弄，就是奏乐。[纶巾]青丝绶的头巾。[北窗]《晋书·陶潜传》："尝言夏月虚闲，高卧北窗之下，清风飒至，自谓羲皇上人。"[软红]软红尘，指京城里的尘土，借喻京中官场。

91. 瑞鹤仙 袁去华

【题考】《瑞鹤仙》，又名《一捻红》。始见于宋代周邦彦《片玉词》。

【作者】袁去华(生卒年不详)，字宜卿，新奉(在今江西)人。绍兴十四年(1144)进士，官善化、石首县令。工词，风格清超雄健，为辛弃疾同时的一位词家。

郊原初过雨韵 见数叶零乱句 风定犹舞叶
斜阳挂深树叶 映浓愁浅黛句 遥山媚妩叶
来时旧路叶 尚岩花豆 娇黄半吐叶
到而今豆 唯有溪边流水句 见人如故叶

无语叶 邮亭深静句 下马还寻句 旧曾题处叶
无聊倦旅叶 伤离恨句 最愁苦叶
纵收香藏镜句 他年重到句 人面桃花在否叶
念沉沉豆 小阁幽窗句 有时梦去叶

常用谱式：

(仄)平(平)(仄)仄，仄(仄)(平)(平)(仄)，(仄)平(平)仄。
(平)平仄平仄。仄(平)平(平)仄，(仄)平(平)仄。
(平)平(仄)仄，仄(仄)(仄)、(平)平(仄)仄。
仄(平)平、(平)仄平平(仄)仄，(仄)平(平)仄。

平仄。(仄)平(平)仄，(仄)仄平平，(仄)平(平)仄。
(平)平(仄)仄。(平)(平)仄，(仄)(平)仄。
仄(平)平(平)仄，(平)平(平)仄，(仄)仄(平)平(仄)仄。
仄(平)平、(平)仄(平)平，仄平仄仄。

【作法】《瑞鹤仙》为双调词。全词上下两阕，共22句，上阕10句，下阕12句，共102字。上阕第一、三、四、六、七、八、十句，下阕第一、四、五、七、十、十二句押韵，均用仄声韵。上阕第二、五句，下阕第八句，均用上一下四句法。

【简评】本词写旅客忧伤离别之苦颇为细腻深致。上阕写雨后景色，全是景语，而情景交融。末句“溪边流水，见人如故”，十分微妙。下阕写寻旧情状，全是情语，有景有情。“无语”以下情态逼真，仿佛可见。

【注释】[人面桃花]孟棨《本事诗·感情》载:唐代崔护尝于清明日独游长安城南,见一庄居,有女子独倚小桃柯伫立,而意属殊厚。来岁清明,崔又往寻之,则门扃无人,因题诗于左扉曰:“去年今日此门中,人面桃花相映红。人面只今何处去,桃花依旧笑春风。”旧时诗文中常指所爱慕的女子不能再见,表达怅然若失的感情。

92. 一丛花 (溪堂玩月作) 陈亮

【题考】《一丛花》,又名《一丛花令》。

【作者】陈亮(1143—1194),字同甫,婺州永康(今浙江县名)人。《宋史》本传称他:“为人才气超迈,喜谈兵,议论风生,下笔数千言立就。”他一生没有做过官。刘熙载《艺概》说:“陈同甫与稼轩为友,其人才相若,词亦相似。”他在绍熙三年(1193)考取进士第一名,可惜第二年就去世了。今传《龙州词》。

冰轮斜辗镜天长韵　江练隐寒光叶
危阑醉倚人如画句　隔烟村豆　何处鸣根叶
乌鹊倦栖句　鱼龙惊起句　星斗挂垂杨叶

芦花千顷水微茫叶　秋色满江乡叶
楼台恍似游仙梦句　又疑是豆　洛浦潇湘叶
风露浩然句　山河影转句　今古照凄凉叶

常用谱式:

㊥平㊥仄仄平平。　㊥仄仄平平。
平平仄仄平平仄,　仄㊥仄、　㊥仄平平。
平仄仄平,　㊥平㊋仄,　㊥仄仄平平。

㊥平㊥仄仄平平,　㊥仄仄平平。
平平仄仄平平仄,　仄㊥㊋、　㊥仄平平。
平仄仄平,　㊥平㊥仄,　㊥仄仄平平。

【作法】《一丛花》为双调词。全词分上下阕,上阕7句,押四平韵,39字,下阕同。共78字。

【简评】本词是写作者于溪边楼台赏月。极写秋江月夜迷人景色。上阕写景，开头全是实景、近情。冰轮在天，江澄如练，境界开阔。“危阑醉倚人如画”，带着醉意，倚着阑干远望，江山如画。人在画图中，心情是多么放达。然后写远景，听到渔歌唱晚，“乌鹊倦栖，鱼龙惊起”，周围的一切似乎都活跃起来。“星斗挂垂柳”，语意新奇。下阕开始仍是写景，有实有虚，虚实结合。秋色满江，芦花千顷，景色美极。最后三句，思绪忽然为之一转，情调低沉，似乎是对中原沦陷、江山易主发出凄凉的感慨。

【注释】[溪堂]临水的楼台。[冰轮]月。[辗]转动。[镜天]水中天。[江练]谢朓诗有“澄江静如练”句。[鸣榔]捕鱼时，用长木条“榔”敲船作响，使鱼吃惊入网。[洛浦潇湘]借指风景美丽的水乡。[影转]月影打斜了。

93. 南乡子　绍兴太学生

【题考】《南乡子》，原出唐教坊曲。据传因咏南方风物故有此名。又称为《好离乡》、《蕉叶怨》。

洪迈被拘留韵　稽首垂哀告敌仇叶
一日忍饥犹不耐句　堪羞叶　苏武争禁十九秋叶

厥父既无谋叶　厥子安能解国忧叶
万里归来夸舌辩句　村牛叶　好摆头时便摆头叶

常用谱式：

Ⓩ仄仄平平，　Ⓩ仄平平仄仄平。
Ⓟ仄Ⓩ平平仄仄，　平平，　Ⓩ仄平平仄仄平。

Ⓩ仄仄平平，　Ⓩ仄平平仄仄平。
Ⓩ仄Ⓟ平平仄仄，　平平，　Ⓩ仄平平仄仄平。

【作法】《南乡子》为双调词。全词上下阕，上阕五句，押四平韵，28 字，下阕同。共 56 字。

【简评】本词具有浓厚的民歌气息。作者以无情而辛辣的笔调，嘲讽这个毫无骨气的官僚洪迈，奉使敌国，屈辱投降的丑态。用“苏武争禁十九秋”的前人成句，对比痛斥洪迈的不知羞耻的表现；又用“村牛”骂他无计无谋，回来却摇头摆尾地神气起来。语言平俗,讽刺力量很强,真是入木三分,收到很好的艺术效果。

【注释】[洪迈被拘留]三句,《宋史·洪迈传》载宋高宗末年派翰林学士洪迈使金。当初洪迈对金主不肯称"陪臣",并且要求用对等的"敌国礼"见金主。金人怒,将使馆锁起,"自旦至暮,水浆不进",这样,洪迈便屈服了。[稽首]跪拜。[苏武争禁十九秋]《汉书·苏武传》载汉武帝时,苏武以中郎将使匈奴,单于要他投降。苏武不肯屈服,居北海无人处牧羊。被留匈奴十九年才回来。争禁,怎么受得住。杜牧《边上闻笳》诗:"游人一听头堪白,苏武争禁十九年!"[厥父既无谋]洪迈的父亲洪皓使金被留,十五年始归。高宗称赞"苏武不能过",《宋史》也肯定说他是有"忠节"的人。这里说他"无谋",可能是指他在金国束手无策。[好摆头时便摆头]罗大经《鹤林玉露》载洪迈"素有风疾,头常微掉",此为用语双关,意为你在敌人面前不敢反抗,回来后却神气活现地摆起头来了。

94. 小重山 章良能

【题考】《小重山》又名《小冲山》、《小重山令》、《柳色新》、《群玉轩》、《璧月堂》等。双调。《宋史·乐志》:"因旧曲造新声者五十八,双调,《小重山》。"始见于《花间集》韦庄词。

【作者】章良能(?—1214),字达之,丽水人,居吴兴。淳熙五年(1178)进士,除著作郎,宁宗朝官至参知政事。周密《齐东野语》云:"外大父文庄章(良能)公,自少好雅洁,性滑稽。居一室必泛扫污饰,陈列琴书,亲朋或讥其龌龊无远志。一日,大书素屏云:'陈蕃不事一室而欲扫除天下,吾知其无能为矣。'识者知其不凡。间作小词,极有思致,先妣能口诵数首《小重山》云云。"

柳暗花明春事深韵　小阑红芍药豆　已抽簪叶
雨余风软碎鸣禽叶　迟迟日豆　犹带一分阴叶

往事莫沉吟叶　身闲时序好豆　且登临叶
旧游无处不堪寻叶　无寻处豆　唯有少年心叶

常用谱式:

㊀仄平平㊀仄平,　㊥平平仄仄、　仄平平。

㊀平㊀仄仄平平，　平㊀仄、　㊀仄仄平平。

㊀仄仄平平。　㊀平平仄仄、　仄平平。

㊀平㊉仄仄平平，　平㊉仄、　㊉仄仄平平。

【作法】全词上下两阕，上阕6句，押四平韵，30字，下阕6句，押四平韵，28字。上下阕第一、二、三、四句押平声韵，也可押入声韵。

【简评】本词为伤时感事之作。陈霆《渚山堂词话》云："语意甚婉约，但鸣禽日碎，于理不通，殊为意病。唐人句云：'风暖鸟声碎。'然则何不曰'暖风娇语碎鸣音'也。"其实陈霆后段的批评于理也不通。殊不知修辞方法有多样，"碎鸣禽"倒装使用，有何不可。结句"旧游无处不堪寻，无寻处、惟有少年心。"语意委婉深致。"少年心"是什么心呢？唤起人无穷的回味。

【注释】［抽簪］比喻花的开放。［碎鸣禽］杜荀鹤《春宫怨》诗："风暖鸟声碎，日高花影重。"

95.解连环　（戊午生日）　刘克庄

【题考】《解连环》，据传为柳永所首创，名为《望梅》。后据周邦彦词"纵妙手能解连环"句改名为《解连环》，又称《杏梁燕》、《玉连环》。

【作者】刘克庄(1187—1269)，字潜夫，自号后村，莆田(今福建省莆田)人。早年因写《落梅》诗被认为是讪谤，免官废弃多年，在仕途历尽坎坷，后曾任龙图阁学士，官至兵部尚书。他是辛派词人，为南宋后期的重要词人，有《后村别调》，又《后村长短句》五卷。

旁人嘲我韵　甚鬓毛都秃句　齿牙频堕叶
不记是豆　何代何年句　尽元祐熙宁句　侬常喑么叶
退下驴儿句　今老矣豆　岂堪推磨叶
要挂冠神武句　几番说了句　这回真个叶

亲朋纷纷来贺叶　况弟兄对榻句　儿女团坐叶
愿世世豆　相守茅檐句　便宰相时来句　二郎休作叶
白苎乌巾句　谁信道豆　神仙曾过叶
拣人间豆　有松风处句　曲肱高卧叶

常用谱式：

仄平平仄，　仄⃝平平仄仄，　仄平平仄。

仄仄仄⃝、　仄⃝仄平平，　仄平⃝仄仄⃝平，　仄平平仄。

仄⃝仄平平，　仄⃝仄⃝仄、　平⃝平平仄。

仄平平仄仄，　平⃝平仄仄，　仄平⃝平仄。

平平仄⃝平仄仄。　仄平平仄仄，　仄⃝平平仄。

仄仄仄⃝、　平⃝仄平平，　仄平⃝仄平⃝平，　仄平⃝平仄。

仄⃝仄平平，　仄⃝仄⃝仄、　仄⃝平平仄。

仄⃝平平⃝、　平仄平平，　仄平仄仄。

【作法】《解连环》为双调。上阕11句，押五仄韵，53字；下阕10句，押五仄韵，53字。共106字。上阕第十句也可写作仄仄仄平，下阕第九句也可写作仄平平、仄平仄仄。

【简评】作者是南宋时期著名的词人。冯煦《六十一家词选例言》云："后村词与放翁、稼轩犹鼎三足，其生丁南渡，拳拳君国，似放翁；志在有为，不欲以词人自域，似稼轩。"本词是作者写年老致仕、超尘脱俗的生活。他先以自我解嘲、极富幽默的语气写自己年轻时代的生活已不复记忆了，而今鬓毛齿落，已经老了。用"退下驴儿"、"岂堪推磨"的极为通俗而又贴切形象的比喻，来证明自己老而无用，语意透出无限酸楚。下阕写退休的快慰和安闲的生活。亲朋来往，兄弟相对，儿女团聚，即使世世清贫，也赛神仙。末三句，有超然出世之慨。张炎《词源》赞其词云"大约直致近俗"，这证明了本词的特色。

【注释】［元祐熙宁］熙宁为宋神宗赵顼年号（1068—1077），元祐为宋哲宗赵煦年号（1086—1094）。［暗么］幼小。［挂冠］《后汉书·逢萌传》："时王莽杀其子宇，（逢萌）即解冠挂东都城门，归将家属浮海，客于辽东。"旧时辞官谓挂冠。［肱］手臂。

96. 阮郎归　（有怀北游）　张炎

【题考】《阮郎归》，词名本于汉明帝时刘晨、阮肇故事。据云刘、阮两人入天台山采药，路遇颜色绝丽之少女两人，被留住半年。后求归，至家已历七世。此词又名《宴桃源》、《灌续曲》、《碧桃春》、《醉桃源》。

【作者】张炎(1248—1320?),字叔夏,号玉田,又号乐笑翁。先世凤翔(今陕西县名)人,寓居临安(今浙江杭州)。他出身世家,是南宋大将张俊的后人。宋亡后,曾在四明设卜肆,43 岁那年(1290)曾北游元都,落魄而归。晚年在浙东、苏州一带漫游作客。其词音律婉谐,悲怨凄怆,多寓家国之痛。有《山中白云》词集和《词源》。

钿车骄马锦相连韵　香尘逐管弦叶
瞥然飞过水秋千叶　清明寒食天叶

花贴贴句　柳悬悬叶　莺房几醉眠叶
醉中不信有啼鹃叶　江南二十年叶

常用谱式:

㊉平㊉仄仄平平,　㊉平㊉仄平。
㊉平㊉仄仄平平,　㊀平㊉仄平。

平仄仄,　仄平平,　㊉平㊉仄平。
㊉平㊉仄仄平平,　㊀平㊉仄平。

【作法】《阮郎归》为双调。全词分上下阕,上阕 4 句,24 字,押四平韵;下阕 5 句,23 字,押四平韵。共 47 字。

【简评】本词作者题作“有怀北游”。作者于元世祖忽必烈至元二十七年(1290)到至元二十八年,游历了燕京。20 年后,作者追忆当年结识的一位歌女,作了这首词。上阕写燕京的繁华景象。雄壮的骏马,金饰的车子,管弦吹奏,扬起一路香尘;墙头池畔,瞥然掠过秋千的影子,正是清明寒食季节。用地点、人物、时间造出一种活脱脱的意境。下阕写回忆当年的一段美好生活。温柔醉梦中,不会想不如归去的事。杜牧诗:“商女不知亡国恨,隔江犹唱后庭花。”两相比较,何其相似乃尔。风格比较清丽。最后一结,指出南宋覆亡是咎由自取,寓意深刻。

【注释】[钿车]用嵌金来装饰的车子。[水秋千]指水边的秋千。[莺房]指妓院。[啼鹃]北宋邵雍在洛阳天津桥听见杜鹃叫,说地气变了,将有南方人做宰相。后来反对新法的人以王安石为南人,以闻啼鹃为祸乱的预兆。这里是说南宋人安于江南,不能预见祸机。

97. 永遇乐 （绿阴） 蒋捷

【题考】《永遇乐》，又名《消息》，始见于宋柳永《乐章集》。双调，上下阕各四仄韵，至南宋始有叶平韵者。

【作者】蒋捷（生卒年不详），字胜欲，阳羡（今江苏宜兴）人。咸淳十年（1274）进士。宋亡，隐居太湖中的竹山不仕，学者称竹山先生。元成宗大德年间（1298—1307），有人向朝廷推荐，他始终不肯做元朝的官，其品格颇受人们的好评。其词多表现国破家亡，抒发思想上的苦闷与哀伤。风格自由奔放者近于辛弃疾，清虚旷宕者类乎姜白石。明畅清新，语多获创。有《竹山词》。

清逼池亭句　润侵山阁句　云气凝聚韵
未有蝉前句　已无蝶后句　花事随流水叶
西园支径句　今朝重到句　半碍醉筇吟袂叶
除非是豆　莺身瘦小句　暗中引雏穿去叶

梅檐滴溜句　风来吹断句　放得斜阳一缕叶
玉子敲枰句　香绡落剪句　声度深几许叶
层层离恨句　凄迷如此句　点破漫烦轻絮叶
应难认豆　争春旧馆句　倚红杏处叶

常用谱式：

(平)仄平平，(仄)平(平)仄，(平)(仄)平仄。
(仄)仄平平，(平)平(仄)仄，(仄)仄平平仄。
(仄)平(仄)仄，(平)平(仄)仄，(仄)仄(仄)平(平)仄。
(仄)平(平)、平平(平)仄，(仄)(平)仄(平)平仄。

(平)平(平)仄，(平)(平)(平)仄，仄(仄)平平仄仄。
(仄)仄平平，(平)平(平)仄，(平)仄平平仄。
(仄)平(平)仄，(平)(平)(仄)仄，(仄)仄(仄)平平仄。
(仄)平(仄)、(平)(平)(仄)仄，(仄)平仄仄。

【作法】《永遇乐》为双调词。全词上下两阕，共22句，104字。上下阕第三、六、九、十一句押韵，均用仄声韵。

【简评】本词作者题“绿阴”。全词炼字情深,音调和谐。“未有蝉前,已无蝶后,花事随流水”,俱是白描手法。

98. 一萼红 (登蓬莱阁有感) 周密

【题考】《钦定词谱》:“一萼红,此调有平韵仄韵两体,平韵者见姜夔词,仄韵者见《乐府雅词》。因词有‘未教一萼,红开鲜蕊’句,取以为名。”

【作者】周密(1232—1308?),字公谨,号草窗,又号萧斋,又号弁阳啸翁。祖籍济南,后流寓吴兴(今浙江县名)。生平以漫游吟咏为乐。宋理宗淳祐中做过义乌(今浙江县名)令。宋亡,隐居不仕,自号四水潜夫。他的著作很丰富,以辑录旧闻为主,有《齐东野语》、《武林旧事》、《癸辛杂识》等多种。他的诗集有《蘋洲渔笛谱》,又名《草窗词》。曾编选《绝妙好词》。

步深幽韵　正云黄天淡句　雪意未全休叶
鉴曲寒沙句　茂林烟草句　俛仰千古悠悠叶
岁华晚豆　漂零渐远句　谁念我豆　同载五湖舟叶
磴古松斜句　崖阴苔老句　一片清愁叶

回首天涯归梦句　几魂飞西浦句　泪洒东州叶
故国山川句　故园心眼句　还似王粲登楼叶
最负他豆　秦鬟妆镜句　好江山豆　何事此时游叶
为唤狂吟老监句　共赋销忧叶

常用谱式:

仄平平,　仄平平仄仄,　平仄仄平平。
平仄平平,　平平仄仄,　平仄平仄平平。
仄平仄、　平平仄仄。　仄仄仄、　平仄仄平平。
仄仄平平,　仄平平仄,　平仄平平。

平仄仄平平仄,　仄平平仄仄,　仄仄平平。
仄仄平平,　平平仄仄,　平仄平仄平平。
仄平仄、　平平仄仄,　仄平平、　平仄仄平平。
仄仄平平仄平,　仄仄平平。

【作法】《一萼红》为双调。全词上下两阕,共21句,108字。上阕第一、三、六、

八、十一句，下阕第三、六、八、十句押韵，均用平声韵。

【简评】本词历来被评家认为是周密的代表作。其词抒写羁旅思乡之情。上阕写作者登蓬莱阁，时值天寒岁暮，想起故乡沦陷，身世飘零，不禁满怀“清愁”。下阕写“回首天涯旧梦”，在东州洒泪，西浦销魂，情感上十分凄凉。由此，故国江山虽好，还有什么心情去游赏呢！其词格律严谨，字句精美。

【注释】[蓬莱阁]旧址在今浙江绍兴市龙山下。[鉴曲]鉴湖边。鉴湖即镜湖，在浙江绍兴市南。[俛仰千古悠悠]俛仰，向上下四方观察。俛，同俯。《易经·系辞上》：“仰以观于天文，俯以察于地理。”[同载五湖舟]表示自己也和范蠡一样泛舟五湖，不愿做官。《国语·越语》载范蠡佐越王灭吴后，“遂乘轻舟，以浮于五湖，莫知其所终极”。太湖亦名五湖。[磴]石级。[崖阴]山角落阴暗的地方。[几魂飞西浦]两句，作者自注：“阁在绍兴，西浦、东州皆其地。”几，几回。[王粲登楼]王粲是汉末建安时期的诗赋家，为“建安七子”之一。他避乱荆州时，写过一篇《登楼赋》，抒发自己对故乡的愁思。[最负他、秦鬟妆镜]两句，指辜负了美丽的山河，这时才来游太迟了。秦鬟，比喻山形像秦女的鬟髻。妆镜，形容水清如镜。[狂吟老监]唐诗人贺知章，绍兴人。晚年辞官回乡隐居。他曾为秘书监，自号四明狂客，所以称为狂吟老监。

99. 齐天乐　（蝉）　王沂孙

【题考】《齐天乐》又名《台城路》、《五福降中天》、《如此江山》。始见于周邦彦《片玉词》。

【作者】王沂孙（生卒年不详），字圣与，号碧山，又号中仙。会稽（今浙江绍兴）人。家居玉笥山（即天柱山）下，故又号玉笥山人。是周密、张炎的词友。宋亡后，曾做过元朝庆元路（今浙江宁波一带）的学正（教官）。他工于咏物，不少作品寓有深沉的身世之感，词风比较隐晦。今传《碧山乐府》，又名《花外集》。

一襟余恨宫魂断句　年年翠阴庭树韵

乍咽凉柯句　还移暗叶句　重把离愁深诉叶

西窗过雨叶　怪瑶佩流空句　玉筝调柱叶

镜暗妆残句　为谁娇鬓尚如许叶

铜仙铅泪似洗句 叹移盘去远句 难贮零露叶
病翼惊秋句 枯形阅世句 消得斜阳几度叶
余音更苦叶 甚独抱清商句 顿成凄楚叶
漫想薰风句 柳丝千万缕叶

常用谱式:

(仄)平(平)仄平平仄, 平(平)仄平(平)仄。
(仄)仄平平, (平)平(仄)仄, (平)仄(平)平(平)仄。
(平)平(仄)仄。 仄(平)仄平平, (仄)平平仄。
(仄)仄平平, (仄)平(平)仄仄平仄。

(平)平(平)仄(仄)仄, 仄平平仄仄, (平)(仄)平仄。
(仄)仄平平, (平)平(仄)仄, (平)仄平平(仄)仄。
(平)平(仄)仄, 仄(仄)仄平平, 仄平平仄。
(仄)仄平平, 仄平平仄仄。

【作法】《齐天乐》为双调词。全词上下两阕,共21句,102字。上阕第二、五、六、八、十句,下阕第三、六、七、九、十一句押韵,均用仄声韵。上下阕首句亦可入韵。

【简评】据清人周济《宋四家词选》云,本词有"家国之恨"。这里有一段因由:南宋亡后,释教总统杨琏真伽盗掘了埋葬在绍兴的高宗等六代陵墓,抛尸曝骨,人们很痛恨。诗人唐钰等暗地联络当地百姓把骨殖收拾埋葬。王沂孙、周密、张炎等14人用龙涎香、白莲、蟹、蝉等题目作了许多词,编为《乐府补题》一卷。其中,王沂孙写了《齐天乐·蝉》这首词,语言比较隐晦,这是由于政治环境的制约,只能用曲笔去表现了。

【注释】[一襟余恨宫魂断]马缟《中华古今注》:"昔齐后忿而死,尸变为蝉,登庭树嘒唳而鸣。王悔恨。故世名蝉为齐女焉。"因蝉是宫人的魂魄,所以称宫魂。[乍咽凉柯]刚刚在枝头上悲鸣。凉柯,指秋的树枝。[瑶佩流空]两句,把玉佩和弹筝的声音比作蝉鸣。[调柱]调弄乐器的弦柱,就是弹的意思。[镜暗妆残]表示女子的青春已经过去,借指秋天的蝉。[娇鬓]借喻蝉翼的娇美。崔豹《古今注》载魏文帝宫人莫琼树"制蝉鬓,缥缈如蝉"。[铜仙铅泪似洗]三句,铜仙,汉武帝时铸造的捧露盘的仙人,因用铜制成,故称铜仙。铅泪,下泪像铅融化一样,形容泪水之多。蝉是饮露的,露盘既然移走了,蝉的饮料也就成了问题。[枯形阅世]枯形,指枯蜕。晋孙楚《蝉赋》:“形如枯槁。”阅,阅历。[消得]禁得起。[清商]哀怨凄清的曲调。[薰风]南风,指夏天,是蝉的黄金时间。

100. 唐多令 邓剡

【题考】《唐多令》一作《糖多令》,又名《南楼令》、《箜篌曲》。双调。始见于宋代刘过《龙洲词》。

【作者】邓剡(1232—1303),字光荐,一说名光荐,字中甫。庐陵(今江西吉安)人。宋末官礼部侍郎。崖山(在广东新会南大海中)破,投海殉国,被元兵救起。元将张宏范很敬他,他终不屈节。他是文天祥的好友,经南京时,有词作酬唱。

雪过水明霞韵　潮回岸带沙叶
叶声寒豆　飞透窗纱叶
堪恨西风吹世换句　更吹我豆　落天涯叶
寂寞古豪华叶　乌衣日又斜叶
说兴亡豆　燕入谁家叶
惟有南来无数雁句　和明月豆　宿芦花叶

常用谱式:

㊥仄仄平平,　㊥平㊀仄平。
仄㊥平、　㊥仄平平。
㊀仄㊀平平仄仄,　㊥㊀仄、　仄平平。

㊥仄仄平平,　㊀平㊥仄平。
仄㊥平、　㊥仄平平。
㊀仄㊀平平仄仄,　㊥㊀仄、仄平平。

【作法】全词上下两阕,共10句,60字。上下阕第一、二、三、五句押韵,均用平声韵。

【简评】本词张宗橚《词林纪事》据陈鹄《耆续闻》又题为文天祥作。不管怎样,邓剡是文天祥的好友,平时彼此多有酬唱。本词跟文天祥过南京时所作相似。在作品中作者把自己比作经霜的树叶,被西风吹落天涯。暗喻国破家亡,漂泊无定的痛苦。以兴亡对比,抒发感慨。融情入景,触景伤怀,作品的美感,是由“寂寞古繁华”的客体而引发出来的。

【注释】[乌衣]两句,乌衣巷在南京城内,晋代的贵族王、谢诸家多居住此巷。刘禹锡《乌衣巷》诗:“朱雀桥边野草花,乌衣巷口夕阳斜。旧时王谢堂前燕,飞入寻常百姓家。”周邦彦《西河·金陵怀古》词:“燕子不知何世,向寻常巷陌人家,相对如说兴亡,斜阳里。”[雁]这里比喻兵乱中的流民。

101.满庭芳　徐君宝妻

【题考】《满庭芳》,词名源于柳宗元诗“满庭芳草积”句,又称《江南好》、《话桐乡》、《锁阳台》、《满庭霜》、《潇湘暮雨》、《潇湘雨》。仄韵词又名《转调满庭芳》。始见于宋代张伯端词。

【作者】徐君宝妻(生卒年不详),岳州(今湖南岳阳县)人。陶宗仪《辍耕录》载:“徐君宝妻某氏……被(元兵)虏来杭,居韩蕲王府,自岳至杭,相从数千里,其主者数欲犯之,而终以计脱。盖某氏有令姿,主者弗忍杀之也。一日,主者怒甚,将即强焉。因告曰:‘俟妾祭谢先夫,然后为君妇不迟也。君奚用怒哉?’主者喜诺。即严妆焚香,再拜默祝,南向饮泣,题《满庭芳》一阕于壁上。已,投大池中以死。”

汉上繁华句　江南人物句　尚遗宣政风流韵
绿窗朱户句　十里烂银钩叶
一旦刀兵齐举句　旌旗拥豆　百万貔貅叶
长驱入句　歌楼舞榭句　风卷落花愁叶

清平句　三百载句　典章人物句　扫地都休叶
幸此身未北句　犹客南州叶
破鉴徐郎何在句　空惆怅豆　相见无由叶
从今后句　断魂千里句　夜夜岳阳楼叶

常用谱式:

平⃝仄平平,　平⃝平平⃝仄,　仄⃝平平⃝仄平平。

仄⃝平平仄， 平⃝仄仄平平。

平⃝仄平平仄仄， 平⃝平⃝仄、 平⃝仄平平。

平平仄， 平⃝平仄⃝仄， 平⃝仄仄平平。

平平。 平仄仄， 平⃝平仄⃝仄， 平⃝仄平平。

仄平⃝平⃝平⃝仄⃝， 仄⃝仄平平。

仄⃝仄平平仄仄， 平⃝仄⃝仄、 平⃝仄平平。

平平仄， 平⃝平仄⃝仄， 仄⃝仄仄平平。

【作法】《满庭芳》双调。全词上下两阕，共22句，95字。上阕第三、五、七、十句，下阕第四、六、八、十一句押韵，均用平声韵。上阕第一、二句为四字句，多用对偶。下阕第一、二句或作一句。第五句用上一下四句法。

【简评】这是一首绝命词。开头5句，忆起当年汉上地区文化、经济的繁华，人物的风流，知礼尚义，还保持着徽宗时期的余韵。抒发了对故国、对往昔的家庭生活的怀念。其中“绿窗朱户，十里烂银钩”，写得精工明丽。一旦家国遭难，敌人凶悍残暴，繁华尽消，只剩得“风卷落花愁”。“卷”字用得有力，不仅形容风的迅猛，而且含蓄地写出事变突然，灾难深重，哀愁至极。下阕开头，着重控诉元军的罪恶，以下“幸此身未北，犹客南州”，写自身遭遇不幸，“幸”字带着辛酸的泪水。本来身为俘虏，国破家亡，不幸之极，但仍庆幸身在南州，反映对故土的依恋。“破鉴”以下直接抒写对丈夫的怀念，生死诀别，抱恨终天；死后的孤魂也要回到岳阳去夜夜与丈夫相会。全词满怀悲愤，血泪满纸，悱恻动人。

【注释】[汉上繁华]南宋时汉水至长江一线是商业经济重要地区。[江南人物]南宋人物。[尚遗宣政风流]宣和、政和都是宋徽宗的年号。那时金兵尚未南侵，故仍保持着繁华局面。[十里烂银钩]等于说十里珠帘。烂银钩，灿烂的银制帘钩。借指市面的繁华。[貔貅]猛兽名。作为勇猛军队的代称。[三百载]宋朝建国(960—1279)三百多年。[典章]文物制度。[破鉴]破镜子。

102. 多丽 （西湖） 张翥

【题考】《多丽》，又名《多丽曲》、《跨金》、《鸭头绿》、《绿鸭头》、《陇头泉》。始于宋代晁补之《琴趣外篇》。

【作者】张翥（1287—1368），字仲举，晋宁人。至元初，用隐逸荐，召为国子助教，分教上都。寻退居淮东。会修宋、辽、金三史，起翰林国史馆编修官。累迁翰林学士承旨。致仕，加河南行省平章政事，给俸终身。著有《蜕岩词》。

晚山青句　一川云树冥冥韵
正参差豆　烟凝紫翠句　斜阳画出南屏叶
馆娃归豆　吴台游鹿句　铜仙去豆　汉苑飞萤叶
怀古情多句　凭高望及句　且将樽酒慰漂零叶
自湖上豆　爱梅仙远句　鹤梦几时醒叶
空留得句　六桥疏柳句　孤屿危亭叶

待苏堤豆　歌声散尽句　更须携妓西泠叶
藕花深豆　雨凉翡翠句　菰蒲软豆　风弄蜻蜓叶
澄碧生秋句　闹红驻景句　采菱新唱最堪听叶
见一片豆　水天无际句　渔火两三星叶
多情月句　为人留照句　未过前汀叶

常用谱式：

仄平平，　仄平(仄)仄平平。
仄平平、　(平)平(仄)仄，　(仄)(仄)(平)仄平平。
仄(平)(平)、　(仄)平(仄)仄，　(仄)(仄)仄、　(平)仄平平。
(仄)仄平平，　(平)平仄仄，　(仄)仄平仄仄平平。
仄(平)仄、　(平)平平仄，　(平)仄仄平平。
平(平)仄，　(平)平(平)(仄)，　(仄)仄平平。

仄(仄)平、　(仄)平(仄)仄，　仄(仄)平仄平平。
仄(仄)平、　仄平(仄)仄，　(仄)(仄)(仄)、　(仄)(仄)平平。
(仄)仄平平，　(仄)平仄仄，　(仄)平(仄)仄仄平平。
(仄)(仄)仄、　(仄)平(仄)仄，　(仄)仄仄平平。
平(仄)仄，　(平)(平)(仄)(仄)，　(仄)仄平平。

【作法】《多丽》词为双调。全词上下两阕，共 26 句，139 字。上阕二、四、六、

九、十一、十四句，下阕二、四、七、九、十二句押韵，均用平声韵。上阕第五、六句，下阕第三、四句，均用上三下四句法。

【简评】本词为题咏西湖风景，借以感怀。《词综》题曰："《西湖泛舟》、《夕归》。范成大席上，以'晚山青'为起句，各赋一词。"一作石孝友词。词境清奇宕丽，语言流畅清工。《四库提要》云："翁词婉丽风流，有南宋旧格。"

【注释】[晚山青]《词综》题曰："西湖泛舟，夕归，范成大席上，以'晚山青'为起句，各赋一词。"[馆娃]吴王夫差为西施建造馆娃宫。馆娃，指西施。[吴台]指吴宫亭台。[铜仙]《三辅黄图》："神明台，武帝造，上有承露盘，有铜仙人舒掌捧露盘、玉杯，以承云表之露。"后被魏明帝曹叡移去。[自湖上]以下五句，宋初著名隐士林逋一生不做官，长期隐居西湖孤山上种梅养鹤，20年不进城市。[苏堤]为苏轼在杭州时主持修筑。

103. 柳梢青 刘辰翁

【题考】又名《云淡秋空》、《陇头月》、《玉水明沙》、《雨洗元宵》、《早春怨》。双调。平韵六叶，始见于宋代秦观词。另外有叶四仄韵或五仄韵者，见宋代贺铸词。

【作者】刘辰翁(1232—1297)，字会孟，号须溪，庐陵(今江西吉安)人。宋理宗(赵昀)景定三年(1262)举进士，因廷试对策忤权臣贾似道，被列为丙等。做过濂溪书院山长。后来被荐居史馆，又除太学博士，均辞不就。宋亡后，隐居不仕。其词兼学苏、辛，多伤感时事的篇章，不尚雕琢，真切感人。张孟浩说他所作是"反反复复，字字悲咽"。今传有《须溪词》。

铁马蒙毡韵　银花洒泪句　春入愁城叶
笛里番腔句　街头戏鼓句　不是歌声叶

那堪独坐青灯叶　想故国豆　高台月明叶
辇下风光句　山中岁月句　海上心情叶

常用谱式：

(仄)仄平平，　(平)平(仄)仄，　(仄)仄平平。

(仄)仄平平，　(平)平(仄)仄，　(平)仄平平。

(平)平(仄)仄平平，　(仄)(仄)仄、平平仄平。

㊥仄平平，　㊥平㊥仄，　平仄平平。

【作法】《柳梢青》，此为双调，六叶平体。全词上下两阕，共11句，49字。上阕第一、三、六句，下阕第一、二、五句押韵，均用平声韵。上阕第四、五句不押韵，作对偶格；下阕第二句为七字句，用上三下四句式。

【简评】作者是南宋末年有名的爱国词人。作品中多伤时感事、悼念故国的内容。本词以“春入愁城”领起，以下都是他入愁城的见闻和感受。“铁马蒙毡”，写都城沦入敌手。以下写元人的戏乐，用“不是歌声”，表现作者鄙夷、憎恨的态度。下阕围绕“想故国”写昔日临安的繁华，抒发对敌国的深情。最后三句写出了许多妙境，临安风光，山中岁月，海上抗战，都使用跳跃手法，使时空扩展，内容广阔，艺术表现十分成功。

【注释】［铁马蒙毡］指元朝南侵的骑兵。蒙毡，冬天在战马身上披的一层保暖的毛毡。［银花］银光灿烂的花灯。［番腔］番兵吹奏的腔调。［不是歌声］唱的不成歌曲，表示厌听的情绪。［想故国高台］用李煜《虞美人》词“故国不堪回首月明中”之语意。［辇下］指京师。［山中岁月］宋亡，作者过着隐居山中的生活。［海上心情］临安陷落，许多将领在闽、广一带海上抗元。作者敬佩他们，故云。

104.生查子　朱淑真

【题考】《生查子》，又名《楚云深》、《梅和柳》、《晴色入山青》、《绿罗裙》、《陌上郎》、《梅溪渡》。双调。原为唐教坊曲，后用作词牌。任半塘《教坊记笺订》：“《生查子》乃五言八句，仄韵之声诗。今传辞虽以韩偓之作为早，但盛唐间韦应物已有其调。”“昔人释‘查’为‘楂’或‘搓’而已。”曾慥《类说》载：“唐明皇呼人为‘查’，言士大夫如‘仙查’，随流变化，升天入地，能处清浊也。”旧说“查”，古“槎”字，取张骞乘槎至天河的传说，非是。始见于《尊前集》。

【作者】朱淑真(约1135—约1180)，自号幽栖居士，祖籍歙州(今安徽歙县)，寓居钱塘(今浙江杭州)，世居姚村。一说海宁(今浙江)人。她的生活年代，历来有南宋、北宋两说，一般人都定为南宋。况周颐《蕙风词话》：“淑真与曾布妻魏氏为词友。曾布贵盛，丁元祐以后，崇宁以前，以大观元年(1107)卒。淑真为布妻之友，则是北宋人无疑。”据传因她婚嫁不满，一生都很抑郁。她擅长绘画,通音律,诗词多幽怨之作。她与李清照齐名,作品比李清照写得多。陈廷焯《白雨斋词话》卷二评朱词"骨韵不高,可称小品"。谢无量《中国妇女文学史》云:"今观其诗,虽时有翰翰之致,而少深思,由其怨怀多触,遣语容易也。"这评论是很正确的。有《断肠诗集》、《断肠词》。唐圭璋考辨认为《生查子》一词是欧阳修的作品。

去年元夜时句　花市灯如昼韵
月上柳梢头句　人约黄昏后叶

今年元夜时句　月与灯依旧叶
不见去年人句　泪湿春衫袖叶

常用谱式:

㊀平平仄平,　㊀仄平平仄。
㊀㊉仄平平,　㊀仄平平仄。

㊀平平仄平,　㊀仄平平仄。
平仄仄平平,　㊉仄平平仄。

【作法】朱淑真的《生查子》,全词上下两阕,共 8 句,40 字。上下阕第二、四句押韵,均用仄声韵。通体皆五言句。

【简评】本词先是回忆去年元夜曾和情人相会,接着抒发了今年元夜不能相见的伤感。上阕和下阕只是在语言上稍微地变一下,而词情却很完整。"月上柳梢头,人约黄昏后","不见去年人,泪湿春衫袖",都是著名的美句。

【注释】[元夜]正月十五日叫作上元,上元的晚上叫作元夕、元宵或元夜,也就是灯节。

105. 莺啼序　吴文英

【题考】《莺啼序》,又名《丰乐楼》。为词调中之最长者,分四段(四叠),共 47 句,240 字,每段各四仄韵。始见于南宋吴文英《梦窗词集·乙稿》。

【作者】吴文英(约 1200—约 1260),南宋词人,字君特,号梦窗,晚年又号觉翁,四明(今浙江鄞州区)人。往来江浙间,曾为吴潜(履斋)浙东安抚使幕僚,复为宗室赵与芮门客。通音律,能自度曲。其词字句工丽,音律和谐,喜用典故辞藻。晚清词人对他评价很高。陈洵《海绡说词》云:“天祚斯文,锺美君特,水楼赋笔,年少承平,使北宋之绪微而复振。”又云:“飞卿严妆,梦窗亦严妆,唯其国色所以为美。”况周颐《蕙风词话》云:“梦窗密处,能令无数丽字一一生动飞舞,如万花为春,非琱璠蹙绣毫无生气也。”陈廷焯《白雨斋词话》云:“梦窗精于造句,超逸处,则仙骨珊珊,洗脱凡艳;幽索处,则孤怀耿耿,别缔古欢。”王国维《人间词话》云:“梦窗之词,余得取其词中之一语以评之曰:‘映梦窗凌乱碧。’”有《梦窗甲、乙、丙、丁稿》。

残寒正欺病酒句　掩沉香绣户韵
燕来晚豆　飞入西城句　似说春事迟暮叶
画船载豆　清明过却句　晴烟冉冉吴宫树叶
念羁情句　游荡随风句　化为轻絮叶

十载西湖句　傍柳系马句　趁娇尘软雾叶
溯红渐豆　招入仙溪句　锦儿偷寄幽素叶
倚银屏豆　春宽梦窄句　断红湿豆　歌纨金缕叶
暝堤空句　轻把斜阳句　总还鸥鹭叶

幽兰旋老句　杜若还生句　水乡尚寄旅叶
别后访豆　六桥无信句　事往花委句
瘗玉埋香句　几番风雨叶
长波妒盼句　遥山羞黛句　渔灯分影春江宿叶
记当时豆　短楫桃根渡叶
青楼仿佛句　临分败壁题诗句　泪墨惨淡尘土叶

危亭望极句　草色天涯句　叹鬓侵半苎叶
暗点检豆　离痕欢唾句　尚染鲛绡句
亸凤迷归句　破莺慵舞叶
殷勤待写句　书中长恨句　蓝霞辽海沉雁过句
漫相思豆　弹入哀筝柱叶
伤心千里江南句　怨曲重招叶　断魂在否叶

常用谱式:

平平仄平（仄）仄，　仄平平（仄）仄。

（仄）（平）仄、　（平）仄平平，　仄平（平）仄平仄。

(仄)(平)仄、平平仄仄，平平仄仄平平仄。
仄(平)平，(平)仄(平)平，(仄)(平)平仄。
(仄)仄平平，(仄)(仄)(仄)仄，仄(平)平(仄)仄。
(仄)(平)仄、(平)仄平平，(仄)平平(仄)(平)仄。
仄(平)平、(平)平仄仄，(仄)(平)仄、(平)平平仄。
仄(平)平，(平)仄(平)平，仄平平仄。

(平)平(仄)仄，(仄)仄(平)平，(仄)(平)(仄)(仄)仄。
(仄)仄仄、(仄)(平)(平)仄，(仄)仄(平)(平)，
仄仄平平，仄(平)(平)仄。
平平仄仄，平平平仄，(平)平(平)仄(平)(平)仄。
仄(平)(平)、(仄)仄(平)(平)仄。
平平仄仄，(平)(平)(仄)仄平平，(仄)平(仄)(仄)平仄。

(平)平(仄)仄，(仄)仄平平，仄仄平(仄)仄。
仄(仄)仄、(平)平平仄，仄仄平平，
(仄)仄平(平)，(仄)(平)(平)仄。
平平仄仄，平平平仄，(平)平(平)仄(平)(平)仄，
仄平平、(仄)仄平平仄。
(平)平(平)仄平平，(仄)仄平平，仄平(仄)仄。

【作法】第一段第二、四、六、九句，第二段第三、五、七、十句，第三、四段第三、七、十一、十四句押韵，均用仄声韵。

【简评】本词题为春晚感怀，前人对其评论甚多。陈洵《海绡说词》评曰："第一段伤春起，却藏过分别，留作第三段点睛。燕子画船，含无限情事；清明吴宫，是其最难忘处。第二段'十载西湖'提起，而以第三段'水乡尚寄旅'作勾勒。'记当时、短楫桃根渡'，'记'字逆出，将第二段情事尽消纳此一句中。'临分……泪墨'，十载西湖，乃如此了矣。临分前与后为倒应，别后与临分为逆提，渔灯分影于水乡为伏笔，作两番钩力最浑厚。'危亭望极，草色天涯'，遥接'长波妒盼，遥山羞黛'，'望'字远情，'叹'字近况，全篇神理，只

消此二字。欢唾是第二段之欢会,离痕是三段之临分。‘伤心千里江南,怨曲重招,断魂在否’应起段‘游荡随风,化为轻絮’作结。通体离合变幻,一片凄迷,细绎之,正字字有脉络,然得其门者寡矣。”评得有道理。词的风格以“豪放”、“婉约”而分,只是应从总体而论,具体作品应作具体分析。

【注释】[锦儿]钱塘妓杨爱爱侍儿,见《侍儿小名录》。[断红湿]言泪湿。[歌纨金缕]歌纨,歌唱时之纨扇;金缕,金线绣成之人。[六桥]西湖之堤桥。外湖六桥为宋苏轼建。名映波、锁澜、望山、压堤、东浦、跨虹。里湖六桥为明杨孟映建,名环壁、流金、卧龙、隐秀、景竹、睿源。[桃根渡]晋王献之临渡作歌赠人之地。桃根、桃叶,王献之妾名桃叶,曾作《团扇歌》答献之。其妹名桃根。见《古今乐录》。[苎]蔴科,背面白色,此处比喻白发如苎。[鲛绡]谓鲛人所织之绡。[亸凤]亸,下垂。亸凤,垂翅之凤。[破鸾]谓破镜。昔罽宾王获一鸾鸟,不鸣,后悬镜映之乃鸣。事见《艺文类聚》引范泰《鸾鸟诗序》。后世因称镜为鸾镜。[千里江南]《楚辞·招魂》:“目极千里兮伤春心,魂兮归来哀江南。”

附录 1

白香词谱

（清·舒梦兰）

说 明

《白香词谱》是清代嘉庆年间靖安人舒梦兰编选。词谱选录了由唐朝到清朝的词作品共一百篇，凡一百调。这些调式都是较为通用的，小令、中调、长调均有。为便于初学者学习，每调还详细列注平仄韵读，成为真正的词谱。

《白香词谱》同时又是一本简明词选。所选的词都是比较著名的或者艺术性较高的，并多是历久传诵不衰的名作。它兼收并蓄，不主一家，既收婉约，也收豪放，是一本不可多得的好选本，也是一本较佳的词学入门读物。

为简洁、整齐，方便读者填词采用，该词谱的谱式选用了符号标识。“○”指平声，“●”指仄声，“⊙”指可平可仄或可仄可平，“△”指押平声韵，“▲”指押仄声韵。

1. 菩萨蛮·闺情 李白

平林漠漠烟如织，寒山一带伤心碧。
⊙○⊙●○○▲，⊙○⊙●○○▲。
暝色入高楼，有人楼上愁。
⊙●⊙○△，⊙○○●△。
玉阶空伫立，宿鸟归飞急。
⊙○○●▲，⊙●⊙○▲，
何处是归程，长亭更短亭。
⊙●●○△，⊙○⊙●△。

2. 忆秦娥·思秋 李白

箫声咽,秦娥梦断秦楼月。
○⊙▲,○○⊙●○○▲。
秦楼月,年年柳色,灞陵伤别。
○○▲,⊙○⊙●,●○○▲。
乐游原上清秋节,咸阳古道音尘绝。
⊙○⊙●○○▲,⊙○⊙●○○▲。
音尘绝,西风残照,汉家陵阙。
○○▲,⊙○⊙●,●○○▲。

3. 调笑令·宫词 王建

团扇,团扇,美人并来遮面。
○▲,○▲,●⊙⊙○○▲。
玉颜憔悴三年,谁复商量管弦。
⊙○⊙●○△,⊙●○○●△。
弦管,弦管,
○▲,○▲,
春草昭阳路断。
⊙●⊙○⊙▲。

4. 长相思·别情 白居易

汴水流,泗水流,流到瓜州古渡头,吴山点点愁。
●⊙△,●⊙△,⊙●○○⊙●△,⊙○⊙●△。
思悠悠,恨悠悠,恨到归时方始休,月明人倚楼。
●○△,●○△,⊙●○○⊙●△,●○○●△。

5. 更漏子·本意 温庭筠

柳丝长,春雨细,花外漏声迢递。
●○○,○●▲,⊙●⊙○⊙▲。
惊塞雁,起城乌,画屏金鹧鸪。

○●●,●○△,●○○●△。

香雾薄,透重幕,惆怅谢家池阁。

○⊙▲,⊙○▲,⊙●⊙○⊙▲。

红烛背,绣帘垂,梦君君不知。

○●●,●○△,●○○●△。

6. 摊破浣溪沙·秋恨 李璟

菡萏香销翠叶残,西风愁起绿波间。

⊙●○○●●△,⊙○⊙●●○△。

还与韶光共憔悴,不堪看。

⊙●⊙○●○●,●○△。

细雨梦回鸡塞远,小楼吹彻玉笙寒。

⊙●⊙○○●●,⊙○⊙●●○△。

多少泪珠何限恨,倚阑干。

⊙●⊙○○●●,●○△。

7. 忆江南·怀旧 李煜

多少恨,昨夜梦魂中。

○⊙●,⊙●●○△。

还似旧时游上苑,车如流水马如龙,花月正春风。

⊙●⊙○○●●,⊙○⊙●●○△,⊙●●○△。

8. 捣练子·秋闺 李煜

深院静,小庭空,断续寒砧断续风。

○●●,●○△,⊙●○○⊙●△。

无奈夜长人不寐,数声和月到帘栊。

⊙●⊙○○●●,●○⊙●●○△。

9. 相见欢·秋闺 李煜

无言独上西楼,月如钩,寂寞梧桐、深院锁清秋。

⊙○⊙●○△,●○△,⊙●⊙○、○●●○△。

剪不断,理还乱,是离愁。

●⊙▲，⊙○▲，●○△。

别是一般、滋味在心头。

⊙●⊙○、○●●○△。

10. 浪淘沙·怀旧　李煜

帘外雨潺潺，春意阑珊。

⊙●●○△，⊙●○△。

罗衾不耐五更寒。

⊙○⊙●●○△。

梦里不知身是客，一晌贪欢。

⊙●⊙○○●●，⊙●○△。

独自莫凭栏，无限江山。

⊙●●○△，⊙●○△。

别时容易见时难。

⊙○⊙●●○△。

流水落花春去也，天上人间。

⊙●⊙○○●●，⊙●○△。

11. 虞美人·感旧　李煜

春花秋月何时了，往事知多少。

⊙○⊙●○○▲，⊙●○○▲。

小楼昨夜又东风，故国不堪回首月明中。

⊙○⊙●●○△，⊙●●○⊙●●○△。

雕栏玉砌应犹在，只是朱颜改。

⊙○⊙●○○▲，⊙●○○▲。

问君能有几多愁？恰似一江春水向东流。

⊙○⊙●●○△？⊙●●○⊙●●○△。

12. 一斛珠·香口　李煜

晚妆初过，沉檀轻注些儿个。

⊙○⊙▲，⊙○⊙●○○▲。

向人微露丁香颗，一曲清歌，暂引樱桃破。

⊙○⊙●○○▲，⊙●○○，⊙●○○▲。
罗袖裛残殷色可，杯深旋被香醪涴。
⊙●⊙○○●▲，⊙○⊙●○○▲。
绣床斜凭娇无那，烂嚼红绒，笑向檀郎唾。
⊙○⊙●○○▲，⊙●○○，⊙●○○▲。

13. 谒金门·春闺　冯延巳

风乍起，吹皱一池春水。
○⊙▲，⊙●⊙○○▲。
闲引鸳鸯芳径里，手挼红杏蕊。
⊙●⊙○○●▲，⊙○○●▲。
斗鸭阑干独倚，碧玉搔头斜坠。
⊙●⊙○⊙▲，⊙●⊙○○▲。
终日望君君不至，举头闻鹊喜。
⊙●⊙○○●▲，⊙○○●▲。

14. 踏莎行·春暮　寇准

春色将阑，莺声渐老，红英落尽青梅小。
⊙●○○，⊙○●▲，⊙○⊙●○○▲。
画堂人静雨蒙蒙，屏山半掩余香袅。
⊙○⊙●●○○，⊙○⊙●○○▲。
密约沉沉，离情杳杳，菱花尘满慵将照。
⊙●○○，⊙○●▲，⊙○⊙●○○▲。
倚楼无语欲销魂，长空黯淡连芳草。
⊙○⊙●●○○，⊙○⊙●○○▲。

15. 贺圣朝·留别　叶清臣

满斟绿醑留君住，莫匆匆归去。
⊙○⊙●○○▲，●○○○▲。
三分春色二分愁，更一分风雨。
⊙○⊙●●○○，●⊙○○▲。
花开花谢，都来几许。

⊙○⊙●，⊙○⊙▲。
且高歌休诉。
●○○○●。
不知来岁牡丹时，再相逢何处。
⊙○⊙●●○○，●⊙○○▲。

16. 御街行·离怀 范仲淹

纷纷坠叶飘香砌，夜寂静、寒声碎。
⊙○⊙●○○▲，●●●、○○▲。
真珠帘卷玉楼空，天淡银河垂地。
⊙○⊙●●○○，⊙●⊙○○▲。
年年今夜，月华如练，长是人千里。
⊙○⊙●，⊙○⊙●，⊙●○○▲。
愁肠已断无由醉，酒未到、先成泪。
⊙○⊙●○○▲，●●●、○○▲。
残灯明灭枕头欹，谙尽孤眠滋味。
⊙○⊙●●○○，⊙●⊙○○▲。
都来此事，眉间心上，无计相回避。
⊙○⊙●，⊙○⊙●，⊙●○○▲。

17. 渔家傲·秋思 范仲淹

塞下秋来风景异，衡阳雁去无留意。
●●⊙○○●▲，⊙○⊙●○○▲。
四面边声连角起，千嶂里，长烟落日孤城闭。
⊙●⊙○○●▲，○⊙▲，⊙○⊙●○○▲。
浊酒一杯家万里，燕然未勒归无计。
●●⊙○○●▲，⊙○⊙●○○▲。
羌管悠悠霜满地，人不寐，将军白发征夫泪。
⊙●⊙○○●▲，○⊙▲，⊙○⊙●○○▲。

18. 苏幕遮·怀旧 范仲淹

碧云天，黄叶地，秋色连波、波上寒烟翠。

●○○，○●▲，⊙●○○、⊙●○○▲。

山映斜阳天接水，芳草无情、更在斜阳外。

⊙●○○○●▲，⊙●○○、⊙●○○▲。

黯乡魂，追旅思，夜夜除非、好梦留人睡。

●○○，○●▲，⊙●○○、⊙●○○▲。

明月楼高休独倚，酒入愁肠、化作相思泪。

⊙●○○○●▲，⊙●○○、⊙●○○▲。

19. 锦缠道·春游 宋祁

燕子呢喃，景色乍长春昼。

○●●○，⊙●●○○▲。

睹园林、万花如绣，海棠经雨胭脂透。

●○○、⊙○○▲，⊙○⊙●○○▲。

柳展宫眉，翠拂行人首。

⊙●○○，⊙●○○▲。

向郊原踏青，恣歌携手。

●●○⊙○，○▲○○。

醉醺醺、尚寻芳酒。

●○○、⊙○○▲。

问牧童、遥指孤村道，杏花深处，那里人家有。

●⊙○、⊙●○○⊙，●○○●，⊙●○○▲。

20. 离亭燕·怀古 张升

一带江山如画，风物向秋潇洒。

⊙●⊙○○▲，⊙●⊙○○▲。

水浸碧天何处断，霁色冷光相射。

⊙●⊙○○●●，●●⊙○○▲。

蓼屿荻花洲，掩映竹篱茅舍。

⊙●●○○，⊙●⊙○○▲。

云际客帆高挂，烟外酒旗低亚。

⊙●⊙○○▲，⊙●⊙○○▲。

多少六朝兴废事，尽入渔樵闲话。

⊙●⊙○○●●，●●⊙○○▲。
怅望倚层楼，寒日无言西下。
⊙●●○○，⊙●⊙○○▲。

21. 诉衷情·眉意 欧阳修

清晨帘幕卷轻霜，呵手试梅妆。
⊙○⊙●●○△，⊙●●○△。
都缘自有离恨，故画作、远山长。
⊙○⊙●○⊙，⊙●●、●○△。
思往事，惜流光，易成伤。
○●●，●○△，●○△。
未歌先敛，欲笑还颦，最断人肠。
●○○●，●●○○，⊙●○△。

22. 阮郎归·踏青 欧阳修

南园春半踏青时，风和闻马嘶。
⊙○⊙●●○△，⊙○○●△。
清梅如豆柳如眉，日长蝴蝶飞。
⊙○⊙●●○△，●○○●△。
花露重，草烟低，人家帘幕垂。
○●●，●○○，⊙○○●△。
秋千慵困解罗衣，画堂双燕归。
⊙○⊙●●○△，●○○●△。

23. 南歌子·闺情 欧阳修

凤髻金泥带，龙纹玉掌梳。
⊙●○○●，○○●●△。
去来窗下笑相扶，爱道画眉深浅入时无。
⊙○⊙●●○△，⊙●⊙○○⊙●●○△。
弄笔偎人久，描花试手初。
⊙●○○●，○○●●△。
等闲妨了绣功夫，笑问鸳鸯两字怎生书。

⊙○⊙●●○△，⊙●⊙○○⊙●●○△。

24. 临江仙·妓席 欧阳修

柳外轻雷池上雨，雨声滴碎荷声。
⊙●⊙○○●●，⊙○⊙●○△。
小楼西角断虹明。
⊙○⊙●●○△。
阑干私倚处，遥见月华生。
⊙○○●●，⊙●●○△。
燕子飞来窥画栋，玉钩垂下帘旌。
⊙●⊙○○●●，⊙○⊙●○△。
凉波不动簟纹平。
⊙○⊙●●○△。
水晶双枕畔，犹有堕钗横。
⊙○○●●，⊙●●○△。

25. 西江月·佳人 司马光

宝髻松松挽就，铅华淡淡妆成。
⊙●⊙○⊙●，⊙○⊙●○△。
红烟翠雾罩轻盈，飞絮游丝无定。
⊙○⊙●●○△，⊙●⊙○⊙▲。
相见争如不见，有情还似无情。
⊙●⊙○⊙●，⊙○⊙●○△。
笙歌散后酒微醒，深院月明人静。
⊙○⊙●●○△，⊙●⊙○⊙▲

26. 桂枝香·金陵怀古 王安石

登临纵目，正故国晚秋，天气初肃。
○○●▲，●●●⊙○，⊙⊙○▲。
千里澄江似练，翠峰如簇。
⊙●○○⊙●，●○○▲。
征帆去棹残阳里，背西风，酒旗斜矗。

⊙○⊙●○○●,●○○,⊙○○▲。

彩舟云淡,星河鹭起,画图难足。

●○○●,⊙○○⊙●,●○○▲。

念往昔豪华竞逐,叹门外楼头,悲恨相续。

●⊙●○○●▲,●⊙●○○,⊙⊙○▲。

千古凭高对此,漫嗟荣辱。

⊙●○○⊙●,●○○▲。

六朝旧事随流水,但寒烟、衰草凝绿。

⊙○⊙●○○●,●○○、⊙⊙○▲。

至今商女,时时犹唱,后庭遗曲。

●○○●,⊙○○⊙●,●○○▲。

27. 天仙子·送春 张先

水调数声持酒听,午醉醒来愁未醒。

⊙●⊙○○●▲,⊙●⊙○○●▲。

送春春去几时回,临晚镜,伤流景,往事后期空记省。

⊙○⊙●●○○,○⊙▲,○⊙▲,⊙●⊙○○●▲。

沙上并禽池上暝,云破月来花弄影。

⊙●⊙○○●▲,⊙●⊙○○●▲。

重重帘幕密遮灯,风不定,人初静,明日落红应满径。

⊙○⊙●●○○,○⊙▲,○⊙▲,⊙●⊙○○●▲。

28. 昼夜乐·忆别 柳永

洞房记得初相遇,便只合、长相聚。

⊙○⊙●○○▲,●⊙⊙、⊙○▲。

何期小会幽欢,变作别离情绪。

○○●●○○,●●⊙○⊙▲。

况值阑珊春色暮,对满目、乱花狂絮。

⊙●○○○●▲,●⊙⊙、●○○▲。

直恐好风光,尽随伊归去。

⊙●●○○,●○○○▲。

一场寂寞凭谁诉,算前言、总轻负。

⊙○⊙●○○▲，●⊙⊙、⊙○▲。

早知恁地难拚，悔不当初留住。

⊙○●●○○，⊙●○○⊙▲。

其奈风流端正外，更别有、系人心处。

⊙●○○○●●，●⊙⊙、●○○▲。

一日不思量，也攒眉千度。

⊙●●○○，●○○○▲。

29. 雨淋铃·秋别 柳永

寒蝉凄切，对长亭晚，骤雨初歇。

○○○▲，●○○●，●⊙○▲。

都门帐饮无绪，方留恋处，兰舟催发。

○○●●○●，○○●●，○○○▲。

执手相看泪眼，竟无语凝噎。

●●○○●●，●○●○▲。

念去去、千里烟波，暮霭沉沉楚天阔。

●●●、○●○○，●●○○●○▲。

多情自古伤离别，更哪堪、冷落清秋节。

○○●●○○▲，●○○、●●○○▲。

今宵酒醒何处，杨柳岸、晓风残月。

○○●●○●，○●●、●○○▲。

此去经年，应是良辰好景虚设。

●●○○，○●○○●●○▲。

便纵有、千种风情，更与何人说。

●●●、○●○○，●●○○▲。

30. 卜算子·别意 苏轼

水是眼波横，山是眉峰聚。

⊙●●○○，⊙●○○▲。

欲问行人去那边，眉眼盈盈处。

⊙●○○●●○，⊙●○○▲。

才始送春归，又送君归去。

⊙●●○○，⊙●○○▲。

若到江南赶上春，千万和春住。

⊙●○○●●○，⊙●○○▲。

31. 洞仙歌·夏夜 苏轼

冰肌玉骨，自清凉无汗。

⊙○⊙●，●○○⊙▲。

水殿风来暗香满。

⊙●○○●○▲。

绣帘开，一点明月窥人，人未寝、欹枕钗横鬓乱。

●○○，●●⊙●○○，○●●、⊙●⊙○⊙▲。

起来携素手，庭户无声，时见疏星渡河汉。

⊙○○●●，⊙●○○，⊙●○○●○▲。

试问夜如何，夜已三更，金波淡，玉绳低转。

⊙●●○○，⊙●○○，○⊙●，⊙○⊙▲。

但屈指、西风几时来，又不道流年，暗中偷换。

●●●、○○●○○，●⊙●○○，●○○▲。

32. 蝶恋花·春景 苏轼

花褪残红青杏小，燕子飞时，绿水人家绕。

⊙●⊙○○●▲，⊙●○○，⊙●○○▲。

枝上柳绵吹又少，天涯何处无芳草。

⊙●⊙○○●▲，⊙○⊙●○○▲。

墙里秋千墙外道，墙外行人，墙里佳人笑。

⊙●⊙○○●▲，⊙●○○，⊙●○○▲。

笑渐不闻声渐悄，多情却被无情恼。

⊙●⊙○○●▲，⊙○⊙●○○▲。

33. 水调歌头·中秋 苏轼

明月几时有，把酒问青天。

⊙●●○●，⊙●●○△。

不知天上宫阙，今夕是何年。

⊙○⊙●○●，⊙●●○△

我欲乘风归去，又恐琼楼玉宇，高处不胜寒。

⊙●○○⊙●，⊙●○○⊙●，⊙●●○△。

起舞弄清影，何似在人间。

⊙●●○●，⊙●●○△。

转朱阁，低绮户，照无眠。

●⊙●，⊙●●，●○△。

不应有恨，何事长向别时圆。

⊙○⊙●，○●○●●○△。

人有悲欢离合，月有阴晴圆缺，此事古难全。

⊙●○○⊙●，⊙●○○⊙●，⊙●●○△。

但愿人长久，千里共婵娟。

⊙●⊙○●，⊙●●○△。

34. 清平乐 · 晚春　黄庭坚

春归何处，寂寞无行路。

○○⊙▲，⊙●○○▲。

若有人知春去处，唤取归来同住。

⊙●⊙○○⊙▲，⊙●⊙○⊙▲。

春无踪迹谁知，除非问取黄鹂。

⊙○⊙●○△，⊙○⊙●○△。

百啭无人能解，因风飞过蔷薇。

⊙●⊙○⊙●，⊙○⊙●○△。

35. 画堂春 · 本意　秦观

东风吹柳日初长，雨余芳草斜阳。

⊙○⊙●●○△，⊙○⊙●○△。

杏花零落燕泥香，睡损红妆。

⊙○⊙●●○△，⊙●○△。

宝篆烟销龙凤，画屏云锁潇湘。

⊙●⊙○⊙●，⊙○⊙●○△。

夜寒微透薄罗裳，无限思量。

⊙○⊙●●○△，⊙●○△。

36. 蓦山溪·别意 黄庭坚

鸳鸯翡翠，小小思珍偶。

⊙○⊙●，⊙●○○▲。

眉黛敛秋波，尽湖南，山明水秀。

⊙●●○○，●⊙⊙，○○⊙▲。

娉娉袅袅，恰近十三余，春未透，花枝瘦，正是愁时候。

⊙○⊙●，⊙●●○○，○⊙▲，○⊙▲，⊙●○○▲。

寻芳载酒，肯落他人后。

⊙○⊙●，⊙●○○▲。

只恐远归来，绿成阴，青梅如豆。

⊙●●○○，●⊙⊙，○○⊙▲。

心期得处，每自不由人，长亭柳，君知否，千里犹回首。

⊙○⊙●，⊙●●○○，○⊙▲，○⊙▲，⊙●○○▲。

37. 忆王孙·春闺 秦观

萋萋芳草忆王孙，柳外楼高空断魂。

⊙○⊙●●○△，⊙●○○⊙●△。

杜宇声声不忍闻。

⊙●○○⊙●△。

欲黄昏，雨打梨花深闭门。

●○△，⊙●○○⊙●△。

38. 如梦令·春景 秦观

莺嘴啄花红溜，燕尾剪波绿皱。

⊙●⊙○⊙▲，⊙●⊙○⊙▲。

指冷玉笙寒，吹彻小梅春透。

⊙●●○○，⊙●⊙○⊙▲。

依旧，依旧，人与绿杨俱瘦。

○▲，○▲，⊙●⊙○⊙▲。

39. 桃源忆故人·冬景　秦观

玉楼深锁多情种，清夜悠悠谁共。

⊙○⊙●○○▲，⊙●⊙○○▲。

羞见枕衾鸳凤，闷则和衣拥。

⊙●⊙○○▲，⊙●○○▲。

无端画角严城动，惊破一番新梦。

⊙○⊙●○○▲，⊙●⊙○○▲。

窗外月华霜重，听彻梅花弄。

⊙●⊙○○▲，⊙●○○▲。

40. 鹊桥仙·七夕　秦观

纤云弄巧，飞星传恨，银汉迢迢暗度。

⊙○⊙●，⊙○⊙●，⊙●⊙○⊙▲。

金风玉露一相逢，便胜却、人间无数。

⊙○⊙●●○○，●⊙●、○○⊙▲。

柔情似水，佳期如梦，忍顾鹊桥归路。

⊙○⊙●，⊙○⊙●，⊙●⊙○⊙▲。

两情若是久长时，又岂在、朝朝暮暮。

⊙○⊙●●○○，●⊙●、○○⊙▲。

41. 河传·赠妓　秦观

恨眉醉眼，甚轻轻觑着、神魂迷乱。

⊙○⊙▲，●○○●▲、⊙○⊙●。

常记那回，小曲栏杆西畔。

⊙●●●，⊙●⊙○○▲。

鬓云松、罗袜刬。

●⊙○、○●▲。

丁香笑吐娇无限，语软声低、道我何曾惯。

⊙○⊙●○○▲，⊙●○○、⊙●○○▲。

云雨未谐，早被东风吹散。

⊙●●○，⊙●⊙○○▲。

瘦杀人、天不管。

●⊙○、○●▲。

42. 满庭芳·春游　秦观

晓色云开，春随人意，骤雨才过还晴。

⊙●○○，⊙○⊙●，●⊙⊙●⊙△。

古台芳榭，飞燕蹴红英。

⊙○○●，⊙●●○△。

舞困榆钱自落，秋千外，绿水桥平。

⊙●⊙○⊙●，○⊙●，⊙●○△。

东风里、朱门映柳，低按小秦筝。

○○●、○○○●，⊙●●○△。

多情。行乐处，珠钿翠盖，玉辔红缨。

○△。⊙●●，⊙○⊙●，⊙●○△。

渐酒空金榼，花困蓬瀛。

●⊙○⊙●，⊙●○△。

豆蔻梢头旧恨，十年梦，屈指堪惊。

⊙●⊙○⊙●，○⊙●，⊙●○△。

凭栏久，疏烟淡日，寂寞下芜城。

⊙○●，⊙○⊙●，⊙●●○△。

43. 青玉案·春暮　贺铸

凌波不过横塘路，但目送芳尘去。

⊙○⊙●○○▲，●⊙●○○▲。

锦瑟年华谁与度，月楼花院，绮窗朱户，唯有春知处。

⊙●⊙○○●▲，●○○●，●○○▲，⊙●○○▲。

碧云冉冉蘅皋暮，彩笔空题断肠句。

⊙○⊙●○○▲，⊙●○○●○▲。

试问闲愁知几许，一川烟草，满城风絮，梅子黄时雨。

⊙●⊙○○●▲，●○○●，●○○▲，⊙●○○▲。

44. 薄幸・春情 贺铸

淡妆多态，更滴滴、频回盼睐。
⊙○○▲，●⊙●、○○●▲。
便认得、琴心先许，欲绾合欢双带。
●⊙●、○○○●，⊙●⊙○○▲。
记画堂、风月逢迎，轻颦浅笑娇无奈。
●⊙○、○●○○，○○●●○○▲。
向睡鸭炉边，翔鸳屏里，羞把香罗暗解。
●●●○○，⊙○○⊙●，⊙●○○⊙▲。
自过了、烧灯后，都不见、踏青挑菜。
⊙●●、○○●，○●●、●○⊙▲。
几回凭双燕，叮咛深意，往来却恨重帘碍。
⊙○⊙⊙●，○○⊙●，⊙○⊙●○○▲。
约何时再。正春浓酒困，人闲昼永无聊赖。
●○○▲。●○○⊙●，○○●●○○▲。
恹恹睡起，犹有花梢日在。
○○●●，⊙●○○⊙▲。

45. 惜分飞・本意 毛滂

泪湿栏杆花着露，愁到眉峰碧聚。
⊙●⊙○○●▲，⊙●○○●▲。
此恨平分取，更无言语空相觑。
⊙●○○▲，⊙○⊙●○○▲。
断雨残云无意絮，寂寞朝朝暮暮。
⊙●⊙○○⊙▲，⊙●○○●▲。
今夜山深处，断魂分付潮回去。
⊙●○○▲，⊙○⊙●○○▲。

46. 河满子・秋怨 孙洙

怅望浮生急景，凄凉宝瑟余音。
⊙●⊙○⊙●，⊙○⊙●○△。

楚客多情偏怨别，碧山远水登临。

⊙●⊙○○●●，⊙○⊙●○△。

目送连天衰草，夜阑几处疏砧。

⊙●⊙○⊙●，⊙○⊙●○△。

黄叶无风自落，秋云不雨长阴。

⊙●⊙○⊙●，⊙○⊙●○△。

天若有情天亦老，摇摇幽恨难禁。

⊙●⊙○○●●，⊙○⊙●○△。

惆怅旧欢如梦，觉来无处追寻。

⊙●⊙○⊙●，⊙○⊙●○△。

47. 烛影摇红·惜春　王诜

香脸轻匀，黛眉巧画宫妆浅。

⊙●○○，⊙○⊙●○○▲。

风流天付与精神，全在娇波转。

⊙○⊙●●○○，⊙●○○▲。

早是萦心可惯，更哪堪、频频顾盼。

⊙●⊙○⊙▲，●○○、○○●▲。

几回得见，见了还休，争如不见。

⊙○⊙●，⊙●○○，○○○▲。

烛影摇红，夜阑饮散春宵短。

⊙●○○，⊙○⊙●○○▲。

当时谁解唱阳关，离恨天涯远。

⊙○⊙●●○○，⊙●○○▲。

无奈云收雨散，凭栏杆、东风泪眼。

⊙●⊙○⊙▲，●○○、○○●▲。

海棠开后，燕子来时，黄昏庭院。

⊙○⊙●，⊙●○○，○○○▲。

48. 减字木兰花·春情　王安国

画桥流水，雨湿落红飞不起。

⊙○⊙▲，⊙●⊙○○●▲。

月破黄昏，帘里余香马上闻。

⊙●○△，⊙●○○⊙●△。
徘徊不语，今夜梦魂何处去。
⊙○⊙▲，⊙●⊙○○●▲。
不似垂杨，犹解飞花入洞房。
⊙●○△，⊙●○○⊙●△。

49. 千秋岁·夏景　谢逸

楝花飘砌。蔌蔌清香细。
⊙○⊙▲。⊙●○○▲。
梅雨过，蘋风起。
⊙●●，○○▲。
情随湘水远，梦绕吴峰翠。
⊙○○●●，⊙●○○▲。
琴书倦，鹧鸪唤起南窗睡。
○⊙●，⊙○⊙●○○▲。
密意无人寄。幽恨凭谁洗。
⊙●○○▲。⊙●○○▲。
修竹畔，疏帘里。
⊙●●，○○▲。
歌余尘拂扇，舞罢风掀袂。
⊙○○●●，⊙●○○▲。
人散后，一钩新月天如水。
○⊙●，⊙○⊙●○○▲。

50. 琐窗寒·寒食　周邦彦

暗柳啼鸦，单衣伫立，小帘朱户。
●●○○，○○●●，●○○▲。
桐花半亩，静锁一庭愁雨。
○○●●，●●⊙○○▲。
洒空阶、更阑未休，
●○○、○⊙●⊙，
故人剪烛西窗语。
⊙○⊙●○○▲。

似楚江暝宿，风灯零乱，少年羁旅。

●⊙○⊙●，○○⊙●，●○○▲。

迟暮。嬉游处。

○▲。○○▲。

正店舍无烟，禁城百五。

●●●○○，●○⊙▲。

旗亭唤酒，付与高阳俦侣。

○○●●，●●⊙○○▲。

想东园、桃李自春，小唇秀靥今在否。

●○○、⊙●●⊙，⊙○●●○●▲。

到归时、定有残英，待客携樽俎。

●○○、⊙●○○，●●○○▲。

51. 解语花·元宵　周邦彦

风销焰蜡，露浥烘炉，花市光相射。

○○●●，●●○○，○●○○▲。

桂华流瓦。纤云散，耿耿素娥欲下。

●○○▲。○○●，⊙●⊙○⊙▲。

衣裳淡雅。看楚女、纤腰一把。

○○⊙▲。⊙●●、⊙○⊙▲。

箫鼓喧，人影参差，满路飘香麝。

⊙●○，⊙●○○，⊙●○○▲。

因念帝城放夜，望千门如昼，嬉笑游冶。

⊙●⊙○●▲，●○○○●，○●○▲。

钿车罗帕。相逢处、自有暗尘随马。

⊙○○▲。○○●、⊙●●○○▲。

年光是也。惟只见、旧情衰谢。

○○●▲。⊙●●、⊙○⊙▲。

清漏移，飞盖归来，任舞休歌罢。

⊙●○，⊙●○○，●●○○▲。

52. 过秦楼·秋夜 周邦彦

水浴清蟾，叶喧凉吹，巷陌马声初断。
●●○○，⊙○○●，●●●○○▲。
闲依露井，笑扑流萤，惹破画罗轻扇。
○○●●，⊙●○○，●●●○○▲。
人静夜久凭栏，愁不归眠，立残更箭。
○●●●○○，○●○○，⊙○○▲。
叹年华一瞬，人今千里，梦沉书远。
●○○●●，○○○●，●○○●。
空见说、鬓怯琼梳，容销金镜，渐懒趁时匀染。
○●●、●●○○，⊙○○●，●●●○○▲。
梅风地溽，虹雨苔滋，一架舞红都变。
○○●●，⊙●○○，●●●○○▲。
谁信无聊，为伊才减江淹，情伤荀倩。
○●○○，●○○●○○，⊙○○▲。
但明河影下，还看疏星几点。
●○○●●，⊙●○○●▲。

53. 昭君怨·春怨 万俟雅言

春到南楼雪尽，惊动灯期花信。
⊙●⊙○○▲，⊙●⊙○○▲。
小雨一番寒，倚栏杆。
⊙●●○△，⊙○△。
莫把栏杆频倚，一望几重烟水。
⊙●⊙○○▲，⊙●⊙○○▲。
何处是京华，暮云遮。
⊙●●○△，⊙○△。

54. 感皇恩·入京 赵企

骑马踏红尘，长安重到。
⊙●●○○，⊙○○▲。

人面依然似花好。

⊙●○○●○▲。

旧欢才展,又被新愁分了。

⊙○○●,⊙●⊙○○▲。

未成云雨梦,巫山晓。

⊙○○●●,○○▲。

千里断肠,关山古道。

⊙●●○,⊙○⊙▲。

回首高城似天杳。

⊙●○○●○▲。

满怀离恨,付与落花啼鸟。

⊙○○●,⊙●⊙○○▲。

故人何处也,青春老。

⊙○○●●,○○▲。

55. 好事近·初夏　蒋子云

叶暗乳鸦啼,风定老红犹落。

⊙●●○○,⊙●⊙○○▲。

蝴蝶不随春去,入熏风池阁。

⊙●⊙○○●,●○○○▲。

休歌金缕劝金卮,酒病煞如昨。

⊙○⊙●●○○,⊙⊙●○▲。

帘卷日长人静,任杨花飘泊。

⊙●⊙○○●,●○○○▲。

56. 贺新郎·春闺　李玉

篆缕销金鼎,醉沉沉、庭阴转午,画堂人静。

⊙●○○▲,●○○、⊙○●●,⊙○○▲。

芳草王孙知何处,唯有杨花糁径。

○●○○○⊙●,⊙●○○●▲。

渐玉枕、腾腾春醒。

●⊙●、⊙○○▲。

帘外残红春已透，镇无聊，殢酒恹恹病。
⊙●⊙○○●●，●○○，⊙●○○▲。
云鬓乱，未忺整。
○●●，●○▲。
江南旧事休重省。
○○●●○○▲。
遍天涯，寻消问息，断鸿难倩。
●○○，○○●●，●○○▲。
月满西楼凭栏久，依旧归期未定。
⊙●⊙○○⊙●，⊙●○○●▲。
又只恐、瓶沉金井。
●⊙●、○○○▲。
嘶骑不来银烛暗，枉教人、立尽梧桐影。
⊙●⊙○○⊙●，●○○、⊙●○○▲。
谁伴我，对鸾镜。
○●●，●○▲。

57. 潇湘夜雨·灯花 赵长卿

斜点银缸，高擎莲炬，夜寒不耐微风。
⊙●○○，⊙○⊙●，⊙○⊙●○△。
重重帘幕掩堂中。
⊙○⊙●●○△。
香渐远，长烟袅穟，光不定，寒影摇红。
○●●，○○●●，○●●，○●○△。
偏奇处、当庭月暗，吐焰如虹。
○○●、○○●●，●●○△。
红裳呈艳，丽蛾一见，无奈狂踪。
⊙○⊙●，⊙○⊙●，⊙●○△。
试烦他纤手，卷上纱笼。
●⊙○○●，⊙●○△。
开正好，银花照夜，堆不尽，金粟凝空。
○●●，○○●●，○●●，○●○△。

叮咛语,频将好事,来报主人公。

○○●,○○●●,⊙●●○△。

58. 祝英台近·春晚 辛弃疾

宝钗分,桃叶渡,烟柳暗南浦。

●○○,○●▲,⊙●●○▲。

怕上层楼,十日九风雨。

⊙●○○,⊙●●○▲。

断肠点点飞红,都无人管,倩谁唤、流莺声住。

⊙○⊙●○○,⊙○○●,●⊙●、⊙○○▲。

鬓边觑,试把花卜归期,才簪又重数。

●○▲,⊙⊙⊙●○○,⊙○●○▲。

罗帐灯昏,哽咽梦中语。

⊙●○○,⊙●●○▲。

是他春带愁来,春归何处,却不解、带将愁去。

⊙○⊙●○○,⊙○○▲,●⊙●、⊙○○▲。

59. 南浦·春暮 程垓

金鸭懒薰香,向晚来,春醒一枕无绪。

⊙●●○○,●●○,○○⊙●○▲。

浓绿涨瑶窗,东风外,吹尽乱红飞絮。

⊙●●○○,○○●,⊙●●○○▲。

无言伫立,断肠唯有流莺语。

○○●●,⊙○⊙●○○▲。

碧云欲暮,空惆怅韶华,一时虚度。

●○●▲,○⊙●○○,⊙○○▲。

追思旧日心情,记题叶西楼,吹花南浦。

○○●●○○,●○●○○,⊙○○▲。

老去觉欢疏,伤春恨、都付断云残雨。

⊙●●○○,○○●、⊙●●○○▲。

黄昏院落,问谁犹在凭栏处。

○○●●,●○○●○○▲。

可堪杜宇,空只解声声,催他春去。

⊙○●▲,⊙●●○○,⊙○○▲。

60. 齐天乐·蟋蟀 姜夔

庾郎先自吟愁赋,凄凄更闻私语。

●○⊙●○○▲,○○●○○▲。

露湿铜铺,苔侵石井,都是曾听伊处。

●●○○,○○●●,⊙●⊙○○▲。

哀音似诉,正思妇无眠,起寻机杼。

○○●▲,●⊙●○○,●○○▲。

曲曲屏山,夜凉独自甚情绪。

●●○○,●○⊙●●○▲。

西窗又吹暗雨。

○○●○●▲。

为谁频断续,相和砧杵。

●○○●●,○●○▲。

候馆吟秋,离宫吊月,别有伤心无数。

●●○○,○○●●,⊙●○○○▲。

豳诗漫与,笑篱落呼灯,世间儿女。

○○●▲,●⊙●○○,●○○▲。

写入琴丝,一声声更苦。

●●○○,●○○●▲。

61. 沁园春·有感 陆游

孤鹤归来,再过辽天,换尽旧人。

⊙●○○,●●○○,⊙●⊙△。

念累累枯冢,茫茫梦境,王侯蝼蚁,毕竟成尘。

●⊙○⊙●,⊙○⊙●,⊙○⊙●,⊙●○△。

载酒园林,寻花巷陌,当日何曾轻负春。

⊙●○○,⊙○⊙●,⊙●○○⊙●△。

流年改,叹围腰带剩,点鬓霜新。

○○●,⊙○○●●,●●○△。

交亲散落如云。又岂料而今余此身。
○○●●○△。●⊙●○○⊙●△。
幸眼明身健，茶甘饭软，非唯我老，更有人贫。
●⊙○⊙●，⊙○⊙●，⊙○○⊙●，⊙●○△。
躲尽危机，消残壮志，短艇湖中闲采莼。
⊙●○○，⊙○⊙●，⊙●○○⊙●△。
吾何恨，有渔翁共醉，溪友为邻。
○○●，●○○●●，⊙●○△。

62. 醉太平·闺情 刘过

情高意真，眉长鬓青。
○○●△，○○●△。
小楼明月调筝，写春风数声。
⊙○⊙●○△，●○○●△。
思君忆君，魂牵梦萦。
○○●△，○○●△。
翠绡香暖云屏，更哪堪酒醒。
⊙○⊙●○△，●○○●△。

63. 喜迁莺·闰元宵 吴礼之

银蟾光彩，喜稔岁闰正，元宵还再。
⊙○○▲，●⊙●⊙○，○○○▲。
乐事难并，佳时罕遇，依旧试灯何碍。
⊙●○○，⊙○○⊙●，⊙●●○○▲。
花市又移星汉，莲炬重芳人海。
⊙●●○○●，○●○○○▲。
尽勾引，遍嬉游宝马，香车喧隘。
●⊙●，●○○⊙●，⊙○○▲。
晴快，天意教、人月更圆，偿足风流债。
○▲，○●○、○●●○，⊙●○○▲。
媚柳烟浓，夭桃红小，景物迥然堪爱。
⊙●○○，⊙○○⊙，⊙●●○○▲。
巷陌笑声不断，襟袖余香仍在。

⊙●●○○●，⊙●⊙○○▲。

待归也，便相期明日，踏青挑菜。

●○●，●○○⊙●，⊙○○▲。

64. 双双燕·本意 史达祖

过春社了，度帘幕中间，去年尘冷。

⊙○●●，●⊙●○○，●○○▲。

差池欲住，试入旧巢相并。

⊙○⊙●，⊙●●○○▲。

还相雕梁藻井，又软语、商量不定。

⊙●○○●▲，●⊙●，○○⊙▲。

飘然快拂花梢，翠尾分开红影。

○○●●○○，●●○○○▲。

芳径，芹泥雨润。

○▲，○○●▲。

爱贴地争飞，竞夸轻俊。

●⊙●○○，●○○▲。

红楼归晚，看足柳昏花暝。

⊙○○●，●●●○○▲。

应是栖香正稳，便忘了、天涯芳信。

⊙●○○●▲，●⊙●、○○⊙▲。

愁损翠黛双蛾，日日画栏独凭。

○⊙●●○○，●●⊙○⊙▲。

65. 换巢鸾凤·春情 史达祖

人若梅娇，正愁横断坞，梦绕溪桥。

⊙●○△，●○○●●，⊙●○△。

倚风融汉粉，坐月怨秦箫。

⊙○○●●，●●●○△。

相思因什到纤腰。

⊙○⊙●●○△。

定知我今、无魂可销。

●○●○、○○●△。

佳期晚，谩几度、泪痕相照。

○○●，●⊙●、●○○▲。

人悄，天渺渺。

○▲，○●▲。

花外语香，时透郎怀抱。

○●⊙○，⊙●○○▲。

暗握荑苗，乍尝樱颗，犹恨侵阶芳草。

⊙●○○，⊙○○●，⊙●⊙○○▲。

天念王昌忒多情，换巢鸾凤教偕老。

○●○○●○○，⊙○⊙●○○▲。

温柔乡，醉芙蓉、一帐春晓。

○○○，●○○、⊙●○▲。

66. 瑞鹤仙·风怀　史达祖

杏烟娇湿鬓，过杜若汀州，楚衣香润。

⊙○○●▲，●⊙●○○，⊙○○▲。

回头翠楼近，指鸳鸯沙上，暗藏春恨。

○○●○▲，●○○○●，⊙○○▲。

归鞭隐隐，便不念、芳痕未稳。

○○●▲，●⊙●、○○●▲。

自箫声、吹落云东，再数故园花信。

●○○、⊙●○○，⊙●●○○▲。

谁问，听歌窗罅，倚月钩栏，旧家轻俊。

○▲，⊙○○●，●●○○，●○○▲。

芳心一寸，相思后，总灰尽。

⊙○⊙▲，○○●，●○▲。

奈春风多事，吹花摇柳，也把幽情唤醒。

●○○○●，⊙○○●，⊙●○○●▲。

对南溪、桃萼翻红，又成瘦损。

●○○、⊙●○○，●○●▲。

67. 风入松·春园 吴文英

听风听雨过清明，愁草瘗花铭。
⊙○⊙●●○△，⊙●●○△。
楼前绿暗分携路，一丝柳、一寸柔情。
⊙○●●○○●，●○⊙、⊙●○△。
料峭春寒中酒，迷离晓梦啼莺。
⊙●⊙○⊙●，⊙○⊙●○△。
西园日日扫林亭，依旧赏新晴。
⊙○⊙●●○△，⊙●●○△。
黄蜂频扑秋千索，有当时、纤手香凝。
⊙○⊙●○○●，●○⊙、⊙●○△。
惆怅双鸳不到，幽阶一夜苔生。
⊙●⊙○⊙●，⊙○⊙●○△。

68. 一剪梅·春思 蒋捷

一片春愁带酒浇。
⊙●○○●●△。
江上舟摇，楼上帘招，秋娘容与泰娘娇。
⊙●○△，⊙●○△，⊙○⊙●●○△。
风又飘飘，雨又潇潇。
⊙●○△，⊙●○△。
何日云帆卸浦桥。
⊙●○○●●△。
银字筝调，心字香烧，流光容易把人抛。
⊙●○△，⊙●○△，⊙○⊙●●○△。
红了樱桃，绿了芭蕉。
⊙●○△，⊙●○△。

69. 永遇乐·绿阴 蒋捷

清逼池亭，润侵山阁，云气凝聚。
⊙●○○，⊙⊙○○⊙●，⊙●⊙▲。

未有蝉前，已无蝶后，花事随流水。
⊙●○○，⊙○⊙●，⊙●○○▲。
西园支径，今朝重到，半碍醉筇吟袂。
⊙○○●，⊙○⊙●，⊙●●○○▲。
除非是、莺身瘦小，暗中引雏穿去。
⊙○●、○○●●，⊙○●○○▲。
梅檐滴溜，风来吹断，放得斜阳一缕。
⊙○⊙●，⊙○○●，●●○○⊙▲。
玉子敲枰，香销落翦，声度深几许。
⊙●○○，⊙○⊙●，⊙●○⊙▲。
层层离恨，凄迷如此，点破漫烦轻絮。
⊙○○●，⊙○⊙●，⊙●●○○▲。
应难认、争春旧馆，倚红杏处。
⊙○●、○○●●，⊙○●▲。

70. 瑶台聚八仙·寄兴　张炎

秋月娟娟，人正远、鱼雁待拂吟笺。
⊙●○△，○⊙●、○●●●○△。
也知游事，多在第二桥边。
●○○●，○●●●○△。
花底鸳鸯深处睡，柳阴淡隔里湖船。
⊙●○○○●●，⊙○●●●○△。
路绵绵。梦吹旧曲，如此山川。
●○△。●○●●，○●○△。
平生几两谢屐，便放歌自得，直上风烟。
○○⊙○●●，●⊙○●●，●●○△。
峭壁谁家，长啸竟落松前。
●●○○，○●●●○△。
十年孤剑万里，又何似、畦分抱瓮泉。
⊙○⊙●●●，●⊙●、○○⊙●△。
中山酒、且醉餐石髓，白眼青天。
○○●、●●○○●，⊙●○△。

71. 水龙吟·白莲　张炎

仙人掌上芙蓉，涓涓犹滴金盘露。
○○⊙●○○，⊙○⊙●○○▲。
轻妆照水，纤裳玉立，飘飘似舞。
⊙○●●，⊙○●●，⊙○●▲。
几度消凝，满湖烟月，一汀鸥鹭。
⊙●○○，⊙○○●，⊙○○▲。
记小舟夜悄，波明香远，浑不见、花开处。
●⊙○⊙●，⊙○⊙●，⊙●●、○○▲。
应是浣纱人妒，褪红衣、被谁轻误。
⊙●⊙○○▲，●○○、⊙○○▲。
闲情淡雅，冶姿清润，凭娇待语。
⊙○●●，⊙○○●，⊙○●▲。
隔浦相逢，偶然倾盖，似传心素。
⊙●○○，⊙○○●，⊙○○▲。
怕湘皋佩解，绿云十里，卷西风去。
●○○●●，⊙○⊙●，●○○▲。

72. 绮罗香·红叶　张炎

万里飞霜，千山落木，寒艳不招春妒。
●●○○，○○●●，⊙●●○○▲。
枫冷吴江，独客又吟愁句。
⊙●○○，⊙●●○○▲。
正船舣、流水孤村，似花绕、斜阳芳树。
●⊙⊙、⊙●○○，●⊙●、⊙○○▲。
甚荒沟、一片凄凉，载情不去载愁去。
●○○、●●○○，⊙○⊙●●○▲。
长安谁问倦旅，羞见衰颜借酒，飘零如许。
○○○●●▲，○●○○⊙●，⊙○○▲。
漫倚新妆，不入洛阳花谱。
⊙●○○，⊙●●○○▲。
为回风、起舞樽前，尽化作、断霞千缕。

●⊙⊙、⊙●○○，●⊙●、⊙○○▲。

记阴阴、绿遍江南，夜窗听暗雨。

●○○、●●○○，●○○●▲。

73. 疏影·梅影 张炎

黄昏片月，似碎阴满地，还更清绝。

○○●▲，●○○●●，⊙●○▲。

枝北枝南，疑有疑无，几度背灯难折。

⊙●○○，⊙●○○，⊙⊙●⊙○▲。

依稀倩女离魂处，缓步出、前村时节。

○○●●○○●，●●●、⊙○○▲。

看夜深、竹外横斜，应妒过云明灭。

●●⊙、●●○○，⊙●●○○▲。

窥镜蛾眉淡扫，为容不在貌，独抱孤洁。

⊙●○○●●，●○⊙●●，⊙●○▲。

莫是花光，描取春痕，不怕丽谯吹彻。

⊙●○○，⊙●○○，⊙●●○○▲。

还惊海上燃犀去，照水底、珊瑚疑活。

○○●●○○●，⊙●●、⊙○○▲。

做弄得、酒醒天寒，空对一庭香雪。

●●⊙、⊙●○○，⊙●●○○▲。

74. 采桑子·春暮 朱藻

幛泥油壁人归后，满院花阴，楼影沉沉，中有伤春一片心。

⊙○⊙●○○●，⊙●○△，⊙●○△，⊙●○○⊙●△。

闲穿绿树寻梅子，斜日笼明，团扇风轻，一径黄花不避人。

⊙○⊙●○○●，⊙●○△，⊙●○△，⊙●○○⊙●△。

75. 荆州亭·题柱 吴城小龙女

帘卷曲栏独倚，江展暮云无际。

⊙●⊙○⊙▲，⊙●⊙○⊙▲。

泪眼不曾晴，家在吴头楚尾。

⊙●●○○，⊙●⊙○⊙▲。

数点雪花乱委，扑漉沙鸥惊起。

⊙●⊙○○⊙▲，⊙●⊙○○⊙▲。

诗句欲成时，没入苍烟丛里。

⊙●●○○，⊙●⊙○○⊙▲。

76. 醉花阴·重九 李清照

薄雾浓云愁永昼，瑞脑销金兽。

⊙●⊙○○●▲，⊙●○○▲。

佳节又重阳，宝枕纱厨，昨夜凉初透。

⊙●●○○，⊙●○○，⊙●○○▲。

东篱把酒黄昏后，有暗香盈袖。

⊙○⊙●○○▲，⊙●○○▲。

莫道不销魂，帘卷西风，人比黄花瘦。

⊙●●○○，⊙●○○，⊙●○○▲。

77. 凤凰台上忆吹箫·别情 李清照

香冷金猊，被翻红浪，起来慵自梳头。

⊙●○○，⊙○⊙●，⊙○⊙●○△。

任宝奁尘满，日上帘钩。

●●○○●，⊙●○△。

生怕离怀别苦，多少事、欲说还休。

⊙●⊙○⊙●，○⊙●、⊙●○△。

新来瘦，非干病酒，不是悲秋。休休。

○○●，○○●●，⊙●○△。○△。

这回去也，千万遍阳关，也则难留。

⊙○●●，⊙●●○○，⊙●○△。

念武陵人远，烟锁秦楼。

●⊙○○●，⊙●○△。

唯有楼前流水，应念我、终日凝眸。

⊙●⊙○⊙●，○⊙●、⊙●○△。

凝眸处，从今又添，一段新愁。

○○●，○○●⊙，⊙●○△。

78. 声声慢·秋情 李清照

寻寻觅觅，冷冷清清，凄凄惨惨戚戚。

○○●●，●●○○，○○●●○▲。

乍暖还寒时候，最难将息。

⊙●⊙○⊙●，⊙○○▲。

三杯两盏淡酒，怎敌他、晚来风急。

○○●○⊙●，●●○、●○○▲。

雁过也，正伤心、却是旧时相识。

●●●，●○○、⊙●⊙○⊙▲。

满地黄花堆积。

⊙●⊙○⊙▲。

憔悴损，而今有谁堪摘。

○●●，⊙⊙●○⊙▲。

守着窗儿，独自怎生得黑。

●●○○，⊙●⊙○⊙▲。

梧桐更兼细雨，到黄昏、点点滴滴。

○○●○⊙●，●○○、●○○▲。

这次第，怎一个、愁字了得。

●●●，●●●、○●●▲。

79. 南乡子·春闺 孙道绚

晓日压重檐，斗帐春寒起未忺。

⊙●●○△，⊙●○○●●△。

天气困人梳洗懒，眉尖，淡画春山不喜添。

⊙●⊙○○●●，○△，⊙●○○●●△。

闲把绣丝挦，认得金针又倒拈。

⊙●●○△，⊙●○○●●△。

陌上游人归也未，恹恹，满院杨花不卷帘。

⊙●⊙○○●●，○△，⊙●○○●●△。

80. 生查子·元夕 朱淑真

去年元夜时,花市灯如昼。
⊙○○●○,⊙●○○▲。
月上柳梢头,人约黄昏后。
⊙●●○○,⊙●○○▲。
今年元夜时,月与灯依旧。
⊙○○●○,⊙●○○▲。
不见去年人,泪湿春衫袖。
⊙●●○○,⊙●○○▲。

81. 鹧鸪天·别情 聂胜琼

玉惨花愁出凤城,莲花楼下柳青青。
⊙●○○●●△,⊙○⊙●●○△。
尊前一唱阳关曲,别个人人第五程。
⊙○⊙●○○●,⊙●○○●●△。
寻好梦,梦难成,有谁知我此时情。
○●●,●○△,⊙○⊙●●○△。
枕前泪共阶前雨,隔个窗儿滴到明。
⊙○⊙●○○●,⊙●○○●●△。

82. 人月圆·有感 吴激

南朝千古伤心事,还唱后庭花。
⊙○⊙●○○● ⊙●●○△。
旧时王谢,堂前燕子,飞向谁家。
⊙○⊙●,○○●●,⊙●○△。
恍然一梦,天姿胜雪,宫鬓堆鸦。
⊙○⊙●,○○⊙●,⊙●○△。
江州司马,青衫泪湿,同是天涯。
⊙○⊙●,○○●●,⊙●○△。

83. 望海潮·凯旋舟次 折元礼

地雄河岳，疆分韩晋，潼关高压秦头。
⊙○○●，○○⊙●，⊙○⊙●○△。
山倚断霞，江吞绝壁，野烟萦带沧洲。
⊙●●○，○○●●，⊙○⊙●○△。
虎旆拥貔貅，看阵云截岸，霜气横秋。
⊙●●○△，●⊙○⊙●，⊙●○△。
千雉严城，五更残角月如钩。
⊙●○○，●○○●●○△。
西风晓入貂裘。
○○●●○△。
恨儒冠误我，却羡兜鍪。
●○○⊙●，⊙●○△。
六郡少年，三关老将，贺兰烽火新收。
⊙●●○，○○●●，⊙○⊙●○△。
天外岳莲楼，挂几行雁字，指引归舟。
○●●○○，●⊙○⊙●，⊙●○△。
正好黄金换酒，羯鼓醉凉州。
⊙●○○●●，●●●○△。

84. 玉漏迟·咏怀 元好问

浙江归路杳，西南却羡，投林高鸟。
●○○●▲，○○●●，⊙○○▲。
升斗微官，世累苦相萦绕。
⊙●○○，●⊙●○○▲。
不似麒麟殿里，又不与、巢由同调。
⊙●○○⊙●，●⊙●、○○○▲。
时自笑，虚名负我，半生吟啸。
○●●，⊙○●●，●○○▲。
扰扰马足车尘，被岁月无情，暗消年少。
⊙⊙●●○○，●⊙●○○，⊙○○▲。

钟鼎山林，一事几时曾了。

⊙●○○，⊙●●○○▲。

四壁秋虫夜雨，更一点、残灯斜照。

⊙●○○●●，⊙●●、○○○▲。

清镜晓，白发又添多少。

○●●，⊙●●○○▲。

85. 点绛唇·闺情 曾允元

一夜东风，枕边吹散愁多少。

●●○○，⊙○⊙●○○▲。

数声啼鸟，梦转纱窗晓。

●○○▲，⊙●○○▲。

来是春初，去是春将老。

⊙●○○，⊙●○○▲。

长亭道，一般芳草，只有归时好。

○○▲，●○○▲，⊙●○○▲。

86. 满江红·金陵怀古 萨都剌

六代豪华，春去也、更无消息。

⊙●○○，⊙⊙●、⊙○⊙▲。

空怅望，山川形胜，已非畴昔。

⊙⊙●，⊙○○⊙●，●○○▲。

王谢堂前双燕子，乌衣巷口曾相识。

⊙●⊙○○●●，⊙○⊙●○○▲。

听夜深寂寞打孤城，春潮急。

●○○●⊙○○●，○○▲。

思往事，愁如织。

○⊙●，○○▲。

怀故国，空陈迹。

○⊙●，○○▲。

但荒烟衰草，乱鸦斜日。

●⊙○○●，●○○▲。

玉树歌残秋露冷，胭脂井坏寒螀泣。

⊙●⊙○○●●，⊙○⊙●○○▲。

到如今只有蒋山青，秦淮碧。

●⊙○⊙●●○○，○○▲。

87. 念奴娇·石头城　萨都剌

石头城上，望天低、吴楚眼空无物。

●○○●，●○○、⊙●●○○▲。

指点六朝形胜地，唯有青山如壁。

⊙●⊙○○●●，⊙●⊙○○▲。

蔽日旌旗，连云樯橹，白骨纷如雪。

⊙●○○，○○⊙●，⊙●○○▲。

一江南北，消磨多少豪杰。

⊙○○●，⊙○⊙●○▲。

寂寞避暑离宫，东风辇路，芳草年年发。

⊙●⊙●○○，○○⊙●，⊙●○○▲。

落日无人松径冷，鬼火高低明灭。

⊙●⊙○○●●，⊙●⊙○○▲。

歌舞尊前，繁华镜里，暗换青青发。

⊙●○○，⊙○⊙●，⊙●○○▲。

伤心千古，秦淮一片明月。

⊙○○●，⊙○○●○▲。

88. 陌上花·有怀　张翥

关山梦里，归来还又，岁华催晚。

⊙○●●，⊙○⊙●，⊙○○▲。

马影鸡声，谙尽倦邮荒馆。

⊙●○○，○●●○○▲。

绿笺密记多情事，一看一回肠断。

⊙○⊙●○○●，⊙●●○○▲。

待殷勤寄与，旧游莺燕，水流云散。

●⊙○●●，⊙○○●，●○○▲。

满罗衫是酒，香痕凝处，唾碧啼红相半。

●○○●●，⊙○⊙●，⊙●⊙○○▲。

只恐梅花，瘦倚夜寒谁暖。

⊙●○○，⊙●●○○▲。

不成便没相逢日，重整钗鸾筝雁。

⊙○⊙●○○●，○●⊙○○▲。

但何郎纵有，春风词笔，病怀浑懒。

●⊙○●●，⊙○○●，●○○▲。

89. 东风第一枝·忆梅　张翥

老树浑苔，横枝未叶，青春肯误芳约。

●●○○，○○●●，○○●●○▲。

背阴未返冰魂，阳梢已含红萼。

⊙○●●○○，⊙○●○⊙▲。

佳人寒怯，谁惊起、晓来梳掠。

○○⊙●，⊙⊙●、⊙○○▲。

是月斜、花外幺禽，霜冷竹间幽鹤。

●●⊙、⊙●○○，⊙●●○○▲。

云淡淡，粉痕渐薄。

○●●，●○●▲。

风细细，冻香又落。

○●●，●○●▲。

叩门喜伴金樽，倚栏怕听画角。

●○●●○○，⊙○●○⊙▲。

依稀梦里，记半面、浅窥珠箔。

○○⊙●，⊙⊙●、⊙○○▲。

恁时得、重写鸾笺，去访旧游东阁。

●○⊙、⊙●○○，⊙●●○○▲。

90. 摸鱼儿·送春　张翥

涨西湖、半篙新雨，麴尘波外风软。

●○○、⊙○○●，⊙○○●○▲。

兰舟同上鸳鸯浦，天气嫩寒轻暖。

○○⊙●○○●，⊙●⊙○○▲。

帘半卷，度一缕歌云、不碍桃花扇。

○●▲，⊙●●○○、⊙●○○▲。

莺娇燕婉，任狂客无肠，王孙有恨，莫放酒杯浅。

○○●▲，●⊙●○○，⊙○○⊙●，⊙●●○▲。

垂杨岸，何处红亭翠馆。如今游兴全懒。

○○●，⊙●○○●▲。⊙○○●○▲。

山容水态依然好，唯有绮罗云散。

○○⊙●○○●，⊙●●○○▲。

君不见，歌舞地、青芜满目成秋苑。

○●▲，⊙●●、○○⊙●○○▲。

斜阳又晚，正落絮飞花，将春欲去，目送水天远。

○○●▲，●⊙●○○，⊙○○⊙●，⊙●●○▲。

91. 多丽·西湖　张翥

晚山青，一川云树冥冥。

●○△，●○⊙●○△。

正参差、烟凝紫翠，斜阳画出南屏。

●○○、⊙○○●，⊙○⊙●○△。

馆娃归、吴台游鹿，铜仙去、汉苑飞萤。

●○○、⊙○⊙●，⊙⊙●、⊙●○△。

怀古情多，凭高望极，且将樽酒慰飘零。

⊙●○○，⊙○○⊙●，⊙○⊙●●○△。

自湖上、爱梅仙远，鹤梦几时醒。

●⊙●、⊙○⊙●，⊙●●○△。

空留得、六桥疏柳，孤屿危亭。

○○●、⊙○⊙●，⊙●○△。

待苏堤、歌声散尽，更须携妓西泠。

●○○、⊙○⊙●，⊙○⊙●○△。

藕花深、雨凉翡翠，菰蒲软、风弄蜻蜓。

●○○、⊙○⊙●，⊙⊙●、⊙●○△。

澄碧生秋，闹红驻景，采菱新唱最堪听。

⊙●○○，⊙○⊙●，⊙○⊙●●○△。

见一片，水天无际，渔火两三星。
●⊙●，⊙○⊙●，⊙●●○△。
多情月，为人留照，未过前汀。
○○●，⊙○⊙●，⊙●○△。

92. 夺锦标·七夕 张野

凉月横舟，银潢浸练，万里秋容如拭。
⊙●○○，○○●●，●●○○○▲。
冉冉鸾骖鹤驭，桥倚高寒，鹊飞空碧。
●●○○⊙●，○●○○，●○○▲。
问欢情几许，早收拾、新愁重织。
●○○●●，●○⊙、○○○▲。
恨人间、会少离多，万古千秋今夕。
●○○、●●○○，●●○○○▲。
谁念文园病客。
⊙●○○●▲。
夜色沉沉，独抱一天岑寂。
●●○○，●●○○○▲。
忍记穿针亭榭，金鸭香寒，玉徽尘积。
●●○○⊙●，○●○○，●○○▲。
凭新凉半枕，又依稀、行云消息。
●○○●●，●○⊙、○○○▲。
听窗前、泪雨浪浪，梦里檐声犹滴。
●○○、●●○○，●●○○○▲。

93. 眼儿媚·秋闺 刘基

萋萋烟草小楼西，云压雁声低。
⊙○⊙●●○△，⊙●●○△。
两行疏柳，一丝残照，万点鸦栖。
⊙○⊙●，⊙○⊙●，⊙●○△。
春山碧树秋重绿，人在武陵溪。
⊙○⊙●○○●，⊙●●○△。

无情明月，有情归梦，同到幽闺。

⊙○⊙●，⊙○⊙●，⊙●○△。

94. 误佳期·闺怨　汪懋麟

寒气暗侵帘幕，孤负芳春小约。

⊙●⊙○○▲，⊙●⊙○●▲。

庭梅开遍不归来，直恁心情恶。

⊙○⊙●●○○，●●○○▲。

独抱影儿眠，背看灯花落。

⊙●●○○，⊙●○○▲。

待他重与画眉时，细数郎轻薄。

⊙○⊙●●○○，●●○○▲。

95. 柳梢青·纪游　朱彝尊

障羞罗扇，花时犹记，这边曾见。

●○○▲，⊙○○●，⊙○○▲。

曲录栏杆，玲珑窗户，也都寻遍。

⊙●○○，⊙○○●，⊙○○▲。

两峰依旧青青，但不比、眉梢平远。

⊙○⊙●○○，●⊙●、⊙○○▲。

第一难忘，重来崔护，去年人面。

⊙●○○，⊙○○●，⊙○○▲。

96. 解佩令·自题词集　朱彝尊

十年磨剑，五陵结客，把平生、涕泪都飘尽。

⊙○⊙●，⊙○⊙●，●○○、⊙●○○▲。

老去填词，一半是、空中传恨。

⊙●○○，●⊙⊙、⊙○○▲。

几曾围，燕钗蝉鬓。

⊙○○，⊙○⊙▲。

不师秦七，不师黄九，倚新声、玉田差近。

⊙○⊙●，⊙○⊙●，●○○、●○○▲。

落拓江湖，且分付、歌筵红粉。
⊙●○○，●⊙●、⊙○○▲。
料封侯、白头无分。
●○○、●○⊙▲。

97. 暗香·咏红豆 朱彝尊

凝珠吹黍，似早梅乍萼，新桐初乳。
⊙○○▲，●⊙○●●，⊙○○▲。
莫是珊瑚，零乱敲残石家树。
●●⊙○，○●○○●○▲。
记得南中旧事，金齿屐、小鬟蛮女。
⊙●○○●●，⊙●●、⊙○○▲。
向两岸、树底盈盈，素手摘新雨。
●●●、⊙●○○，⊙●●○▲。
延伫。碧云暮。
○▲。●○▲。
休逗入茜裙，欲寻无处。
⊙●●⊙○，●○○▲。
唱歌归去，先向绿窗饲鹦鹉。
●○⊙▲，○●⊙○●○▲。
惆怅檀郎终远，待寄与、相思犹阻。
⊙●○○⊙●，⊙●●、⊙○○▲。
烛影下，开玉合，背人偷数。
●●●，○●●，●○○▲。

98. 庆春泽·纪恨 朱彝尊

桥影流虹，湖光映雪，翠帘不卷春深。
⊙●○○，○○●●，⊙○⊙●○△。
一寸横波，断肠人在楼阴。
⊙●○○，⊙○⊙●○△。
游丝不系羊车住，倩何人、传语青禽。
⊙○⊙●○○●，●○○、⊙●○△。

最难禁，倚遍雕栏，梦遍罗衾。

●○△，⊙●○○，⊙●○△。

重来已是朝云散，怅明珠佩冷，紫玉烟沉。

○○●●○○●，●○○⊙●，⊙●○△。

前度桃花，依然开满江浔。

⊙●○○，⊙○⊙●○△。

钟情怕到相思路，盼长堤、草尽红心。

⊙○⊙●○○●，●○○、⊙●○△。

动愁吟，碧落黄泉，两处谁寻。

●○△，⊙●○○，⊙●○△。

99. 春风袅娜·游丝　朱彝尊

倩东君着力，系住韶华。

●○○⊙●，●●○△。

穿小径，漾晴沙。

○●●，●○△。

正阴云笼日，难寻野马，轻飏染草，细绾秋蛇。

●○○⊙●，⊙○⊙●，○○●●，●●○△。

燕蹴还低，莺衔忽溜，惹却黄须无数花。

●●○○，○○⊙●，●●○○○●△。

纵许悠扬度朱户，终愁人影隔窗纱。

●●○○●○●，○○○●●○△。

惆怅谢娘池阁，湘帘乍卷，凝斜盼、近拂檐牙。

⊙●⊙○⊙●，○○●●，⊙○●、●●○△。

疏篱罥，短垣遮。微风别院，好景谁家。

○○●，●○△。○○●●，⊙●○△。

红袖招时，偏随罗扇，玉鞭堕处，又逐香车。

⊙●○○，⊙○⊙●，⊙○●●，●●○△。

休憎轻薄，笑多情似我，春心不定，飞梦天涯。

○○⊙●，●○○⊙●，○○●●，⊙●○△。

100. 翠楼吟·魂 黄之隽

月魄荒唐,花灵仿佛,相携最无人处。
●●○○,○○●●,○○●○○▲。
栏杆芳草外,忽惊转、几声啼宇。
⊙○○●●,●○●、⊙○○▲。
飘零何许,似一缕游丝,因风吹去。
○○⊙▲,●●●○○,○○⊙▲。
浑无据,想应凄断,路旁酸雨。
○○▲,●○○●,●○○▲。
日暮,渺渺愁予,觉黯然销却,别情离绪。
●▲,○●○○,●●○○●,●○○▲。
春阴楼外远,入烟柳、和莺私语。
⊙○○●●,●○●、⊙○○▲。
连江暝树,欲打点幽香,随郎黏住。
○○⊙▲,●●●○○,○○⊙▲。
能留否,只愁轻绝,化为飞絮。
○○▲,●○○●,●○○▲。

附录2

漫谈学词

江金惠

任何理论都有可信不可信和可行不可行的问题。谈词当然也是如此。因此,我的一切看法只能供做参考。

一、学词应自读书始

杜甫说:"读书破万卷,下笔如有神。"可见要想学好词必先读书。宋代胡仔在《苕溪渔隐词话》中引《雪浪斋日记》一个故事说:"荆公问山谷:'作小词曾看李后主词否?'云:'曾看。'荆公又云:'何处最好?'山谷以'一江春水向东流'为对。荆公云:'未若细雨梦回鸡塞远,小楼吹彻玉笙寒。'"虽然王安石错把中主之词说成后主之词,但这个故事却向人们说明这样一个道理:作词应先读词,不但要读,而且要读好。当然仅仅读词是不够的,还应该读其他著作,以提高自己的知识水平和认识水平。所以况周颐在《蕙风词话》中说:"词中求词,不如词外求词。"便是这个道理。

读书还有一个先读什么,后读什么的问题。安排得当可收事半功倍之效。读词也是如此。清代陈廷焯在《白雨斋词话》中提出"初学宜先多读唐宋词"。原因是"词中本原,初学难于骤得。应先多读唐宋之词,以植其基。然后上溯风骚,下逮国初,以竟其原委,穷其变态。本原所在,可不言而喻矣。"这种说法是很中肯的。

再就是怎样读词,注意些什么?我认为:

1. 要领会前人作品的神髓。清人周济在《介存斋论词杂著》中说:"毛嫱,西施,天下美妇人也,严妆佳,淡妆亦佳,粗服乱头,不掩国色。飞卿,严妆也,端己,淡妆也,后主则粗服乱头矣。"近人王国维在《人间词话》中也说:"温飞卿之词,句秀也;韦端己之词,骨秀也;李重光之词,神秀也。"周、王二人读词可谓得其神髓矣。但其中奥妙,唯有细品得之。

2. 要领会前人作品的真情实感。德国哲学家尼采说:“一切文学,余爱以血书者。”所谓以血书者,以至情所写之作品也。王国维说:“后主之词,真所谓以血书者也。”

后主并非大学者,但他的作品出自真情、至情,因而感人至深。读词者不能不加以体会,否则,虽入宝库,终无所获。词若没有读懂读透,当然也就谈不上有助于创作了。古人以血书之词并非后主一人而已。如宋徽宗之《燕山亭·北行见杏花》就又是一例。其词曰:

裁剪冰绡,轻叠数重,淡著燕脂匀注。新样靓妆,艳溢香融,羞煞蕊珠宫女。易得凋零,更多少无情风雨。愁苦。闲院落凄凉,几番春暮。凭寄离恨重重,这双燕何曾,会人言语。天遥地远,万水千山,知他故宫何处?怎不思量?除梦里有时曾去。无据,和梦也新来不做。

此与后主词有异曲同工之妙,真可谓一字一泪,以血写成。当然真情、至情之作并非都出自亡国之君之手。古今好词大都具有这一特点。诸如李清照的《声声慢》,唐琬的《钗头凤》,徐君宝妻的《满庭芳》。即使不是哀婉之作,如苏东坡的《念奴娇·赤壁怀古》,辛弃疾的《南乡子·登京口北固亭有怀》、《贺新郎·甚矣吾衰矣》、《水调歌头·落日塞尘起》等也都是感情奔放,一泻千里,若非具有饱满激情,终难写出如此佳作,读词者不可不知也。

3. 要注意前人的遣词造句。蔡嵩云在《柯亭词论》中说:“填词须讲字法、句法、章法。……字法、句法、章法一毫松懈不得。”此作词须注意处,亦读词须注意处。前人作词着力之处亦即我们学习之处。欧阳修《浣溪沙》云:“堤上游人逐画船,拍堤春水四垂天,绿杨楼外出秋千……”晁补之说:“只一‘出’字,便后人所不能道。”其实欧阳修这一句也是学习前人词句得来的。王国维认为他是脱胎于冯正中《上行杯》中的“柳外秋千出画墙”。由此可知学习前人用字之重要。这类例子甚多,举不胜举。

再看前人如何造句。人称林逋的《点绛唇》、梅尧臣的《苏幕遮》、欧阳修的《少年游》是咏春草的绝唱。

林词:

金谷年年,乱生春色谁为主?馀花落处,满地和烟雨。又是离歌,一阕长亭暮。王孙去,萋萋无数,南北东西路。

梅词:

露堤平，烟墅杳。乱碧萋萋，雨后江天晓。独有庾郎年最少。岸地春袍，嫩色宜相照。接长亭，迷远道。堪怨王孙、不记归期早。落尽梨花春又了，满地残阳，翠色和烟老。

欧词：

栏杆十二独凭春，晴碧远连云。千里万里，二月三月，行色苦愁人。谢家池上，江淹浦畔，吟魄与离魂。那堪疏雨滴黄昏，更特地、忆王孙。

全词无一草字，而句句均说春草，令人大开眼界。再如古人写离愁别恨，李后主《清平乐》有句云："离愁恰如春草，更行更远还生。"欧阳修《踏莎行》云："离愁渐远渐无穷，迢迢不断如春水。"秦观有："春去也，飞红万点愁如海。"贺铸有："试问闲愁都几许？一川烟草，满城风絮，梅子黄时雨。"均写得形象而深沉，可资学习、借鉴。

二、关于词的起源问题

学词者不能不知词之起源。而词之起源，说法甚多。

1. 诗馀说。宋人已有此说。后清人宋翔凤在《乐府馀论》中说："谓之诗馀者，以词起于唐人绝句，如太白之清平调。"

2. 乐府说。清汪森《词综序》："自古诗变为近体，而五七绝句传于伶官乐部，长短句无所依，不得不变为词。当开元盛世时，王之涣等诗句，流播旗亭，而李白《菩萨蛮》等词，亦被之歌曲。诗之与乐府，近体之于词，齐镳并骋，非有先后，谓诗降为词，以词为诗之馀，殆非要论矣。"汪森直接反驳了诗馀的说法。后来江顺诒在他的《词学集成》中发展了汪的理论。他进一步认为"溯词于乐府，则词为大宗，而古近体诗，乃乐府之变调，不能叶律之乐府耳"。他把词看成诗歌发展史上的主流了。

3. 燕乐说。吴梅《词话丛编序》说："倚声之学，源隋之燕乐。三唐导其流，五季扬其波。至宋大成。"近人夏承焘从其说。

4. 六朝说。杨慎在《词品序》中说："陶弘景之《寒夜怨》，梁武帝之《江南弄》，陆琼之《饮酒乐》，隋炀帝之《望江南》，填词之体已具矣。"

5. 民歌说。此说以刘禹锡的《竹枝词序》为例。

6. 其他。如武陟仁在《宋词全集序》中说词之兴起与佛教音乐有关。

词的起源说法虽多,但基本上只有二说。一为诗馀说,即词源于诗。二为源于音乐,即为音乐而作词。综上可见多数人持后一说法。所以清人刘熙载在《词概》一书开头便说:“词为声学。”了解词的起源,对研究来说,有助于解决像《竹枝词》一类作品究竟属于词的范畴,还是属于诗的范畴之类的问题。对于创作来说,因为知道其音乐属性,所以作词时讲究音律便为顺理成章、天经地义的了。

三、词的特点与作用

(一)词与诗的分野

古有“诗庄词媚”之说。前者强调其严整性,后者强调其活泼性。但有人反对这一说法,并以苏东坡“大江东去……”一词为据。不过,我认为“诗庄词媚”之说基本上反映了二者的分野,特别是在词的发展前期更是如此。即使是东坡,他虽高唱“大江东去……”,但也有“携手江村,梅雪飘裙,情何限、处处消魂”(《行香子》)的缠绵句子。事物总是存在一般和个别,我们不能以个别否定一般。清刘体仁《七颂堂词绎》云:“‘夜阑更秉烛,相对如梦寐。’叔原则云:‘今宵剩把银釭照,犹恐相逢是梦中。’此诗与词之分疆也。”明人王世贞说得更清楚些。他在《艺苑卮言》中说:“词须宛转绵丽,浅至儇俏,挟春月烟花于闺幨内奏之,一语之艳,令人魂绝,一字之工,令人色飞,乃为贵耳。”很清楚,词的特点被他们明白地表达出来了。

(二)词的形式特点

1. 从句法上看。

① 字数从 1 至 10 不等。仅《暗香》一词之内就有二、三、四、五、六、七字句等。字数的不同和交替使用反映词意、情感、气势的变化与跌宕,从而增近词的活泼与生动。

② 句中有逗。如《苏幕遮》:“碧云天,黄叶地。秋色连波,波上寒烟翠。山映斜阳天接水。芳草无情,更在斜阳外。黯乡魂,追旅思。夜夜除非,好梦留人睡。明月楼高休独倚。酒入愁肠,化作相思泪。”短短 62 字,就有 4 逗。不要小看逗的作用,它增加词的节奏感,也增强激烈情感的跳动。如果你听李元华唱这首词,定会回肠荡气,油然而生苍凉悲壮之感。

③ 叠字运用。叠字运用犹如寒林急雨,点点有声。读到“梧桐树,三更雨,不道离愁正苦。一叶叶,一声声,空阶滴到明”的句子,梧桐夜雨,叶叶声声

的情景,岂不如悬耳际。当然,最典型的例子要算李清照的《声声慢》对叠字的运用了。

④ 叠词。运用叠词可起加深加重的作用,如李白的《忆秦娥》:“箫声咽,秦娥梦断秦楼月。秦楼月,年年柳色,灞陵伤别。乐游原上清秋节,咸阳古道音尘绝。音尘绝,西风残照,汉家陵阙。”

⑤ 押韵。词韵的变化多端是词的一大特色。它关系着词的气势和词意的发展。李渔在他的《窥词管见》中说:“用韵应守律。不用韵之句,还其不用韵,切勿过于骋才,反得求全之毁。盖不用韵为放,用韵为收。譬如养鹰纵犬,全于放处逞能。常有数句不用韵,却似散漫无归,而以一韵收住者,此当曰造词人显手段之处。以不用韵之数句,联其意为一句,一直赶下,赶到用韵处而止。其为气也贵乎长,其为势也利于捷。若不知其意之所在,东奔西驰,直待临崖勒马,韵虽收而意不收,难乎其为词矣。”由此可见韵之作用,用韵与不用韵之辩证关系。

押韵有以下几种情况:

a. 隔句押韵:诸调大都如此。不赘述。

b. 句句用韵:如《醉太平》、《惜分飞》等。以刘过之《醉太平》为例:“情高意真△眉长鬓青△小楼明月调筝△写春风数声△思君忆君△魂牵梦萦△翠绡香暖云屏△更哪堪酒醒△”此词句句押韵,一韵到底,只收不放,毫无跌宕,写好不易。

c. 换韵和换押:如《调笑令》、《想见欢》、《更漏子》等。以王建的《调笑令》为例:“团扇△团扇,美人并来遮面△玉颜憔悴三年(换平)谁复商量管弦(叶平)弦管(三换仄)弦管,春草昭阳路断(叶三仄)”此词短短32字,三换其韵,三换其叶,音律变化,可见一斑。

2. 一调多体。在词里,这种情况十分普遍。据清丁绍仪《听秋声馆词话》载:万树《词律》收659调1173体,而《钦定词谱》收826调2306体。兹以《声声慢》为例:

a. 仄韵体。如李清照之《声声慢》:“寻寻觅觅△冷冷清清,凄凄惨惨戚戚△乍暖还寒时候,最难将息△三杯两盏淡酒,怎敌他,晚来风急△雁过也,正伤心,却是旧时相识△ 满地黄花堆积△憔悴损,而今有谁堪摘△守着窗儿,独自怎生得黑△梧桐更兼细雨,到黄昏、点点滴滴△这次第,怎一个,愁字了得△”

b. 平韵体。如汤贻汾的《声声慢·虎丘月夜》:“春船掠燕,灯阁攒星,笙歌队里流光△自小嬉游,总在七里山塘△白鸥近来难狎,算相知,只有鸳鸯△

乘皓月，向千人石上，哭了真娘△依旧梨花在眼，记花边别泪，琼袂留将△不是莺啼，也怕好梦难长△漫提再来迟早，已如今，三十萧郎△春去了，问青山，知甚断肠△”

c. 平韵首起体。如叶申芗的《声声慢·秋声》：“冷月催砧△尖风侵牖，满庭都是秋声△乍歇寒蜩，砌蛩断续相迎△遥天数行新雁，引圆吭，肃肃宵征△无奈是，听荒鸡膈膊，壮志还惊△池上萧萧送响，想败荷枯苇，众籁齐生△金井梧桐，叶疏远韵偏清△芭蕉未经雪压，与松涛，特好争鸣△残漏急，又单于吹彻，晓角高城△”

这三体不但押韵不同，字数亦不同，a、b 两体 97 字，但其中有些句子字数不尽相同，而 c 体为 99 字。

3. 字数相同，但其中有句子平仄不同。如《生查子》朱淑贞词：“去年元夜时，花市灯如昼……”上阕首句为仄平平仄平，下阕首句亦如此。而魏承班词：“烟雨晚晴天，零落花无数……”首句是平仄仄平平，下阕亦同。值得注意的是《白香词谱》同时收此二体，并加评曰：魏词“音节转觉板滞，不如前腔之委婉耳”。由此可知，某些句子中的平仄不同亦可影响词的风格。

词的作用：从以上叙述看，作为文学形式的词真是丰富多彩，千娇百媚。它与相对严整、变化相对较少的诗相比，更能吸引才子佳人的兴味，更能表达丰富、细腻、委婉的感情。清姚椿《词录自序》云：“予幼时自诗外，复喜为词。多赋本意，以为有合古人无题之旨。中年刻意诗，古文辞，聊藉此为人事酬应，然每遇情事曲折，诗不能尽者辄以倚声歌之，而怀贤思古，浏览寄兴之作亦多见焉。”清人汪小竹也说：“凡情与事，委折抑塞，于五七字诗不得尽见者，词能长短以陈之，抑扬以究之。盖穷居则气郁，气郁则志衰，志衰而虑乱，虑乱而词碎。而能归之节奏之微，道以声音之变，各使就理，靡不开畅。又能包含蕴蓄，不尽其声，俾皆平其气，以和其疾。是以填词之道，补诗境之穷，亦风会之所必至也。”

由此可知，词能发挥诗无法代替的作用。

四、关于写词

诗歌创作往往来自灵感。古有词句得自“三上”之说，即马上、床上、厕上。诗人何其芳在谈他的创作过程时也说，他的诗往往先想到其中某一句，然后扩展成篇。这都说明诗词创作往往是灵感一动，句上心来，诗词来自灵感。

灵感并非虚妄的东西，而是生活强刺激的反应。欧阳修所谓“直须看尽洛城花，始共春风容易别”是也。朱光潜在《文艺心理学》中称李白的“相看两不厌，唯有敬亭山”是客观事物刺激反应之后达到物我融合的产物。因此，细心观察生活，体验生活，接受生活刺激是很重要的。所以，我在《江城子·贺香山诗社成立十周年》中说：“十年诗社路迢迢，日昭昭，雨潇潇，风雨昭阳，生活若波涛。喜怒悲欢原自在，诗人应，细心描。”

当然，光有灵感并不能完成创作。我们填词大都皆用旧调，而前人又往往已用此调写出许多好词，因此，我们要向前人学习，但又不能为其所囿。前人作品往往由于时代局限或人生观问题，固有所长，亦有所短。我们应学其长而救其短。即使不能突破，也可收“取法乎上，庶得乎中”的效果，起码可以加深自己的学习。李清照的《声声慢》用了九个叠字，成了千古绝唱，未见后人再用。一天，我忽发奇想，决心试试，写了如下一首《声声慢·雪》：“漉漉弈弈，扰扰纷纷，蔼蔼麻麻密密。若絮因风，簌簌乱侵帘隙。凭栏远看寰宇，蓦惊奇，千峰成璧。瞩阡陌，审楼台，不似旧时相识。已使寒鸦失色。但依旧、扬扬洒洒萦积。白屋荒村，此际怎生将息？朱门舞厅酒肆，掷千金，竟无人惜。欲问取，夜沉沉，天地俱寂。”

为了用好叠字，我细读了《文选》谢惠连的《雪赋》，连同吕延济的注释，学到“漉漉、弈弈、蔼蔼”这样一些叠字，加上口语中的“密密、麻麻、扬扬、洒洒”等，结果我在这首词里用了11个叠字。当然，我不敢与李清照相比，但我却达到了学习的目的。李清照的词重在哀叹自己个人的凄苦，而我在这首词里却在关怀贫困乡村人民的生活。时代不同了，没有必要再像李清照那样自哀自怜了。

古人作词是十分注意遣词造句的。这是创作的基本功。清沈雄《古今词话》引《艺苑雌黄》曰：“欧阳公‘平山栏槛俯晴空，山色有无中。’东坡赋《水调歌头》记其事：‘长记平山堂上，欹枕江南烟雨。’盖山色有无，非烟雨不能然也。然以‘平山栏槛俯晴空’为起句，已成语病，恐苏公不能为之讳也。”由此可见，纵属大家，对此也丝毫马虎不得。

其次，作词应该重视音律。如前所述，词源于音乐，因此，作词对音律要求十分严格。今天，词虽不能唱，但作词仍应加以重视。否则，如宋人沈义父在《乐府指迷》中所说，“则成长短之诗”了。宋张炎在《词源》一书中说：“词以协音以先，音者何，谱是也。古人按律制谱，以词定声，此正‘声依永、律和声’之遗意。”他还说他的先人晓畅音律，但每作一词，仍使歌者按之，稍有不协，随即改正。如曾赋《瑞鹤仙》云：

卷帘人睡起。放燕子归来，商量春事。芳菲又无几。减风光都在，卖花声里。吟边眼底。被嫩绿、移红换紫。甚等闲、半委东风，半委小桥流水。还是苔痕湔雨，竹影留云，做晴犹未。繁华迤逦。西湖上多少歌吹。粉蝶儿，扑定花心不去，闲了寻香两翅。那知人一点新愁，寸心万里。

这首词按之歌谱，声字皆协，只有“扑”字稍差，遂改为“守”字。虽仅一字，也不放过，可见古人要求之严。

按照词谱，词有平仄可以通融者，有必不可通融者。作者不可不知，因为一字之乖，便不合拍。更不能怕守律困难，自放于音律之外，或以前人未善之作以自解。况周颐在《蕙风词话》中以为“此为词家之大病”。南宋词人姜白石曾作《暗香》、《疏影》呈范成大，因音律谐婉，成大喜而将歌妓小红赠之，姜白石有首诗曰：“自谱新词韵最娇，小红低唱我吹箫。曲终过尽松陵路，回首烟波十四桥。”成为词坛一段佳话。

再次，词成之后，要反复吟诵、修改，而且要陈言务去。宋沈义父《乐府指迷》说：“初赋词，且先将熟腔易唱者填了，却逐点勘，替去生硬不顺之字。久久自熟，便觉拗者少，全在推敲吟嚼之功。”也就是所谓“朗诵以畅其气，低吟以玩其味”。经过朗诵低吟，不协不妥之处自可发现，加以修改。

至于词的修改，亦非一蹴而就，须要有个反复过程。清人孙麟趾在《词迳》中说：“词须累改。词成录出，粘于壁，隔一二日读之，不妥处自见。改去仍录出粘于壁，隔一二日再读之，不妥处又见，又改之。如是数次，浅者深之，直者曲之，松者练之，实者空之。然后录呈精于此者，求其评定，审其弃取之所由，便知五百年后，此作之传不传矣。”此诚经验之谈，很多词家、诗家甚至很多散文作家都有这种体会。

另外，修改的一个重要方面是务去陈言，不要唱八股调。因为陈言只能使人产生腻味的感觉，很难收到良好效果。不过，要想做到这一点，并非易事。诚如蔡嵩云在《柯亭词论》中说：“好语都被古人说尽，欲其不陈甚难。”纵观当今词坛，词作甚多，而陈言难尽。所以，务去陈言，尤为重要了。除去陈言之方法，用蔡嵩云的说法惟立新意、造新境，庶可推陈出新。我认为还要加上两条：一是向口语学习。因为口语是过去文人所不屑一顾的，用之甚少，而口语又丰富多彩，生动活泼，新词不断涌现，是取之不尽，用之不竭的宝库。如果加以提炼,完全可以满足创作需要。二是向外国文学和语言学习。中国文学向外国文学学习的先例甚多,而中国诗词吸收外国文学语言似乎甚少,但近来也逐渐出现并呈上升趋势,其中以常任侠教授在《红百合》中运用得最为成功。许多外来词条都运用得完全合于中国传统诗词的要求,为我们树立了榜样。

最后,作词固不易,而作小令与长调尤难。小令指59字之内,而长调指89字以上(据清沈雄《古今词话》划分方法)。

小令难在要求词句精练,出语惊人,用明俞彦《爰园词话》的说法是"最为警策"。唯其警策才能使读者萌发褰裳涉足之想。而长调难在"意窘于侈,字贫于复,气竭于鼓"(俞彦语)。蔡嵩云对此有个形象的比喻,他说:"小令如布置庭园一角,无多结构,奇花异石,些少点缀,便生佳致。慢词(即长调)则不同,如建大厦然,其中曲折层次甚多,入手必先惨淡经营,方能从事土木。若枝枝节节为之,外观纵极堂皇,内容必破碎不成格局。"由此可知,小令与长调要求不同,重点不同,从而作法亦不相同,学词者宜在实践中细加体察。

五、当前词坛存在的主要问题

当前我国词坛空前繁荣,涌现很多词人和佳作,值得庆幸。不过,也存在一些问题。我认为其中最主要的问题是如何反映现实生活。清代李佳在《左庵词话》中说:"词贵曲。宋人词体尚涩,国朝宗之,谓为浙派,多以典丽幽涩争胜。予不谓然,以为词贵曲而不直,而又不可失之晦,令人读之闷闷,不知其志何在。"我国当前词坛,多数直抒胸臆,一览无余。因此,曲乎,直乎,便成问题,需要大家研究与实践。这一问题看似简单,其实复杂,非本文所能详论。在此只想录两首胡适词作供参改。这两首词都是胡适写他与女友韦莲司两人感情的。

水调歌头

执手真难放,一别又经年!归来三万里外,相见大江边。更与同车北去,行遍两千里路,细细话从前。此乐大难得,高兴遂忘眠。家国事、《罗马史》,不须言。眼中人物,算来值得几文钱。应念赫贞江上,有个同心朋友,相望尚依然。夜半罢清话,圆月正中天。

临江仙

隔树溪声细碎,迎人鸟语纷哗。共穿幽径趁溪斜。我和君拾甚,君替我簪花。更向水滨同坐,骄阳有树相遮。语深浑不管昏鸦。此时君与我,何处更容他?

附录3

再谈学词

——兼评《当代词坛百杰佳作选》

江金惠

一

我在《漫谈学词》一文中,曾说“学词应自读书始”。读书的目的在于增知识、辨优劣、评得失,择善而从。不过,何谓善?有无标准?

古往今来,无数文人提出过各式各样的标准。真是仁者见仁,智者见智,且各自成理。不过,这种情况并不妨碍得出某种共识。我认为共识应有两条:

1. 好的作品其语言和内容应是明白无误的。正如况周颐在《蕙风词话》中所说:“作词要意不晦、语不琢。”不琢者,自然之谓也。清沈祥龙《论词随笔》云“词以自然为尚”,自然者,不雕琢,不假借,不著色相,不落言诠也。古人名句,如“梅子黄时雨”,“云破月来花弄影”,“不外自然而已”。

2. 好的作品应是真的、善的、美的。杰出的作品应是真善美的统一。

所谓真,是指情真、景真。况周颐说:“真字是词骨。情真、景真,所作为佳。”王国维也说:“容若词真切。纳兰容若以自然之眼观物,以自然之舌言情……北宋以来,一人而已。”又说:“北宋名家以方回为最次。其词非不华瞻,惜少真味。”

其次是善。善,不是宣传,不是说教,不是人云亦云,而是能使人境界提高,其中包括思想认识,人生品味,审美观念等。沈祥龙在《论词随笔》中记载南唐后主游宴,潘佑进词云:“楼上春寒山四面,桃李不须夸烂漫,已失了春风一半。”意谓外多敌国,地日侵削也。后主为之罢宴。沈祥龙又云:“晓风残月,衰草微云,写景之善者也。红雨飞愁,黄花比瘦,言情之善者也。”此类事例甚多,不胜枚举。

至于美,它是一种追求。它是所有人,所有艺术品都想达到的一种境界。希腊哲学家赫拉克利特说:“美在于和谐…… 自然是最初的和谐。”王国维在《人间词话》中说:“诗贵自然。”他接着解释说:“人能于诗词中不为美刺投赠之篇,不使隶事之句,不用粉饰之字,则于此道已过半矣。”清人周济在《介存斋论词杂著》中说:“毛嫱、西施,天下美妇人也。严妆佳,淡妆亦佳,粗服乱头,不掩国色。飞卿,严妆也,端己,淡妆也,后主则粗服乱头矣。”王国维进一步说:“温飞卿之词,句秀也;韦端己之词,骨秀也;李重光之词,神秀也。”“云破月来花弄影”,“红杏枝头春意闹”,“杨柳岸、晓风残月”,“问君能有几多愁,恰似一江春水向东流”,可谓自然之极,亦优美之极。

真、善、美各自存在,而又相互统一。真、善、美的统一为文学艺术的最高境界,也是词的最高境界。莎士比亚说:

真、善、美是我全部主题,
真、善、美演变成不同词章,
我的天才消磨在这变化之中,
三者合一产生瑰丽的景象。

“意不晦、语不琢”,把词写得明明白白是作词的起码要求,不如此,则一切无从谈起。它还有高一层要求,即词要写得真、善、美。最好的词应是真、善、美的统一。

二

意不晦、语不琢,真善美的统一是我国诗词的优良传统。上自唐宋,下至近世,一脉相承,莫不如此。瑰丽篇章,比比皆是,不胜枚举。在此只举数例,以窥一斑。一斑既见,全豹可知矣。

虞美人 (南唐)李煜

春花秋月何时了,往事知多少?小楼昨夜又东风,故国不堪回首月明中。雕栏玉砌应犹在,只是朱颜改。问君能有几多愁?恰似一江春水向东流。

词写得明明白白,一望可知。亡国之痛,跃然纸上,且语言优美,清新自然,毫不雕琢,似行云流水,不可分割。又:

苏幕遮 (宋)范仲淹

碧云天，黄叶地，秋色连波，波上寒烟翠。山映斜阳天接水，芳草无情，更在斜阳外。黯乡魂，追旅思，夜夜除非，好梦留人睡。明月楼高休独倚，酒入愁肠，化作相思泪。

一幅悲凉边关景色，满腔戍边军旅哀愁，写得惟妙惟肖，情深而悲壮。上述两首题材如此重大，尚能如此，遑论其他。

生查子 (唐)韩偓

侍女动妆奁，故故惊人睡。那知本未眠，背面偷垂泪。懒卸凤凰钗，羞入鸳鸯被。时复见残灯，和烟坠金穗。

思妇情态，活灵活现。

蝶恋花 (宋)苏轼

花褪残红青杏小，燕子飞时，绿水人家绕。枝上柳绵吹又少，天涯何处无芳草。墙里秋千墙外道，墙外行人，墙里佳人笑。笑渐不闻声渐悄，多情却被无情恼。

此词一气呵成，尽写佳丽风流。

写词，中调较易，长调较难。难在结构复杂语易堆砌。不过，请看：

雨霖铃 (宋)柳永

寒蝉凄切，对长亭晚，骤雨初歇。都门帐饮无绪，方留恋处，兰舟催发。执手相看泪眼，竟无语凝噎。念去去、千里烟波，暮霭沉沉楚天阔。多情自古伤离别，更那堪冷落清秋节！今宵酒醒何处？杨柳岸、晓风残月。此去经年，应是良辰好景虚设。便纵有千种风情，更与何人说？

别离情景，娓娓道来，既明白，又细腻，真正写出了人欲言而未言，欲道而难道者。又：

点绛唇 (元)曾允元

一夜东风，枕边吹散愁多少。数声啼鸟。梦转纱窗晓。来是春初，去是春将老。长亭道。一般芳草。只有归时好。

眼儿媚 （明）刘基

萋萋芳草小楼西，云压雁声低。两行疏柳，一丝残照，万点鸦栖。春山碧树秋重绿，人在武陵溪。无情明月，有情归梦，同到幽闺。

鹧鸪天 （清）秋瑾

祖国沉沦感不禁，闲来海外觅知音。金瓯已缺总须补，为国牺牲敢惜身。嗟险阻，叹飘零，关山万里作雄行。休言女子非英物，夜夜龙泉壁上鸣。

由此可知，古往今来，凡是好词，无不意不晦，语不琢，情景真切，感人至深，既给人以享受，又提高人的境界。这便是我国词学的优良传统。

三

20世纪80年代以后，我国诗词空前发展，各种选本及个人专集纷纷出版，蔚为大观，十分喜人。且书名越叫越响。你叫“五十年精选”，我叫“世纪大观”；你叫“××精粹”，我叫“爱国诗选”。近来又出版一本《当代词坛百杰佳作选》。既称当代百杰，又是选中佳作。从丁芒的序言中得知，这是“选中之选，精品中之精品”。拜读之余，确有好词。兹分述读后意见如下：

1

虞美人·公宴 于宝荣

《焦点访谈》披露，云南某县一局长公宴醉死，其家属依仗权势，无理蛮缠，又逼死无辜的歌厅老板娘。然而，面对摄像机，一位同吃喝的官员竟振振有词：“也算正常的公共关系。”令人震惊。

美名公宴何时了，悲剧知多少？贪杯局长醉升天，可叹难称勇士赚花圈。修堤能堵冲堤水，难堵吞鲸嘴。吃鱼吃肉吃江山，五岳三川伤口已斑斑。

这首词意思明明白白，语言清清爽爽，且纯是口语，符合况周颐的“意不晦，词不琢”的要求，且事情真实无误，作者情感真挚，一心为公，抨击邪恶，“吃鱼吃肉吃江山”语极警策而深刻，绝非人云亦云，满纸套话可比。

2

汉宫春·登狮子山阅江楼 方祖岐

一夜惊雷，正雨停云散，驱尽春寒。登临狮岭，胜事终现今天。无楼有记，记奇闻，六百余年。回望里，龙蟠虎踞，阅江揽胜无边。伫立神驰千古，喜金陵故国，换了人间。惊添巍楼耸接，天堑桥端。洪流博激，漫喧腾，唤赋吟篇。君不见，风流六代，还看盛世新澜。

狮子山位于南京挹江门，登山可饱览长江景色。朱元璋定都南京，有意在此建楼赏景，并取名阅江楼。当时楼未建而记已成。后竟延宕六百余年，今始建成。此事千古鲜有，故谓奇闻。南京龙盘虎踞，江山形胜。古往今来无数骚人墨客频加称赏或咏叹，亦不乏好词流传，其中最著名的要算王安石的《桂枝香·金陵怀古》。

登临送目，正故国晚秋，天气初肃。千里澄江似练，翠峰如簇。归帆去棹斜阳里，背西风，酒旗斜矗。彩舟云淡，星河鹭起，画图难足。念往昔，繁华竞逐，叹门外楼头，悲恨相续。千古凭高，对此漫嗟荣辱。六朝旧事如流水，但寒烟、衰草凝绿。至今商女，时时犹唱，后庭遗曲。

当时用此调作词者共三十多人，唯荆公这首词音调高亢，感慨最深。苏轼见了赞叹不已说“此老乃野狐精也”，佩服得五体投地。可见以自己的独特语言融合真实情感，始为佳作。

不妨再对照看一下周邦彦的《西河·金陵怀古》：

佳丽地，南朝盛事谁记？山围故国，绕清江髻鬟对起。怒涛寂寞打孤城，风樯遥度天际。断崖树，犹倒倚，莫愁艇子曾系。空余旧迹，郁苍苍雾沉半垒。夜深月过女墙来，伤心东望淮水。酒旗对鼓甚处市？想依稀王谢邻里。燕子不知何世，入寻常巷陌人家，相对如说兴亡，斜阳里。

周邦彦为宋词名家，深谙音律，语言亦明白流畅而优美，但刘潜夫说他“颇偷古句”，意思是说他偷用别人词句。这首词就偷用了刘禹锡的诗句和意境。刘诗云：“山围故国周遭在，潮打空城寂寞回。淮水东边旧时月，夜深还过女墙来。”（《石头城》）又有诗云：“朱雀桥边野草花，乌衣巷口夕阳斜，旧时王谢堂前燕，飞入寻常百姓家。”(《乌衣巷》)对照可知，周邦彦这首词全无自己的语言和意境。况周颐说：“造句要自然，又要未经人说过。”清代学者刘熙载也说：“词要有家数，尤要得未经人道语。”偷用他人语言和意境表明自己缺乏真情，终难成为佳作，即使名家，亦复如此。回头再看方祖岐这首《汉宫春》，可贵之处正在于他能遐思千古，视野开阔，能用自己的语言表达古今的变化。

3

王炜，1944年生，浙江嵊州人，浙江大学毕业。书中所选词八首，首首精彩，语言精练、朴素、深刻而优美，感情亦真挚感人。他在《疏影·新昌大佛寺朱熹手植蜡梅》中有句云：“只铁心，咬定山根，独耐梵宫孤寂。”在《贺新郎·探亲述怀》中有句云：“失路关山缘底事，汗血来谋饭菜。”诚如况周颐云：“至不求深而自深，信手拈来，令人神味俱厚。”请再看他的《沁园春·卜居奉化溪口》：

> 卜宅仙乡，背枕明山，怀抱剡江。有春桃噙雨，烟篁滴露；秋枫流紫，雪瀑飞霜。翠壁千寻，幽潭三隐，邻比名公丰镐房。清晨里，赏莺歌燕舞，垂柳穿杨。人生何必彷徨。凭心际真诚对上苍。想飘蓬往岁，合家离索；根归今日，一院芬芳。白发投闲，平常百姓，问舍求栖自应当。依栏望，愿子孙忠厚，天下安康。

如此佳作，真是真善美的完美结合。其另有《凤凰台上忆吹箫·登溪口妙高台》亦极高妙而深沉，全无陈词滥调、大话、空话。

4

王留芳，1940年生，浙江海盐人。作词主张“审音从今、用韵从宽、恪守平仄、美新内容”。当今词坛主张音韵从今从宽者甚众，而主张内容“美而新”者甚少。读其著作，他确在努力实现自己的主张。就题材论，他写有《水龙吟·晚恋者》，《瑶台第一层·王码出世》等。作品感情真实饱满，构思巧妙，语言清新流畅，想象丰富。请看《渔家傲·登峨嵋金顶》：

> 绝壁天梯穿雾障，乍晴乍雨乍浮浪。我问李白金顶上，何不唱，巉岩蜀道心神旺？断崖前头光闪亮，万千链锁锁霄壤。应妒登临织爱网，新时尚，峨嵋好个芙蓉帐！

结语惊天，亏他想得出来。

贵州王道秋亦主张“诗随时代进,国粹上层楼”、“新声偕旧韵,双桨一飞舟”。其《水调歌头·军事古堡海龙国怀古》写平番故事,苍凉悲壮,感慨良深,可警后世。非泛泛游览之作也。

5

这本书收录四位女作者的作品,其中阚家蓂早负盛名,且名副其实。阚家蓂,合肥人,现居美国。三首《浣溪沙》,首首精粹。今录其一:

遁迹江湖三十春,此身犹是未归人。危楼远眺看行云。客地不堪秋露冷,故园常忆梦痕新。人间何处觅诗魂。

久居海外,屡思故国之苦,溢于言表。情至深而意至切。请再看她的一首《蝶恋花》:

蝶恋花·忆昔合肥女中诸旧友

犹记当时年尚小,暇日和风,紫陌花间绕。扑蝶追蜂欢语笑,罗衣翠暖眠芳草。一瞬韶光俦伴杳,寂寞空庭,绿树山禽老。槛外残红仍未扫,余香扰得离怀恼。

这是用东坡蝶恋花韵写出表现自己独特生活内容的作品,生动、热情、无一句套话。

另一位女作者丛丹,辽宁凤城人。作品亦清丽流畅,有属于自己的独特的生活内容,且达到真善美的境界。兹录其几首小令如下:

鹧鸪天·夜宿小山村

碧柳烟凝陇南游,黄花摇落一天秋。逐门小径家家竹,荡月清溪片片舟。灯已暗,梦方幽,晴空惊起对沙鸥。黄鸡白酒朝来醉,辜负山村不久留。

辜负二字,用得极妙。

西江月·劲草

生性不同百卉,闲情懒逐流霞。晴明壮色散天涯,深壑苍崖潇洒。牛马山童共戏,四时长不飞花。孑然独对夕阳斜,霜剑风刀不怕。

语言虽淡，但见性情。

相见欢·望江

峰痕树影幢幢，漾天光。万古东流无尽是长江。高空里，才晓日，又斜阳。最爱杨花飘泊燕飞忙。

羚羊挂角，慨然有夫子逝者如斯之叹。

6

卢白木，湖南安化人，大学学历，高级编辑，由他的《水调歌头·出席全国汉英笔译会》得知他精通英汉两种文字，又由《满庭芳·垦荒忆》得知他在北大荒垦过荒。

20世纪中期是中国五千年文明史中的特殊年代。它给中国人带来的伤害是惨痛的。所以才有“伤痕文学”的出现，才有“散宜生诗”的出现，才有像卢白木这样一类词的出现。

满庭芳·垦荒忆

积雪盈川，坚冰封地，千山万树银妆。垦荒诸侣，偏爱此风光。更喜东风解冻，人声沸，喧闹三江。手芜绿，夏掀麦浪，秋艳豆枝香。难忘。居“马架”，冰凌缀被，两鬓沾霜。垅原众拉犁，汗渍衣装。何俱春寒彻骨，开洼地，车陷人扛。今回首，惊心岁月，慷慨正年芳。

一幅20世纪的流放垦荒图景跃然纸上，真是“惊心岁月”，但作者写得潇洒轻松，慷慨向上，环境如此恶劣，他还说“垦荒诸侣，偏爱此风光”，这样就把人带入一个新的境界。不过，这是悲哀的升华。所以他在《浪淘沙·念旧》又说：

心愿未曾酬，莫问情由。几番风雨乱行舟。历尽劫波音讯杳，万事皆休。浑似梦中游，今夜街头。比肩怕听语声柔。留得泪痕寄塞雁，人在边州。

肝肠寸断，悲不堪言，此词真以血书者。他还有一首《南浦·故里书怀》，同样写得深沉而感人，其中有句云：“情系吾民吾土，未伤怀，纵日落烟霞。”德国作家歌德称这种感情也是一种崇高。

重庆杨眉与卢白木有同样人生经历和情怀。请看他的：

水调歌头·庚辰重阳抒怀

非是懒梳洗,怕对镜中容。频添霜发,胸埋内疚痛难终。少壮含冤受屈,忍把丹心夙愿,付与大江东。涤垢青衫净,花甲又匆匆。燃余热,无处用,作雕虫。书窗灯火,吟稿堆积有何功?虽把江山关注,依旧痴情未减,谁重白头翁?重九登云岭,羡慕老枫红。

二十世纪五六十年代的政治运动误了许多知识分子,但他们爱国依旧。多好的中国知识分子啊!

7

文学作品的价值在于它的接受性,一般来说,接受的人越多则其价值越高。因为只有人们接受了,才能进一步理解、消化、从中受益,否则,一切无从谈起。我之所以赞成作词要"意不晦,语不琢",正是这个道理。不过,接受要以生活体验为基础。作者有生活体验,又能驾驭生活体验并把它充分表现出来,这样的作品才能使有类似生活感受的人接受。我们认同作家要深入生活也是因为这个道理。在这本选集里,有位作者写了解放战争中的三大战役,而作者当时只是十几岁的娃娃。可以想见他很难有当时战争生活的体验,因而他只能从概念出发写成概念性的东西。这种作品难以感人也就十分自然了。写自己不熟悉的东西还不如写自己熟悉的,即使是身边小事,往往可收以小见大的效果。请看刘士杰的作品。

江城子·去燕归来

昨秋一别两茫茫。冒风霜,越江洋。征程万里,奋羽向南翔。料得新雏应不适,毛未满,嘴犹黄。呢喃今又啭房梁。紫衣裳,补巢忙。凝眸细辨,可是旧街坊?尔也歪头看我,无限意,两情长。

读了这首词,岂不觉得比十篇环保论文还更亲切、深情、有力、充满爱意?又如:

鹧鸪天·题孙女云旆周岁时

蹀步未牢时扑颠,佯啼初露小牙尖。吸干慈母千回乳,学得呼妈一字言。藏鼠戏,耍驴玩,也招怜爱也招嫌。相呼欲吻娃儿面,为畏胡须不肯前。

一股幸福暖流扑面而来,比那些概念之作不知好上几百倍!作者还有《一剪梅·犁云》、《渔家傲·老树》等作,亦均优美而深刻。

8

作词写事难,写人更难。难在使人物形象鲜明生动,富于特征。有特征,形象才能鲜明。否则,形象苍白,难以感人。文学作品的特点就在于它形象性。此集中有三人写陈毅,而轩轾不同。请看:

鹧鸪天·怀陈毅元帅　宋河

三字箴言莫伸手,胸怀坦荡语谆谆。将军战士相规诫,不贵空谈贵自珍。思老帅,性情真,律人首在已修身。上层正了基层正,温故知新醒国魂。

此词不落俗套,不着谀辞,以平实语言写出陈毅道德风范和大帅形象,且引出治国治军的根本大道。另外两篇则是罗列事迹,人云亦云而已。

宋河,安徽泗县人,曾任云南玉溪师专校长。文学修养甚深,出手不凡。另有多首颂人之作。如:

鹧鸪天·彭德怀元帅百年冥诞

少小曾经乞路途,英年伐罪效前驱。开元更把江山保,鸭绿江边拥万夫。思老帅,望匡庐,坦陈民瘼解兵符。身经百战功勋著,不死沙场死上书。

末句一字千金,令人震撼。又:

渔家傲·聂绀弩狱中

未惯人前爬着走,无期刑判犹昂首。道是此公顽固透。精神抖,狱中《资本论》圈读。镣铐套来伸双手,纵横扪虱还依旧。相谑相亲皆狱友。谈笑够,鼾声阵阵惊雷吼。

一副大无畏英雄形象霍然立在眼前,令人崇敬。词的力量在此显露无遗。另还有多篇颂人之作皆语言清新,寓意深刻。

另有张佑民的《西江月·阳桥女交警》亦极生动,其词如下:

调度千军万马，指挥中外名流。英姿飒爽镇桥头，笑傲风狂雨骤。俏丽尤添矫健，热情更见温柔。行人过后屡回头，赞赏岗台新秀。

张佑民，广西大新人，壮族，曾任中学校长。

9

写人固难，写物亦不易。前者要把活的写神了；后者要把静的写活了，赋予无生命的东西（非科学用语）以生命。张学理算是写物能手。请看他的：

摊破浣溪沙·赏桂

羞学妖桃莲脸红，敢同幽菊赛秋容。不嫁东风求媚俗，嫁西风。今日遍栽西子畔，何年移自广寒宫？欲向吴刚问消息，月朦胧。

好一个"不嫁东风求媚俗，嫁西风"！十字可抵千言。又：

霜天晓角·雪

冰封雪积，门外深三尺。大地粉妆银塑，真与伪，谁人说？白者依然白，黑者依然黑。待到明朝雪化，还他个，本来色。

景真理真，语不深而自深，达写物妙境。又：

宴桃源·花港公园童钓雕塑拾趣

身上一丝不挂，正与鱼儿争耍。稚气惹人怜，野趣掬来盈把。如画，如画，嵌在牡丹亭下。

作词如此，情趣自生。

10

李白的"相看两不厌，唯有敬亭山"和陶潜的"采菊东篱下，悠然见南山"，一千多年来脍炙人口，为何？这是因为他们的情感与大自然相融合，与大自然相和谐。这是美的境界，艺术的境界，也是人生的境界。试想一个人满脑子都是名和利，他如何能看见"山"（亦即自然）的美丽和神韵，以至达到"两不厌"的程度？所以，我在《玉屏楼吟草再版序言》中说"追名逐利者绝成不了诗人"，就是这个道理。湖南诗人易海云在《西江月·屯佃村居夜听蛙声》中说：

久日蜗居闹市，多年不听蛙声。夜来阵阵作雷鸣，顿觉精神一振。起听呱呱咯咯，终宵响响停停。浑然人与自然亲，最是村居妙境。

对于蛙声，一般会有三种反应。一是充耳不闻；二是感到吵闹而生厌恶；三是像海云这样感到亲切，感到无比美妙。反应不同说明境界不同。海云这首词达到人与自然和谐的境界，其可贵之处在此。

11

林从龙，湖南宁乡人。学养深厚，词风稳健，体现中华诗词温柔敦厚的传统诗教，且语言清丽，意境修远，非流俗可比。兹录其词两首，以见一斑。

临江仙

堤外柳衰霜染树，一年容易秋风。画帘闲卷小楼东。江天烟月好，屈指数征鸿。双袖露沾惊夜冷，凄其独听寒蛩。羁怀仍与旧时同。重门关不住，乡思梦魂中。

“羁怀仍与旧时同”，淡淡一句道出多年飘零异地之苦。又：

浣溪沙

漠漠轻寒白露霜，山川无复旧时装，年年书剑为谁忙？红叶苦遭连夜雨，黄花独占九秋香，凭栏闲眺客情长。

万种风情尽在“凭栏闲眺客情长”一句之中，令人咀嚼无穷。

12

边塞诗历来受人重视，边塞诗人则往往身居边塞，油然有去国怀乡之感。所以，大多数边塞诗人都心怀祖国，遐思万里，且以独特视角写边塞独特风光和内心感受。真景真情，感人至深。星汉词也是如此。

星汉，姓王，字浩之，1947 年生，山东东阿人，现任新疆师范大学中文系主任，西域文学研究所所长。兹录其词三首，以供欣赏。

水调歌头·石河子博物馆见兵团地窝子照片感赋

五十年前事，一见暗惊心。西征虎旅居处，掘地覆柴荆。上对苍天无愧,下接黄泉何惧,大野数寒星。谈笑与风雨,餐饮伴蚊蝇。辟荒漠,引雪水,赖人耕。军旗映日如血,换得稻田青。我向高楼广厦,但愿红男绿女,勿负老屯兵。试看酒杯里,犹有汗珠盈。

屯垦戍边艰苦景象,跃然纸上。屯兵血汗,换取高楼大厦,后世子孙居此者,焉能轻负。

水调歌头·临霍尔果斯界河

伫立河西望,是我旧林丘。惊心史册翻过,不忍话从头。尚爱无涯芳草,一片斜阳轻抹,牛马正悠悠。车逐东风远,荡荡向东欧。国门里,起雄气,展新猷。云间赤帜飞舞,边阵映兜鍪。却笑封狐黠鼠,也欲张牙弹爪,说梦闭双眸。寸土自先祖,谁敢裂金瓯。

读此篇章,热血沸腾,油然有封狼居胥意。

西江月·游赛里木湖

风色催开襟抱,松林染绿须眉。吟鞭笑指马如飞,卸下一湖烟水。已碎波间雪岭,难捞桨底云堆。游船回首看芳菲,拴在滩头岸尾。

一襟边塞气概,道出壮美风光,绝非“今宵酒醒何处,杨柳岸、晓风残月”可比。

以上所录各家词作,题材各异,风格不同,但均堪称佳作。其共同之处在于:①做到意不晦、语不琢,意思明明白白,语言清清爽爽,毫不雕饰;②内容健康向上,志气昂扬,且情真景真,意境优美,能将人带入高尚境界。

附录4

词韵常用字表

（据《词林正韵》摘编）

第一部

平声一东二冬通用

【一东】东同桐恫（竣炯）铜筒童僮瞳艟通莲篷蒙檬檬朦懞隆窿咙珑拢珑胧碧笼（名词，董韵同。又动词，独用）聋工功攻公宫弓躬空（空虚）竣红虹洪鸿烘风枫疯丰冯穹穷劳雄熊中忠盅衷终松（征松）樱匆（忽）葱丛聪聪充冲忡崇虫嵩（崧）崧戎绒融翁嗡

【二冬】冬鼕彤封逢缝（缝纫）峰烽蜂锋龙笼茏农侬浓哝秾醲恭龚供（供给）蚣宗鬃纵（纵横）踪锺钟从（服从、跟从）淙重（重复、层）冲舂松淞忪（惺忪）鬆容溶榕蓉茸庸佣慵雍邕痈喁邛筇蛩跫凶匈汹胸

仄声　上声一董二肿

去声一送二宋通用

【一董】董懂动洞恫桶蠓笼（名词，东韵同）汞孔澒总蓊苁

【二肿】肿踵种（种子）重（轻重）冢宠捧奉陇垄拱栱巩恐悚竦怂耸冗氄甬勇俑蛹涌（湧）踊（踴）拥壅

【一送】送风讽洞（岩洞）冻栋痛恸弄梦贡赣空（空缺）控哄閧中（射中、击中）种（种植）仲众棕瓮

【二宋】宋讼诵颂俸缝（缝隙）统共供（名词，供设）种（种植）综纵（放纵）用

第二部

平声 三江七阳通用

【三江】江邦梆庞龙缸釭(灯)舡豇腔降(降伏)桩撞(绛韵同)窗幢双泷

【七阳】阳杨扬旸飏羊佯徉洋央泱怏秧殃鞅鸯王汪亡忘望(观望,漾韵同)昂帮旁傍(侧也)滂忙芒茫邙方芳坊房妨防肪当(应当)珰铛裆汤唐塘糖堂螳棠郎廊浪(沧浪)琅榔狼螂阆(漾韵同)良粮踉凉量(衡量)梁(樑)粱娘(孃)囊冈(岗)刚钢纲光亢康慷糠狂匡筐行(行列)杭桁航吭(漾、养韵并同)颃黄潢璜簧皇凰惶徨遑隍煌蝗篁荒慌肓将(送也,持也)浆酱僵薑疆缰(韁)姜强(刚强)抢(突也)枪跄羌锵蔷樯嫱墙香痒乡祥详翔相(互相)厢湘缃箱襄镶骧张章漳嫜璋彰獐臧赃妆庄装仓沧怆(漾韵同)苍舱鸧藏(收藏)长(长短)伥昌倡猖阊常嫦裳尝偿场肠床创(创伤)疮桑丧(丧葬)商伤殇觞霜孀骦攘瓤穰

仄声 上声三讲二十二养
去声三绛二十三漾通用

【三讲】讲棒蚌港项

【二十二养】养痒仰鞅盎往枉网惘纲魍榜莽(麌韵同)蟒仿(倣)昉纺党谠荡(盪)朗两裲魉广慷犷恍晃幌谎吭(阳韵同)沆蒋奖桨抢强(勉强)襁镪想享饷响象像橡曩丈仗(漾韵同)杖掌长(长幼)敞厂氅上(上升)爽赏颡壤

【三绛】绛降巷撞(江韵同)戆

【二十三漾】漾样恙王(王天下)旺妄望(观望,阳韵同。又名望,独用)傍(依傍)搒谤放访当(适当)挡宕砀浪阆量(度量、数量,名词)谅亮亢(高亢。又星名)抗炕况贶圹旷纩伉航匠将(将帅)酱相(乡相)向饷仗(养韵同)帐涨胀嶂障瘴葬藏(宝藏)脏壮状唱畅怅怆创(开创)上(上下)尚丧(丧失)让酿

第三部

平声 四支五微八齐十灰(半)通用

【四支】支吱枝肢之芝知踟卮栀踟蜘脂衹治(治理)追椎锥骓孜咨姿资粢

赀兹滋孳鹚淄辎缁词祠辞茨瓷慈差(参差)疵雌髭池驰持迟墀笞篪蚩嗤媸痴鸱螭魑吹(吹嘘)炊垂锤司私丝思(动词)飔斯撕澌虽绥随时诗尸施师狮筛匙谁衰卑碑悲丕仳批琵貔罴脾皮疲陂帔披弥猕糜縻蘼霉眉湄嵋楣推(灰韵同)离漓璃褵篱罹鹂骊蠡(瓠勺,齐韵同)貍嫠累羸尼儿而规龟葵逵夔亏窥麾基箕姬肌饥羁其棋琪祺淇旗麒期欺奇崎畸骑(跨马)歧岐熙嬉禧稀羲牺曦宜怡贻饴夷姨痍移簃疑嶷颐遗(遗失)彝涯(佳、麻韵同)迤伊漪医噫为(施为)危唯惟帷维萎逶蕤

【五微】微薇韦围帏违闱威葳巍衣(衣服)依沂圻归挥晖辉徽非菲(芳菲)扉绯诽霏妃飞肥几(几微)机玑矶讥饥畿祈旂希欷稀郗

【八齐】齐妻萋凄悽棲(栖)溪蹊西兮奚携畦犀醯鸡稽跻齐赍脐篦鼙批(屑韵同)迷低隄(堤)题醍提啼蹄绨鹈梯犁梨黎藜黧蠡(支韵同)泥(泥土)倪猊鲵霓圭闺奎暌嘶撕

【十灰(半)】灰恢诙虺瘣回徊廻洄茴槐(音回,佳韵同)杯坯胚培陪醅徘裴枚玫梅媒煤堆推(支韵同)颓(隤)雷傫(贿韵同)累瑰傀魁盔崔催摧嵬(贿韵同)偎隈

仄声 上声四纸五尾八荠十贿(半)

去声四寘五未八霁九泰(半)十一队(半)通用

【四纸】纸只咫枳止址祉扯芷趾旨指子姊梓紫豸滓徵(角徵)雉峙畤觜此侈耻齿弛搋篚士仕矢俟始史使(使令)驶死豕是氏市恃似耜巳(巳时)祀视水髓蕊尔迩耳匕比(比较)妣玼秕彼被(寝衣)婢否(否泰、臧否)痞鄙弭靡美砥里理鲤俚李你拟旎逦履诔累(积累)垒诡轨跪晷癸毁燬己纪几伎技庋圮杞起企跂喜蟢徙屣玺兕以苡已矣迤蚁舣倚绮旖委

【五尾】尾娓伟苇炜匙匪菲(菲簿)榧篚斐鬼卉(未韵同)几(几多)虮岂

【八荠】荠济(水名)启棨洗陛米眯祢底邸坻抵柢砥牴诋弟娣递(霁韵同)涕(霁韵同)悌醍礼澧醴蠡昵睨

【十贿(半)】贿悔汇海倍蓓每琲腿馁磊蕾傫瑰傀块罪璀猥嵬(灰韵同)

【四寘】寘置值志识(标识)帜炽挚贽鸷踬至致致轾自智字治(治安)雉啻惴醉坠次刺赐翅悴萃粹翠吹(鼓吹,名词)厕思(名词)四泗驷肆寺侍伺笥嗣饲食(以食与人)示事使(使者)嗜豉谥崇睡遂穗燧隧帅(将帅)瑞二贰珥饵比(比近)毖备鼻避臂被(披覆)跛庇譬辔泌秘闷媚寐魅地吏利莉莅詈腻泪累(连累)类愧媿匮蒉柜恚记忌寄骑(车骑)季悸渍积(积蓄)冀骥洎暨觊芰企弃器戏屣

易(容易)薏(职韵同)意义议谊懿异肆为(助为)伪位遗(馈遗)

【五未】未味畏魏胃渭蝟谓尉慰蔚纬衣(穿衣)毅沸费蜚诽翡贵溉(队韵同)卉(尾韵同)讳汇即暨气

【八霁】霁济(渡河)剂挤计际祭继蓟髻砌契(契约)妻(以女嫁人)憩细系繄係婿敝弊币蔽毙闭睥媲嬖薜谜袂弟娣睇第帝蒂谛缔递逮棣隶替屉涕(霁韵同)悌剃(薙)丽俪戾唳捩厉励砺粝例荔睨泥(拘泥)桂鳜彗慧篲惠蕙制掣製滞彘缀赘脆毳世逝誓势筮噬岁说(游说)悦税锐睿蚋羿艺呓诣翳裔曳卫

【九泰(半)】贝狈旆沛霈兑太汰酹(队韵同)盖脍侩桧会荟绘最蕞蔡蜕外

【十一队(半)】队对碓退内耒背悖辈焙配佩珮妹昧瑁吠肺废琲溃块喙悔晦诲秽倅淬焠碎赛暖乂刈

第四部

平声 六鱼七虞通用

【六鱼】鱼渔予(我也)妤余馀欤旟誉(动词)舆於淤龉庐驴闾榈居据(拮据)琚裾沮狙苴疽车(麻韵同)渠蕖遽醵龃袪徐胥虚嘘歔(墟)徂菹猪诸初锄储躇(药韵同)除滁蜍书纾舒疏(疎)蔬梳如洳菇

【七虞】虞于迂吁盂竽臾萸腴谀俞揄榆渝瑜踰(逾)觎窬禺隅嵎愚娱毋无芜吾梧鼯乌呜巫诬汙(汙秽)洿吴匍葡逋哺铺(铺盖)酺蒲模摹谟夫扶芙蚨趺麸符孚俘桴敷肤凫都荼途涂酴徒菟屠图拏帑驽卢垆垆炉鑪芦轳轳舻颅鲈鸬沽呱姑酤鸪孤觚菰辜枯骷刳胡湖猢瑚葫蝴糊醐餬乎呼滹狐弧瓠壶俱拘驹区岖躯驱瞿癯氍衢劬趋须须需繻朱侏姝茱株珠殊蛛诛铢殂租刍刍雏厨橱蹰殳纾殊苏枢樗输儒濡襦

仄声 上声六语七麌

去声六御七遇通用

【六语】语(语言)圄龉圉予(赐予)与(给与)屿禦(御韵同)女吕侣旅浒伫(竚)杼苎纻贮沮阻俎诅渚煮处(居处、处理)杵楮褚楚础抒暑黍鼠墅所汝菇(食)巨拒苣炬距讵钜咀举去(除去)叙溆序绪许醑

【七麌】麌宇雨羽庾愈禹踽五伍午仵侮邬(坞)武鹉舞庑妩补簿部浦圃脯普谱牡母姥某亩莽(养韵同)否(是否)伍父斧拊抚府俯(俛)腑腐甫辅杜肚堵

赌睹(覩)土吐(遇韵同)卤鲁橹偻缕努弩怒(遇韵同)古估牯罟诂鼓瞽股贾(商贾)羖雇蛊苦户扈沪虎琥怙矩聚窭取栩诩煦主拄柱祖组树(种植)竖数(动词)乳

【六御】御与(参与)预豫蓣语(告诉)淤誉(名词)驭虑狙倨锯踞据遽去觑絮助著(显著)箸翥处(处所)恕庶疏(书疏)署曙薯

【七遇】遇寓芋裕喻谕妪汙(动词)忤恶(憎恶)晤寤悞误婺雾骛鹜布佈怖步捕仆(偃仆)铺(店铺)铺募墓慕暮互付附驸赴讣傅膊哺赋副富(宥韵同)负阜妇度(制度)渡踱妒蠹兔吐(宥韵同)路璐辂赂露鹭怒(麌韵同)屡故固锢酤顾库绔(袴)护瓠句具飓惧履娶趣煦住注住炷蛀注驻铸祚措醋树(树木)数(数量)素愫戍(戍守)诉愬塑溯孺

第五部

平声 九佳(半)十灰(半)通用

【九佳(半)】佳街皆阶偕谐鞋斋差(差使)钗柴豺侪徘排牌埋霾骸淮槐(灰韵同)怀乖揩楷崖(支、麻韵同)睚挨

【十灰(半)】孩该开苔胎抬骀台来徕莱灾哉栽才材财纔裁猜腮(颞)埃唉哀皑獃(呆)

仄声 上声九蟹十贿(半)

去声九泰(半)十卦(半)十一(半)队通用

【九蟹】蟹獬解摆买拐楷(佳韵同)骇洒矮骙

【十贿(半)】迨怠殆待乃改恺凯铠闿亥海醢采彩採彩在(存在)宰载(年也)

【九泰(半)】贝狈沛旆霈酹(队韵同)兑太汰盖侩桧脍会荟绘最蕞蔡

【十卦(半)】拜败稗惫派湃卖迈怪喟馈坏介芥界戒械诫届廨邂薤瀣债寨察虿晒隘

【十一队(半)】代岱玳(瑇)贷袋黛戴逮态耐睐赉鼐溉慨概欬在(所在)再载(载运)菜塞(边塞)爱碍

第六部

平声 十一真十二文十三元(半)通用

【十一真】真珍蓁榛臻甄遵谆(震韵同)辰宸娠晨臣陈瞋尘淳醇鹑纯莼(蓴)唇春椿皴申呻伸神绅身人仁纫彬豳(邠)宾滨槟嫔缤贫频嚬濒苹颦民泯(轸韵同)岷珉雒闽伦沦纶轮邻嶙憐磷辚鳞麟巾津均钧囷菌逡亲秦辛新薪诜旬询荀询巡循驯因茵姻氤垠银寅夤湮匀筠

【十二文】文汶蚊纹雯闻云沄芸耘纭云氲殷(众)分(分离)汾芬氛纷雰焚坟荤斤筋君军芹勤裙群熏薰曛醺勋欣

【十三元(半)】奔盆喷门扪敦墩炖暾蹲屯囤(囤积)豚臀吞论(动词)崙根跟坤昆鲲裈髡昏婚阍魂浑痕尊(蹲)存村孙狲荪飧温瘟缊辒恩

仄声 上声十一轸十二吻十三阮(半)
去声十二震十三问十四愿(半)通用

【十一轸】轸畛诊朕(朕兆)準蠢哂矧肾笋隼脈蜃忍牝敏泯(真韵同)愍悯闵盾(阮韵同)尽紧菌窘引蚓允陨殒

【十二吻】吻刎揾揾蕴辒隐恽粉忿(问韵同)愤瑾槿谨卺近(远近)

【十三阮(半)】本笨畚沌囤盾(轸韵同)遁(遯,愿韵同)衮滚鲧棍捆悃焜垦恳很混忖损龃稳

【十二震】震振赈阵镇趁榇龀慎顺舜瞬刃仞轫韧认闰润槟殡鬓谆(真韵同)吝蔺躏进晋搢缙烬仅廑瑾觐馑谨俊(隽)浚峻骏信衅迅汛讯徇殉印

【十三问】问闻(名誉)抆紊揾愠运晕韵酝拚分(名分)忿(吻韵同)奋粪近(动词)靳郡训

【十四愿(半)】喷(元韵同)闷顿钝遁(阮韵同)褪论(名词)嫩艮困恨溷诨巽逊寸

第七部

平声 十三元(半)十四寒十五删一先通用

【十三元(半)】元沅鼋原源袁园猿辕爰湲援媛垣冤鸳鹓言蜿烦番蕃幡

(旛)燔蹯藩翻樊繁骞圈喧暄萱谖轩掀壎(埙)

【十四寒】寒韩翰(羽翮)邯汗(可汗)邗鼾桓欢(欢)獾干奸(奸犯)玕杆肝乾(乾湿)官倌棺观(观察)冠(衣冠)刊看(翰韵同)宽般瘢盘槃磐磻蟠潘拚漫(大水貌)谩馒鳗蹣丹单郸殚箪端坛檀弹叹(翰韵同)摊滩湍团抟抟烟团阑栏澜拦斓谰兰峦挛銮鸾难(艰难)耑钻餐残攒狻酸珊姗姗丸纨完刓安鞍

【十五删】删潸(潸韵同)山汕孱潺(先韵同)班斑颁攀蛮鬘关鳏纶(纶巾)悭还寰圜擐环镮鬟患(谏韵同)间(中间)菅艰姦(奸)闲(閑,安闲)娴鹇颜殷(朱殷,赤黑色)弯湾顽

【一先】先仙秈贤鲜(新鲜)宣玄弦(絃)舷旋(回旋)璇(璿)涎悬肩坚笺鞯煎溅(溅,疾流貌)涓狷捐娟鹃镯千芊阡汧牵迁跹鞭镌铅钱褰搴前乾虔衍全荃痊筌诠铨泉卷(曲也)拳权颧悛边鞭编鳊扁(扁舟)偏篇翩胼偏爰骈便(安)眠棉绵滇颠巅癫天田畋钿(霰韵同)填阗年联连涟琏莲怜毡旃专砖颛单(单于)婵禅(参禅、逃禅)蝉缠躔孱潺(删韵同)川穿传(传受)船椽羶鳣扇拴然燃妍研(研究)咽湮烟燕(国名)臙(胭)焉蔫延蜒筵员圆缘沿渊鸳

仄声 上声十三阮(半)十四旱十五潸十六铣
去声十四愿(半)十五翰十六谏十七霰通用

【十三阮(半)】阮阪反返饭(动词)蹇(铣韵同)绻远(远近)苑(愿韵同)偃堰巘(铣韵同)挽晚宛苑琬婉蜿

【十四旱】旱悍(翰韵同)罕缓琯管馆(翰韵同)款盥(翰韵同)澣(浣)侃伴拌满懑但诞短断(断绝)坦袒懒谰暖卵(哿韵同)纂缵伞散(散布)算(动词)盌(碗)莞

【十五潸】潸(删韵同)汕盏(琖)栈(谰韵同)撰馔产铲板版简柬拣限眼绾(谰韵同)

【十六铣】铣跣显泫选鲜(少)鲜翦(剪)茧蹇(阮韵同)键件践饯(霰韵同)卷(捲)浅遣缱犬毗扁(不正圆)匾褊辨辩辫免勉娩冕眄沔(霰韵同)湎腼(靦)缅渑(渑池)典腆殄辇撚燃转(自转,不及物动词)篆展辗阐舛喘善(善恶)单(姓)软衍兖演巘(阮韵同)

【十四愿(半)】愿怨远(动词)苑(阮韵同)万蔓饭(名词)贩建健券劝宪献

【十五翰】翰(翰墨)瀚汗汉悍唤涣换焕扞干旰贯罐灌观(楼观)鹳冠(冠军)馆(旱韵同)看(寒韵同)盥(旱韵同)半伴绊畔叛判漫(寒韵同,又副词独

用）幔缦旦弹（名词）惮断（决断）段缎锻炭叹（寒韵同）难（灾难）烂谰斓乱赞钻粲灿璨窜爨散（解散）算（名词）蒜玩（翫）惋腕岸按案

【十六谏】谰间（间隔）涧览扮办瓣盼慢栈（潸韵同）绽串篡汕（删韵同）惯丱幻患（删韵同）宦豢晏雁绾（潸韵同）

【十七霰】霰扇煽善（动词）膳缮鳝擅战颤传（传记）撰馔转（以力转动，及物动词）啭禅（封禅）钏卞汴忭弁便（便利）变片偏（遍）面麪眄（铣韵同）甸佃电奠殿淀钿（先韵同）练炼恋唸见箭拣荐贱溅饯（铣韵同）绢卷（书卷）倦睠眷茜倩谴羡线县眩炫衒旋漩绚选咽唁宴燕讌彦谚砚研（磨研）院缘（衣饰）

第八部

平声　二萧三肴四豪通用

【二萧】萧潇箫消逍宵硝绡销霄魈枭鹗枵翛骁娇骄焦燋礁鹪椒浇徼（徼幸，徼福）乔侨桥憔（顦）樵譙翘标镳飙漂（漂浮）剽飘瓢苗描猫刁凋雕貂佻挑（挑担）祧跳迢岧髫龆蜩调（调和）条嘹辽僚撩寮瞭缭鹩寥聊招昭超朝潮苕韶轺烧（焚烧）娆桡饶夭（夭夭）妖么要（要求，要盟）腰邀姚遥徭摇瑶窑谣尧侥峣飙鹞

【三肴】肴淆饹崤爻包胞苞咆庖炮（炮制）匏抛茅蝥敲饶蛲交郊蛟鲛教（使也）胶鞘哮啁抓抄钞嘲巢捎梢艄坳

【四豪】豪毫壕濠嗥号（呼号）蒿高膏篙羔糕皋褒袍毛旄氂髦刀叨饕絛掏淘陶萄绹咷逃洮桃滔韬弢涛劳唠涝牢醪挠（巧韵同）遭糟曹嘈漕槽操（操持）缫搔骚臊敖嗷遨熬獒螯鳌翱麈

仄声　上声十七筱十八巧十九皓
去声十八啸十九效二十号通用

【十七筱】筱小晓皎矫皦缴（缴纳，又缠也）剿侥悄表缥殍杪秒眇缈杳窅窈藐淼掉（啸韵同）挑（挑引）眺窕旐了鸟茑（啸韵同）袅嬲寥燎缭兆沼赵少（多少）绍肇扰遶绕夭（夭折）舀

【十八巧】巧狡姣绞搅饱鲍卯昴挠（豪韵同）爪吵炒咬拗

【十九皓】皓浩好（好丑）昊颢镐杲稿缟考拷栲抱宝保葆堡褓道稻倒（仆

地)岛捣祷(号韵同)讨套老恼瑙脑潦涝早蚤枣澡藻燥皂造草扫(号韵同)嫂懊袄媪

【十八啸】啸肖笑叫峤娇轿徼(边徼)醮爝俏峭诮窍票剽骠妙庙吊调(音调)钓掉眺粜料疗茑(筱韵同)鹞鹪召照诏少(老少)哨邵烧(野火)要(重要)曜耀(燿)

【十九效】效(劾)孝校教(教训)较觉(寤也)豹爆泡貌淖闹窖罩棹稍

【二十号】号(号令、名号)好(喜好)耗告(告诉)诰靠犒报暴(强暴)冒帽瑁耄到倒(颠倒)导盗悼蹈祷(皓韵同)劳(慰劳)潦灶(竈)造(造就)糙噪操(操守)扫(皓韵同)傲奥懊

第九部

平声 五歌(独用)

【五歌】歌哥戈过(经过,箇韵同)锅苛柯坷疴轲科蝌呵诃河何荷(荷花)和(和平)禾髁波坡陂颇(偏颇)婆鄱皤磨摩磨(琢磨,磨灭)魔多驮佗(他)陀沱跎驼酡拖罗啰逻萝箩锣螺骡挼挪莎娑蓑唆梭搓嵯瘥磋靴(鞾)倭涡窝窠阿哦俄峨娥蛾鹅讹

仄声 上声二十哿 去声二十一箇通用

【二十哿】哿舸果裹可坷颗火夥荷(负荷)祸跛簸叵颇(稍也)么(歌韵同)朵垛惰堕哆佗(舵)妥裸娜卵(旱韵同)左坐(坐立)琐锁婀我峨(歌韵同)

【二十一箇】箇(個)个过(经过,歌韵同。又过失,独用)课轲(轗轲,同坎坷)贺货和(唱和)播破磨(磨磐)缚剁大(泰韵同)唾挼懦糯佐做座坐(又同座)挫磋涴卧些(音哦,楚些,与兮同)饿

第十部

平声 九佳(半)六麻通用

【九佳(半)】佳涯(支、麻韵同)娃蛙娲蜗

【六麻】麻蟆巴杷芭疤笆琶爬耙葩爹瓜呱夸花华哗骅加枷珈茄笳袈嘉家

嗟槎葭斜邪遐瑕虾霞查渣遮抓挝差(差错)叉杈车(鱼韵同)咤茶沙(砂)纱娑奢赊蛇些(少也)牙邪呀芽枒鸦耶揶椰爷涯(支、佳韵同)衙

仄声 上声二十一马

去声十卦(半)二十二祃通用

【二十一马】玛玛把打那寡剐踝贾(姓也)假(真假)嘏姐且下(上下)夏(华夏)厦写泻(祃韵同)者赭捨(舍)社要惹也冶野雅瓦

【十卦(半)】卦挂(褂)罣话画(图画)

【二十二祃】祃骂罢霸坝灞靶怕帕跨化桦架驾嫁稼价假(假借。又休假)借藉(凭藉)下(降下)夏(春夏)吓罅暇榭谢卸泻(马韵同)乍诈拓蔗鹧炙衩诧舍(庐舍)赦射麝夜亚娅迓讶

第十一部

平声 八庚九青十蒸通用

【八庚】庚赓鹒更(更改)秔(粳)耕羹觥坑(阬)铿横(纵横)衡蘅茎亨宏闳泓薨轰黉兵并(交并)平坪枰评烹彭膨棚怦名明鸣萌盟盲氓令(使令)京勍鲸菁晴精擎檠惊晶旌荆清蜻(青韵同)情晴卿轻倾琼茕行(行走)兄正(正月)征钲贞侦争狰峥筝铮成城诚盛(盛受)呈程酲伧瞠撑橙生甥牲笙声荣嵘英婴嘤樱缨鹦盈楹嬴赢瀛迎茔莹(径韵同)营萦莺

【九青】青蜻(庚韶同)泾经垌扃星惺猩腥醒(迥韵同)馨形刑型硎俜娉屏瓶萍铭冥溟暝瞑螟丁停叮钉亭停婷廷庭蜓霆听(聆也,径韵同)厅汀町伶泠玲苓蛉聆囹羚瓴铃翎铃零鸰龄宁咛狞灵棂陉荥荧萤

【十蒸】蒸烝征(征求)症曾憎增罾缯丞承澄(澂)惩层嶒乘(驾乘,动词)称(称赞)升昇僧胜(胜任)塍(堘)绳冰崩凭(径韵同)凭朋鹏懵冯登灯(镫)滕腾縢幐藤能楞峻棱凌陵菱绫凝(径韵同)肱恒姮薨兢矜兴(兴起)仍应(应当)膺鹰蝇

仄声 上声二十三梗二十四迥

去声二十四敬二十五径通用

【二十三梗】梗哽绠鲠丙炳秉饼皿猛蜢艋扔冷领岭井景憬境儆警婧靖静颈请顷杏荇幸倖悻整逞发骋省影郢颖颖永

【二十四迥】迥洞炯到馨醒(青韵同)悜并茗酩等顶酊鼎挺梃艇拯

【二十四敬】敬竞镜净靓劲竞穽(阱)庆行(品行)性姓并(合并)迸柄病摒聘命孟令(命令)更(更加)横(横逆)正(正直)政证郑诤盛(多也)圣映硬泳咏(詠)

【二十五径】径迳泾胫磬罄兴(兴趣)凭(蒸韵同)暝(夜也)邓凳磴瞪蹬镫(鞍镫)定订钉(动词)听(聆也,青韵同。又听从,独用)佞泞亘(亘古)证赠甑称(相称)秤蹭乘(动)乘(名词)剩(賸)胜(胜败)应(答应)媵孕莹滢(庚韵同)

第十二部

平声 十二尤(独用)

【十二尤】尤疣由油游遊蝣犹猷邮攸悠幽呦沤(水泡,名词)欧讴瓯鸥抔捂瓿牟侔眸谋矛鳌缪(绸缪)浮蜉不(与“否”字通)兜头投骰偷娄偻搂蝼髅镂流琉(瑠)硫旒留榴瘤骝刘浏牛勾钩沟篝鞲抠侯喉猴篌糇鸠纠啾阄秋楸鞦鹙丘邱蚯囚泅求球(毬)裘虬(虯)酋遒休咻庥貅修脩羞州洲舟周啁赒邹诌驺陬惆稠裯绸俦帱畴筹踌仇雠酬愁抽瘳收搜(蒐集)飕售(宥韵同)柔揉蹂

仄声 上声二十五有
去声二十六宥通用

【二十五有】有友酉右莠诱牖黝偶藕蕅呕殴剖母拇姆负妇否(是否)缶阜牡某亩(以上十字麌韵同)斗抖蚪陡柳扭纽堘篓狗苟笱垢口扣(叩)后後厚吼九久玖韭酒臼舅咎赳朽糗走肘纣帚丑醜手守首叟溲受授绶寿(宥韵同)擞薮

【二十六宥】宥侑囿又幼佑(佑)抽戊沤(动词)仆俸懋茂贸谬富副(二字遇韵同)覆(盖)复(又也)豆逗饾斗窦读(句读)透陋漏镂溜构(搆)遘购诟彀寇逅候喉堠就僦鹫灸疚究救旧厩秀绣锈岫袖臭嗅宿(星宿)咒宙胄酎奏昼甃骤籀皱绉凑授售(尤韵同)狩瘦寿(有韵同)兽嗽漱

第十三部

平声 十二侵(独用)

【十二侵】侵祲骎芩琴衾黔(盐韵同)钦嵚(岔)禽擒今金禁(力能胜任)

襟(衿)心歆寻浔林淋琳霖临针(鍼)箴簪(覃韵同)砧(碪)斟琛沉忱岑涔参(参差)掺深森壬任(负荷)妊音喑瘖阴吟淫霪

仄声 上声二十六寝 去声二十七沁通用

【二十六寝】寝锦噤禀凛品懔廪枕(衾枕)朕(我)怎审沈婶(姓也)甚(沁韵同)衽(袵)荏恁稔

【二十七沁】沁浸禁(宫禁)噤枕(动词)(寝同)渗任(负担)

第十四部

平声 十三覃十四盐十五咸通用

【十三覃】覃潭谭坛谈痰昙探贪邯眈耽酖担(动词)男南楠岚婪槛篮甘柑堪戡龛函涵含颔酣憨簪(侵韵同)三(数)谙庵(菴)惭蚕参(参拜,参考)骖

【十四盐】盐檐(簷)严阎炎淹醃阉砭刮甜添廉簾帘镰奁(奩)拈尖兼缣渐(入也。又浸润)潜钤黔钳箝谦嫌签(籤)歼纤占(占卜)觇詹瞻霑(沾)蟾髯

【十五咸】咸缄鹹函(书函)衔(啣)嵌(山深貌)凡帆喃搀巉镵馋谗掺杉衫芟监(监察)岩(嵒)

仄声 上声二十七感二十八俭二十九豏
去声二十八勘二十九艳三十陷通用

【二十七感】感敢橄坎喊撼撼菡颔膽(胆)澹(淡,感韵同)啖(啖)毯萏览揽榄惨掺糁

【二十八俭】俭捡检渐(徐进)芡歉险吩贬玷点簟琰忝(艳韵同)脸敛(艳韵同)飐崭谄陕闪冉苒染奄掩崦俨啖(焰)

【二十九豏】豏减槛舰犯范範斩湛黯

【二十八勘】勘瞰憾憨绀淡啗(啖)澹(淡,感韵同)担(名词)滥缆暂三(再三)暗(闇)

【二十九艳】艳(豔)滟厌焰(俭韵同)酽店垫忝(俭韵同)念敛(聚敛,俭韵同)潋验剑僭欠堑占(占据)赡俺

【三十陷】陷馅览鉴监(同鉴)泛(汎)梵嵌(嵌入)站蘸赚忏

第十五部

入声 一屋二沃通用

【一屋】屋育郁鬻卜扑仆扑瀑曝(暴)木沐目苜睦牧穆茯袱复(恢复)複腹覆馥服菔渎椟犊牍读(读书)黩独髑秃六陆禄碌鹿漉簏辘麓戮忸谷縠毂榖国(职韵同)哭匍副幅福蝠辐斛掬菊跼鞠麴宿(住宿)蓿畜蓄竹竺筑(築)舳轴祝粥嗾族蔟镞蹴蹙矗叔淑菽孰塾熟速簌倏夙缩肃啸肉

【二沃】沃玉浴欲(慾)狱毒纛督笃渌绿录北梏鹄酷足局跼曲旭勖粟烛躅属嘱瞩促触束俗蜀续赎辱缛

第十六部

入声 三觉十药通用

【三觉】觉(知觉)角桷榷确壳学剥驳雹璞朴邈荦搦卓捉啄琢浊镯濯擢龊数(频数)朔槊乐(音乐)岳(嶽)喔渥握幄龌

【十药】药(藥)约跃瀹籥钥泊粕箔博搏膊薄礴簿魄莫寞幕溪摸膜陌缚度(测度)踱橐托讬拓柝铎箨乐(哀乐)洛落烙珞络骆酪诺略掠虐谑各格阁椁郭廓扩涸貉穫镬霍藿鹤壑脚屩矍攫爵嚼却雀鹊洛噱削作怍昨酢着著灼酌绰缴(弓缴)错凿蹻勺芍索烁铄若箬弱垩恶(善恶)崿萼谔锷鳄噩鳢

第十七部

入声 四质十一陌十二锡十三职十四缉通用

【四质】质踬侄窒帙卒(终也)茁叱秩出黜术怵秫失室实述瑟帅(动词)率日必笔毕筚跸匹弼泌谧密蜜栗慄傈篥溧律率鹬惘暱吉诘疾嫉唧栉橘七漆悉蟋膝恤(卹)戌(地支名)逸(佚)聿

【十一陌】陌貊麦脉百白伯柏帛碧璧襞擘迫拍珀舶魄辟僻癖阒鬲迹跡脊瘠鹡碛积(积聚)藉籍(典籍)屐戟剧夕汐穸昔惜席蓆坼舄隙革格隔帼虢客核

赫吓获画(动词)划支炙(动词)跖(蹠)摭掷踯宅窄责啧帻箦摘谪泽择磔蚱舴栅尺斥赤册策拆石适索硕螫释亦弈易(变易)蜴益颐液掖腋峄怿绎译驿逆射(音亦)役疫厄阨扼额翮

【十二锡】锡析浙晰蜥檄寂激击勣绩戚喫(吃)鬩壁劈霹觅汨(汨罗江)幂的迪笛狄荻滴嫡敌镝涤觌籴剔倜惕踢历(曆)沥枥雳栎砾溺蜺阋阒鹢

【十三职】职织直值植殖陟仄昃则侧贼敕恻测食(饮食)蚀识(知识)式拭轼饰色塞啬穑北逼默墨德得忒特慝力肋勒匿嶷国克剋刻黑劾或惑匐(屋韵同)幅亟极(殛)即唧(质韵同)鲫棘稷弋抑亿忆薏臆翼域蜮息熄洫

【十四缉】缉揖(叶韵同)葺戢辑及吸汲圾岌笈(叶韵同)级急集给泣习翕隰袭立粒笠汁执蛰絷褶涩入邑浥悒揖熠

第十八部

入声 五物六月七曷八黠九屑十六叶通用

【五物】物勿尉蔚屹熨(未韵同)鬱不弗佛拂怫沸绋髴祓绂掘(月韵同)崛厥乞吃(口吃)迄讫屈黜

【六月】月曰粤越樾钺谒兀袜孛秣勃悖(队韵同)渤没殁伐筏阀发罚髪咄(曷韵同)突呐骨矻窟核忽笏鹘纥(同疙)(黠韵同)揭(屑韵同)竭碣羯掘(物韵同)厥蕨橛蹶阙卒(士卒)猝歇蠍

【七曷】曷喝褐活豁割葛括聒鸹渴磕阔钵拨拔(挺拔)跋钹泼末沫抹秣袜夺掇(屑韵同)怛达挞闼脱獭(黠韵同)捋剌蘖撮干遏

【八黠】黠戛瞎辖八叭拔(拔擢)帕捺刮滑猾察刹杀萨刷札扎茁揠

【九屑】屑穴血雪泄绁楔薛亵颉撷缬孑决玦诀抉缬拮桔结揭(月韵同)挈节截桀杰洁绝切窃缺阕别蹩鳖撇瞥批(齐韵同)灭蔑篾迭跌垤耋铁餮列冽烈裂劣捏涅孽啮霓(蜺、齐、锡韵同)折浙哲拙啜惙缀辍澈撤辙掣舌设说热爇咽(呜咽)噎页轶曳拽(抴)悦阅

【十六叶】叶靥魇堞牒蝶谍叠怗帖贴蹑猎鬣躐妾接捷婕睫极茇笈(缉韵同)楫(缉韵同)浃挟荚颊蛱箧极协燮侠惬摺辄涉聂摄霎(洽韵同)

第十九部

入声 十五合十七洽通用

【十五合】合盒阁蛤盍阖鸽磕榼答搭褡沓践塌拓(搨)榻遢拉衲纳邋蜡腊匝咂杂卅飒趿

【十七洽】洽恰掐怯匣狭峡胁甲胛夹袷(裌)劫乏法眨闸插歃锸霎(叶韵同)呷狎押鸭压业邺

第三篇　曲谱指要

第一章　散曲知识简介

曲的概念，从广义上说是泛指秦汉以来各种可以入乐的乐曲。如汉大曲、唐宋大曲、民间小曲等。通常指宋元以来的南曲和北曲，是一种与词体较近的长短句样式的诗。但它与近体诗和词在语言、用韵上有很大的不同。它语言通俗，接近口语；平分阴阳，仄分上去，平仄通押；一般在定格外可加衬字（词亦有较少衬字），有些曲牌又可对句子有所增损；它将传统的诗词质素、民歌风韵与俚词俗语揉为一体，形成新的语言体式。在风格上与律诗和词亦有很大的不同。诗尚雅正，庄严含蓄；词讲"要眇"，婉转多丽；曲则别是一途，要求率真，锐意尖新，"豪辣灏烂"，每多谐趣，以穷形尽相，酣畅淋漓为能事。它更贴近世俗生活，更具有开放色彩，更符合现代美学心理，以雅俗共赏见胜。

但是，由于历史的、文化的许多偏见，使这一"元代最佳文学"被"郁堙沉晦"了数百年，没有引起人们的珍视。随后，曲学大师吴梅于 1928 年在东南大学等校"专授南北曲"（见王重民编《吴梅年谱》），才使这个"不登大雅之堂"的元曲，第一次被推上了高等学府的讲坛，南雍弦歌，唱响天下，遂培养出许多像卢前（冀野）、任讷（中敏、二北、半塘）、王起（季思）、唐圭璋、常任侠等颇有成就的专家。多少年来，曲学研究，不如诗词繁盛。新中国成立以后，隋树森先生呕心沥血，搜集整理，校订出版了《全元散曲》，沾被后学，很有价值。该书共辑得元人小令 3853 首，套数 457 套。明人散曲专集，流传下来的，远较元人为多。

散曲，它是与剧曲相区别的相对名称。它与剧曲不同，散曲没有宾白（剧中人物的说白）和科介（剧中人物的动作、表情的舞台指示），以便于清唱，又称清曲。清唱原意是唱而不演，仅用笛、笙、三弦和鼓板，场面很清静，故由清唱而派生出清曲。

散曲有南曲和北曲之分。先说北曲，它大都渊源于唐宋大曲、宋词和北方民间曲调，并吸收了金元时期的音乐，盛行于元代。用韵以《中原音韵》为准，无入声。音乐上用七音节，声调遒劲刚健而朴质，以弦乐器伴奏。清人所编《九宫大成南北宫谱》收北曲曲牌共 581 个。元杂剧都用北曲，明代传奇也有些采用北曲的。昆剧中的北曲唱法，一般认为尚留有不少元代北曲的遗韵。至于南曲，大都渊源于唐宋大曲、宋词和南方民间曲调。形成时期较北曲稍晚，盛行于元明时期。用韵以南方(今江浙一带)语言为标准，有平上去入四声，明代中期以后的作品也兼用《中原音韵》。音乐用五音阶，声调柔缓，以箫笛伴奏。《九宫大成南北词宫谱》收南曲曲牌 1513 个(包括集曲)。对南北曲的区别，明代人王世贞在《艺苑卮言》中说："凡曲，北字多而调促，促处见筋；南字少而调缓，缓处见眼。北则辞情多而声情少，南则辞情少而声情多。北方在弦，南方在板。北宜和歌，南宜独奏。北气易粗，南气易弱。"南曲字少而腔多，因而辞情少而声情多。北曲主要以琵琶伴奏，又受马上杀伐之音的影响，多健切雄壮之音；南曲主要以箫笛伴奏，又受南方清越柔婉之音的影响，故靡丽袅远而情韵缠绵。总之，南曲和北曲在风格上区别很大，本来二者不可兼用，因为它的曲牌不能出现在同一套曲之内。但是到了元代中期却发生了变化。杭州沈和(字和甫，后居九江)，精音律，善辞翰，元人钟嗣成《录鬼簿》云："其首先以南北曲调合腔作曲，时人称之蛮子关汉卿。"其套曲写"潇湘八景"，以[仙吕·赏花时](北)、[排歌](南)、[哪吒令](北)、[排歌](南)、[鹊踏枝](北)、[桂枝香](南)、[寄生草](北)、[乐安神](南)、[六幺序](北)、[尾声](南)，共十支曲，南北各五，交错连缀，制成套曲。以后作曲者纷起仿效，至明清时期尤盛。

散曲包括套曲(散套、套数、大令)和小令(叶儿)两种。套曲是将若干曲子连接在一起，称作一个套曲。连接之时，所选用的曲牌大都属于同一宫调(借用其他宫调的称借宫犯调)。后人写作套曲时，不能将南北曲的曲牌放在同一套曲内(南北曲合套例外)。联套时，曲牌的排列大致有一定的规则，如北曲黄钟宫有一个常用套式：[醉花阴]——[喜迁莺]——[出队子]——[刮地风]——[四门子]——[水仙子]——[尾]。套曲每曲均一韵到底(剧套可有些变化)，每套必须有尾声，是有头有尾。同宫调两支曲以上，多则二三十支曲；短套如[仙吕·赏花时]加[尾]，只有两支曲；长套，最著名的如刘中时所作套曲《上高监司》，用[正宫·端正好]，以下 30 多支曲子。判定是否是套曲，有无尾、尾声或某某尾，是个特别重要的标准，但北曲亦可以带过曲作结。

小令,亦称叶儿,先流行于民间,经过文人加工制作,就成为散曲中的小令。由于形式短小,精练活泼,写景抒情自由,因而元代北曲,小令最为盛行,涌现出大批优秀作品。如被誉为"曲中之李杜"的乔(吉)张(可久),创作小令最为丰富。乔吉(一说名吉甫,字梦符)是杂剧兼散曲的作家,今存小令200余首,笑傲江湖,嘲弄风月,风格婉艳,词工句丽。张可久(一字小山),专作散曲。有《小山乐府》存小令850余首,典雅工整,婉媚蕴藉。散曲作家在创制小令时,意犹未尽,亦可将音律能衔接的两三支(最多不超过三支)曲子连接起来,称"带过曲"。它应是小令的变体,传统的分类均把它归入小令的范围之内。带过曲的曲牌组合有一定的规律,不能随意搭配。元人使用过的有34种,其中最常用的有:[中吕宫][十二月]带[尧民歌],[醉高歌]带[红绣鞋],[双调][雁儿落]带[得胜令],[南吕宫][骂玉郎]带[感皇恩][采茶歌]等。带过曲不论用两支或三支曲子组合,其中每支曲子都不能单独用作小令。元人小令专用曲,据前人统计有50个。如[越调·凭栏人]四句,句式为七七五五,押四平韵,韵脚前一字须用去声。例如徐再思《江上》:"鸥鹭江皋千万湾(平仄平平平去平),鸡犬人家三四间(平仄平平平去平)。逆流滩上滩(仄平平去平),乱云山外山(仄平平去平)。"

宫调,在音乐上,中国历代称宫、商、角、变徵、徵、羽、变宫为七声。其中任何一声为主,均可构成一种调式。凡以宫声为主的调式,称"宫"(即宫调式),而以其他各声为主的则称"调",如商调、角调等,统称宫调。以七声配十二律(黄钟、大吕、太簇、夹钟、姑洗、仲吕、蕤宾、林钟、夷则、南吕、无射、应钟),在理论上可得十二宫、七十二调,合为八十四宫调,又称八十四调。但实际上并不全用,南宋词曲音乐仅用七宫十一调;元代北曲用六宫十一调;明清以来南曲用五宫八调,合称"十三调";而最常用者不过五宫四调,合称"九宫"。即使是元代王实甫《西厢记》也只用三宫(仙吕宫、中吕宫、正宫)三调(越调、双调、商调)。元僧燕南芝庵《论曲》对六宫十一调的风格都有几句概括的评论,他说:

> 唱仙吕宫宜清新绵邈;南吕宫宜感叹伤悲;
> 中吕宫宜高下闪赚;黄钟宫宜富贵缠绵;
> 正宫宜惆怅雄壮;道宫宜飘逸清幽;
> 大石调宜风流蕴藉;小石调宜旖旎妩媚;
> 高平调宜涤物洸漾;般涉调宜拾掇坑堑;
> 歇指调宜急并虚歇;商角调宜悲伤婉转;
> 双调宜健捷激袅;商调宜凄怆怨慕;

角调宜呜咽悠扬；正宫宜典雅沉重；
越调宜淘写冷笑。

这些评论的词句，都嫌抽象，但也能启发我们思考判断，做出具体的分析。如“清新”、“感叹”、“缠绵”、“雄壮”、“飘逸”、“蕴藉”、“妩媚”、“婉转”、“激袅”、“怨慕”、“悠扬”、“典雅”、“冷笑”等，都是中国古代美学所常用的概念。在作曲美学风格上，讲了很多方面的特征。作曲不仅要考虑音乐上的基调，还要注意思想感情的表达，创造出自己的独特风格。如关汉卿自述套曲[南吕·一枝花]是很著名的。关汉卿在选调时，为什么要选这个曲调呢？因为“南吕宫宜感叹伤悲”，关汉卿所说的“不服老”，其实是故作豪言，内心是酸楚的。从元散曲总的风格到具体作品风格，格调不同，韵致也不同。亦悲亦乐，亦庄亦谐；有阳刚之美，有阴柔之美。阳刚包括豪放、奔迈、雄浑等风格；阴柔包括飘逸、含蓄、淡雅等风格。阳刚即所谓壮美，阴柔即所谓优美。阳刚壮美，以激荡的形态，粗大的形式出现，它以显著的气势、气派、气魄，震慑人心，其动态直接性十分强烈（特别是在剧曲中表现最多）。阴柔、优美，似徐徐春风，如蒙蒙细雨，以纤细小巧的形态出现，它以柔嫩、安宁、静谧而沁人心脾（特别是在小令中表现最多）。而或阳或阴，或刚或柔，又是合拍的、统一的。

曲牌，俗称“牌子”。元明以来的小曲、南北曲、时调等各种曲调的泛称，总数多至数千。每一曲牌都有一定的曲调、唱法，字数、句法、平仄等也都有基本定式，可据以填写新词曲。曲牌大多来自民间，部分由词发展而来，故曲牌亦有与词牌相同的。至于曲牌到底有多少，据元末陶宗仪（字九成，号南村）《南村辍耕录·论曲》中说：黄钟宫33章，正宫54章，仙吕宫61章，中吕宫73章，南吕宫39章，双调133章，商调50章，越调38章，大石调35章，共516章。据《中原音韵》记载，元曲名家作品最常用的是正宫、仙吕宫、南吕宫和双调；其次是越调和商调；再次是大石调和黄钟宫等；小石调和般涉调最少用。兹将七种常用宫调的曲牌摘要如下：

1. 正宫（14个）：

端正好　滚绣球　叨叨令　塞鸿秋　脱布衫　小梁州
醉太平　芙蓉花　菩萨蛮　月照庭　六幺遍（又名柳梢青）
甘草子　三煞　煞尾

2. 仙吕宫(20 个):

端正好　赏花时　八声甘州　点绛唇　混江龙　油葫芦
天下乐　哪吒令　鹊踏枝　寄生草　醉中天　忆王孙
瑞鹤仙　六幺令　上京马　四季花　双雁子　太常引
柳外楼　赚煞尾

3. 中吕宫(15 个):

粉蝶儿　醉春风　迎仙客　普天乐　满庭芳　喜春来
(又名阳春曲)　快活三　尧民歌　朝天门(又名谒金门)
四边静　齐天乐　苏武持节(又名山坡羊)　卖花声(又名升平乐)
摊破喜春来　煞尾

4. 南吕宫(14 个):

枝花　玄鹤鸣(又名哭皇天)　乌夜啼　骂玉郎　感皇恩　采茶歌
(又名楚江秋)　贺新郎　梧桐树　红芍药　四块玉　草池春
鹌鹑儿　玉交枝　黄钟尾

5. 双调(33 个):

新水令　驻马听　沉醉东风　夜行船　银汉浮槎(又名乔木查)
庆宣和　庆东原　风入松　雁儿落(又名平沙落雁)　得胜令
(又名阵阵赢、凯歌回)　水仙子(又名凌波仙、湘妃怨)　滴滴金
(又名甜水令)　折桂令(又名天香引、蟾宫引、步蟾宫、秋风第一枝)
清江引　牡丹春　汉江秋　庆丰年　小阳关　捣练子(又名胡捣练)
太平令　快活车　行香子　锦上花　碧玉萧　楚天遥
天仙令　大喜人心　醉东风　减字木兰花　青玉案　鱼游春水
离亭宴煞　离亭宴带歇指煞

6. 越调(14 个):

斗鹌鹑　金蕉叶　小桃红　天净沙　调笑令(又名含花笑)
秃厮儿(又名小沙门)　雪里梅　古竹马　寨儿令(又名柳营曲)
三台印(又名鬼三台)　梅花引南乡子　糖多令　雪中梅　煞尾

7. 商调(11 个):

集贤宾　逍遥乐　上京马　梧叶儿(又名知秋令)　金菊香

双雁儿　　望远行　　玉抱肚　　秦楼月　　高平煞　　尾声

跨宫与借宫。跨宫的曲牌尽管为数不多,但亦应注意,以免张冠李戴,造成混乱。

跨宫有三种情况:

1. 名同实异。这类曲牌名称相同,但音律完全不同,分属于不同宫调,共16个:

端正好　　分属于仙吕宫和正宫;
水仙子　　分属于黄钟宫和双调;
寨儿令　　分属于黄钟宫和越调;
袄神急　　分属于仙吕宫和双调;
上京马　　分属于仙吕宫和双调;
斗鹌鹑　　分属于中吕宫和越调;
红芍药　　分属于中吕宫和南吕宫;
醉春风　　分属于中吕宫和双调。

2. 名实俱同。这类曲牌是同一支曲子可以同时用两个(或以上)宫调清唱。据《中原音韵》的举例有:

青杏儿(即青杏子)　　小石调亦入大石调;
翠盘秋(即干荷叶)　　南吕宫亦入中吕宫;
玉抱肚　　商调亦入双调;
货郎儿　　正宫亦入南吕宫;
啄木儿煞　　正宫亦入中吕宫;
三番玉楼人　　仙吕宫亦入越调。

3. 名近实异。这类曲牌名称近似,有的属于同一宫调,但音律不同;有的属于不同宫调,音律各殊。例如:

①[黄钟宫·水仙子]与[双调·河西水仙子];
②[双调·得胜令]与[双调·得胜乐];
③[双调·鬼三台]与[双调·要三台];
④[越调·络丝娘]与[越调·小络丝娘];

⑤[中吕宫·鲍老儿]与[中吕宫·古鲍老]。

试举一例:

[双调·得胜乐](元)白朴	[双调·得胜令](元)乔吉
玉露冷,蛰吟砌,	名利酒吞蛇,富贵梦迷蝶。
听西风落叶渭水。	蚁阵攻城破,蜂衙报日斜。
寒鹰儿长空嘹唳,	豪杰,几度花开谢?
陶元亮醉在东篱。	痴呆,三分春去。

可以看出虽同属双调,曲牌虽只有一字之差,而字句和平仄格式却根本不同,应注意分辨。

什么是借宫?据曲学大师吴梅在所著《顾曲尘谈·论宫调》中说:"北曲有借宫之法……所谓借宫者,就调联络数牌后,不用古人旧套,别就他宫剪取数曲(但必须管色相同者)接续成套是也。"杂剧中的借宫,也不是很随意的,只限于从音调相近的宫调借取,而且各宫调中,可借取的曲牌也是很少。如《西厢记》第四本第三折,用[正宫][端正好][滚绣球][叨叨令][倘秀才]之后,则借[般涉调][耍孩儿]以联成套数。散套的借宫如元人刘时中的著名长套《上高监司》,所用的宫调是[正宫][端正好],但后套中的[十二月]和[尧民歌],则借自[中吕宫];[耍孩儿十三煞]则借自[般涉调](参见隋树森《全元散曲》上册)。散曲(套曲)借宫的情况极少,我们今天更没有必要去使用了。

南北合套。南曲和北曲的套数本来不能相混。自13世纪下半叶起,元朝国家统一,促进南北曲之间的交流,南曲吸收了北曲的成分,出现了"南北合套"这种套曲形式。把宫调相同的南北曲的不同曲牌交替使用,使套曲增加了新的品种,开阔了天地。元初作曲家杜仁杰已创制南北曲合套[商调·集贤宾·七夕],应是南北合套的开山之作(参见《全元散曲》上册)。以后贯云石(1286—1324)亦有《西湖游赏》南北合套之作。又据钟嗣成《录鬼簿》记载:"以南北调合腔,自和甫始,如《潇湘八景》、《欢喜冤家》等曲,极为工巧。"兹录《潇湘八景》合套以供研究(参见《全元散曲》)。

[仙吕·赏花时](北)潇湘八景 (元)沈和

休说功名,皆是浪语。得失荣辱总是虚,便做到三公位待何如,如今得时务,尽荆棘是迷途。便是握雾拿云志已疏,咏月嘲风心愿足。我则待离尘世访江湖，寻几个知音伴侣，我则待林泉共樵夫。

[排歌]（南）远害全身，清风万古，堪羡范蠡归湖。不求玉带挂金鱼，甘分向烟波做钓徒。绝尘世，远世俗，扁舟独驾水云居。嗟尘世，人斗取，蜗名蝇利待何如？

[哪吒令]（北）弃朝中俸禄，避风波仕途。身边引着小仆，玩云山景物。杖头挑酒壶，访烟霞伴侣。近着红蓼滩，靠着白蘋渡。潜身向草舍，得这茅庐。

[排歌]（南）我则将这小舟撑，兰棹举，蓑笠为话计。一任他紫朝服，我不愿画堂居。往来交游，逍遥散诞，几年无事傍江湖。旋刍新酒钓鲜鱼，终日酶酶乐有余。杯中浅，瓶内无，邻家有酒也宜沽。吟魂醉，饮兴足，满身花影倩人扶。

[鹊踏枝]（北）见芳草映萍芜，听松风响寒芦。我则见落照渔村，水接天隅。见一簇帆归远浦，他每都是些不识字的慵懒渔夫。

[桂枝香]（南）扁舟湾住在垂阳深处，齁齁似鼻如雷，睡足了江南烟雨。听山寺晚钟，声声凄楚。西沉玉兔梦回初，本待要扶头去，清闲倒大福。

[寄生草]（北）春景看山色晴岚翠，夏天听潇湘夜雨疏；九秋玩洞庭明月生南浦，见平沙落迷芳洙；三冬赏江天暮雪飘飞絮，一任教乱纷纷柳絮舞空中，争如俺侬家鹦鹉洲边住？

[安乐神]（南）闲来思虑，自从那日赋归欤，山河日月几盈虚，风光渐觉催寒暑。欲求生富贵，须下死功夫，且常教两眉舒。

[六幺序]（北）园塘外三丘地，蓬窗下几卷书，他每做人间驷马高车。每日家相伴陶朱，吊问三闾。我将这《离骚》和这《楚辞》，来便收读。觉来时满眼青山暮，抖擞着绿蓑归去。看花开花落流年度，一任教春风桃李，更和这暮景桑榆。

[尾声]（南）悟乾坤清幽趣。但将无事老村夫，写入在潇湘八景图。

这首套曲，形式新颖，南曲北曲交错运用，十支曲结构成套，语言形象，律句雅致。主题思想表现的不外是遁世归隐，远害全身，这在元代散曲中是很普遍的，乃社会黑暗所迫，是当时知识分子不得已的出路。当今时代自然不足为范，但旧瓶装新酒，古老的艺术形式，当可注入新鲜的内容。兹再引一套，互相比较：

[商调·梧桐树](南)重九登高 常任侠

秋江带暮潮，远岫容残照。风急城高，愁听孤鸿叫。遥砧隔野烟，曲岸舒长啸，独立苍茫，又是重阳到。俺狂歌披发谁曾晓。

[骂玉郎](北)眼前世事俱堪笑，看凶顽辈已盈朝，沐猴冠还唱升平调，讲正义把唇舌摇，说公理把案儿敲，到头来只是钱和钞。

[东瓯令](南)拥佳丽，醉芳醪珠箔银屏金步遥，香车油壁驰长道。灯焰暖，春歌俏，玉人相伴画眉娇，哪管他四野哭声高。

[感皇恩](北)呀，谁曾念战骨荒郊，百姓嗷嗷。无家别，新婚别，葬蓬蒿。你看败荷衰柳，破屋危桥。满村墟，人绝种，地无毛。

[浣溪纱](南)新鬼号，新官笑，尽繁华城市逍遥。这壁厢六街灯火花如锦，那壁厢千里烽烟草尽焦。请画幅流民稿，送与他安乐窝。舞筵前，一桩桩权贵亲瞧。

[采茶歌](北)说不尽话牢骚，铲不断恨根苗，奶腥乳臭尽雄豪。俺只道伟岸丰功管乐操，却原来焦头上客佩金貂。

[尾声](南)俺摘黄花，不插帽。也不是苦思亲茱萸人少，端则为虎豹君门止不住双泪抛！

（参见《红百合诗集》）

作者常任侠(1904—1996)于20世20年代中期，在南京读书，与表兄李鸣玉共组青年学生军参加北伐战争。1927年失败后，复入东南大学，从王伯沆(瀣)、胡小石(光炜)、吴梅(瞿安)等诸名师学，遁入学苑，潜心国故。然此时国事蜩螗，烽烟四起，灾荒不断，故乡人民遭遇天灾人祸，死亡枕藉。新贵上台，专制独裁，贪污横行，社会愈加黑暗腐朽。他壮志未酬，积恨难消，长歌当哭，抒发雄志。这首套曲约作于1928年之秋，玑珠词语，慷慨悲歌，豪气四溢；恨独裁，爱人民，放射出时代的火花。艺术手法高妙，思想境界广阔；元人胸襟，罕见有如此博大也。此亦历史发展之必然。余编《红百合诗集》和文集，得一折杂剧《鼓盆歌》、《田横岛》二种，四折杂剧《祝梁怨》一种，六折杂剧《访太阳》一种；小令一首，套曲六首。

关于曲的特点，有衬字、句子的增损、平仄通押、平分阴阳、仄分上去、多样的对仗等等。

衬字，指曲律固定格式之外所加的字，所衬之字不限多少，少则一个，多则数十个；小令衬字少，套数衬字多；散曲衬字少，剧曲衬字多。曲牌与词牌相同的如[鹧鸪天]、[秦楼月]、[太常引]、[点绛唇]等小令衬字少或不加衬字。例：

1. [点绛唇](乔梦符《金钱记》头折)

书剑生涯，几年窗下，学班马。吾岂匏瓜，待一举登科甲。

(衬字只1个)

2. [醉太平](元)钟嗣成

风流贫最好，村俗富难交。拾灰泥补砌了旧砖窑。开一个教乞儿市学。裹一顶半新不旧乌纱帽。穿一领半长不短黄麻罩。系一条半联不断皂环绦。做一个穷风月训导。

(正格48字，衬字17字)

3. [商调]百字知秋令(元)王和卿

绛蜡残半明不灭寒灰看时看节落，沉烟烬细里末里微分明日里渐里消。梦纱窗外风弄雨昔留昔零打芭蕉；恼碎芳心近砌下啾啾唧唧寒蛩闹，惊回幽梦丁丁当当檐间铁马敲。半欹单枕乞留乞良捱彻今宵，只被这一弄儿凄凉断送的愁人登时间病了。

(全曲100字，衬字51个，占51%，在小令中较少，在剧曲中较多见)

4. [南吕·一枝花·不伏老·黄钟煞](元)关汉卿

我却是个蒸不烂煮不熟捶不扁炒不爆响当当一粒铜豌豆。恁子弟每谁教你钻入他锄不断斫不下解不开顿不脱慢腾腾千层锦套头。我玩的是梁园月，饮的是东京酒。赏的是洛阳花，扳的是章台柳。我也会吟诗，会篆籀，会弹丝，会品竹。我也会唱鹧鸪，舞垂手。会打围，会蹴鞠，会围棋，会双陆。你便是落了我牙，歪了我口，瘸了我腿，折了我手，天与我这几般儿歹症候，尚兀自不肯休。只除是阎王亲令唤，神鬼自来勾。三魂归地府，七魄丧冥幽。天哪，那期间才不向这烟花路儿上走。

(正格97字，衬字90字)

从以上两首小令，一首套曲煞尾来看，衬字多少是根据实际需要而定的。这样，会使句法活泼生动，愈显俚俗本色，更充分地表达曲折复杂的思想感情，在语言上起到独特的美听作用。如关汉卿的[黄钟煞]，真是像连珠炮那样，噼里啪啦,气势奔放,一泻如注,使人产生极大的美感。曲中衬字,也要遵循一定的规律。北曲则多,南曲则少;套曲则多,小令则少;多用虚词,加在句首或句中,不能加在句尾。但也有特例:

5. 南曲[小桃红](元)无名氏

暗思昔日配春娇。不知是哪一点花星照也。向欢娱沉埋一般旧根苗。从见了那多娇。和咱有燕莺期,凤鸾交。鸳鸯侣,勾引得蜂蝶闹也。恨不得折损柔条。谁承望武陵人,先能小蛮腰。

这支曲第二句及第八句的韵脚下面都添个“也”字,这是很特殊的,目的是声调曳长,姿媚横生,优美动听。另外,在某些小令、散套、剧套的句子末尾,有“也么哥”、“也么天”、“也摩挲”等,人们都把它看作是语法上的衬字。元代大曲家周德清《论曲》中说:“总之,造语必俊,用字必熟。太文则迂,不文则俗,文而不文,俗而不俗,要耸观耸听。”所以一个散曲作家要具有熟练的驾驭语言的能力,才能做到“文而不文,俗而不俗”,雅俗共赏,曲尽其妙。用好衬字,是一个重要手段。

怎样区别正文与衬字?根据曲牌定调、定句数、各句定字数、定句法、定四声,通篇要定韵、定格式,成为作曲的规范,不可轻易改动。《中原音韵》即列有“定格四十首”的曲牌谱式。剧曲复杂,比较困难,暂且置之不论。散曲相对容易,首先抓住形成律句或近似律句的句子,其余可认为衬字;其次从句尾向前逆推,摘出曲文正文,可以看出剩下的就是衬字;正文一般较雅,较重要,前后句意关联较为紧密。当然最可靠的还是依据曲谱和同调名家名作,多不离谱,把握性就大了。

字句的增损。据周德清《中原音韵》中说:“句字不拘,可以增损。”衬字是曲律规定以外的字,一般不占音节,而“句字增损”则是曲律规定以内可以增加或减少的,与词调的摊破、促拍、减字类似。所增损的句子与曲调密切相关;增则占据节拍,损则出现拖腔。例如:[仙吕宫·后庭花]定格是五五五三四五:

6. [仙吕宫·后庭花](元)吕止庵

孤身万里游,寸心千古愁,霜落吴江冷,云高楚甸秋。认归舟,风帆无数,斜阳独倚楼。

7. [仙吕宫·后庭花](元)王实甫

我则道拂花笺打稿儿,原来他染霜毫不勾思。先写下几句寒温序，后题着五言八句诗。不移时，把花笺锦字，叠做个同心方胜儿。忒风流忒煞思，忒聪明忒浪子。虽然是假意儿，小可的难到此。

后一首加点的字，如“拂”、“染”是增字；“忒风流”以下四句就是增句。本来原曲只应有7句，增句则变成11句。此曲有的能增加到48句，空间真是广阔，可任飞驰。减字例如：

8. [双调·新水令]（金）元好问

一声啼鸣落花中，惜花心又还无用。深院宇，小帘栊。点检春工，夕阳外绿阴重。

例中，第三、四句按曲律规定应为五字句，却变成三字句，可视之为特殊的“又一体”。据周德清《中原音韵》中记载，可增损的曲是：

[正宫] 端正好、货郎儿、煞尾（应是[正宫]端正好，《北曲广正谱》有辨正）

[仙吕宫] 混江龙、后庭花、青哥儿

[南吕宫] 草池春、鹌鹑儿、黄钟尾

[中吕宫] 道和

[双调] 新水令、折桂令、梅花酒、尾声

《北曲广正谱》又增4种，合为18种：

[仙吕宫] 六幺序

[南吕宫] 玄鹤鸣、收尾

[双调] 搅筝琶

曲的声调和押韵。中古入声，至元代北方不复存在。周德清《中原音韵》将入声分别派入平上去三声，不再独立成为一类。明代王骥德提出在制曲时对音声的原则：“其用法，则宜平不得用仄，宜仄不得用平（此处仄包括上去），宜上不得用去，宜去不得用上，宜上去不得用去上，宜去上不得用上去。上上去去，不得叠用，单句不得连用四平、四上、四去、四入……押韵有宜平亦可用仄者，有宜仄亦可用平者，有宜平不得已而以上声代之者。韵脚不宜多用入声代平、上、去字。一调中有数句连用仄声者，宜一上一去间用。”（《曲律·论平仄》）每支曲律末句的平仄尤须注意。《中原音韵》和清代李玉的《北曲广正谱》都提供了许多曲牌末句的平仄式，供填词者参考。例如：

9. [南吕宫·采茶歌]（元）钟嗣成

上危楼，望行舟。夕阳山下水东流。准备香罗掩泪眼，安排锦字寄新愁。

(篇末并注明,“末句必要平平仄仄仄平平”。)

散曲用韵很密,几乎每句都押韵,而且一韵到底,平、上、去可以通押。又例如:

10.［越调·天净沙］秋思（元）马致远

枯藤老树昏鸦,小桥流水人家,古道西风瘦马。夕阳西下,断肠人在天涯。

每句都押韵。鸦、家、涯三字平声,马字上声,下字去声,平仄通押,使词曲顺口动听,语调自然和谐,富于声调美。这首小令第三句末二字必须用“去上”,第四句必须押去声,否则只算“次好”。曲字的平仄,有的地方比诗词要严要难。严在“仄分上去”,难在“入派三声”,因为诗词中仄声包上声和去声乃至入声,而入声字分派到平、上、去三声里了,使令人难以掌握。至于“平分阴阳”,从实践上看,区别不大,没有必要那么严格。而上去之分则是不容违反的。特别是韵脚,上声和去声的对立很明显。在元曲里,上声比较近似平声,故偶尔上声改作平声,平声改作上声,而去声的独立性很强,不容更改或易置。

曲的对偶(或称对仗)。明代王骥德在《曲律》中说:“当对不对,谓之草率;不当对而对,谓之矫强。对句须要字字的确,斤两相称方好。上句工,宁下句工;一句好,一句不好,谓之‘偏枯’,须弃了另寻。”又说:“凡曲遇有对偶处,得对方见整齐,方见富丽。”由此可见对偶在曲中的重要性。对偶有两句对,如［中吕·朝天子］《庐山》:“客去斋馀,人来茶罢。”有三句对,又称鼎足对,如范康［仙吕·寄生草］《酒》:“醻醄两个功名字,醅淹千古兴亡事,麴埋万丈虹霓志。”有隔句对(又称扇面对),是以第一句对第三句,第二句对第四句,如金志甫［双调·驻马听］《追韩信》:“回首青山,拍拍离愁满战鞍;举头新雁,呀呀哀怨半天寒。”有重叠对,如［中吕·普天乐］《别友》:“浙江秋,吴山夜,愁随潮去,恨与山叠。”是前两句一对,后两句一对。有救尾对,也是一种三句对,但与前一种三句对形式相同,作用则异。如张可久［中吕·红绣鞋］《岁暮》:“金莲步苍苔小径,玉钩垂翠竹闲亭,物换星移暗伤情。游鱼翻冻影,啼鸟泛春声,落梅香暮景。”规定使用位置一定在曲调的末尾,作用在于补救末句气格之卑弱,故名。还有连珠对,是一种多句的对仗形式。《太和正音谱》说:“所谓多句,即至少在五句以上,小令少见,剧曲较多。”王德信有一首小令带过曲［中吕·十二月带尧民歌］《别情》:“自别后遥山隐隐,更哪堪远水粼粼?见柳絮飞绵滚滚，对桃花醉脸醺醺。透内阁香风阵阵，掩重门暮雨纷纷。怕黄昏忽地又黄昏，不消魂怎地不消魂？新啼痕压旧啼痕，断肠人忆断肠人。今春，香肌瘦几分，搂带宽三寸。”此外，还有连壁对，又叫四句对。如张可久小令[商调·梧叶儿]《第一楼醉书》：“梨云褪，柳絮飞。歌敛翠娥眉，月淡水蟾印。花浓金凤钗，酒滟玉螺杯。醉写湖山第一。”上例第三句至第六句互为对仗，为连壁对标准例子。其他还有鸾凤和鸣对、燕逐飞花对、两韵对、隔调对、借对等等。总之，元曲中的对偶使用灵活，形式多样，大大丰富了修辞手法，对对联的创作产生了重大的影响。

元曲形式是姿态各异，独具风采的，还有“杂体”形式，更充实了散曲的形式。

1. 嵌字。

像杂体诗“六府”、“八音”一样，就是把规定的几个字嵌入每句开端或句中。如贯云石（酸斋）[清江引]：

> 金钗影摇春燕斜，木杪生春叶。水塘春始波，火候春初热。土牛儿载将春到也。

明代蒋一葵《尧山堂外纪》记载这件本事：“贯酸斋尝赴亲宴，时正立春，座客以[清江引]请赋，且限‘金、木、水、火、土’五个字冠于每句之首，每句中各用春字。酸斋即题云（曲文见上），满座绝倒。”这首曲要求很严，第三、四句要求对仗，第一句的末两声要“去上”或“去平”，第五句末两声必须用“去上”。

2. 叠字。

李清照《声声慢》“寻寻觅觅，冷冷清清，凄凄惨惨戚戚”三句用七个叠字，脍炙人口。但也只是三句，元曲中有全篇都是叠字的。如“莺莺燕燕春春，花花柳柳真真。事事风风韵韵。娇娇嫩嫩，停停当当人人”（乔吉[越调·天净沙]即事）。

3. 顶真（针），亦称联珠。

“断肠人寄断肠词，词写心间事，事到头来不由自。自寻思，思量往日真诚志。志诚是有，有情谁似！似俺那人儿。”此曲见《中原音韵·定格》，周德清评曰：“顶真，妙，且音律和谐。”和谐、调和、均衡、匀称等，都是形式美学的主要法则。

4. 短柱、双声叠韵。

短柱，就是每句都有暗韵，短句一用，较长的句子两用，直到篇终。如：“鸾舆三顾茅庐，汉祚难扶，日暮桑榆。深渡南泸，长驱西蜀，力拒东吴。美乎周瑜妙术，悲夫关羽云殂。天数盈虚，造物乘除。问汝何如，早赋归欤。”（虞集[双调·折桂令]席上偶谈蜀汉遗事因赋短柱体）

元人陶宗仪《辍耕录》记载了这一曲的本事：“虞邵庵先生集在翰苑时，宴散散学士家，歌儿郭氏顺时秀者，唱今乐府。其[折桂令]起句云‘博山铜细袅香风’，一句两韵，名曰短柱，极不易作。先生爱其新奇，席上偶谈蜀汉事，因命纸笔，亦赋一曲（曲如上引文），盖两字一韵，比之一句两韵者尤难。”

双声叠韵，基本上是短体，但叠韵字都要双声，多了一层限制，难上加难。如：“至当时处士山祠，渐次南枝，春事些儿。枫渍殷脂，蕉撕故纸，柳死荒丝。目寒涩雄雌鹭鸶，翅参差母子鸬鹚。再四嗟咨，撚此吟髭，弹指歌诗。”（乔吉[双调·折桂令]拜和靖祠双声叠韵）

全曲共25个叠韵字，同时也是双声字（“涩”为入作上），这种高难度的语言，是曲家经苦心孤诣的艺术锤炼而创造出的新颖独特的形式美。

5. 隐括。

如：“万树枯林冻折，千山高鸟飞绝。兔径迷，人踪灭。载梨云，小舟一叶。蓑笠渔翁耐冷的别，独钓寒江暮雪。”（乔吉[双调·沉醉东风]题扇头）

这是隐括唐人柳宗元著名的五言绝句《江雪》一诗。“千山鸟飞绝，万径人迹灭。孤舟蓑笠翁，独钓寒江雪”，只有20字。而曲[沉醉东风]的句式为8句，六六三三三四七六，第五、六句也可合成一句，押六仄韵。不添衬字也要38字，故需增字才能完篇。如括文入曲，则相反。元人孙季昌[仙吕·点绛唇]集苏轼的《赤壁赋》便是一个例证。诗、词、文赋都是有韵的，化诗、词、文赋入曲，多姿多态，更是相得益彰。

6. 独木桥。

如：“筑墙的曾入高宗梦，钓鱼的也应飞熊梦。受贫的是个凄凉梦，做官的是个荣华梦。笑煞人也末哥，笑煞人也末哥，梦中又说人间梦。”（周文质[正宫·叨叨令]自叹）

总之，散曲形式多样多姿，为元“一代文学之胜”。前人辛苦耕耘，筚路蓝缕，开拓创新，使元曲与唐诗、宋词鼎足并称，使中国诗坛地广天阔。在新时期，继承传统、推陈出新制作散曲的诗家、学者越来越多，这是非常可喜的现象。我个人认为，散曲不仅没有衰亡，还有着很强的生命力，犹如一片尚待开发的处女地，只要注入新时代的养分，定会开放出异彩奇葩。

第二章　元人散曲常用谱式

一、小令

1.［黄钟宫·贺圣朝］　无名氏

春夏间(韵),遍郊原桃杏繁(韵),用尽丹青图画难(韵)。
平仄平　　仄平平平仄平　　仄仄平平平仄平
道童将驴鞴上鞍(韵),忍不住只恁般顽(韵)。将一个
仄平平平仄仄平　　仄仄仄　仄平平
酒葫芦杨柳上拴(韵)。
仄平平平仄　平

【简评】此曲以郊野繁茂的桃杏树林为背景,用两个特写镜头——一个是把马鞍套在驴背上,一个是把酒葫芦挂在杨柳树梢上,将一个顽童的天真烂漫举动,像浮雕一样呈现在读者面前,使人感到郊原不仅生机盎然,而且幽默有趣。《太和正音谱》、《北词谱》等均录有此调。唐教坊曲名为词牌,又称为《转调贺圣朝》。曲调《贺圣朝》属黄钟宫。共6句,句式为三六七七六六,句句押韵。

2.［黄钟宫·醉花阴］秋怀　无名氏

窗外芭蕉战秋雨(韵),又添上新愁几许(韵)。
平仄平平去平上　　去上　平平仄上
珊枕剩绣衾馀(韵),落雁沉鱼(韵),眼底知何处(韵)。
(平)仄去去平平　　仄仄平平　　上仄平平去
酒醒后细踌躇(韵),一寸柔肠千万缕(韵)。
仄仄仄去平平　　仄仄平平平去上

【简评】此曲写离别之人,不知去向,难见容颜,只听见秋雨打在芭蕉叶上的声

音。凄凉愁绪又添不少,借酒浇愁,酒醒后更愁。此曲可以减句。常式为7句,句式七六六四五六七,押七平仄韵。

3.［黄钟宫·人月圆］晚春次韵 张可久

【作者简介】张可久(约1270—1346后),字小山;一说名伯远,字可久,号小山。庆元路(路治今浙江宁波)人。曾任桐庐典史,仕途失意。曾漫游苏、浙、湘、赣、皖、闽诸地,晚年居杭州。一生专工散曲写作,《全元散曲》所辑小令855首,套数9套,多吟诵山水,放逸抒怀。风格典雅清丽,华而不艳。有《小山乐府集》。与乔吉并称为元散曲两大家。他将诗词的声律、辞藻、句法摄入曲作的做法,为某些从诗词转向散曲的作者拓开了一条路。《太和正音谱》称其为"词林宗匠"。

萋萋芳草春云乱(句),愁在夕阳中(韵)。短亭别酒(句),
平平平上平平去　㊀仄仄平平　上平平上
平湖画舫(句),垂柳骄骢(韵)。［幺］一声啼鸟(句),
平平去上　㊉仄平平　平平㊀上
一番夜雨(句),一阵东风(韵)。桃花吹尽(句),
平平去上　㊉仄平平　仄平平去
佳人何在(句),门掩残红(韵)。
平平平去　平仄平平

【简评】写春日别酒,一片愁绪。幺篇后六句,前四句写景况,严谨流畅;后二句写人的行为,充分写出了离别之情。本调采用宋代王诜词"年年此夜,华灯盛照,人月圆时"词语命名。又名《青衫湿》;双调。句式为上片七五四四四,下片四四四四四四,共11句(第二、五、八、十一句押韵),与词调全同,但曲调用韵往往较密,三组四字句多作鼎足对。

4.［黄钟宫·节节高］题洞庭鹿角庙壁 卢挚

【作者简介】卢挚(约1243—1315后),字处道,又字莘老,号疏斋,又号嵩翁。

涿州(今河北省涿州市)人。至元五年进士,官至翰林学士承旨。诗文与刘因、姚燧齐名。散曲为前期重要作家之一,与白朴、马致远、朱帘秀等均有交往。有《疏斋集》、《疏斋后集》,均佚。散曲作品仅存小令。贯云石《阳春白雪序》称其曲"妩媚,如仙女寻春,自然笑傲"。《全元散曲》录存其小令120首。

雨晴云散,满江明月(韵)。风微浪息,

仄平平仄　仄平平仄　　　平平去上

扁舟一叶(韵)。半夜心(句),三生梦(句),万里别(韵)。

平平上去　　仄平平　　平平仄　　去上平

梦依蓬窗睡些(韵)。

去上平平仄平

【简评】这支小令抒发了"万里别"而引起的纷繁思绪、郁闷心情。前三句写景物宁静而心绪实在是不宁静;"扁舟一叶"极尽孤独情怀。写景如画,颇为迷人。曲牌属黄钟宫。8句,句式为四四四四三三三六,第二、四、七、八句押韵,为四平仄韵。可作小令或入套曲。南曲也有此调,属南吕宫。

5.［黄钟宫·喜迁莺］赏玩　无名氏

少年行乐(韵),好光阴暗里过(韵)。量度(韵)。想欢会

㊀平平去　　仄平平仄㊀平　　平平　　上平去

人生几何(韵)。六代遗宫草树多(韵)。

平平仄平　　　㊀仄平平㊀去平

眼见的都正果(韵)。

仄㊀平平上去

江山依旧(句),人物消磨(韵)。

平平平仄　　平去平平

【简评】题为赏玩,并非玩赏美景胜地,乃对人生短暂、转眼都是物是人非的慨叹。语言本色纯正。曲牌属黄钟宫。8句,句式为四六二七七六四四,押七平仄韵,第七句四字句不押韵。

6. [黄钟宫·刮地风] 赵显宏

【作者简介】赵显宏(生卒年不详),号学村。生平不详。《全元散曲》录存其小令21首,套数2套。

春日凝妆上翠楼(韵),满目离愁(韵),
平仄平平仄仄平　　仄仄平平
悔教夫婿觅封侯(韵)。
仄平平仄仄平平
蹙损眉头(韵),园林春到(句),物华依旧(韵)。
仄仄平平　　平平平去　　仄平平仄
并枕双歌(韵),几时能勾(韵)。团圆日是有(韵),
仄仄平平　　仄平平去　　平平仄仄仄
相思病怎休(韵),都道我减了风流(韵)。
平平仄仄平　　仄仄平平

【简评】写妇女思念远别之情,常用"悔教夫婿觅封侯"。但此曲写感春怀人,曲折有致,团圆虽然有日,但眼前多么煎熬啊!思念迫切。赵显宏咏此调共6首。此其一首。6首字句皆同,唯声韵有异。"楼"、"休"、"流"为三平韵。赵氏有以"者"、"写"、"也"三上声韵相叶者。"到"字亦可去叶,如赵氏他作云:"舞台歌榭,好天良夜。""有"字亦可平叶,如赵氏他作云:"杨花正乱飞,莺声不住啼。"

7. [正宫·端正好]高隐 薛昂夫

【作者简介】薛昂夫(1267—1359),回鹘(今维吾尔族)人。原名薛超吾,以第一字为姓。先世内迁,居怀孟路(治所在今河南沁阳)。祖、父皆封覃国公。本人历任江西省令史、太平路总管、衢州路总管等职。汉姓马,又字九皋,故亦称马昂夫、马九皋。《录鬼簿》"方今名公"篇,列有"马昂夫总管";但《太和正音谱》"群英乐府格势"篇,将薛昂夫、马昂夫、马九皋分列为三人品评。散曲小令多连章之作,如[朝天子]《咏史》20首。其曲"词句潇洒"(《南曲九宫正始序》),"如雪窗翠竹"(《太和正音谱》)。现存散曲小令65首,套数三套。又,曾师从宋遗民、刘辰翁,善篆书,有诗名。与萨都剌有唱和。

访知音习酬和(韵),也不问名利如何(韵)。

仄平平平平仄　　仄平仄㊀仄平平

不贪不爱随缘过(韵),把世事都参破(韵)。

平平平仄平平仄　　㊀仄仄平平去

【简评】作者说,把世上的人事、名利都看透了,只访问几个知心朋友,互相酬唱而已。语真切而心酸至极。曲牌属正宫,多入套曲,有多种体格。今录薛昂夫一体。4句,句式为六七七六,押四平仄韵。

8.［正宫·叨叨令］　邓玉宾

【作者简介】邓玉宾(生卒年不详),生平不详。《录鬼簿》列"邓玉宾同知"为"前辈已死名公有乐府行于世者",当属元散曲前期作家。作品多写道士生活,并有"丫髻环绦,急流中弃官修道"之词。《太和正音谱》评其曲"如幽谷芳兰"。《全元散曲》录存其小令4首,套数4套。

白云深处青山下(韵),茅庵草舍无多夏(韵)。

㊥平㊥仄平平去　　㊥平㊀仄平平去

闲来几句渔樵话(韵),困来一枕葫芦架(韵)。

㊀平㊀仄平平去　　㊀平㊀仄平平去

你省的也么哥,你省的也么哥,煞强如风波千丈担惊怕(韵)。

㊀仄　仄平平　㊀仄　仄平平　　　平平㊥仄平平去

【简评】世事麻烦至极,卷进去就要"风波千丈担惊怕"。最好是躲在"白云深处青山下",悠闲自在。语悲而情痛!曲牌属正宫。此曲与《塞鸿秋》相同,唯"也么哥"两叠不同耳。"也么哥"为此调定格,可不管文理为之。此外每句皆须叶去。韵上二字,又须用平平,不可移易。此调又与《折桂令》为带过曲。

9.［正宫·脱布衫］　王实甫

【作者简介】王实甫(1260—1336),名德信,元代戏曲作家,大都(今北京)人。主要创作活动约在元成宗元贞、大德年间。所作杂剧今知有14种,现存《西厢记》、《破窑记》(一说关汉卿作)、《丽春堂》3种;《芙蓉亭》、《贩茶船》各存一折曲词。散曲作品今仅存小令一首，套数3套（其中有一残套）。剧作大多描写男女爱情，塑造了崔莺莺、红娘、刘月娥等典型的妇女形象。曲辞优美，《西厢记》尤为出色，被誉为“天下夺魁之作”，在我国戏曲发展史及文学史上影响很大。朱权评王实甫之作如“花间美人”，“铺叙委婉，深得骚人之趣”，“极有佳句”（《太和正音谱》）。

下西风黄叶纷飞（韵），染寒烟衰草凄迷（韵）。

仄平平(平)仄平平　　仄平平(平)仄平平

酒席上斜签着坐的（韵），蹙愁眉死临侵地（韵）。

(仄)平仄(平)(平)　去上　　仄平(平)仄平平去

【简评】这是《西厢记》里的一首剧曲：环境是“黄叶纷飞”、“衰草凄迷”；酒席上斜坐的那位人，愁眉苦脸，死气沉沉。情景交融，形象生动。此曲牌属正宫。与《小梁州》为带过曲，无独用者。

10. ［正宫·小梁州］春游晚归　张可久

玉壶春水浸晴霞（韵），景物奢华（韵）。彩船歌（韵）。

(仄)仄平(平)仄(仄)平　　仄仄平平　　(平)平(平)

管间琵琶（韵）。青旗挂（韵），沽酒是谁家（韵）。

平(仄)平平　　平平去　　(仄)仄平平(仄)

［幺］夕阳一带山如画（韵），数投林万点寒鸦（韵）。

(平)平(仄)仄平平去　　仄平平仄仄平平

曲水边（句），孤山下（韵）。游人归去（句），

仄仄平　　平平去　　(仄)平平去

明月映梅花（韵）。

(仄)仄仄平平

【简评】写于春游，集中一句为“景物奢华”。沽酒听歌，管弦悠扬，极为欢乐。下面写景，先总括写江山如画，而且映着夕阳；再具体写寒鸦，写曲水，写孤山，景致实在令人依恋不舍。在明月映照下归去，扣住“春游晚归”这一题目。此曲又名《小凉州》，平仄通叶。起句亦可作仄仄平平仄仄平，如贯云石云：“巴到黄昏祷告天。”张择云：“门外红尘滚滚飞。”皆是。《中原音韵》云：

"末句须仄仄仄平平。"除第一字外,余当依之。

11. [正宫·塞鸿秋]湖上即事　张可久

断桥流水西林渡(韵),　暗香疏影梅花路(韵),
仄⃝平平⃝仄平平去　　仄⃝平平⃝仄平平去
蹇驴破帽登山去(韵),　夕阳古寺题诗处(韵)。
仄⃝平平⃝仄平平去　　平⃝平仄⃝仄平平去
树头啼翠禽(句),　　　水面飞白鹭(韵)。
仄平平⃝仄平⃝　　　　仄⃝仄平⃝平去
伤心和靖先生墓(韵)。
平⃝平平⃝仄平⃝平去

【简评】此曲显然是写杭州西湖,因有"断桥"、"和靖先生墓",少不掉要写梅,故有"暗香疏影"句。写骑着跛驴,戴着破帽,又在古寺题诗,看到树头啼鸟,心情似乎又很悲凉。语言形象,情景交融。曲牌属正宫又入仙吕及中吕。凡韵处皆须作平平去。"翠禽"句亦可叶,如可久他作云:"兽炉沉水烟,翠沼残花片。""禽"字又可作仄而不叶,如周德靖云:"晚云都变露,新月初学扇。"

12. [正宫·菩萨蛮]客中寄情　侯克中

【作者简介】侯克中(1225?—1315),字正卿,号艮斋,真定(今河北省正定)人。曾精心读《易》,著有《大易通义》,今不传。能诗善曲,作杂剧《春风燕子楼》,已佚。今存《艮斋诗集》十四卷,小令、套曲数种,见于《太平乐府》、《词林摘艳》。

镜中两鬓皤然矣(韵),心头一点愁而已(韵)。
仄平上去平平仄　　平平仄仄平平仄
消瘦仗谁医(韵),　　羁情只自知(韵)。
平仄去平平　　　　仄平上去平

【简评】此曲写"客中寄情",主要写客居他乡的羁旅之情。有家难归,两鬓皤白,心中何止"一点愁而已"。外少内多,是手法的高妙处。曲牌属正宫。4

句,句式为七七五五,每句入韵,押二仄二平韵。

13. [正宫·鹦鹉曲]渔父 白贲

【作者简介】白贲(约1270—1330前),号无咎,钱塘(今杭州)人,诗人白珽之子。约元大德(1298)至至顺(1331—1333)年间在世。任温州路平阳州教授,后为文林郎、南安路总官府。善画能曲,所作《鹦鹉曲》又名《黑漆弩》,曾盛传京师,和者甚众。今存小令、套曲数首。见于《阳春白雪》、《太平乐府》。

侬家鹦鹉洲边住(韵),是个不识字的渔父(韵)。
平平平仄平平去　　仄　仄仄仄仄平仄
浪花中一叶扁舟(句),睡煞江南烟雨(韵)。
仄平平仄仄平平　　仄仄平平平上
[幺]觉来时满眼青山(句),抖擞绿蓑归去(韵)。
　　仄平平仄仄平平　　仄仄仄平平去
算从前错怨天公(句),甚也有安排我处(韵)。
仄平平平仄平平　　仄仄仄平平上去

【简评】此曲写出一个江上渔父,一派潇洒散淡的乐趣,写尽渔父的生活感受。作者是诗人世家,知名学士,但他仍流露出对社会的不满,表现了浓重的遁世思想。语言本色,明白流畅,毫不雕饰,立意深远,为元人名作。此曲原名《黑漆弩》,为北宋田不伐之作,惜原作已不传,今尚传卢挚和作。他人所作,皆次其韵。以白贲作起句"侬家鹦鹉洲边住",故又名《鹦鹉曲》。因白氏曾官学士,故又名《学士吟》。《大成谱》将幺篇作为又一体,殊非。第一句据冯子振和作,当作上四下三句法。第二句据冯子振作39首和词,皆无作六字者。卢挚云:"只怕失约了巢父。"刘敏中云:"不识我唤作伧父。"又云:"更几个好事农夫。"亦皆不作六字。可知此句"不"字,并非衬字。《广正谱》不作衬,是也。句法亦多作上三下四。若此句之二五句法,及冯作"忠孝两字报君父"之四三句法皆不多。以下七字句皆为上三下四句法。末句"甚也"二字须去上,"我处"二字须上去,皆当依之。幺篇第一句亦有作六字者,如卢挚云:"故人倾倒襟期。"刘敏中云:"闲将得失思量。"又云:"酒旗只隔横塘。"皆是。第二句亦有作三三句法者,如冯子振作:"逝水看,流年去。"然究不多。

14.［正宫·白鹤子］　关汉卿

【作者简介】关汉卿(约1220—1330),号已斋叟,大都(今北京)人。一说燕人(《析津志》),或解州(今山西解县)人(《元史类编》卷三十六)。约生于金末,卒于元成宗大德年间。《录鬼簿》说他曾任太医院尹,“金遗民,入元不仕”(郏经《青楼集·序》)。他“生而倜傥,博学能文,滑稽多智,蕴藉风流,为一时之冠”(《析津志》)。他一生主要在大都从事戏曲创作,晚年到过杭州。亦熟谙戏曲表演艺术。与汤显之、王和卿、朱帘秀等人交往甚密。所作杂剧今知有60余种。现存《窦娥冤》、《救风尘》、《金线池》、《谢天香》、《调风月》、《望江亭》、《单刀会》、《蝴蝶梦》、《玉镜台》、《拜月亭》、《绯衣梦》、《西蜀梦》、《哭存孝》13种;《哭香囊》、《春衫记》、《孟良盗骨》3种,仅存残曲。另《鲁斋郎》、《陈母教子》、《五侯宴》、《裴度还带》、《单鞭夺槊》、《西厢记》(第五本)6种,是否为他所作,尚无定论。散曲作品现存套数十余套,小令50余首。其戏曲作品,大多反映黑暗现实,表现人民的苦难和反抗精神,人物性格鲜明。其曲辞“曲尽人情,字字本色”,“当为元第一”(王国维《宋元戏曲考》),对元杂剧繁荣发展影响很大。与郑光祖、白朴、马致远并称“元曲四大家”。

香焚金鸭鼎(句),闲傍小红楼(韵)。

仄平平仄仄　　㊀仄仄平平

月在柳梢头(句),人约黄昏后(韵)。

㊉㊀仄平平　　㊉仄平平去

【简评】关汉卿写[白鹤子]多首,此为其中一首。对仗工稳,短小如五言绝句,此曲富有诗的特征。《太平乐府》收关氏《白鹤子》共四首,其第一首云:“花边停骏马,柳外缆轻舟。湖内画船交,湖上骅骝骤。”曲的每句第一字平仄可不拘,余须悉依之。《中原音韵》云:“末句须仄仄平平去。”实则第一字可不拘。

15.［正宫·双鸳鸯］　王恽

【作者简介】王恽(1227—1304),字仲谋,别号秋涧,卫州汲县(今属河南)人。中统、大德年间,历官至翰林学士、嘉议大夫。他是元好问的弟子,善文能诗词。有《秋涧先生大全文集》一百卷，其中《秋涧乐府》四卷，专收其词曲作品。《全元散曲》录存其小令41首。

暖烟飘(韵)，绿杨桥(韵)，旋结柔圈折细条(韵)。
仄平平　仄平平　平仄平平仄仄平
都把发春闲懊恼(句)，碧波深处一时抛(韵)。
仄仄㊀平平仄仄　㊀平平仄仄平平

【简评】《双鸳鸯》一曲，写暖烟杨柳，一派春光明媚的好季节。但人生总多离别，春闲无侣，徒增懊恼。折柳结成柔圈，只好抛向碧波深处，语甚含蓄。曲牌属正宫，又名《合欢曲》，王恽《秋涧先生大全文集》中共有15首。第三句第一字可仄，如王恽他曲云："扈从人稀北去多。""惨乱旌旗指望贤。"皆是。第四句第一字可平，第三字亦可平，如王恽他曲云："长记承天门上宴。""人到愁来无会处。"皆是。末句第一字可仄，如王恽他曲云："杜鹃声在散花楼。""酒楼吹笛有新声。"皆是。

16. [正宫·绿么遍]自述　乔吉

【作者简介】乔吉(？—1345)，一名乔吉甫，字梦符，号笙鹤翁，又号惺惺道人，太原(今属山西)人，流寓杭州，是散曲作品数量仅次于张可久的多产作家。明清人多以他与可久并称元散曲两大家。散曲集有《惺惺道人乐府》、《文湖州集词》、《乔梦符小令》3种。近人任讷辑为《梦符散曲》。《全元散曲》收录其小令209首，套数10套。又系知名杂剧作家，今知所作杂剧有11种，现存《两世姻缘》、《金钱记》、《扬州梦》3种。论散曲作法，提出"凤头、猪肚、豹尾"六字，对戏曲理论及创作都有一定影响。

不占龙头选(韵)，不入名贤传(韵)。时时酒圣(句)，
仄仄平平仄　仄仄平平平　平平仄仄
处处诗禅(韵)。烟霞状元(句)，江湖醉仙(韵)，
仄仄平平　平平仄平　平平仄平
笑谈便是编修院(韵)。留连(韵)，批风切月四十年(韵)。
仄平仄仄平平仄　平平　平平仄仄仄平平

【简评】作者把一生于小曲中道尽。表明自己不慕名利，耽于诗酒，浪迹江湖四十年，作者自述，大有禅家风格。曲牌《中原音韵》属正宫，即《柳梢青》。

只乔吉一首小令，平仄通叶，无他曲可校。入套另属仙吕。

17.［正宫·醉太平（凌波曲）］寄情　查德卿

【作者简介】查德卿，生平事迹不详，大约生在元仁宗朝（1311—1324），现存小令22首。为元后期散曲名家。

钗分凤凰（韵），衾剩鸳鸯（韵）。锦笺遗恨爱花香（韵）。
平平仄平　平去平平　上平平去仄平平
写新愁半张（韵）。晚妆楼阁空凝望（韵），
仄⃝平仄平⃝　仄⃝平平⃝仄平平去
旧游台榭添惆怅（韵）。
仄⃝平⃝平仄平平去
落花庭院又昏黄（韵），正离人断肠（韵）。
平平仄⃝去仄平平　平平去平⃝

【简评】题“寄情”乃寄爱情、别情，风格与众不同。本曲属正宫，一名《凌波曲》，又入仙吕及中吕。起句叶韵，可平可仄。《中原音韵》举张可久“人皆嫌名窘”一首，《太和正音谱》举张可久“黄庭小楷”一首，皆仄叶。可久他作如“乌云髻松”，“风流地仙”，“翩翩野舟”诸曲，亦皆平叶。可知起句叶韵，平仄皆可。惟《中原音韵》谓平叶属第二着耳。末句《中原音韵》云：“须平平去上。”但检元人所作，第一字既不拘平，第四字亦不拘上。如贯云石：“忍着疼撞门。”王元鼎云：“听街头卖杏花。”乔吉云：“入江山图画。”刘庭信云：“奈薄情未还。”查德卿本调云：“正离人断肠。”皆以平叶。张可久所作，间已用平，可见末字不必拘上，惟第三字则须去耳。

18.［仙吕宫·点绛唇］　白朴

【作者简介】白朴（1226—1312后），元代戏曲作家，字仁甫、太素，号兰谷先生。隩州（今山西河曲）人。后居真定（今河北正定）。父白华为金枢密院判官。金亡时尚年幼，因其母为蒙古军所掠，遂得元好问救助，幸免于难。入元后，不肯出仕，浪迹山水，以诗酒优游。曾一度寓居金陵（今江苏南京），

晚年仍归北方。杂剧、散曲作品以绮丽婉约见长。与关汉卿、马致远、郑光祖并称“元曲四大家”。所作杂剧今知有16种。现存《墙头马上》、《梧桐雨》、《东墙记》3种,皆描写爱情。《流红叶》、《剪射双雕》2种,各有曲词一折。另有词集《天籁集》。清初杨友敬掇拾白氏散曲附于集后,名《摭遗》。有小令37首,套数4套。

金凤钗分(句),玉京人去(句),秋潇洒(韵)。
平去平平　　仄平平去　　平平上
晚来闲暇(韵),针线收拾罢(韵)。
㊀平平平　　㊁仄平平去

【注释】玉京:《魏书·释老传》:“道家之原,出于老子。其自言也,先天地生,以资万类。上赴玉京为神之宗,下在紫薇为飞仙之主。”故玉京即道家所说的天宫。该小令中,白朴指的是心上人已离去而升天了。

【简评】人去楼空,料理后事,不言悲情,而悲情更甚。

19. [仙吕宫·寄生草]　无名氏

枯荷底(句),宿鹭鸶(韵),玉簪香惹蝴蝶翅(韵)。
平平仄　　仄仄平　　仄平平仄平平去
长空雁写斜行字(韵),御沟红叶题传示(韵)。
平平仄仄平平去　　仄平平仄平平去
东篱陶令酒初醒(韵),西风了却黄花事(韵)。
平平平仄仄平平　　平平仄仄平平去

【简评】写人生一世飘零无定,感慨极深。此曲调属仙吕宫,亦可入双调。起句元人有叶韵者,如查德卿云:“姜太公贱卖了磻溪岸,韩元帅命博拜将坛。”“玉簪”三句,须作扇面对。《中原音韵》云:“末句须平平仄仄平平去。”除第一字不拘外,余六字当悉依之。而扇面对三句之末,亦须以去相叶。又《中原音韵》谓末句第五字必用阳字,否则不协。又谓第二句一二字宜上去,末句三四两字宜去上、去上,上字尚可作平。第二句如无名氏云“三月初”、“闲是非”、“桃杏腮”,末句如无名氏云“采莲谁驾莲舟过”、“今生还了相思债”皆是。至末句五六七三字,如查德卿作“鸳鸯弹”,无名氏作“春消息”,第五字亦未作阳字。

20. [仙吕宫·赏花时]送人回镇淮安 汤式

【作者简介】汤式(生卒年不详),字舜民,号菊生,象山(今属浙江)人。元时曾任县吏,后落魄江湖间。明成祖朱棣即位前,汤式曾为其侍从,颇受宠幸。所作杂剧《瑞仙亭》、《娇红记》均佚。所作散曲极多,有散曲集《笔花集》。

铁瓮金墉壮九关(韵),铜柱楼船控百蛮(韵)。
平仄平平㊉仄平　　㊀去平㊉㊉仄平
江汉静波澜(韵)。边庭事简(句),烽燧报平安(韵)。
平仄去平平　　平平仄仄　　平仄仄平平

【注释】铁瓮:即铁汉(指送行的友人)。金墉:即坚固的城墙。

【简评】此曲写送友人去镇守淮安,必定有一番大作为。以"铁瓮"颂其雄壮有才,以"金墉"喻其守镇固若金汤。战船如云,能控"百蛮",江静不澜,天下有望平安。赞美之辞,溢于言表,充满豪气,在元散曲作品中是不多见的。本曲调属仙吕宫。5 句,句式为七七五四五,押四平韵。

21. [仙吕宫·一半儿] 陈克明

自将杨柳品题人(韵),笑撚花枝比较春(韵)。
仄平平仄仄平平　　仄仄平平仄去平
输与海棠三四分(韵),再偷匀(韵),
平仄仄平平去平　　仄平平
一半儿胭脂一半儿粉(韵)。
平平　　上

【简评】描写春日美景,以物比物,似乎显出了区别。《中原音韵》定格举陈氏此例,以为韵律独先,当从之。又此调与《忆王孙》同,但多"一半儿"三字,且《忆王孙》只有平煞,而《一半儿》多用上煞,显有区别,不可相混。"春"字可仄叶,如关汉卿云:"独入罗帏淹泪眼。"徐再思云:"今日看花惟袖手。"陈氏他作云:"一种春心无处耗。"皆是。"分"字亦可仄叶,如关汉卿云:"乍孤眠好教人情懒。"王和卿云:"两三行字真带草。"胡祇遹云:"窗上一枝梅弄影。"徐再思云:"隋苑春归闻杜宇。"皆是。"粉"字又可平叶,诸家用之者亦甚多。惟若用仄,则必叶上耳。

22. [仙吕宫·六幺令] 关汉卿

乍凉时候(韵),西风透(韵),碧梧脱叶(句),
去平平去　　平平去　　仄平上去
余暑才收(韵)。香生凤口(韵),帘垂玉钩(韵)。
平仄平平　　平平去上　　平平仄平
小院深闲清昼(韵),清幽(韵),听声声蝉噪柳梢头(韵)。
上去平平平去　　平平　　去平平平去上平平

【简评】写夏去秋来,清幽舒畅之情,跃然纸上。本曲为仙吕宫,9句,句式为四三四四四四六二八,押八平仄韵。

23. 南曲[仙吕宫·解三酲]无题 真氏

【作者简介】真氏(生卒年不详),名真真,建宁(今福建建宁)人。南宋真德秀之后,元初歌妓。姚燧为翰林学士承旨时,玉堂设宴,歌妓罗列。中一人秀丽闲雅,微操闽音。姚问履历,叩之再,泣而诉曰:"妾乃建宁人氏,真西山之后嗣,父官负债卖入娼家,流落至此。"公命坐,请使求上司为落籍,籍除嫁小史黄球,后为显官(事详见《辍耕录》"玉堂嫁妓"条)。

奴本是明珠擎掌(韵),怎生的流落平康(韵)。
平仄仄平平平上　　仄平平平仄平平
对人前乔做娇模样(韵),背地里泪千行(韵)。
仄平平平仄平平去　　仄仄仄仄平平
三春南国怜飘荡(韵),一事东风没主张(韵),
平平平仄平平去　　仄仄平平仄仄平
添悲怆(韵)。那里有珍珠十斛(句),来赎云娘(韵)。
平平仄　　仄仄仄平平平仄　　平仄平平

【注释】云娘:古时妓女待嫁者。此喻作者本人。

【简评】此曲表达了元代社会下层妇女的苦况,感情真挚,扣人心弦。语言十分流畅。本曲调属南曲仙吕宫。9句,句式为七七八六七七三七四。押八平仄韵。

24.［仙吕宫·锦橙梅］　张可久

红馥馥的脸衬霞(韵),黑鬒鬒的鬓堆鸦(韵)。
平仄仄　仄仄平　　　仄平平　仄平平
料应他必是个中人(句),打扮的堪描画(韵)。
仄平　仄仄仄平平　　　仄仄　平平仄
颤巍巍的插着翠花(韵),宽绰绰的穿着轻纱(韵)。
仄平平　仄仄仄平　　　平仄仄　平仄平平
兀的不风韵煞人也嗏(韵),是谁家,我不住了
　　平仄仄平仄平　　　仄平平　仄仄
偷睛儿抹(韵)。
平平　仄

【简评】邂逅美人,偷眼观察,风韵超群。本曲语言朴实、本色。《钦定词谱》录此曲脱"是谁家"三字,《太和正音谱》不脱。

25.［仙吕宫·忆王孙］寻梅　赵善庆

【作者简介】赵善庆(？—1345),一说名孟庆,字文宝;一说字文贤。饶州乐平(今江西德兴市)人。做过小官,任阴阳学正。著杂剧《教女兵》、《村学堂》等8种,今均不存。《太和正音谱》称他的词"如蓝田美玉"。散曲写景秀丽,音律工整。今存小令20余首,见于《乐府群玉》。

寻香曾到葛仙台(韵),踏雪今临和靖宅(韵)。
㊀平平仄仄平平　　　仄仄平平平仄平
横斜数枝僧寺侧(韵),动吟怀(韵),
㊥㊀仄平㊥仄平　　　去平平
一半衔春一半开(韵)。
平去平平平去平

【注释】葛仙:葛洪的叔祖,"葛仙台"是道家炼丹之处。

【简评】早春寻梅，动情吟诵，梅开一半，风景别致。本曲调属仙吕宫。5句，句式为七七七三七，每句入韵，押平声。

26. [仙吕宫·青哥儿]二月 马致远

【作者简介】马致远(约1250—约1324)，号东篱，一说字千里，大都(今北京)人。元代戏曲作家、散曲家。曾任江浙行省官吏，晚年隐退。所作杂剧今知有15种，现存有《汉宫秋》、《岳阳楼》、《荐福碑》、《任风子》、《陈抟高卧》、《青衫泪》及与艺人李时中、花李郎、红字李二合写的《黄粱梦》7种。《误入桃源》仅存残曲。一说南戏《牧羊记》也是他所作。作品多写神仙道化，有"马神仙"之称。曲词豪放洒脱。与关汉卿、郑光祖、白朴并称"元曲四大家"。其散曲成就尤为世人所称道。有辑本《东篱乐府》，存小令百余首，套数23套。其中散套[夜行船]《秋思》被誉为"万中无一"(周德清《中原音韵》)；[天净沙]《秋思》有"秋思之祖"之称。曲辞"典雅清丽"，"如朝阳鸣凤"(朱权《太和正音谱》)。

前村梅花开尽(韵)，看东风桃李争春(韵)。

平平平平平去　　去㊥平仄仄平平

宝马香车陌上尘(韵)。两两三三见游人(韵)。清明近(韵)。

仄仄平平仄仄平　　仄仄平平去平平　　平平去

【简评】二月早春，清风习习，正是出游的大好时机。本曲调属仙吕宫，亦入双调。马致远有咏一月之作12首，此咏二月一首。5句，句式为六七七七三，句句押韵。本曲第二句末"春"字可去叶。如其咏三月云："曲江头丽人天气。"咏四月云："在重泉一阳机会。"咏十二月云："岁功来待将迁谢。"皆是。

27. [仙吕宫·醉中天]佳人脸上黑痣 白朴

疑是杨妃在(韵)，怎脱马嵬灾(韵)，曾与明皇捧砚来(韵)。

平仄平平仄　　仄仄仄平平　　平仄平平仄仄平

美脸风流杀(韵)，叵奈挥毫李白(韵)，觑著娇态(韵)，

仄仄平平去　　仄仄平平仄平　　仄平平仄

松烟点破桃腮(韵)。

平平仄仄平平

【简评】戏谑文字，妙在联想奇特，用语幽默诙谐，颇有散曲的尖辛特点。本曲调为仙吕宫，又入越调与双调。每句皆叶。“白”字可仄叶，如和卿云：“一自巫娥去后。”无名氏云：“人比青山更远。”皆是。亦有于“白”字处不叶，而两句减为一句者，如无名氏云：“欲觅个圆圆好梦，欹枕也难成寐。”又云：“不来也奴更候些，直等烛灭香消睡。”盖又一题也。《中原音韵》云“捧砚”、“点破”，俱是上去声妙。然元人并未依之。又云：“末句应作平平仄仄平平。”可见当为六字为正。唯第三字亦可作平，如王和卿云：“玉箫声断南楼。”无名氏云：“月明闲却栏杆。”又云：“至今青冢云愁。”又云：“竹篱茅舍人家。”皆可证。“觑著娇态”四字，元人有作“依旧”二字者，但非通例，可不必从。

28. ［仙吕宫·醉扶归］　关汉卿

十指如枯笋（韵），和袖捧金樽（韵），搊杀银筝字不真（韵）。

仄仄平平仄　　平仄仄平平　　平仄平平仄仄平

揉痒天生钝（韵），纵有相思泪痕（韵），索把拳头揾（韵）。

平仄平平仄　　仄仄平平仄平　　仄仄平平去

【简评】老硬如金石，铿锵有力。此曲调属仙吕宫。6句，句式为五五七五六五，句句叶平仄韵。此曲亦入双调及越调。吕止庵于三四五三句云：“早知伊家不应口，谁肯先成就，营勾了人也罢手。”是三句皆用仄韵也。然《中原音韵》举此谓除“笋”字宜去声，“字不”二字不宜去上外，余则谓无疵。可知关作为正格，吕作为别体。《中原音韵》又谓末句须仄仄平平去，当依之。又无名氏所作形象飞动，同录于后：“花影侵阶砌，毋转小楼西，独倚屏山漫叹息。再把灯儿剔，自觑（了）孤栖影儿，咒罢（也）和衣睡。”

29. ［仙吕宫·哪吒令］　无名氏

青芽芽柳条（韵），接绿茸茸芳草（韵）；

仄平　　　　平平平仄

绿茸茸芳草(韵),间碧森森竹梢(韵)。

平仄　　　　平平㊀平

碧森森竹梢(韵),取红馥馥小桃(韵)。

㊀平　　　　㊀㊀仄平

娇滴滴景物新(句),笑吟吟闲行乐(句),

仄㊀平　　　　平平仄

一步步扇面儿堪描(韵)。

仄仄　平平

【简评】写春景如画。顶针巧妙,衬字起关联、贯通全曲的作用。《乐府新声》载此曲带过《鹊踏枝》、《寄生草》。

30.［仙吕宫·鹊踏枝］ 无名氏

声沥沥巧莺调(韵),舞翩翩粉蝶飘(韵)。

仄平平　　　　仄平平

忙劫劫蜂翅穿花(句),闹炒炒燕子寻巢(韵),

平仄平平　　　　仄仄平平

喜孜孜寻芳斗草(韵)。

仄平平平平去仄

【简评】一派春光,热闹非凡。此曲调属仙吕宫。5句,句式为三三四四七,押四平仄韵。

31.［仙吕宫·后庭花］ 吕止庵

【作者简介】吕止庵,生平不详。《太和正音谱》评其曲"如晴霞结绮"。散曲作品现存小令33首,套数4套。

孤身万里游(韵),寸心千古愁(韵)。霜落吴江冷(句),

㊉平㊀仄平　　　㊀平平仄平　　　㊉㊀平平㊀

云高楚甸秋(韵)。认归舟(韵),风帆无数(句),

平平㊅仄平　　仄平平　　㊅平平去

斜阳独倚楼(韵)。

平平㊉仄平

【简评】倚楼所想、所思，感慨万端。本曲调属仙吕宫，又入中吕及商调。7句，句式为五五五五三四五。“风帆”句亦有叶者，如吕止庵他作云：“世途艰，一声长叹，满天星斗寒。”“暮山长，烟波江上，愁人几断肠。”无名氏云：“最心烦，花间庭院，子规啼数番。”皆是。“冷”字亦有叶者，如止庵又云：“锦帐羔羊酒，山阴雪夜舟。”无名氏云：“髻绾双鬟乱，眉颦八字弯。”皆是。然究不多。

32. [仙吕宫·四季花]失题　无名氏

一年三百六十日(韵)，花酒不曾离(韵)。

㊅平平仄仄平去　　平仄仄平平

醉醺醺酒淹衫袖湿(韵)，花压帽檐低(韵)。

仄平平仄仄　　平仄仄平平

帽檐低(韵)，吃了穿了是便宜(韵)。

仄平平　　仄仄平仄仄平平

【简评】一年到头就是吃穿。“便宜”？是痛语。此曲调属仙吕宫。6句，句式为七五五五三七，句句押平仄韵。吴梅云：“此调亦不常用，愚意‘醉醺醺’三衬。”兹从之。

33. [仙吕宫·太常引]　张可久

断塘流水洗凝脂(韵)，早起索吟诗(韵)。何处觅西施(韵)，

仄平平仄仄平平　　仄仄仄平平　　平仄仄平平

垂杨柳萧萧鬓丝(韵)。(么篇换头)银匙藻井(句)，

㊉㊉仄平平仄平　　　　　　　平平仄仄

粉香梅圃(句)，万瓦玉参差(韵)。一曲乐天词(韵)，

仄平平仄　　仄仄仄平平　　仄仄仄平平

富贵似吴王在时(韵)。

仄仄仄平平仄平

【简评】通篇意境,乃是怀古喻今之作。此曲属仙吕宫。与词调相同,故例句中入声字皆依词韵标作仄声。共9句,前半为4句,句式是七五五七,押四平韵。后半接么篇换头,5句,句式是四四五五七,押三平韵。

34. [南吕宫·一枝花]湖上晚归 张可久

长天落彩霞(句),远水涵秋镜(韵)。花如人面红(句),

平平㊊仄平　　上仄平平去　　平平平去平

山似佛头青(韵)。生色围屏(韵),翠冷松云径(韵),

平去上平平　　㊊上平平　　去仄平平去

嫣然眉黛横(韵)。但携将旖旎浓香(句),

平平㊊去平　　去平平仄仄平平

何必赋横斜瘦影(韵)。

去平仄仄平去上

【简评】写天、山、花、水,构成了一幅美妙和谐的图画,又偕女伴同游,美上加美,妙不可言。此曲调属南吕宫,又称占春魁。常作套曲第一支,一般由[一枝花][梁州第七][尾声]组成。共9句,句式为五五五五四五五七七,押六平仄韵(二、四、五、六、七、九句),六、七句一般要对仗。

35. [南吕宫·干荷叶] 刘秉忠

【作者简介】刘秉忠(1216—1274),字仲晦。原籍端州(州治今江西高安),曾祖时移居邢州(今河北邢台),初名侃,少时为僧,名子聪,号藏春散人。忽必烈为亲王时,召入藩邸,参与机密。拜官后更名秉忠。世祖忽必烈即位后,条陈设中书省、宣抚司等。元初时官至太保。至元八年(1271)请建国号为大元,定朝仪官制。著有《藏春散人集》。《全元散曲》录其小令12首。

南高峰(韵),北高峰(韵),惨淡烟霞洞(韵)。宋高宗(韵),

平平平　　上平平　　上去平平去　　仄平平

一场空(韵)。吴山依旧酒旗风(韵),两度江南梦(韵)。

仄平平　　　平平平去上平平　　　仄仄平平去

【简评】这是一首写景、叙事、抒情融为一体的佳作。其主题是对南宋的讽刺。空梦一场,感慨无限。此曲调属南吕宫。为刘氏自度曲,又名“翠盘秋”。又入中吕及双调。起句刘氏有作“干荷叶”三字者,是亦可用仄而不叶韵也。“洞”、“梦”皆须去,刘氏三首皆然。

36.［南吕宫·玉交枝］　乔吉

山间林下(韵),有草舍蓬窗幽雅(韵)。

平平平仄　　　　平平(平)仄

苍松翠竹堪图画(韵),近烟村三四家(韵)。

平平(仄)仄平平去　　仄平平(平)仄平

飘飘好梦随落花(韵),纷纷世味如嚼蜡(韵)。

(平)平仄仄平仄平　　平平(仄)仄平平仄

一任他苍头皓发(韵),莫劳顿心猿意马(韵)。

　　平平仄仄　　仄平仄平平仄仄

【简评】避居山间林下,常有好梦,愉悦快乐。比照人世间纷争情况,要强多了。应该不改初衷,终老山林。此曲调属南吕宫。又名“玉娇枝”,亦入双调。共8句,句式为四四七六七七四七,句句押平仄韵。

37.［南吕宫·阅金经］　贯云石

【作者简介】贯云石(1286—1324),本名小云石海涯,自号酸斋,维吾尔族人。元功臣阿里海涯之孙,因父名贯只哥,便以贯为氏。云石出身将门,少年已能骑射,运槊生风。曾任永州的武官,后弃武习文,深受汉族文化熏陶。师从姚燧。其文章“峭厉有法”,诗歌“慷慨激烈”,颇受姚燧器重。仁宗朝(1311—1320)官拜翰林侍读学士,知制诰同修国史。后弃官南下,隐居杭州一带,过着诗酒优游的生活,又号芦花道人。散曲风格豪放,“如天马脱羁”(《太和正音谱》),亦有偏于清丽者。与同时的徐再思(号甜斋)齐名。今人任讷合其二人散曲作品辑为《酸甜乐府》,其中云石的小令86首,套数9套。

曾为《阳春白雪》、《小山乐府》二集作序。当时影响颇大。

泪溅描金袖(句),不知心为谁(韵)。芳草萋萋人未归(韵),

仄仄平平去　　仄平平仄平　　㊥仄平平平仄平

一春鱼雁稀(韵)。人憔悴(韵),愁推八字眉(韵)。

仄平平仄平　　平平仄　　㊥平仄仄平

【简评】怀人不归,杳无消息,愁苦颇甚。"八字眉"用得形象。此曲又名"金字经",又名"西番经"。起句有平起者,如马致远云:"夜来西风劲。"卢挚云:"谢公东山卧。"吴仁卿云:"晋时陶元亮。"皆是。云石自作亦有平起者,如云:"晓来春匀透。""紫箫声初散。"皆是。起句又可用韵,如乔吉云:"玉减梅花瘦,翠颦妆镜羞。"张可久云:"犬吠村居静,鹤眠诗梦清。"皆是。"金"字亦可作仄声,如云石他作云:"蛾眉能自惜。"此平起作仄也。末句元人多作平平平仄平,惟马致远云:"老了栋梁村。"作仄仄仄平平。又云:"恨天上天梯。"作仄平仄平平。然此类之例,元人皆不多。

38. [南吕宫·梁州第七]香锦　无名氏

捻纤缕络成绸缎(句),擘轻绒织做丝鞶(韵),

㊥平上去平㊇㊇　　㊇平平仄去平平

温柔堪作飞琼伴(韵)。

平平平仄平平去

枝牵连理(句),扣扭合欢(韵)。

㊇平㊇仄　　仄仄平平

明如雪块(句),静似酥团(韵)。

㊇平仄仄　　仄仄平平

纳儒衣蔽尽寒酸(韵),做道袍睡煞陈抟(韵)。

去㊇平仄去平平　　去㊥平仄仄平平

逐歌尘微飏珠帘(韵)。

仄平平平仄平平

题彩扇轻粘翠管(句),傍妆台乱拂青鸾,顿觉,放短(韵),

㊇平仄㊇平去上　　去平平㊥仄平平去平　去上

丝来线去相萦绊(韵),捋不开,挽不断(韵),

平平仄去平平仄　　　平平⃝仄⃝　仄⃝仄⃝去

若比芦花一例观(韵),人眼难瞒(韵)。

仄仄平平仄去平　　　仄⃝仄⃝平平

【简评】写织香锦的女子,手艺巧妙,制成上品,但让谁人享用呢?不管那些,还是一心一意地织下去,对美的追求,十分执着。此曲调属南吕宫。17 句,句式为七七七四四四四七七七七七四七六七四,押十三平仄韵(一、四、六、十一、十三句不押韵)。首字也可入韵,常入套曲。

39.［南吕宫·四块玉］　马致远

翠竹边(句),青松侧(韵),竹影松声两茅斋(韵)。

仄仄平　　　平平仄　　　仄仄平平仄平平

太平幸得闲身在(韵)。三径修(句),五柳栽(韵),

仄平仄仄平平仄　　　仄⃝仄平　　　仄⃝仄平

归去来(韵)。

平去平

【简评】作者作小令［四块玉］多首,多为杰作。此借陶渊明《归去来兮辞》意,抒发隐居田园的思想,有异曲同工之妙。此曲起句有三式:①平叶。如《中原音韵》所举之例“买笑金,缠头锦”即是。马致远他作云:“绿鬓衰,朱颜改。”亦用平叶。②平不叶。如马致远此曲及《太和正音谱》所举关汉卿之例云:“适意行,安心坐。”皆是。③仄不叶。如马致远他作云:“子孝顺,贤妻慧。”但元人用此甚少,可不必从。“青”字《中原音韵》谓属阳为妙,然检元人所作,亦未尽属阳。又末三句之式有四:①三句平叶。如张可久云:“绿水滨,碧草春,红杏村。”马致远他作云:“枕上忧,马上忧,死后休。”皆是。②三句平上通叶。如关汉卿云:“溪又斜,山又遮,人去也。”刘致云:“波上鸥,花底鸠,湖畔柳。”皆是。惟据《中原音韵》云:“末句须平去平,平去上属第三着。”是平去上不如平去平为佳。《北词广正谱》谓末句必平去上,非确论也。且元人用平去上者甚少。似亦可不从此式。③两句平叶。如马致远此曲是。他如关汉卿云:“他出一对鸡,我出一个鹅,闲快活。”张可久云:

"鹊尾炉,凤嘴瓶,雁足灯。"亦皆系此式。④两句上叶。即第一句不叶,二三两句上叶。如刘致云:"忠孝臣,贤明主,泉下土。"又云:"门外山,壶内酒,林下叟。"皆是。然此式亦不多。

40.[南吕宫·乌夜啼] 马致远

幸然法正天心顺(韵),索甚我横枝儿治国安民(韵)。
㊥平㊀仄平平去　　平平平仄仄平平
我则有住山缘(句)那里有为官分(韵)。
仄仄平平　　平平去
乐道甘贫(韵),谁羡画戟朱门(韵)。
仄仄平平　　仄仄平平
丹砂好炼养闲身(韵),黄金不铸封侯印(韵)。
㊥平㊀仄仄平平　　㊥平㊀仄平平去
戴不的幞头紧(韵),穿不的公裳坌(韵)。
平平去　　平平去
不如我这拂黄尘的布袍(句),浑洒的纶巾(韵)
仄平平仄仄平　　仄平仄仄平

【简评】为官一生,不一定封侯拜印,倒不如布袍纶巾,潇洒的诗酒生活。语言激愤。本曲调属南吕宫。有多种格体,其中一体为11句,如马致远所作此曲,句式是七七七四四七七三三六五。第六句可叠用。用于套数。南曲也有此调,属大石调,4句,句式为五七七七,用作引子。

41.[南吕宫·哭皇天] 马致远

酒醉汉难朝觐(韵),睡魔王、怎做宰臣(韵)。
仄仄仄平平去　　仄平平 仄仄仄平
穿着紫罗袍便似酒布袋(韵),乘着白象笏
平平　　仄仄去　　仄仄
似睡馄饨(韵)。若做官后每日家行眠立盹(韵),
仄平平　　仄仄平平平仄上

枉笑煞凌波阁上人(韵)。早是疏懒愚钝(韵),

　仄仄平平仄仄平　　　　　平仄平去

孤陋寡闻(韵)。

平仄仄平

【简评】胡吃闷睡,疏懒愚钝,孤陋寡闻,这样的人为官,岂不令人耻笑。此曲调属南吕宫。玄鹤鸣的别称。8句,句式为七七五五七七四四,押八平仄韵。

42.［中吕宫·阳春曲］　伯颜

【作者简介】伯颜(1237—1295),巴邻氏,元大将。生长于西亚伊儿汗国,因入朝奏事,被世祖忽必烈留用。至元十一年(1274)任中书左丞相,领兵攻宋,十三年(1276)破南宋都城临安(今杭州),俘谢太后、恭帝(赵㬎)而北返。以后长期在北方边地与叛王作战。至元三十一年(1294),忽必烈去世,他奉铁穆耳即位,是为元成宗。《金元散曲》录存其小令一首。

金鱼玉带罗襕扣(韵),皂盖朱幡列五侯(韵)。

㊣平㊀仄平平仄　　㊀仄平平仄仄平

山河判断在俺笔尖头(韵)。得意秋(韵),

平平仄仄　仄　平平　　　仄仄平

分破帝王忧(韵)。

㊀仄仄平平

【注释】阳春曲:属中吕宫,又名喜春来。分破:分减,元人口语。

【简评】此曲气派雍容,气势雄壮,气概豪迈。显示出一代开国元勋的博大襟怀。“山河判断在俺笔尖头”,更显示出盖世英雄在“得意秋”时的那种政治家胸怀和志在天下的内心世界,勾画出一位开疆功臣的独特形象。在元代散曲一片厌世声中,此曲别开生面而独树一帜,措辞当行本色,可谓元人佳作。

43.［中吕宫·阳春曲］　张弘范

【作者简介】张弘范(1238—1280),字仲畴,涿州定兴(今属河北省)人。中统三年(1262)任行军总管,后为万户,参与围攻襄阳之役。又从伯颜攻宋,任前锋,渡江。至元十五年(1278)任蒙古汉军都元帅。他善槊,能诗。钟嗣成

《录鬼簿》列其为“前辈已死名公有乐府行于世者”。《金元散曲》录存其小令4首。

金妆宝剑藏龙口(韵),玉带红绒挂虎头(韵)。

㊥平㊨仄平平仄　㊨仄平平仄仄平

绿杨影里骤骅骝(韵)。得志秋(韵),名满凤凰楼(韵)。

㊥平仄仄仄平平　㊨仄平　㊨仄仄平平

【注释】龙口:锋利的刀口。龙,龙泉剑的简称。骅骝:传说为周穆王的八骏之一,此处泛指骏马。

【简评】此曲前三句绘形,后三句抒情。作者文武双全,24岁即为行军总管,少年得志,以后又屡立战功,赐名“拔都”(勇士的美称)。这首小令,可视为作者的自画像。

44. [中吕宫·阳春曲] 白朴

从来好事天生险(韵),自古瓜儿苦后甜(韵)。

㊥平㊨仄平平仄　㊨仄平平仄仄平

你娘催逼紧拘钳(韵),甚是严(韵),越间阻越情忺(韵)。

㊥平㊨仄仄平平　仄仄平　㊨仄仄平平

【简评】相亲相爱,苦意追求,自然会得幸福,语言纯正。此曲为5句,句式为七七七三五,押五平仄韵。

45. [中吕宫·上小楼] 张可久

(一)

亭台土花(韵),江山图画(韵)。遁迹烟霞(韵),

㊥平去上　㊥平平去　㊨仄平平

罢念荣华(韵),闲别官家(韵)。泥布袜(韵),上御榻(韵)。

㊨仄平平　㊨仄平平　仄仄平　仄仄平

龙身偃亚(韵),不轻了故人足下(韵)。

平平平去　　　仄平平仄平平去

【简评】借严子陵与汉光武帝的故事,暗喻自己不愿为官的意愿。

（二）

寒潭玉龙(韵),仙山么凤(韵)。春断南枝(句),

平平平去　　　平仄平平　　　平仄平平

人在西楼(句),笛怨东风(韵)。曲未终(韵),酒不空(韵)。

平平仄平　　平仄平平　　仄仄平　　仄仄平

罗浮仙梦(韵),月黄昏暗香浮动(韵)。

平平平去　　　仄平平仄平平去

【简评】写归隐山林的一派悠闲生活。此曲张氏一人所作,即有不同。如起句可不叶,如云:"松风满身,莲花古寺。"此平声不叶也。又云:"云萍荡漾,杨花心性。"此仄声不叶也。亦有此仄叶者,如云:"离愁自解,芳心无奈。""春断"两句,亦有俱叶者,如云:"打令续麻,攧拍分花。""曲未终"两句,亦以上声叶者,如云:"不上马,手厮把。""苏小小,张好好。"皆是。惟"凤"、"梦"、"动"三仄叶处,皆用去声,当依之。末句《中原音韵》云:"须仄平平仄平平去。"与所录二首均与之合。

46. [中吕宫·满庭芳]渔父词　乔吉

扁舟最小(韵),纶巾蒲扇(句),酒瓮诗瓢(韵)。

平平仄上　　　平平仄仄　　　仄平平平

樵青拍手渔童笑(韵),回首金焦(韵),箬笠底风云缥缈(韵)。

平平仄仄平平去　　平仄平平　　仄仄仄平平仄仄

钓竿头活计萧条(韵),船轻棹(韵),一江夜潮(韵),

仄平平平仄平平　　　平平去　　　仄平去平

明月卧吹箫(韵)。

平仄仄平平

【简评】作者写生计清贫,仍以箫取乐,表现了当时文人乐观的生活态度。此曲调属中吕宫,又入正宫与仙吕宫,为中吕宫常用曲调。由"融满庭芳易黄昏"句得名。或名满庭霜,与词中之《满庭芳》不同。共10句,句式是四四四七四七七三四五,九韵,第二句不用韵。起句可平叶,但《中原音韵》云:“平叶韵属第二着。”故当以仄韵为佳。又按元人用仄叶多用上声,亦宜从之。第一句亦可仄叶,如乔吉他作云:“携鱼换酒,鱼鲜可口,酒热扶头。”张可久云:“朱门半掩,花笺自检,绣线慵拈。”皆是。但此类不多。“缈”字亦可平叶,如乔吉他作云:“不应举江湖状元。”张可久云:“琵琶恨青衫乐天。”皆是。“潮”字亦可上叶。元人用平用上,皆甚普遍,盖俱可也。“箬笠”两对句多用上三下四句法,且上三字平仄亦可不拘。惟张可久于此作六字对者,想俱可也。末句《中原音韵》谓须仄仄仄平平。然第一字可不拘,馀当从之。

47. [中吕宫·朝天子]　张可久

寺前(韵),洞天(韵),粉翠围屏面(韵)。
仄平　　　仄平　　　仄仄平平去
隔溪疑是武陵源(韵),树影参差见(韵)。
仄平平仄仄平平　　　仄仄平平去
石屋金仙(韵),岩阿碧藓(韵),湿云飞砚边(韵)。
平仄平平　　　平平仄仄　　　仄平平仄平
冷泉(韵),看猿(韵),摇落梅花片(韵)。
仄平　　　仄平　　　平仄平平去

【简评】写山居隐逸生活,情寄于斯,乐在于斯。形象生动,引人入胜。此曲即谒金门,又名朝天曲。除独用外,又可与快活三合为带过曲。又入正宫及双调。此曲为中吕宫常用曲调。句式为二二五七五四四五二二五,共11句11韵。可久所作,亦无定式。“前”字亦有上声叶者,如云:“罢手,去休。”“天”字亦有上声叶者,如:“小诗,半纸。”“小屏,影瘦”、“槿篱,伴水”皆是。“石屋”三句亦有数式。有三平俱叶者,如云:“方响叮当,脆管悠扬,金钗十二行。”有前两平叶一仄者,如云:“药灶云巢,千载寂寥,林仙去了。”有前一平叶两仄者,如云:“涧口渔舟,桥边村酒,这清闲何处有。”又有第一句不叶者,如云:“芍药多情,海棠天香,花不如窈窕娘。”唯此三句中之第二句,若用平韵,则作仄仄平平,若用仄韵,则作平平仄仄。“面”、“见”、“片”三仄韵,元人皆用去声,当依之。“猿”字可久亦多作上叶,如云:“小亭,野景。”“五花,骏马。”“小奴,按舞。”“岸头,冻柳。”“泪痕,渍粉。”皆是。《中原音韵》谓末句须仄仄平平去。但第一字实可不拘。又“陵”字元人亦有作仄声者，如张养浩云：“杖藜徐步近钓矶。”徐再思云：“真山真水真画图。”皆是。前后两字句两句，元人亦有作叠语相叶者，如周德清前云：“早霞，晚霞。”后云：“楚家，汉家。”张养浩前云：“远村，近村。”后云：“日新，又新。”徐再思前云：“远山，近山。”后云：“得闲，且闲。”皆是。

48. ［中吕宫·山坡羊］潼关怀古　张养浩

【作者简介】张养浩（1270—1329），字希孟，号云庄，济南（今属山东）人。武宗朝，任监察御史，直言敢谏，因批评时政遭免职。后复官至礼部尚书，参议中书省事。后辞官归隐，屡召不赴。天历二年（1329）关中大旱，出任陕西行台中丞，致力于治旱救灾。赴任四月，劳瘁去世。能诗。散曲多写归隐生活，寄寓对时政的不满，怀古讥时和写景之作亦各具特色。有散曲集《云庄休居自适小乐府》，另有《归田类稿》、《云庄集》，是元代有别集流传的少数曲作家之一。《太和正音谱》评其曲“如玉树临风”。《全元散曲》录存其小令161首，套数2套。

峰峦如聚（韵），波涛如怒（韵），山河表里潼关路（韵）。
平平平去　　平平平去　　㊉平㊀仄平平去
望西都（韵），意踟蹰（韵）。伤心秦汉经行处（韵），
仄平平　　仄平平　　㊉平㊀仄平平去
宫阙万间都做了土（韵）。兴（句），百姓苦（韵）。
㊀仄㊀平平去　上　　平　　上去上
亡（句），百姓苦（韵）。
平　　上去上

【简评】怀古总为伤今起，作者身为勤政大臣，是忧国忧民的。“宫阙”确“都做了土”，悲伤之情油然而生。但他的视野突然扩大了，悟出了一个深刻的道理：兴也好，亡也好，百姓总不能摆脱痛苦。遣词精当，是元小令中的佳品。此曲即山坡里羊，又名苏武持节，本曲为中吕宫，或入黄钟宫及商调。前用四仄韵，必去。第七句仄韵，必上声韵。亦可平叶。如张养浩云：“都做了北邙山下尘。”马九皋云：“回首少年如梦残。”乔吉云：“一片世情天地间。”张可久云：“惊，人睡醒。清，梅弄影。”皆是。尚有一用平叶，一用上叶者，如乔吉云：“风，吹破头。霜，皴破手。”张可久云：“痴，人未知。噫，春去矣。”然此倒不多。又后三韵上声，上一字必去。一字句别可不叶。《中原音

韵》云："末尾须平去平，平去上属第三着。"若然，则以叶平为妙。此调除独用外，又与青哥儿为带过曲。

49. ［中吕宫·卖花声］　张可久

美人自刎乌江岸（韵），战火曾烧赤壁山（韵），

(平)平(仄)仄平平去　　(仄)仄平平仄仄平

将军空老玉门关（韵）。伤心秦汉（韵），生民涂炭（韵），

(平)平(仄)仄仄平平　　(平)平平去　　(平)平平去

读书人一声长叹（韵）。

仄平平仄平平去

【简评】作者借古代一些故事，指出不论是称霸争王，割据一方，还是好大喜功，拓边黩武，遭殃的总是百姓。读书人无力回天，只好一声长叹了，无限辛酸。本曲句式为七七七四四七，共6句6韵，押平仄韵。

50. ［中吕宫·红绣鞋］　冯子振

【作者简介】冯子振（约1257—约1314），字海粟，号怪怪道人，又号瀛洲客，攸州（今湖南攸县）人。曾任承事郎、集贤待制官职。为人博学强记，文思敏捷。散曲多写闲适生活。贯云石评其曲"豪辣灏烂，不断古今"（《阳春白雪序》）。《全元散曲》录存其小令44首。

东里先生酒兴（韵），南州高士文声（韵），玉龙嘶断彩鸾鸣（韵）。

(平)仄平平仄仄　(平)平(平)仄平平　(仄)平平仄仄平平

水空秋月冷（韵），山小暮天青（韵），苏公堤上景（韵）。

(仄)平平仄仄　　(平)仄仄平平　　(平)平平仄仄

【注释】东里先生：《列子·仲尼》："郑之圃泽多贤，东里多才。"这里指有学问的人。南洲处士：指汉代徐穉，徐为当时五处士之一，是德行纯正的人。

【简评】作者写西湖苏堤，如美丽图画，形象逼真诱人。本曲为中吕宫常用曲调。句式是六六七五五五，共6句6韵。押平仄韵。首二句宜对。本曲变化较多，首句多或作上三下四七字句，五五两句多有作三三的。

51.［中吕宫·喜春来］ 白朴

知荣知辱牢缄口(韵),谁是谁非暗点头(韵)。

㊥平㊥仄平平仄　　平仄平平㊋仄平

诗书丛里且淹留(韵),闲袖手(韵),贫煞也风流(韵)。

㊥平㊥仄仄平平　　平去平　　平仄仄平平

【简评】对荣辱是非一概不置可否,缄口无言,可见社会黑暗,人世险恶。读点书,虽然贫困,也可安全自由。此曲亦入正宫,或名阳春曲,又名惜芳春,字句与忆王孙、一半儿诸调相似,唯末句作五字有异。“口”字《中原音韵》谓去声好,切不可上声。但《太和正音谱》所举周氏自作之曲云:“雨晴花柳新梳洗。”“洗”字正是上声,可见不拘。又“谁非”之“谁”,与“留”字俱以属阳为妙。“闲袖手”句式作平去平,如姚燧云:“诗气豪。”马致远云:“机自参。”徐再思云:“深闭门。”周德清云:“韩寿香。”皆是。白氏他作,亦有平去平者,如云:“无用人。”“君细推。”皆是。惟马致远所作,亦有作仄平平者,如云:“柳溪中。”“不关心。”“且闲身。”“酒中仙。”“是非潜。”皆是。末句《中原音韵》云:“须仄仄仄平平。”但第一字可不拘。词调又与普天乐为带过曲。

52.［中吕宫·醉高歌］ 姚燧

【作者简介】姚燧(1238—1313),字端甫,号牧庵。原籍营州柳城(今辽宁朝阳)人。后迁居河南洛阳。少孤,为伯父姚枢抚养。后为秦王府文学,历任翰林学士承旨、集贤大学士、太子少傅等职。以倡导古文闻名,与虞集并称。散曲婉丽,语言浅白,笔调流畅。与卢挚并称“姚卢”。是士大夫中有意采用散曲这种新体格律诗形式创作,并有较高成就、较大影响的作家。原有集,已佚。清人辑有《牧庵集》。《全元散曲》录存其小令29首,套数一套。

十年燕市歌声(韵),几点吴霜鬓影(韵)。

平平㊥仄平平　　仄仄平平仄仄

西风吹老鲈鱼兴(韵),晚节桑榆暮景(韵)

㊥平㊥仄平平仄　　㊋仄平平仄仄

【简评】作者在京城居官多年,鬓发都白了,但还是归老田园,保持晚节。官场黑暗,可见一斑。

53.［中吕宫·四换头］无题　无名氏

两叶眉头(韵),怎锁相思万种愁(韵)。从他别后(韵),

(仄)(仄)平(平)　　仄仄平平仄仄平　　平平仄仄

无心挑绣(韵)。这般症候(韵),天知道和天瘦(韵)。

平平仄仄　　平平仄仄　　平平仄平平仄

【简评】此为思夫曲,写出了内心极深的痛苦。

54.［中吕宫·迎仙客］暮春　李致远

【作者简介】李致远,生平不详。约为元初人,至元年间在溧阳与文学家仇远(1247—1326)相交甚契。据仇远和李致远的诗看,致远是一个“功名坐蹭蹬”而“孤云野鹤心自由”的穷书生。《太和正音谱》列其为曲坛名家。散曲今存小令26首,套数4套。

吹落红(韵),楝花风(韵)。深院垂杨轻雾中(韵)。

平仄平　　仄平平　　平仄平平平去平

小窗闲(韵),停绣工(韵)。帘幕重重(韵),不锁相思梦(韵)。

仄平平　　平去平　　平仄平平　　仄仄平平去

【简评】此曲是思夫曲。深院落红,小窗紧闭,暮帘垂挂,也挡不住思夫之人做相思梦。作者采用的是用环境烘托心情的创作手法。

55.［中吕宫·普天乐］　卢挚

岳阳来(句),湘阳路(韵)。望炊烟田舍(句),

(仄)平平　　(仄)平仄　　平平平仄

掩映沟渠(韵)。山远近(句),云来去(句),

仄仄平平　　平仄仄　　平平仄

溪上招提烟中树(韵)。看时见三两樵渔(韵)。

㊀仄平平平平仄　　仄平仄㊥仄平平

凭谁画出(句),行人得句(句),不用前驱(韵)。

平平仄仄　　平平仄仄　　仄仄平平

【简评】此曲属北曲中吕宫,又名黄梅雨。字数定格为三三四四三三七七四四四,共11句,押五平仄韵。

56. [中吕宫·齐天乐]　张可久

人生底事辛苦(韵),枉被儒冠误(韵)。读书(韵),

平平仄仄平仄　　仄仄平平仄　　平平

图(韵),驷马高车(韵),但沾着者也之乎(韵)。

平　　仄仄平平　　仄平平仄仄平平

区区(韵),牢落江湖(韵),奔走<u>在</u>仕途(韵)。

平平　　平仄平平　　平仄　仄平

半纸虚名(句),十载功夫(韵)。<u>人传</u>梁甫吟(句),

仄仄平平　　平仄平平　　平平平

长门赋(韵),<u>谁</u>三顾茅庐(韵)。

平平仄　　平仄平平

【简评】写怀才不遇之叹。一生饱读诗书,但又能得到谁的垂青呢?可为一叹。此曲为中吕宫,亦入正宫。与词不同。与红衫儿合为带过曲,无独用者。北曲14句,句式为六五二一四七二四四四四三三四,押12平仄韵。张可久作此调,亦多异处。起句有平叶者,如云:“浮生扰扰红尘。”“湖”字韵亦有不叶者,如云:“举鼎拔山,只落得自刎。”“途”字韵亦有仄叶者,如云:“翠袖相扶,朱帘尽卷。”末三句三三四句法为正格。

57. [中吕宫·粉蝶儿] 题金陵景　胡用和

万里翱翔(韵),太平年四方归向(韵),定乾坤万国来降(韵)。

㊥仄平平　　去平平仄平平去　　去平平㊥㊀平平

谷丰登(句),民安乐(句),鼓腹讴唱(韵)。

仄平平　　㊉仄去　　平平平去

读书人幸遇尧唐(韵),五云楼九重天上(韵)。

平平㊇去㊉平平　　㊉平㊇仄平平去

【简评】曲意讴歌盛世,国泰民安,正是前途似锦,大可施展一番。不过最后一句似在反话正说。此曲有多种格体,兹录一首。共8句,句式为四七七三三四七七,押六仄韵。第七句也可为六字句。

58.［中吕宫·醉春风］怨别　王廷秀

【作者简介】王廷秀(生卒年不详),一作王庭秀,元代益都(今属山东)人。曾官淘金千户。工杂剧,善散曲,风格清新典雅,富有情致。存世散曲仅此一篇,录在明人编辑的《盛世新声》、《词林摘艳》等曲集之中。

珠帘上玉玎东(句),金炉中香缥缈(韵)。

㊇㊉去去平平　　㊇平平平㊇上

彩云声断紫鸾箫(韵)。那期间恼(句),恼(韵)。

上平平仄仄平平　　去仄㊉上　　上

万种凄凉(句),几番愁闷(句),一齐都到(韵)。

去上平平　　仄平平去　　仄平㊇去

【简评】作者写一位女子在月照人静时,思念亲人,辗转伤怀,颇为生动。此曲有多种格体,兹录一体。共7句,句式为六六七五四四四,押四平仄韵。第四句也可作去仄平上上。又入双调。

59.［双调·驻马听］　白朴

裂石穿云(句),玉管宜横清更洁(韵)。霜天沙漠(句),

去仄平平　　去仄平平平去㊇　　平平平仄

鹧鸪风里欲偏斜(韵)。凤凰台上暮云遮(韵),

仄平平仄仄平平　　仄平平仄仄平平

梅花惊作黄昏雪(韵)。人静也(韵),一声吹落江楼月(韵)。

平平平去平平仄　　平仄㊀　　仄平平去平平仄

【简评】作品写玉箫人吹奏的高妙技巧,声音洪亮,音色优美,十分动听。能使春风偏斜,暮云遮台,梅花惊落如雪飘洒。可谓极尽描绘、夸张之能事。本曲属双调,8句,句式为四七四七七七七三七,押五平仄韵,前四句用扇面对,第五、六须对仗。

60.［双调·步步娇］　商挺

【作者简介】商挺(1209—1288),字孟卿,曹州济阴(今山东菏泽)人。其父仕金,死于国难,时商挺年24岁,北走与元好问等人交游。元时历任宣抚使、参知政事、枢密副使等官,后以疾免。晚年自号左山老人。善写隶书,又善画山水,墨竹自成一家。著诗千余首,多散佚。工于散曲,"阳春白雪"中存小令十余首。

绿柳青青和风荡(韵),桃李争先放(韵)。紫燕忙(韵),

㊀仄平平平平去　　㊁仄平平去　　㊀仄平

队队衔泥戏雕梁(韵)。柳丝黄(韵),堪画在帏屏上(韵)。

㊀仄平平仄平平　　仄平平　　平仄仄平平去

【简评】此曲写绿柳、春风、桃李盛开和衔泥紫燕,好一派春光明媚图景,不用画,而曲词中自有画矣。本曲属双调,又名潘妃曲,有多种格体,兹录一体,共6句,句式为七五三七三六,每句入韵,平仄通押。

61.［双调·庆东原］　白朴

黄金缕(句),碧玉箫(韵),温柔乡里寻常到(韵)。

平平仄　　仄仄平　　平平平仄平平仄

青春过了(韵),朱颜渐老(韵),白发凋骚(韵)。

平平仄上　　平平仄上　　平仄平平

则待强簪花(句),又恐旁人笑(韵)。

仄仄仄平平　　仄仄平平去

【简评】作者入元不仕,寄情于烟花柳巷间,不与官场合作。此曲对他的人生态度,作了充分表达。此曲一作庆东园,又名郓城春。起句可叶,如张可久云:“烧丹灶,洗药瓢。”刘致云:“云轻散,月易残。”曹明善云:“闲乘兴,过小亭。”皆是。“碧玉”二字《中原音韵》谓以上去为妙。“青春”三句,叶韵不一。有三句俱叶平者,如张养浩云:“一个冲开锦川,一个啼残翠烟,一个飞上青天。”马九皋云:“黄花又开,朱颜未衰,正好忘怀。”查德卿云:“锄瓜邵平,思莼季鹰,采菊渊明。”乔吉云:“似丹青辋川,是神仙洞天,隔云树人烟。”张可久:“江中斩蛟,云间射雕,席上挥毫。”皆是。有三句俱同用一平声字而相叶者,如白朴云:“对人娇杏花,扑人飞柳花,迎人笑桃花。”张可久云:“纷纷紫袍,区区绿袍,恋恋绨袍。”赵善庆云:“游人陌头,残红树头,流水溪头。”皆是。有前一仄与后两平相叶者,如白朴云:“那里也能言陆贾,那里也良谋子牙,那里也豪气张华。”张可久云:“文魔贾岛,诗穷孟郊,酒闲山涛。”丘士元云:“朱帘半卷,西风槛边,明月庭轩。”有中一仄前后相平叶者,如马致远云:“出师未回,长星坠地,蜀国空悲。”马九皋云:“老来自羞,学人种柳,笑杀沙鸥。”曹明善云:“长天落霞,方池睡鸭,老树昏鸦。”皆是。“花”字亦可叶,如乔吉云:“试看玉溪边,恐有桃花片。”任昱云:“非是辋川图,堪作郊居赋。”曹明善云:“标致似刘伶,受用如陶令。”皆是。“到”字韵及末韵皆须去,元人皆然,当依之。末句《中原音韵》谓须仄仄平平去。

62. [双调·庆宣和] 张可久

(一)

一架残红褪舞裙(韵),总是伤秋(韵)。

㊣仄平平去上平　　上去平平

不似年时镜中人(韵)。

㊀仄平平仄平平

瘦损(韵),瘦损(韵)。

去上　　去上

(二)

云影天光乍有无(韵),老树扶疏(韵)。

㊣仄平平去上平　　上去平平

万柄高荷小西湖(韵)。听雨(韵),听雨(韵)。

㊀仄平平仄平平　　　㊉仄　　　㊉仄

【简评】这两首小令,一写舞女悲凉生活,容颜日渐消瘦;一写一幅风景的画意。后一首他捕捉了几个镜头:天要下雨,老树葱郁旺盛,碧水荷塘,美似西湖。“听雨”叠用,似呼告,似惊喜,引人遐思。前后两曲,风格基本相同。此曲起句亦有叶上者,如张养浩云:“参议随朝天意可。”无名氏云:“投至侯门深似海。”皆是。《中原音韵》谓“扶”字属阳为妙。但元人不独用平,且亦多有用仄者,是知属阳用妙,不属阳亦可。“湖”字亦可叶去,如无名氏云:“要听渔樵话成败。”“无限黄花有谁带。”皆是。末句亦有叶平者,如张养浩云:“倒大来闲快活。”无名氏云:“去来,去来。”皆是。但《中原音韵》云:“末尾须去上,去平属第二着,切不可上平。”所录张可久二首均可为范。

63.［双调·落梅风］　马致远

渔灯暗(句),客梦回(韵),一声声滴人心碎(韵)。

平平仄　　　仄仄㊉　　　仄平平仄平平去

孤舟五更家万里(韵),是离人几行情泪(韵)。

㊉平仄平平仄仄　　　仄平平仄平平去

【简评】作者写了多首[落梅风]小令散曲。客居他乡,思念行诸梦中,“孤舟五更家万里”,而情自生成。此曲一名《寿阳曲》,与南曲小石调引子异。起句有三式:一、不叶,如此例。二、平仄通叶。如马致远之“花村外,草店西”,张可久之“江村路,水墨图”,皆是。可见起句可叶可不叶。三、以仄叶仄,如徐再思云:“香多处,情万缕。”珠帘秀云:“山无数,烟万缕。”马致远云:“蔷薇露,荷叶雨。”皆是。又三五两句七字句,须上三下四句法,不可移动。《中原音韵》谓末句七字句必须仄平平仄平平去,此作正合。实则第三句亦以仄平平仄平平去为佳。检元人所作,十九皆然。“万里”二字以去上为佳。《中原音韵》此韵以上声为妙,以起其音,切不可平声。但元人亦有用平声者,如马致远云:“顺西风晚钟三四声,怎生数老僧禅定。”贯云石云:“下秋千玉容强似花,汗溶溶湿人罗帕。”张可久云:“马嵬坡袜儿得了看钱,太真妃死而无怨。”“是离人”三字,亦有作平平仄者,如马致远他作:“珠帘外晚风无力。”卢挚云:“空留下半江明月。”张可久云:“题名在凤鸾双处。”然究以周德清所云仄平平为第一着也。

64.［双调·风入松］ 张可久

琅琅新雨洗湖天(韵),小景六桥边(韵)。

㊥平㊥仄仄平平　　㊇仄仄平平

西风泼眼山如画(句),有黄花休恨无钱(韵)。

㊥平仄仄平平去　　㊇平平㊥仄平平

细看茱萸一笑(句),诗翁健似当年(韵)。

㊇仄平平仄仄　　㊥平仄仄平平

【简评】写西湖秋景,黄花为菊花。有了菊花,不恨无钱,妙。登高一笑,“诗翁健似当年”,豪气四溢。此曲与词同,唯取其半耳。《中原音韵》云:“末句须平平仄仄平平”。但第一字实可不拘。

65.［双调·雁儿落］ 邓玉宾

乾坤一转丸(韵),日月双飞箭(韵)。

㊥平仄仄平　　仄仄平平仄

浮生梦一场(句),世事云千变(韵)。

㊇平去仄平　　去去平平去

【简评】写法有五言诗的特点。作者写时光飞逝,感叹世事风云变幻,人生如梦。此曲又名平沙落雁,常与得胜令、清江引合为带过曲,或与清江引、碧玉箫合为带过曲,无独用者。起句可上叶,如起两句乔吉云:“黄花开数朵,翠竹栽些个。”庾天锡云:“名缰厮缠挽,利锁相牵绊。”皆是。第三句亦可叶,如庾天锡末两句云:“秋霜黄菊残,冬雪白梅绽。”乔吉云:“秋奁妆不忺,夜烛花无艳。”刘致云:“长江一线平,暮雨千山静。”皆是。又二四两句韵必去,元人皆然,不可任易。

66.［双调·得胜令］ 邓玉宾

万里玉门关(韵),七里钓鱼滩(韵)。

㊀仄仄平平　　㊀仄仄平平

晓日长安近(句),秋风蜀道难(韵)。

仄仄平平去　　平平仄仄平

休干(韵),误杀英雄汉(韵)。

平平　　㊀仄平平仄

看看(韵),星星两鬓斑(韵)。

平平　　平平仄仄平

【简评】作品头两句选用了班超和严子陵的典故:一求官封侯,一拒富贵。三四句则言功名近而难求。人生苦短,何必追逐名利,应当感悟。此曲一名阵阵赢,又名凯歌回。既可独用,又可与雁儿落合为带过曲。"近"字亦可叶,如景元启云:"枕冷鸳衾剩,心焦睡不成。"杨朝英云:"一迳胭脂重,千机锦绣空。"皆是。《中原音韵》云:"末句须平平上去平。"与此曲全合。又云:"仄平平去平,亦可。"检元人之作,此式亦多,是两用俱可也。惟张养浩云:"欢喜的无是处。"乔吉云:"三分春去也。"皆以仄收,则不多见,亦可不必从之。"汉"字韵必去,当从之。

67.［双调·碧玉箫］　关汉卿

秋景堪题(韵),红叶满山溪(韵)。松径偏宜(韵),

㊥仄平平　　㊥仄仄平平　　㊥仄平平

黄叶绕东篱(韵)。正清樽斟泼醅(韵),有白衣劝酒杯(韵)。

平仄仄平平　　㊥平㊥仄㊥　　平平去仄㊥

成何济(韵),归(韵),学取他渊明醉(韵)。

平平去　　平　　平仄　平平去

【注释】［学取他渊明醉］用陶渊明典故。九月九日,渊明无酒,满手把菊,忽王弘命白衣童仆送酒至。

【简评】作者取陶渊明故事为线索,表示要像陶氏那样东篱把酒,常醉田园。此曲除独用外,又可与雁儿落、清江引合为带过曲。关氏作此曲共10首,叶韵间有不同。如"溪"、"醅"、"杯"三韵,有以仄叶者。唯"归"系一字韵,10首皆然。可见此曲定格如是。第五句亦有不叶者,如赵天锡云:"赛渊明五柳庄,胜尧夫安乐窝。”又云:“诸葛亮八阵图,周亚夫细柳营。”皆是。末句《中原音韵》云:“须仄仄平平去。”当依之。

68. [双调·大德歌] 关汉卿

俏冤家(韵),在天涯(韵),偏那里绿杨堪系马(韵)。

仄⃝平⃝平　仄平平　仄⃝平平⃝仄仄

困坐南窗下(韵),教对清风想念他(韵)。

仄⃝仄平平去　平平仄仄平

蛾眉淡了教谁画(韵),瘦岩岩羞带石榴花(韵)。

平⃝平仄仄平平去　平⃝去仄平平

【简评】写天涯美人,见不了面,只说“蛾眉淡了教谁画”,手法极其委婉。

69. [双调·殿前欢] 贯云石

隔帘听(韵),几番风送卖花声(韵)。夜来微雨天阶净(韵)。

仄平平　平⃝平平仄⃝仄平平　仄⃝平仄仄平平去

小院闲庭(韵),轻寒翠袖生(韵)。穿芳径(韵),

上去平平　平平仄去平　平平仄

十二阑干凭(韵)。杏花疏影(句),杨柳新晴(韵)。

平仄平平仄　平平仄上　平⃝仄平平

【简评】此首写春日闲静景象,借景抒情。末句若有所思,“新情”寄托对光明的希望。此曲又有小妇孩儿、小凤孙儿、凤将雏、燕引雏等名,亦是多种体格。兹录一体,9句,句式为三七七四五三五四四,押七平仄韵。可作小令,兼入套曲。

70. [双调·水仙子] 徐再思

一声梧叶一声秋(韵),一点芭蕉一点愁(韵)。

仄⃝平平⃝仄仄平平　仄仄平平平⃝仄平

三更归梦三更后(韵)。落灯花棋未收(韵),

平平仄⃝去平平去　仄平平⃝平去平

叹新丰孤馆淹留(韵)。枕上十年事(句),

去平平平⃝仄平平　　　仄⃝仄⃝平平去

江南二老忧(韵),都到心头(韵)。

平平仄⃝仄平　　　仄⃝仄平平

【简评】写一人作客他乡,时逢秋雨,羁旅孤馆的无尽愁怀。开头三句为鼎足对,自然贴切,脱口而出,不露痕迹,足见功力。此曲又称湘妃怨、冯夷曲、凌波曲等。8句,句式为七七七六七五五四,第五句以下也可作五六三三四。押六平韵,一仄韵。第六句也可入韵。兼作小令、套曲。也可带折桂令为带过曲。

71.［双调·行香子］　马致远

无也闲愁(韵),有也闲愁(韵),有无间愁得白头(韵)。

仄⃝仄平平　　上仄平平　　仄平平平仄平平

花能助喜(句),酒解忘忧(韵)。对东篱(句),思北海(句),

平仄⃝去上　　平仄平平　　仄平平　　平仄仄

忆南楼(韵)。

仄平平

【注释】南楼,亦称庾楼。《晋书》载:庾亮在武昌,诸佐吏殷浩之徒,乘秋夜共登南楼,俄而不觉亮至,诸人将起避之。亮徐曰:"诸君少住,老子于此处兴复不浅。"便据床与浩等谈咏竟坐。表示坦率旷达的态度。

【简评】先写愁绪很多,后写助喜解忧的可能。对比写来,表现了作者的人生追求。此曲属双调,8句,句式为四四七四四三三三,押五平韵,末三句用对仗。

72.［双调·胡十八］　张养浩

正妙年(句),<u>不觉的</u>老来到(韵)。思往常(句),似昨朝(韵),

仄仄平　　　仄平仄　　平仄平　　仄平平

光阴流水不相饶(韵),<u>都不如</u>醉了(韵)。

平平平仄仄平平　　　　　仄仄

睡着(韵),任金乌搬废兴(句),不知道(韵)。

仄平　　　　　平仄平　　　仄平仄

【简评】岁月不饶,人生易老,只有醉生梦死,糊涂混日,均是激愤之语。此曲一三两句,平仄皆可不拘。第二句亦可平叶,如张养浩他作云:"人笑我,类狂夫。""结茅屋,近水边。""夫"字、"边"字皆以平叶也。"醉了"句亦可用平,如张养浩他作云:"齐歌着寿词。""便醉的似泥。""睡着"句亦可仄叶,如云:"右壁厢舞的。""动着这般乐器。"皆可证。

73.［双调·快活年］ 盍志学

【作者简介】盍志学,生平事迹不详。《录鬼簿》"在前辈已死名公有乐府行于世者"篇中,列有"盍志学学士"。或疑其即盍西村。西村,盱眙(今属江苏)人。今存小令17首,套数一套。朱权《太和正音谱》评其曲"如清风爽籁"。

闲来乘兴访渔樵(韵),寻林泉故交(韵)。开怀畅饮两三瓢(韵),

㊣平平去仄平平　㊣平平去平　　平平仄仄仄平平

只愿身安乐(句)。笑了重还笑(韵),沉醉倒(韵)。

㊋仄平平仄　　　㊣上平平去　　　平去上

【简评】闲来无事,访问渔樵故交,开怀畅饮,身体健康,平安无事,在笑中醉倒。快乐乎?凄凉苦闷乎?可由各自评论。此曲除独用外,亦与沽美酒合为带过曲。起句四字可作仄仄平平,如无名氏云:"袅袅婷婷似观音。""眼角眉尖送春情。""暗想多情不良才。""雁字长空点残云。""独宿孤眠几时休。"皆是。"开怀"四字,亦可作仄仄平平,如无名氏云:"玉笋轻舒整乌云。""款步轻移暗传情。"皆是。末句亦可作平平仄,如无名氏云:"多风韵。""衫儿扣。""成孤另。""和天害。""心肠硬。""如何守。"皆是。末句又有以平叶者,如无名氏云:"深谢王。""苏小卿。"皆是。

74.［双调·潘妃曲］ 商挺

绿柳青青和风荡(韵),桃李争先放(韵)。紫燕忙(韵),

仄仄平平平平去　　㊥仄平平去　　仄去平

队队衔泥戏雕梁(韵)。柳丝黄(韵),堪画在帏屏上(韵)。

仄仄平平去平平　　仄平平　　平仄仄平平去

【简评】作者一生作了19首潘妃曲,多写爱情。而此曲专写风景,颇有特点。语言通俗顺畅。此曲属双调。有多种体式,此录其一。共6句,句式为七五三七三六,每句入韵,平仄混押。

75. [双调·折桂令]拜和靖祠双声叠韵　乔吉

至当时处士山祠(韵),渐次南枝(韵),

仄平平仄仄平平　　仄去平平

春事些儿(韵),枫渍殷脂(韵)。

平去仄平　　平仄平仄

蕉撕故纸(韵),柳死荒丝(韵),目寒涩雄雌鹭鸶(韵)。

平平仄仄　　上去平平　　仄平去平平去平

翅参差(韵),母子鸬鹚(韵),再四嗟咨(韵),

仄仄平　　仄上去平　　上去平平

撚此吟髭,弹指歌诗(韵)。

上去平平　平上平平

【简评】写此曲必须下大功力。知难而进,终成佳作。本曲为双声叠韵,基本上是短体,而叠韵字都要双声,多了一层限制,难上加难。全曲共25个叠韵字,同时也是双声字("纸"入作上),这种高难度的语言,是曲家苦心孤诣锤炼出的新颖而独特的形式美。

76. [双调·沉醉东风]举子　卢挚

辞辛苦桑枢瓮牖(韵),夸荣华凤阁龙楼(韵)。

㊀平仄平平仄上　　去平平上上平平

脱布衣(句),披罗绶(韵),跳龙门独占鳌头(韵)。

仄仄平　　平平去　　㊀㊥平平仄平平

今日男儿得志秋(韵),会受用宫花御酒(韵)。

仄仄平平上去平　　仄去㊣平平去上

【简评】写一读书举子,一旦独占鳌头,少年得志,就能享荣华富贵,受宫花御酒。仔细玩味,似有讽刺之意。前人评他“天然俪于语,自然傲笑”,是作者的风格特征。此曲与南曲仙吕不同。《中原音韵》举白朴“黄芦岸白蘋渡口”一首为例,首二句皆七字相对,实则六字相对,其一为衬字也。如关汉卿他作云:“面出花枝解语,眉横柳叶长疏。”卢挚云:“雨过分畦种瓜,旱时引水浇麻。”张养浩云:“蔬圃莲池药阑,石田茅屋柴关。”胡祗遹云:“月底花间酒壶,水边林下茅庐。”乔吉云:“万树枯林冻折,千万高鸟飞绝。”张可久云:“明月无心紫箫,夕阳何如蓝桥。”任昱云:“翡翠屏间篆烟,秋风莼菜鲈肥。”皆六言相对。三四两句亦须对。第五句须上三下四,第六句须上四下三,末句须上三下四,皆不可移易。《中原音韵》云:“末句须平仄仄平平去上。”检元人所作,前三字率多不拘;平平去上,则须依之。乔、张二家,亦有作平平去平者,如乔吉作云:“丹青扇头。”张可久作云:“严凌钓台。”皆是。据《中原音韵》谓此则属第二着矣。又第一句末,第五句末,皆可以仄叶,如白朴之“黄芦岸白蘋渡口”乃第一句仄叶,卢挚之“散西风满天秋意”乃第五句以仄叶,第五句仄叶又用去声也。

77.［双调·折桂令］　张可久

唤西施伴我西游(韵),客路依依(句),烟水悠悠(韵)。

㊀平平仄仄平平　　仄仄平平　　平仄平平

翠树啼鹃(韵),青天旅雁(句),白雪盟鸥(韵)。

仄仄平平　　平平仄仄　　平仄平平

人倚梨花病酒(韵),月明杨柳维舟(韵)。试上层楼(韵),

平仄平平仄仄　　仄平平仄平平　　仄仄平平

绿满江南(句),红褪春愁(韵)。

仄仄平平　　平仄平平

【简评】携美人游湖,应是欢乐无比的。结句“绿满江南,红褪春愁”,俱是妙语。此曲又有秋风第一枝、天香引、蟾宫曲、步蟾宫、折桂回、蟾宫引、广寒秋等名。除独用外,可与水仙子合为带过曲。《中原音韵》举赵天锡“长江浩浩西来”一首。多为12句。《钦定曲谱》、《南北词简谱》并举张可久“葛花袍纸扇芭蕉”一首，共11句。盖末四句字句，一作四句，一作三句耳。前五句四字句，上二句作意属上，下三句作意属下。五句用韵不一。其一，如张可久云：“自别了莺莺，谁更卿卿。竹影疏棂，蛩声废井，桂子闲庭。”五句俱叶。其二，如张可久云：“两袖仙风，万古诗豪。富贵劳劳，功名小小，车马朝朝。”后四句叶。亦有第三句不叶，馀四句叶者，如张可久云：“笑引吟翁，醉倒诗筒。古寺啼猿，晴山舞凤，废井藏龙。”五句四叶，前后次序不一致。其三，即一四两句不叶，而二三五句皆叶者。如卢挚云：“笑豆蔻枝头，惹住歌行。风调才情，青楼一梦，杜牧三生。”亦有三四两句不叶，而一二五三句叶者，如贯云石云：“一派波光，掩映红妆。娇态盈盈，香风冉冉，翠盖昂昂。”徐再思云：“江水茫茫，山色苍苍。马首西风，鸡声残月，雁影斜阳。”皆是。其四，即二五两句叶，馀不叶。此式最为普遍，如此例是。至七八两句六字句，皆须叶韵。又此曲虞集曾为“短柱体”云：“銮舆三顾茅庐，汉祚难扶。日暮桑榆，深渡南泸，长驱西蜀，力拒东吴。美乎周瑜妙术，悲夫关羽云殂。天数盈虚，造物乘除，问汝何如，笑赋归欤。”其后张可久作13句“短柱体”云：“锦江头一掬清愁，回首盟鸥，杨柳汀洲。俊友吴钩，清秋楚岫，退叟齐丘。赋远游黄州竹楼，泛中流翠袖兰舟。檀口歌讴，玉手藏阄，诗酒觥筹，邂逅绸缪，醉后相留。”不仅句句叶韵，而且一句中又叶韵，亦难能可贵也。旧谱尚有百字《折桂令》一体，仍是原格，不过多些衬字罢了。

78. ［双调·夜行船］ 无名氏

院宇深沉人静悄(韵)，冷清清宝兽烟消(韵)。

仄仄平平平去上　　仄平平上去平平

四壁秋虫(句)，一帘疏雨(句)，两般儿斗来相恼(韵)。

㊥去平平　　平平平仄　　㊥平㊥去平平仄

【简评】写静中又有虫鸣、秋雨之声，愈见其静，表现手法高明。本曲属双调，有多种体格。兹录一体。5句，句式为七七四四七，押三平仄韵。第四句也可入韵。

79.［双调·拨不断］自叹　王鼎

【作者简介】王鼎(1242—1320),字和卿,大都(今北京)人。与关汉卿同时,互相友好,和卿先卒。和卿为人滑稽佻挞,讽刺诙谐。赋[醉中天·咏大蝴蝶]后,声名益振。官学士,延祐七年(1320)卒,年78岁。

恰春朝(韵),又春宵(韵)。春花秋月何时了(韵),
仄平平　　去平平　　(平)平(平)仄平平仄
花到三春颜色消(韵),月过十五光明少(韵)。月残花落(韵)。
(仄)仄平平(仄)仄平　仄平平仄平平仄　仄平平去

【简评】光阴如逝水,岁月匆匆,时不我待。应该怎么办呢?古人、今人均须深思。此曲属双调。一名续断弦。末句一作七字句。《中原音韵》谓末句须作仄平平仄平平去可证。《广正谱》取马致远"醉眠时小童休唤"一首,即七字一格也。三四五三句以对句为佳。如马致远他作云:"丹枫醉倒秋山色,黄菊凋残戏马台,白衣盼杀东篱客。"张可久云:"两行红袖君休醉。万里黄沙客未归,一天白月秋无际。"皆是。

80.［双调·清江引］秋思　张可久

西风信来家万里(韵),问我归期未(韵)。雁啼红叶天(句),
平平仄平平去上　仄仄平平去　(平)(仄)平仄平
人醉黄花地(韵)。芭蕉雨声秋梦里(韵)。
(仄)仄平平去　(平)(平)仄平平去上

【简评】离家万里,归期未定。三、四句以景寓情,情景交融。此曲属双调,又名江水儿。除独用外,亦可与雁儿落合为带过曲。"里"字可平叶,如马致远云:"樵夫觉来山月低。"张养浩云:"一岁两回春到来。"吴西逸云:"桃花满溪春水深。"徐再思云:"云间玉箫三四声。"钟嗣成云:"凤凰燕雀一处飞。"乔吉云:"凤酥不将腮斗儿匀。"张可久云:"长笛一声天地愁。"皆是。但《中原音韵》云:"用工极是,切不可作平声。"是以上声为妙也。且观张可久所作,起四字亦可仄仄平平。"雁啼红叶天"句亦有仄仄仄平平或平仄仄平平者,如杨朝英云:"风酿楚天秋。"乔吉云:"和泪送春归。"张可久云:"宝鼎串香绝。”刘致云：“风雨两无情。”丘士元云：“细雨洒芭蕉。”但《中原音韵》云：“此句仄仄仄平平属下着，切不可从。”岂非以两句相配，须平仄相间，方尽抑扬之妙耶。“天”字亦宜不叶，元人大都不叶也。末句《中原音韵》云：“当作平去仄平平去上。”但其定格所举之“白衣不来琴当酒”例，亦未纯合。大抵后五字仄平平去上，必须依之。首二字平仄，则可不拘。如吴逸西云：“故人不来何处饮。”乔吉云：“倩衔泥燕儿将过去。”皆是。乔吉又云：“旋窝儿粉香都是春。”则并末字亦叶平韵，却非常例。张可久所作，亦多用平平仄平平去上。至二四两句韵，又必用去。

81. ［双调·新水令］题西湖　马致远

四时湖水静无瑕(韵)，布江山自然如画(韵)。雄宴赏(句)，

仄平㊣上去平平　　仄平平仄平平去　　平去上

聚奢华(韵)。人不奢华(韵)，山景本无价(韵)。

去平平　　平仄平平　　平仄上平去

【简评】湖山秀美，不大赏一番，美感、美趣很难产生，环境美也失去存在的价值。古人评马致远之曲说“其词典雅，清丽，若神凤鸣于九霄”。其风格多样，有清丽者，有豪放或平易者。其曲应“列入群英之上”。此曲为双调。多入套曲，居于首曲地位。6句，句式为七七三三四五，押五平仄韵。第三、四句也可作六字句，可以增句。

82. ［双调·锁南枝］述感　陈所闻

【作者简介】陈所闻(生卒年不详)，字荩卿，明代仁和(今浙江杭州)人。嘉靖二十五年(1546)举人，曾任玉山知县。工戏曲，善词曲。作品风格朴实无华，语言通俗流畅。著有散曲集《北宫词纪》、《南宫词纪》。

<u>既少</u>陶朱富(句)，<u>又无</u>赵孟权(韵)，寸步难于上九天(韵)。

平平去　　去去平　　去去平仄上上平

谁问卞和冤(韵)，但认孔方面(韵)。把豪杰(句)，尽倒颠(韵)。

平平去平平　　去去仄平去　　去去平　　去去平

全不顾人口似碑(句)，神目如电(韵)。

平仄仄平仄仄平　　　平去平去

【简评】此曲对当时社会的腐朽提出了严厉的批判。如“谁问卞和冤,但认孔方面。把豪杰,尽倒颠。全不顾人口似碑,神目如电。”语浅而用意深刻,犹如一把锋利的匕首,一击中的,打中要害。本曲属南曲。9 句,句式为三三七五五三三七四,可接头。换头也 9 句,句式为五五六四五三三三三,换头也可不具,末同南曲小令。

83.［越调·小桃红］　杨果

【作者简介】杨果(1195—1269),字正卿,号西庵。祁州蒲阴(今河北安国)人。金正大元年(1224)进士。为偃师令,以廉干闻名。入元后,官至参知政事。至元六年(1269)出为怀孟路总管,以老致仕。善作乐府,有《西庵集》问世。贯云石《阳春白雪序》称其曲“平熟”,朱权《太和正音谱》评其曲辞“如花柳芳妍”。现存小令 11 首,套数 5 套。

采莲人和采莲歌(韵),柳外兰舟过(韵)。

仄⃝平平⃝仄上平平　　　仄⃝仄平平去

不管鸳鸯梦惊破(韵)。夜如何(韵)?

仄⃝去平平仄平去　　　仄平平

有人独上江楼卧(韵)。伤心莫唱(句),

平⃝平仄⃝去平平去　　　平平仄仄⃝

南朝旧曲(句),司马泪痕多(韵)。

平⃝平平⃝去　　　平⃝仄去平平

【简评】此曲为哀悼金辽之作。写得委婉含蓄,与词的格调相近,是由词向曲过渡的作品。本曲属越调。又称武陵春、采莲曲、绛桃春、平湖乐等。也可入正宫。8 句,句式为七五七三七四四五,押六平仄韵。

84.［越调·斗鹌鹑］冬景　苏彦文

【作者简介】苏彦文,生卒年不详,字号、居里及生平事迹均不可考。元人钟嗣成《录鬼簿》记载:“彦文有‘地冷天寒’越调及诸乐府,极佳。”今存［斗鹌鹑]一首，见于明人所辑《雍熙乐府》等书中。

地冷天寒(句)，阴风乱刮(韵)。岁久冬深(句)，严霜遍撒(韵)。

仄仄平平　平平去上　仄仄平平　㊀平去上

夜永更长(句)，寒浸卧榻(韵)。梦不成(句)，愁转加(韵)。

仄仄平平　平㊀去上　去平平　平上平

杳杳冥冥(句)，潇潇洒洒(韵)。

仄仄平平　平平去上

【简评】全曲以活泼的文辞，具体细腻地刻画了一位“衣服破碎，铺盖单薄”的穷苦文人，在风雪之夜辗转难眠的凄苦情景与内心活动，深刻地反映了元代下层知识分子饥寒交迫的境遇，是元人描写冬景的散曲名篇，有一定的社会意义。本曲属越调，亦可入中吕宫。本格10句，前六句和最后两句为四字句，第七、八两句为三字句。四字句的偶句押四个仄声韵，一般押上声韵，韵脚前一字多用去声。三字句押一个平声韵。

85.［越调·天净沙］秋思　马致远

枯藤老树昏鸦(韵)，小桥流水人家(韵)，古道西风瘦马(韵)。

平平上去平平　仄平平上平平　仄去平平去上

夕阳西下(句)，断肠人在天涯(韵)。

平平平去　㊀平㊁仄平平

【简评】《中原音韵》一书的作者周德清评此曲为“秋思之祖”，即称赞其为在曲中写秋思的水平最高者。他构思了一幅深秋游子思乡图。风景一路萧疏，旅途劳顿，马都是瘦的，人何以堪？天已晚了，尚不知夜宿何处，怎不令人断肠呢？不提一个“愁”字，却愁肠万结；不提一个“思”字，而思绪浓重。所谓“羚羊挂角，无迹可寻”，“不着一字，尽得风流”。

86.［越调·凭栏人］　乔吉

瘦马驮诗天一涯(韵)，倦鸟呼愁村数家(韵)。

㊁仄平平㊁去平　㊀仄平平㊁去平

扑头飞柳花(韵),与人添鬓花(韵)。

㊀平平去平　　仄平平去平

【简评】这支小令以精巧的构思,精练的笔墨,描绘出穷愁漫游的诗人,在暮春黄昏时节,羁旅他乡的忧思。头两句写诗人浪游天涯,后二句写伤春叹老,内涵十分丰富。此曲末句,《中原音韵》谓须仄平平去平。元人所作,合此格者甚多。但"鬓"字亦可用上声。如姚燧云:"怎装如许愁。"吴西逸云:"铁石知几年。"徐再思云:"为他千里人。"贯云石云:"倦将脂粉添。"张可久云:"画桥吹柳花。"可见此字用上亦可,特用去为佳耳。

87. [越调·寨儿令]感旧　张可久

曾此中(韵),记行踪(韵),桃花去年人面红(韵)。

㊥上平　　去平平　　㊥平㊀平平去平

门闭重重(韵),春去匆匆(韵),何日再相逢(韵)。

㊥上平平　　平去平平　　㊥去去平平

唾尖谁画晴峰(韵),唾痕犹点香绒(韵)。狻猊全落索(句),

仄㊥平仄平平　　仄平平上平平　　平平平仄仄

鸾凤玉丁东(韵)。空(韵),尘满绣帘栊(韵)。

平去去平平　　平　　㊀仄去平平

【简评】以人面桃花感旧,一切成"空",留下遗憾。此曲又名柳营曲,与属黄钟宫不同。"红"字可上叶,如马谦斋云:"天下太平无事也。"吴西逸云:"恰团圆儿时云又掩。"乔吉云:"长吁一声肠断也。"张可久云:"海棠轩半帘红日影。"皆是。但《中原音韵》云:"'红'字平声好,上声则属下者也。"

88. [商调·梧叶儿]隐居　赵善庆

绝荣辱(句),无是非(韵),忘世亦忘机(韵)。藏鸯渚(句),

平平仄　　㊥仄平　　㊥仄仄平平　　平平仄

浮雁溪(韵),钓鱼矶(韵)。稳当似麒麟画里(韵)。

㊥仄平　　仄平平　　平去㊀平平去上

【简评】此曲题“隐居”，为愤世感怀之作。忘却人间的荣辱是非，忘却世上的一切，躲藏在鸯渚、钓矶里，与画在麒麟阁中的功臣像一样稳当。《三辅黄图·阁》：“麒麟阁，萧何造，以藏秘书，处贤才也。”汉宣帝时，曾图霍去病等11个功臣像于阁上，以表扬其功绩。见《汉书·苏武传》。作者用此典故的用意是，隐居比做官平安得多。元代官场黑暗可见一斑。语言十分简练。此曲又名知秋令、碧梧秋，亦入仙吕宫。起句亦可叶，如卢挚云：“红绡绉，眉黛愁。”徐再思云：“风初定，月正明。”皆是。“渚”字亦可叶。如卢挚云：“文章守，令素侯，最风流。”张可久云：“墨淡淡王维画，柳疏疏陶令家，春脉脉武陵花。”末韵元人亦叶平者，又有作六字句者。但《中原音韵》云：“末句须平仄仄平平去上，去平第二着。”是当以上声为则也。又《广正谱》载王和卿《百字知秋令》，实即《梧叶儿》，特衬字多耳。

89. ［般涉调·哨遍］莲船　朱庭玉

【作者简介】朱庭玉，一说名廷玉。生平事迹不详。今存小令数首、套曲20余篇。见于《阳春白雪》、《太平乐府》、《北宫词记》。

炽日人皆可畏（句），火云削出奇峰样（韵）。
平仄平平仄仄　　仄平仄仄平平去
梅雨凌晨乍晴时（句），堪游水国江乡（韵）。
平仄平平去平平　　平平仄仄平平
挈艳妆（韵），轻摇彩棹（句），缦拨兰舟（句），
仄去㊥　　平平仄仄　　仄仄平平
稳载清波漾（韵）。正是菜花开也（句），荷张翠盖（句），
仄仄平平去　　仄仄平平平仄　　仄平平仄
莲竖红幢（韵）。系兰舟聊复取沙门（句），
㊥仄平去　　平平仄仄上平平
停彩棹须臾歇横塘（韵）。低奏笙簧（句），浅酌芳醪（句），
平仄平平仄平平　　㊥仄平平　　仄仄平平
恣情共赏（韵）。
㊥仄平去

【简评】曲中写到莲,但非为了写莲,而是在酷暑炎夏乘坐莲船,在凌晨雨天乍晴时,泛游水国江乡的情景。此曲调属般涉调。共16句,押七平仄韵。句式为六七七六三四四五六四四七七四四四。

90.［般涉调·耍孩儿］思乡 曾瑞

【作者简介】曾瑞(?—1330),字瑞卿,号褐夫,大兴(今北京境内)人。因钦羡江浙人才景物之盛而移居杭州。志傲岸,不愿仕,优游市井。善绘画,能隐语。著有散曲集《诗酒余音》,已佚。所作杂剧《才子佳人误元宵》一种。现存散曲小令95首,套数17套。

山屏锦帐繁花盛(韵),雪霁风和雨晴(韵)。
平平平仄平平仄　　㊉仄平平仄㊀
良工着色画难成(韵),竹疏梅淡轻盈(韵)。
平平仄仄仄平平　　仄平平仄平平
竹穿坏壁凉阴浅(韵),梅枕寒流瘦影清(韵)。
仄平㊉㊀平平㊉　　㊉㊉平㊀仄仄平
贪幽净(韵)。懒趋权势(句),不就功名(韵)。
平平去　　仄平㊉仄　　平仄平平

【简评】作者一向志向傲岸。此写思乡,是想摆脱纷扰,寻个幽静的地方,与世无争,诗酒生活,以乐天年。此曲属般涉调。又名魔合罗,也在正宫、中吕宫、双调的套数里运用,没有专作小令的。句式一般是七七七六七七三四四,共9句,6韵(第三、五、八句可不用韵),但变化较大。此调作套曲时,后面一般不再有别的曲调,只连用几支[煞]曲,加[尾声]作结。

91.［大石调·阳关三叠］ 无名氏

渭城朝雨浥轻尘(句),更洒遍客舍青青(句)。
去平平上去平平　　去上去上去平平
弄柔凝千缕(句),更洒遍客舍青青(句)。
去平平平上　　去上去上去平平
弄柔凝翠色(句),更洒遍客舍青青(句)。弄柔凝柳色新(韵)。

去平平去上　　去上去上去平平　　去平平上上平

休烦恼(句),劝君更尽一杯酒(句)。

平平上　　去平去去上平上

人生会少(句),富贵功名有定分(韵)。

平平去上,　　去去平平上去平

[幺]休烦恼(句),劝君更尽一杯酒(句)。

　　平平上　　去平去去上平上

旧游如梦(句),只恐怕西出阳关(句),眼前无故人(韵)。

去平平去　　　　平平平平　　上平平去平

休烦恼(句),劝君更尽一杯酒(句)。

平平上　　去平去去上平上

只恐怕西出阳关(句),眼前无故人(韵)。

　　平平平平　　上平平上平

【简评】作品翻王维诗句,反复吟唱,抒发别情,更为充分。此曲为大石调。前部 11 句,幺篇 9 句,共 20 句,第七句押平韵,第十一句押平韵,第十六句押平韵,第二十句押平韵。曲意音律回环往复,低吟浅唱,极为感人。

92. [小石调·恼煞人]　白朴

又是红轮西坠(句),残霞照万顷银波(韵)。

去去平平平去　　平平去去上平平

江上晚景寒烟(句),

平平上上平平

雾蒙蒙(句),风细细(句),阻隔离人萧索(韵)。

仄平平　　平仄仄　　仄仄平平平上

[幺]宋玉悲秋愁闷(句),江淹梦笔寂寞(韵),

　　去仄平平平去　　平平去上平去

人间岂无成与破(韵)。

平平上㊀平平去

想别离情绪(句),世界里只有俺一个(韵)。

　平平平去　　去去　上上上平去

【简评】作品开始写流离他乡,十分寂寞。幺篇举出宋玉、江淹,意思都是悲苦人生,但我尤甚。"世界里只有俺一个",用夸张手法来突出思绪,实为绝妙。此曲属小石调。常带幺篇。正式6句,句式为六七六三三六,押二平韵。幺篇5句,句式为六六七四七,押三仄韵。此调只存于白朴的散曲之中。

93. [小石调·青杏儿]咏雪 白朴

空外六花翻(韵),被大风洒落千山(韵)。穷冬节物偏宜晚(韵)。

平仄仄平平　仄⃝仄平⃝平⃝去平平　平平仄仄平⃝平上

冻凝沼沚(句),寒侵帐幕(句),冷湿阑干(韵)。

仄平平仄　平平去去　上仄平平

【简评】咏雪而未着"雪"字,却把风雪写尽。末三句用"冻、寒、冷",亦是暗自写雪。又是"不着一字,尽得风流"者。此曲属小石调。又名青杏子,也可作大石调。6句,句式为五七七四四四,押四平仄韵。

94. [小石调·骤雨打新荷] 元好问

【作者简介】元好问(1190—1267),字裕之,号遗山,秀容(今山西忻县)人。金宣宗兴定五年(1221)进士。曾任尚书省左司员外郎等职。金亡后,隐居不仕。工诗文,在金元之际,颇有声望,人称"元才子"。著有《遗山集》,编有《中州集》、《壬辰杂编》等。散曲作品仅存小令9首和一种套曲的残曲。

绿叶阴浓(句),遍池亭水阁(韵),偏趁凉多(韵)。海榴初绽(句),

仄仄平平　仄平平仄平　平⃝去平平　上平平去

妖艳喷香罗(韵)。老燕携雏弄语(句),有高柳鸣蝉相和(韵)。

平去平平平　仄仄平平去上　仄平上平平上去

骤雨过(句),珍珠乱糁(句),打遍新荷(韵)。

去上平　平平去上　上去平平

人生有几(句),念良辰美景一梦初过(韵)。穷通前定(句),

平平仄仄　仄平平仄仄仄仄平仄　仄⃝仄⃝平仄

何用苦张罗(韵)。命友邀宾玩赏(句),对芳尊浅酌低歌(韵)。

平去上平平　　去上平平去上　　仄平平上平平平

且酩酊(句),<u>任他</u>两轮日月(句),来往如梭(韵)。

仄平平　　　仄平仄仄　　平仄平平

【简评】上曲写"良辰美景",下曲写"命友邀宾",流露出及时行乐的思想,是元代文人精神生活的典型写照。此曲本名小圣乐,或入小石调或入双调。因曲中有"骤雨过,珍珠乱糁,打遍新荷"几句脍炙人口,故曲名又名骤雨打新荷。早期的曲与词分界不很严格,均称为乐府,故此曲具有词的特点,有上下两阕,并有词的韵味。"珍珠乱糁",《全元散曲》作"琼珠乱撒";"人生有几",《全元散曲》作"人生百年有几";"一梦初过",《全元散曲》作"休放虚过"。《太和正音谱》、《北词谱》等录有此调。上片10句,押五平仄韵,下阕同。

二、带过曲

1.［南吕宫·骂玉郎带感皇恩带采茶歌］　钟嗣成

【作者简介】钟嗣成(约1279—约1360),字继先,号丑斋,大梁(今河南开封)人。久居杭州,履试不中。顺帝时,编纂《录鬼簿》二卷,有至顺元年(1330)自序,载元代杂剧、散曲作家小传及杂剧剧目,为研究元曲的重要资料。贾仲明《录鬼簿续编》称其"所编小令、套数极多,脍炙人口"。《太和正音谱》评其曲"如腾空宝气"。所作杂剧今知有《章台柳》等7种,皆不传。今存小令59首,套数一套。

梅花漏泄阳和信(韵),才残腊又新春(韵)。

㊣平㊁仄平平去　　㊁平仄仄平平

东风北岸冰消尽(韵)。

平平仄仄平平去

元夜过(句),社日临(句),中和近(韵)。

㊣仄平　　㊁仄平　　平平去

［带过感皇恩］天气氤氲(韵),花柳精神(韵)。驾香轮(韵),

㊁仄平平　　㊣仄平平　　仄平平

驰玉勒(句),醉游人(韵)。清明过了(句),飞絮纷纷(韵)。

平(平)仄　仄平平　平平去上　(平)仄平平

[带过采茶歌]隔孤村(韵),闻杜宇(韵),怨东君(韵)。

仄平平　平(平)仄　仄平平

叹芳辰(句),已三分(韵),二分流水一分尘(韵)。

仄平平　仄平平　(平)平平仄仄平平

寂寂落花伤暮景(韵),凄凄芳草怕黄昏(韵)。

(仄)仄(平)平平去上　(仄)平平仄仄平平

【简评】此曲为南吕宫带过曲。由骂玉郎、带感皇恩、带采茶歌三支曲子组成。它们都不能单独用作小令。骂玉郎句式为七六七三三三,共6句,押四平仄韵。感皇恩句式为四四三三三四四,共7句,押五平仄韵(第三、四、六可不用韵)。采茶歌句式为三三三三三七七七,共8句,押七平仄韵(第四句可不用韵)。

2. [中吕宫·快活三带朝天子带四边静]　马谦斋

【作者简介】马谦斋,生平不详。张可久有[天净沙]《马谦斋园亭》一曲,当与张可久同时,且有交往。有"辞却公衙,别了京华,甘分老农家",终于归隐的经历。其曲有不少愤世之作,现存小令17首。

海棠娇恰睡足(韵),牡丹香正开初(韵)。

平平上　仄平　(仄)平平　平平

只愁春色在须臾(韵),休教燕子衔春去(韵)。

平平(仄)仄仄平平　仄仄平平去

[带过朝天子]辇毂(韵),景物(韵),芳草碧重城路(韵)。

仄平　上去　(仄)仄　平平去

五花娇马七香车(韵),帘挂锦珂鸣玉(韵)。箫鼓声中(句),

(平)平(仄)仄仄平平　(仄)仄　平平去　(平)仄平平

园林佳处(韵),翠环歌红袖舞(韵)。近黄公酒垆(韵),

(平)平平去　平平(仄)去上　仄平

诵东坡乐府(韵),直吃到月转垂杨树(韵)。

仄平　　　　　　仄仄平平去

[带过四边静]明时难遇(韵),百岁光阴过隙驹(韵)。

平平平去　　　　㊀仄平平仄仄平

休教辜负(韵),春来春去(韵),榆钱难买春光住(韵)。

仄仄平平　　平平㊀仄　　　　仄仄平平去

【简评】此为中吕宫带过曲。快活三句式为五五七五,共4句,押四平仄韵(此曲很少单独用作小令)。朝天子句式为二二五七五四四五二二五,共11句,押十平仄韵。四边静句式为四七四四五,共5句,押五平仄韵(此曲亦少单独用作小令)。

3. [中吕宫·十二月带尧民歌]　张养浩

清明禁烟(韵),雨过郊原(韵)。三四株溪边杏桃(句),

平平仄平　　㊀仄平平　　　　平㊉㊀仄

一两处墙里秋千(韵)。隐隐的如闻管弦(韵),

㊉仄平平　　　　平平仄㊉

却原来流水溅溅(韵)。[带过尧民歌]人家浑似武陵源(韵)。

平仄平平　　　　　　㊉平仄仄仄平平

烟霞朦胧淡春天(韵)。游人马上袅金鞭(韵),

平仄平平仄平平　　㊉平㊀仄仄平平

野老田间话丰年(韵)。山川(韵),都来杖履边(韵),

仄仄平平仄平平　　平平　　㊉平仄仄平

早子称了闲居愿(韵)。

仄仄平平去

4. [中吕宫·十二月带尧民歌]　王实甫

自别后遥山隐隐(韵),更哪堪远水粼粼(韵)。

平平仄仄　　　　仄仄平平

见杨柳飞绵滚滚(韵),对桃花醉脸醺醺(韵)。

平平仄仄 ㊀仄平平

透内阁香风阵阵(韵),掩重门暮雨纷纷(韵)。

平平仄仄 仄仄平平

[带过尧民歌]怕黄昏忽地又黄昏(韵),

㊉平上去仄平平

不销魂怎地不销魂(韵)。

平平上去仄平平

新啼痕压旧啼痕(韵),断肠人忆断肠人(韵)。

仄平平平仄平平 仄平平仄仄平平

今春(韵),香肌瘦几分(韵),搂带宽三寸(韵)。

平平 平平仄仄平 仄仄平平去

【简评】以上均为同调中吕宫带过曲,亦入正宫。由十二月和尧民歌两支曲子组成。这两支曲子都不能单独用作小令。十二月共6句,每句4字,押平仄韵(第三句可不用韵)。尧民歌句式为七七七七二五五,共7句,押七平仄韵。

5. [双调·雁儿落带得胜令] 张养浩

云来山更佳(韵),云去山如画(韵)。山因云晦明(句),

平平㊀仄平 ㊀仄仄平去 ㊉平㊀仄平

云共山高下(韵)。[带过得胜令]倚仗立云沙(韵),

㊀仄平平去 ㊀仄仄平平

回首见山家(韵)。野鹿眠山草(句),

㊀仄仄平平 ㊀仄平平仄

山猿戏野花(韵)。云霞(韵),我爱山无价(韵)。

平平仄仄平 平平 ㊀仄平平去

看时行踏(韵),云山也爱咱(韵)。

平平 平平上去平

【简评】此曲前为雁儿落,句式为五五五五,4句,押三平仄韵。后为得胜令,句式为五五五五二五二五,共8句,押七平仄韵。

三、套曲

1.［双调·夜行船］秋思　马致远

［夜行船］百岁光阴如梦蝶(韵)，重回首往事堪嗟(韵)。

仄仄平平平去平　平平仄仄仄平平

今日春来(句)，明朝花谢(韵)，急罚盏夜阑灯灭(韵)。

平仄平平　平平平去　仄⃝平平⃝仄平平去

［乔木查］想秦宫汉阙(韵)，都做了衰草牛羊野(韵)，

平平去上　仄⃝仄平平上

不恁么渔樵没话说(韵)，(纵)荒坟横断碑(句)，

仄仄　平平平去平　平平平仄平

不辨龙蛇(韵)。

仄仄平平

［庆宣和］投至狐踪与兔穴(韵)，多少豪杰(韵)。

仄⃝仄平平仄仄仄　仄⃝仄仄平

鼎足三分半腰折(韵)，知他是魏耶(韵)？知他是晋耶(韵)？

仄仄平平仄平平　去上　去上

［落梅风］天教(你)富(句)，莫太奢(韵)。无多时好天凉夜(句)，

平平　仄　仄仄平　仄⃝平平仄平平去

看钱奴硬将良心似铁(韵)，空辜负锦堂风月(韵)。

平平仄平平平去上　仄⃝平平仄平平去

［风入松］眼前红日又西斜(韵)，疾似下坡车(韵)。

平⃝平平仄⃝仄平平　仄⃝仄仄平平

晓来清镜添白雪(句)，上床与鞋履相别(韵)。

平⃝平仄⃝上平平仄　平⃝平仄平仄平平

莫笑鸠巢计拙(韵)，葫芦提一向装呆(韵)。

仄仄平平去上　平平　仄仄平平

[拨不断]利名歇(韵),是非绝(韵)。红尘不向门前惹(韵),

仄平平 仄平平 平平仄仄平平仄

绿树偏宜屋角遮(韵)。青山正补墙头缺(韵),竹篱茅舍(韵)。

仄⃝仄平平仄⃝仄平 平⃝平仄⃝仄平平仄 仄⃝平平仄

[离亭宴煞]蛩吟罢一觉才宁贴(韵),鸡鸣万事无休歇(韵)。

平仄仄仄平 平仄 平平仄仄平平仄

争名利何年是彻(韵)。密匝匝蚁排兵(句),

平平仄仄 仄⃝仄仄平平

乱纷纷蜂酿蜜(句),闹嚷嚷蝇争血(韵)。

平平平仄仄 仄仄平平仄

裴公绿野堂(句),陶令白莲社(韵)。

平⃝平仄仄平 仄⃝仄平平去

爱秋来那些(韵),和露摘黄花(句),带霜烹紫蟹(句),

平平去平 仄⃝仄仄⃝平平 平⃝平平仄仄

煮酒稍黄叶(韵)。人生有限杯(句),几个重阳节(韵)。

仄仄平平仄 平平仄仄平 仄仄平平仄

嘱咐俺顽童记着(句),便北海探吾来(句),

平平仄仄 仄仄仄平平

道东篱醉了也(韵)。

平平仄仄仄

【简评】此为双调中常用的套曲,小令不单独使用。联套较自由,除开头的[夜行船]及结尾的[离亭宴煞]外,中间各曲,一般不固定,常用的为[风入松]、[庆宣和]、[新水令]、[天仙令]诸曲。

2. [双调·行香子]别恨 朱庭玉

烟草萋萋(韵),霜叶飞飞(韵),落闲阶不管狼藉(韵)。

平⃝仄平平 平仄平平 仄平平仄⃝仄平平

雁儿才过,燕子先归(韵)。盼佳音,无佳信(句),误佳期(韵)。

仄⃝仄上去仄仄平平 仄平平仄平⃝仄 仄平平

[幺篇]帘幕空垂(韵),院宇幽栖(韵),步回廊自恨别离(韵)。

(平)仄平平　(仄)仄平平　仄平平(仄)仄平平

蓬松鬓发(句),束减腰围(韵)。见人羞,惊人问,怕人知(韵)。

平(平)去上　平仄平平　仄平平平(平)仄仄平平

[乔木查]但凭高望远(句),谩把栏杆倚(韵),

(仄)平平去去　去上平平平

不信功名犹未已(韵)。知他何处也,诗酒狂迷(韵)。

平平去去上　平仄平去上　平仄平平

[天仙子]相思梦,长是泪沾衣(韵)。恨满西风(句),

去平去 平仄仄平平　去上平平

情随逝水(韵)。闲恨与闲情(句),何日终极(韵)?

平平去上　平仄仄平平　平仄平平

伤心眼前无限景(句),都撮上愁眉(韵)。

平平仄平平去上　平去去平平

[离亭宴煞]橹声齐和归帆急(韵),渔歌渐远鸣榔息(韵)。

仄平平仄平平平　平平去上平平平

尖青碧,遥岑叠巘连天际(韵)。暮霭生,孤烟起(韵),

平平仄 平平平仄平平仄　去上平 平平仄

掩映残霞落日(韵)。江上两三家,山前六七里(韵)。

仄仄平平去去　平仄仄平平 平平仄上去

第三章 散曲名篇艺术欣赏

一、套曲

1. [般涉调·哨遍]高祖还乡 睢景臣

社长排门告示,但有的差使无推故。这差使不寻俗,一壁厢纳草除根,一边要差夫,索应付。又言是车驾,都说是銮舆,今日还乡故。王乡老执定瓦台盘,赵忙郎抱着酒葫芦。新刷来的头巾,恰糨来的袖衫,畅好是妆么大户。

[耍孩儿]瞎王留引定伙乔男女,胡踢蹬吹笛擂鼓。见一彪人马到庄门,匹头里几面旗舒。一面旗白胡阑套住个迎霜兔,一面旗红曲连打着个毕月乌,一面旗鸡学舞,一面旗狗生双翅,一面旗蛇缠葫芦。

[五煞]红漆了叉,银铮了斧,甜瓜苦瓜黄金镀。明晃晃马蹬枪尖上挑,白雪雪鹅毛扇上铺。这几个乔人物,拿些未曾见的器仗,穿着些大作怪的衣服。

[四煞]辕条上都是马,套顶上不见驴。黄罗伞柄天生曲。车前八个天曹判,车后若干递送夫。更几个多娇女,一般穿着,一样妆梳。

[三煞]那大汉下的车,众人施礼数。那大汉觑得人如无物。众乡老屈脚舒腰拜,那大汉挪身着手扶。猛可里抬头觑,觑多时认得熟,险气破我胸脯。

[二煞]你须身姓刘,你妻须姓吕。把你两家儿根脚从头数。你本身做亭长耽几盏酒。你丈人教村学读几卷书。曾在俺东庄住。也曾与我喂牛切草,拽坝扶锄。

[一煞]春采了桑,冬借了俺粟。零支了米麦无重数。换田契强秤了麻三秤,还酒债偷量了豆几斛。有甚胡突处,明标着册历,见放着文书。

[尾]少我的钱差发内旋拨还,欠我的粟税粮中私准除。只道刘三谁肯把你揪捽住,白什么改了姓,更了名,唤做汉高祖。

【艺术欣赏】汉高祖刘邦衣锦还乡的故事,其历史实事在《史记》和《汉书》中均有记载。司马迁是这样记叙的:“十二年(前 195 年)十月,高祖已击布会甀,布走,令别将追之。高祖还归,过沛,留。置酒沛宫,悉召父老子弟纵酒,发沛中儿得百二十人,教之歌。酒酣,高祖击筑,自为歌诗曰:‘大风起兮云飞扬,威加海内兮归故乡,安得猛士兮守四方!’令儿皆和之,高祖乃起舞,慷慨伤怀,泣数行下。”很显然,司马迁是把刘邦视作一代英豪而歌颂的。刘邦为建功立业打下了初步基础,在衣锦还乡之时,不禁踌躇满志,无限感慨。所唱《大风歌》表现了刘邦当时对局面虽已控制在握,但尚不敢就此止步。因为整个国家政权尚未巩固,外族威胁还很严重,仍要再接再厉,荡平海内,镇守四方,这才是开创大业的英雄本色。《大风歌》的风格也雄豪质朴,体现了刘邦博大的胸怀和理想抱负的不平凡。这符合历史的实际情况。

本曲虽题为“高祖还乡”,但并不是写历史,而是文学创作。作者巧妙地借助于散曲作品中一个熟悉刘邦的乡民口吻,历述了迎驾时的见闻和感叹,生动地勾画了一个流氓无赖发迹变阔后的傲慢神情,并且使用辛辣讽刺的语言揭露了刘邦低微时的种种丑行,从而戳穿了衮衣华服下封建帝王的本来面目。由于作者的立意是讽刺封建最高统治者,使散曲的战斗作用得到了很好的发挥,使散曲的境界开拓了一个新天地。这篇散曲,大胆泼辣,新奇突出,一向被公认为元代散曲在思想性和艺术性方面都很有价值的代表作之一。作品形象鲜明,情节生动,艺术构思十分独特,主题新颖深刻,很像一幕讽刺喜剧。

这篇套曲,采用的宫调是“般涉调”,古人解释为“般涉调,宜拾掇坑堑”。它的意思大致是说这种宫调最适宜表现豪放和讽刺的感情及新奇的特点。这篇套曲,共由 8 首曲子组成。

第一首[哨遍],描写村社里乡民迎驾的准备情况。社长排门告示,挨家通告,皇帝的车驾要来,催促乡民纳草,出差,准备接驾。王乡老、赵忙郎一些人就打扮成富户阔佬的样子,提壶捧盘,装模作样,十分可笑。作者用戏谑的手法,对那些阿谀奉承的人进行嘲讽,并对社长乘机敲诈勒索的行为进行了揭露。

第二首[耍孩儿],着重描写皇帝车驾前的旗队。本来,皇帝的旗队是威风凛凛,气势庄严的。但作者写来,却是异样的情景。乡民们在吹吹打打,迎接车驾,好像是很热闹,各种旗帜五颜六色,迎风招展,好像是很威风。但作者用“瞎王留”,“乔男女”等贬语,对这些拍马逢迎的人加以嘲笑。又用“鸡学舞”,“狗生双翅”,“蛇缠葫芦”等戏谑的词句来讽刺。

第三首[五煞],描写皇帝车驾前的仪仗队。这是皇帝驾前的第二支队伍。红叉、银斧、金瓜锤,红、白、黄各色相间,朝天镫是明晃晃的,鹅毛掌扇闪射着银光。这情景确实是排场、豪气,气象不凡。但作者却用"乔人物"、"未曾见"、"大作怪"等词语,对这威严可畏的仪仗队,表示了极端的蔑视。

第四首[四煞],描写皇帝车驾前后的卫队和侍从。本来是高头大马,驾着銮舆,黄罗伞盖,富贵豪华,导驾的官员,服侍的内宦,美貌的嫔妃宫女,前呼后拥。但作者却别具匠心地使用了庄稼人的语言和口吻,说"都是马","不见驴",揭露了皇帝和农民之间的阶级矛盾和对立。用"天曹判",讽刺了皇帝的车驾前卫,不过像一群木雕泥塑的傀儡,用"多娇女",嘲笑随王伴驾的嫔妃宫女,不过是一群妖里妖气的怪物。这里的讽刺笔锋,更加尖锐深刻了。

第五首[三煞],描写皇帝刘邦下车和乡民见面的情景。作为皇帝,屈驾接见乡民,在封建社会被看作是圣明天子,皇恩浩荡的。乡民也应该是诚惶诚恐,山呼万岁的。可是作者却连用了三个"那大汉",表现了对"当今皇帝"的极大不恭。皇帝在乡民面前摆摆架子,以示高贵和尊严,这也是通常的现象,但作者却用了"觑得人如无物",揭露了汉高祖刘邦的妄自尊大,目中无人。用"认得熟,险气破我胸脯",表现了乡民一旦了解到真相,不是意外的喜悦,而是十分气愤:对原来是本乡的一位流氓无赖,现在竟当上皇帝的刘邦无比气愤。

第六首[二煞],点明刘邦夫妇的姓氏并数落他们的身家来历,揭穿了刘邦的老底,现出了本来的面目。作者借助于一个设想乡民的口吻,一口气数落出他出身微贱,"曾与我喂牛切草,拽坝扶锄",身份并不我高多少;再数落他做亭长的时候,并未做过什么好事,只是一个"耽几盏酒"的贪杯好吃的酒鬼。

第七首[一煞],摆出刘邦过去丢人现眼的丑行,进一步揭穿了他的老底。作者摆出了刘邦过去曾采人桑,秤人麻,偷人豆等具体事实,使用了"采"、"借"、"支"、"强"、"偷"等表示动作行为的动词,淋漓尽致地描绘了刘邦过去的种种无耻行径。上文说明刘邦是一个不学无术、贪杯耽酒的无赖;这里写他是偷摸拐骗的窃贼,并且这一切都是明明白白,有账本可查,有字据为证的事实,是抵赖不掉的。

第八首[尾],就是[尾煞],也叫[煞尾],描写乡民要对刘邦提出正当合理的要求,也可以说是要对皇帝进行惩罚。作者借助于乡民的特定个性粗直和“无知”，哪管你什么皇帝不皇帝的，欠债的还债，少钱的补钱，这是理所当然的，不许你改名换姓去要弄赖账的把戏。并且不称他刘邦，更不称他皇帝，而是直呼刘三，表示对刘邦由发迹变泰而当了皇帝的极大蔑视。并且用“谁肯把你揪捽住”，这句话极富幽默感，巧妙而极有情趣。当然，这种看法是不合乎实际的，刘邦被称做汉高祖，是他的后代皇帝追封的庙号，并不是他想逃债而故意私改的姓氏和名字。作者巧妙地运用这一手法，使刘邦的威严扫地，达到令人不齿的可笑地步。这对突出主题起着很重要的作用。上述八首曲子，从结构上看，可分为两个部分。第一部分是第一首，写皇帝车驾到来前的情形。对高祖还乡作了大肆张扬，极力渲染乡里迎接圣驾的忙乱景象。在这一片忙乱的景象中，有一个重点语句，起到强化气氛的作用，这就是“都说是銮舆，今日还乡故”，从而突出了“这差使不寻俗”，事关重大，不可等闲视之。第二部分是后七首，写皇帝车驾到来后的情形。铺叙了高祖进村时的盛大场面，尽管由于那位乡民的“无知”，介绍情况产生了异样的变形，但仍可以真切地看到高祖还乡的盛大华贵场面。旗队为前导，仪仗队后继，侍卫队殿后，气魄之大，无与伦比。写尽了刘邦高踞于万民之上的尊严和傲慢之态。但作者采用的是假扬真抑的手法，作者写到了[三煞]末尾时，笔势一转，一落千丈，贬语江河直下，怒涛排壑，把刘邦的威风冲刷得精光，剥去了他尊严的外衣，还他以无赖的本相。然后是层层剥露，以卑贱反衬高贵，以无赖反衬威严，揭示出刘邦的本质，成为鲜明的对比。最后作者于[尾煞]之处，借助于农民的骂语，把刘邦从高贵尊严的宝座上拉下来。

依据作者的思路和后七首内容的体现，第二部分又可分四层：第一层，是二、三、四首，即[要孩儿]、[五煞]和[四煞]，是对皇帝的车驾和仪仗队的描写与嘲笑；第二层，是第五首，即[三煞]，写刘邦和乡民的相见；第三层，是第六、七首，即[二煞]和[一煞]，是对刘邦老底的揭露和讽刺；第四层，是第八首，即[尾]，写乡民要向刘邦讨债，嘲笑他改名更姓的无赖行为，结束全曲。

前后两大部分，紧密联结，浑然一体；第二部分的四层，是层层深入，矛盾冲突是按时间顺序发展的。第一部分是矛盾的酝酿和开端，第二部分是矛盾的发展、高潮和顶点。矛盾的性质是乡民和最高封建统治者的严重对立。全曲结构完整，情节和细节都富于戏剧性。本来散曲只是专供清唱用的，只有曲而无宾白科泛，它不是戏剧。但这篇散曲，人物的立体感很强，作者本身进入角色,作者就是那位乡民了。因此,使人读后好像看了一出经过化了妆的生动形象的讽刺剧,这足以说明作者艺术手法的高妙。

睢景臣的[般涉调·哨遍]《高祖还乡》,历来被公认为元代散曲中的珍品,主要由于它幽默生动,泼辣诙谐,具有浓厚的喜剧谐趣,极强的艺术感染力量。并且作者构思奇特,想象丰富,手法巧妙而寄寓着深刻的思想内容。一边是不可侵犯的神圣,一边是肆无忌惮的亵渎,对封建时代的最高统治者给予了无情的揭露、嘲讽和大胆的否定,从而构成了新颖独特而深刻的主题。

第一个特点,是主题新颖。高祖还乡,是一个真实的历史事件,我国著名的历史典籍《史记》和《汉书》都用颂扬之笔记下了这件"盛事"。但他们写高祖还乡,用意都是为了突出刘邦的"大风起兮云飞扬"的气魄,"威加海内兮归故乡"的荣耀,以及"安得猛士兮守四方"的大志。强调的是刘邦在开创帝王基业之后,仍不忘故土乡亲的深厚感情,以及和父老兄弟饮欢叙旧的融洽无间的亲密关系。这样来显示刘邦的恩威圣明,并表现一个开国帝王踌躇满志,慷慨昂扬的豪迈气概,主题完全是歌颂的。《高祖还乡》则不然,作者一反正史的记载,从一个崭新的角度,用艺术表现的方法,来描写汉高祖衣锦还乡的闹剧,体现了具有深刻批判力量的、与众不同的新颖的主题,淋漓尽致地揭露了封建皇帝刘邦的无赖加流氓的本相,尖锐而深刻地表现农民对最高统治者的蔑视和憎恶。这个主题的改变是大胆的,表达的思想意义具有很高的价值。

这一主题思想的根本变化,即变歌颂为暴露,变肯定为否定,之所以说它是极其可贵的,是因为作者打破了多年皇权主义封建枷锁,打破了"君君臣臣"的封建传统思想,以封建文人极为难见的反抗精神,把矛头直接指向封建社会的最高统治者,这在中国文学史上是极少见的。从这个意义上讲,睢景臣《高祖还乡》不仅是元代散曲中的杰作,也可以称得上是整个中国文学史上的杰作。

散曲《高祖还乡》的主题思想,还具有深刻的现实意义。因为他的主题并非单一地批判古代皇帝刘邦,而是从当代社会现实的土壤中提炼出来的。元代社会黑暗腐败的现象,激起作者的深沉感叹,触发了他的愤恨之情。他的真正用意不是就古论古,而是以古讽今,批判现实。如开头有"社长排门告示"句,这是元朝的制度,《元典章》里就有"排门粉壁告示"的做法。更何况元代的民族压迫和阶级压迫十分严重,一些达官贵人崇尚返乡祭祖,往往借机勒索，挥霍民脂民膏，人民十分憎恨。睢景臣作为一个正直的作家，面对现实，怎能无动于衷呢？

第二个特点，是构思新奇。正史记载“高祖还乡”一事，只有刘邦击筑起舞，慷慨自歌的叙述，并未记下沛中“故人父老”对刘邦到来的具体反应。睢景臣却别具匠心地运用其新奇的构思，做了许多艺术加工。在叙事上采用侧写的手法，从众多的“故人父老”中，设想出一个最熟悉刘邦底细的人物，作者通过他的眼、耳、口，把高祖还乡的盛大场面，以及刘邦青少年时代的所作所为，间接地、一桩桩、一件件、原原本本地介绍出来。凭借乡民的独特的生活体验，去认识还乡和迎驾的种种活动。从形形色色的仪仗阵容，去回忆刘邦往昔的劣迹丑行，从而使作品在叙事上处处从乡民的角度逐渐开拓和发展起来，再现了刘邦的荣归“盛况”，揭露其丑恶本质。由于有了这种新奇的构思，因而完美地创造出一篇翻新的杰作。不仅如此，作者把这位乡民置于特定的环境之中，使他的出身、生活阅历和教养等方面，都独具自己的特征。他具有“土气”、“傻气”和“粗气”，显得“无知”。作者就巧妙地运用他这种独特个性，表现他的独特认识和感受。其实作者塑造的乡民，并不愚昧无知，并不真傻，而是爽直、率真，充满着机巧和智慧。正如莎士比亚在他的《皆大欢喜》中所说的，“他把他的傻气当作藏身的烟幕，在它的荫蔽之下放出机智来”。作者就是使用这位乡民的“傻气”作为“烟幕”，对贵为天子的刘邦进行了毫无顾忌地贬斥和批判，毫不留情地要向刘邦讨还欠债，也毫不客气地叫他刘三。这样一来，一位堂堂皇皇的汉王朝的“真龙天子”，一下子就被打得威风扫地，令人不齿。新奇的艺术构思，产生了美妙的艺术效果。

作者刻画乡民，使用隐含的手法，必须通观全文，从字里行间才能发现。例如他一向乡居种田，不见“世面”，对“辕条上都是马，套顶上不见驴”觉得奇怪，把“舞凤旗”的图形看成是跳舞的鸡，把“飞虎旗”的图形看成是长了翅膀的狗，等等。在他的眼里，这些全是些稀奇古怪的东西，甚至连马蹬也在他的眼中变了形，成为不伦不类的东西。作者巧妙地把他外在的“傻气”和内在的“机智”统一起来，使刘邦衣锦还乡的盛况完全丧失了光彩，皇家的威严荡然无存。出现在人们面前的，只不过是奇形怪状的东西，是乱乱哄哄的一场滑稽可笑、令人捧腹的闹剧而已。可以设想，假如作者的构思不是经过一番苦心斟酌，非常巧妙地用一个乡民的口吻去写，怎能有如此入木三分的讽刺，嬉笑怒骂的美妙的作品呢！

第三个特点，是讽刺深刻。作者对讽刺手法的娴熟运用，是这篇散曲获得成功的关键,也是最突出的特点。

第一,作者通过揭露讽刺社长等人,间接地揭露讽刺了皇帝。例如,社长借皇帝御驾还乡之机,作威作福的种种行为,完全是因为有皇帝撑腰,其总后台是皇帝。在作者笔下的社长不就等于那个尚未发迹之时的“泗上亭长”吗?社长之所以大肆鱼肉乡民,不就是因为昔日的那个亭长,而今已当上了皇帝的刘邦要还乡吗?这样的讽刺是自然而巧妙的。此外,对社长以下的一些地方头面人物的讽刺,也很传神,起了同样的烘托作用。

第二,作者通过嘲笑和讽刺皇帝庞大的仪仗,表现了对皇帝的轻蔑。从乡民角度,可以极尽嘲笑揶揄之能事,使讽刺手法更能充分发挥作用。如对仪仗队的描写,是光怪陆离的,这很切合乡民的身份,因他从未见过,感到陌生,产生新奇的心理状态是很自然的。这样写意在表明那些专用于防护皇帝安全,标明皇帝身价,显示皇帝威风,震慑百姓的仪仗队,都不过是一些“乔男女”、“乔人物”,穿着“大作怪”的衣服,拿着的一切都是稀奇古怪的东西;象征崇高、神圣和显赫地位的龙、凤、虎、也不过是如蛇、如鸡、如狗一般,形态丑恶,令人生厌。作者就抓住了“乔”、“怪”二字,对皇帝进行嘲笑和蔑视。这又是一种绝妙的讽刺,体现出了讽刺手法的深刻性。

第三,直接对汉高祖刘邦进行揭露和讽刺。从[三煞]到[尾煞],作者把讽刺的笔锋直接指向皇帝刘邦本人,在刘邦和乡民不同的表情和动作中进行讽刺。“那大汉下的车,众人施礼数。那大汉觑得人如无物。众乡老屈脚舒腰拜,那大汉挪身着手扶。”寥寥数语,对比鲜明,把刘邦发迹后傲慢无礼、目空一切的表现形象地勾画出来了。这跟《史记》所记刘邦回乡与民同乐,沛上父老也对刘邦热情融洽,亲密无间的情况相反,作者用“险气破我胸脯”一句,突出了乡民与封建王朝的最高统治者之间的阶级对立,表现对皇帝的鄙夷和憎恨。

作者对皇帝的直接讽刺,还不止于此,在[二煞]、[一煞]和[尾]中,对刘邦的老底,是“根脚从头数”来彻底揭露的。而且是指名道姓的,犹如面对面的,这就使讽刺力量更为强烈。由于全曲以乡农向刘邦讨还欠债作结,就更增加了它的政治意义,更显示了讽刺的深刻性。最后乡民直呼“刘三”,更具有强烈的战斗性和讽刺意味。

第四个特点,语言通俗,犀利泼辣,幽默诙谐,极富情趣。因为作者把自己化入乡民的思想感情之中,运用口语,很切合乡民的身份、生活经验、社会阅历、文化素养及知识范围、心理活动。作者又很注意从人物的外形和动作去讽刺和揭露刘邦、社长、王乡老及卫士、侍从的丑态，来表现农民对至上至尊的皇帝的蔑视、愤慨和不平。作者还善于从形状和色彩等方面去描写，如用“鸡学舞”、“狗生双翅”等描写仗旗上只是胡乱画上的动物，形象又不怎么典雅和高贵；用“甜瓜苦瓜”说明金瓜锤，也只是农村中的常见之物，平常得很；用“喂牛切草”、“拽坝扶锄”去揭露刘邦的根底，语言色彩，带有浓重的农村生活气息，增加了讽刺和批判的艺术效果。当乡农只知皇帝要来，尚不知是谁的时候，连续三次称“那大汉”，已是对皇帝的极大不恭；以后，弄清来者原是本村无赖汉，于是就呼“你”和“刘三”了。全曲最后一句从表面上看显得很不合理，其实这是富有深意的话。“白什么改了姓，更了名，唤做汉高祖。”这是让乡民故作“傻气”，放出“机智”，造成极为幽默的喜剧美感，使作品的思想性和艺术性达到了极为完美的统一。

总之，作者以新奇的构思，提炼出一个崭新的主题，又娴熟而巧妙地运用讽刺手法，并采用活泼酣畅、朴直无华的口语，而成功地创造出这首在我国文学史上占着重要地位的，脍炙人口的名作。

这八首曲子中的“故、俗、夫、付、舆、故、芦、户、女、鼓、舒、兔、乌、舞、芦、斧、镀、铺、物、服、驴、曲、夫、女、梳、车、数、物、扶、觑、脯、吕、数、书、锄、粟、数、斛、处、书、除、住、祖”都是韵脚。

2.［南吕·一枝花］湖上晚归　张可久

长天落彩霞，远水涵秋镜。花如人面红，山似佛头青。生色围屏，翠冷松云径，嫣然眉黛横。但携将旖旎浓香，何必赋横斜瘦影。

［梁州］挽玉手留连锦英，据胡床指点银瓶。素娥不嫁伤孤另。想当年小小，问何处卿卿？东坡才调，西子娉婷，总相宜千古留名。吾二人此地私行，六一泉亭上诗成，三五夜花前月明，十四弦指下风生。可憎，有情，捧红牙合和伊州令。万籁寂，四山静，幽咽泉流水下声。鹤怨猿惊。

［尾］岩阿禅窟鸣金磬，波底龙宫漾水精。夜气清，酒力醒，宝篆销，玉漏鸣。笑归来仿佛二更，煞强似踏雪寻梅灞桥冷。

【艺术欣赏】这首套曲是张可久的名作。黄昏时与女伴游湖，写西湖是幽清绝俗，一片恬静的夜色。他运用比拟的手法，描绘十分巧妙。曲中一面汲取了前人的名句,自然妥帖;一面自铸新词,俊语如珠。风格清丽劲拔,曲境高妙。

明代戏曲家李开先在《词谑》中誉此曲为"千古绝唱"。沈德符在《万历野获编》中也认为此曲可与马致远的"百岁光阴"套曲为"一时绝唱"。可见它的艺术成就是很高的。

第一支曲的开头两句"长天落彩霞,远水涵秋镜",是先写天色,后写水景。秋水与长天的描绘,酷似唐人王勃《滕王阁序》中"落霞与孤鹜齐飞,秋水共长天一色"的妙境。第三、四句"花如人面红,山似佛头青",写花与人面相比,写山似佛头青,即深青色。红花、青山,景色十分绚丽。所包含的意思是:湖光山色,像画屏一样美丽,再衬上同游的女伴,就更加生色了。接下三句"生色围屏,翠冷松云径,嫣然眉黛横",又把诗情写成画意。上面写了天、水、花、山,构成了一幅生色美妙的围屏画图,这又增添了苍翠的松林,沿着山势,高入云端。"眉黛"原指女子青黑色的画眉,这里比拟山色之美,"嫣然"原指女子笑得好的样子,这里也是比拟山色之美。美的时光,美的环境,作者的描绘是十分细腻的。接下几句"但携将旖旎浓香,何必赋横斜瘦影",这里又写与女伴同游,真是美上加美,美不胜收。因此又何必吟赋林逋《咏梅》中的"疏影横斜水清浅"的诗句呢?这与[尾]章"踏雪寻梅"句前后照应。

[梁州]一曲主要写与女伴同游的具体情景。第一句"挽玉手留连锦英","锦英"指花丛。第二句"据胡床指点银瓶","胡床"指坐具。"银瓶"指酒具。杜甫《少年行》有"指点银瓶索酒尝"的诗句。两句写赏花、饮酒,乐趣是浓厚的。以下"素娥不嫁伤孤另。想当年小小,问何处卿卿"数句,作者运用了许多传说故事和典故,极力铺写同女伴的情谊。"素娥"即嫦娥,奔月宫,非常孤单;"小小"指南齐钱塘名妓苏小小,杭州有苏小小墓。"卿卿"指所爱之人,多指女子。再以下"东坡才调,西子娉婷,总相宜千古留名。吾二人此地私行,六一泉亭上诗成,三五夜花前月明,十四弦指下风生"。"东坡"数句,先化用苏轼"欲把西湖比西子,淡妆浓抹总相宜"的诗句,具体点出游玩之处是西湖胜景。再说同女伴二人流连西湖光景,题诗、弹琴,三五之夜,花前月下,度此美景良辰,是多么"可憎"(即爱极,可爱)。以下"有情,捧红牙合和伊州令"两句,由爱生情,由情生趣,于是拍起红红的牙板,吟诵起《伊州令》的歌来。以下"万籁寂,四山静,幽咽泉流水下声",时间越来

越晚，夜已深，四处万籁寂静，歌声如泉水幽咽。正如白居易《琵琶行》中所形容的“幽咽流泉水下滩”那样悦耳动听。“鹤怨猿惊”，这是歌曲美听的反响。在寂静的夜里，歌曲的声音连野鹤山猿都惊起了，使用的手法更增强了艺术效果。

［尾］曲，写湖上周围的环境，进一步表游湖感受之深。前两句“岩阿禅窟鸣金磬，波底龙宫漾水精”，“岩阿”是幽曲的山岩；“禅窟”是供佛的寺窟；“金磬”是寺庙拜佛时敲击的铜磬；“水精”即水晶，表示明澈。两句的意思是：夜静了，只听到僧寺里传出铜磬的声音，水底的“龙宫”也像水晶那样清澈。以下“夜气清，酒力醒，宝篆销，玉漏鸣。笑归来仿佛二更”。意思是说：夜深了，香烧完了，漏滴响了，同女伴谈笑归来，似乎已到了二更。末尾“煞强似踏雪寻梅灞桥冷”，“煞强似”即胜过。“灞桥”，在长安东，据说唐代诗人孟浩然，曾在雪天骑驴到灞桥寻梅。作者以此对比，意谓归来虽然晚些，但得到的却是极为丰富的美的享受。

全曲语言冷峻。描写清旷幽雅的景物，配合着高逸疏爽的情调，有飘飘欲仙之感。这可能是李开先评小山词为“词中仙才”（《张小山小令序》）的理由之一吧。

二、小令

1.［双调·折桂令］海棠 张可久

唤西施伴我西游，客路依依，烟水悠悠。翠树啼鹃，青天旅雁，白雪盟鸥。人倚梨花病酒，月明杨柳维舟。试上层楼，绿满江南，红褪春愁。

【艺术欣赏】这首曲前半段讴歌了大自然的优美景色，后半段写离恨哀愁。第一句“唤西施伴我西游”，为神来之笔。西施为古代越国美女名，西施由越王勾践献给吴王夫差，成为夫差最宠爱的妃子。有关她的故事传说，流传很多。比较著名的说法是越王灭吴后，将西施赐给谋臣范蠡（陶朱公）。范蠡认为越王勾践可以共患难，不可共安乐，于是急流勇退，遂与西施泛游五湖、归隐山林湖海去了。作者这里用此典故，显然是欲效范蠡绝意仕途的作为“唤西施伴我西游”，构思新奇，手法高妙，包含着丰富的思想感情。以下“客路依依，烟水悠悠。翠树啼鹃，青天旅雁，白雪盟鸥”数句，写归客之路，依依难舍，烟水茫茫，悠远绵长；一路上是“翠树啼鹃”，景色十分美妙。看青天旅雁成行，观白鸥相伴而飞。归途上本来是孤寂的，由于“唤来西施作伴”，使自然界也增添了无限的美好景色，旅途所见的有烟水、啼鹃、旅雁、盟鸥，有动有静，有声有色，意境优美，十分谐调。

后半段转入抒发胸中积聚的离恨哀愁。“人倚梨花病酒”，“梨花”为白色，暗喻凄凉；“病酒”即困顿于酒中。李清照词有“新来瘦，非关病酒，不是悲秋”（《凤凰台上忆吹箫》）。“月明杨柳维舟”，“维舟”即系舟。游来归宿何处？只好在杨柳岸边系舟了。这与柳永词“今宵酒醒何处，杨柳岸，晓风残月”（《雨霖铃》）的词境有异曲同工之妙。以“柳”象征未来的生活，归宿仍是漂泊不定的，因为在古代常以折柳送别，境况仍是凄凉的。末尾三句“试上层楼，绿满江南，红褪春愁”，是作者对离别哀愁，想得到一些排遣。但能否得到？自己说不定，所以用“试上”一词。结果呢？却是绿暗红稀的单调的景色。“暮春三月，江南草长”（南朝梁·丘迟《与陈伯之书》），暮春天气，春光即去，年华易逝，岁月不居，由伤春而感怀人生易老的悲愁了。

全曲写得清丽活泼，典雅多风，工于描绘。清代刘熙载《艺概·曲概》评乔吉、张可久称:“两家同一骚雅,不落俳语,惟张尤悠然独远。”历来评家对张可久的推崇,都是很高的。

2. [双调·折桂令]九日　张可久

对青山强整乌纱。归雁横秋,倦客思家。翠袖殷勤,金杯错落,玉手琵琶。人老去西风白发,蝶愁来明日黄花。回首天涯。一抹斜阳,数点寒鸦。

【艺术欣赏】这首曲以九月九日重阳节游赏为题,流露了暮年的愁怀。

第一句“对青山强整乌纱”,旧俗于重九登高,所以说登高望远,面对青山,流连风景。下五句“归雁横秋,倦客思家。翠袖殷勤,金杯错落,玉手琵琶”,是写游山雅兴。北雁南飞,横空翱翔,增加一片秋色。同游女伴互相劝酒,错落纷杂;洁白的手弹奏起优美动听的琵琶曲,可见这次登山游玩是很快乐的。下两句“人老去西风白发,蝶愁来明日黄花”,笔锋一转,由眼前良辰美景赏心乐事,触动万种愁绪。因为重九季节,黄花满地,落叶纷飞,已是深秋天气,一年就快过去,人生岁月,匆匆即逝,秋日就像人的老年阶段,来日不多了。“明日黄花”,谓花事已过,百卉凋零,使蝴蝶也来愁绪。苏轼词《南乡子·重九涵辉楼赠徐君猷》有“明日黄花蝶也愁”句。小山化东坡词入曲,用得很工巧。结尾“回首天涯。一抹斜阳,数点寒鸦”,写得更加悲凉了。“天涯”与上文“倦客”相呼应,厌倦于异乡的久居者,重阳悲秋,感到年华易逝,心中是无限惆怅的。“斜阳”、“寒鸦”比喻暮年凄苦。结句巧妙,余味悠长。

3. [双调·折桂令]幽居　张可久

红尘不到山家。赢得清闲,当了繁华。画列青山,茵铺细草,鼓奏鸣蛙。杨柳村中卖瓜。蒺藜沙上看花。生计无多,陶令琴书,杜曲桑麻。

【艺术欣赏】这首小令写山的幽趣。作者经历了尘世纷攘后,绝意仕途。曲中表现了他淡薄功名的思想。

第一句“红尘不到山家”,概括地说明了隐居山村,隔绝尘世,摆脱了纷纷攘攘世事俗务,幽居生活是别有一番乐趣的。第二、三句“赢得清闲,当了繁华”,表明了这种悠闲恬静的生活,是下决心争取的,“当了繁华”,就是舍弃了繁华。用“当了”那个,而才“赢得”这个。这体现了作者淡泊名利思想,也是对当时社会现实的不满。以下五句“画列青山,茵铺细草,鼓奏鸣蛙。杨柳村中卖瓜。蒺藜沙上看花”,这前三句是说:面对青山,好像富贵家的画饰;细草,好像锦褥;鸣蛙,好像鼓吹。这是一幅多么美好的风光图景,这表达了对农村环境的喜爱。后两句主要写农事活动。卖瓜,用秦东陵侯召平事。秦亡,他在长安城东种瓜,瓜美,世称东陵瓜。此处是作者表明自食其力,即便是在清苦的环境里,也有快乐的地方。结尾三句“生计无多,陶令琴书,杜曲桑麻”,是说我的生计虽无太多富裕,但有琴书有田园,也就很满足了。这里作者特使用两个著名的典故:晋陶潜初为彭泽令,因不愿为五斗米折腰,辞官归田园,作《归去来兮辞》有“乐琴书以消犹”句;杜曲,长安地名,杜甫《曲江三章》诗有“自断此生休问天,杜曲幸有桑麻田”句。典故使用得自然贴切,表达思想感情十分充分,作者的手法是很高妙的。

4.[越调·凭栏人]江夜　张可久

江水澄澄江月明,江上何人挡玉筝?隔江和泪听,满江长叹声!

【艺术欣赏】这首小令,是非常美丽动人的、抒情性很浓的小曲。开头一句“江水澄澄江月明”,描写出在江边的一个夜晚,恬适静谧,月光如银,水色如镜,月光水色,上下辉映,组织成了富有深远意境的画图,仿佛是幅绝妙的江月图。在作家的描绘中,景中有情,环境是清幽的,为全曲铺垫出哀怨的基调。

第二句“江上何人挡玉筝”,描写出就在这月照澄江,江映皓月的时候,忽地从江上传来玉筝弹奏出的阵阵乐曲声。这声音似乎是凄婉的,曲调时高时低,若断若续,如泣如诉,低回缭绕,不绝如缕。这感人的曲调,带着月光水汽,掠过江面,沁人心脾,激起一层一层的感情波澜,令人不禁产生许多联想:弹筝者为何人?为什么在这月明夜静的江上弹奏如此动人的玉筝曲调?从音乐表现出的情绪来判断,显然是一位沦落天涯的女子,她必然是满怀难言之痛,借筝声抒发她不幸的身世之感。这样就从第一句的写景,自然过渡到写人,因而显示出完美的意境。前后两句,构成了艺术的整体,展现出一幅江月弹筝图,有声有色,有物有人。形象是活泼的,意境是深远的,给人的美感是具体的。

后两句“隔江和泪听，满江长叹声”，是直接抒情。这两句从前句推断弹筝者的身份和处境，通过听者的反响间接地表现出来。“同是天涯沦落人”，弹筝者奏出的曲调悲戚哀怨，听筝者自然洒出一掬同情之泪。所以“和泪听”和“长叹声”，是弹者和听者感情的共鸣。

后两句之间关系的艺术处理手法，也是很有独到之处的。“隔江”句，是描写个人的感受。“隔江”，说明筝声传送之远；“和泪”，说明感受之深。“满江”句，着重写所有听众的感受。“满江”，说明被感动的听者之多；“长叹”，说明听众感受之深。前后互相补充，艺术效果十分完整，是可以与白居易《琵琶行》中的高妙手法相媲美的。

这首小令共4句，语言短小，包含的内容却很丰富。第一句点出时间和环境，第二句指出弹筝者，第三句和第四句写听者的感受。全曲情景交融，意境清隽幽远，情致深沉。南宋张炎论词，提出“词要清空，不要质实。清空则古雅峭拔，质实则凝涩晦昧”(《词源》)。这首曲确实具有清空疏快的艺术特色。

5. [中吕·卖花声]怀古 张可久

美人自刎乌江岸，战火曾烧赤壁山，将军空老玉门关。伤心秦汉，生民涂炭，读书人一声长叹！

【艺术欣赏】这首小令，是一首借古讽今的咏史诗。作者假借历史，对现实社会的黑暗进行了揭露，表现了对人民的深切同情。

开头三句“美人自刎乌江岸，战火曾烧赤壁山，将军空老玉门关”，是对历史事件和人物的追怀。

第一句，是对项羽兵败身死的追怀。《史记》记载，秦末农民纷纷起义，项羽“乘势起陇亩之中，三年，遂将五诸侯灭秦，分裂天下，而封王侯，政由羽出，号为‘霸王’”。但这位威震寰宇、叱咤风云的人物，后来却被汉兵包围，四面楚歌，一败涂地。结果美人虞姬自杀，自己也抱剑自刎身死，一世霸业终成泡影，演出了一幕著名的历史悲剧。

第二句，是对三国时赤壁鏖兵曹操败北的追怀。当曹操荡平中原之后，带大军直下江南，声势十分浩大，颇有席卷天下，包举宇内之势。但是东吴周瑜在诸葛亮的协助之下，用火攻之计，使曹军无数战舰，霎时“樯橹灰飞烟灭”(苏轼《念奴娇·赤壁怀古》)！一世之雄的曹操的处境也是狼狈凄惨的。

第三句，是对汉代班超老死边陲的追怀。《后汉书·班超传》记载，班超投笔从戎，出使西域，“至鄯善，服于阗，通疏勒，降莎车，起龟兹，斩焉耆王广，于是西域五十余国悉纳贡内属”，封定远侯，声震遐迩。班超生活边疆达31年之久，直到老病衰困之时，才回到关内。奉养老母的机会也难以得到，从这点上讲，命运也是不幸的，心情也是痛苦的。

后三句“伤心秦汉，生民涂炭，读书人一声长叹”，是对人民的慨叹。在历史上的秦皇和汉武时期，连年征战，给人民带来了深重的灾难，极度的痛苦！“生民涂炭”，是统治阶级为了实现雄图，建立霸业而穷兵黩武所造成的。不管他兴盛也好，灭亡也好，老百姓所能得到的只不过一个“苦”字。作者是同情人民的，这“一声长叹”，包含了无限辛酸，这“一声长叹”不仅是对历史上人民不幸遭遇的同情，也是对元代黑暗社会的抨击。

这首曲在结构上十分严谨，怀古和喻今紧密结合。对“生民涂炭”的伤心和慨叹，是全曲主题的概括。全曲语言流畅，用典自然，最后一句十分通俗易懂，但表达感情却极为深沉，给人以回味的余地。

6. [双调·清江引]桐柏山中 张可久

松风小楼香缥缈。一曲寻仙操。秋风玉兔寒，野树金猿啸。白云半天山月小。

【艺术欣赏】这首小令的题目抄本《洞泊山中》，劳氏校注作《宿泊山洞》，又作《宿山洞》。《乐府群玉》题作《桐柏山中》。桐柏山，在浙江天台县西北，上有桐柏宫。此曲写桐柏山中修道之士，远离尘世，一派清幽、净洁、美妙的仙境。

首句“松风小楼香缥缈”，写松林深处隐现出小楼数间，正是修道之士所居之处，十分清静。并可看出香烟缥缈，隐隐约约，若有若无，随着“松风”飘荡消失，这正是道家修炼的极好环境。第二句“一曲寻仙操”，这是写作者亲耳听到一曲道家乐章（这里的“操”，是“道曲”名），即循着声音寻觅，看来是颇受感动的。道家在进行“法事”、“道场”时，要演奏一些“法曲”。唐五代都很重视道教音乐的改编和创制，北宋时期出现的《玉音法事》，其中就记录了唐代传至宋代的道曲共50首。明代《大明御制玄教乐章》中就有许多承袭了唐宋元时期的旧乐。有的直接是民间乐曲，如《清江引》、《采茶歌》等等。作者用《清江引》这个曲牌来写道家生活，似乎也有它的巧妙之处。后三句“秋风玉兔寒，野树金猿啸。白云半天山月小”，写桐柏山中的自然环境。这环境是道家生活的典型环境。秋风阵阵,飒爽清凉;"玉兔"喻月,月升夜临,自当增寒。这是远看。又遥闻野树林中猿类的长啸,益显清寂。最后以白云半天,表现宇宙宏阔,山和月自然显得渺小了。

全曲描绘出一派隽冷之气,萧疏而不索寞,"深浅浓淡雅俗"十分和谐。这是小山特有的风格。《太和正音谱》评他"如瑶天笙鹤。其词清而且丽,华而不艳,有不吃烟火食气"。他是一位不得意的人,此曲写道家仙境,也表现了他隐遁出世的思想。

7. [中吕·红绣鞋]天台瀑布 张可久

绝顶峰攒雪剑,悬崖水挂冰帘。倚树哀猿弄云间,血华啼杜宇,阴洞吼飞廉。比人心,山未险。

【艺术欣赏】这首小令极写景物之险,以喻人心之险。"绝顶峰"是最高峰。在最高的峰顶上,攒聚出如雪剑似的峻峭石壁,作者极力夸饰山峰之奇之险。紧接着写"悬崖水挂冰帘","悬崖水",即瀑布;"冰帘",亦即瀑布。二者并不重复,一从瀑布自悬崖流出之势来写;一从瀑布自高而下垂挂之貌来写,又用"冰帘"作喻,益觉壮观。作者极力夸饰水流飞瀑之奇之险。以下三句"倚树哀猿弄云间,血华啼杜宇,阴洞吼飞廉",分别写出奇山异水之间的名禽怪兽,更显示环境之险。你听,哀猿叫声凄切,来自"云间",即来自高山之巅;你看,红花满山,是杜鹃鸟啼血所成;声音和颜色的描写,都足以显示环境的悲壮险恶。再加上"阴洞吼飞廉"句,这是从想象中得出判断。"阴洞",即幽深莫测,阴森可怖的岩洞。"飞廉",风伯也。风吹岩洞,发出奇异的吼鸣,又令人惊心动魄了。以上所写,让读者只觉得作者所写仅仅是自然环境的险恶,可是作者的立意却完全不是这样。最后,笔锋陡转,是用力地而又极自然地落到世道人心方面,用衬托反比手法,指出山势虽险,而"比人心"却不算险了。这使人恍然大悟,认识水平突然加深,清楚地看出了作者所处的社会现实。作者的表现手法是十分高超的。

8. [双调·山丹花] 无名氏

昨朝满树花正开,蝴蝶来,蝴蝶来。今朝花落委苍苔,不见蝴蝶来,蝴蝶来。

【艺术欣赏】这首小令选自《全元散曲》。作者巧用对比手法，展示了在晚春时节的常见现象，表现出繁华易逝，青春难在的主题，但妙在不直接说破，“言外而意亦外”（任讷《论曲》），使人产生无限的回味。

“昨朝满树花正开，蝴蝶来，蝴蝶来。”此种景象，从时间上看正是“满树花正开”，千枝万朵，一派绚丽颜色，光彩夺目，繁华至极。“蝴蝶来，蝴蝶来。”重复使用，意味深长，形象飞动。你看！不是蝴蝶偶尔飞来，而是频频飞来；不是一个一个地飞来，而是成队成队地飞来，成群成群地飞来；也不是一个种类的蝴蝶、一种颜色和形状的蝴蝶上下翩飞，来回狂舞，而是多品种的蝴蝶，多花色、多形态的蝴蝶，在树上树下，树左树右，翩翩起飞，如醉如痴，来来回回狂舞漫飞。这是为什么呢？是被照眼花枝所吸引，是对无穷美妙的陶醉，是同色香四溢、满树盛开的繁花粘着难分了。物尚如斯，那么人呢？作者不写，也不必去写，不写又反倒很清晰，象外之景之情，更启人深思。再看以下：“今朝花落委苍苔，不见蝴蝶来，蝴蝶来。”从时间上看，只是“昨朝”与“今朝”之短；从景物上看，却是“花开”与“花落”之别。时间短暂，如同一瞬，而现象大异，落红满地，委弃于苍苔之中。花，不见了。色，也不见了。繁华尽销，黯然一片萧索之气，举目四望，“不见蝴蝶来，蝴蝶来”。前后对比，何其变化之速，变化之大，变化之惨啊！

这首小令看似白描勾勒，用语平常，但内涵蕴藉，别开生面，独具匠心。看似语意已尽，但余音袅袅，不绝如缕。本篇的主旨是伤春感时，叹人生之易老，这是显而易见的。但同时小令中“不见蝴蝶来，蝴蝶来”的描写，似乎也可理解为对社会上趋炎附势的现象的讽刺；“花开”、“花落”也可以理解为事物盛极而衰的道理；也可以理解为人老珠黄，美姿尽失，人们就不屑一顾了。尽管没有本事可据，但也存在着具体伤怀讽喻的可能。总之，这首小令全文体制短小，质朴无华，具有民歌的特色。

9.［双调·秋江送］ 无名氏

财和气，酒共色，四般儿很利害。成与败，兴又衰，断送得名利人两鬓白。将名缰自解，利锁顿开。不索置田宅，何须攒金帛。则不如打稽首疾忙归去来。人老了也，少不得北邙山下丘土里埋。

【艺术欣赏】这是一首元人无名氏的小令，近人唐圭璋《元人小令格律》曾录此以为范例。曲意很超脱，它告诫人们要淡于名利，人生短促，不必苦苦追求。

贪名好利,主要是迷恋于酒色财气四字。故第一句说:“财和气,酒共色,四般儿很利害。”钱财是很有用的,人们在社会上要生存与发展,都离不开它。但应该取之有道,合理合法,不能财迷心窍,利令智昏,巧取豪夺,害国害民。人是要讲究气节的,好胜争强,也并非坏事。但不能气量褊狭,逞强好胜,更不能恃勇好斗,心怀嫉妒,阴险狠毒,仗势欺人,为非作歹。正常饮酒,可添增雅兴。但如贪婪狂饮,酗酒无赖,醉生梦死,也会白白葬送了人的一生。至于男女性爱,乃是人的正常生活的重要部分。如果沉溺女色,淫荡无度,不顾羞耻,生活则糜烂不堪,堕落腐化,身败名裂。因此,迷恋酒色财气,成为社会的毒害,危害性极大。故第二句说:“成与败,兴又衰,断送得名利人两鬓白。”小而言之,它能关乎个人事业的成败;大而言之,它能关乎世事的兴衰。但贪图名利的人,往往不能醒悟,两鬓斑白,苦苦相求,而断送了一生的宝贵年华。在作者看来,这是很不值得的,是没有什么意思的。故下两句说:“将名缰自解,利锁顿开。”劝慰人们要从名利场中自我解脱,不要让名利牵着鼻子走。“不索(宋元时常用语,不须,不必要的意思)置田宅,何须趱金帛。则不如打稽首疾忙归去来。”为什么这样说呢?因为在作者看来,人来世上无须乎“置田宅”、“趱金帛”,这些都是身外之物。最后说:“人老了也,少不得北邙山下丘土里埋。”北邙,山名,在今河南洛阳市东北,汉魏以来王侯公卿多葬于此。后人以“北邙”指坟地。作者认为,人生百年,实在短促,最后终不免死去,消失于荒烟蔓草之中。结语情绪低沉,但开始劝诫不贪图名利,力戒酒色财气,还是有积极意义的。

10.[正宫·叨叨令]失题 无名氏

黄尘万古长安路,折碑三尺邙山墓,西风一叶乌江渡,夕阳十里邯郸树。老了也么哥,老了也么哥,英雄尽是伤心处。

【艺术欣赏】选自近人陈乃乾辑《元人小令集》。前四句作者用了四个典故、古事,写出了尘事纷繁,人生短暂,时光如白驹过隙(白驹,指阳光;隙,缝隙)。最后繁华尽消,化为烟尘,都会变成历史的陈迹。首句“黄尘万古长安路”,长安为中国古代繁华的城市,极盛朝代的汉唐都建都于此。世人求仕得官都要往返奔走于黄烟滚滚的长安路上,熙熙攘攘,接连不断,“万古”是形容时间的漫长,似乎是永无休止的。第二句“折碑三尺邙山墓”,邙山,北邙山,在今河南省洛阳市东北,汉魏以来王侯公卿多葬于此。昔日王侯将相的豪华的坟墓,今已变为坏冢残碑,终成黄土。第三句“西风一叶乌江渡”,是讲项羽率江东八千子弟起兵反秦,后被汉高祖刘邦击败于乌江自刎的故事。《史记·项羽本纪》载:“于是项王乃欲东渡乌江。乌江亭长杈(树枝,此用作动词)船待,谓项王曰:‘江东虽小,地方千里,众数十万人,亦足王也。愿大王急渡,今独臣有船,汉军至,无以渡。’项王笑曰:‘天之亡我,我何渡为!且籍与江东子弟八千人渡江而西,今无一人还,纵江东父兄怜而王我,我何面目见之?纵彼不言,籍独不愧于心乎?’”一代英豪,轰轰烈烈,而今乌江渡口,西风吹来,只剩一片落叶,飘然而下,情景也很悲凉。第四句“夕阳十里邯郸树”,说明功名富贵都是虚幻的,只是黄粱一梦罢了。“黄粱梦”又称“邯郸梦”,出自唐代沈既济传奇《枕中记》。故事说在唐开元七年有卢生在邯郸道邸舍中遇吕翁,吕翁授一瓷枕命睡。卢生于睡梦之中娶清河崔氏女,后举进士,官至户部尚书兼御史大夫。因受人谗害,罢官投驩州。数年之后,冤见白,又做了中书令,封燕国公,生五子,位皆显贵,享受荣华富贵五十年,年老病死。醒来知是一梦,吕翁这时仍坐其旁,而店主人蒸黄米饭尚未煮熟。卢生在梦中领会了宠辱之道,于是辞吕翁而去。四句总起来看,都是讲人生如梦,世事好像都是虚幻的。以下“老了也么哥”两句重复,“也么哥”是语尾助词,无义,元散曲[叨叨令]一曲的定格例用。也作“也波哥”,即“人老了啊”的意思,连用两句,表现了对逝去年华的慨叹。人老了,大志未展,英雄无用武之地,所以碰到的“尽是伤心”之处了。

11.[仙吕·哪吒令]失题 无名氏

青芽芽柳条,接绿茸茸芳草。绿茸茸芳草,间碧森森竹梢。碧森森竹梢,取红馥馥小桃。娇滴滴景物新,笑吟吟闲行乐,一步步扇儿堪描。

【艺术欣赏】这首散曲,选自近人陈乃乾辑《元人小令集》,是一首写景如画的美妙诗篇。

初春的时节,天气晴和,万物复苏,景象全新,一派生机。放眼望去“青芽芽柳条”,柳树刚刚吐出青青的嫩芽,婆娑曼舞,摇曳多姿。美的颜色,美的形态,美的活动,这是作者描绘的第一幅画面。“绿茸茸芳草”,“茸茸”是初生芳草所特有的姿态,形象是极美的。再加一个“绿”字,又显出丽色照眼,令人赏心悦目。芳草是成片的,茸茸一片,如绿地毯一样盖在大地上,细嫩柔软中，似乎透出阵阵的芳香来，令人陶醉。这是作者描绘的第二幅画面，成为整个画卷的第二个层次。这层次与层次的组合，作者十分自然地用了一个动词“接”字，这一“接”，接得天衣无缝，两幅画面成为一幅画面。柳条青青，嫩芽初吐；芳草如茵，嫩绿满眼：是多么鲜艳迷人的景色。

作品的第二大层“绿茸茸芳草，间碧森森竹梢”，图画又延伸了一层。仅仅是上面的描绘，似乎还不够，满地芳草之中之外，还有“碧森森竹梢”。翠竹本身就很挺劲，富有健美，具有一种刚气，与柔柳、软茵相聚合，刚柔俱备，更显生机勃勃有气势。而“竹梢”又是秀拔的景象，是从远视中得来的，竹梢的颜色是“碧森森”的，与青柳、绿草相衬，画面又深了一层，又远了一层。这一层与上两层，作者又用了一个动词“间”字，“间”是相间，居于间杂衬托的位置，层次更加分明。

作品的第三大层“碧森森竹梢，取红馥馥小桃”，“馥馥”，为香气浓烈的意思。见晋代陆机《文赋》：“播芳蕤之馥馥，发青条之森森。”在竹林之中之外，又是桃林片片，小桃红了，发出浓烈的香气。青色、绿色、碧色之外，又增添红色，诸色相间，环境更加美丽。而且除了颜色之外，又增添了香味，因此更加诱人，美不胜收。“取”，即摘取，鲜桃自然十分甘美。

作品第四大层，“娇滴滴景物新，笑吟吟闲行乐”，由物写到人。景物崭新，娇娇嫩嫩，人们笑逐颜开，内心充满了喜悦，不禁唱歌起来，或者跳起舞来，天真活泼，闲情雅致，无限欢乐。诗的主题自然地显示出来了。春天是可爱的，春天是旺盛的，在这良辰、美景、赏心、悦目的四美俱备的环境里，由景生情，人们自然会被陶醉了。

作品的最后一层“一步步扇儿堪描”，似乎是由实景又回到画景（虚景），“一步步”，即走一程又一程，处处皆美，一幅幅都可入诗入画，值得细细地描摹抒写，简直是一卷春郊行吟图。

作品的手法采用了重句的巧体，中间用“绿茸茸芳草”、“碧森森竹梢”，重复使用，增强了艺术魅力。

12. [仙吕宫·鹊踏枝]失题　无名氏

声沥沥巧莺调，舞翩翩粉蝶飘，忙劫劫蜂翅穿花，闹炒炒燕子寻巢。喜孜孜寻芳斗草，笑吟吟南陌西郊。

【艺术欣赏】这首散曲选自近人陈乃乾辑《元人小令集》。本曲写的是春季到来,万物生动活泼,虫鸟繁忙,人们愉快欢欣,充满着旺盛之气,表现出大好春光的可爱。作者从"莺歌"、"蝶舞"、"蜂忙"、"燕子寻巢"等许多方面,具体地写出春天的景象和人们欢天喜地地纵情游玩、吟唱讴歌的情景。

第一句"声沥沥巧莺调","沥沥",同"呖呖",象声词,形容莺声。汤显祖《牡丹亭》第十出《惊梦》中[好姐姐]一曲有"生生燕御(羽)明如翦,呖呖莺歌溜的圆",形容莺的叫声圆润好听。在春天的群鸟里,莺是很美的鸟,黄毛红嘴,歌喉如簧,声音婉转,音调极为巧妙。"莺歌"、"莺调"则几乎成为美声的代称。

第二句"舞翩翩粉蝶飘",粉蝶飘舞,又是春天的常见景象。写莺,是从声音写的,而写蝶则是从飞舞的动态写的;莺鸣应该是树上,而蝶舞则应该是花间了。一歌一舞,一上一下,绿树成荫,繁花满地,春天的景致真是太美好了。

第三句"忙劫劫蜂翅穿花",蜜蜂采花酿蜜,这也是春天的常见现象。"忙劫劫",在宋元词语中常用,即"忙忙急急"的意思。《京本通俗小说·碾玉观音》:"花正开时当三月,蝴蝶飞来忙劫劫。"赵善庆[山坡羊·燕子]:"年年来去搬寒热,语喃喃,忙劫劫。"春天,花繁树茂,蜂狂蝶醉。

第四句"闹炒炒燕子寻巢","闹炒炒",也是宋元时期的常用词。即"吵嚷"、"喧哗"、"吵吵闹闹"的意思。燕子是候鸟,春天来临,成群的燕子从南方归来,做窝筑巢,一定要寻找故人家。故唐诗中有"旧时王谢堂前燕,飞入寻常百姓家",是说"旧时王谢"的厅堂都不存在了,无处寻找,只好到寻常百姓家中做窝了。曲中所写燕子急急忙忙地寻巢,也是春天里的特有现象。

以上是写物,那么人呢?"喜孜孜寻芳斗草,笑吟吟南陌西郊。"人的本性是爱自然的,碰到这样的良辰美景,怎能不去做寻芳斗草之戏,高高兴兴地走南陌去西郊,尽情地游玩一番呢!

曲中"翩翩"、"劫劫"、"炒炒"、"孜孜"、"吟吟"均是叠词,而且多是常用语、俗语,增强了艺术的表现力。

13. [双调·庆宣和]失题十三选四 无名氏

七里滩边古钓台,老树苍苔。要听渔樵话成败,去来,去来。

五柳庄头陶令宅,大似彭泽。无限黄花有谁戴,去来,去来。

千亩青林七个客,无点尘埃。卖酒人家瓮初开,去来,去来。

寄语寒窗老秀才,一经头白。更待甚三年选场开,去来,去来。

【艺术欣赏】这四首小令选自近人陈乃乾所辑《元人小令集》。原共13首,今选其中4首。连篇成章,成为组歌,表现归隐出世思想,道出了元代下层知识分子面对仕途不顺的境遇而想的一个超脱的出路。

第一首写东汉光武帝刘秀时严光(字子陵)不受官职,归隐于桐江边富春江事。据《后汉书》卷八十三《严光传》载,严光为东汉初年会稽余姚(今属浙江)人,早年曾与刘秀同学,交情很深。刘秀即位后“除谏议大夫,不屈,乃耕于富春山”。又《舆地志》:“桐庐县南有严子陵钓鱼处,今山边有石,上平,可坐十人,临水,名为严陵钓坛也。”曲中第一句“七里滩边古钓台”,讲的就是这个历史故事。“老树苍苔”,讲的是这里的环境,老树参天,青苔满地,一片幽静。这里都是渔夫樵夫,其实他们都是不慕荣利的隐者。他们洞察世事,很熟悉历代的兴亡成败。人们听了那许多生动而复杂多变的故事,就会使人明白人生的哲理。“去来,去来”,即归去吧,归去吧!不要再去争名逐利了!

第二首写的是东晋陶渊明不为五斗米折腰,辞彭泽令归隐故乡柴桑,躬耕田野的事。陶渊明,一名潜,字元亮,浔阳柴桑人,东晋末年大诗人。《晋书》、《宋书》均有传。曾任江州祭酒、镇军参军、彭泽令等职。因不满当时士族地主把持政权,社会政治腐败,作《归去来兮辞》归隐田园。陶潜长于诗文辞赋,诗多描绘自然景色及其在农村生活的情景。散文以《桃花源记》最为有名。他在《五柳先生传》中说:“先生不知何许人也,亦不详其姓氏,宅边有五柳,因以为号焉。”又,梁萧统《陶渊明传》:“渊明少有高趣,博学,善著文,颖脱不群,任真自得,尝著《五柳先生》以自况,时人谓之实录。”性爱菊,诗中有“采菊东篱下,悠然见南山”句。“五柳庄头陶令宅”,在浔阳柴桑故里。“大似彭泽”,言故里虽小,但优游岁月,饮酒赋诗,怡然自得的天地却“大似彭泽”,并且环境自由,显得更为广阔。元乔吉[南吕·一枝花]:“萧萧五柳疏篱寨,撒金钱菊正开,先生拂袖归去来。”均赞扬陶渊明的隐士生活,劝人跳出世俗的风波。“无限黄花有谁戴”,言田园中菊花如此之多,如此之美,但无人去戴,即无人欣赏,却未免可惜。“去来,去来”,即归去吧,归去吧!不要再去争名逐利了。

第三首写的是魏晋时期嵇康、阮籍、山涛、向秀、阮咸、王戎、刘伶等七人“相与友善,游于竹林”,肆意酣畅,避世愤俗的事。“千亩青林七个客”,即指“竹林七贤”。这竹林很大,清幽干净,故云“无点尘埃”。这七个人均嗜酒清谈,不拘礼法,放浪形骸之外。如刘伶,《晋书》本传载:“常乘鹿车,携一壶酒,使人荷铲而随之,谓曰:‘死便埋我。’”又,《世说新语·任诞》:“刘伶病酒,渴甚,从妇求酒。妇捐酒毁器,涕泣谏曰:‘君饮太过,非摄生之道,必宜断之。’伶曰:‘甚善,我不能自禁,唯当祝鬼神自誓断之耳。便可具酒肉。’妇曰:‘敬闻命。’供酒于神前请伶祝誓。伶跪而祝曰:‘天生刘伶,以酒为名,一饮一斛,五斗解酲,妇人之言,慎不可听。’便引酒进肉,隗然已醉矣。”其人皆放达如是。他们均鄙视名利,而今“卖酒人家瓮初开”,你何不“去来,去来”,即归去吧,归去吧!不要再去争名逐利了。

第四首“寄语寒窗老秀才”,是泛指。苦读寒窗,垂老仍然是个秀才,“一经头白”,为求考中举人、考中进士,还要苦熬下去。按照科举考试制度规定,三年才举行一次,为了这要等待三年。作者劝说那些老秀才,还是“去来,去来”,即归去吧,归去吧!不要再去争名逐利了。

这四首小令,总的主题思想都是一个,在功名势利场中所希冀的都是很难的,而且也是白费时光的。归隐田园,与渔樵为伍,与诗酒为伴,断绝世俗之争,倒是明智的。作者以古人喻今人,以自己劝别人。语言通俗,用典自然。读之朗朗上口,充分表现了元代下层知识分子的心态,从一个侧面反映了元代封建社会的本质。

14. [越调·寨儿令]范蠡 无名氏

一叶舟,五湖游,闹垓垓不如归去休。红蓼滩头,白鹭沙鸥,正直着明月洞庭秋。进西施一捻风流,起吴越两处冤仇。趁西风闲袖手,重整理钓鱼钩。看!一江春水向东流。

【艺术欣赏】这首小令选自近人陈乃乾所辑《元人小令集》。写春秋末范蠡助越王勾践灭吴王夫差后,辞官归隐,泛游五湖的故事。

范蠡,春秋末年楚国宛(今河南南阳)人,字少伯。为越大夫时,越为吴所败,曾赴吴为质二年。回越,劝越王刻苦图强,休养生息,选择时机,报仇雪耻。于是越王勾践卧薪尝胆,十年生聚,十年教训,逐渐强大。并与文种合谋劝越王从吴内部贿赂奸佞,献美女,以荒其政。据汉·赵晔《吴越春秋》卷五载:“十二年,越王谓大夫(文)种曰:‘孤闻吴王淫而好色,惑乱沉湎,不领政事,因此而谋可乎?’种曰:‘可,夫吴王淫而好色,宰嚭佞以曳心,往献美女,其必爱之。惟王选择美女二人而进之。’越王曰:‘善。’乃使相者国中,得苎罗山鬻薪之女,曰西施、郑旦。饰以罗珏,教以容步,习于士成,临于都巷,三年学成而献于吴。”后越王起兵复仇,吴王夫差国灭自杀。在大功告成之后,范蠡认识到越王勾践是一个只可与之共患难,不可与之共安乐的人。于是弃官而去,携西施泛游五湖,隐于迷茫烟水之中去了。

这首小令写得活泼清丽。“一叶舟,五湖游,闹垓垓不如归去休”,“闹垓垓”,宋元词语,是一片热闹,喧哗的意思。亦作“闹该该”、“闹咳咳”。元无名氏《红绣鞋》曲:“丽日和风柳陌,花开相间红白,见游人车马闹垓垓。”范蠡辞官归隐,乘一叶扁舟,泛舟五湖,是急流勇退,远害全身的表现。三句中前两句与后一句倒装,人世太险恶了,闹闹嚷嚷不如归隐干脆。“红蓼滩头,白鹭沙鸥,正直着明月洞庭秋”,“正直”,“直”通“值”。写出一派美景,不仅自身在政治上获得了自由,而且湖光秀色,滩头盛长着红蓼,白鹭沙鸥,阵阵飞翔,正值秋日,五湖(其中包括洞庭湖)烟水茫茫,秋高清远,月光照人,多么美妙的世界,较之于“闹垓垓”的社会环境,实在有天壤之别。官场的险恶,权势的纷争,范蠡能看得分明,并下决心毅然摆脱,实在高明而富有远见。“进西施一捻风流,起吴越两处冤仇”,这两句实际上是一种倒叙。想当初与文种替越王献计“进西施”,而“一捻(用手指搓转)风流”,意为略施小计,使吴越怨仇永结,兴亡更替,仿佛在范蠡看来,都是意料之中的事。关于“进西施”的故事,流传很广。明代梁辰鱼所作传奇剧本《浣纱记》,范蠡用计离间吴国君臣关系,到了越王灭吴,即弃官携西施泛舟而去。这前后几乎都是由范蠡巧作安排的。所以下文“趁西风闲袖手,重整理钓鱼钩。看!一江春水向东流”写得很自然,“闲袖手”,即摆脱吴越的冤仇,谁兴谁亡,作袖手旁观的态度,不再参与了。拿范蠡与文种相比,范蠡是明智的。吴亡后,他游齐国,改名鸱夷子皮,到陶(今山东定陶西北)改名陶朱公,以经商致富。而文种却没有引退,后勾践听信谗言,赐剑命他自杀。结尾写得很含蓄,诗情画意,意味深长,天地十分广阔,一江春水,永远地流淌着,给人以丰富的启发,产生无限的美趣。

15. [中吕·喜春来]失题四首 无名氏

伤心白发三千丈,过眼金钗十二行,老来休说少年狂,都是谎,尊有酒,且徜徉。

黄金转世人何在?白日飞升谁见来,刘晨再要访天台,休分外,尊有酒,且开怀。

江山不老大如醉，桃李无言春又归，人生七十古来稀，图什的，尊有酒，且舒眉。

推回尘世光阴磨，织老愁机日月梭，得婆娑处且婆娑，休笑我，尊有酒，且高歌。

【艺术欣赏】这四首小令选自近人陈乃乾所辑《元人小令集》。原共有29首，选4首。

这四首的主题思想，都是写光阴易逝，人生易老，且莫贪恋荣华富贵，须及时行乐，其思想带着时代烙印，其糟粕是显而易见的，但其语言通俗，遣词造句，用典喻理都是自然明白的。

第一首"伤心白发三千丈，过眼金钗十二行，老来休说少年狂，都是谎"，"白发三千丈"是化用李白《秋浦歌》："白发三千丈，缘愁似个长。不知明镜里，何处得秋霜。"以夸张的手法写愁思，写伤感。既形象，又生动。"过眼金钗十二行"，典出《山堂肆考·角集》："白乐天尝言牛思黯自夸前后服钟乳三千两，而歌舞之妓甚多，故答思黯诗云：'钟乳三千两，金钗十二行。'"故"金钗十二行"比喻家中妻妾之众。但是尽管红粉如云，可是转眼已届暮年，终将失去。人到老年不要谈青少年时期的狂（指得意之事），因为那都是说谎，是空的，是早已烟消云散的事情。因此说"尊（同樽）有酒，且徜徉"，即"对酒当歌，人生几何"的意思。

第二首"黄金转世人何在？白日飞升谁见来，刘晨再要访天台，休分外"，这里"白日飞升"的典故，是淮南王刘安好道，举家升天，畜产皆仙的故事。王充在《论衡》中已辨其伪。王充《论衡·道虚篇》："儒书言：淮南王学道，招会天下有道文人，倾一国之尊，下道术之士。是以道术之士并会淮南，奇方异术，莫不争出。王遂得道，举家升天，畜产皆仙，犬吠于天上，鸡鸣于云中。此言药有余，犬鸡食之，并随王而升天也。"这本来就是无稽之谈。故云"白日升天谁见来"而加以否定。刘晨访天台事，典出《太平广记》卷六十一《天台二女》："刘晨、阮肇入天台采药，远不得返。经十三日，饥，遥望山上有桃树子熟，遂跻险援葛至其下。啖数枚，饥止体充。欲下山，以杯取水，见芜菁叶流下，甚鲜妍，复有一杯流下，有胡麻饭焉。乃相谓曰：'此近人矣。'遂渡山，出一大溪。溪边有二女子，色甚美，见二人持杯，便笑曰：'刘、阮二郎捉向杯来。'刘、阮惊，二女遂欣然如旧相识，曰：'来何晚耶？'因邀还家。东南二壁，各有绛罗帐，帐角悬铃，上有金银交错。各有数侍婢使令。其馔有胡麻饭、山羊脯、牛肉，其美。食毕行酒，俄有群女持桃子，笑曰：'贺汝婿来。'酒酣作乐。夜后各就一帐宿,婉姿殊绝。至十日求还,苦留半年。气候草木,常是春时,百鸟啼鸣,更怀乡,归思甚苦,女遂送,指示归路。乡邑零落,已十世矣。"这段神奇故事,在以后的文艺作品中多表现男女恋情。天台乃仙境的比喻,刘、阮既然归来,好梦已成过去,如"再要访天台",那就休做分外之想,还是着眼于现实,"尊有酒,且开怀"吧!

第三首"江山不老大如醉,桃李无言春又归,人生七十古来稀,图什的","江山不老"长期永存,但"大如醉",似乎对人世是茫然不知的。"桃李无言,下自成蹊",这是谚语,比喻一个人只要怀着诚信之心,就能使别人暗暗地有所感动。此处言桃李凋残,春天自然而然归去了。"人生七十古来稀",引杜甫《曲江》诗"酒债寻常行处有,人生七十古来稀",言人生短促,还贪图什么呢?只要"尊有酒,且舒眉",就不要有忧愁了。

第四首"推回尘世光阴磨,织老愁机日月梭,得婆娑处且婆娑,休笑我",推回到尘世去消磨光阴,日月如织布机梭一样,无穷尽地穿来复去,多么机械死板。"婆娑",原意为舞蹈,亦可解释为徘徊,宋玉《洛神赋》:"既姽婳于幽静兮,又婆娑乎人间。"班固《答宾戏》:"婆娑乎艺术之场。"今天亦可解释为"潇洒",意为我只要能得潇洒的机会,我就潇洒一番,不要取笑我!只要"尊有酒,且高歌"。这种唯酒是命的人生态度,显然是颓废的。但亦可以窥见元代知识分子内心深处的悲哀了。

三、带过曲

[双调·水仙子带折桂令]秋景　无名氏

一川红叶火龙鳞,满地黄花锦兽睛。蓦听得山寺钟声动,骑驿马的不暂停,连云栈山路难行。头直上淅零淅零雨,半空里赤溜束刺风,风吹得败叶儿飘零。[带过折桂令]风吹得败叶飘零,则见老树苍烟远水寒汀。怎得个妙手丹青,却与我画作围屏。正撞着客侣中三秋暮景,天涯千里途程。衰草长亭,流水孤村。问甚么枕剩衾余,酒冷灯昏。

【艺术欣赏】这首小令带过曲选自近人陈乃乾所辑《元人小令集》。作者写羁旅他乡的人眼前所见到的一派秋日美景,转而感到旅途匆匆,路远山遥,显出孤独寂寥,思绪悲凉。《水仙子》开头两句"一川红叶火龙鳞,满地黄花锦兽睛”，写出浓重的秋色，“红叶”、“黄花”，一川似火，满地铺金，十分壮丽。可是笔锋一转“蓦听得山寺钟声动，骑驿马的不暂停，连云栈山路难行”，山寺钟声响了，旅者均行动起来，传递信息的骑驿马的人是一刻也不会停留的，连山栈道，山高路窄，十分难走，那也是不容考虑的。紧接着再写“头直上淅零淅零雨，半空里赤溜束刺风，风吹得败叶儿飘零”，写的是雨和风。“头直上”的“直”，宋元词语意为处所，即头顶以上。“淅零淅零”，宋元词语即“淅沥淅沥”的衍音，形容雨的飘打声。亦作“昔零零”、“淅冽冽”、“昔留昔零”、“淅留淅零”，全句意为雨下得很大，而且是不停地下着。“赤溜束刺”，宋元词语，形容风声，风刮得很急，很大，刮得树木东倒西歪，枯枝败叶，四处飘零。行路之难是可想而知的。

《带过折桂令》用“风吹得败叶飘零”与《水仙子》衔接后，则写“则见老树苍烟远水寒汀”，笔意显出萧瑟高远的气氛。于是“怎得妙手丹青，却与我画作围屏”，作者对此景，简直产生迷恋了。做成画屏，可以作为永久的纪念。但毕竟是漂泊异乡，又深深地感到孤独，“正撞着客侣中三秋暮景，天涯千里途程”，“客侣”，即“客旅”，说明处境；“三秋暮景”，说明时间；“天涯千里途程”，说明空间。身处他乡异地，天寒岁暮，云山遥阻，天涯千里，欲归而难以归去，正是无可奈何的事。眼前只是“衰草长亭，流水孤村”，显得单调凄凉。此种景况似乎还没完没了，山一程，水一程，今日行，明日行，眼前仍只是“衰草长亭，流水孤村”。最后结句“问甚么枕剩衾余，酒冷灯昏”，“枕剩衾余，酒冷灯昏”是说睡眠时只是一个人，吃饭饮酒时也是一个人。形单影只，百无聊赖，无法摆脱，陷于十分为难的困境。“问甚么”，即还须问什么？出行是踽踽独行，住宿是单身独宿，吃饭饮酒是闷闷独饮，其中的一种就够难受的了，何必再问其他呢？

全曲主调充满着伤怀，有时似乎也很欢悦，但那都是暂时的、表面的，而苦况是日复一日的、深藏于内心之中的。全曲从始至终均用白描手法，不加装点，情随景变，景变而情愈深沉委婉了。本曲手法是独具特色的。

第四章　元人散曲美学初探

一、透过现象见本质，化腐朽为神奇的艺术美

从全部元人散曲来看，以情词、景词为最多。但元代是中国历史上一个封建专制很严酷的时代，社会现实生活中出现了许许多多丑恶的现象。散曲作家生逢其时，不能不对生活进行干预；不平则鸣，总是要站出来为人民说话的。写真实，揭露政治腐败，批判统治阶级剥削压榨人民的罪恶，嘲讽他们的无耻行径，是怎样也不可避免的。如无名氏的一首著名小令［正宫·醉太平］云：

堂堂大元，奸佞专权。开河变钞祸根源，惹红中万千。官法滥，刑法重，黎民怨。人吃人，钞买钞，何曾见？贼做官，官做贼，混愚贤，哀哉可怜！

作品的批判矛头直指腐败至极的"大元"政府，把开河、变钞、法滥、刑重几项苛政一一列出，然后说官吏就是盗贼，盗贼就是官吏，直截了当，毫不含蓄，说得是多么痛快。这就把生活的丑，化成了艺术美。又如张鸣善的小令［水仙子］云：

铺眉苫眼早三公，裸袖揎拳享万钟，胡言乱语成时用。大纲来都是哄。说英雄谁是英雄？五眼鸡岐山鸣凤，两头蛇南阳卧龙，三脚猫渭水飞熊。

作者把当时掌权的富贵王公，都看成人世间的怪物丑类，使人产生了审美判断，为社会理想所决定的审美理想发挥了功能性的作用。又如滕斌（玉霄）的小令［中吕·普天乐］云：

一瓢贫，千钟富。是天生分定，何必枉图！锦步障，黄金坞。狗苟蝇营贪不足，为妻儿口体区区。君家饱暖，他人冻馁，于汝安乎？

作者对剥削阶级的狠毒，采用质问的口气进行斥责，剥削者听了似乎是无言可对的。像这类作品，在套数中也有不少。如古洪、刘时中写的两首［端正好·上高监司］就是很著名的。当时江西等处大旱，灾情严重，人民饿

得“状似豺狼”、“黄如经纸”，到处寻找树皮野菜充饥；因无法活下去，竟把亲生的婴儿抛入长江，悲惨至极。而奸商、社长、知房们却趁火打劫，哄抬物价；官府营私舞弊，义仓有名无实；富人倒卖米谷，置庄田、纳宠妾、买人口，对人民敲骨吸髓，贫富悬殊形成鲜明的对比。又如钱霖的套数［哨遍］，对那些舍生忘死、出乖弄丑、贪欲财货的高利贷者，做了严正的讽刺和诅咒，刻画其贪婪、吝啬的心理淋漓尽致，入木三分。又如睢景臣的套数［哨遍·高祖还乡］，对至高无上的皇帝竟加以嘲谑，使他的威风扫地，呈现出无赖的嘴脸。这个套曲手法极为高妙，用乡民的土气和贫气当作烟幕放出机智，讽刺的艺术效果极为强烈完美。其他如刘时中的套数［新水令·代马诉冤］、姚守中的套曲［粉蝶儿·牛诉冤］、曾瑞的套数［哨遍·羊诉冤］，都是反映了封建社会人压迫人，人剥削人，强者残害弱者的丑恶现实。绝不仅是对马牛羊的同情，而是透过生活现象反映封建社会的本质，具有艺术美的价值。

封建社会的本质是丑恶的，我们可以说生活丑，但不能说艺术丑。艺术之所以是艺术，正因它是美的集体表现。生活中“丑”的真实现实，作家通过审美手段加以评判，“能够发现在外形下透露出内在的真理；而这个真理就是美的本身”。“在自然中一般人所谓‘丑’，在艺术中能变得非常的美。……一个伟大的艺术家或作家，取得了这个‘丑’或那个‘丑’，能当时使它变形……‘丑’就化成美了。”这是西方著名美学家罗丹在《艺术论》中说过的一段话，他的认识是很正确的。生活丑转化为艺术美，是丑被征服所产生的结果。

二、傲岸孤标，不随流俗的道德美

在元代特定的历史条件下，统治阶级既是残酷的，又是强大的；人民群众特别是下层知识分子的政治态度既是想反抗抵制的，又是软弱无力的。只有采取不合作，不随流俗，高喊“不事王侯”，远祸、避祸的态度。如汪元亨［朝天子·归隐］小令云：

> 繁华景已休，功名事莫求，算富贵难消受。匡庐挂在屋西头，终日看云出岫。瓜地深锄，茅庵新构，醉翁意不在酒。厌襟裾马牛，笑衣冠沐猴，拂破我归田袖。

这种厌倦仕途，不求功名富贵，远遁山林的举动，最是好办法。但这办法虽好，也并非自己的本意（醉翁意不在酒），因为那时做臣子的即便享有高官厚禄，有时也难以避免被罢官、被流放、被杀戮的危险。因此，元代散曲家对东汉严子陵（严光，曾与刘秀同学。刘秀即位后，他改名隐居，召为谏议大夫，不就。归隐于富春山）功成名就，急流勇退的做法是大加赞赏的。

傲中兴百二山河，拂袖归来，税驾岩阿。物外闲身，云边老树，烟际沧波。犯帝座星明凤阁，钓桐江月冷渔蓑。富贵如何，万古清风，岂易消磨。（鲜于必仁[双调·折桂令]）

“百二山河”，《史记·高祖本纪》：“田肯贺曰：‘陛下得韩信，又治秦中。秦，形胜之国也，带河阻山，县隔千里，持戟百万，秦得百二焉。’”

浙江亭，看潮生。潮来潮去原无定，唯有西山万古青。子陵一钓多高兴，闹中取静。（马致远[双调·拨不断]）

这些曲家认为严光辞去富贵，终生做一个烟波钓徒，是有见识的，是高尚的。无怪乎后人认为严光的遗产比汉光武帝还多，“子陵有钓台，光武无寸土”。元代曲家歌颂范蠡（春秋末楚人，越大夫。赴吴为质二年，助越王勾践灭吴，游齐，改名鸱夷子皮，号陶朱公，以经商致富）的也很多，如：

那老子陷身在虎狼穴，将夫差仇恨雪，进西施计谋拙。若不早去些，鸟喙意儿别。驾着一叶扁舟，披着一蓑烟雨，望他五湖中归去也！（徐再思[红锦袍]）

碧波中范蠡乘舟。殢殢簪花，乐以忘忧。荡荡悠悠，点秋江白鹭沙鸥。急棹不过黄芦岸白蘋渡口，且湾在绿杨堤红蓼滩头。醉时方休，醒时扶头。傲煞人间，伯子公侯。（卢挚[蟾宫曲]）

五湖去来越范蠡，甘作烟波计。功成心自闲，名遂身先退。早寻个稳便处闲坐地。（钟嗣成[清江引]）

越国大夫范蠡助勾践灭吴之后，采取了明智态度，毅然决然披着蓑衣，驾着一叶扁舟，去弄五湖烟水，这种崇高的道德美，对当时人们的认识是有启发的。假如不识进退，贪恋富贵荣华，便很可能遭到与文种同样的下场。范蠡的行动，不是怯懦，而是有远见有胆识，能进能退，能露能藏；退得勇敢坚决，是智慧果断的表现，道德观是美的。元代曲家咏张良辞汉学道的也很多，如：

那老子见高皇斩了蛇，助萧何立大节，荐韩侯劳汗血。渔樵做话说，千古汉三杰。想着云外青山，纳了腰间金印，伴赤松子归去也。（徐再思[红锦袍]）

对于张良辞汉和范蠡归湖隐身的原因,白朴在一首[阳春曲]中做了解释,他说“张良辞汉全身计,范蠡归湖远害机”。这种“远害全身”的办法,不能看作是消极的,没有机智和勇气是做不到的。在那种时代,不能不承认那还是一条人生的路;在生活的激流中产生的一种无可奈何的选择,才赋予散曲作家这种审美理想。

“远害全身”是对黑暗的摆脱,对光明的追求。归隐后的生活,物质上自然是贫乏的,但精神上却是很充实的。超脱,旷达,逍遥岁月。正像陶渊明那样“富贵非吾愿,帝乡不可期”,既不愿富贵,也不愿长生不死,生死变化,就听其自然了。所以元散曲家常颂扬陶潜,如:

> 那老子觑功名如梦蝶,五斗米腰懒折,百里侯心便舍。十年事可嗟,九日酒须赊。种着三径黄花,栽着五株杨柳,望东篱归去也!(徐再思[红锦袍])
>
> 陶渊明自不合时,采菊东篱,为赋新诗。独对南山,泛秋香有酒盈卮。一个小颗颗彭泽县儿,五斗米懒折腰肢。乐以琴诗,畅会寻思。万古流传,赋《归去来辞》。(盍志学[蟾宫曲])
>
> 羡柴桑处士高哉,绿柳新栽,黄菊初开。稚子牵衣,山妻举案,喜劝蒿莱。审容膝清幽故宅,倍怡颜潇洒书斋。隔断尘埃,五斗微官,一笑归来。(鲜于必仁[折桂令])

对于屈原的评价,历来都认为他自投汨罗,以表达忠君爱国之意,是可泣可歌的行为。但元散曲家却有不同的看法。如:

> 酒杯深,故人心,相逢目莫推辞饮。君若歌时我慢斟。屈原清死由他恁,醉和醒争甚?(马致远[拨不断]十五首之九)

元散曲家认为屈原一定要“众人皆醉我独醒”,这是不必要的。世人都混浊,你屈原就和大家一起混浊好了,而且越混浊越好。而你要一定独清,清死也任他去。要懂得醉也是快乐的,是美的,你一定醒而不醉,不尝美酒佳酿的味道,死了也于事无补。又如:

> 楚《离骚》,谁能解?就中之意,日月明白。恨尚存,人何在?空快活了湘江鱼虾蟹。这先生畅好是胡来。怎如向青山影里,狂歌痛饮,其乐无涯!(张养浩[普天乐])

从表面上看,好像作者对屈原自投汨罗,葬身鱼腹,不认为是什么殉国的高尚行为，而认为是“胡来”的轻妄之举。这当然不是曲家的真意，应该是故作曲笔，写出的反语，在特定的语言环境下作特殊巧妙的对比，借以造成特殊的审美判断。他说的“其乐无涯”，其实是“其恨无穷”。其表说乐，其里含悲，这悲愁不是淡淡的，而是浓重地藏在心底中的，以古人石破天惊的壮举，震出了自己遭逢不幸人生的悲鸣，达到了很好的审美效果。当然也有对贪求功名利禄之徒进行直接批评的，如：

功名万里忙如燕，斯文一脉微如线，光阴寸隙流如电，风霜两鬓自如练。尽道便休官，林下何曾见？至今寂寞彭泽县。（薛昂夫[塞鸿秋]）

宁可少活十年，休得一日无权。大丈夫时乖命蹇。有朝一日天随愿，赛田文养客三千！（严忠济[天净沙]）

其实这种批评指责，又像是抒写自己不得意的愤慨，侧面指刺“权”的作用，有了权就有了一切，权比自己的性命还重要，为了得一日之权，宁可少活十年：这真是具有深刻的嘲讽意味。又如：

青山相待，白云相爱，梦不到紫罗袍共黄金带。一茅斋，野花开。管甚谁家兴废谁成败。陋巷箪瓢亦乐哉！贫，气不改。达，志不改。（宋方壶[中吕·山坡羊]）

总之，元人散曲多有描写辞官隐遁后，与渔樵为伍，以诗酒作伴，啸傲山林，不事王侯者，这种孤高自洁的品格，表现了崇高的道德美。

三、新颖独特，千姿百态的形式美

元人散曲具有高度的艺术性。制曲很不容易，必须严格遵守许多规则，无论南曲和北曲，每支（首）必有一个牌名，代表其谱式，即字数、句数、平仄、韵脚等。例如[天净沙]是牌名，它的谱式是：

(平)平(仄)仄平(平)。(平)平(仄)仄平(平)。(仄)仄平平去上。(平)平(仄)(仄)。(平)平(仄)仄平(平)。

全首共5句，起三句各6字，第四句4字，末句6字，每句平仄声有一定的谱（加圈的可通融）。曲是可以歌唱的，故每一曲牌必隶属于其所属宫调之下，如[天净沙]属越调。所谓宫调，便是乐谱上曲调高低的分区，如越调是曲笛的乙字调,相当于钢琴的 Eb 调。

散曲合乐不用锣鼓,所以又称“清曲”。这种诗体,就其形式来分类,主要有“小令”(也叫“叶儿”)和“套数”(也叫“散套”)二体。小令是单调的曲子,它与词中的小令不同。词中小令,也称“短调”,是指每首字数在 58 字以内的。字数特多的词(即“长调”)如《莺啼序》(长达 240 字)等,固然不能称为小令,就是每首在 49 到 90 字之间的词,也要称之为“中调”,不能称它为“小令”。而曲中的小令,并不论字数的多寡,只要是表达一个完整意思的,都称小令。十个字或二十几个字为一首的,固然是小令,就是长达 100 字的如《百字折桂令》等,也称为小令。因此,小令每支是独立的,相当于诗的一首,词的一阕。套曲是由若干个单调的曲子,按一定的连缀方法组织起来的。依据作者抒情的需要,篇幅长短可以自由,套数中的短套,有的只用两支曲子便成一套。如[仙吕·赏花时]加一尾声。长套则有用 30 多个曲牌的。如刘时中的[端正好·上高监司]。《燕南芝庵论曲》说:“成文章曰乐府,有尾声曰套数,时行小令曰叶儿。”这告诉我们制定的是否是套数,有无“尾声”是个重要标志。一个单调小令,只用一个曲牌就要把全部的意思写出来,因此必须言简意赅,耐咀嚼,音律浏亮,无衬字,无重韵。

但在此曲中还有两类组织形式不同的小令。一是“重头小令”,一个曲牌反复多用,例如作者使用了曲牌《小桃红》,写了一首,意犹未尽,就再来一首两首三首以至百首亦无不可。如《雍熙乐府》中就有《摘翠百咏小春秋》(见十九卷),用了 100 首《小桃红》咏崔莺莺和张君瑞的西厢故事。不过“重头小令”这个名词起于明代。在元代散曲中,尽管有这类作品,但没有这个名称。二是“带过曲”。散曲本来是供人歌唱的,如总唱一个牌调,两支、三支,听起来会让人生厌,于是又有带过曲的做法。所谓带过曲小令,就是作者写了一首小令,表达感情尚不充分,就从一首小令过渡到另外的小令。这与重头小令不同,因为重头小令不管用了多少首,最后总是一个相同的曲牌。“带过曲”两调间的音律必须恰能衔接,一般两调、三调不限,否则可改作套曲。带过曲常见的有:

雁儿落带得胜令

骂玉郎带感皇恩带采茶歌

醉高歌带红绣鞋

醉高歌带喜春来

沽美酒带太平令

齐天乐带红衫儿

脱布衫带小梁州

快活三带朝天子

水仙子带折桂令

元人带过曲的小令,约有30来种形式,可见是千姿百态的。在北曲中专用作小令的有50调,通常只用下列6调:

(黄钟宫)[人月圆]

(中吕宫)[山坡羊]

(越　调)[凭阑人]

(双　调)[大德歌][河西六娘子][百字折桂令]

又小令套曲兼用的有69调,通常用的有32调:

(正　宫)[塞鸿秋][叨叨令][醉太平]

(仙吕宫)[寄生草][醉中天][一半儿]

(南吕宫)[金字经][四块玉]

(中吕宫)[满庭芳][喜春来][醉高歌][红绣鞋][普天乐][朝天子][迎仙客][桂枝儿]

(商　调)[梧叶儿]

(越　调)[天净沙][小桃红][塞儿令]

(双　调)[折桂令][水仙子][庆东原][驻马听][拨不断][清江引]

(寿阳春)[沉醉东风][殿前欢][庆宣和][得胜令][胡十八]

像这样众多形式的曲调,真是满园群芳,千姿百态,美不胜收。而写作时又要严守制曲的法则。元代高安曲家兼音韵学家周挺斋(德清)《中原音韵》中《作词十法》讲了不少散曲的规律,列出“知韵、造语、用事、用字、入声作平声、阴阳、务头、对偶、末句、定格”十项创制规则。元人罗宗信给《中原音韵》作序说:“当其歌咏之时,得俊而平仄不协,平仄协而语则不俊,必使耳中耸听,纸上可观,为上。非止以填字而已。此其所以难于宋词也。”明代朱权《太和正音谱》也谈到了许多制曲的规律,如某牌调某处应当四字二韵或六字三韵,在某牌调的某处要用某种对,如合璧对、联璧对等,以及在某一牌调某句要用叠句叠字等。就在这严格的规律、法度的限制下,曲作家把散曲形式写得多样统一,对称均衡,调和谐美,自然活泼,出现了大量的优秀作品。尤其是描写风景的小令，往往寥寥数语，使人读之诗意盎然，像一幅幅精妙的山水图画，美的形式，显示出美的形象，体现出形式美。

作曲固难，唱曲尤难。元僧人芝庵《论唱》中说："凡歌之格调，有抑扬顿挫，有顶叠垛换，有萦纡牵结，有敦拖呜咽，有推题九转，有捶欠遏透。凡歌之节奏，有停声，有待拍，有偷吹，有拽棒，有字真，有句笃，有依腔，有贴调。凡歌一声，声有四节，曰起末，曰过度，曰韫簪，曰颠落。凡歌一句，声韵有一声平，一声背，一声圆，声要圆熟，腔要彻满。"还有许多，并且提了不少演唱时的病忌。作曲是为了演唱，美的语言形式，有助于歌唱的美听，歌唱的美听，又使完美的曲辞达到完美的悦耳，既美听又悦耳，才是更完备的形式美。

元散曲形式是姿态多异，独具风采的，还有"杂体"的形式，更充实了散曲的形式美。元人散曲，继宋词而兴起和变化，词有杂体，散曲也有杂体。甚至杂体种类反比宋词多。

（一）嵌字

像杂体诗"六府"、"八音"一样，就是把规定几个字嵌入每句开端。如：

> 金钗影摇春燕斜，木杪生春叶。水塘春始波，火候春初热。土牛儿载将春到也。（贯云石［清江引］）

明代蒋一葵《尧山堂外纪》记载了这件本事："贯酸斋尝赴所亲宴，时正立春，座客以［清江引］请赋，且限'金、木、水、火、土'五个字冠于每句之首，句中各用'春'字。酸斋即题云，曲文见上，满座绝倒。"这首曲的要求是很严的。第三、四句要求对仗，第一句末两字的声要"去上"或"去平"，第五句末两字的声要"去上"。比苏轼的《减字木兰花》嵌字词还难。词如下：

> 郑庄好客，容我尊前先坠帻。落笔生风，籍籍声名不负公。高山白早，莹骨冰肌那解老。从此南徐，良夜清风月满湖。

这词本事，宋孙宗鉴《东皋杂录》云："东坡自钱唐被召，过京口。林子中作郡守，设宴。坐中营妓出牒；郑容求落籍，高莹求从良。"东坡代郡守写了这个批示，暗用"郑容落籍，高莹从良"，这固然是妙的，但比起酸斋的曲，难度是小得多了。

（二）叠字

叠字在文学作品里很普遍，但一连几句用叠字已很少见。李清照的词《声声慢》"寻寻觅觅，冷冷清清，凄凄惨惨戚戚"，是脍炙人口的。但也仅只三句，并非全篇。元曲中却有全篇都是叠字的。如乔吉［天净沙·即事］：

莺莺燕燕春春,花花柳柳真真,事事风风韵韵。娇娇嫩嫩,停停当当人人。

《古今词话》“复字”条引卓人月曰:“诗中一句连三字者,‘夜夜夜深闻子规’、‘日日日斜空醉归’,此非叠字也。如[醉东风][钗头凤][摘红英][惜分钗]等曲方有。复字尤更难于落句者,以全在气足韵足耳。”“气韵”是我国古代美学家常用的概念。它最早来自六朝对人物和山水的评价,南齐谢赫在《古画品录》提出了绘画六法。“一曰:气韵生动是也。”其实,不仅画画,作诗、填词、写曲,也都要讲求气韵生动,因为气韵是创作所需要达到的形象思维的特点。神态变化,意趣横生,既有豪气又有逸韵,并且内蕴着不同一般的美。

(三)顶真(联珠)

元代无名氏[小桃红]云:

断肠人寄断肠词,词写心间事。事到头来不由自。自寻思,思量往日真诚志。志诚是有,有情谁似!似俺那人儿。

此曲见《中原音韵·定格》,周德清评曰:“顶真,妙,且音律和谐。”“和谐”、“调和”、“均衡”、“匀称”等,都是形式美学的主要法则。其实,这首小令不仅音律是和谐的,意境也是和谐的。

(四)短柱、双声叠韵

短柱就是每句都有暗韵,短句一用,较长的句子两用,直到篇终。如元人虞集[折桂令·席上偶谈蜀汉遗事因赋短柱体]:

鸾舆三顾茅庐,汉祚难扶,日暮桑榆。深渡南泸,长驱西蜀,力拒东吴。美乎周瑜妙术,悲夫关羽云殂。天数盈虚,造物乘除。问汝何如,早赋归欤。

带横线的字是押韵的词语,通篇两字一韵。北曲无入声,“蜀”和“术”,念平声,“物”念去声,《中原音韵》、《中州乐府音韵类编》都是这样注的。元人陶宗仪《辍耕录》还记载这一曲本事:“虞邵庵先生集在翰苑时,宴散散学士家,歌儿郭氏顺时秀者,唱今乐府。其[折桂令]起句云:‘博山铜,细袅香风’,一句两韵,名曰短柱,极不易作。先生爰其新奇。席上偶读蜀汉事,因命纸笔,亦赋一曲(曲见上引文),盖两字一韵,比之一句两韵者为尤难。”

双声叠韵基本上是短柱体,但叠韵字都要双声,多了一层限制,难上加难。如乔吉[折桂令·拜和靖祠双声叠韵]:

至当时处士山祠，渐次南枝，春事些儿。枫渍殷脂，蕉撕故纸，柳死荒丝。目寒涩雄雌鹭鸶，翅参差母子鸬鹚。再四嗟咨，捻此吟髭，弹指歌诗。

文学要求的双声是广义的，不像音韵学家要求那么严格，而且元代中州韵的声母也不像唐宋时代那样复杂。这一曲共25叠韵字，同时也是双声字（“涩”字依《中原音韵》是入声作上声）。这种高难度的语言，是曲家苦心孤诣的艺术锤炼，是新颖独特的形式美。

（五）隐括

这一体式，宋词、元曲都比其他杂体为多，如括诗为曲的，乔吉［沉醉东风·题扇头隐括古诗］：

万树枯林冻折，千山高鸟飞绝。兔径迷，人踪灭。载梨云，小舟一叶。蓑笠渔翁耐冷的别，独钓寒江暮雪。

这是隐括唐柳宗元《江雪》诗，诗是五绝共28字，而曲［沉醉东风］不添衬字也要38字，故需增字才能完篇。括文入曲，则相反，必须将原作提炼浓缩，才能容入曲内，并且合于声律，而且最好使用套数。如元人孙季昌［仙吕·点绛唇］集《赤壁赋》便是一例：

［混江龙］壬戌秋七月既望，泛舟属客乐何方。过黄泥之坂，游赤壁之傍。银汉无声秋气爽，水波不动晚风凉。诵明月之句，歌窈窕之章。少焉间月出东山之上。紫微贯斗，白露横江。（第二曲）

［寄生草］渺沧海之一粟，哀吾生之几场。举匏樽痛饮偏惆怅，挟飞仙羽化偏舒畅，溯流光长叹偏悒怏。当年不为小乔羞，只今唯有长江浪。（第七曲）

因为北曲可用衬字，套数又有长有短，用长套隐括比词方便，因而套曲保留《赤壁赋》原来的词句也较多了。如用小令，就感局促。诗、词、曲、赋，都是有韵的，本来有许多相通之处。但是经过“隐括”这种艺术形式，化诗、词、文赋入曲，多姿多态，相得益彰；在赋的美感基础上又体会制曲的美。不同的形式可以一脉相通，不同的形式美融合成为一种新的形式美，使形式美不断发展变化，更加多样、丰富、完善。

（六）独木桥

因为一支曲的韵脚都用同一个字，故称。如张养浩的［塞鸿秋·绰然亭］：

春来时绰然亭香雪梨花会，夏来时绰然亭云锦荷花会，秋来时绰然亭霜露黄花会，冬来时绰然亭风月梅花会。春夏与秋冬，四季皆佳会。主人此意谁能会。

又如周文质[叨叨令·自叹]：

筑墙的曾入高宗梦，钓鱼的也应飞熊梦。受贫的是个凄凉梦，做官的是个荣华梦。笑煞人也末哥，笑煞人也末哥，梦中又说人间梦。

这种散曲的形式，虽不太有什么价值，但也是独具一格。

(七)集曲名剧名

词和曲在音乐上相通的地方很多，许多调名词曲是共用的。同时元人创制的散曲、杂剧又很繁多，材料是很丰富的。所以曲家集曲时可以用长篇套曲。元代著名的散曲兼杂剧家王仲元有[中吕·粉蝶儿]两套，一题"集曲名秋怨"，一题为"集曲名题情"，如"秋怨"套曲：

[粉蝶儿]双雁儿声悲，景潇潇楚江秋意，胜阳关刮地风吹，满庭芳，梧桐树，金蕉叶坠。庆东原金菊香滴滴金堆，那更醉西湖干荷叶失翠。

[醉春风]我一半儿情感玉花秋，一半儿忆王孙归塞北。我这应天长久不断怨别离，对秋风怨忆，折倒的风流体？羸，红衫儿宽褪，翠裙腰难系。

四、亦悲亦乐，亦庄亦谐，嬉笑怒骂皆成文章的风格美

风格是美学中的一个重要课题。它是文学作家在创作实践中所逐步形成起来的，是作家独特的审美见解通过独特的审美传达活动表现出来的，在全部作品中所反映出来的基本特色。在风格中鲜明地烙有作家的审美个性。从美学的角度考察问题，作家对生活独特的审美感受是风格形式的基础。

在我国古代，从首论风格问题的曹丕，一直到清代桐城派的刘大櫆、姚鼐，尽管在解释概念上有些不同，但都强调风格形式的主观特性。曹丕在《典论·论文》中说："文以气为主，气之清浊有体，不可力强而致。"刘勰《文心雕龙》一书中的《体性》即是专门论风格学的。他说："才有庸俊，气有刚柔，学有深浅，习有郑雅，并性情所铄，陶染所凝，是以笔区云谲，文苑波诡者矣。"刘大櫆等则把主观特性归纳为"神气"。从客观上讲，风格跟审美对象又有密切关系，而且

还具有时代的、民族的特征。

元散曲的风格美当然不同于诗、赋及词，因为审美对象不同，而且又有时代的、民族的差异。

元人散曲具有独特的内容和形式。散曲的创作首先是供“清唱”用的。故声音必应律吕调式的规范。元僧燕南芝庵《论曲》，对六宫十一调的风格都有几句概括的评论，他说：

> 唱仙吕宫宜清新绵邈；南吕宫宜感叹伤悲；中吕宫宜高下闪赚；黄钟宫宜富贵缠绵；正宫宜惆怅雄壮；道宫宜飘逸清幽；大石调宜风流蕴藉，小石调宜旖旎妩媚；高平调宜涤物洸漾；般涉调宜拾掇坑堑；歇指调宜急并虚歇；商角调宜悲伤婉转；双调宜健捷激袅；商调宜凄怆怨慕；角调宜呜咽悠扬；宫调宜典雅沉重；越调宜淘写冷笑。

这些评论的词语，似乎有些抽象和难以具体理解，但还能使人思考判断，做出具体的分析。如“清新”、“感叹”、“缠绵”、“雄壮”、“飘逸”、“蕴藉”、“妩媚”、“婉转”、“激袅”、“怨慕”、“悠扬”、“典雅”、“冷笑”等，都是我国古代美学史所常用的词句。在风格美学上，讲了多方面的美学特征。制作一曲，不仅要考虑音乐上的基调，还要注意思想感情的如何表达，表现出作品所独有的风格。如关汉卿自述套曲[南吕·一枝花·不伏老]，为什么要用“南吕”这一宫调呢？因为“南吕宜感叹伤悲”。由此，使我们认识到关汉卿这首套曲说的是“不伏老”，其实是故作豪言，内心是酸楚的。从元散曲总的风格具体到作品的风格，格调不同，韵致也不同，亦悲亦乐，亦庄亦谐，有阳刚之美，有阴柔之美。阳刚包括豪放、奔迈、雄浑等风格；阴柔包括飘逸、含蓄、淡雅等风格。阳刚即所谓壮美，阴柔即所谓优美。阳刚、壮美，以激荡的形态，粗大的形式出现，它以显著的气势、气派、气魄震慑人心，其动态直接性十分强烈，特别是在剧曲中。阴柔、优美，似徐徐春风，犹蒙蒙细雨，以纤细小巧的形式出现，它以柔嫩、安宁、静谧而沁人心脾，特别是在小令中表现最多了。而或阳或阴，或刚或柔，又是合拍的，统一的。

至于作家风格，也都是从他们创作个性和审美个性中体现出来的。朱权(朱元璋第十七子，称宁献王，号涵虚子)《太和正音谱》卷上评作家风格100余人，兹录其中12人：

> 马东篱如朝阳鸣凤，其词曲雅清趣，可与《灵光》、《景福》相颉颃，有振鬣长鸣，万马皆喑之意。又若神凤飞鸣于九霄，岂可与凡鸟

共语哉？宜列群宾之上。

白仁甫如鹏抟九霄，风骨磊魄，词源滂沛，若大鹏之起北溟，有一举万里之志，宜冠于首。

乔孟符如神鳌鼓浪，若天吴跨神鳌，噀（喷水）沫于大洋，波涛汹涌，截断众流之势。

张小山如瑶天笙鹤，其词清而丽，华而不艳，有不吃烟火食气，真可谓不羁之才，若被太华之仙风，招蓬莱之海月，诚词林之宗匠也！当以九方皋之眼相之。

宫大用如西风雕鹗，其词颖犀利，神采烨然，健翮摩空，下视林薮，使狐兔缩项于蓬棘之势。

张鸣善如彩凤刷羽，藻思富赡，灿若春葩，郁郁熠熠，光彩万丈。可以万羽仪词林者也，诚一代之作手，宜为前列。

郑德辉如九天珠玉，其词出语不凡，若咳唾落于九天，临风而生珠玉，诚杰作也。

王实甫如花间美人，铺叙委婉，深得骚人之趣，极有佳句，若玉环之出华清，绿珠之采洛浦。

关汉卿如琼筵醉客，观其词语，乃可上可下之才。盖所以取者，初为杂剧之始，故卓以前列。

李寿卿如洞天春晓，其词雍容典雅，变化幽玄，造语不凡，非神仙中人，孰能致此。

费唐臣如三峡波涛，神风耸秀，气势纵横，放则惊涛拍天，合则山河倒影，是一般气象，前列何疑。

白无咎如太华孤峰，孑然独立，岿然挺出。若孤峰之插晴昊，使人莫不仰视也，宜乎高荐。

用比喻来概括作家风格，是比较形象的。尽管有不少比喻使人感到笼统而不太具体，但仍能从对比中看出曲家不同的风格美来。如评梁进之的风格是“花里啼莺”，评范子安的风格是“竹里鸣泉”，使我们知道前者是艳丽宛畴，后者是清淡冷峻。比如马致远的风格是“朝阳鸣凤”，邓玉宾的风格是“幽谷芳兰”，汤舜民的风格是“春风锦屏”，蓝楚芳的风格是“秋风桂子”，白仁甫的风格是“鹏抟九霄”，张时起的风格是“雁阵惊寒”，放在一起比较还是容易明白的。至于更严格地说作家风格，“王实甫如花间美人”，这很易让人感觉他的风格是华美的，或者是美妙的。且不说他的《西厢记》杂剧，字字珠玑，妙语连篇,意境优美,以“花间美人”来比,是贴切的;就是他留存下来不多的几首散曲如[十二月带尧民歌·别情]和[山坡羊·春睡]等,历来评家都认为是美妙的曲中上品。又如“睢景臣如凤管秋声”,其实他的作品并不多,所著杂剧三种都没流传下来,只有散曲套数三首及残曲存世。兹举他的一首短套[商角调·黄莺儿]来对照一下,使我们对“凤管秋声”的风格美有具体理解。

寓僧舍

秋色,秋色,几声悲怆,孤鸿出塞。满园林野火烘霞,荷枯柳败。

[踏莎行]水馆烟中,暮山云外。泊孤舟古渡侧。息风霾,净尘埃。宝刹清凉境界。僧相待,借眠何碍。

[垂丝钓]风清月白,有感心酸不耐。更触目凄凉,景物供将愁闷来。月被云埋,风鸣天籁。

[应天长]僧舍窄,蚊帐矮。独拥单衾,一宵如半载。旧恨新愁深似海。情缘在,人无奈,几般儿可怪。

[随煞]促织絮恼情怀,砧杵韵无聊赖。檐马耆殿铎鸣,疏雨滴西风煞,能断送楚台云,会禁持异乡客。

曲中写出秋天独寓僧舍的凄凉孤独,百无聊赖愁苦心情,身处异乡,不胜悲凉。“凤管”,即“排箫”,亦即“凤箫”。皇甫冉《玄元观送李源李风还奉先华阴》诗:“莫辞别酒倾琼液,乍唱离歌和凤箫”。“秋声”,即悲凉之声。又“凤管”,亦即洞管之类。苏轼《前赤壁赋》:“客有吹洞箫者,其声呜呜然,如怨如慕,如泣如诉。”从睢景臣上面引的[商角调·黄莺儿]套曲来看,用“凤管秋声”来概括它的凄婉风格,形象、具体而显示出审美趣味。又如评“贯酸斋如天马脱羁”。这里不仅能道出他为人的作风,比如他善骑射,读书一目数行,作文不落俗套,不慕仕途,能引吭高歌,而且对他的创作风格也评得较为准确。因为他“文如其人,才思横溢,作风豪放清逸”。例如他的[塞鸿秋·代人作]:

战西风遥天几点宾鸿至,感起我南朝千古伤心事。展花笺欲写几句知心事。空教我停霜毫半晌无才思。往常得兴时,一扫无瑕疵。今日个病恹恹刚写下两个相思字。

任讷评:“此词铺排转折,神理气势,无不兼至。”这种铺排转折的神理气势,真像脱缰的天马行空,毫不拘束。又说:“论气势,则末句非有十四字收煞不住也。”作曲收尾必须有力,所谓“凤头、猪肚、豹尾”,是说开头要巧妙,要像凤头美丽,中间要铺排展开,即内容要像猪肚那样丰满充实,结尾要像豹尾一样警策有力！他的存世小令79首，套数8曲，皆具此种风格。

涵虚子在《太和正音谱》里定了“乐府体一十五家”，其中“丹丘体”、“承安体”、“盛元体”、“江东体”、“西江体”、“东吴体”、“淮南体”、“玉堂体”等，显然是指风格说的。“丹丘体豪放不羁。”丹丘先生即涵虚子（朱权）自己，其性稳重，晚号臞仙。他认为自己的作品是豪放不羁的，并有道家的意境。“承安体华观伟丽，过于泆乐。”承安，金章宗正朔。元代曲家都把金章宗列为“帝王知音律者”。“华观伟丽”，是帝王的风度格调。“盛元体”快然有雍熙之治，字句皆无忌惮。又曰“不讳体”。凡是本色、豪放的作品，如关汉卿、马致远的都可归之于此体。“江东体端谨严密。”“西江体文采焕然，风流儒雅。”

江左作家中以周德清最为著名。“东吴体清丽华巧，浮而且艳。”苏杭作家文字的风格大概是这样的。“淮南体气劲趣高。”大概亦包括此类的作品。“玉堂体公平正大。”玉堂，官署之称，亦即翰林院，亦可称“翰苑体”。以上这些“豪放不羁”、“华观伟丽”、“快然不讳”、“端谨严密”、“文采焕然，风流儒雅”、“清丽华巧”、“气劲趣高”、“公平正大”等评语，不仅讲出了风格，也讲出了流派。概括起来可分为“本色”和“文采”两派。一般地说，本色派以浅明直率、平实浑朴为主，曲中常用方言俗语，充满生气，是元曲的主流。元代初期、中期著名曲家如姚燧、张宏范、关汉卿、王和卿、滕斌、邓玉宾等人都具有这种风格。文采派文采华美，辞藻绮丽，清俊典雅，以藻绘胜。他们讲究文字的推敲，风格相似宋词中白话语言者。著名曲家张小山、鲜于枢、白朴、王实甫、马致远、乔吉、赵善庆等都具有这种风格。

五、朴实无华，坦直率真，雅俗共赏的语言美

元代散曲的艺术特色，语言美是很突出的。由于散曲是在“俗谣俚曲”的基础上发展起来的，许多曲调都来自乡村，而又主要流行于城市市民中间，故有“街市小令”（亦称“叶儿”）之称。因此，语言清新活泼，通俗易懂，如刘秉忠小令［南宫·干荷叶］：

干荷叶，色苍苍，老柄风摇荡。减了清香，越添黄。都因昨夜一场霜，寂寞在秋江上。

又如宋方壶小令［中吕·山坡羊］：

春山相待，白云相爱，梦不到紫罗袍共黄金带。一茅斋，野花开。

管甚谁家兴废谁成败。陋巷箪瓢亦乐哉！贫，气不改。达，志不改。

这两支曲，几乎全是口语，全无装饰。其他如关汉卿的小令[一半儿·题情]，睢景臣的[般涉调·哨遍]套曲，杜仁杰的[北般涉·耍孩儿·庄稼不识构阑]等，其中都有很多口语，是纯文人创作所做不到的。特别是像元人无名氏的[北仙吕宫·游四门]更为典型：

落红满地湿胭脂，游赏正宜时。呆才料不顾蔷薇刺。贪折海棠枝，支。抓破绣裙儿。

海棠花下月明时，有约暗通私。不付能等得红娘至。欲审旧题诗，支。关上角门儿？

这两首曲写情高妙。主要是语言活泼，两个结尾都绘声绘色，使人如闻其声，如见其形；语言的立体感很突出，语言产生了很大的审美作用。

词体演变为曲，用历史发展的眼光来看，是一个大进步。其中很主要的一点就是曲体比词体自由多了。因为曲可以有衬字的增加。原来词体在没有定型的创造时期，也是可以衬字的。但既成定型，便限定字数，不能增添了。而曲体却没有这个限制。如元人钟嗣成的[醉太平]：

风流贫最好，村俗富难交。拾灰泥补砌了旧砖窑。开一个教乞儿市学。裹一顶半新不旧乌纱帽。穿一领半长不短黄麻罩。系一条半联不断皂环绦。做一个穷风月训导。

以上画横线的都是衬字。这样便使句法活泼生动，接近白话，表达曲折复杂的感情较为充实了。衬字在小令里用得较少，在套数中更自由。如元人关汉卿[南吕·一枝花·不伏老·黄钟煞]：

我却是个蒸不烂煮不熟捶不匾炒不爆响当当一粒铜豌豆。恁子弟每谁教你钻入他锄不断斫不下解不开顿不脱慢腾腾千层锦套头。我玩的是梁园月，饮的是东京酒。赏的是洛阳花，攀的是章台柳。我也会吟诗，会篆籀，会弹丝，会品竹。我也会唱鹧鸪，舞垂手。会打围，会蹴鞠，会围棋，会双陆。你便是落了我牙，歪了我口，瘸了我腿，折了我手，天与我这几般儿歹症候，尚兀自不肯休。只除是阎王亲令唤，神鬼自来勾，三魂归地府，七魄丧冥幽。天哪，那期间才不向这烟花路儿上走。

正格、衬字几乎各半，衬字在语言上起了独特的美听作用，因为这样像串珠炮一样,噼里啪啦,语势奔放,一泻如注,句法奇妙,自古未有,这就给人以极大的美感。至于在剧曲中,比较著名的如王实甫《西厢记》“长亭送别”:

> 见安排着车儿马儿,不由人熬熬煎煎的气。有什心情花儿靥儿打扮得娇娇滴滴的媚。

《货郎旦》第四折六转[货郎儿]:

> 赤留赤律潇潇洒洒断断续续,出出律律忽忽鲁鲁阴云开处。霍霍闪闪电光星注。

这些地方,运用叠字作衬,在歌唱时应是更为美听的。

曲中的衬字,也要遵循一定的规律。大致北曲可多,南曲宜少;套曲可多,小令宜少。衬字大多使用虚词,加在一句之首或句中,不能加在句末,总之要保持原来句法。

曲中的衬字,更有一种定格。如南曲[小桃红]第二及第八句在韵脚下面都添一“也”字。如元人无名氏的一例:

> 暗思昔日配春娇。不知是哪一点花星照也。向欢娱中沉埋一身旧根苗。从见了那多娇。和咱有燕莺期,凤鸾交。鸳鸯侣,勾引得蜂蝶闹也。恨不得折损柔条。谁承望五陵人,先能小蛮腰。

这支曲两个“也”字,使声调曳长,姿媚横生,更为优美动听。

周德清论曲,谈到制曲的语言要求说:

> 总之,造语必俊,用字必熟。太文则迂,不文则俗;文而不文,俗而不俗,要耸观又耸听。

周德清是元代大曲家,既精研理论又有丰富的创作实践经验,他的论点是正确的。一个散曲家要有熟练的驾驭语言的能力,这样才能做到俊语连篇,优美生动,“文而不文,俗而不俗”,雅俗共赏,曲尽微妙。“耸观又耸听”,是语言的高妙所造成的审美效果。

散曲的语言讲究整齐和谐美。曲中使用对偶的句法特别多。明朱权《太和正音谱》曾列出对式,兹举数种:

合璧对(两句对者是)。例如:“断桥流水西林渡,暗香疏影梅花路”,“帘幕风柔,庭闱昼永”,“唯愿取百岁椿萱,长似他三春花柳”。

连璧对(四句对者是)。例如:“丹脸上胭脂匀腻,翠盘中彩袖低垂,宝髻上金钗斜坠,霞绶底珍珠珞臂”,“忙劫劫蜂翅穿花,闹炒炒燕子寻巢,喜孜孜寻芳斗草,笑吟吟南陌西郊”,“金谷园那得三生富? 铁门限枉作千年妒! 汨罗江空把三闾污,北邙山谁是千钟禄”。

连珠对(句多相对者是)。例如:“自别后遥山隐隐,更哪堪远水粼粼? 见杨柳飞棉滚滚,对桃花醉脸醺醺。透内阁香风阵阵,掩重门暮雨纷纷。”

鼎足对(三句对者是,俗呼为“三枪”)。例如:“五眼鸡岐山鸣凤,两头蛇南阳卧龙,三脚猫渭水飞熊”,“和露摘黄花,带霜烹紫蟹,煮酒烧红叶”,“子见他歪剌剌赶过饮牛湾,荡的那卒律律红尘遮望眼,振的这滴溜溜红叶落空山”。

隔句对(长短句对者是,亦称扇面对)。例如:“闷入孤帏,静掩重门情似烧。文窗寂静,画屏冷落暗魂销”,“财叶将残,雨霁风高摧木杪。江乡潇洒,数株衰柳罩平桥”,“黄召风虔,盖下丽春园。员外心坚,使了贩茶船”。亦有三句、四句、五句等上下相对,如扇面相对。

鸾凤和鸣对(首尾相对,如叨叨令所对者是也)。例如:无名氏所作此调的首句“黄尘万古长安路”与末句“英雄尽是伤心处”,周文质北调《悲秋》的首、尾句“叮叮当当铁马儿乞留玎琅闹”与“孤孤零零单枕上迷风模登靠”可证之。而如“呜呀呀塞雁空中叫”与“纵然有梦还惊觉”,“溪边小径舟横渡”与“却原来侬家鹦鹉洲边住”,则并成对偶。可见既非格律要求,应用亦不普遍。

周德清论曲也说:

> 凡对偶如逢双必对,自然之理也。又扇面对如调笑令第四句对第六句,第五句对第七句。驻马听起四句是也。又重叠重对,如鬼三台第一句对第二句;第四句对第五句;第一、第二、第三对第四、第五、第六句是也。又救尾对如红绣鞋第四、第五、第六句为三对;寨儿令第九、第十、第十一句为三对是也。

看来曲中采用对偶的语言句式,名目样式是很多的,使用频率也是很大的。兹举马致远套曲[双调·夜行船·秋思]中“离亭宴煞”为例,来看看对偶方法在曲中的使用。

蛩吟罢一觉才宁贴——争名利何年是彻
鸡鸣时万事无休歇

密匝匝蚁排兵——裴公绿野堂——爱秋来那些
乱纷纷蜂酿密　　陶令白莲社
闹攘攘蝇争血

和露摘黄花——人生有限杯——嘱咐俺顽童记者
带霜烹紫蟹　　几个登高节
煮酒烧红叶

便北海来探吾
道东篱醉了也

这段曲文共百字,对偶共14句,平句只有3句。使曲文瑜美生辉。

又如这首套曲中[拨不断]一支:

名利竭——红尘不向门前惹——竹篱
是非绝　　绿树偏宜屋角遮　　茅舍
　　　　　青山正补墙头缺

此调开头两句是三字对,后三句是七字对,即鼎足对。"竹篱茅舍",虽是单句,似无可对,但四字却可分为两字对,"竹篱"对"茅舍",成为当句对。

又如费唐臣[滚绣球]

文章如韩退之——英俊如仲宣子建——乘槎浮海鸱夷子
史笔如司马迁　　豪迈如居易宗元　　踏雪寻梅孟浩然
　　　　　　　　风骚如杜少陵
　　　　　　　　疏狂如李谪仙
　　　　　　　　高洁如谢安李愿
　　　　　　　　德行如闵子颜渊

一曲全是对偶,十分整炼。

再如王实甫的一首带过曲[十二月带尧民歌]的对偶:

自别后遥山隐隐——见杨柳飞绵滚滚
更哪堪远水粼粼　　对桃花醉脸醺醺

透内阁香风阵阵——怕黄昏忽地又黄昏
掩重门暮雨纷纷　　不销魂怎地不销魂

新啼痕压旧啼痕——今春——香肌瘦几分
断肠人忆断肠人　　　　　搂带宽三寸

这首带过曲的小令用的是[十二月]和[尧民歌]两支曲子。联系紧密，过渡自然。全曲除“今春”二字外，全是对偶句。前人评：“此曲用连环句法，如珠走盘，美妙不减《西厢》名句。”的确是这样的，这首不仅是对偶用得好，而且善用连环句法，叠字、叠句，“如珠走盘”，十分美妙。特别是末句，用了极为通俗形象的语言收结，既含蓄又有力。元代大曲家论曲的作法说：“作乐府（指散曲）亦有法，曰：凤头、猪肚、豹尾是也。”他又解释说：“大概起要美丽，中要浩荡，结要响亮。贵在首尾贯穿，意思清新。苟能若是，斯可以言乐府矣。”（见元人陶宗仪《辍耕录》）不仅作小令如此，写套数也应这样。清人刘熙载《艺概》中也说：“曲一宫之内，无论牌名几何，其篇法不出始、中、终三停。始要含蓄有度，中要纵横尽变，终要优游不竭。”这种说法与乔吉的说法是近似的，即从语言文字方面来谈曲作审美作用的。总之，散曲是我国文苑中既通俗又典雅的一株鲜花。“不文不俗，亦文亦俗，作曲要少引圣集，多发自然”（明人黄周星语）。正是因为元人散曲的语言是“多发自然”，故能生机勃勃，历久不衰。

六、有景有情，情景交融，曲折深远的意境美

意境说是我国古典诗词曲美学的重要理论，是形象思维表现出来的艺术概念之一。由于情与景和意与境的相互融合，可以形成一种完整的意境，所以也称境界，如果说得确切些，意境与境界应当是同义语。

这种概念，实由佛经而来。如《俱舍颂疏》：“色等五境，为境性，是境故；眼等五根，名为境性，有境界故。”就是说外界的色、声、香、味、触，是五境，就是境界。人有眼、耳、鼻、舌、身五根，具有认识能力，就叫有境界。除色、声、香、味、触五境外，还有一个法境，是去辨别道理的。《俱舍颂疏》：“实相之理为妙智游履之所，故称为境。”意思是只有认识真理，才能形成境界。

由佛经上的智境，转化为文学上的意境，是因为中国古典诗、词、曲，在创作实践上早有情景交融，意与境合，而形成了境界。如阮籍《咏怀》：“孤鸿号外野，翔鸟鸣北林。”陶潜《归园田居》：“狗吠深巷中，鸡鸣桑树颠。”《饮酒》：“采菊东篱下，悠然见南山。”曹植《箜篌引》：“惊风飘白日，光景驰西流。”常建《题破山寺后禅院》：“曲径通幽处。”一切文学理论都产生在创作实践之后。当时在理论上虽然没人这样提，但实践早就有了。

到了中唐刘禹锡才开始提到诗境。他说：“诗者其文章之蕴藉耶？义得而言丧，故微而难能，境生于象外，故精而寡和。”（《董氏武陵集记》）“义得言

丧”,即六朝所谓“境生象外”,这是从佛经而来,是意境说的创始。“境生象外”与“意境”理论是颇为吻合的。

晚唐司空图是好习佛学的诗人,他论诗也近于佛学之说,他在《与极浦书》中说:“戴容州云:‘诗家之景,如蓝田日暖,良玉生烟,可望而不可置于眉睫之前也。象外之象,景外之景,岂容易可谈哉?’” 这“象外之象”,与刘禹锡“境生象外”是同义的。司空图作《二十四诗品》,实际是论述了各种不同的境界。即谈“雄浑”、“高古”等境界。所以清人孙联奎《诗品臆说·自序》中说:“若司空《诗品》,意摹神取象。”这话说得很对。如“日出东斗,好风相从,太华夜碧,人闻清钟”,是呈现了“高古”的境界;“玉壶买春,赏雨茅屋,坐中佳士,左右修竹”,是呈现了“典雅”的境界。

清人叶燮《原诗》则反对把意境说成一种不可知的恍惚之境。他认为有境必能造,有造必能成。这论点对王国维的影响很大。

况周颐讲到了词境。他说:“词境以深静为至,韩持国《胡捣练令·过拍》云:‘燕子渐归春悄,帘幕垂清晓。’境至静矣,而此中有人,如隔蓬山。思之思之,遂由浅而见深。……此等境界,唯北宋人词往往有之。持国此二句,尤妙在一‘渐’字。”他的词论更影响了王国维。

王国维的美学思想,除了继承了中国古代的传统理论。又受康德、叔本华的美学影响,发展了中国古代意境的理论。王国维在《人间词话》中说:“境界有二:有诗人之境界,有常人之境界。”这与佛经所说的“有佛境界”和“愚妄境界”相似。境界是用形象思维表现诗人世界观、思想境界。

王国维认为很高的境界,像南唐中主词“菡萏香销翠叶残,西风愁起绿波间”,大有众芳芜秽,美人迟暮之感,也就是说李璟描写的优美景象是很高的境界。王国维的《人间词话乙稿序》又把意与境分开来解释:“上焉者意与境浑,其次或以境胜,或以意胜。”在《人间词话》中又分为“有我之境”和“无我之境”,以意胜即有我之境。他举出冯延巳《鹊踏枝》“泪眼问花花不语,乱红飞过秋千去”和秦观《踏莎行》“可堪孤馆闭春寒,杜鹃声里斜阳暮”为例。还说“有我之境”是人“由动之静时得之”,这种境界是“宏壮”。以境胜即无我之境。他举出陶潜《饮酒》第五首“采菊东篱下,悠然见南山”和元好问《颍亭留别》“寒波澹澹起,白鸟悠悠下”为例。还说“无我之境”是人“在静中得之”,这种境界是“优美”。前者是作家的主观表达,后者似乎是纯属描写客观事物,作家不带什么主观感情的。王国维还认为,真景物,真感情也反映胸中的境界。他说:“境非独谓景物也。喜怒哀乐,亦人心中之一境界。”他还在论元代之文章中说:"文章之妙,亦一言以蔽之,曰:有意境而已矣。何以谓之有意境,曰:写情则沁人心脾,写景则在人耳目,述事则如其口出也。"总之,王国维对于美学的意境理论,论述得很充分,对我们认识元散曲的意境美很有启发。

谈到元人散曲的意境美,首先应从世称"秋思之祖"的马致远[越调·天净沙·秋思]讲起:

枯藤老树昏鸦,小桥流水平沙,古道凄风瘦马。夕阳西下,断肠人在天涯。

按元刊及明刊本如《乐府新声》、《中原音韵·定格》、《尧山堂外纪》、《词林摘艳》等书"平沙"均作"人家","凄风"均作"西风"。惟《历代诗余》作"平沙"、"凄风"。避去复字更妙。

这支小令只有28字,共5句。前三句用了9个并列实词,都是名词性的偏正结构的词组,不用一个动词,却把9种不同的景物巧妙地组织在一起,描绘出一派凄凉萧瑟的晚秋气氛;后两句含蓄地点出人物的处境,透露出一个漂泊天涯、极度忧伤的旅人的思绪,勾画出一幅动人的画面,使人联想、想象,产生了深远的意境,给人以丰富的美感。故王国维在《人间词话·六三》列出专条评论说:"寥寥数语,深得唐人绝句妙境。有元一代词家,皆不能办此也。"他对马致远这支小令的评价是很高的。"深得唐人绝句妙境",这"妙境"是怎样的?据明代谢榛《四溟诗话》评论:"子美五言绝句,皆平韵律体,景多而情少。太白五言绝句,平韵律体兼仄韵古体,景少而情多。二公各尽其妙。"唐代诗人,当然首推李、杜了,他们二人都具情景交融的"妙境"。顾佛影在《元明散曲》评注中说:"马氏小令多清逸,此曲更像他本家马远的小幅山水,淡墨枯毫,寥寥几笔,而苍茫萧瑟,韵味无穷。"(马远为南宋画家,作画下笔遒劲,设色清润。山石方硬有棱角,树叶有夹笔,树干用焦墨,多横斜曲折之姿。画楼阁多作"一角"、"半边"之景,有"马一角"之称。同时人夏圭作风亦近似,有"夏半边"之称。)近人任讷以为:"此曲凝重尚近诗余,但仔细体味,确是曲境而非词境,可贵在此。"《太和正音谱》以为他的作品"宜列群英之上",赞誉他"有振鬣长鸣,万里皆喑之意"。再如白朴用[越调·天净沙]体式写了"春"、"夏"、"秋"、"冬"四首,是很著名的,体现出高超的意境美。请看《秋》一首:

孤村落日残霞,轻烟老树寒鸦,一点飞鸿影下。青山绿水,白草红叶黄花。

"孤村落日"两句中,写了村、日、霞、烟、树、鸦六种秋天的景物,又用孤、落、残、轻、老、寒六字加以点染，使秋天的气氛淡雅而不甚浓重。第三句“一点飞鸿影下”，则使静景变成动景，画面的意境显示了动态，形成了立体感。“一点飞鸿”表示孤雁，也含蓄地表达离别相思之情。“青山绿水，白草红叶黄花”两句，作者替山、水、草、叶、花精心地装扮了一番，给他们分别染了青、绿、白、红、黄的颜色。作家好像是一位技巧纯熟的画家，他挥动彩笔，将各种颜色巧妙地加以调和，把秋色描绘得五彩斑斓，鲜明、绮丽。因为夏天刚刚过去，所以大自然的远景仍是青、绿一片；但仔细近看，则是草已带霜，枫叶开始变红，菊花则千姿百态，竞相开放；“白草红叶黄花”，白、红、黄三色间杂，互相映衬，使人感到秋天的景色也不凄凉萧瑟，倒使人感到这秋天生机盎然，充满活力。曲的基调与马致远的[天净沙·秋思]迥然不同，产生的意境不同，给人的美感也是不同的。两支曲功力各有千秋，从遣词造句，写景抒情方面是可以互相比美的。再看朱庭玉[天净沙·四季·秋]小令一首：

庭前落尽梧桐，水边开彻芙蓉。解与诗人意同。辞柯霜叶，飞来就我题红。

梧桐树叶落尽，不仅使人感到是秋季来临，而且使人联想到白居易《长恨歌》“秋雨梧桐叶落时”句，同时又使人联想到白朴《秋夜梧桐雨》剧，写唐玄宗与杨贵妃梦中相见，为梧桐雨所惊梦的爱情故事。“水边开彻芙蓉”与前句成对偶。荷花残败，都是古人入诗入词入曲常用的语言，描写出了秋色的特征。末尾三句，“解与诗人意同。辞柯霜叶，飞来就我题红”，语句陡转，趣味盎然，出现了飞动的意境美。作家造境艺术手法高超。“解与诗人意同”是倒装句，是说离开树枝的霜叶，它好像理解诗人的心意，或者说它的心意与诗人的心意是相同的，是物我相通的，这种巧语妙语俊语，一下就造成了一种美妙的意境，使人进入了一个新天地，妙趣令人品味不尽。“飞来就我题红”，霜叶是有情的，这是作家特意赋予的。“题红”即“红叶题诗”，故事是美丽的，是风流韵事，是千古的美谈。（按：唐僖宗时，宫女韩彩屏题诗于红叶流出御沟，为于祐得，就题诗在叶上流于宫内。僖宗知，乃赐两人为夫妻。故此为男女良缘之故事，说法不一。《云溪友议》卷十中说：唐宣宗时，卢渥应举，于御沟得一红叶，上有诗：“水流何太急，深宫尽日闲。殷勤谢红叶，好去到人间。”）这支曲非常工巧，真是人也有情，物也有情。王国维说：“小令易学而难工。”这首小令的构思是同一曲牌，也都是写秋的题材。可是作品的基调不同，主题思想不同，审美趣味也不同；多种意境，给人以多样的美感。

曲的“境界有大小”,张可久的小令有时写的境界是很大的。如他的[越调·凭栏人·江夜]:

江水澄澄江月明,江上何人挡玉筝?隔江和泪听,满江长叹声!

这是一支抒情小曲。全曲只有4句,24字,但意境十分开阔而深远。

首句“江水澄澄江月明”,描写的是一个恬静安谧的夜晚,月光如银,水色如镜,月光水色互相辉映,浑然一体,好似一幅美妙的江月图。作者在写景中又写情,这种江月清幽的环境,为全曲的哀怨情调作了很好的铺垫。第二句“江上何人挡玉筝?”笔锋一转,景物一变,正在这月照澄江,江映皓月的时候,忽地传来了一阵一阵弹奏乐曲的声音,而且这种曲调若断若续,如泣如诉。这声音随着月光,带着水气,掠过江面,飞入人们的心中,这个弹奏玉筝的人,是什么样的人?无疑是一位女子。她为什么在如此明月在天,夜阑人静的江上,弹奏出如此哀婉、动人的乐曲?她一定心有难言之痛,伤心之事。这仅是一个设问句,不禁让人又联想到白居易的《琵琶行》中“寻声暗问弹者谁”的诗句,由写景而自然地过渡到写人,而且让人也自然地联想到这个人的身世了。曲作并没有直接告诉我们,但从意境的美感中,是清楚明白的。前一句的意境显示出的是一幅“江月图”,加上这后一句,意境又多了一个复杂层次,那就是“江月弹筝图”了。意境愈开阔而形象愈美。后两句是写听曲人的共鸣。情由人生,人们从上两句的描写和审美的感知、判断,察其情而知其人,一个流落江湖,远在异乡的弹筝女,她的曲调仿佛是血和泪从心中流淌出的。于是“弹者”和“听者”的感情相通了。同样命运的人,以乐曲为纽结而连在一起了。因而“隔江和泪听,满江长叹声”。“隔江”是描写一个人的感受,而“满江”则是描写众多人的感受。“和泪”是表现个人感受之深,“长叹”描写众人感受之大。二者统一在一起,产生了总体的美感效果。这首曲意境清新幽远,笔调一往情深,描景宏壮美丽,抒情沁人心脾。技法高超,作省仅用了24字,几乎都包容进去了。小中见大,由表及里,由近及远,由浅入深,一层一层地展示出曲境的美来。再看张可久的套数[南吕·一枝花·湖上晚归]:

长天落彩霞,远水涵秋镜。花如人面红,山似佛头青。生色围屏,翠冷松云径,嫣然眉黛横。但携将旖旎浓香,何必赋横斜瘦影。

[梁州]挽玉手留连锦英,据胡床指点银瓶。素娥不嫁伤孤另。想当年小小,问何处卿卿?东坡才调,西子娉婷,总相宜千古留名。吾二人此地私行,六一泉亭上诗成,三五夜花前月明,十四弦指下风

生。可憎，有情，捧红牙合和伊州令。万籁寂，四山静，幽咽泉流水下声。鹤怨猿惊。

[尾]岩阿禅窟鸣金磬，波底龙宫漾水精。夜气清，酒力醒，宝篆销，玉漏鸣。笑归来仿佛二更，煞强似踏雪寻梅灞桥冷。

这支套曲，明代著名戏曲家李开先在《词谑》中对它评价极高。他说："张小山《湖上晚归》[南吕]当为古今绝唱。世独重马东篱北《夜行船》，人生有幸不幸耳。……总较之，东篱苍老，小山清劲，瘦至骨立，而血肉销化俱尽，乃孙悟空炼成万转金铁躯矣。"沈德符《顾曲杂言》也认为在元人散套中，东篱、小山这两套"为一时绝唱，其余俱不及也"。公平地说，这套曲并没有丰富的内容，但他描绘景物非常精巧细致，处处情景交融，意境很美；而且雕章琢句，功力很深，在对偶方面，工整而又巧妙。同时又选押"庚青"韵，声调协美清越，给人一种"清劲"的印象，具有很高的审美价值。

附录

曲韵常用字表

这个简编是依据元人周德清的《中原音韵》简化而成的;《中原音韵》未收入的某些常用字,则依据《中州音韵》等韵书酌量增补。增补的字排列在每组同音字之后。如果同一个字收入两个韵部或同一个韵部读两种声调,则在不同韵部或不同声调中注明它的不同意义;如果意义相同,则注明"某韵同"或"某声同"。

各个韵部所收的字,按照《中原音韵》次序排列。同音字基本上排列在一起,不同音字之间用"|"隔开。

(一)东　钟

【阴平声】东冬|钟中忠衷终|通|松嵩|冲充舂忡艟|邕雍|空悾|宗棕|风枫丰封峰锋烽蜂|匆葱聪骢囱|踪纵(纵横)|穹芎倾|工功攻公蚣弓躬恭宫龚供(供给)肱觥|烘轰薨|凶胸汹(上声同)兄|翁痈壅泓|崩绷|烹

【阳平声】同筒铜桐峒童僮曈瞳潼鼕|戎绒茸|龙隆窿|穷蛩邛筇|笼咙胧栊珑砻(去声同)聋咙|脓农侬|浓|重(重复)虫慵崇|冯逢缝|丛琮|熊雄|容溶蓉瑢璐镕庸佣融荣|蒙濛朦矇甍盲瞢萌|红虹(江阳韵同)

【上声】耸竦|拱巩|勇涌踊永俑|蠓懵猛艋蜢|总|捧|宠|冗

【去声】洞动栋冻|凤奉讽缝(缝隙)贡共供|宋送|弄砻(阳平声同)|控空(空缺)|讼诵颂|瓮|痛恸|众中(射中)仲重种(种植)|纵(放纵)从(仆从)棕|梦孟|用咏莹|哄横(横逆)|综|迸|铳

(二)江　阳

【阴平声】姜江釭疆缰僵|邦梆帮|桑丧|双霜孀鹴|章漳獐樟璋彰张|商伤殇觞汤(汤汤,水流貌)|浆将|庄桩装妆|冈刚钢纲扛亢|康糠|光胱|当珰裆|荒肓|香乡|镑滂|腔蜣羌|鸯央殃秧泱|方芳枋妨坊肪|昌猖娼菖阊|汤镗|湘厢相

箱襄骧|抢(突也、拒也)锵|匡筐眶|汪|仓苍|窗疮|赃臧

【阳平声】刚扬杨旸羊徉洋佯|忙茫邙芒|粮良凉梁粱量|穰禳|忘(去声同)亡|郎榔廊螂稂浪(沧浪)琅狼|杭行(行列)颃航|昂卬|床幢撞(去声同)|傍(侧也)旁房庞逄|房防|长苌肠场常裳尝偿|唐搪塘糖堂棠|详祥翔|墙樯嫱戕|黄潢簧蝗皇篁凰惶遑隍|藏|强娘|降(降服)|王|狂|囊

【上声】讲港镪|养庠鞅|蒋奖桨|两魉|想|蟒莽|爽|响享飨夯|敞氅昶|壤穰|舫仿放(同仿)访肪|罔网辋|枉往|颡嗓|榜绑|倘帑|党谠|掌长(长幼)|朗|谎恍|仰|广|沆|脏|强(勉强)|抢|赏晌

【去声】绛降浲虹|象像相|亮谅量(度量、数量)辆|炀养(供养)样怏漾恙|状壮撞(阳平声同)|上尚饷|让|帐胀涨丈仗障瘴|巷向项|匠将(将帅)酱|唱倡畅怅鬯|创|望忘(阳平声同)妄|旺王(王天下)|放|荡宕当档|浪阆|葬藏(库藏)戆|谤傍(依傍)蚌棒|伉亢抗|旷圹纩|晃幌|况贶|酿|仰(仰恃)|丧(丧失)|胖|行(品行)|怆|诳|盎|烫

(三)支　思

【阴平声】支枝肢卮氏栀之芝脂|髭赀兹孳孜滋资咨淄谘姿|差(参差)|施诗师狮尸蓍|斯厮鸶思司私丝|雌

【阳平声】儿而|慈磁兹(龟兹)茨疵|时埘匙|词祠辞

【上声】纸砥底旨指止沚芷趾祉址徵(角徵)咫|尔迩耳饵珥|此泚|史驶使弛豕矢始屎|子紫姊梓|死|齿侈

【入声作上声】涩瑟|塞

【去声】是氏市侍士仕使(使者)示谥莳恃事施(惠也)嗜豉试轼筮视噬|似兕赐姒巳汜祀嗣饲笥耜涘俟寺食思(名词)四肆泗驷|次刺|字渍自|二贰|翅|厕

(四)齐　微

【阴平声】机几矶玑饥肌朞箕基鸡稽姬奇(奇偶)羁|归圭龟闺规|挤(上声同)跻|虽荽绥睢尿|低堤氐羝|妻凄萋悽|西犀嘶|灰挥晖辉麾徽|杯悲卑碑陂|追骓锥|威偎隈煨|非扉绯霏菲妃飞|溪欺欹|希稀羲曦牺醯熹嘻僖熙|衣依伊医猗漪噫|吹炊推|醅披邳丕胚|魁盔亏窥瑰奎|笞痴郗蚩螭鸱|崔催衰|批|堆|

篦|知蜘|梯

【阳平声】微薇维惟|黎黧犁梨藜离璃罹鹂丽狸厘漓|泥尼|梅莓枚媒煤眉湄楣嵋麋縻靡|雷檑累羸|隋随|齐脐|回徊|围闱韦帏违嵬巍危桅为|肥淝|奇骑琦萁期旗棋祈祁其畿抵耆芪歧麒琪蕲|奚兮畦携蹊|移鲵霓倪猊姨夷痍疑嶷沂宜仪彝贻怡饴圯颐遗|啼蹄提题醍绨|锤垂陲|裴陪培皮|葵馗夔逵|池驰迟墀篪持|颓|脾疲比(皋比)毗罴|迷弥|谁|摧|蕤

【入声作平声】实十什石射食蚀拾|直值侄秩掷|疾嫉葺集寂藉|夕习席袭|荻狄敌逖笛籴|及极|惑或|逼|劾|贼

【去声作平声】鼻

【上声】迤|尾|倚椅蚁矣以苡拟|浼美|虮几已麂纪|耻侈|捶棰|痞否(否泰)嚭圮秕|鬼癸轨诡晷宄|悔贿毁卉虺|妣比匕|礼醴里理鲤娌李蠡履|济(水名)挤|底邸诋柢|洗玺徙屣|起启綮绮杞岂|米弭眯|你旎祢|彼鄙|喜|委猥唯隗苇伟|垒磊儡蕾|体|腿|蕊|髓|水|馁

【入声作上声】质炙只织骘汁执陟职|七戚漆刺|匹辟僻劈|吉击激棘戟急汲给亟|笔北|失室识适拭轼饰释湿奭|唧积稷绩迹脊鲫即|必毕跸筚碧壁璧襞辟|昔惜息锡淅|尺赤吃敕叱|的嫡滴|德得|涤剔踢|吸隙翕檄|乞泣讫|国|黑|一壹|克

【去声】未味胃渭谓尉慰纬秽卫魏畏诿位饫为(因为)伪|贵柜馈愧桂桧脍鲙跪绘会(会计)|吠沸费肺废芾|会晦诲讳惠蕙慧溃|翠脆悴猝萃淬|异裔义议谊毅艺易翳瘗曳诣刈意劓懿|气器弃憩契禊|霁济祭际剂|替剃涕嚏|帝谛缔弟娣第悌地递棣|背贝狈焙倍婢备避辈被弊币臂|利痢莉俐例唳戾诊隶疠砺厉涖荔詈丽吏|砌妻(以女妻人)|细婿|罪醉最|对队碓兑|计记寄系继妓忮技髻偈忌季伎骑(车骑)既骥冀蓟鳜|闭蔽畀篦毙嬖庇比(近也)秘陛贲|迷余|睡税说(游说)瑞|退蜕|岁碎粹崇邃穗燧隧遂彗|坠赘缀缒怼|制置滞雉稚致彘治智帜炽质(抵押)|世势逝誓|泪累酹擂类诔耒|配佩珮辔霈沛悖|妹昧媚魅袂瑁寐|戏系|篑揆匮|腻泥(拘泥)|蚋芮锐|吹(鼓吹)|喙|内

【入声作去声】日入|蜜|墨密|立粒笠历枥沥雳力栗|逸易译驿益溢镒液腋疫役一(上声同)佾逆乙邑忆揖射(无射)翊翼|勒肋|剧|匿

(五)鱼　模

【阴平声】居裾琚车(车遮韵同)驹拘俱|诸猪朱姝株蛛诛珠邾侏|苏酥|逋

铺哺|枢樗摅|粗刍|梳疏蔬疏|虚墟歔吁|蛆趋|疽沮趄苴狙雎|孤姑辜鸪沽蛄菰觚|枯刳|迂纡于|呜污乌|书舒输纾|区躯驱岖　|须胥需|肤夫|玞趺敷麸孚莩桴郛|呼|初|都|租|铺

【阳平声】庐闾驴|如茹儒襦濡|无芜巫诬|模谟摸谋|徒图菟屠荼途涂|奴孥驽|卢芦颅鲈轳舻泸炉|鱼渔虞余竽畲雩欤舆舁妤誉(动词)愚盂隅臾愉俞觎瑜窬逾腴萸逾|吾蜈吴捂娱鼯|雏锄|殊茱铢洙|渠蕖劬瞿衢|除滁厨蹰储|扶夫(句首)蚨符芙凫浮|蒲脯酺|胡糊湖醐瑚壶狐弧乎|殂徂|徐

【入声作平声】独读椟渎毒突纛|复佛(歌戈咏同)伏袱服|鹄鹘斛槲|赎属述秫术|俗赎|逐(尤侯韵同)轴(尤侯韵同)|族镞|仆|局|淑蜀孰熟(尤侯韵同)塾

【上声】语雨与圄圉龉御愈羽宇禹庾|吕侣旅膂缕偻|主煮拄麈渚竖翥|汝乳|鼠黍暑|阻俎|杵楮褚处杼|数(动词)所|祖组|武舞鹉侮庑|土吐|鲁橹虏卤|睹堵赌|古罟诂沽牯蛊估鼓瞽股贾(商贾)|五伍午仵坞邬|虎浒|补浦圃|普溥谱|甫斧抚黼脯府俯腑父(男子美称)否(尤侯韵同)|母某牡姥亩|楚础|举莒矩|弩努|许诩|取|苦|咀|女|屿|伛去

【入声作上声】谷毂骨|蔌缩谡速|复福幅蝠腹覆拂|卜不|菊局|笏忽|筑烛|(尤侯韵同)粥(尤侯韵同)竹(尤侯韵同)|粟宿(住宿,尤侯韵同)恤|曲屈|哭窟酷|出黜畜叔菽|督|暴(暴露)扑|触束|簇|足|促|秃|卒|蹙|屋沃兀

【去声】御驭遇妪裕谕芋誉(名词)预豫喻|虑滤屡|锯惧句据讵巨拒距炬踞屦具|恕庶树戍竖署曙|觑趣娶|注澍住著柱注铸炷驻苎贮伫|数(数量)疏(书疏)|絮序叙绪|孺茹(食也)|杜妒肚渡镀度蠹|赴父釜辅付赋傅富鲋赙讣拊妇附阜负|户扈护瓠互戽岵怙|务雾骛骛戊|素诉塑溯泝|暮慕墓募|路潞鹭辂露赂|故锢顾雇|误悟寤恶(憎恶)|布怖部簿捕步|醋措错|做祚胙诅|兔吐(呕吐)|怒|铺(店铺)|聚|助

【入声作去声】禄鹿漉麓|木沐穆睦没牧目|录绿陆戮律|物勿|辱褥(尤侯韵同)入|玉狱欲浴郁育鬻|讷

(六)皆　来

【阴平声】皆阶喈街偕喈楷|该垓陔|哉栽灾|钗差(差使)台胎骀咍|哀埃唉|猜|挨|衰腮|歪|开|揩|斋|乖|筛

【阳平声】来莱|鞋谐骸|排牌俳|怀淮槐|埋霾|皑|孩颏|柴豺侪|崖捱|才

材财裁|抬苔

【入声作平声】白帛舶|宅泽择|画划

【上声】海醢|逮诒绐|骇蟹|宰载|采彩|霭蔼|奶乃|蒯拐|凯铠|揣(阴平声同)|摆|矮|解|楷(楷模)|买|改

【入声作上声】拍珀魄|策册栅测|伯百柏迫擘|骼革隔格|客(车遮韵同)刻|责帻摘谪侧窄仄昃|色穑索|掴|摔|吓|则

【去声】懈械薤獬|寨豸债虿眦|态泰太汰|盖丐|艾爱|隘|柰奈耐鼐|害亥|带戴怠迨待代袋大(歌戈韵同)黛岱逮殆|戒诫廨解(发道)界介芥疥届|外|快哙块|在再载|卖迈|赖籁濑赉癞|拜湃败稗|菜蔡|晒洒煞铩|赛塞|坏|慨|派|帅率(同帅)|瀣

【入声作去声】麦貊陌蓦脉|额|厄|搦

(七)真 文

【阴平声】分纷芬氛汾|昏婚荤|因姻茵湮殷|申绅伸身|嗔|春椿|询荀|吞|暾|谆|逡|根跟|欣昕|氲|真珍振甄(先天韵同)|新薪辛|宾滨彬|坤髡|君军均钧|榛臻|莘洗|薰勋曛熏|鲲昆|温瘟|孙飧荪|尊樽|敦墩炖|奔(去声同)贲(虎贲)|巾斤筋|村|亲|遵|恩|喷(去声同)|津

【阳平声】邻鳞磷麟粼辚|贫濒频苹颦|民珉缗曼|人仁|伦纶抡轮沦|裙群|勤芹|门扪|论(动词)仑|文纹闻蚊|银龈垠寅夤嚣|盆|陈臣尘娠辰晨宸|秦|唇纯莼淳醇鹑|巡旬驯循|云芸纭耘匀员(伍员,人员)筠|坟焚棼|魂浑|豚屯钝臀|神|存蹲|痕|纫

【上声】轸疹诊稹|肯恳垦|紧谨槿卺瑾|隐引蚓尹|闵悯泯愍敏|准|刎吻|笋隼|允损陨狁|本畚|阃壸悃困|窘|哂蜃|牝品|狠|忍|盾|损|蠢|忖|粉|稳|衮|瞬|尽

【去声】震阵振赈镇|信讯迅赆烬|刃仞认|吝蔺|鬓殡膑|肾慎|愠酝运蕴恽晕韵|尽晋进|忿分(名分)粪奋扂愤|近觐|衬龀|印孕|峻浚殉|逊巽|俊骏|舜顺|闰润|顿囤钝遁盾沌|闷懑|奔(阴平声同)|郡|困|喷(阴平声同)|衅|论(名词)|混|寸恨|嫩|褪|揾诨|趁

（八）寒　山

【阴平声】山删潸 | 丹单殚郸箪 | 干竿肝玕 | 安鞍 | 奸间艰菅 | 刊看（去声同）| 关纶（纶巾）鳏擐（去声同）| 拴 | 斑班般扳颁 | 弯湾 | 滩摊 | 番蕃翻旛藩反（通翻）| 珊跚 | 攀 | 悭 | 餐 | 殷

【阳平声】寒邯韩汗（可汗，汗漫）翰 | 阑兰栏斓拦 | 还环鬟寰圜 | 残戋 | 闲痫 | 坛檀弹 | 烦繁矾帆樊凡 | 难 | 蛮 | 颜 | 潺 | 顽

【上声】反返坂 | 散伞 | 晚挽 | 板钣 | 简拣 | 产铲刬 | 瘅亶 | 赶秆 | 坦袒 | 罕 | 侃 | 懒 | 趱 | 绾 | 赧 | 盏 | 眼

【去声】旱悍汉翰（翰墨）瀚汗鼾 | 旦诞弹惮但 | 万蔓曼 | 叹炭 | 案按岸犴 | 干 | 粲灿璨 | 栈绽 | 盼 | 撰 | 渲 | 慢嫚谩 | 惯掼 | 赞瓒 | 患幻宦 | 豢 | 间（间隔）涧谏 | 讪汕疝 | 办瓣扮拌（桓难韵同）| 饭贩畈范泛犯 | 限苋 | 雁赝晏 | 看（阴平声同）| 烂 | 篡 | 散 | 难（灾难）| 腕（恒欢韵同）

（九）桓　欢

【阴平声】官冠棺观 | 搬般 | 欢獾 | 潘 | 端 | 剜豌婉 | 酸狻 | 宽 | 钻 | 湍撺

【阳平声】鸾銮峦栾滦 | 缦漫馒 | 桓 | 丸完 | 团抟 | 盘瘢蟠胖（安舒也）弁（乐也）| 攒

【上声】馆管 | 纂缵 | 盥浣 | 满 | 暖 | 卵 | 短

【去声】唤换焕涣缓奂 | 玩惋 | 幔 | 窜蹿 | 断锻段 | 算蒜 | 判拚 | 贯冠（冠军）观（楼观）灌鹳 | 半伴泮畔绊（寒山韵同）| 钻 | 乱

（十）先　天

【阴平声】先仙跹鲜 | 煎湔笺鞯溅 | 坚肩 | 颠癫巅 | 鹃涓娟蠲 | 边笾编鞭蝙 | 喧暄萱 | 毡旃 | 膻扇（动词）煽（去声同）| 专砖 | 千阡迁 | 轩掀 | 烟燕（国名）胭咽嫣 | 牵愆骞 | 篇扁（扁舟）蹁偏翩 | 渊冤宛鸳蜿 | 痊诠筌铨悛荃 | 宣揎 | 川穿 | 圈 | 天 | 镌

【阳平声】连莲怜 | 眠绵 | 然燃 | 廛缠禅蝉 | 前钱 | 田畋阗填钿 | 贤弦悬 | 玄 | 延筵蜒缘妍言研焉沿 | 乾虔 | 元鼋圆员园圜袁猿辕原源垣铅鸢援 | 全泉 | 旋璇 | 船椽 | 拳颧权 | 胼骈便（安也）| 联 | 年 | 涎

【上声】远阮苑晼|兖偃演堰衍鼹|卷|鲜(少也)跣洗(洗马,官名)铣狝藓癣|腆殄|蹇茧笕枧|剪|捻辗碾谳|辇琏|脔娈|啭转|贬扁匾缏|沔湎黾免冕勉眄|喘舛|阐|典|显|犬|浅|展|遣|吮|软|选

【去声】院愿怨|劝券|见建健件|献现宪县|绚|电殿甸佃靛奠|砚燕谚宴彦|眷倦圈绻绢狷|面|片骗|变便遍辨卞汴弁|线羡霰|钏串|扇善煽鳝膳擅单(姓)|箭荐贱溅饯践|镟漩|传篆|战颤|谴|练炼|恋

(十一)萧 豪

【阴平声】萧箫潇绡消销宵霄硝蛸魈|刁貂琱雕凋|枭嚣枵骁|梢捎筲|娇骄|蕉焦椒憔|标膘镳杓飙|交蛟郊茭鲛胶教|包胞苞|嘲抓啁|高篙膏羔糕槔|刀|骚搔艘臊缫|遭糟|麈|昭招朝|邀夭幺喓腰妖要|飘漂|抛脬|掏饕叨滔韬|橇|哮|敲硗|抄|坳凹|蒿薅|烧|褒|挑|超|锹|操

【阳平声】豪毫号濠嗥|寮辽僚鹩聊|铙桡荛|苗描|毛旄茅蝥猫髦|猱呶|牢劳涝醪捞|迢髫蜩凋条佻跳|潮朝韶晁|遥摇谣瑶窑尧陶(皋陶)姚峣|樵瞧谯|鳌嗷敖獒骜遨|乔荞桥侨翘|爻肴淆|袍跑匏咆庖|桃逃陶萄淘涛|曹漕槽嘈瓢|巢

【入声作平声】浊(歌戈韵同)濯镯擢|铎度踱|薄箔泊博|学|缚|鹤涸|凿昨酢|镬|著|芍杓

【上声】小筱|皎缴矫|袅鸟 |了嘹燎蓼|杳夭舀|绕娆扰|眇渺杪藐淼|悄|宝保堡褓葆|卯昴|狡搅铰姣绞茭|老獠潦|脑恼|扫嫂|殍剽|早枣澡藻蚤|倒岛祷|杲藁缟稿|袄懊媪|考拷|窕|沼|少|表|巧|晓|饱|爪|炒|讨|草|好|稍|剖|缶

【入声作上声】角觉脚桷|捉卓琢|斫酌灼|烁铄|鹊雀却|托拓橐魄(落魄)柝|索|郭廓|溯|剥驳|爵|削|柞作|错|阁各|壑|绰|谑|戳

【去声】笑啸肖鞘|粜眺跳|钓吊调掉|豹爆瀑|抱报暴鲍|灶皂造躁|料镣廖疗|傲|赵兆照诏召肇|少绍邵烧(野火)|号皓好昊耗浩颢灏|道纛焘盗导蹈稻到倒|曜耀要鹞|觉较酵徼叫轿峤醮噍|糙操造|俏峭诮|俵鳔|孝效校|窖校(计较)教|罩棹|拗乐(喜好)|貌冒帽耄茂|炮泡|告诰郜|涝劳(慰劳)|噪燥扫|妙庙|闹淖|奥懊澳|钞|窍|溺|哨

【入声作去声】岳乐药约跃角诺|末幕漠寞沫|落络恪洛酪乐珞|萼鹗鳄恶愕|弱箬|略掠|虐疟

（十二）歌　戈

【阴平声】歌哥柯|科蝌窠|轲珂|戈过锅|莎蓑唆睃梭娑挲|磋蹉瘥搓|他拖佗|阿疴|窝涡倭|坡颇|波玻番|呵诃|多|么（去声同）

【阳平声】罗萝箩锣螺骡|摩磨魔|挪那挼傩|禾和|何河荷苛|驼陀跎酡沱鼍驮|矬|哦俄蛾娥峨鹅|婆皤鄱|讹

【入声作平声】合盒鹤（萧豪韵同）盍褐|跋魃|缚佛（鱼模韵同）|活镬获|薄箔勃渤|度|浊镯|夺|着

【上声】锁琐|果裹螺|裸夥|舸哿|朵|娜那（哪）|荷（去声同）|可坷轲|叵|跛簸（去声同）|我|左|妥|火|颗|脞

【入声作上声】葛割鸽阁|蛤|钵拨|泼粕|括|渴|阔|撮|摄|脱|抹

【去声】贺荷（上声同）|佐坐座|舵堕惰剁垛大（皆来韵同）|锉挫|祸货和|逻摞|播|磨（名词）|卧|糯懦|个|饿|些（语气词）|过（阴平声同）|课|唾|破

【入声作去声】岳乐（萧豪韵同）约跃|幕末沫莫寞（此五字萧豪韵均同）|诺|若弱|落洛络酪乐烙|萼鹗鳄恶（此十字萧豪韵均同）垩鄂|略掠|虐疟（此四字萧豪韵均同）

（十三）家　麻

【阴平声】家加珈伽笳袈迦葭佳嘉|巴疤芭|蛙洼哇娲蜗|沙砂纱鲨娑|查楂吒|挝抓|鸦丫呀|叉杈差|夸|虾|葩|花|瓜

【阳平声】痲蟆麻|哗划华骅|牙芽涯衙|霞遐瑕|琶杷爬|茶槎搽|拿|咱

【入声作平声】达挞踏沓|滑猾|狎辖侠（车遮韵同）洽匣袷|乏伐筏罚|拔|杂闸

【上声】马|雅|傻|贾假|寡剐|诧|把|瓦|打|耍

【入声作上声】塔獭榻塌|杀霎|札扎|咂匝|察插锸|法发|甲胛夹|答|瘸撒萨|笈|刮|瞎|八|恰

【上声】驾嫁稼价假（借，休假）|跨胯|亚迓讶|咤姹|帕怕|诈乍榨下夏吓|暇厦|化画华（姓）桦话|那|罢霸靶坝钯|卦挂|大（皆来韵同）|骂

【入声作去声】腊蜡拉辣|纳衲|压

（十四）车 遮

【阴平声】嗟|奢赊|车（鱼模韵同）|遮|爹|靴|些（少）

【阳平声】爷耶琊杲|斜邪|蛇佘|瘸

【入声作平声】协穴侠（家麻韵同）挟|杰竭碣|叠迭牒喋谍垤凸蝶跌|镢撅|折舌涉|捷截睫|别|绝

【上声】野也冶|者赭|写泻（去声同）|舍|惹若（般若）|哆|姐|且

【入声作上声】屑薛绁泄亵燮屧|切窃妾沏|结洁劫铗颊荚|怯挈箧客（皆来韵同）|节接楫疖|血歇蝎|阙缺阕|玦决诀谲蕨|餮帖贴|瞥撇|鳖别|拙辍|辙撤澈掣|哲摺褶折浙|设摄|啜|雪|说

【去声】舍社射麝贳赦|谢卸榭泻（上声同）|夜射（仆射，宫名）|柘鹧炙|借藉

【入声作去声】捏聂蹑镊啮臬蘖|灭篾蔑|拽噎谒叶烨业邺额（皆来韵同）|裂冽猎鬣列烈|月悦阅越钺刖|热|劣

（十五）庚 青

【阴平声】京庚赓更（改）粳羹耕惊荆经兢矜泾|精睛晶旌菁|生甥笙牲猩|筝争|丁钉仃|扃垧|征正（正月）贞祯征（求）蒸丞|冰兵并（交并）|登灯|轰薨|憎曾赠罾增|铛铮狰撑膛|称秤（动词）柽蛏|英瑛鹰应樱婴嘤膺鹦缨璎萦|轻坑卿倾铿|馨兴|青清|声升胜（胜任）|汀厅听（去声同）|星醒（上声同）惺（上声同）腥崩绷|觥肱|僧|亨|兄|泓|烹

【阳平声】平评萍枰凭冯屏瓶俜娉|明盟名铭鸣冥溟瞑螟|灵棂令零苓伶聆铃龄蛉泠瓴翎陵菱绫凌|鹏朋棚|楞棱|层曾（曾经）|能狞|藤滕腾誊疼|茎恒|盈赢瀛茔萤营迎蝇凝嬴|擎檠鲸黥|行刑形邢桁衡硎|情晴缯|亭停婷廷庭蜓霆|琼茕|澄呈程酲成城宬诚盛承丞惩乘塍|荧|盲氓甍萌|横宏汯球弘|橙|荣|宁|仍|绳|饧

【上声】景儆璟鲠绠梗警境颈耿哽|顷|丙炳秉饼屏（屏弃）|惺（阴平声同）醒（阴平声同）省（反省）|影郢颖|省（行政区域）|矿|艋猛|整拯|茗皿酩|骋逞|领岭|鼎酊顶|艇挺铤町|冷|井|请|等|永

【去声】敬径镜獍竟竞劲更|应（答应）硬|庆磬罄|命|邓凳镫磴|迥|倩|诤

挣|正政郑证|咏莹|病并柄|令凌(阴平声同)|圣剩胜乘(车乘,名词)乘盛|性姓|聘|佞泞|净静阱甑靖|杏幸胫兴(兴趣)行(品行)|称(相称)秤(名词)|定锭钉(动词)订|赠|听(阴平声同)|迸|孟|横(横逆)|亘

(十六)尤　侯

【阴平声】啾湫|鸠阄|搜飕|邹鲰陬驺|休咻休貅庥|讴鸥沤瓯欧区|钩勾篝沟兜篼|秋鳅楸|忧幽优|修羞馐|抽瘳|周啁洲州舟|丘|偷|溲馊|彪|收|抠

【阳平声】尤蚰疣游蝣由油邮牛犹繇悠攸|侯猴喉篌|刘留遛瘤(去声同)榴骝流旒|柔揉蹂|裒|缪矛眸鍪蝥牟侔|楼娄搂髅|囚泅|稠绸仇酬筹俦踌畴惆|求球逑裘虬|酋遒|头投骰|愁

【入声作平声】轴逐|熟(此三字鱼模韵同)

【上声】有酉牖友诱莠黝|柳|狃纽钮忸|丑|九韭久玖纠灸疚|首手守|叟薮|斗蚪陡抖|狗垢苟枸|藕偶呕殴|篓|肘帚|朽|酒|削(萧豪韵同)|吼|走|否(是否,鱼模韵同)|揉(阳平声同)|口

【入声作上声】竹烛粥|宿(此四字鱼模韵同)

【去声】又右佑祐宥柚幼囿侑|昼咒胄纣宙籀|臼舅旧咎救柩厩究|受授绶寿兽首(有咎自陈)售狩|秀岫袖绣宿(星宿)|嗽漱|绉骤|溜馏瘤(阳平声同)|扣寇蔻|后逅候堠厚|就鹫|豆窦斗逗|构媾购够诟勾(勾当)|凑辏甃|漏陋镂瘘|谬缪(缪误)|臭嗅|瘦|奏|透|贸懋

【入声作去声】肉褥(鱼模韵同)|六

(十七)侵　寻

【阴平声】针斟箴砧椹|金今衿襟禁矜浸(去声同)|深|簪|森参(星名,又参茸)|琛郴|音阴喑|心|钦衾嵚|侵|歆

【阳平声】林淋琳霖临|壬任|寻浔鲟镡|吟淫霪|琴芩禽擒噙|岑涔|沉湛|忱

【上声】廪懔凛|稔衽荏|审婶沈|锦(去声同)|枕|钦|您|怎|寝

【去声】朕鸩|甚|任|衽(上声同)妊|禁噤(上声同)|荫窨饮(使饮)|恁|

沁|浸(阴平声同)|渗|谶

(十八)监咸

【阴平声】庵鹌谙|担(动词)耽儋眈|监缄|堪龛戡|三|甘柑疳泔|杉衫|贪探(去声同)|参骖|憨酣|搀

【阳平声】南喃楠男|咸函衔|婪蓝篮岚|覃潭谈谭昙痰|蚕惭|含涵邯|谗馋巉|岩

【上声】感敢|览揽榄|胆|惨|喊|毯菼|减|坎砍|俺|糁|黯|斩|腩

【去声】赣淦绀|憾撼颔|淡啖担(名词)|槛舰馅陷|滥缆|嵌阚|蘸站赚湛|鉴监|暂錾|暗|探(阴平声同)|忏|讪

(十九)廉纤

【阴平声】瞻詹占粘沾|兼缣鹣|淹腌阉|纤暹|佥堑签|觇|尖渐歼|掂|苫(去声同)谦|添

【阳平声】廉帘奁|鲇拈|挦|钤钳黔|蟾|盐炎阎檐严|甜恬|髯|潜|嫌

【上声】掩崦魇琰剡|捡睑检|敛脸|染苒冉|闪陕|忝舔|险|点|谄

【去声】艳焰厌餍验滟酽|赡苫(阴平声同)|欠芡歉|玷店垫|潋殓|念|剑俭|僭渐|堑茜|占

第四篇　赋　典

第一章　赋体名称

【赋】一种比较特殊的文体。在其发展演变的过程中,往往受到同时代的诗歌或散文的影响。有时是散文的成分多,诗歌的成分少;有时是诗歌的成分多,散文的成分少。它一直是半文半诗的性质,而成为我国古代文学中一种独立的文体。赋,作为一种文体的名称,早在战国时代后期便已经出现。著名的荀况,就写过以赋为篇名的作品。据《汉书·艺文志·诗赋略》著录,荀子有赋10篇,今存5篇。收在《荀子》一书中,统题作《赋篇》。先秦时代,"赋"字与文学关联的有两种含义:

一是敷布、铺陈的意思。《诗·大雅·烝民》"明命使赋",《毛传》云:"赋,布也。"《诗·小雅·小旻》"敷于下土",《毛传》云:"敷,布也。"《诗·周颂·赉》"敷时绎思",《左传》引作"铺时绎思"。赋、敷、布、铺四字读音相近,义相类。所以,郑玄注《周礼》"六诗",说《毛诗》"六义"之"赋"谓"赋之言铺,直铺陈令之政教善恶"。

二是讽读口诵的意思。《国语·召公谏弭谤》:"故天子听政,使公卿至列士献诗……瞍赋,蒙诵。"此处所谓赋、诵,均指以声节之,不待乐奏的口头讽诵。因此,《汉书·艺文志》云:"不歌而诵谓之赋。"所谓"不歌而诵",是指适宜于诵读而不能像古代诗歌一样入乐可唱。

从荀况的《赋篇》作品来看,主要用铺张的手法分别叙写五种事物,虽也字句大体整练,多用四言,但它设为问答,韵散间出,半诗半文,与入乐的诗体显然有别。因此,赋作为一种文体的名称,大约正是取用上述两种意思。即在表现手法上铺陈写物,在体制上与诗不同,不属于歌唱文学的范围。

【赋类】最早把赋体分类记述的,是《汉书·艺文志》。在《诗赋略》中,总举诗赋106家,1318篇。除去其中诗歌28家,314篇,则赋有78家,1004篇。

赋又分为四类：

1. 自屈原至王褒，赋20家，361篇；

2. 自陆贾至朱宇，赋21家，274篇；

3. 自孙卿（荀况）至路恭，赋25家，136篇；

4. 自客主赋至隐书，赋12家，233篇。

这一分类，是把屈原等楚辞作品也作为赋体的，这代表了汉代人的意见。《汉书》作者班固没有对分类的标准加以叙说，著录作家作品，绝大部分又均佚亡，无从考察。清代学者章学诚曾作过一番研究，他推断说："然则三种之赋（指前三种），亦如诸子之个别为家，而当时不能尽归一例者耳。"又说："三种之赋，人自为篇，后世别集之体也；杂赋一种（指第四种），不列专名，而类叙为篇，后世总集之体也。"（《文史通义》）意思是说班固的分类主要是按赋作流派划分的，第四类则带有总集的性质。

可见当时赋家辈出，赋作十分繁盛，而又各具特征。之后，梁萧统（昭明太子）主编我国现存最早的一部文学总集《昭明文选》，把赋列于所收作品的最前面，并分为京都、郊祀、耕藉、畋猎、纪行、游览、宫殿、江海、物色、鸟兽、志、哀伤、论文、音乐、情等15类。他是以赋作内容、题材作为划分类别的标准的。说明从两汉到六朝，赋作的题材是多样的。到了明代，徐师曾总结了前代赋作体制特点，在《文体明辨》中，把赋分为古赋、俳赋、文赋、律赋四类，比较科学，多被后人所接受。

【荀赋】荀况（约前313—前358）在中国文学史上是第一个写作赋体的作家。他很重视通俗文学的功能，善于利用民间的文体。他不但是作赋的第一人，也是写作曲艺辞体的第一人。他的《成相》篇，被人誉为"后世弹词之祖"（王先谦《荀子集注》引卢文昭语），其形成正源于民间的"助力之歌"（朱熹《楚辞后语》）。荀赋非常类似于先秦时代的"隐语"，今存荀赋五篇，即《礼赋》、《知赋》、《云赋》、《蚕赋》、《箴赋》，统称《赋篇》。荀赋的基本特点是：字句基本整齐，有韵，带有半诗半文的性质，在表现手法上是"遁词以隐意，谲譬以指事"，即用种种巧妙的譬喻来代替直说。兹举其《礼》、《箴》二赋为例。"爰有大物，非丝非帛，文理成章；非日非月，为天下明。生者以寿，死者以葬，城郭以固，三军以强；粹而王，驳而伯，无一焉而亡。臣愚不识，敢请之王。王曰：此夫文而不采者欤？简然易知而致有理者欤？君子所敬而小人所不者欤？性不得则若禽兽，性得之则甚雅似者欤？匹夫隆之则为圣人，诸侯隆之则一四海者欤？致明而约，甚顺而体，请归之礼。"（《礼赋》）"有物于此。生于山阜，处于室堂。无知无巧，善治衣裳。不盗不窃，穿窬而行。日夜合离，以成文章。以能合从，又善连衡。下覆百姓，上饰帝王。功业甚博，不见贤良；时用则存，不用则亡。臣愚不识，敢请之王。王曰：此夫始生钜其成功小者耶？长其尾而锐其剽者邪？头銛达而尾赵缭者邪？一往一来，结尾以为事。无羽无翼，反覆甚极。尾生而事起，尾邅而事已。簪以为父，管以为母。既以缝表，又以连里。夫是之谓箴理。”（《箴赋》）由此可见，运用“隐语”，巧言状物，劝诫人主，用问答方式，篇末点明事物名称，具有独创风格。当然，荀赋作为赋体文学，只是“命赋之厥初”（《文心雕龙·诠赋》），艺术上是不成熟的，但追溯赋体发展历史，又是不能不提到荀赋的。

【隐语】本是民间的一种俗体，《周易》的爻辞当中保存了很多民间俗语，其中就有不少属于“遁词以隐意，谲譬以指事”的隐谜。例如《易·归妹·上六》“女承筐，无实；士刲羊，无血”，意指剪羊毛。《易·明夷·上六》“不明，晦，初登于天，后入于地”，原意是形容太阳。春秋、战国时期，“隐语”传入宫廷，成为策士说客以至俳优人物的解颐妙语、善辩辞令。《国语·晋语》有“秦客廋词于朝，大夫莫之能对”，所谓“廋词”即是“隐语”。《史记·滑稽列传》说齐威王好隐，淳于髡说之以隐。这种风气在楚国也很盛。《左传·宣公十二年》即记有楚大夫“喻眢井而称麦麴一”的说隐。《史记·楚世家》：“庄王即位三年，不出号令，日夜为乐，令国中曰：‘敢谏者死。’伍举入谏曰：‘愿有进隐。’曰：‘有鸟在于阜，三年不飞不鸣，是何鸟也？’庄王曰：‘三年不飞，飞将冲天；三年不鸣，鸣将惊人。举退矣，吾知之矣。’”这是以隐语来劝谏国君，巧妙地达到“指事”的目的。《汉书·艺文志·诗赋略》载有《隐书》18 篇，说明战国时期一些文人已留心于“隐语”的写作。荀况大约正是利用并改造了一问一对的格局，创制了他的《赋篇》。

【佹诗】佹（guǐ）诗，诡异愤激之诗。《荀子·赋篇》中除《礼赋》、《知赋》、《云赋》、《蚕赋》、《箴赋》五篇外，另一篇赋，即佹诗，其实就是赋，是荀赋的一体。共有两段，前一段开头“天下不治，请陈佹诗”提起，陈述“天下不治”，旦暮幽明，俱为颠倒，贤人比干，圣人孔子，俱遭厄运。然而“千岁必反”的治世何时才能到来，我们愚笨，仍不能解，用“愿闻反辞”作结语，同时引出下文。下文用“其《小歌》曰”回答，指出：仁人太少，暴人太多，忠臣危殆，小人重用，美丑不分，吉凶不辨。因此，对“天下不治”的根源，就自然揭示出来。这篇“佹诗”深刻揭示了人间的不平，愤激之辞，溢于言表。鲁迅说春申君以况为兰陵令，是“言天下不治之意，即以遗春申君者，则词甚切激，殆不下于屈原，岂身临楚

邦,居移其气,终亦生牢愁之思乎?”(见鲁迅《汉文学史纲要·屈原及宋玉》)

【屈赋】屈原(约前340—前278),是“楚辞”的主要作家,他生于战国晚季,继承了《诗经》的优秀传统,扩大了文艺阵地的思想内容和艺术形式,有因有创,作出“楚辞”。汉代韵文又从“楚辞”演变为“汉赋”。刘向《别录》,子刘歆《七略》,把“世传《楚辞》”的“辞”转化为“赋”,作成《诗赋略》。班固《汉书·艺文志》承刘歆《诗赋略》遗文,改屈原所作辞为“屈原赋”,后又省称为“屈赋”。世代相因,习以为常。但“辞”、“赋”名称互易也有它的较为复杂的原因。本来《楚辞》在武帝时已很盛行,到宣帝时还要“徵能为楚辞,九江被公,召见诵读”。楚、汉时代蝉联,趋势陆续在变,而《楚辞》尤其《离骚》、《九辩》等已敞开“汉赋”大门,到了汉初,司马相如作《子虚》、《上林》,扬雄作《甘泉》、《羽猎》,汉赋已达到极盛时期,而楚辞作品则已成余响。如《史记·乐书》的《太一》、《天马》二歌都是楚辞形式.但是到了《汉书·礼乐志》,“兮”字完全删去。这本是时代的推移,声调变革的缘故,却又可证明楚辞形式至此已不适应。舍“辞”而用“赋”,这正是为了适应时代的需要。

【宋赋】屈原和宋玉世所并称。宋玉是“楚辞”家兼赋家,开汉赋的先导。现在能看到题名为宋玉的赋作,共10篇。其中《文选》载4篇:《风赋》、《高唐赋》、《神女赋》、《登徒子好色赋》。《古文苑》中另有6篇:《笛赋》、《大言赋》、《小言赋》、《讽赋》、《钓赋》、《舞赋》。此外,《文选》还载有《对楚王问》一篇,实际上也是赋体作品。上述宋玉的赋作,向来存在着真伪问题。比较可靠的,一般公认为《文选》中的5篇。这5篇较之荀况赋,在手法、体制、语言等方面,都有很大的变化和提高。著名的《风赋》,以君臣问答的方式,借风譬喻,用所谓“大王之雄风”和“庶人之雌风”讽刺了贵族统治者“不择贵贱高下而加”的欺骗,揭示了当时贵族生活的骄奢和平民生活的穷困。从整个构思上看,上承荀赋,“隐语”尚未脱尽;但从篇幅结构上看,则大大扩张了赋体作品的规模。至于《高唐赋》、《神女赋》等赋,还将大量的“楚辞”句式引入赋体,且用词华丽,富于文采。例如《高唐赋》,句式既用四言,又兼用五言、六言、七言乃至八言,多为楚辞句式;他将荀赋以遁词隐意、谲譬指事为主的巧言状物,发展为夸张铺排、穷形尽相的正面描写。在结构上也有独创,把对问与赋的正文分开,使对问既充当引子,引出赋的正文,又充当序言,说明作赋的缘由。所有这些都为汉赋的体制与创作奠定了基础,其成就远远超过了荀赋。清代程廷祚在《骚赋论》中评论说:“或曰:《骚》作于屈原矣,赋何始乎?曰:宋玉。荀卿《礼》、《知》二篇,纯用隐语,虽始构赋名,君子略之。宋玉以瑰玮之才,崛起骚人之后，奋其雄夸，乃与《雅》、《颂》抗衡，而分裂其土壤。由是词人之赋兴焉……观其《高唐》、《神女》、《风赋》等作，可谓穷造化之精神，尽万类之变态，瑰丽窈冥，无可端倪，其赋家之圣乎？"评论大体符合赋体文学发展的历史实际。宋赋的创立，对后世的影响是巨大的。

【辞赋】中国古代文学样式之一，是辞和赋的统称。辞，因产生于战国楚地而称楚辞。赋，即铺陈之意，以"铺采摛文"、"直书其事"为特点。两者都兼有韵文和散文的性质，是半诗半文的独特文体。辞赋结构宏大，辞藻华丽，讲究文采和韵律，常用夸张手法。本来辞是"辞"，赋是"赋"，两者虽有联系，但又是不同的两种文体。因为后世论者认为辞和赋皆源于《诗经》，如《楚辞》中的《橘颂》、《天问》等作品是接近于《诗经》的，赋体文学也是起源于《诗经》的。例如晋代评论家挚虞说："赋者，敷陈之称，古诗之流也。"南朝梁代刘勰在《文心雕龙·诠赋》篇中也说："《诗》有六义，其二曰赋。赋者，铺也，铺采摛文，体物写志也。"早在汉代的文学家也是这样认为的。例如班固《汉书·艺文志》著录屈原作品25篇，称之为《屈原赋》。在班固之前，司马迁在《史记·屈原贾生列传》中说："屈原既死之后，楚有宋玉、唐勒、景差之徒者，皆好辞而以赋见称。"以后研究屈原作品的专家，亦有"屈赋"之称。如清人戴震通释屈原作品，署其书名为《屈原赋注》。近人谭介甫考证屈作的真伪，亦称其书为《屈赋新编》。故后人不仅习称屈原、宋玉等人为"辞赋家"，即汉代的枚乘、枚皋、严忌、严助、司马相如、王褒、冯衍、赵壹等人也被称为"辞赋家"。辞赋统称为一种文体，在历史上是久已存在的。

【骚体】又称"楚辞体"。西汉刘向所辑，总集名《楚辞》，东汉王逸为作《章句》。原收战国楚人屈原、宋玉及汉代淮南小山、东方朔、王褒、刘向等人辞赋共16篇，后王逸增入己作《九思》，成17篇。全书以屈原作品为主，其余各篇也均是承袭屈赋的形式。因为都运用了楚地的文学样式及方言声韵，内容上又多涉及楚地的风土物产等，具有楚地的浓厚色彩，故名《楚辞》。后世因称为"楚辞体"，又名"骚体"。

【"骚体"赋】汉赋中先于散体赋产生的是"骚体"赋。所谓"骚体"赋，是指在体制上极力模仿"楚辞"，并且以赋名篇的作品。例如贾谊的《吊屈原赋》，司马相如的《长门赋》，班彪的《北征赋》；但不包括那些纯粹模拟"楚辞"的"骚体"诗，例如扬雄的《畔牢愁》，刘向的《九叹》，王逸的《九怀》等。汉代的"骚体"赋和散体赋，都是古赋中的品类。"骚体"赋的另一含义，即指"屈赋"，亦称"楚辞体"，以屈原所作《离骚》为代表。

【主客赋】在赋中特别是汉代古赋中,常假设一主一客互相问答,铺陈展开赋的内容,后人称此种赋作为“主客赋”。如枚乘《七发》中假设楚太子有疾,吴客往问之而使作品展开。又如《子虚》、《上林》是司马相如赋的代表作品。赋中假设楚国子虚和齐国乌有先生互相夸耀,最后亡是公又大肆铺陈汉天子上林苑的壮丽及天子射猎的盛举,以压倒齐楚,表明诸侯之事不足道。三人互对,便于铺陈。其实,这种主客问对只是一手法。汉代典型的大赋多采用主客问答方式,因为它活泼生动,一反一正,有张有弛,具有形象性。后世赋作,亦常使用。如宋代苏轼著名文赋《前赤壁赋》,先点出苏子与客月夜泛游赤壁,然后以主客相对的方式开展全篇。如:“客有吹洞箫者,倚歌而和之。其声呜呜然,如怨如慕,如泣如诉,余音袅袅,不绝如缕。舞幽壑之潜蛟,泣孤舟之嫠妇。苏子愀然,正襟危坐,而问客曰:‘何为其然也?’客曰:‘……’苏子曰:‘……’”最后用“客喜而笑”一段作结。吊古思今,阐述哲理,寄托人生的感慨。作者仍然采用主客问答的方式,可见这种手法对赋作的影响是很深远的。

【汉赋】是在荀赋、主要是宋赋基础上产生的。汉代赋体文学达到了成熟阶段。两汉文人广泛吸收、综合了“楚辞”、《诗经》、先秦散文的一些文体特点和创作手法,发展创造出汉赋这种新文体。对汉赋艺术影响最大的乃是“楚辞”。汉代学者往往把辞、赋并称。《汉书·艺文志》就是把屈原和其他“楚辞”作家的作品全部归入赋类。这说明汉代作家是以屈原的作品作为赋体的楷模的。汉赋对“楚辞”的吸收主要在艺术形式上。汉赋体制宏伟,辞藻华丽,都打上了“楚辞”的深刻烙印。汉代散体赋的韵文多用四言句式,而这正是《诗经》的格局。荀况向《诗经》学习,用四言写赋;汉赋也一脉相承并有很大发展。它主要吸收了《雅》、《颂》典重的四言风格,使四言成了汉赋铺陈事物的一个重要手段。汉代散体大赋在假设问对中的侈陈形势、恢廓声势的言辞,排比谐隐、征材聚事的手法,同《战国策》中记载的那些谋臣策士们的一些言谈辞令,是很近似的。可见先素散文对汉赋的影响作用也是很大的。清人章学诚在《文史通义》中总结分析说:“古之赋家者流,原本《诗》、《骚》,出入于战国诸子。假设对问,《庄》、《列》寓言之遗也;恢廓声势,苏、张纵横之体也;排比谐隐,韩非《储说》之属也;征材聚事,《吕览》类辑之义也。”指出了汉赋的渊源。

【散体大赋】汉代盛行的赋体作品,假设问答,韵散间出,散文的意味很重,故称为散体赋。例如司马相如的《子虚赋》、《上林赋》,扬雄的《长杨赋》,班固的《两都赋》,张衡的《二京赋》。散体赋一般篇幅较长,规模很大,所以又称为散体大赋,或者称为汉大赋。典型的汉代大赋多采用主客对话的方式构成赋文。赋文的前面常有专门的序言,用以说明创作的缘由和主旨,例如班固的《两都赋》。赋文本身则可分为“首、中、尾”三部分。“首”,一般通过赋中人物简单的对话,介绍赋中人物问对的缘由。又如枚乘《七发》的开头一段:“楚太子有疾,而吴客往问之,曰:‘伏闻太子玉体不安,亦少闲乎?’太子曰:‘惫,谨谢客。’客因称曰……”所谓“首”,是起着“引子”的作用。赋的中间部分是作品的中心内容,一般由赋中假设的“主”或“客”的高谈阔论构成。这种谈论,通常由一个人一气呵成。《子虚赋》的中间部分就是“子虚”向“乌有”、“亡是公”夸耀楚王游猎云梦的盛况,即“子虚”的大段独白。有些作品,则以主、客个人的大段落的夸谈而自成一个单篇,然后再将两个单篇合为一赋。《两都赋》即由《西都赋》和《东都赋》组成。也有少数作品采取了一边谈一边问的方式。枚乘的《七发》即由吴客赋一事,问一句,答一句,这样一问一答,依次赋完七事。大赋的结尾也有一种规则。在主客问答的赋中,必须以一方向另一方表示赞同、诚服而终结。如扬雄的《长杨赋》的结尾。有的赋作还在最后加上一些诗,如《两都赋》。另外,也还有某些赋没有采取主客问答的方式,其开头由作者写一简单小序,交代赋的缘由,结尾则常采用“楚辞”的“乱曰”或“辞曰”。如王文考的《鲁灵光殿赋》、扬雄的《甘泉赋》等。汉代大赋的韵、散构成,就问答体说,首尾用散文,中间部分用韵文。非问答体的,则首(以序代首)用散文,而中间和结尾则用韵文。韵文以四言、六言为主,杂以三言、五言、七言,或者更长的句子;也常使用“楚辞”的“兮”字句,在节与节之间,多用散文性质的连接词,像“于是乎”、“若夫”等等。这也说明了汉赋虽也用韵文,但它不是诗歌的重要标志。汉大赋在语言上的显著特点是文采华丽,辞藻丰富。晋代葛洪说:“《毛诗》者,华彩之辞也,然不及《上林》、《羽猎》、《二京》……之汪秽博富也。”《西都赋》写地势环境的文字就十分富丽雅赡。汉大赋的创作手法的基本特点,则是铺张扬厉,踵事增华。一是描写事物面面俱到,必求穷形尽相。《子虚赋》描写楚国的云梦泽,从上下左右、东西南北各个角度详尽而充分地表现出来。二是通过极力的夸张、类比,铺叙所描写的事物。司马相如曾说:“赋家之心,苞括宇宙,总览人物。”主要就体现在这种想象、夸张、类比等方面。三是大量使用排比、对偶的技巧来组织夸丽的文辞,层层铺垫,造成波澜壮阔的宏大场面,使雄厚充沛的文章气势震撼人心。如《上林赋》,曹植赞叹说:“葛天氏之乐,千人唱,万人和,听者因以蔑韶夏矣。”(《文心雕龙·事类》)建安时代则称其为“赋颂之祖,作者之师”。汉大赋在题材上以描写宫殿、游猎、山川、京城等宏伟壮观的事物为主。在主题上以夸耀帝国的声威，并对最高统治者歌功颂德为主，所谓“体国经野，义尚光大”（《文心雕龙·诠赋》）。而在临近终篇之时，也往往有讽喻君王励精图治的思想，即后人所谓“曲终奏雅”。

【小赋】汉赋于散体赋、“骚体”赋之外，还有很多篇幅较短的赋，习惯上，人们将它们与那些汪洋恣肆，动辄千言的大赋相区别，故称为小赋。小赋一般不采用大赋那种设为问答、韵散间出的结构，而是通篇押韵的韵文。韵文的句式，有的是单一的四言，如羊胜的《屏风赋》：“屏风给匝，蔽我君王；重葩累绣，沓璧连璋；饰以文锦，映以流黄；画以古烈，颙颙昂昂；藩后宜之，寿考无疆。”有的是以四言为主，并用三言、六言、七言，如邹阳的《几赋》、枚乘的《柳赋》等。有的则以“楚辞”的句式加四言构成全篇，如张衡的《归田赋》。小赋从内容上也可分成两类，专咏一物的称咏物小赋，以抒情言志的称抒情小赋。

【咏物小赋】汉代小赋，分咏物小赋和抒情小赋。咏物小赋产生于西汉，是专咏一物的小赋，比较有名的如羊胜的《屏风赋》。更早的屈原作《橘颂》就是一篇精美的咏物小赋。《橘颂》分前后两章，各16句，末4句是《乱辞》。前章论述橘的品质和栽培，后章是屈原托喻自己。六朝时谢惠连的《雪赋》就是一篇咏物的名作。谢庄的《月赋》，写的是渺茫朦胧的月夜气氛，充溢着惆怅的情怀。庾信的《镜赋》、《灯赋》及《对烛赋》，其辞生于情，气余于采，风致洒然，为后人师法。咏物赋作，并非单纯咏物，还是用来自况或寄托感慨，抒发情怀。

【抒情小赋】在汉赋中，抒情小赋产生较晚，始于东汉时期。东汉时的抒情小赋较之汉大赋更具有艺术性。著名作家有张衡，他的抒情小赋对魏晋抒情赋影响很大，因此，他是一位承前启后的作家。他的抒情小赋《归田赋》，表现了作者在宦官专权、朝政日非的情况下，退隐田园的乐趣，体现出不肯与世俗同流合污的精神。例如下面一段：“于是仲春令月，时和气清，原隰郁茂，百草滋荣。王雎鼓翼，鸧鹒哀鸣，交颈颉颃，关关嘤嘤。于焉逍遥，聊以娱情。尔乃龙吟方泽，虎啸山丘。仰飞纤缴，俯钓长流。触矢而毙，贪饵吞钩。落云间之逸禽，悬渊沉之魦鰡。”这里作者以清新的语言，描写了春日自然景物的美妙，同时抒发了自己归田后恬淡安适的心情，情景和谐。语言中骈偶运用，也很自然。

【刺世小赋】东汉末期，外戚和宦官专权，政治极端黑暗，人民灾难深重，一些愤世嫉俗、具有胆识、敢于说话的人，便创作了一些批判现实、抨击社会黑暗的抒发思想感情的短赋，打破了旧的赋颂传统。如赵壹的《刺世疾邪赋》、蔡邕的《述行赋》和祢衡的《鹦鹉赋》等都很著名。赵壹是一个放荡不羁的狂狷人物，他不慕名利，连辟公府皆不就。他同情被剥削被压迫的人民，指斥了统治阶级“宁计生民之命，唯利己而自足”的贪婪本性。他写了《刺世疾邪赋》，在赋末写道：“宁饥寒于尧舜之荒岁兮，不饱暖于当今之丰年。乖理虽亡而非亡，违义虽生而匪存。”他的感情激烈，态度鲜明，信念坚定，充分表现了疾恶如仇的反抗精神。另外如蔡邕的《述行赋》，是记叙他“称疾而归”时途中所见，并联想到许多古人古事，其用意是借古刺今，抒发对人民贫困生活的同情和志士仁人被压抑的愤慨。祢衡的《鹦鹉赋》，是他以鹦鹉自况，抒写了才志之士于末世屡遭迫害的感慨：“感生平之游外，若壎篪之相须。何今日之两绝，若胡越之异区。顺笼槛以俯仰，窥户牖以踟蹰。想昆仑之高岳，思邓林之扶疏。顾六翮之残毁，虽奋飞其焉如。心怀归而弗果，徒怨毒于一隅。”清人何焯评论说：“全是寄托，分明为才人写照，正平（祢衡字）豪气不免有樊笼之感，读之为之慨然。”祢衡虽刚强傲慢，内心的隐痛悲哀是很深的。可见抒情小赋，已经从个人愁怀进而达到刺讽社会了。

【七】汉初重要的辞赋家枚乘创作《七发》，假设楚太子有疾，吴客往问，以七事启发楚太子。南朝梁代刘勰解释“七发”的意思，以为“七窍所发，发乎嗜欲，始邪末正，所以戒膏粱之子也”（《文心雕龙·杂文》）。李善以为“说七事以启发太子”，意思比较准确。“七发”首段指出楚太子的腐化享乐，安逸懒惰是贵族子弟的病根，但此病非药石针灸所能治。接着吴客分述音乐、饮食、车马、宫苑、田猎、观涛等事，目的是由静而动，由近及远，一步一步地启发、诱导太子改变生活方式。作者认为安逸享乐的病，最好从思想上治疗，具有深刻意义。其手法是对“要言妙道”虽未充分发挥，但通过种种事物逐步引导，已经使人有所领悟。“七发”在艺术上的特色是铺张。刘勰说“枚乘摛艳，首制《七发》，腴辞云构，夸丽风骇”（同上）。但又不似后来的汉大赋那样堆叠奇僻词汇，读之较为平易。有的段落刻画细致，奇观满目，声韵盈耳，读之使人精神震荡。“七发”是汉赋正式形成的第一篇作品，在赋的发展史上有重要地位。“七发”奠定了新体赋的形式，促进了汉代辞赋的发展。后学者多仿效其作，内容多为讽劝之作，主客问答形式的文体。如东方朔作《七谏》、傅毅作《七激》，张衡作《七辩》，曹植作《七启》，王粲作《七释》，左思作《七讽》等。《昭明文选》列“七”为一门。《隋书·经籍志》曾录有《七林》十卷，似为专收“七体”的文集。

【连珠】文体名。明代徐师曾在《文体明辨》中说是“借物陈义以通讽喻之词”,大多骈偶而有韵。称歌,《起于歌》、《瓠子歌》,乌孙公主《乌孙公主歌》等;称“论”,王褒《四子讲德论》,东方朔《非有先生论》等;称“箴”,扬雄《酒箴》;称“铭”,班固《封燕然山铭》,刘禹锡《陋室铭》等;称“颂”,刘伶《酒德颂》,汪中《狐父之盗颂》等;称“解”,韩愈《进学解》等。其他有“檄文”、“移文”、“祭文”、“吊文”等文体,都有近于赋的作品。

【檄文】古代一种文体,以后发展为骈体文。刘勰《文心雕龙》有《檄移》篇。檄文,本是古代一种军事文告,《经典释文》中解释说:“檄,军书也。”它是古代从事征伐时的一种声讨性文字,有时也用于征召和晓谕臣民。“檄”,最早见于《史记·张仪列传》。张仪早年说楚,曾受辱。以后张仪相秦,要对楚征伐报复,写了檄文,进行声讨。汉代檄文成为正式文体形式,书于木简,长二尺,称“二尺书”(见许慎《说文解字》)。如有紧急事情发生,插羽遣送,故称“羽檄”。萧统《昭明文选》中收有汉武帝时司马相如《谕巴蜀檄》,是为晓谕、安抚巴蜀人而作。魏晋时代,陈琳、阮瑀、钟会,都擅长檄文。如陈琳《为袁绍檄豫州》、《檄吴将校部曲》,阮瑀《为曹公作书与孙权》,钟会《檄蜀文》,都很有名。《文心雕龙·檄移》中说:“凡檄之大体,或述此休明,或叙彼苛虐,指天时,审人事,算强弱,角权势,标蓍龟于前验,悬鞶鉴于已然,虽本国信,实参兵诈。谲诡以驰旨,炜晔以腾说,凡此众条,莫或违之者也。故其植义飏辞,务莅刚健。”

檄文在唐以前主要用散文,唐以后多用骈体。如最为后人所称道的骆宾王《为徐敬业讨武曌檄》,是一篇典型的骈体文。全文由四、六句式或骈俪对仗组成。檄文开始先揭露武氏“秽乱春宫”的丑行,其次斥其“近狎邪僻,残害忠良”的政治恶迹,以示武氏罪不容诛。再次写起兵之封不容缓,军威之盛,气壮山河。写得壮骇扬厉,很有气势。如:“是用气愤风云,志安社稷。因天下之失望,顺宇内之推心。爰举义旗,以清妖孽。南连百越,北尽山河。铁骑成群,玉轴相接。海陵红粟,仓储之积靡穷;江浦黄旗,匡复之功何远?班声动而北风起,剑气冲而南斗平。喑呜则山岳崩颓,叱咤则风云变色。以此制敌,何敌不摧?以此图功,何功不克?”这篇檄文雄壮劲采,义正词严。结尾号召天下响应,鼓动性很强。其中“一抔之土未干,六尺之孤安在”,“请看今日之域中,竟是谁家之天下”等出意新颖,富有感情,成为千古名句。檄文,本是官方文告,属公牍文性质,是一种特殊的文体。因为它“铺采摛文,体物言志”,词句骈俪讲求用韵,故具有辞赋的特点。

【移文】古代把檄文和移文并称。檄文多用于声讨和征伐,是对敌人的,所以要“厉辞为武”。移文是向对方劝诫的文书,是行于内部的,要以理服人,达到晓谕的目的。它的写法铺张扬厉,语句骈俪,文中用韵,是近于辞赋的文体。移文的名称据刘勰《文心雕龙·檄移》解释说:“移者,易也;移风易俗,令往而民随者也。”最早的移文是司马相如的《难蜀父老》,刘歆的《移太常傅士》,以后陆机有《移百官》等。最著名的是南朝宋人孔稚珪的《北山移文》,它是一篇典范的骈体文,内容言周颙隐而复出之事,虽然有人怀疑所写之人并不符合史实,但文章讽刺隐士贪图富贵的虚伪情态,却是淋漓尽致的。全文假设山灵口吻,揭示出周颙隐居时道貌岸然,当得到征召时则志变神动,得意非凡的假隐士的虚伪面目。全篇用拟人写法写山中景物的蒙耻发愤心情,如:“丛条瞋瞻,迭颖怒魄。或飞柯以折轮,乍低枝而扫迹。请回俗士驾,为君谢逋客。”郑振铎评论《北山移文》说:“草木云石,皆有感觉,斯为罕见的名作。”文章描写生动,语言华美精练,富有抒情诗味。

【箴】古代有箴文、戒文、规文一类文章。其内容都属于规劝、告诫的性质,后人称之为“箴体”。箴文,有所谓“官箴”、“私箴”两类。官箴是臣下对君王或对其他上层执政者所作的劝谏文,所谓“官箴王阙”(《文心雕龙·铭箴》)。后来又出现自警自戒的作品,乃至一般劝世之文,即所谓“私箴”。我们能看到的最早的完整箴文,据说是周武王时虞人(主管田猎的官)所撰献,是一篇以四言为主的押韵短文,后世称之为“虞箴”。汉代扬雄等作箴文共48篇,号称《百官箴》,其内容是联系各地域和各官职守,进行劝诫。晋代潘尼作《乘舆箴》,前有长序,后有箴辞;序为散体,箴辞用韵语,以四言为主,兼以杂言,是箴文中少见的长篇。南宋陈亮有《上光宗皇帝鉴成箴》,最后劝诫光宗“勿谓和议已成,而不虑乎远图;勿谓大位已得,而不恤乎小失”。文章以四言兼少数长句写成,文通气畅,颇富文采感情,是官箴中的佳篇。至于“私箴”,是对缺点、过失加以剖析针砭,以图自警自戒。虽类似一般“座右铭”,但它主要是揭示自我过失,以期自我警戒。韩愈所作《五箴》就是为了自我责过,以求改正而作的。扬雄《酒箴》等,实质近于赋体。与箴文有直接关系的是以“诫”为篇名的文章,如荀爽《女诫》等。

【铭文】铭文与古代铸金刻石以记功、记事的“铭”不同。六朝齐梁以后,多用骈体韵文来写,写法铺张扬厉,句式整齐,讲究排偶,注意押韵,近于辞赋的特点。铭文从内容上分咏物、赞物为一类,警人、自戒为一类。曾选入梁萧统《昭明文选》中的有晋人张载的《剑阁铭》,主要是告诫人们不要恃险作乱。文字简约,而富文采。以后庾信有《名月山铭》、《吹台山铭》、《王帐山铭》等等,都是咏梁简文太子东宫中的景物,都是小铭,与写景小品相类。鲍照的《石帆铭》中有所谓“涉川之利，谓易则难；临渊之戒，曰危乃安”，以及结尾“川吏掌津，敢告访途”的语句，也含有劝诫之意。古人还有题写在屋壁上的所谓“室铭”，题写在身旁座锡的“座右铭”。这类铭文以刘禹锡的《陋室铭》为最著名：“山不在高，有仙则名；水不在深，有龙则灵。斯是陋室，惟吾德馨。苔痕上阶绿，草色入帘青。谈笑有鸿儒，往来无白丁。可以调素琴，阅金经。无丝竹之乱耳，无案牍之劳形。南阳诸葛庐，西蜀子云亭。孔子曰：‘何陋之有！’”全篇仅 81 字，短小精工，立意新颖，布局严整，语言清丽。他以记写自己的“陋室”自述其志，安于朴素宁静的生活，劝诫自己修德自重，不慕荣华富贵，体现了高洁的品德。全篇用四四、三五、六六对句，除末句外，一韵到底。音调和谐，具有很强的艺术魅力。

【颂】古代文体之一，是近于赋体的文章。刘勰《文心雕龙·颂赞》：“原夫颂惟典雅，辞必清铄，敷写似赋，而不入华侈之区；敬慎如铭，而异乎规诫之域。”这说明了“颂”的内容和形式所具有的特征。扬雄有《赵充国颂》，史岑有《出师颂》。至如刘伶《酒德颂》和更早的屈原《橘颂》，则实质是赋。

【祭吊文】祭吊文，是古代为祭奠死者而写的哀悼文章。古代祭祀天地山川时，往往有祝祷性的文字，称祭文、祈文或祝文。后来丧葬亲友，也用祭文致追念哀悼之意。祭文的语言是不拘一格的，但以用韵语为常。在骈文流行时期，祭文也多用骈文写成。祭文是以赞颂死者的功业德行为主，感情色彩较浓。如南梁女作家刘令娴的《祭夫徐敬业文》，结尾写道：“呜呼哀哉！生死虽殊，情亲犹一，敢遵先好，手调姜橘。素俎空干，奠觞徒溢，昔奉齐眉，异于今日。从军暂别，且思楼中；薄游未反，尚比飞蓬；如当此诀，永通无穷。百年何几，泉穴方同。”情切思哀，抒发了沉重的悲痛之情。唐代白居易有《祭元微之文》，韩愈有《祭十二郎文》，宋代欧阳修有《祭石曼卿文》，都十分有名。

古代祭文也同于祭告山川灵物和凭吊古人、古迹。如白居易有《祭龙文》，韩愈有《祭竹林神文》、《祭鳄鱼文》。后者名为祭文，实为逐鳄鱼文。文章洋洋洒洒，很有气势，与一般的祈神祭怪的文字不同。祭吊古人的文章，有时署“祭”，有时署“吊”，又由于它一般偏重凭吊之义，故古代在文体上另辟一类称“吊文”，实际也是祭文的一种。如南朝宋人颜延年的《祭屈原文》，晋代陆机的《吊魏武帝文》；凭吊古迹的如唐李华的《吊古战场文》，都是很著名的。另外，与祭文性质相近的还有诔文和哀辞。诔文最初有为死者定“谥”的功用。南朝宋人颜延年有《陶征士诔》，历来被称为诔文中的名篇。哀辞，也是哀祭凭吊性的文字，只是哀辞多用于身遭不幸而死者或童稚夭殇者。白居易有《哀二良文》，韩愈有《欧阳生哀辞》等。此外，还有“告词”，适用于小辈对祖先或前辈的祭祷。如宋代陈亮有《告祖考文》，明代陈确有《告先府君文》等。吊祭文有些已近于赋体，如潘岳《哀永逝文》，颜延年《祭屈原文》，汪中《哀盐船文》等。

【古赋】主要是指产生于两汉的辞赋。古赋，一方面是说它产生的时代早；另一方也是区别于后来讲求对仗、声律的俳赋、律赋而言的。以至仿照两汉时代的赋作，不讲求对仗、声律的赋作，也概称古体赋。古赋从体制可以分为三类：一类是散体大赋，一类是“骚体”赋，一类是小赋。典型的散体大赋，多以主客对话方式构成赋文。如班固的《两都赋》，扬雄的《长杨赋》。有些赋虽未采取主客问答的方式，其开头则由作者写一简单的小序，交代作赋的缘由，结尾则往往采用“楚辞”的“乱曰”或“辞曰”。如王延寿的《鲁灵光殿赋》、扬雄的《甘泉赋》等。文采华丽，辞藻丰富是古赋语言上的显著特点。如《上林赋》、《羽猎赋》、《二京赋》等。讲求铺张，描绘穷尽；题材宏大，竭尽夸饰，是散体大赋的又一特点。“骚体”赋，以贾谊的《吊屈原赋》为最有名。其他如司马相如的《长门赋》，班彪的《北征赋》等都是模拟“楚辞”但以赋为篇名的作品。小赋，是对千言的大赋而言，是通篇押韵的，不似大赋那样设为问答、韵散间出的结构。

【俳赋】又称骈赋，是在古赋的基础上发展变化出来的一种新赋体。这种赋开始于魏、晋，盛行于南北朝时期。俳，是俳偶，骈，是骈俪，都是指字句对仗的意思。俳赋的主要特点，就是追求字句上的工整对仗，音节上的轻重协调。这与当时文学上普遍兴起的骈俪风尚是密切关联着的。孙梅在《四六丛话》中论到赋的演变时说：“左（思）、陆（机）以下，渐趋整炼，齐、梁而降，益事研华，古赋一变而为骈赋。江（淹）、鲍（照）虎步于前，金声玉润；徐（陵）、庾（信）鸿骞于后，绣错绮交。固非古音之洋洋，亦未如律体之靡靡也。”这既说明了赋体作品从古赋到骈赋的演变过程，也概述了骈赋的特征。在赋中用对仗句，古赋中也是有的。如“周以龙兴，秦以虎视”（班固《两都赋》），“声与风游，浮从云翔”（张衡《东京赋》），这只是偶然可见。到了魏、晋以后，赋中使用对仗句就逐新多起来，试摘数则，以观其演变的痕迹。如曹植的《洛神赋》：“其形也，翩若惊鸿，婉若游龙；荣曜秋菊，华茂春松。髣髴兮若轻云之蔽月，飘飖兮若流风之回雪。远而望之，皎若太阳升朝霞；迫而察之，灼若芙蕖出渌波。秾纤得衷，修短合度，肩若削成，腰如约素……于是屏翳收风，川后静波，冯夷鸣鼓，女娲清歌……于是越北沚，过南冈，纡素领，回清阳。”左思的《三都赋》：“水陆所凑，兼六合而交会焉；丰蔚所盛，茂八区而庵蔼焉。”又：“玩其碛砾，而不窥玉渊者，未知骊龙之所蟠也；习其敝邑，而不睹上邦者，未知英雄之所躔也。”又：“剑阁虽嶛，凭之则蹶，非所以深根固蒂也；洞庭虽睿，负之则北，非所以爱人治国也。”又：“翼翼京室，眈眈帝宇，巢焚原燎，变为煨烬，故荆棘旅庭也；殷殷寰内，绳绳八区，锋镝纵横，化为战场，故麋鹿寓城也。”又：“南瞻淇澳，则绿竹纯茂；北临漳滏，则冬夏异沼。”晋陆机《文赋》：“遵四时以叹逝，瞻万物而思纷。悲落叶于劲秋，喜柔条于芳春。心懔懔以怀霜，志眇眇而临云。”又：“浮天渊以安流，濯下泉而潜浸。”又：“沈辞怫悦，若游鱼衔钩，而出重渊之深；浮藻联翩，若翰鸟缨缴，而坠曾云之峻。收百世之阙文，采千载之遗韵。谢朝华于已披，启夕秀于未振。观古今于须臾，抚四海于一瞬。”以上举的都是魏、晋时代的例子。可以看出在句式上追求整练，俳偶的风气已经形成；单对和长隔句对，在此时期的作品中屡见不鲜。到了南北朝时期，对偶工整，辞藻华丽、新巧，就成为赋作的主要体格。像鲍照的《芜城赋》，江淹的《恨赋》、《别赋》，沈约的《丽人赋》，谢庄的《月赋》，庾信的《哀江南赋》、《春赋》、《灯赋》、《对烛赋》，都号称名篇，而无一不是俳赋。沈约的某些赋作，在运用对偶时还讲究平仄音律；庾信的赋作如《小园赋》，甚至于采用工整的四、六对，这与“古赋”的区别更加明显。另外，这一时期的赋，篇幅均短小，鸿篇巨制已经少见，抒情成分较为浓厚了；在倾向上更接近于诗歌，与汉大赋是很不相同的。例如庾信的《灯赋》：“九龙将暝，三爵行栖。琼钩半上，若木全低。窗藏明于粉壁，柳助暗于兰闺。翡翠珠波，流苏羽帐。舒屈膝之屏风，掩芙蓉之行障。卷衣秦后之床，送枕荆台之上。乃有百枝同树，四照连盘，香添然蜜，气杂烧兰。烬长宵久，光青夜寒，秀华掩映，蚖膏照灼。动麟甲于鲸鱼，焰光芒于鸣鹤。蛾飘则碎花乱下，风起则流星细落。况复上兰深夜，中山醑清。楚妃留客，韩娥合声。低歌著节，游弦绝鸣。辉辉朱烬，焰焰红荣。乍九光而连采，或双花而并明。寄言苏季子，应知余照情。”这种俳体小赋从题材上看，它写的是日常生活中的品物，表露出闺房离情，和汉大赋专写帝王生活、都城、林苑等内容是很不一样的。此外，六朝俳体赋在用典技巧上，也与汉赋不同。

【骈赋】俳赋也称骈赋。见“俳赋”条。

【律赋】主要是适应唐、宋科举考试用赋而产生的一种既讲究对偶，又限制音韵的新赋体。它是在六朝俳赋基础上变化出来的。俳赋，讲究对仗工整，到了南朝梁沈约、谢朓、王融诸人所倡“四声八病”之说以后，在对仗工整之外而又兼讲究音律和谐。赋演变至此，与两汉、魏、晋时代的“古赋”已有很大的不同。清代李调元(雨村)所著《赋话》云:"鲍照、江淹,权舆已肇。永明,天监之际,吴均、沈约诸人,音节和谐,属对精密,而古意渐远。庾子山(信)演其习,开隋、唐之先躅;古变为律,子山实开其先。"又说:"古变为律,兆于吴均、沈约诸人,庾子山信衍为篇,益加工整,如《三月三日华林园马射赋》及《小园赋》,皆律赋之所自出。"明代徐师曾在所著《文体明辨》中也已说过:"三国、两晋,以及六朝,再变而为俳,唐人又再变而为律。……至于律赋,其变愈下,始于沈约'四声八病'之拘,中于徐(陵)、庾(信)'隔句作对'之陋,终于隋、唐、宋'取士限韵'之制,但以音律谐协、对偶精切为工,而情与辞皆置弗论。"故律赋来源于俳律,律赋的产生,是隋唐科举制度的产物,因为它在体制上不是由作家创作实践而自然形成,是出于统治阶级课试制的需要而硬性规定出来的。律赋的体制,讲求俳偶,以限韵为基本特点。律赋比骈赋更注意对仗工整,平仄和谐。特别是押韵有严格的限制。一般由考官(有时也由皇帝)命题限韵。一般出八个韵字(有时也有三、四、五、六、七字)作为八类韵脚,因此称为八韵律赋。例如,唐代李昂以"风日云野军国清肃"为韵;宋代范仲淹《金在熔赋》以"金在良冶求铸成器"为韵。除韵字有规定外,连押韵的次序,韵脚的平仄也有规定,字数也有限制,一般不超过400字。律赋的限韵也经历了由松到严的过程,限制越来越多,而有价值的作品是不多的。

【文赋】在唐宋古文运动的影响下而产生的文赋,一反俳赋、律赋在骈偶、用韵方面的限制,接近于散文化而近于古文。唐宋时代著名的文赋作家,如欧阳修、苏轼等也都是著名的古文家。文赋并不完全排斥对偶,如欧阳修的《秋声赋》中"初淅沥以萧飒,忽奔腾而砰湃"、"草拂之而色变,木遭之而叶脱",苏轼的前后《赤壁赋》中"纵一苇之所如,凌万顷之茫然","耳得之而为声,目遇之而成色"、"山高月小,水落石出",等等;但也只是行文中必要的铺排,用来增强气势,不像俳赋那样一味追求声色的华丽。文赋也用韵,但比较自由。句式以四言、六言为主,也间用长句。使用连接词和"之"、"也"、"乎"、"哉"、"邪"、"矣"、"焉"等虚词。如欧阳修《秋声赋》中"此秋声也,胡为乎来哉","草拂之而色变,木遭之而叶脱"。还吸收了古文的章法、气势。虽然也有铺陈的特点,但基本摒除了僻字和堆砌辞藻的毛病。在内容上,已不像汉赋那样专事歌功颂德或执着于"以讽喻为宗"的主题,但往往流于说理。不过,像苏轼的《赤壁赋》虽也杂以说理、议论,其叙事写景,形象生动,文字清新流畅,诗意盎然,而又洋溢贯通着古文的"气势"和赋作的"气韵"。

【俗赋】在《敦煌变文集》中,有些赋类的作品,跟变文作品不同。如《韩朋赋》、《晏子赋》、《燕子赋》等,是通俗文学中的赋体作品,故称俗赋。《韩朋赋》写韩朋夫妇为宋王迫害,终至双双殉情,具有反映黑暗社会的思想意义。《韩朋赋》本事最早见于《搜神记》。这篇赋文字古朴,又多用古韵,可能产生于隋唐以前。《晏子赋》写晏子使梁时,梁王因看他丑陋矮小,设辞讥笑,反被晏子所讽刺。《燕子赋》写黄雀强夺燕巢,燕子向凤凰控诉,被凤凰判罪。此外与俗赋体裁相似的尚有《孔子项托(橐)相问书》和《茶酒论》。前一篇写孔子出游,遇见小儿项托(橐),提出许多难题问项托(橐),他对答如流,最后反把孔子难倒了。这与《列子·汤问》里记两小儿辩日相近。后一篇写茶、酒各自夸耀,争论不休,最后水出来调停。全文设为主客问答,又都用韵,实际上是一篇俗赋。篇末署有"开宝(宋太祖赵匡胤年号)三年阎海真题记",可能是五代或宋初的文人手笔。

【赋课试】律赋的别称。科举考试用赋,是从隋文帝开始的。唐代仍沿袭此例,在王勃的集子里,已有限韵的律赋作品,如《寒梧栖凤赋》以"孤清夜月"为韵。到了中唐时期,限韵的律赋作品大量出现。著名诗人王起、白居易等也是当时的律赋名家。王起的《五色露赋》,限韵是"率土康乐之应"。他是唐贞元十四年进士,作《五色露赋》为当时课赋的试题。这篇赋共290字,分别将所限韵字用于赋中,而且是依次用韵。内容不过是虚构祥瑞,粉饰太平,对封建统治者歌功颂德,在限定的程式中,力求合于课试的要求罢了。宋代也以赋取士,习作者为数很多。赋发展到了清代,一般又把八股文的股对及程式引到赋作中来,从内容到形式和制举文字一样,赋作走入了末流。

【骈体】这种文体经过两汉时代的酝酿,魏晋人的努力,到南北朝时期趋于鼎盛。两汉时期,一种被称为"赋体"的作品发展起来,赋体属于一种半诗半文的文学体裁,它要求辅叙内容,语句整练,并且崇尚辞采,要求节韵琅琅,便于诵读。因此,排比、对偶的修辞手法便自觉地、广泛地运用起来。例如汉代辞赋大家枚乘的著名作品《七发》,就运用许多对偶、排比句式,这种散中带骈的现象,在其他赋作中也是很多的,这对于骈体文来说,已是一种胎息微萌的状态。到了汉末、魏晋时期,辞赋骈化现象更为明显。如曹植的《洛神赋》,对偶颇为精工。晋初陆机《文赋》则完全是用骈偶写的。骈俪之辞的发展也影响到其他文体,早在西汉时期,除赋之外,散文中亦可见到。如邹阳《狱中上梁王书》中的语句:"故女无美恶,入宫见妒;士无贤不肖,入朝见嫉。昔者司马喜膑脚于宋,卒相中山;范雎摺胁折齿于魏,卒为应侯。"这些骈丝俪片的出现,说明对偶修辞手法浸润着当时的文坛。东汉的辞赋比起西汉来俪句更多,如班固的《两都赋》。张衡、蔡邕、仲长统的文章,均是整齐华赡的。孙松友(梅)《四六丛话序》中说:“西汉之初,追踪三古,而终军奇木白麟之对,倪宽奉觞上寿之辞,胎息微萌,俪形已具;迨乎东汉,更为整赡,岂识其为四六而造福欤?踵事而增华,自然之事耳。”到了六朝时期,整个文坛重辞藻、讲对偶,日趋骈化(按当时人们的认识,也就是美化),并且达到了高潮。这时,除了史学和其他少数学术著作外,骈文几乎占有了一切文字领域。诗赋如此,一切公牍文字如诏、令、表、疏,和一切应用文字如碑、铭、诔文、祭文,以及书信之类,都已经用骈体文了。构成骈体文的主要特征,大致可归纳为如下几点:第一,语言对偶。这也是骈体文的基本特征。有所谓“言对”、“事对”、“反对”、“正对”等区别。“言对”,指只就语言的一般相对,其中不含故事、典故。“事对”,指在对偶中用了人和事方面的典故。“反对”,指把相反的两个事物对举出来。“正对”,指把相同的两件事对举出来。“言对”与“事对”是并列的;“反对”与“正对”也是并列的。刘勰在《文心雕龙·丽辞》中特别指明“言对事对,各有反正”。骈文家为了对偶精巧,讲求多用“反对”和分别“事类”。“反对”用反义词配对,可起相比相衬的作用,使作品内容既充实又有变化,文章更为精巧工整。分别“事类”用同类性质的概念相对,如人名对人名,地名对地名,数量对数量,方位对方位,颜色对颜色,等等。第二,四、六句式。初期骈文,以四、六为主,其中也常杂以五字、七字以至更长的句式;到了唐宋,“四六”的格式就定型化了。第三,音韵声律。骈体文可分有韵骈文和无韵骈文两类,凡是用骈体写的赋、箴、铭、赞、颂、诔词等,一般都是有韵的;其他体裁一般是不用韵的。骈体文讲究平仄,是从齐梁开始的,而形成于初唐盛唐。随着严密格律的“律诗”出现,骈文在平仄格律要求上,也日趋严格了。宋代古文大家欧阳修写过《蔡州乞致仕第二表》一文,几乎无一句、无一联不是平仄间出的。讲求声律,已是后期骈文的一个体制因素了。第四,用典与藻饰。这本属修辞问题,在散体中也是常用的。但骈体文对两者都极度发展,因此就成了它的特点。文章用典,可起论据作用,增强说服力,还可以发人幽思,借抒怀抱,表达感情以及丰富内容,言简意赅,风格典雅。骈体文在创作上与古文相比,古文讲“气势”,而骈文讲“气韵”;古文通畅、古朴,骈文含蓄、典丽。在中国文章中,有韵、散之分,又有骈、散之分。骈赋就是“铺采摛文,体物写志”的用韵的骈体之一。

【四六】骈文中的一体。全篇多以四字六字相间为句,世称骈四俪六。《文心雕龙·章句》:“若夫笔句无常,而字有条数。四字密而不促,六字格而非缓。或变之以三五,盖应机之权节也。”四六体形成于南朝,盛行于唐宋。唐

代李商隐所作四六文,即称为《四六甲乙集》。一般说来,四六文的结构因对仗情况不同有以下几种:

1. 四字句与四字句组成上下两两相对:“英英相杂,绵绵成韵。”(吴均《与顾章书》)“轻如游雾,重似崩云。”(鲍照《飞白书势铭》)

2. 六字句与六字句组成为上下两联相对:“窥地门之绝景,望天际之孤云。”(鲍照《登大雷岸与妹书》)“芥千金而不眄,屣万乘其如脱。”(孔稚珪《北山移文》)

3. 上四、下四与上四、下四组成上下两个长联:“风树之酷,万始莫追;霜露之哀,百忧总萃。”(梁元帝《答群下劝进初令》)“两岸石壁,五色交辉;青林翠竹,四时俱备。”(陶弘景《答谢中书书》)

4. 上四、下六与上四、下六组成上下两个长联相对:“前园后圃,从容丘壑之情;左琴右书,萧散烟霞之外。”(杨暕《召王贞书》)“渔舟唱晚,响穷彭蠡之滨;雁阵惊寒,声断衡阳之浦。”(王勃《滕王阁序》)

5. 上六、下四与上六、下四组成两个长联相对:“对天山之积雪,尚得开衿;冒广厦之长风,犹当挥汗。”(庾信《谢赵王赉白罗袍裤启》)

6. 上六、下六与上六、下六组成上下两个长联相对:“知仁义不能禁暴,设刑网以胜残;知揖让不可济世,用干戈而靖乱。”(骆宾王《兵部奏姚州破贼设蒙俭等露布》)

四六文的写作要按句用词,不免有堆砌辞藻之弊,骈赋、律赋中也多用四六句式。

【八股对】古代应制作文章,其文体为科举考试制所规定。唐、宋时对考试采用的赋体(时文)称“律赋”,明、清时称科考时文为“八股文”。八股文每篇由“破题”、“承题”、“起讲”、“入手”、“起股”、“中股”、“后股”、“束股”八个部分组成。从“起股”到“束股”,才是正式议论,“中股”为全篇重心。这四段中都有两股排比对偶的文字,合称八股,所以叫“八股文”,也称“八比”。这种体式,律赋有时采用。

【赋的押韵】赋是韵文的一种。赋的押韵与诗歌有相同之处,也有不同之处。赋的押韵方式主要有以下几种。

第一,赋的篇幅一般较长,这就往往需要换韵,而一韵到底的赋作是极少的。有的赋换韵比较快,像扬雄《解嘲》很多地方只用了两三个韵脚就换韵。贾谊《吊屈原赋》则换韵更快,每一个韵只用两个韵脚。江淹《别赋》换韵则较慢,至少三个韵脚,大多是五个韵脚以上才换韵。六朝赋换韵往往较慢,这与当时的风尚有关。

第二,赋的换韵,往往与内容段落是一致的。例如扬雄《解嘲》每段用一至八类韵,没有任何一类韵跨段相押的。而且在每段所用的几类韵,换韵的地方在作品内容上也有转变。这一现象在六朝以后的赋作中,显得更为突出。例如江淹《别赋》许多段是一韵到底的,换韵则另起了一个段落。正是因为这样,许多赋作家可以用换韵来表示段落。一直到以后的文赋,如苏东城的《前赤壁赋》以至更晚时期的赋作,情况都是这样。

第三,赋的押韵,有的句句押,有的隔句相押。隔句相押是赋作中最常见的押韵力法,这又和《诗经》、《楚辞》的押韵方法是相同的。古赋和文赋常有散句,押与不押,比较自由。一段押韵很不规则,有句句押,有隔句押,也有六七句,到十多句不押的。文赋除句句押和隔句押以外,也有三句或四句才押的。这种作法是赋体诗的成分减少,散文成分增多的表现之一。

第四,所谓韵脚不一定都在句末。如果句末是虚词,往往在虚词前面押韵,这也是《诗经》、《楚辞》的传统作法。如扬雄《解嘲》:“意者玄得无尚白乎?何为官之拓落也?”“客徒欲朱丹吾毂,不知一跌将赤吾族也!”这种押韵方式,在古赋与文赋中运用得较多,而在骈赋中一般不用。但是句末的虚词,也有用来押韵的。如江淹《别赋》:“黯然销魂者,唯别而已矣!况秦吴兮绝国,复燕宋兮千里。或春苔兮始生,乍秋风兮蹔起。”

第五,韵脚以不重复为原则,如上所举,都没有同字重押的。个别同字的,或是同形字,音义不同,或是不同义,只是同音字。即使这样,赋作家还是注意把同形字和同音字保持一定距离。这种规矩,直到唐宋诗词中还都适用。如杜甫《自京赴奉先县咏怀五百字》共用三个“卒”字押韵,但它们既不同义又不同音。

【赋韵·分韵·赋得·分题】这里的“赋”字,本用作动词,是“作诗”、“歌咏”之意。如《左传·郑伯克段于鄢》“公入而赋”的“赋”、王勃《滕王阁序》“一言均赋”的“赋”、苏轼《前赤壁赋》“横槊赋诗”的“赋”等。古人作诗,常先规定若干字为韵,各人分拈韵字,按韵作诗,叫作“赋韵”,也称分韵。如《南史·曹景宗传》:“景宗振旅凯入,帝于光华殿宴饮连旬,令左仆射沈约赋韵。景宗不得韵……启求赋诗……诏令约赋韵。时韵已尽,惟余‘竞’、‘病’二字。”可见“赋”是“给予”或“分配”的意思。“赋得”之意本为古人作诗时摘取前人成句以为诗题,题首多冠以“赋得”二字,南朝梁元帝(萧绎)有《赋得兰泽多芳草》一诗。“分题”,大抵以各物为题,共赋一事。宋代严羽《沧浪诗话·

诗体》:“古人分题,或各赋一物,如云送某人分题得某物也。”这种方法在科举时代,赋诗作文,均为常用。另外,诗人集会,分题作诗,遂将“赋得”视为一种诗体。但不能与“赋体”文章混淆。

第二章　赋作名家简介

【屈原】(约前340—前278)名平,字原,自称名正则,字灵均。战国楚地秭归(今湖北省秭归县)人。与楚王同姓,出身贵族,封于屈,我国最早的伟大诗人。初任左徒,深得楚怀王信任,出入王左右,与之商议国事并发布政令,应对诸侯。在政治上对内主张改革弊政,制订宪令,对外主张实行联齐抗秦的"合纵"政策。后遭到楚国令尹子兰、靳尚等内部保守势力的谗害,楚怀王疏远了他,被罢官放逐到汉江以北(今湖北省郧、襄一带)。此后,怀王曾一度召回屈原,并派他出使过齐国。楚顷襄王即位,又为子兰为首的贵族集团所不容,受到谮毁,襄王怒而放之于江南沅湘一带。在长期流亡生活中,屈原始终关心国家命运,对黑暗现实更为不满,念念不忘实现自己的政治理想。秦军攻破楚国国都郢都之后,屈原痛心疾首,深感无力挽救国家危亡,政治理想彻底破灭,在长沙东北的汨罗江投江自尽。屈原作品据《汉书·艺文志》所载,有赋25篇,但在具体篇目的真伪问题上,后人说法不一。比较确定的作品有《离骚》、《九歌》(11篇)、《九章》(9篇)、《天问》等。在诸作品中,《离骚》是代表作,作品中强烈地表达了作者进步的政治理想,憎恶黑暗、愤世嫉俗的耿介之志,坚贞不渝、九死不悔的斗争精神及爱国爱民的炽热感情,作品充满深刻的现实主义和浪漫主义精神,是一篇光耀千古的杰作。屈原的作品,通常称作"楚辞",这是因为它是楚地人最早的诗歌,即所谓"皆书楚语、作楚声、纪楚地、名楚物"而得名。但因其在内容和写法上具有后来赋体那种"铺采摛文,体物写志"的特色,后人辞赋并称,屈原作品也称"屈赋"。

【宋玉】(生卒年不详)战国后期辞赋家,相传他是屈原的学生,当是与屈原同时而稍后的作家。在楚怀王、顷襄王时做过文学侍从一类的官。宋玉作品,据《汉书·艺文志》载有赋16篇,其具体篇目已不可确考。《楚辞章句》把《招魂》、《九辩》,《文选》把《风赋》、《高唐赋》、《神女赋》、《登徒子好色赋》、《对楚王问》都列在宋玉名下。但古今学人对其中作品所属持有异议,唯《九辩》一篇,公认是宋玉所作。《九辩》是一篇情景交融的优秀作品,抒发作者落拓不遇,伤时怨君的悲愁和不平,并在一定程度上揭露批判社会黑暗。赋中虽因袭了屈原作品中的词句,但在艺术上也有自己的创造。尤其是对萧瑟秋景的描写,具有浓烈抒情色彩,而赋中悲凉凄怆情绪,则更能激动人心。《风赋》

中以大王奢侈豪华生活和庶人贫穷悲惨生活对照,揭露社会不平。《高唐赋》和《神女赋》取材于民间故事传说,文字清丽婉转,富于想象,读之余韵悠扬。

【唐勒】(生卒年不详)稍后于屈原而与宋玉同时的辞赋家。《史记·屈原贾生列传》:"屈原既死之后,楚有宋玉、唐勒、景差之徒者,皆好辞而以赋见称,然皆祖屈原之从容辞令,终莫敢直谏。"《汉书·艺文志》载唐勒有赋4篇,但不见于《楚辞章句》及其他古籍,疑今皆亡佚。

【景差】(生卒年不详)《史记·屈原贾生列传》:"屈原既死之后,楚有宋玉、唐勒、景差之徒者,皆好辞而以赋见称,然皆祖屈原之从容辞令,终莫敢直谏。"《汉书·艺文志》未录其赋作,可见其作品亡佚更早。王逸《楚辞章句》:"《大招》,屈原之所作也,或曰景差,疑不能明也。"宋代朱熹则认为《大招》是景差作品。

【荀况】(约前313—前238)字卿,汉人避汉宣帝刘询讳,改称孙卿。战国后期思想家、教育家、文学家。赵国人,曾游学于齐,时人尊为学术界领袖。后不得志,又到楚国,春申君封为兰陵令。春申君死,官废,居家著述。今存《荀子》32篇。荀况的学术思想体系仍属儒家,但又与儒家观点不尽相同,兼收法家思想积极因素。在哲学思想方面,提出"天行有常","制天命而用之"的唯物主义观点;在教育思想方面,强调后天环境对人的影响,论述精辟。还写过诗赋,《汉书·艺文志》载有赋10篇,今存《礼》、《智》、《云》、《蚕》、《箴》五篇,另有《佹诗》二章。最早以"赋"名篇的正是荀况。荀赋形式已经同汉代散体赋十分接近,已采取问答体,只是篇幅短小,尚未构成汉赋的规模。内容形似咏物,实是说理,也与汉赋"体物写志"有所不同。

【陆贾】(生卒年不详)汉初政论家、辞赋家。从汉高祖刘邦定天下,官至太中大夫,曾向高祖提出武力可以夺取政权而不能维持天下的著名论断。他提倡儒学,同对也主张兼采道家无为而治以巩固政权。著有《新语》一书。《汉书·艺文志》载陆贾赋3篇,今已亡佚。《文心雕龙·诠赋》:"秦世不文,颇有杂赋。汉初辞人,顺流而作,陆贾扣其端,贾谊振其绪,枚(枚乘)、马(司马相如)播其风,王(王褒)、扬(扬雄)骋其势……"陆贾是汉赋开创者,对后来汉赋作家颇有影响。

【贾谊】(前200—前168)洛阳人,西汉初年杰出政论家、辞赋家。年轻时即以文才出众著称,20岁被召为博士,深得汉文帝赏识,升任太中大夫。提出削弱王侯势力以巩固中央集权,重农抑末等改革主张,触犯王侯贵族利益,遭到保守势力诋毁,贬为长沙王太傅。四年后,文帝又召他入都,为梁怀王(文帝少子)太傅。不久,梁怀王堕马身亡,贾谊自伤失职,忧郁致死,年仅33岁。所撰文章58篇,刘向编为《新书》。贾谊擅长政论散文,所写《过秦论》、《陈政事疏》、《论积贮疏》等,针砭时政,内容深刻,说理透辟,笔锋犀利而富有文采。鲁迅赞赏他的文章是"西汉鸿文,沾溉后人,其泽远甚"。贾谊也是汉初著名辞赋作家,今存《吊屈原赋》和《鹏鸟赋》是汉赋名作。前者是作者谪往长沙途经湘水时所作,借凭吊古人抒发感慨,贾谊和屈原有类似政治生活遭遇,悼念逝者,实为自悼,表现了对当时现实社会"方正倒植","谗佞得志"的不满,流露出高蹈遗世的隐遁思想。后者为作者寄居长沙时所作,赋中假托与鹏鸟问答,表现出不幸遭遇及对现实的不满。作者身处逆境,郁郁不得志,于无可奈何之下,只得以老庄逃避现实的思想排遣忧伤。贾谊赋,更近于楚辞骚体,后人称为骚体赋。《鹏鸟赋》采用问答体散文形式,与汉新体赋近似,而在辞藻华丽、夸张铺陈、长于抒情诸方面,则与汉赋有明显区别。

【枚乘】(?—约前140)字叔,淮阴(今江苏省淮阴区)人。生于文、景时代,初为吴王濞郎中,后为梁孝王宫廷文学侍从。梁孝王宫中门客善辞赋,而枚乘成就尤高。武帝即位,慕其文名,使人迎枚乘,乘应召赴京,年老力衰,死途中。《汉书·艺文志》载有赋9篇,现存有《七发》、《柳赋》、《菟园赋》3篇(后两篇前人或疑是伪作)。《七发》假设吴客与楚太子问答,始在吴王宫中作。《七发》虽未以赋命名,而铺陈七事以启发太子,奠定了新体赋的基本形式,标志着汉赋的正式形成,在辞赋发展史上占有重要地位。自枚乘写《七发》以后,后来辞赋家多事模仿,从而形成"七"体,出现《七辨》、《七启》、《七命》、《七讽》等作。《七发》通过音乐、饮食、车马、宫苑、田猎、观涛及要言妙道七事剖析太子致病原因及除病良方,在对各种事物情景的具体描绘中,从侧面反映出当时贵族社会奢侈淫逸的生活,具有讽谏意义。在结构上规模宏大,全赋有2000余字,采用问答形式,叙事写物,夸张铺陈,词语丰富。而铺叙有轻有重,有详有略,曲尽变化,无后世大赋堆砌奇僻词汇、形式呆板、千篇一律之弊。"观涛"一段,尤为淋漓尽致,奇观满目,绘声绘色,比喻层出,深得后人赞许。

【淮南小山】是西汉淮南王刘安一部分门客的共称。刘安(前179—前122),西汉思想家,文学家,汉高祖之孙,袭封淮南王。曾招致宾客文学之士数千人,进行编纂著述工作,所编《淮南子》一书,思想内容庞杂,是一部杂家著作。据《汉书·艺文志》载刘安作赋82篇,但所传绝少。今存《招隐士》一篇。这篇赋《昭明文选》题为刘安所作。《楚辞章句》中也收入此篇,王逸认为是淮南小山之作,晋崔豹《古今注》也认为是淮南小山所作。

【刘彻】(前156—前87)即汉武帝,前140—前87年在位。他是著名的政治家,又是位文学家。即位后便去征聘著名辞赋家枚乘,不幸枚乘死于赴京途中。他读司马相如《子虚赋》,非常钦佩,自恨生不与其同时,而不意司马相如竟是与他同时代的人;后经人推荐他召见相如,深喜其文才,任为郎。同时集合在他左右的赋家尚有东方朔、严助、刘安、吾丘寿王、朱买臣等人。汉武帝不仅喜聚文士,而且自己也善作诗赋,今传他所作的《秋风辞》、《李夫人赋》等,都是很隽美的作品。

【司马相如】(前179—前117)字长卿,西汉蜀郡成都(今四川省成都市)人。汉景帝时,任武骑常侍。后免官游梁,与枚乘等人同为梁孝王门客,著《子虚赋》。梁孝王死,归蜀,过临邛与富人卓王孙女卓文君相恋,俱归成都。家贫无以为生,复返临邛,夫妻以卖酒为生。汉武帝读《子虚赋》,赏其才,召见,相如又作《上林赋》,备受器重,封为郎,曾奉诏出使西南夷。晚年以病免官,居家病卒。司马相如是汉代大辞赋家,《汉书·艺文志》载有赋29篇,后多亡佚,今仅存《子虚》、《上林》、《大人》、《长门》、《美人》、《哀二世》六赋。其中《子虚赋》和《上林赋》是代表作。内容假托子虚、乌有、亡是公三人对话,铺叙诸侯和天子林苑壮丽及游猎盛举,结尾归之于节俭。作者主观上虽有讽谏之意,但其效果也只能是"劝百而讽一,曲终而奏雅",讽谏作用不大。《子虚赋》、《上林赋》在汉赋发展史上有重要地位,奠定了铺张扬厉的大赋体制,后世赋家多模拟沿袭其模式而形成一种传统。其余四赋体制上更近于骚体赋,具有较多抒情意味,篇幅较短,《长门赋》是这类赋的代表作。内容据说是写汉武帝陈皇后失宠,别居长门宫"愁闷悲思"故事。以自述口吻,倾诉陈皇后被弃的不幸命运。这篇赋较之主要是"体物"大赋来说,更着重于"写志",虽然也对陈皇后所居长门宫的阴暗、幽深而豪华的环境作淋漓尽致的描写,但旨在烘托女主人公愁苦悲凉孤独之情,是一篇优秀的抒情佳作,对后世抒情小赋及宫怨诗创作有一定的启发和影响。

【东方朔】(前154—前193)字曼倩,平原(今山东省平原县)人。汉武帝时上书自谏,被召入朝,曾任常侍郎,太中大夫。为人滑稽多智,常在汉武帝前调笑取乐,以诙谐言辞直言进谏。曾上书反对武帝大修上林苑,指出这是"取民膏腴之地,上乏国家之用,下夺农桑之业,弃成功,就败业"之举。武帝视为俳优,不加信任重用,乃作《答客难》,以发泄牢骚。《答客难》虽未以赋名,而采用问答体,句法整齐用韵,实际上是赋体。赋中设客难己,针对客所提出的诘难而作答,说明人才是否能受到重用,个人才华是否会得到施展,与时代需求有极为密切的关系。战国是“得士者强,失士者亡”的时代,所以苏秦、张仪自然能够“身处尊位”;而到了“诸侯宾服”、“天下无害”的汉武帝时代,则“虽有圣人,无所施才”,“虽有贤者,无所立功”,“时异则事异”,而不能以古衡今。这篇赋实际上是作者怀才莫展苦闷心情的一种自我排解。赋所采用的设客诘难,对客答辩的写法,很具有特色,后人多有仿作,如扬雄《解嘲》、班固《答宾戏》、张衡《应间》等。又有《七谏》,是因袭楚辞的骚体赋作。《非有先生论》采用主客问答形式,其内容是劝帝王听谏,风格与《答客难》相近,也属赋体。

【司马迁】(约前145—前87)字子长,夏阳(今陕西省韩城)人,西汉史学家、文学家。父司马谈,汉武帝时任太史令。司马迁幼年时期受到良好的教养,青壮年时期曾漫游各地,足迹几遍全国,考察名川大山,风土人情,采访古迹名胜,采集传闻异说,广泛接触社会生活及不同阶层的人物,开阔眼界,积累丰富资料,这对他从事历史和文学创作起了重要的作用。司马谈死后,他继任太史令,博览大量皇家图书,开始续父志编写《史记》。公元前99年,汉将李陵败降匈奴,司马迁为其辩护而触怒武帝,获罪下狱,受宫刑,蒙受奇耻大辱。但为了完成《史记》,他忍辱苟活,以刑后余生,终于完成不朽巨著。《史记》是一部伟大的历史著作,也是文学著作。它全面记述总结我国古代3000年间政治、经济、文化等历史发展情况,塑造大批栩栩如生的人物形象,开创我国纪传体史学和传记文学的先河。司马迁又善为赋,《汉书·艺文志》载有赋8篇,今存《悲士不遇赋》一篇,殆受祸后晚年之作。赋中强烈控诉世道不公,时世昏暗,抒发怀才不遇、不甘没世无闻的激愤情绪,是一篇语言刚劲,抒情意味很浓的优秀作品,对研究司马迁晚年思想具有参考价值。

【乌孙公主】(生卒年不详)西汉沛(今江苏沛县)人。名细君,江都王刘建之女。元封年间,武帝为了抗击匈奴,乃联合乌孙(今新疆维吾尔自治区伊宁市以南伊犁河上游一带),以细君为公主,遣嫁乌孙王昆莫,世称乌孙公主。远居异域,悲愁难已,作《悲愁歌》以自遣。歌采骚赋形式,抒发远嫁乌孙的哀伤和对故乡的思念之情。事见《汉书·西域传》。

【王褒】(生卒年不详)字子渊,蜀郡资中(今四川省资阳)人,西汉末辞赋家。汉宣帝时为谏议大夫,故有“王谏议”之称。宣帝提倡诗歌音律,王褒应诏,有赋、颂16篇,代表作品是《圣主得贤臣颂》、《四子讲德论》、《甘泉宫颂》等,文采富丽,字句锤炼。另有一篇《九怀》,王逸收入《楚辞》。又有《洞箫赋》,是一篇咏物小赋,内容已由写宫阙建筑、苑囿畋猎、狗马声色等大题材转而去写细小物件;由大赋那种规模壮阔、铺张扬厉的风格转为纤弱细微、精雕细刻的笔调。赋中写“箫竿之所生”所长的环境，细致描绘竹林景物及动人箫声。刘勰说“子渊《洞箫》穷变于声貌”(《文心雕龙·诠赋》)，评论贴切。《洞箫赋》对后世赋作影响颇大，不少作家仿照它用长篇文字铺写某种器物声音、体貌、本质及功用等，形成咏物赋新体裁。

【扬雄】(前53—前18)字子云，蜀郡成都(今四川省成都市)人，西汉末年著名辞赋家。少年好学，博览群书，以文才卓著被汉成帝召至京师，任给事黄门郎。为人口吃，不善言谈，不慕荣利，潜心著述，对经学、文字学都有较深造诣。一生著述甚多，仿《周易》作《太玄》，仿《论语》作《法言》，仿《离骚》作《广骚》等。《汉书·艺文志》载有赋12篇，多模拟司马相如之作。曾侍从成帝祭祀游猎，拟《子虚赋》、《上林赋》作《甘泉赋》、《羽猎赋》、《长杨赋》、《河东赋》等，歌颂汉朝声威及皇帝功德。前人常以“扬马”并称，在辞赋史上占有重要地位。又有小赋，如模仿东方朔《答客难》而作《解嘲》，写不愿趋附权贵而自甘淡泊，潜心著述的情志，流露出对社会政治的不满及“自守者身全”的处世态度。《逐贫赋》抒发在贫困生活中的牢骚。《酒箴》用四言写成，体裁短小精悍，状物颇具特色，借器喻人，谴责贪荣好利，趋炎附势的小人，并为高洁朴质的人鸣不平，言近旨远，语言隽永。扬雄晚年，对赋的看法有很大转变，认识到赋这种文学形式并不能发挥所谓的讽谏作用，只是无益于人心和世道的雕虫小技。所著《法言》一书，对赋的弱点做出中肯批评：“诗人之赋丽以则，辞人之赋丽以淫。”从而放弃辞赋写作，而专门从事学术著作。

【班婕妤】(生卒年不详)名不详，楼烦(今山西省朔县)人。汉成帝时被选入皇宫，不久立为婕妤。后赵飞燕得宠，她遭谗陷而失宠，供养于长信宫侍奉太后。班婕妤少有才学，善为诗赋，今存《怨歌行》这首诗，《昭明文选》及《玉台新咏》皆题是她的作品。诗中以秋扇见捐作喻，抒发妇女受人玩弄而终遭遗弃的怨情。赋作有《自悼赋》、《捣素赋》等，辞旨清捷，怨深文绮。

【班彪】(3—54)字叔皮，扶风安陵(今陕西咸阳)人。20岁时，遭王莽败，往天水郡，归依隗嚣，但未受到重用。后至河西，为窦融从事，劝窦融支持汉光武帝刘秀。窦融举荐班彪，封为徐县令。专力从事史学，搜集汉史资料，为子班固修成《汉书》创造了条件。班彪的有名赋作是《北征赋》，是从长安避乱凉州途中写景抒怀之作。赋中触景生情，感时伤逝，直抒胸臆，格调苍凉，颇有真情实感。

【班固】(32—92)字孟坚，扶风安陵(今陕西咸阳)人，著名史学家班彪之子，东汉著名史学家、文学家。自幼聪慧好学，“九岁能属文，诵诗书”，20岁承继父业撰汉史。有人上书称他私改国史，被捕下狱，弟班超上书力辩，获释。汉明帝召为兰台令史，经20余年的努力，基本上完成《汉书》的著述，从而开创"包举一代"的纪传体断代史体制。汉章帝时，升为玄武司马，与诸儒于白晓观撰成《白虎通德论》（即《白虎通》，亦称《白虎通义》）。汉和帝时，随大将军窦宪出征匈奴，窦宪谋反获罪，班固受牵连入狱，死于狱中。班固善辞赋，在赋史上，前人把西汉司马相如、扬雄和东汉班固、张衡并称为汉赋四大家。有名赋作是《两都赋》，内容铺写西都长安和东都洛阳宫苑的富丽，田猎宴饮的盛况，最后结尾归于节俭。赋的体制宏大，富于文采。其形式、结构完全模仿司马相如《子虚赋》和《上林赋》，也是润色鸿业，劝百而讽一的典型大赋。又有《幽通赋》，是模仿《楚辞》的述志之作；《答宾戏》则是模仿东方朔《答客难》、扬雄《解嘲》而作，赋中表现了作者"笃志于儒学，以著述为业"的志趣。

【班昭】（约49—约120）字惠班，一名姬，扶风安陵（今陕西咸阳）人，史学家班彪之女，班固之妹，14岁嫁曹世叔，世称"曹大家"。兄班固修《汉书》未终而死，"八表"及"天文志"遗稿散乱，班昭奉命与马续共同续撰。《汉书》初出，读者多不通晓，班昭教授大经学家马融等人诵读。汉和帝时，她常出入于宫廷，任皇后和妃嫔教师。善辞赋，有《东征赋》、《七诫》等七篇。

【傅毅】（？—约90）字武仲，扶风茂陵（今陕西兴平）人，东汉文学家。少博学，汉章帝时为兰台令史，和班固同校内府藏书。后为汉大将军窦宪记室，迁司马。能诗善文，而流传甚少。辞赋作品，《文选》仅录有《舞赋》一篇，铺陈歌舞的声容体态，善于图物写貌。

【张衡】（78—139）字子平，南阳西鄂（今河南省南阳市）人，我国东汉著名科学家、文学家。少善属文，为人从容淡静，学识渊博。安帝时为郎中，后任太史令、河间相。为官正直敢言。在科学上有杰出贡献，发明制作浑天仪、候风仪、地动仪；并有《灵宪》等科学著作。所作《四愁诗》继承楚辞比兴手法，意绪缠绵，感慨深情，十分动人，对后来七言诗的形成起了很大作用。张衡是东汉著名辞赋家，早期赋作《二京赋》（《西京赋》、《东京赋》），仿司马相如《子虚赋》和班固《两都赋》，"精思博会"，花了10年工夫，体制比前人更加宏大，更加铺叙夸张。求全求备，篇幅加长，成为描写京都大赋"长篇之极轨"。赋中除了铺写宫室物品之外，还涉及商贾、侠客、辩士及艺伎等活动，在一定程度上反映了当时的社会现实。又有《南都赋》、《应间》、《思玄赋》、《归田赋》等，《思玄》、《归田》二赋，皆述志抒怀之作，形式短小，一变汉大赋铺采摛文，夸张堆砌之风，以清丽文字表现了宦官专权，国事日非的现实及忧谗惧祸，心情抑郁，避祸全身,归隐田园的情志。张衡是在赋体演变过程中承前启后的赋作家,此后,东汉抒情小赋不断涌现,对魏晋抒情赋的发展有深远影响。

【赵壹】(生卒年不详)字元叔,汉阳西县(今甘肃天水市)人。为人耿介孤傲,狂放不羁,名显于时。但在东汉末年宦官、外戚交相掌政的黑暗时代,遭豪门贵族嫉妒排挤,终身官位不过郡吏。善诗文,以《刺世嫉邪赋》最为著名。这是一篇抒情小赋,赋中对汉末吏治腐朽,贤愚颠倒,忠奸不辨的社会现实及败坏的社会风气作了无情揭露和讽刺,表达对现实的绝望心情及不与当世同流合污的坚决态度。赋中虽然保持汉赋铺排的基本特征,而重点已不在"体物",而在"写志"。对社会的谴责,措辞十分激烈,态度极其鲜明;与"润色鸿业"歌颂升平的汉赋迥然有别。又有《解槟赋》、《穷鸟赋》等。

【王逸】(生卒年不详)字叔师,南郡宜城(今湖北宜城)人,东汉学者、文学家。安帝时为校书郎,顺帝时官居侍中。所著《楚辞章句》是《楚辞》最早、最完整的注本,为历代学者所推崇。又作诔、书、论20余篇,其赋作有《九思》、《机赋》、《荔支赋》等。《九思》是仿宋玉《九辩》之作,王逸作《楚辞章句》增入其中,宋代洪兴祖作《楚辞补注》,也给这篇骚赋作了补注。

【王延寿】(生卒年不详)字文考,一字子山。南郡宜城(今湖北宜城)人,大学者王逸之子,东汉末辞赋家。少游山东曲阜,后渡湘水溺死,年仅20余岁。《昭明文选》录有《鲁灵光殿赋》一篇,赋前小序说明灵光殿是汉景帝子鲁恭王刘馀所营建,虽遭多年兵革战乱,到东汉时仍"岿然独存",作者有感于此而作。赋中对汉代建筑及壁画作了生动描绘,据传当时大文豪蔡邕也作此赋,尚未成,看到王延寿的这篇赋后,非常佩服,就"辍翰而止"。

【马融】(79—166)字季长,扶风茂陵(今陕西省兴平)人,东汉经学家、文学家。曾任校书郎、南郡太守等职。遍注《周易》、《尚书》、《毛诗》、《三礼》、《论语》、《孝经》、《老子》、《淮南子》等古籍。有赋、颂等20余篇。马融"性好音,能鼓琴吹笛",《昭明文选》录有《长笛赋》一篇,序中自称:"追慕王子渊、枚乘、刘伯康、傅武仲等箫琴笙颂,唯笛独无,故聊复备数,作《长笛赋》。"

【蔡邕】(132—192)字伯喈,陈留圉(今河南省杞县)人,汉末学者、文学家。博学多才,能书善画,精通经史、天文、数术、音律。汉灵帝时,官至议郎。以上书批评朝政获罪,流放朔方。董卓专权,被迫出政,任侍御史、左中郎将,世称"蔡中郎"。著有诗、赋、碑诔、赞、箴、铭等百篇,尤长于碑记。为文工整典雅,享有盛名。所著《述行赋》,很近于班彪《北征赋》与班昭《东征赋》,是他从陈留往洛阳旅途中抒怀之作。赋中对路途所遇景物、气候加以描绘,并联想许多古人古事，借古刺今，对统治阶级的腐朽和人民的疾苦有所反映。

【蔡琰】(177—?)字文姬，陈留圉(今河南省杞县)人。她是汉末大学者蔡邕之女，从小受到良好的文化教养。史称琰“博学有才辩，又妙于音律”，还擅长书法。一生遭遇坎坷，幼年因父获罪全家从军。16岁嫁卫仲道，夫亡无子而回家寡居。在汉末大乱中，被董卓部下所掳，后又流落于南匈奴，在南匈奴滞留12年，嫁给胡人，生二子。建安十二年，曹操以金璧赎回，再嫁同郡董祀。现存作品有《悲愤诗》二首，一为五言体，一为楚辞体，其内容大致相同。其中五言体《悲愤诗》公认为是她的代表作，长达500余字，是长篇叙事诗的杰作。她的骚体《悲愤诗》实际上是一篇骚体赋，艺术性要比五言《悲愤诗》逊色，后人对它的真伪持有不同看法。另有《胡笳十八拍》是一篇用赋体写的长篇浪漫主义抒情杰作，着重于倾吐自己的感情，悲怆凄切，感人肺腑。

【祢衡】(173—198)字正平，平原般(今山东省德平县)人，汉末文学家。少有辩才，长于笔札，博闻强识，才华出众，身为“建安七子”之首的孔融夸赞他是“不可多得”的人才。为人刚直不阿，恃才傲物，曾辱骂曹操，曹操想杀掉他，终因其名气很大，而不愿担“害才”的恶名，就把他送给刘表。在刘表处，祢衡又侮慢了刘表，受到忌恨，刘表又假江夏太守黄祖之手杀害了他，死时才26岁。祢衡作品，《昭明文选》录有《鹦鹉赋》一篇，赋中写了鹦鹉的来历和才性及被捕、离群、身处樊笼哀怨，借此写出自己被曹操、刘表等人辗转遣送，失去自由的不幸遭遇，是咏物小赋中的名作。

【王粲】(177—217)字仲宣，山阳高平(今山东省邹县)人，汉末文学家，“建安七子”之一。出身世家，少年以才学见重于世。逢董卓之乱，由东京洛阳随汉献帝流落到西京长安，后又避乱荆州依附刘表，“表以粲貌寝而体弱通侻”，未见重用。刘表死后，王粲劝刘表子刘琮共归曹操，曹操封为丞相掾，赐爵关内侯。魏王国建立后，官至魏国侍中，世称“王侍中”。粲博学多闻，强记默识，尤以诗赋著称于时。著有诗、赋、论、议60篇。其诗作以《七哀》三首为代表作。所作《登楼赋》抒发了作者在滞留荆州时登上当阳(一说荆州)城楼，观赏异乡风物之美而引起的怀念乡关和壮志难酬的惆怅之情，反映了汉末战乱给人民带来的深重苦难。这篇赋将写景抒情完美结合，篇幅短小，文字清丽，是古代抒情小赋中的珍品。梁代刘勰对王粲评价极高，《文心雕龙·才略》称：“仲宣溢才，捷而能密，文多兼善，辞少瑕累，摘其诗赋，则七子之冠冕乎！”

【曹植】(192—232)字子建，曹操第三子，魏文帝曹丕弟，沛国谯县(今安徽省亳县)人。曾封陈王，死后谥思，世称陈思王。少聪慧，有才华，一度深得曹操宠爱，几次欲立为太子；后以任性、骄纵，不拘小节，终于失宠。曹丕称帝后，曹植不断受到迫害，虽有“戮力上国，流惠下民”的政治抱负，也曾多次向文帝、明帝（曹丕子）上表求试，欲建功立业，而终未能如愿，反而屡遭贬爵徙封，加以生活困顿苦闷，41 岁时在郁郁寡欢中死去。曹植的创作成就是多方面的，现存诗歌约 80 余首，以五言诗为主，《白马篇》、《名都篇》、《美女篇》、《赠白马王彪》等是代表作。他的诗歌脱胎于汉乐府民歌而有自己的特点，钟嵘《诗品》称其“骨气奇高，词采华茂，情兼雅赋，体被文质，粲溢古今，卓尔不群”。曹植的散文也不乏名篇，其中《与吴质书》及《与杨祖德书》是有名的散文书札。另有《求通亲亲表》及《求自试表》，是上皇帝的表章，文多骈俪，内容充实，字里行间流露出悲愤不平之气及渴望自由的心情。曹植擅长辞赋，其作品大都是抒情小赋，赋中弃去汉赋中堆砌奇文僻字的恶习，用华美的词句抒写自己的感情。《洛神赋》、《幽思赋》、《鹞鹊赋》、《慰子》、《出妇》、《七启》等都是较有名的赋作。尤其《洛神赋》，是作者入朝后回归封地途经洛水时写的。这篇赋以神话中关于宓妃的故事为基础，接受了《神女赋》的影响，描写了人、神恋爱的悲剧，塑造了一个优美、动人的女性形象。作品形象丰富，描写细腻，具有浓厚的神话色彩和抒情意味，寄托了自己的悲苦失望和对美好理想生活的追求，是一篇托神寄意，文情并茂的抒情小赋名作。赋文流传千载，赋中女神的形象更成为雕塑、绘画、戏剧等艺术形式的题材。

【何晏】（？—249）字平叔，南阳宛县（今河南省南阳区）人，东汉大将军何进之孙。少以才秀知名，魏正始名士的代表人物。“美姿仪，面至白”，人称“傅粉何郎”。尚谈玄，好老庄。在魏晋易代时期，依附曹爽，力主挽救魏室，为司马懿所杀。何晏善诗文，著有《道德经》、《无名论》、《无为论》等学术著作。他的诗流传下来的很少，仅存二首。另有《景福殿赋》一篇传世，据载：“魏明帝将东巡，恐夏热，乃于许昌作殿，名曰景福，既成，命人赋之。平叔遂有此作。”其内容是铺陈描写宫阙建筑，旨在歌颂魏明帝功德。

【嵇康】（224—263）字叔夜，谯郡铚（今安徽省宿县）人，魏正始年间著名的思想家、文学家、音乐家，“竹林七贤”之一。曾任中散大夫，世称嵇中散。少孤贫，有奇才，好老庄之学。为人放荡不羁，疾恶如仇，公开反对虚伪礼教和礼法，提出“非汤武而薄周孔”（《与山巨源绝交书》），矛头直指司马氏政权，为当局所不容，终被司马昭杀害。嵇康擅长散文，《与山巨源绝交书》是传世名作，文章旁征博引，才华横溢，笔触锋利，说理透彻，充分体现出作者傲世疾俗、大胆立论的文风。又有《声无哀乐论》、《难自然好学论》及《管蔡论》等散文，不仅说理缜密透辟，而且也有抗顽俗、反传统的卓见。所以鲁迅很赞赏他的文章，认为“思想新颖，往往与古时旧说反对”。嵇康诗作不多，四言诗较好，《赠秀才入京》、《幽愤诗》是代表作。所作《琴赋》对琴的奏法和表现力，都做了细致生动的描绘。

【向秀】（约227—272）字子翔，河内怀（今河南省武陟县）人。魏晋时期著名哲学家、文学家，“竹林七贤”之一。官至黄门侍郎，散骑常侍。好老庄，曾注《庄子》。诗文作品大都亡佚，今存《思旧赋》和《难嵇叔夜养生论》两篇。其中《思旧赋》是思怀旧友的抒情小赋。赋文中提到的嵇康、吕安，生前都是向秀的好友，作者曾与嵇康一起锻铁，与吕安一同灌园。后来嵇、吕触犯司马氏政权遭人诬陷，被司马昭杀害。向秀极为愤慨，便写了这篇赋为他们申冤鸣不平。赋中通过追忆昔日游宴之好而抒写怀念之情，也透露对司马氏杀害清良的不满与抗议。这篇赋篇幅极为短小，读之让人有欲言难言，欲止难止的感觉，心情十分压抑，正反映了当时统治严酷，言论不自由的社会现实。

【刘伶】（生卒年不详）字伯伦，沛国（今安徽南宿县）人，曾为建威将军，“竹林七贤”之一。性嗜酒，放荡不羁，好老庄，主张无为。《世说新语·任诞》篇载：“刘伶恒纵酒放达，或脱衣裸形屋中，人见讥之。伶曰：‘我以天地为栋宇，屋室为幝衣，诸君何为入我幝中。’”又载：“常乘鹿车，携一壶酒，使人荷锸随之，死便掘地以埋。”（《世说新语》引《名士传》）刘伶的作品传世者甚少，其诗作只有一首。另有一篇以赋体写的《酒德颂》。这篇文章仿阮籍《大人先生传》，虚构了一个纵酒放达，目空一切，“幕天席地，纵意所如”，蔑视礼法权贵的人物。这个人物实际上是他自己的理想化身。全文不足200字，是一篇很有特色的述志抒情的赋体短文。

【成公绥】（231—273）字子安，东郡白马（今河南省滑县）人，西晋文学家。曾任中书郎，口吃而好音律，善作辞赋，为张华所推重。《昭明文选》录其《啸赋》一篇。赋中假想出一个“体奇好异，傲世忘荣，绝弃人世”的“逸群公子”，他能蹙口成音，吹出美妙的乐调。赞扬他“动唇有曲，发口成音”，曲尽其妙的高超技艺，其吹奏效果足以使“钟期弃琴而改听，孔父忘味而不食”，是一篇描写生动，独具一格的佳作。

【张华】（232—300）字茂先，范阳方城（今河北省固安县）人，西晋文学家。晋初任中书令，后任侍中、中书监、司空等职，世称“张司空”。官爵虽显，而为人正直，重才扶秀，对士族阶层的腐朽生活有所不满。今存诗30多首，代表作有《游猎篇》、《轻薄篇》等。作品对当时士族骄奢淫逸的生活有所揭露。他的诗喜铺排对偶,雕饰辞藻。另有《情诗》五首,叙写夫妇别后思慕之情,较为真切动人,语言平易朴实。所撰《博物志》分类记载殊方异物、神仙方术之类的琐闻,可视为一部我国较早的志怪小说。《昭明文选》录有《鷦鷯赋》,是一篇咏禽鸟的作品,赋中借物言志,抒写了自己虽身居要位,但却羡慕"生于蒿莱之间","长于藩篱之下"的鷦鷯生活,认为鷦鷯虽然"不为人用,形微处卑",但却"物莫之害"而保全自身,"繁滋族类",流露出作者居官时怀忧惧祸,急流勇退的思想。篇幅短小,寓意深刻。

【潘岳】(247—300)字安仁,荥阳(今河南中牟县)人,西晋文学家,少时以才智名乡里,号称"奇童"。相传他姿貌丰美,后人以其名为美男子的代称。为人趋附势利,热衷功名,曾任河阳令、著作郎、给事黄门侍郎等职。在文学界与陆机齐名,后人常以"潘陆"并称,在西晋形式主义文风很盛的时代,他们的文学地位极高,钟嵘《诗品》将他们的作品列为上品,有"陆才如海,潘才如江"之说。其实潘岳的作品大部分徒有华丽词采,平淡少味,缺乏真切的思想内容,只有为悼念亡妻而作的《悼亡诗》三首,写得凄恻动人。潘岳又是晋代的赋家,其赋作词句清丽,刻画细密,是流传至今的名赋。作有《怀旧赋》、《寡妇赋》、《哀永逝文》、《闲居赋》、《籍回赋》、《射雉赋》、《秋思赋》、《西征赋》、《笙赋》等,题材较为广泛,以叙哀情的赋写得较好。

【陆机】(261—303)字士衡,吴郡(今江苏松江区)人,吴国大司马陆抗之子。吴亡入洛,是西晋太康时期著名的文学家,与潘岳齐名,官至平原内史,故世称陆平原。现存诗 100 多首,多于同期作家。但大部分诗竭力追求辞藻对偶,兴味不深,缺乏真切感受,多因袭模拟之作。诗中由于过分雕琢辞章,不免流于堆砌拙滞。只有少数作品可取,如《赴洛阳道中作》,叙写行役,景中有情,也有个人切身感受。所著辞赋骈文,成就比诗为高,如《文赋》、《叹逝赋》、《思旧赋》、《述思赋》、《演连珠》、《吊魏武帝文》等。《文赋》是作者用赋体精心写成的一篇细密深刻的论述文学理论的文章,赋文中全面阐述自己的文学主张,从文章的立意、布局、剪裁到修辞、音韵等问题,深入探讨,多独到见解,展现了作者博厚精深的文学修养和横溢的才华。《叹逝赋》和《吊魏武帝文》是"缘情"之作,写得凄婉动人。《演连珠》引喻贴切,文字精整,善于体物,颇有好的议论。

【夏侯湛】(生卒年不详)字孝若,谯国(今安徽省亳县)人,西晋文学家。晋泰始中,举贤良,拜郎中,惠帝即位,为散骑常侍。与潘岳友善,时人称为连璧。所作小赋,多咏草木风物,如《雷赋》、《秋夕哀赋》、《观飞鸟赋》等 20 余篇;《芙蓉赋》是他的代表作。

【木华】(生卒年不详)字玄虚,广川(今河北省枣强县)人,西晋文学家。曾为太傅杨骏主簿。擅长辞赋,今仅存《海赋》一篇。赋中写了大海的形成,水势之壮阔浩邈,海水变化的情状。文笔隽丽,想象丰富,颇具神奇色彩。傅亮《文章志》赞扬这篇赋“文甚隽丽,足继前良”。

【张协】(生卒年不详)字景阳,范阳方城(今河北省固安县)人,西晋文学家,与兄张载、弟张亢齐名,世称“三张”。曾任河间内史,后征为黄门侍郎,托病辞不赴职。他的诗艺术成就较高,尤擅长五言,作品“文体省净”,无雕琢之累,善于对景物作细致描绘。其代表作品是《杂诗》10 首,内容较为广泛,造语清新,音韵铿锵,不乏名句。又善为辞赋,《七命》是他的代表作,梁萧统《昭明文选》“七”体中,列在枚乘《七发》、曹植《七启》之后,为两晋代表作品。刘勰《文心雕龙 · 才略》说:“孟阳、景阳(指张载、张协兄弟),才绮而相埒。”又认为张协兄弟、应贞、傅玄、孙楚、挚虞、成公绥等西晋赋家之作“并结藻清英,流韵绮靡”。

【左思】(生卒年不详)字太冲,齐国临淄(今山东省临淄市)人,西晋末文学家。其妹左棻入选帝妃,迁家京师,任秘书郎。左思出身寒微,虽有抱负,但在当时门阀制度下,不得不屈居卑位。在代表诗作《咏史》8 首中,借古人古事抒写怀抱,强烈抨击不合理的社会制度,字里行间充满受压抑的苦闷和愤愤不平之气。含义深刻,笔力雄健,情调高亢,《诗品》列为上品,称之为“左思风力”(见《宋徵士陶潜诗》),和“建安风骨”一脉相承,代表西晋诗歌最高成就。左思《三都赋》(《蜀都赋》、《吴都赋》、《魏都赋》),是花费 10 年写成的大赋。赋成,当时文坛上几位享有盛名的文士作了注评,曾风行一时,时人竞相传抄,造成“洛阳纸贵”的情况。其实这篇赋,作者精心殚思,用力虽勤,却不脱汉代大赋老路,只是避免夸饰,更加求实而已,其艺术成就远比他的诗作逊色。

【郭璞】(270—324)字景纯,河东闻喜(今山西省绛县)人。东晋初为著作郎、尚书郎,后为大将军王敦记室参军。博学高才,擅长诗赋,又好经术,对训诂学也颇有研究,曾注释《尔雅》、《方言》、《山海经》等古籍。兼善五行天文卜筮之术。王敦谋反,郭璞借卜筮谏阻而被杀。郭璞是晋朝南渡之际最重要的作家之一,诗赋都有文采。诗有 20 余首,《游仙诗》14 首是代表作,歌咏高蹈遗世,蔑视富贵荣华,流露出对现实不满,忧生避祸的心情,言近旨远,辞多慷慨,有浓厚抒情成分。著名赋作有《江赋》一篇传世,赋中详尽描绘长江源流经历,三峡澄潭及江水奔腾气势,两岸山光水色,丰富水产资源等。刘勰《文心雕龙·诠赋》誉称“景纯绮巧,缛理有余”,与魏晋其他赋家七人并列,称之为“魏晋之赋首”。

【孙绰】(314—371)字兴公,太原中都(今山西省平遥县)人,东晋文学家。官至廷尉。少喜隐居,以文才著称,是东晋玄言诗的代表作家。今存诗不多。有名赋作是《游天台山赋》。赋中描写天台山采取游记形式,为晋末宋初山水诗及后世游记开辟了门径。刘勰《文心雕龙·才略》称:“孙绰规旋以矩步,故伦序而寡状。”范文澜注:“孙兴公《游天台山赋》,多用佛老之语,不甚状貌山水,与汉赋穷形尽貌者颇异。”可见孙绰遵循玄理创作诗赋的缺点。

【袁宏】(328—376)字彦伯,小字虎,陈郡夏阳(今河南省太康县)人,东晋文学家,史学家。少贫,有逸才,谢尚引为参军,累迁大司马桓温记室。后自吏部郎出为东阳太守。曾拟左思作《咏史》,钟嵘《诗品》列为中品,称“彦伯《咏史》,虽文体未遒,而鲜明紧健,去凡俗远矣”。在史学方面也颇有建树,曾撰《后汉记》、《竹林名士传》等。袁宏有名的赋作有《东征赋》、《北征赋》等。刘勰列为“魏晋之赋首”之一,称“彦伯梗概(慷慨),情韵不匮”。

【陶渊明】(365—427)字元亮(一说名潜,字渊明),自号五柳先生,谥号靖节。浔阳柴桑(今江西省九江市)人,晋末宋初最杰出的诗人。出身没落世家,少时博览群书,有“大济于苍生”的抱负。29岁出仕,因家境困难,又做过几任地方官;终因性爱自由,厌恶污浊官场,不愿屈心从俗,任期都不很长。41岁,出任彭泽令。因不愿“为五斗米折腰”,解职归田,在官仅80余日。从此结束仕途生活,躬亲耕作,自食其力。陶渊明作品以诗为主,今存诗120余首,代表作品有《归园田居》、《饮酒诗》、《读山海经》、《庚戌岁九月中于西田获早稻》等。诗歌语言清新朴素,平淡自然,富有诗情画意。又有散文6篇,其中《桃花源记》和《五柳先生传》最为著名。陶渊明辞赋继承抒情小赋传统,文字洗净清新,情文兼茂。《归去来兮辞》是作者初归田园时所作,叙述诗人出仕和归隐的原因,表现了脱离官场,回归田园的愉快心情,反映了作者的高洁志趣,流露出乐天知命的思想情绪。《感士不遇赋》抒发了诗人对士不遇的感慨,也揭示出仕不遇的原因,表现了耿介不阿的品格。《闲情赋》表现了男女之间深挚的感情。《自祭文》是作者用赋为死后而预作的祭文,或即最后绝笔,两月后逝世。赋中表明对生死的看法,作者抓住生前归隐田园的乐趣来铺写,表现了生无所恋,死无所恨的思想感情。通篇用四言写成,而且押韵,表明赋体到晋宋时期在形式上向着句子整齐、注重音律方向发展的趋势。

【颜延之】(384—456)字延年,琅琊临沂(今山东省临沂)人。南朝宋诗人，与山水诗人谢灵运齐名，并称“颜谢”。历任中书侍郎、侍中、秘书监等职，官至光禄大夫，世称谢光禄。其诗作好藻绘雕饰，喜用典故，而缺乏创造性。钟嵘《诗品》称他的诗“尚巧似，体裁绮密”，“喜用古事，弥见拘束”。现存诗28首，只有少数作品可取，如《北使洛》、《还至梁城作》等。辞赋作品有《赭白马赋》、《祭屈原文》等。

【谢惠连】(397—433)陈郡阳夏(今河南省太康县)人，南朝宋文学家。幼而聪敏，十岁能属文。曾为司徒彭城王刘义康法曹参军，世称谢法曹。其族兄是宋山水诗人谢灵运，故他又有“小谢”之称。谢灵运对他的诗倍加赞赏，曾说“张华重生，不能易也”。其诗作今存不多，《秋怀》、《捣衣》是代表作。钟嵘《诗品》称“《秋怀》、《捣衣》之作，虽复灵运锐思，亦何以加焉。又工为绮丽歌谣，风人第一”。谢惠连辞赋作品，以《雪赋》较为有名，描绘雪景，生动细致。史称：“为《雪赋》，以高丽见奇。”

【鲍照】(约414—466)字明远，东海(今江苏省灌云县)人。曾在宋临海王刘子顼军中做过前军参军，掌管书记之职，故世称鲍参军。与谢灵运、颜延之同时，并称“元嘉(宋文帝刘义隆年号)三大家”，是南朝杰出的诗人、辞赋家。他自称“北州衰沦，身地孤贱”，钟嵘《诗品》称“才秀人微”。由于出身微贱，生活在门阀特权盛行的时代，才能未得施展，作品中充满怀才不遇、不安卑位的牢骚和愤懑不平，抨击门阀制度。鲍照文学贡献主要在诗歌方面，尤其是乐府诗，继承汉乐府民歌的优秀传统，反映广阔的社会现实，具有充实的思想内容。在乐府诗中，尤工七言，为后来七言歌行奠定基础。诗歌代表作是《拟行路难》18首。鲍照又擅长骈体俳赋，《芜城赋》是这一时期抒情短赋名作。这篇作品为凭吊汉时吴王刘濞故城广陵(江苏扬州)而作，广陵自汉朝即是藩王封国建都的地方，宋武帝大明三年(459)被毁。作者登城，有感于广陵几遭兵乱灾祸，追忆其昔日之繁华，目睹今日之荒凉，今昔对比，陈古刺今，谴责肆意淫乐，互相杀戮的统治者，借以抒发兴衰之感与苍凉失意之情。描绘景物多用夸张、对比，力加渲染，而无雕琢堆砌痕迹。另有《舞鹤赋》一篇，也是咏物小赋中的名作。

【谢庄】(421—466)字希范，南朝宋阳夏(今河南省太康县)人。曾任吏部尚书，官至光禄大夫。著诗赋400余篇，今已大都散佚。作品题材较狭，多为吟风咏月之作。今存的《月赋》叙事抒情，风格新颖，是咏物小赋中名作。赋中虚构古代两位文学家曹植和王粲月下相逢、夜吟故事。构思奇特，想象丰富，写景状物都有独到之处。赋中名句“美人迈兮音尘阙，隔千里兮共明月”，更为历代诗人所传诵。唐代诗人李白《忆秦娥》词中“音尘绝，西风残照，汉家陵阙”，宋代诗人苏轼《水调歌头》词中“但愿人长久，千里共婵娟”等句，即从此脱化而来。

【沈约】(441—513)字休文，吴兴武康(今浙江省德清县)人，南朝梁代史学家、文学家。卒后谥隐，世称沈隐侯。曾助梁武帝萧衍即位，封为尚书仆射，赐爵建昌侯，官至尚书令。与谢朓、周颙等人首创“四声”、“八病”之说，具体提出作诗协调音韵的方法。著有《回声谱》，并付诸创作实践，运用声律写诗。与谢朓、王融等人共创“永明体”新诗，对古诗向律诗转变有积极影响。现存诗百余首，诗作注重声律、对偶和辞藻，内容则狭窄平庸。沈约承诸家历史旧本，增删更益，撰成《宋书》、《齐纪》、《高祖纪》等史书。沈约是著名的辞赋家，传有《郊居赋》、《丽人赋》，前者歌郊外园林之乐，后者赞美人姿色仪态之美。

【江淹】(444—505)字文通，洛阳考城(今河南省兰考县)人。历仕宋、齐、梁三代。梁时官至光禄大夫。年轻时敏而好学，以文著称，相传他是个“梦笔生华”的才子。晚年才思锐减。钟嵘《诗品》中说，江淹“宿于冶亭，梦一丈夫自称郭璞，谓淹曰：‘吾有笔在卿处多年，可以见还。’淹乃探怀得五色笔一以授之，尔后为诗，绝无善句。时人谓之(江郎)才尽”。此说在《南史·江淹传》中也有类似记载，可见其后期作品逊于前期。今存江淹诗百余篇，多为模拟之作，如《杂体三十首》、《学魏文帝》、《效阮公诗十五首》等。较好的有《望荆山》、《赤亭渚》等。江淹擅长作赋，《恨赋》、《别赋》是六朝抒情小赋名作。《恨赋》写尽历史上著名的帝王、列侯、名将、美人、才士、高人“饮恨吞声”而死的憾事，他们知音难遇，壮志难伸的痛苦，充满了激愤不平之气，曲折地表现出对现实的不满之情。《别赋》在艺术上比《恨赋》更为成熟，可能与他早年生活处境有较深关系。赋中叙写了旧社会中的各种离别，有喜贵之别、游侠之别、从军之别、游仙之别、恋人之别等，分别写出不同情景不同人物的离愁别绪，其突出特点是借助景物环境描写来烘托人物心理，富有感染力。这两篇赋在技巧上仍采用赋体的铺陈手法，但完全摆脱汉赋呆板模式，参差错落，丰富多彩，文辞富丽而活泼，音韵铿锵而优美，伤感之情，溢于字里行间。又有《待罪江南思北归赋》、《去故乡赋》、《哀千里赋》等。

【孔稚珪】(447—501)字德璋，南齐会稽(今浙江省绍兴市)人。年轻时就以学识渊博闻名乡邑。曾出任宋安成王车骑法曹参军，尚书殿中郎。入齐后，官至太子詹事，身仕两朝，官位通显。为人旷达，不拘小节，好文咏。以骈体《北山移文》为最著名。移文，是用于谴责、声讨的一种文体，形式技巧具备赋的特点。文中尖锐讽刺先隐后宦人物周颙的丑态。先写周颙在未踏上仕途之前,曾隐居钟山,表现得非常清高,鄙弃功名利禄、出仕为官的人;后来朝廷召他出山做官时,却喜出望外而欣然前往,沦为势利小人。这篇赋采用了异想天开的拟人手法,写出山、石、草、木这些无知的事物对这位假清高的隐士的愤怒,对他嬉笑怒骂,阻挡他再来山中,从而对周颙的为人、行径,做了辛辣的讽刺。尽管文中所述周颙事迹与史实不尽相合,且作者本人也并不完全反对仕宦,但在客观上揭露了封建社会某些名利之士的虚伪面目,有一定的暴露现实的意义。

【萧子良】(460—494)字云英,南朝齐兰陵(今江苏省常州市)人,齐武帝次子,封竟陵王,官至太傅。好佛教、文学,喜招文士,门下聚集萧衍、沈约、谢朓、王融、萧琛、范云、陆倕、任昉等作家,号称"竟陵八友"。曾编《四部要略》千卷。其赋作传至现在的有《梧桐赋》一篇。

【萧子晖】(生卒年不详)字景光,南朝齐兰陵(今江苏省常州市)人,南齐王朝宗室。曾任员外散骑侍郎、临安令、中骑长史等职。好佛学,善属文。现存《冬草赋》是一篇百十来字、语言极其精练的咏物抒情小赋。赋中通过对冬草经霜不凋的形象描写,表明作者的志趣。

【萧衍】(464—549)字叔迭,南朝兰陵(今江苏省常州市)人,南朝梁建国者,即梁武帝,公元502—549年在位。好佛学,长文学,精音律,善书法,常常宴集文士,进行创作,是"竟陵八友"之一。工于诗赋,明人辑有《梁武帝集》。所作《净业赋》把佛教思想渗透到赋中,格调不高,但在赋作中则别具一格。

【萧纲】(503—551)即梁简文帝,字世缵,兰陵(今江苏省常州市)人,梁武帝第三子,在位两年,为叛将侯景所杀。为太子时常与当时诗人徐摛、庾肩吾等以轻靡绮艳的文辞创作反映上层贵族生活的色情宫体诗。所作《悔赋》是模仿江淹《恨赋》、《别赋》而写的一篇抒情小赋。

【萧绎】(508—554)即梁元帝,字世诚,自号金楼子。梁武帝萧衍第七子。初封湘东王,镇江州,后为荆州刺史。侯景作乱,他与王僧辩、陈霸先共败侯景,王僧辩等上表劝进,即帝位于江陵。西魏伐梁,兵败出降,被杀。其诗作多为宫体,状物颇工切,雕镂细微。又喜作辞赋,《采莲赋》是写景小赋中的名作,对荷叶、莲房、素实及采莲妖童媛女采莲时的戏谑情景,都做了生动形象的描绘。另有《荡妇秋思赋》,是抒情小赋,写独守空房的女子对游子无限思念的怨情,感情真挚,语言婉丽而有韵味。《玄览赋》则浩浩莽莽,有意追摹司马相如、扬雄、班固时代的大赋。著有《金楼子》一书,探讨文学理论,辨析文章体制。

特别是对当时“文”、“笔”之分，提出“吟咏风谣，流连哀思者，谓之文”；“不便为诗”，“善为章奏”，“汎谓之笔”。这比刘勰说的“无韵者，笔也；有韵者，文也”的简单区分进了一步。

【江总】(518—590)字总持，济阳考城(今河南省兰考县)人，南朝陈文学家。历仕梁、陈、隋三代。梁时官尚书仆射，陈时官至尚书令。居官不持政务，日与陈后主(陈叔宝)游宴后庭，共陈暄、孔范等十余人，号称狎客。其诗作多为宫体，柔靡浮艳。江总的《修心赋》，是侯景之乱后，避乱会稽龙华寺时叙时述事之作。

【庾信】(513—581)字子山，南朝新野(今河南省新野县)人。出身贵族，父庾肩吾是著名南朝宫体诗人。庾信早年有良好的文学修养，侍昭明太子萧统东宫讲读，与父肩吾、徐摛、徐陵等作家出入宫廷，作艳体诗文，名于当世。梁元帝萧绎承圣三年(554年)，奉命出使西魏，到长安，值西魏攻陷江陵，捕杀萧绎，乃滞留长安，屈仕敌国。西魏易号北周，又仕北周，官至开府仪同三司，世称“庾开府”。隋初，老死北方。在北朝任官期间，背井离乡，自伤失节，倍感屈辱之苦，这种遭遇和经历使他的创作发生了变化，后期作品虽也有少数艳丽应酬之作，但大量作品则抒发怀念故国乡关及对自身不幸遭遇的感伤。题材较前期广泛，艺术更趋成熟，形成了苍劲悲凉的独特风格。其诗歌有《拟咏怀》27首；新体诗有五言《寄徐陵》、《秋日》，七言如《乌夜啼》、《秋夜望单飞雁》等，句法、章法、对仗、声律近于唐人律、绝，对我国诗歌由古体诗向近体诗的发展有所贡献。庾信骈文辞赋的成就和影响，又远远超出诗歌。在骈文方面，与徐陵齐名，号称“徐庾体”，其作历来被视为骈文典范，实际上他的成就远在徐陵之上。早期赋作有《春赋》、《灯赋》、《镜赋》等小赋，具有抒情意味，但内容较贫乏，未能脱出绮靡柔弱风气。后期的《小园赋》、《枯树赋》已脱去早年的脂粉气，语言清新，富有真情实感，成为抒情小赋中的名作。《哀江南赋》是庾信辞赋创作中体制最大，成就最高的代表作。赋中历叙了梁代兴亡史实及个人不幸的遭遇，对梁代统治者的腐朽无能给以谴责，对一些抗击叛乱的将士事迹予以肯定，对罹难人民饱含同情，内容十分丰富，感情真挚深沉，笔力刚劲，格调苍凉，既保持了骈文的形式美，又突出了散文的表现力。唐代诗人杜甫对庾信后期创作赞赏备至，说“庾信文章老更成，凌云健笔意纵横”，又说“庾信平生最萧瑟，暮年诗赋动江关”。

【王维】(701—761)字摩诘，太原祁(今山西省祁县)人，唐朝著名诗人，画家。玄宗开元年间进士。曾任大乐丞，后被贬为济州司库参军。张九龄执政后，擢为右拾遗、监察御史。张九龄罢相后，王维过着一种亦官亦隐的生活。后官至尚书右丞，故有王右丞之称。作品以诗为主，现存诗400多首。前期写过一些游侠、边塞一类的诗篇，表现了个人抱负及爱国热情。后期的诗多写隐居幽栖生活，表现闲适恬静的情趣，与孟浩然并成为唐代山水田园诗派的代表人物。王维的山水诗在艺术上取得了很高的成就，宋代苏东坡赞扬他的诗是"诗中有画"，"画中有诗"。王维辞赋作品，较著名的是《山中人》。

【李华】(生卒年不详)字遐叔，赵州赞皇(今河北省赞皇县)人。唐玄宗开元二十三年(735年)登进士第，玄宗天宝十一年(752年)官至监察御史。为官清廉直谏，弹劾不法，不避权贵。遭权贵嫉恨，不久，徙右补阙。安禄山叛乱，被俘，迫受伪职。叛乱平定后，贬为杭州司户参军，后起为检校吏部员外郎。今存《吊古战场文》是一篇借古讽今的赋体佳作。文中表面虽然讲的是秦、汉之事，而实际上是暗刺唐玄宗开元、天宝年间穷兵黩武的开边政策。作者用形象的笔墨，绘声绘色地描写了古代战场寂寞荒凉的愁惨景象和两军厮杀、尸骨遍野、血流成河的情形以及战争给征夫戍卒、平民百姓带来的生离死别的悲苦。描写真切，格调愁惨，撼人心魄。

【李白】(701—762)唐代伟大诗人。字太白，祖籍陇西成纪(今甘肃省天水附近)人。幼年居蜀受过良好教养，年轻时爱剑术，轻财任侠，善作诗赋。26岁出蜀漫游南北，游踪遍及半个中国，对诗人后来豪放性格和诗风的形成有重大影响。天宝元年(742年)，李白42岁，应玄宗诏赴长安供奉翰林。三年后因抱负难以施展，又遭权贵谗毁排挤，离长安，再漫游各地。天宝十四年(755年)，安史之乱爆发，怀平乱之忧，在肃宗弟永王李璘幕下从事。李璘图谋割据，被唐肃宗击溃，李白获罪在浔阳被捕下狱。出狱后，又被判处流放夜郎，行至巫山遇赦，又回浔阳。上元二年(761年)，李白61岁，闻李光弼率大军讨史朝义，乃北上欲参加李光弼部，行至金陵，因病返。第二年病死族叔当涂令李阳冰家，在贫困和漂泊中结束了他的一生。李白是我国文学史上杰出的诗人，他的诗题材极为广泛，表现了唐一代社会现实、生活面貌，继承并发展了屈原的现实主义精神和浪漫主义手法，内容丰富，想象驰骋，感情豪迈奔放，意境波澜壮阔。在语言方面，学习汉魏六朝乐府民歌，继承前代优秀诗人艺术传统，生动、自然、明净、华美，兼善辞赋，以《大鹏赋》、《剑阁赋》最为著名。

【顾况】(约725—约814)字逋翁，晚年自号悲翁。苏州海盐(今属浙江省)人。唐肃宗至德二年进士。曾任秘书郎、著作郎，后被贬为饶州司户参军。晚年过着隐居生活，自称"华阳真逸"，著有《华阳集》。诗作以古诗最多，绝句次之,律诗最少。其古诗不避俚俗,句法长短错落,语言活泼。顾况的《日晚歌》是一篇赋中名作。

【韩愈】(768—824)字退之,河南河阳(今河南省孟州市)人。少孤,嫂郑氏抚养成人。25 岁,考中进士。29 岁始登仕途,先后任四门博士、监察御史,刑部侍郎、吏部侍郎及县令、刺史等职。一生仕途坎坷,几经黜升,卒年 57,死后谥"文",世称韩文公。韩愈在政治上反对藩镇割据,维护王朝统一,提倡"仁政",为官清廉,较为关心人民疾苦。思想上排斥佛老,提倡儒家正统思想。文学上主张继承秦汉散文,语言长短不拘,抒写自由,便于表达现实生活的优秀传统。反对六朝"饰其辞而遗其意",追求声律、对偶而忽视思想内容的骈偶文风,与柳宗元等人共同倡导了古文运动。韩愈是唐代杰出的古文家,列为唐宋古文八大家之首。他身体力行,把新型的"古文"广泛地用于政论、书启、辞赋、杂说乃至祭文、墓志铭等各种体裁,不少作品达到思想性艺术性完整的统一。文学性较高的如《张中丞传后序》、《原毁》、《原道》、《师说》、《祭十二郎文》、《送李愿归盘谷序》等,为后人所称道。他的散文具有简洁、准确、生动的特点,文从字顺,说理透彻,流畅明快。有些散文虽然也运用较多排句和偶句,但句型长短不一,错落有致,造成特有的节奏感,与六朝致力于用典,以四六呆板形式为特征的骈文有根本区别。韩愈在诗歌创作方面也很有成就,在倡导古文运动的同时,也致力于诗赋的革新,现存诗 300 余首,其成就及影响不及散文。辞赋作品不多,《感二鸟赋》是讥世伤时之作,赋中抒发不得志的感慨,是一篇以文为赋的典型,从中可以看出赋体在唐代古文家笔下呈现出的风格特色。另有《进学解》、《送穷文》等,采取对话形式,句式骈偶,押韵,也多取散文之长。

【柳宗元】(773—819)字子厚,河东(今山西省永济市)人,世称柳河东,唐代古文家。21 岁考中进士。少有才华,学识渊博,授校书郎,迁蓝田尉。31 岁时,升为监察御史里行。唐顺宗时,参加王叔文政治革新集团,任礼部员外郎。王叔文等革新失败后,被贬为邵州刺史,未到任即加贬为永州司马。10 年后,迁为柳州刺史,故又有"柳柳州"之称。后病卒于柳州。他在永州历时 10 年贬谪期间,身居边远偏僻地带,对民间疾苦、社会现实有进一步认识,加深了对人民的同情,这对他的思想变化与创作有特殊意义。柳宗元同韩愈共同倡导了古文革新运动,并以创作实践努力实现其文学主张,写出很多战斗性很强,爱憎分明,切中时弊的讽刺散文。篇幅短小,含义深刻,语言简洁生动,表现了作者杰出的讽刺才能。传记散文也很有特色,往往借题发挥,或揭露社会矛盾，或褒贬人物，都具有很强的思想性。在柳宗元散文中，更为著名的是山水游记，这类作品绝不是纯客观地描写自然，而是在景物描绘中，渗透自己的感受和对现实不满的情怀，如《永州八记》刻画景物生动逼真，文笔隽永，为后世游记散文创作奠定了基础。柳宗元的创作还表现在诗歌方面，现存诗140余首，不少诗反映了社会现实生活及个人忧伤悲凉的心情。其辞赋作品有《惩咎赋》、《闵生赋》、《吊屈原文》等，都是惜古抒怀之作。

【刘禹锡】(772—842)字梦得，洛阳(今河南省洛阳市)人。20岁中进士，官至监察御史。曾参与王叔文等人政治革新活动，革新失败，贬为朗州司马。10年后召还长安，因玄都观的题诗而触犯执政者，又贬连州(今广东连州市)刺史。以后还作过夔州、和州刺史。晚年回到洛阳，任太子宾客，故世称刘宾客。刘禹锡是中唐时期著名诗人，在作品中敢于触及当朝权贵，辛辣讽刺抨击群丑，表现了顽强斗争精神和对政敌的蔑视。他工于七律、七绝，咏物、怀古诗写得最好。《西塞山怀古》、《金陵五题》等是代表作。在边远地区的长期生活中，作者注意向民歌学习，这给他的诗歌创作增添了新的气息，创作了一些仿效民歌“开朗流畅，含思婉转”的乐府小诗，如《竹枝词》、《踏歌词》、《浪淘沙》等，借助比兴手法或运用谐音双关语，有独到之处。他有名的赋作是《砥石赋》。还有一篇《陋室铭》，是赋体短文，文中称颂自己所居陋室，以表达诗人不与世俗同流合污的高尚节操。

【皇甫湜】(约777—约835)字持正，睦州新安(今浙江省淳安县)人。唐宪宗元和年间进士，官至工部郎中。从韩愈学习古文，思想倾向与韩愈相近，称韩愈是“姬氏以来，一人而已”，推崇备至。在古文写作上，主张内容要有新意，即所谓要“奇崛”，在形式也要求讲究词采。他的诗歌传世不多，仅有3首。他的《履薄冰赋》是唐代赋中名作。

【杜牧】(803—853)字牧之，京兆万年(今陕西省西安市)人，宰相杜佑之孙。26岁中进士。秉性刚直，不趋附权贵，历任弘文馆校书郎、监察御史、黄州等州刺史、中书舍人等职。杜牧是晚唐著名诗人，文和赋也很有成就。在文学上主张“以意为主，以气为辅，以辞采章句为兵卫”。在诗歌创作上推崇李白、杜甫，素有“小杜”之称。其辞赋力作是《阿房宫赋》。阿房宫是秦始皇所建的宫殿，据记载它规模宏伟，豪华壮丽，后被项羽烧毁，火三月不灭。赋的前半部分，作者凭借丰富想象，运用夸张比喻，细致铺写楼阁、回廊、屋檐、长桥、复道、歌台、舞榭及宫中豪华奢侈生活；后半部分，则以长篇议论道破秦朝灭亡根本原因在于不爱其民，是一篇借古喻今，针砭时政的赋中名作。

【李商隐】(813—858),字义山,号玉豁生,怀州河内(今河南省沁阳)人。年轻时即文才出众,25岁中进士。踏入仕途后,因卷入了当时党派之争,在党争的夹缝中度日,一直很不得志,没有任过要职,而辗转于四川、广西、广东和徐州等地,寄人篱下,做幕僚工作,潦倒终身,45岁死于郑州。李商隐诗歌成就较高,其中反映民生疾苦的咏史诗和爱情诗尤为突出,代表了他自己的诗风和艺术特色。他的辞赋代表作品是《虱赋》。

【王棨】(生卒年不详)唐代福清(今福建省福清市)人,字辅之。懿宗咸通三年(862年)进士,官至水部郎中。黄巢起义攻破长安后,棨不知所终。棨擅诗赋,有《麟角集》,收律赋45篇。其中著名赋篇是《沛父老留汉高祖赋》。棨尝服膺《颜氏家训》,以"学如牛毛,成如麟角"之言自励,遂以"麟角"名集。

【欧阳修】(1007—1072)字永叔,庐陵(今江西省吉安市)人。自号醉翁、六一居士,谥号文忠,北宋文学家、史学家,唐宋"古文八大家"之一。24岁及进士第,在地方和中央任多种官职,是北宋重要政治人物。早年支持范仲淹政治革新运动,直言敢谏,屡遭诬陷和贬谪。后官至枢密副使、参知政事。官位显赫,思想渐趋保守,反对王安石变法。在文学上,诗、词、散文都有成就,是北宋诗文革新运动的主将。他极力反对内容空洞、辞藻华丽的文风,提倡平易朴素、文道并重,对宋代散文发展做出贡献。散文写景叙事,持论说理,简洁生动,平易晓畅。诗歌能触及现实,淡雅秀丽。词写得清新婉丽,语近情深。《秋声赋》是欧阳修早期创作,文辞华美,运用多种比喻,描摹秋声,烘托出千姿百态的秋天景象;以景写情,情景相融,是宋代写景抒情小赋名作。

【王安石】(1021—1086)字介甫,晚号半山,封荆国公,世称王荆公。抚州临川(今江西省临川)人。北宋政治家、思想家、文学家。幼年好学,仁宗庆历三年中进士,累官至参知政事,同中书门下平章事、尚书左仆射兼门下侍郎。早年做地方官时,已显示出不平常的政治才能。宋神宗任命他为宰相后,力主革除宋初以来的弊政,实行变法,遭到以司马光为代表的旧党的反对,屡受排挤。

旧党执政后被迫辞职,新法废止。王安石的诗文成就很高,政论文立意超卓,笔力峭劲,颇能切中时弊,为唐宋"古文八大家"之一。其赋作较有名的是《寄蔡氏女》。

【吕大临】(约1042—1090)字与叔,京兆蓝田(今陕西省蓝田县)人。北宋大臣吕大防之弟。历任太学博士,秘书省正字。后从程颢、程颐游,与游酢、杨时、谢良佐并称程门四大弟子。著《考古图》十卷,是我国最早而有系统的古器物图录。其赋作传世的有《拟招》。

【苏轼】(1037—1101)字子瞻,号东坡居士,四川眉山(今四川省眉山市)人。北宋文学家,父苏洵、弟苏辙,都是著名古文家,合称“三苏”,都属于唐宋“古文八大家”之列。少时好学,博通经史,擅长文学、书画。21 岁中进士,先后任主簿、签判、殿中丞等职。神宗时,王安石实行变法,苏轼站在旧党一方反对新法,并请调外任,做过密州(今山东诸城)、徐州(今江苏铜山)、湖州(今浙江吴兴)等地官吏。元丰二年(1079 年)因作诗讽刺新法,被捕入狱,出狱后,贬为黄州(今属湖北省)团练副使。在黄州 5 年,生活清苦。哲宗即立,旧党司马光等执政,苏轼奉召回京,任翰林学士、侍读、龙图阁学士等职。又因不满旧党全盘否定新法,主张“新法不可全废”,与司马光等所见不合,复受旧党报复,再次请求外任,又做过杭、颍、扬、定等州太守。59 岁,新党再度执政,又被贬惠州(今广东惠阳)、儋州(今海南省儋州市)。徽宗即位,遇赦北归,第二年死于途中的常州。苏轼一生历经北宋仁宗、神宗、哲宗、徽宗四朝,与新、旧党都有矛盾,一生几乎都是在贬谪中度过的。他所接触的社会生活比较广阔,长期游宦生活,阅历丰富,接触了不同身份的人物,视野阔大,从而在艺术方面取得重要成就。诗、词、赋、散文都有高深造诣,形式多样,各具风貌。现存诗 4000 余首,各体皆工,七言尤为擅长。他的词保留至今的有 300 余首,突破“艳科”传统藩篱,山川景物,记游咏物,农舍风光以及感旧怀古,都大量入词,扩大题材,提高意境,风格豪迈奔放,开创豪放词风。散文中,政治论文明晰透辟;书札、杂记、杂说,夹叙夹议,挥洒自如。苏轼有名的赋作是《前赤壁赋》和《后赤壁赋》,赋中以诗的语言抒写出江山风月的清奇,对英雄人物的感慨,反映出他谪居黄州时的心情。摆脱汉赋板滞和齐梁华艳的恶习,写景抒情完美结合,显示出作者高度的艺术才能。

【杨万里】(1127—1206)字廷秀,自号诚斋,吉州吉水(今江西省吉水县)人。少家贫,好学。28 岁中进士,历任太常博士、宝谟阁直学士等中央官吏,也曾任太守、知州等地方官,一生多在政界活动。为人秉性刚直,不阿权贵,晚年与权相不和,乞归,居家 15 年不出而卒。杨万里是宋代著名诗人,一生存诗 4000 余首,与陆游、范成大、尤袤齐名,号称“中兴四大诗人”。其诗言成一体,时称“杨诚斋体”,以描写自然景物为多,善于捕捉自然景物的特征和变态,采取拟人手法,生动而饶有风趣,语言力求平易,并能汲取俚语谣谚入诗,新鲜活泼,雅俗共赏。作者关心国事,同情人民,有表现人民劳动生活的诗篇。又工词善文,其赋作《浯溪赋》曾传誉当时。赋文中借古讽今,借唐代故事,实指当代,以唐玄宗影射宋高宗,暗刺其败国行径。

【元好问】(1190—1257)字裕之,号遗山,世称元遗山。太原秀容(今山西省忻县)人。金代著名文学家。金宣宗兴定五年中进士,初任县令,后入朝为左司都事,官至行尚书省左司员外郎。金亡,不仕,居家,以修史、著述为事。他兼长诗词和散文,诗的成就冠金元之际。诗的内容能触及现实,感情凄切,风格沉郁,《丧乱诗》尤具有诗史意义。元好问又善为辞赋,现存赋以《新斋赋》、《秋望赋》较有名。

【刘基】(1311—1375)字伯温,处州青田(今浙江省青田县)人。元末进士,曾任高安县丞、浙东行省郎中。后受排斥去官归里。朱元璋起义,召至南京,辅佐统一天下,成为开国功臣之一,官至御史中丞兼太史令。刘基博学多才,通经史,工诗文。有名杂文《卖柑者言》,揭露元代官僚"金玉其外,败絮其中"的腐朽本质。长诗《二鬼》也很有名。《伐寄生赋》,则是赋体刺世疾邪的文章,赋中列举出寄生对嘉木正常生长的危害,以寄生喻邪恶小人,尖锐指出他们无益于社会,有害于他人,必须坚决除掉,强调对邪恶势力果断斗争的重要性。赋中指出,"蠹凭木以槁木,奸凭国以盗国",认识十分深刻。作品以物喻人,托物言志,强烈地表达了作者对社会邪恶奸佞的憎恶之情。

【王守仁】(1472—1528)字伯安,余姚(今属浙江省)人,曾筑室故乡阳明洞中,世称阳明先生。明代哲学家、教育家。官至南京兵部尚书。他曾因反对宦官刘瑾,一度贬官,当了3年贵州龙场驿丞。后得到朝廷重用,参与了镇压农民起义及少数民族暴动等活动,提出"破山中贼易,破心中贼难"的论断,提倡"去人欲,存天理"的"致良知"学说。其著作由门人编纂成为《王文成公全书》,其中《传习录》和《大学问》是主要哲学著作。王守仁也长于文章。所作《吊屈原赋》、《瘗旅文》颇得后人赞许。

【王夫之】(1619—1692)字而农,号姜斋,衡阳(今湖南省衡阳市)人。晚年屏居石船山著述讲学,世人尊称为船山先生。明末清初著名的学者、思想家。一生著述甚多,约有100多种,涉及的领域很广,尤以哲学著作成就最大。在认识论方面,他站在唯物论的基点上,承认世界是物质的,而事物是不断发展的。在文学方面主张文章应达意宣情,文质相生,提倡鉴古酌今,反对陈规陋习,主张批判地继承古人,大胆地表明自己的见解。他的诗往往追怀古事,借史写实,能反映社会现实。又是古文、骈文大家,其有名赋作是《祓禊赋》。

【袁枚】(1716—1797)字子才,号简斋,浙江钱塘(今浙江杭州市)人。少有才华,24岁中进士。任溧水、江浦等地县令。33岁去官,在江宁小仓山筑

“随园”闲居。此后50年间，过着论文赋诗，优游自在的生活。袁枚学术思想比较自由解放，反对拟古主义和形式主义，特别反对汉学考据。主张写诗应表现“性情”，具有个性。诗作写出对生活的真切感受，具有清新灵巧的风格。但由于长期脱离广阔的社会生活，作品中缺乏社会内容，所作不出家居生活和旅行纪事的范围。散文代表作有《祭妹文》，是为祭亡妹而作的抒情散文，抒写哀伤之情，揭露封建礼教毒害妇女的罪恶。寓情于事，以景写情，凄恻动人。又善作赋，所为《铜鼓赋》传闻一时。又有《秋兰赋》以咏物述志，借赞美秋兰独芳百卉，傲寒不凋，抒写诗人超脱现实，洁身自好的志趣。

【汪中】(1744—1794)字容甫，江苏江都(今江苏省扬州市)人。少孤苦，以襄助书商售书，得以博览群书，勤学苦读，终于成为杰出学者。一生官位不显，生活潦倒，乃潜心学术著作，合学术与文章为一，别具一格。研究先秦诸子，颇有建树。汪中早年即以辞赋知名，是清代著名骈文大家，有《麋畯文钞》一册传世。所为骈文，打破形式主义文风，具有“状难写之情，含不尽之意”的特点，格调哀婉沉郁，文笔明丽自然。后人誉为“钩贯经史，熔铸汉唐，闳丽渊雅，卓然自成一家”。名作有《吊黄祖文》、《狐父之盗颂》等。其中以《哀盐船文》为最著名，是一篇“惊心动魄，一字千金”的杰作。这篇赋主要是写乾隆三十五年十二月，仪征(今江苏仪征市)盐船失火，烧、溺死1400多盐民的悲惨情景。文中极尽渲染之功，形象描绘失火情况，盐民在火与水中垂死挣扎的惨状，以及作者对死难者的慨叹与伤悼。

【张惠言】(1761—1802)字皋文，江苏武进人。嘉庆进士，官翰林院编修。清代经学家、文学家。专治《周易》、《仪礼》，亦工词及古文。在创作上开创常州词派，主张意内言外，比兴含蓄，为词意旨隐晦。早期善为辞赋，较著名的是《黄山赋》。并编有《七十家赋钞》，选择赋家名篇，较为精当；对作家评价，也结合个人研读心得与作赋甘苦经验，颇为中肯，是辞赋选本中的精品。

【洪亮吉】(1746—1809)字君直，一字稚存，号北江，江苏阳湖(今江苏省武进区)人。清代乾隆年间进士，授职编修。博通经史、音韵、训诂、地理之学。工诗文，尤工骈体，颇负盛名。赋作名篇有《七招》、《出关与毕侍郎笺》等。前者属“七”体赋，后人称之“可为曹、张之嗣音”，远胜元、明赋家“七”体之作(曹，指曹植《七启》；张，指张协《七命》；萧统《昭明文选·七》中均加收录，列于枚乘《七发》之后)。后者是骈体赋，也为世人所传诵。所著诗文有《卷施阁诗文甲乙集》、《更生斋诗文甲乙集》，后人辑为《洪北江诗文集》。

第三章 辞赋名篇简介

【离骚】楚辞篇名,战国时楚人屈原作。楚怀王时屈原为左徒,以奸臣谗害,不见容流放江南。屈原遭谗,忧心烦乱,不知所诉,乃作《离骚》。“离骚者,犹离忧也。”作者在前半篇,反复倾诉对楚国命运的关怀,表达了要求革新政治、与腐朽势力斗争的意志。“惟草木之零落兮,恐美人之迟暮。不抚壮而弃秽兮,何不改乎此度?”他痛斥贵族群小“竞进以贪婪”,“各兴心而嫉妒”。抨击他们“偭规矩而改错”,“竞周容以为度”。指出他们蝇营狗苟,致祖国于危亡。他怨恨楚王昏庸,不辨忠邪:“荃不察余之中情兮,反信谗而齌怒。”指责楚王反复无常,贻误国事:“初既与余成言兮,后悔遁而有他。”但是,诗人决不向反动势力屈服,宁肯承担迫害,也不变志从俗。“宁溘死以流亡兮,余不忍为此态也。”他深信自己的正确,要永远坚持自己的道路。“民生各有所乐兮,余独好修以为常;虽体解吾犹未变兮,岂余心之可惩?”《离骚》的后半篇,描写诗人对未来道路的探索:“路漫漫其修远兮,吾将上下而求索。”由于腐朽贵族集团的排挤,诗人以苦闷的情怀面向未来,探索前进的道路。于此,《离骚》塑造了一个崇高峻洁的抒情主人公形象,采取浪漫主义的手法,突出表现诗人的驰骋想象。描写神游一段,诗人朝发苍梧,夕宿悬圃;他以望舒、飞廉、凤鸟、飘风、云霓为侍从仪仗,上叩天阍,下求佚女,想象丰富奇特,境界仿佛迷离,场面宏伟壮丽,有力地表现出诗人追求真理的精神。《离骚》基本上以四句为一章,字数不等,时用偶句,形成错落中见整齐,整齐中有变化的特点。篇中语言十分精练,大量吸收楚地方言;除诗人内心独白之外,还设为主客问答,兼之大段铺陈描写,这对后来辞赋的发展有很大影响。

【九歌】楚辞篇名。“九歌”原为传说中远古歌曲名称。《楚辞》的《九歌》是战国时楚人屈原根据民间祭神乐歌改编或加工而成。这里“九”只表示多数,并非实指。今存《九歌》实为11篇。即《东皇太一》、《云中君》、《湘君》、《湘夫人》、《大司命》、《少司命》、《东君》、《河伯》、《山鬼》、《国殇》、《礼魂》。东汉王逸认为《九歌》是屈原放逐江南时所作。“《九歌》者,屈原之所作也。昔楚国南郢之邑,沅湘之间,其俗信巫而好祠,其祠必作歌乐鼓舞以乐诸神。屈原放逐,窜伏其域,怀忧苦毒,愁思沸郁。出见俗人祭祀之礼,歌舞之乐,其词鄙陋,因为作《九歌》之曲,上陈事神之敬,下见己之冤结,托之以讽谏。”

(《楚辞章句》)现代研究者或认为《九歌》作于屈原放逐之前,仅供祭祀之用。

【东皇太一】《九歌》中之一篇。“东皇太一”是楚人对上帝的别称。皇是尊称。王逸说:“祠在楚东,以配东帝,故云东皇。”(《楚辞章句》)上古时代,人们认为天是宇宙的主宰,人间的幸福和苦难,都在天神的运化之中。人们对它都有着崇高的敬意。诗从祭祀开始写起,接着写祭奠、写歌舞,直到收尾。主题在于通过环境气氛的渲染表达敬神之意、娱神之心,以达到祭神祈福的目的。篇首以“穆将愉兮上皇”统摄全文,篇末以“君欣欣兮乐康”作结。一呼一应,贯串着祭神者的精神活动,从而突出了主题。

【云中君】祭祀云神的歌辞。《九歌》中之一篇。朱熹说:“云中君,谓云神也。”(《楚辞集注》)开头“浴兰汤兮沐芳”四句写神的降临。“謇将憺兮寿宫”以下歌颂神的德泽。这“与日月兮齐光”的德泽是遍及九州四海的。“览冀州兮有余”,正说明神灵的普照。最后两句“思去君兮太息,极劳心兮忡忡”,写送神去后的依恋心情。正如朱熹所说:“此篇言神既降而久留,与人亲接,故既去而思之不能忘也。”(《楚辞集注》)

【湘君】《九歌》中之一篇。《湘君》和下篇《湘夫人》是姊妹篇,都是祭祀湘水神的。诗中描写了一对湘水配偶神的爱情故事,又揉进了有关虞舜的爱情传说,从而表现了死生契阔、会合无缘的悲痛心情。本篇写湘夫人(湘水女神)如期约会湘君(湘水男神)不遇后的焦急心情和深切思念。开始写她在约会地点等待湘君不至,接着写她乘桂舟奔沅湘、过长江,驾飞舟北征渡洞庭,不辞长途跋涉之苦去寻找他。最后没有找到,她还是对他思念不止。“望夫君兮未来,吹参差兮谁思”,通过一系列行动描写,充分表现了她对爱情的坚贞不渝。《湘君》还善于通过景物描写以表现主人公的内心活动。如表现湘夫人会湘君未遂时的焦急心情,便写她“沛吾乘兮桂舟,令沅湘兮无波,使江水兮安流”。还用“横流涕兮潺湲,隐思君兮悱恻”来表现她对湘君的深切思念。

【湘夫人】《九歌》中之一篇。《湘夫人》是祭祀湘水女神的祭辞,表现了湘君思念湘夫人的深情。开头便写“帝子降兮北渚”,接着写湘君黄昏时遥望北渚,因来见湘夫人而愁苦。由于望见心情的迫切,次日清晨他便骑上马去找她,直到傍晚才听到湘夫人的召唤声。于是他幻想着与湘夫人并驾齐驱,并设想着筑室水中,用香木芳草等把居室装饰得富丽芬芳,把环境布置得清幽雅静,幻想着和湘夫人住进新居时,九嶷山诸神纷来祝贺的盛况。结果见面未成事实,湘君只得将湘夫人赠给他的信物抛置江中。“捐余袂兮江中,遗余褋兮醴浦。”见面的希望虽然破灭,眷恋的深情并未消失。湘君仍然“搴汀洲兮杜若,将以遗兮运者”,并且希望将来总有会见的一天,“时不可兮骤得,聊逍遥兮容与”。

【大司命】《九歌》中之一篇。“大司命”是主管人类寿命的男神。《大司命》是由巫扮大司命和巫扮迎神者对唱的词。开头四句写神的降临。“纷吾乘兮玄云,令飘风兮先驱,使涷雨兮洒尘”,表现出大司命神的威严。接着唱“纷总总兮九州,何寿夭兮在予”,显示他掌握人们“寿夭”的权力。接着唱“壹阴兮壹阳,众莫知兮余所为”,令人有诡谲莫测之感。最后迎神者唱“愁人兮奈何,愿若今兮无亏。固人命兮有当,孰离合兮可为”,流露出无可奈何的心情。

【少司命】《九歌》中之一篇。“少司命”是主管儿童命运的女神。《少司命》是女巫扮迎神者的唱词。开头六句“秋兰兮麋芜……荪何以兮愁苦”和结尾四句“孔盖兮翠旌……荪独宜兮为民正”遥相呼应,是对少司命的正面礼赞。说她时时为了人们的子嗣问题“愁苦”,她严守岗位,“抚彗星”、“竦长剑”来保护儿童,从而取得人们的崇敬。中间主要写迎神者女巫对神的爱悦,语言优美,“悲莫悲兮生别离,乐莫乐兮新相知”为千古传诵的名句。“夫人自有兮有美子”、“登九天兮抚彗星,竦长剑兮拥幼艾”,写出了少司命神的特点。

【东君】《九歌》中之一篇。“东君”是太阳神,《东君》是祭太阳的歌辞。开头一段写太阳早上从东方升起的景象,“暾将出兮东方……夜皎皎兮既明”。接着描写祭祀场面十分热闹,“緪瑟兮交鼓,萧钟兮瑶簴,鸣篪兮吹竽”。“驾龙辀兮乘雷,载云旗兮委蛇,长太息兮将上,心低徊兮顾怀”,表现出太阳初升时的摇曳多姿。末段“青云衣兮白霓裳”以下写太阳的西落。最后四句写太阳在夜晚“援北斗”、“酌桂浆”,在夜色冥冥之中回到东方,又准备它第二天的旅程。《东君》塑造的日神形象就是太阳本身的形象。它从吐出光明到渐渐升起,从丽影当空到金乌西坠,始终在勤劳不息地运行着,给人们以光明的、伟大的美感。

【河伯】《九歌》中之一篇。“河伯”是黄河之神。《河伯》这首诗是男巫扮河伯和女巫扮迎神者对唱的歌辞。诗的主要内容是写黄河之神的爱情故事。近人多认为写河伯与洛水之神宓妃。歌辞写河伯“与女游兮九河”,“与女游兮河之渚”,最后是“送美人兮南浦”。诗中写了许多水族,如龙、鱼、紫贝、白鼋、文鱼等。他能驱遣水族,“乘白鼋兮逐文鱼”,使“鱼邻邻兮媵予”。“登昆仑兮四望,心飞扬兮浩荡”两句正切合河神身份。古代认为河出昆仑,所以溯河可以登上昆仑。两句写出了一种宽广的景象,神采飞驰。

【山鬼】《九歌》中之一篇。“山鬼”是女性山神。《山鬼》是女巫扮山鬼的唱辞。内容主要表现山鬼的爱情。开头四句,“若有人兮山之阿,被薜荔兮带女萝。既含睇兮又宜笑,子慕予兮善窈窕”,以精练的语言描述女神的意志姿容。接着写她乘着赤豹去赴约会。由于山路崎岖,到得较晚,她所约会的对象不得相见,于是孑然独立山上。云雨迷蒙,她在那里等待“灵修”,终于没有等到。她思念他,埋怨他,“君思我兮不得闲”,“君思我兮然疑作”。唱辞对心理活动的刻画细致而深刻。“子慕予兮善窈窕”,“折芳馨兮遗所思”,闪耀着青春喜悦的光辉;“岁既晏兮孰华予”,蕴藏着美人迟暮的哀怨;“君思我兮不得闲”,“君思我兮然疑作”,“思公子兮徒离忧”,则标志着心理变化的三个过程。最后四句写雷雨交加,风急猿鸣,情景更加动人。

【国殇】《九歌》中之一篇。祭祀为国战死的将士。本篇是巫扮战死者的唱辞。战国时代,西方的秦国不断地侵袭楚国,楚国人民为了保卫国家付出了极其惨重的代价。怀王入秦不返,激起了楚国人民极其强烈的复仇情绪。在民间出现了“楚虽三户,亡秦必楚”的坚决口号。因此在祭神时,不但最后列入阵亡将士,而且以沉痛的心情描绘战争实况,以示不忘而资激发。本篇采用直赋其事的写法,描绘了激烈的战斗场景。“车错毂兮短兵接……援玉枹兮击鸣鼓”,热情歌颂了将士们不怕牺牲、英勇奋战,“首身离兮心不惩”的大无畏精神和争赴国难、义无反顾、“出不入兮往不反”的英雄气概。作品格调高昂,令人感奋。而句法整齐,音调铿锵,韵律谐和,更增加文章的感染力。

【礼魂】《九歌》中之一篇。《礼魂》是运用于前面 10 篇的送神曲。魂也就是神。前 10 篇所祭包括天神地祇和人鬼,所以这里说魂不说神。歌辞只 5 句:“成礼兮会鼓,传芭兮代舞,姱女倡兮容与。春兰兮秋菊,长无绝兮终古。”开头说“成礼”,就与前面各篇联系起来,表示祭祀的完成。接着叙述祭祀场面,重申人们祭祀时虔诚的娱神之意。末句以祀典终古不绝作结,是人们事神之心,也就是歌颂神对人的功德。

【天问】楚辞篇名,战国楚人屈原作。“天问”就是问天的意思。屈原在这篇里一口气提出 170 多个问题,表现了他的哲学思想和历史观点。第一段“曰:遂古之初……曜灵安藏”,问关于宇宙的问题。诗人探索开天辟地的传说,天体的构造,日月星辰的运行等,摒除了上帝神灵一类的观点。第二段“不任汩鸿……乌焉解羽”,问关于大地的问题。屈原对于鲧的遭遇发生一连串的疑问。接着问大地的形状。问到昆仑山,问到日照不到之处、冬暖夏寒之处,还问各地的奇闻逸事、珍禽异兽、奇花异草。第三段“禹之力献功……而黎服大说”,问夏代事。其中穿插了关于女娲、虞舜和吴泰伯等问句。在这里,诗人对于禹这位“圣王”,没有给予肯定。又如上帝派后羿下来解除夏民的忧困,后羿却是胡来,诗人对此提出了质问。“简狄在台喾何宜”以下为第四段。问商周两代事。如说汤放桀是因为曾被桀囚,抑制不住愤恨,这就不同于儒家的所谓“吊民伐罪”。又问到像那样作恶,却是“后嗣逢长”,这是对天命的怀疑。再如诗人提出吕望是个操刀的屠夫,与儒家所说吕望是“天下之大老”不同。《天问》里可看到屈原的唯物主义思想,他问天文和地理时把宇宙看作物质的存在,没有迷信的思想。屈原对一些事物加以追问究诘,对于一些传统说法不是无条件地相信,这表现出他的怀疑精神。

【九章】楚辞篇名,战国楚人屈原作。包括《惜诵》、《涉江》、《哀郢》、《抽思》、《怀沙》、《思美人》、《惜往日》、《橘颂》、《悲回风》。朱熹说:“屈原既放,思君念国,随事感触,辄形于声。后人辑之,得其九章,合为一卷,非必出于一时之言也。”(《楚辞集注》)九章的章是篇章,九是篇章的数目。汉刘向辑集《楚辞》首用《九章》之名。《九章》的内容,主要反映屈原两次放逐途中的经历、处境和悲苦心情,也表现了诗人对楚国的热爱和对群小的痛恨。文中多用直接倾泻和反复吟咏的方法表现其奔放的激情。结构形式散而不乱,跌宕有致。语言优美,富于表现力。强烈爱国主义精神和浓厚抒情成分的完美结合是《九章》的主要特点。

【惜诵】“惜诵”是说以悼惜的心情称述往事。本篇作于屈原被谗见疏之后,叙述政治上遭受打击的始末和自己对待现实的态度。开头指出自己忠而获罪的冤屈。“竭忠诚而事君兮,反离群而赘疣……疾亲君而无他兮,有招祸之道也。”接着诉说心情的忧苦。“情沉抑而不达兮,又蔽而莫之白也。心郁邑余侘傺兮,又莫察余之中情。”带着冤屈,诗人使厉神为他占卜,占梦者劝告他“君可思而不可恃,故众口其铄金兮,初若是而逢殆”。最后写占梦后的感想,忠而见疑,进退非是,唯有“矫兹媚以私处兮,愿曾思而远身”以洁身自保而已。

【涉江】《涉江》是屈原流放到湘沅之间时的作品。篇中记述流放行程,从鄂渚到溆浦,所涉都是水路,因以《涉江》名篇。内容主要记叙作者流放湘沅时旅途的经历和当时的怨愤心情。开头一段写涉江时的心情,流放以来,虽已衰老,志趣却不减当年。用游瑶圃、登昆仑比喻志行高洁。“与天地兮同寿,与日月兮同光。”坚持改革路线,藐视腐朽统治集团。“世溷浊而莫余知兮,吾方高驰而不顾。”接着写涉江后的行程,写了沅水流域山高水激四时多雨的深幽景色。流放心情虽然很苦,但能坚持做到“吾不能变心而从俗兮,固将愁苦而终穷”。然后写在深山穷谷中的心情,认识到当时现实的黑暗,了解到“忠不必用，贤不必以”是“与前世而皆然”的，从而发出激烈的批判。诗人决计坚持理想，准备“固将重昏而终身”。“乱曰”以下批判楚国政治的黑暗，邪佞掌握政权，贤能遭到迫害，阴阳易位，是非颠倒，是腐朽反动势力统治下的必然结果。

【哀郢】《哀郢》是屈原放逐以后，追忆离开郢都时的情景而作。“哀故都之日远”句表明了题意。开头一段，诗人写他初离郢都的情景。当时看到一群流离失所的人朝东而去，于此对于“皇天”发出了怀疑和斥责，“皇天之不纯命兮，何百姓之震愆”，“楫齐扬以容与兮，哀见君而不再得”。接着写离郢之后，“去终古之所居兮，今逍遥而来东”，抒发久离郢都的抑郁心情。“忽若去不信兮，至今九年而不复。惨郁郁而不通兮，蹇侘傺而含戚。”然后批判楚国统治集团任用小人，嫉贤妒能，排斥进步势力。“忠湛湛而愿进兮，妒被离而鄣之……憎愠惀之修美兮，好夫人之慷慨。”“乱曰”以下写对郢都的思念，情深词切。“曼余目以流观兮，冀一反之何时？……信非吾罪而弃逐兮，何日夜而忘之?”在《哀郢》中，诗人抒写了他对郢都安危的深沉忧虑，也就是对楚国安危存亡的深沉忧虑，从而批判了楚国统治集团的苟且偷安，显示了怀念郢都的主题思想。

【抽思】《抽思》是屈原被疏后居汉北时作的。“抽”是引出的意思，即引出自己的思绪，向怀王陈辞。篇首一段，说明作诗的缘起。正当秋风吹起，忧思重重，赋诗以献楚王。接着追叙与怀王相处的经历。“昔君与我成言兮，曰黄昏以可期。羌中道而回畔兮，反既有此他志。”但怀王好胜逞能，无端生怒，“与余言而不信兮，盖为余而造怒”。之后，写见疏之后想向怀王表明心迹而又不敢，怀王也充耳不闻。“历兹值以陈辞兮，荪详聋而不闻。”“倡曰”以下，叙述来汉北后思念郢都的心情，“有鸟自南兮，来集汉北”，追叙孟夏短夜初到汉北时事。这一节直接抒写现实生活和当时心境。“望孟夏之短夜兮，何晦明之若岁？惟郢都之辽远兮，魂一夕而九逝。”深刻写出怀念郢都的感情。“乱曰”以下叙述在汉北南行途中作此诗，用以自我排解。“道思作颂，聊以自救兮。”可是“忧心不遂，斯言谁告兮”，悲愤忧伤之情依然洋溢心头。

【怀沙】“怀沙”标题，例同涉江、哀郢，即怀念长沙之意。本篇约作于屈原到达长沙之前，《哀郢》写作之后。当时屈原死意已决，故作《怀沙》以明志。篇首“汩徂南土”，篇末“知死不可让，愿勿爱兮”，可见屈原之所以怀思长沙，正是为生命寻找最后的归宿。诗的开头写南行时的心情，“郁结纡轸兮……冤屈而自抑”。接着写自己坚持直道，不随俗浮沉的节操，“章画志墨兮，前图未改”。但当时楚国政治黑暗，小人当权，“变白以为黑，倒上以为下”。正直的屈原不见容于时,“怀瑾握瑜兮,穷不知所示”。既不见容于时,唯有一死。接着就以沉痛的心情抒发死前的悲哀,“进路北次兮,日昧昧其将暮。舒忧娱哀兮,限之以大故”。“乱曰”中“万民之生,各有所错兮,定心广志,余何所畏惧兮”,表现了屈原对舍生就死问题的正确认识。

【思美人】本篇是顷襄王初期屈原放逐江南时途中作的。美人指顷襄王。诗人开篇就提出“思美人兮,揽涕而伫眙”,以示忠贞。这种忠贞虽不得君知,但仍坚持理想,不改初衷。“宁隐闵而寿考兮,何变易之可为?”对顷襄王,希望他能发愤图强,“勒骐骥而更驾兮,造父为我操之”。诗人自己也准备效尽才能,“揽大薄之芳茝兮,搴长洲之宿莽”。可惜顷襄王不是古代那种中兴之主,自己的才能又有谁欣赏呢?“惜吾不及古人兮,吾谁与玩此芳草?”客观现实的遭遇使诗人处于黑暗境地,“命则处幽,吾将罢兮”,就是说自己屡经打击,生命中已有没落之感。说到家只有誓之以一死,最后以“独茕茕而南行兮,思彭咸之故也”作结。

【惜往日】《惜往日》是屈原晚年的作品,叙述他早年曾得怀王的信任,在楚国修明法度,富国强兵,但终于遭到谗人的陷害,流放在外。诗人首先回忆当初辅佐怀王革新政治、修明法度的情况,“国富强而法立兮,属贞臣而日娭”。但是不久即由于谗人的陷害而遭流放,“弗参验以考实兮,远迁臣而弗思”。接着反复申述自己的怨愤,“君无度而弗察兮,使芳草为薮幽……独鄣壅而蔽隐兮,使贞臣为无由”。指斥楚王听信谗言,使得忠贤见弃,谗谀得志,“或忠信而死节兮,或訑谩而不疑。弗省察而按实兮,听谗人之虚辞”。最后以乘马、泛舟为喻,说明法治的必要。“乘骐骥而驰骋兮,无辔衔而自载。乘氾泭以下流兮,无舟楫以自备。背法度而心治兮,辟与此其无异。”

【橘颂】橘颂,就是对橘树的赞颂。本篇就橘的特性和形象细致地作了拟人化的描写,实际上就是作者完整人格和个性的缩影。前半部主要描写橘的花繁、叶茂、根固、果圆的美好形象,后半部用拟人化手法称颂橘的性格。如“独立不迁”、“深固难徙”、“苏世独立”、“闭心自慎”、“秉德无私”、“淑离不淫”等,表面称道的是橘,实际就是诗人的述志。所以篇末特别用“行比伯夷,置以为像兮”作结,主题是很明显的。

【悲回风】清蒋骥认为这是屈原沉江前一年的作品。(《山带阁注楚辞》)“回风”就是旋风。“悲回风”就是因回风摇落蕙草而引起悲感。全诗充满悲凉抑郁的感情气氛。开头一句“悲回风之摇落兮,心冤结而内伤”,提出全篇主旨。接着抒发贤人被弃之苦,“故荼荠不同亩兮,兰茝幽而独芳”。孤芳独处是痛苦的,经常"曾唏嘘之嗟嗟兮,独隐伏而思虑"。有时感到岁月无常,生命易尽,"岁忽忽其若颓兮,时亦冉冉而将至"。"声有隐而相感兮,物有纯而不可为",因此诗人会想到神游于天地之间,"借光景以往来兮,施黄棘之枉策"。为了保持自身高洁,不与浊世同流,甘愿"求介子之所存兮,见伯夷之放迹",以至于"托彭咸之所居"。全诗语言优美,后半多用双声叠韵联绵词和对偶句,增强了文章的音节美。

【招魂】《楚辞》篇名,战国楚人屈原作。司马迁《史记·屈原列传》说:"余读《离骚》、《天问》、《招魂》、《哀郢》悲其志。"清吴汝纶说:"怀王为秦虏,魂亡魄失。屈子恋君而招之,盛言归来之乐,以深痛其在秦之苦也。"(《古文辞类纂校勘记》)本篇由三个部分组成。前为引言("朕幼清以廉洁兮……不能复用"),后为乱辞("乱曰"以下),中间为招魂正文。引言叙招魂的缘由,正文分两股叙述。一是外陈四方之恶,叫魂魄不要往东南西北四方去,也不要上天入地,用一些神话传说写出这些地方的恐怖景象;二是内崇楚国之美,用排比方法铺叙宫室之美,饮食之盛,歌舞、琴棋、诗酒之乐。乱辞叙述自身放逐南行,途经顷襄王"驰骋于云梦之中,而不以天下国家为事",因而引起眷怀故国的深情。屈复说:"顷襄王不共戴天之仇,而犹夜猎荒游,此三闾之所以极目而伤春心也。"(《楚辞新注》)

【卜居】《楚辞》篇名,约为屈原同时或稍后人所作。"居"是处的意思,"卜居"就是假托求神问卜,解决所以自处之道。篇中假托问卜决疑,从正反两方面,提出"吾宁悃悃款款朴以忠乎?将送往劳来斯无穷乎?……宁与黄鹄比翼乎?将与鸡鹜争食乎"等几对问题。其实,既然从正反两方面提出问题,就已经肯定了正面,否定了反面,已经无所谓疑了。作者这样提出问题,旨在借暴露反面东西来突出屈原的思想,所以太卜只得释策而谢曰:"物有所不足,智有所不明,数有所不逮,神有所不通。用君之心,行君之意,龟策诚不能知此事。"这正是作者对卜筮的否定。

【渔父】《楚辞》篇名,约为屈原同时或稍后之人为悼念屈原而作。文章通过对话形式,从两种不同思想意识的对比,表现了人们对于屈原沉湘自杀的深刻理解。屈原所生活的战国时代,政治黑暗,社会混乱。看到时代黑暗,一些人产生了道家逃避现实的消极思想。渔父所说"圣人不凝滞于物,而能与世推移",代表了当时的道家思想。这正是《老子》里"和其光,同其尘"、《庄子》里"虚与委蛇"的思想。屈原与此相反,他坚持"不能变心而从俗","宁溘死以流亡兮,余不忍为此态也"。文章最后说渔父"遂去,不复与言",而屈原则准备

“宁赴湘流，葬于江鱼之腹中”，决心不以皓皓之白而蒙世俗之尘埃。可以看出，作者用意所在，是以“道不同不相为谋”来归结全篇。

【九辩】《楚辞》篇名，战国时楚人宋玉作。“九辩”是古代流传下来的一种乐调。王夫之说：“辩犹遍也，一阕谓之一遍。盖亦效夏启《九辩》之名，绍古体，为新裁，可以被之管弦。其词激荡淋漓，异于风雅，盖楚声也。”（《楚辞通释》）《九辩》主要抒发作者落拓不遇的悲愁和不平，在一定程度上揭露、批判了当时社会的黑暗。“众践蹀而日进兮，美超远而逾迈。……世雷同而炫罐兮，何毁誉之昧昧”，表现了诗人对社会黑暗有明确的认识。因此，他明白表示：“处浊世而显荣兮，非余心之所乐；与其无义而有名兮，宁处穷而守高。”诗人很善于通过自然景物抒发自己的感情。如开头一段：“悲哉秋之为气也！萧瑟兮草木摇落而变衰。憭慄兮若在远行，登山临水兮送将归。泬寥兮天高而气清，寂寥兮收潦而水清。憯凄增欷兮薄寒之中人，怆怳懭悢兮去故而就新。坎廪兮贫士失职而志不平，廓落兮羁旅而无友生，惆怅兮而私自怜。”在这里，作者把情与景交错地写出，写了萧瑟的秋景，写了远行的凄怆和送别的愁苦，写了贫士失职的不平以及羁旅的孤独和惆怅。这就使诗人的感情与自然景物互相衬托而融合为一。

【风赋】《楚辞》篇名，战国时楚人宋玉作。本篇借“雄风”、“雌风”的叙述，间接表现封建统治者与人民在生活上的差异，隐寓讽谏之意。《文选·风赋》吕向注曰：“史记云：‘宋玉，郢人也。为楚大夫。时襄王骄奢，故宋玉作此赋以讽之。’”独占、独享、唯我独尊的楚襄王，当他游于兰台之宫而迎接快风时，内心满以为“快哉此风”，只有我这个一国之王才配享受，平民百姓是没有份的。可是他偏要故作姿态问侍者：“寡人所与庶人共者耶?”作为侍者的宋玉，自然是曲意逢迎，盛为称颂：“此独大王之风耳，庶人安得而共之?”在楚襄王的追问下，宋玉还故意把自然之风硬是区分为大王之雄风与庶人之雌风，而且从它们的发生、发展以至结局区别出两种风的不同，甚至连两种风对人的影响都不相同。大王之雄风是“清清泠泠，愈病析酲，发明耳目，宁体便人”；庶人之雌风则是“中心惨怛，生病造热，中唇为胗，得目为蔑。啖齰嗽获，死生不卒”。这种冠冕堂皇的赞颂正寄托着极其深刻的讽刺。那就是说，你们做国王的，富贵豪华，穷奢极侈，哪里看到庶民百姓日夜辗转于凄风苦雨之间，沉沦于水深火热之中呢！

【高唐赋】旧题宋玉作。《赋》前有序云：“楚襄王与宋玉游于云梦之台，望高唐之观，其上独有云气。……王曰：‘此何气也?’玉对曰：‘所谓朝云者也。’……

王曰：‘朝云始出，状若何也？’玉对曰：‘……其少进也，晰兮若姣姬扬袂。’……王曰：‘寡人方今可以游乎？’玉曰：‘可。’王曰：‘其如何矣？’玉曰：‘高矣显矣，临望远矣。广矣普矣，万物祖矣。上属于天，下见于渊。珍怪奇伟，不可称论。’王曰：‘试为寡人赋之。’玉曰：‘唯唯。’”赋文主要描写云梦高唐的景物：“惟高唐之大体兮，殊无物类之可仪比。巫山赫其无畴兮，道互折而曾累。”以下分写各类景物。先写水：“登巉岩而下望兮，临大阺之稸水。……滂洋洋而四施兮，蓊湛湛而弗止。长风至而波兮，若丽山之孤亩卜。”次写林木：“中阪遥望，玄术冬荣。煌煌荧荧，夺人目睛。……榛林郁盛，葩华覆盖。双椅垂房，纠枝还会。……纤缘悲鸣，声似竽籁。……感心动耳，回肠荡气。”再次写山：“登高远望，使人心瘁。……岩岖参差，纵横相追。……俯视峥嵘，窐寥窈冥。不见其底，虚闻松声。……卒愕异物，不知所出。……状似走兽，或象飞禽。谲诡奇伟，不可究陈。”最后写到祝愿楚王往观朝云，有益于“思万方，忧国害，开贤圣，辅不逮。九窍通郁，精神察滞，延年益寿，千万岁”，略抒讽谏之义。

【神女赋】旧题宋玉作。《文选》吕延济注曰：“神女，即巫山神女也。”《神女赋》描述楚襄王梦中与巫山神女相见事。作者主要描写神女之美。先写形态之美：“夫何神女之姣丽兮，含阴阳之渥饰。披华藻之可好兮，若翡翠之奋翼。其象无双，其美无极。”“貌丰盈以庄姝兮，苞温润之玉颜。”然后写其神情之美：“眸子炯其精朗兮，瞭多美而可观。眉联娟以娥扬兮，朱唇的其若丹。”“既姽婳于幽静兮，又婆娑乎人间。”“望余帷而延视兮，若流波之将澜。”“意似近而既远兮，若将来而复旋。”接着写楚王求爱不得，“褰余帱而请御兮，愿尽心之惓惓。怀贞亮之洁清兮，卒与我兮相难”。最后写神女飘然离去作结：“欢情未接，将辞而去。迁延引身，不可亲附。”“礼不遑讫，辞不及究。愿假须臾，神女称遽。”结果是楚襄王“回肠伤气，颠倒失据。黯然而暝，忽不知处。情独私怀，谁者可语。惆怅垂涕，求之至曙”。作者于此暗寓讽谏之意。

【登徒子好色赋】旧题宋玉作。文章描述了一场关于道德修养问题的辩论。出场的有楚王、宋玉和章华大夫，登徒子没出场。作者说，由于登徒子曾经攻击宋玉好色，所以宋玉便在楚王面前为自己辩解。宋玉辩解说，他并不好色。理由是他邻居“东家之子”是举世无双的美人，登上墙头向他张望了三年之久，他都没有接受她的追求。在宋玉看来，登徒子倒是好色之徒。宋玉说，登徒子的妻子长得十分丑陋，“蓬头挛耳，齞唇历齿，旁行踽偻，又疥且痔”。对于这样丑陋的女子，“登徒子悦之，使生五子”。章华大夫在旁支持宋玉的说法，认为不接受“东家之子”的追求，称得上“守德”之士了。这种“守德”的功夫,章华自认为不如宋玉。结果楚王肯定章华的意见,将登徒子缺席判决为好色之徒,承认宋玉是“扬诗守礼”的“守德”之士。明眼人不难看出,宋玉的辩论有漏洞。登徒子能够跟丑陋不堪的妻子共同生活而且生了孩子,这在封建社会也是难能可贵的高尚情操,根本谈不上“好色”的败行。宋玉的指责,显然不合情理。进一步推论,宋玉所谓“至于好色,臣无有也”,也难免于一面之词。因为登徒子不在场,宋玉的一面之词就有可能骗得楚王的信任。再加上章华大夫的花言巧语、装腔作势,昏庸的楚王就更容易相信宋玉的辩辞了。《登徒子好色赋》这篇文章给人很好的启发:一个人思想方法主观片面,看问题不从本质出发,就容易被谬论邪说所迷惑利用。赋中对“东家之子”的描写非常细致生动,如“东家之子,增之一分则太长,减之一分则太短;著粉则太白,施朱则太赤;眉如翠羽,肌如白雪,腰如束素,齿如含贝;嫣然一笑,惑阴域,迷下蔡”。这一段极尽铺张扬厉之能事,千百年来传为佳句。

【对楚王问】战国时楚人宋玉作。《对楚王问》写宋玉的孤高之情,间接表现了他政治上不得意的愤懑。文章写宋玉遭受谗言和他自己的解释。开头写楚王问宋玉曰:“先生其有遗行欤?何士民众庶不誉之甚也?”接着宋玉对曰:“唯,然,有之。”这里,宋玉承认士民不满自己的事是有的,但并不承认自己有遗行。宋玉认为士民不满意自己,是因为他们不了解自己的情操和志趣。就像没有音乐修养的人听不懂高深的乐曲一样。这一方面反映了宋玉那种孤高自许的作风,也暴露了楚襄王时期,宗室贵族专权,朝政日非,致使贤能志士受排斥、遭迫害的黑暗情况。正如宋玉所说:“客有歌于郢中者,其始曰《下里巴人》,国中属而和者数千人。……其为《阳春白雪》,国中属而和者不过数十人。是其曲弥高,其和弥寡。藩篱之鷃,岂能与之料天地之高哉?”在宋玉看来,圣人之瑰意琦行,超然独处,像楚襄王周围那些“世俗之民”是不会了解的。

【成相】战国时荀卿作。“成相”标题有两个含义:一是说成就相治国家的伟业。例如篇中三次用“请成相”,一次用“凡成相”。“请成相,世之殃,愚离愚离堕贤良。人主无贤,如瞽无相,何伥伥!”“请成相,道圣王,尧舜尚贤身辞让。许由、善卷重义轻利,行显明。”“请成相,言治方,君论有五约以明。君谨守之,下皆平正国乃昌。”“凡成相,辨法方,至治之极复后王。”这三个“请成相”和一个“凡成相”里的“成相”都是相助治国的意思。“成相”的第二个含义是模拟舂米歌的歌调。如:“成相竭,辞不蹶,君子道之顺以达。宗其贤良,辨其殃孽。”其中的“成相”,都是模拟舂米歌的歌调。《成相篇》的体裁是赋,却以说理为主。荀卿通过《成相》提要钩玄地表达了他的政治思想。也有人认为

“成相”只是模拟舂米歌调,如朱熹《楚辞后语·成相第一》:“相者,助也,举重劝力之歌,史所谓五羖大夫死而舂者不相杵是也。”又:“成相,助力之歌也。”

【赋篇】战国时荀卿作。《荀子》里的《赋篇》包括五篇,分别叙述礼、智、云、蚕、箴五种事物。叙事采取隐书(类似现在的谜语)的方式。叙述体例,先敛藏起谜底,用隐语说出谜面,即说出事物的性质或功用,随后指出谜底,道出事物的名称。例如《礼赋》,先说:“爰有大物,非丝非帛,文理成章;非日非月,为天下明。生者以寿,死者以葬,城郭以固,三军以强……匹夫隆之则为圣人,诸侯隆之则一四海者欤?致明而约,甚顺而体。”然后指出所赋事物“请归之礼”。荀卿的《赋篇》是中国文学史上第一篇以“赋”为名的文章。

【佹诗】战国时荀卿作。今本《荀子·佹诗》列于《赋篇》之后。梁启雄说:“《赋篇》以下的《佹诗》,好像本来另外一篇独立的篇章,不是《赋篇》的卒章。”(《荀子简释》)杨树达先生说:“佹,假为佹。说文:佹,变也。变诗犹变风变雅。”(《读荀子小笺》)《佹诗》语句以四言为主,通篇协韵,间有散文句子,是早期诗赋混合的体裁。《佹诗》的内容与《成相》、《赋篇》相同,主要表现荀卿的政治思想。开篇两句就是“天下不治,请陈《佹诗》”。以下指出由于“天地易位,四时易向”而引致“仁人绌约,敖暴擅强”的混乱现象。清人俞樾说:“‘仁人绌约,暴人衍矣’诸句,其意实讥楚也。”(《荀子诗说》)作者在篇末大声疾呼:“呜呼上天!曷雄其同!”意思是说:试问有什么好方法能使昏君改变他的错误思想来和我的正确思想联结,而使我们同心同德呢!《佹诗》反映荀卿的政治倾向是明显的。

【吊屈原赋】西汉贾谊作。贾谊为太中大夫,嗣以周勃、灌婴等的谗害,被贬为长沙王太傅。《文选·吊屈原文序》曰:“谊为长沙王太傅,既以谪去,意不自得,及渡湘水,为赋以吊屈原。屈原,楚之大臣也。被谗放逐,作《离骚》,其终篇曰:‘已矣哉!国无人兮,莫我知也。’遂自投汨罗而死。谊追悔之,因自喻。”贾谊的遭遇与屈原类似,因对屈原深为理解与同情,当他来到湘水,自然生出缅怀追伤之情。贾谊对屈原之不幸的伤悼,实即对自身的伤悼;对屈原所处现实的揭露抨击,实即对自身所处现实的揭露抨击。在赋中,贾谊既凭吊历史上的屈原,亦在感伤现实中的自己。作品表面指陈楚国的弊政,抒写屈原的愤懑,实际在于借古讽今,揭露抨击汉初的黑暗政治。王逸说《离骚》“善鸟香草以配忠贞;恶禽臭物以比谗佞;虬龙鸾凤以托君子;飘风云霓以为小人”。《吊屈原赋》也是以鸾凤、骐骥、神龙、鳣鲸比喻屈原及贤者,以鸱枭、蹇驴、蝼蚁比喻奸佞小人,继承了《楚辞》的比兴手法。

【鹏鸟赋】西汉贾谊作。《史记·屈原贾生列传》:“贾生为长沙王太傅,三年,有鸮飞入贾生舍,止于坐隅,楚人命鸮曰鹏。贾生既以谪居长沙,长沙卑湿自以为寿不得长,伤悼之,乃为赋以自广。”《西京杂记》云:“贾谊在长沙,鹏鸟集其承尘。长沙俗以鹏鸟至人家,主人死。谊作《鹏鸟赋》,齐生死,等荣辱,以遣忧累焉。”从而可知贾谊作《鹏鸟赋》的宗旨。文章着重指出万物变化是常事,死生祸福原不足虑。如:“万物变化兮,固无休息……沕穆无穷兮,胡可胜言!祸兮福所倚,福兮祸所伏……忽然为人兮,何足控抟?化为异物兮,又何足患?……达人大观兮,物无不可。”有些语句具有朴素辩证法的思想,如:“且夫天地为炉兮,造化为工;阴阳为炭兮,万物为铜。合散消息兮,安有常则?千变万化兮,未始有极。”

【七发】西汉枚乘作。《文心雕龙·杂文》:“枚乘摛艳,首制《七发》,腴词云构,夸丽风骇。盖七窍所发,发乎嗜欲,始邪末正,所以戒膏粱之子也。”《文选·七发》注:“《七发》者,说七事以起发太子也。”作品主要内容是:楚太子有病,吴客去问候。吴客首先指出太子的病源在于饮食穿住过于奢侈,声色娱乐太无节制。针灸药石不能治此病,只有用“要言妙道”去“浩唐之心、遁佚之志”,才能医好此病。接着吴客就用七事启发太子:先铺排了音乐、饮食、车马、宫苑之乐,太子病无起色。然后以畋猎、游观两事引起太子的兴趣,使太子胸襟为之开阔,但病仍不起。最后吴客要向太子推荐博学多闻的君子来论述“要言妙道”,楚太子听了马上精神振奋,据案而起,“涊然汗出,霍然病已”。《七发》的主旨在于指出荒淫奢侈生活是致病之源。要想治病,必须以健康的思想充实自己的精神,去掉“浩唐之心、遁佚之志”。这对于当时的封建统治者显然具有讽谏的意义。

【招隐士】西汉淮南小山作。王逸《楚辞章句》:“《招隐士》者,淮南小山之所作也。昔淮南王安博雅好古,招怀天下俊伟之士……各竭才智,著作篇章,以类相从。”关于《招隐士》这篇赋的写作宗旨,有几种不同说法:王逸认为是“小山之徒闵伤屈原”而作。清王夫之认为此赋“义尽于招隐,为淮南王招致山谷潜伏之士,绝无闵伤屈子而章之之意”。(《楚辞通释》)近人金柜香认为:“详其词意,当是武帝猜忌骨肉,适淮南王安入朝。小山之徒知谗衅已深,祸将及,乃作以劝王亟返国之作。”(《汉代辞赋之发达》)总观全文,按当时刘安与武帝的矛盾关系,金说较为近理。篇中“虎豹斗兮熊罴咆,禽兽骇兮亡其曹”,暗喻刘安入朝所临环境的险恶;“王孙兮归来,山中兮不可以久留”,是小山诸人暗示淮南应早日离朝返国以免遭凶险。

【秋风辞】汉武帝刘彻作。《汉武故事》说，有一次汉武帝巡游河东汾阴（今山西省万荣县荣河城北汾水南岸）祭祀后土（土神），并泛舟汾河，在舟中与群臣宴饮时作此诗。全诗共9句，两句为一组，第9句单句为组。除第2、第9句外，都是六字句法，加助字"兮"。诗的主旨在因物兴感。由秋风起说到云飞、叶落，因闻萧鼓声、划船声而感到"欢乐极兮哀情多"。末句"少壮几时兮奈老何"流露出人生易老的感叹。

【瓠子歌】瓠子，地名。在今河南濮阳县西南。瓠子河自此分黄河水，东出经今山东鄄城、郓城县南，折而东北流，历梁山、东阿等县，至在平县东注古济水。《瓠子歌》，汉武帝刘彻为瓠子河决口工程而唱的乐府歌辞。此歌载于《史记·河渠书》和《汉书·沟洫志》。元封三年（前109年），武帝东封禅泰山还，亲临瓠子决河，沉白马、玉璧以祭河神，令群臣从官自将军以下皆负薪置决河。当时东郡大旱，因而柴薪少，则令伐淇园之竹为楗以塞决河。武帝痛悼塞河久而无功，乃作《瓠子歌》二首。第一首写河决瓠子，梁楚一带灾情之严重，塞河之事，再不容缓。"为我谓河伯兮何不仁，泛滥不止兮愁吾人。齧桑浮兮淮泗满，久不反兮水维缓"数句，表达了汉武帝对民生的关怀。第二首写塞河本事，祝其成功来福，有如篇末二句所说："颓林竹兮楗石菑，室房塞兮万福来。"

【乌孙公主歌】西汉刘细君作。刘细君是汉江都王刘建和的女儿，约于汉武帝时在世。元封六年（前105年）乌孙王昆弥（一作昆莫）献马千匹愿尚汉公主。武帝乃以细君嫁他，做他的右夫人。昆弥年老，言语不通，又因国俗不同，食肉饮酪，公主悲楚不安。后来昆弥自知年老，欲使他的孙子岑豫娶细君为妻。细君不肯，上书报告武帝。武帝叫她服从国俗，细君只好从命。细君到乌孙曾作歌："吾家嫁我兮天一方，远托异国兮乌孙王。穹庐为室兮旃为墙，以肉为食兮酪为浆。居常土思兮心内伤，愿为黄鹄兮归故乡。"词极悲楚，抒发了身居异域思土怀乡的深情。

【子虚上林赋】西汉司马相如作。《史记·司马相如列传》："客游梁，梁孝王令与诸生同舍，相如得与诸生游士居数岁，乃著《子虚赋》。……居久之，蜀人杨得意为狗监侍上。上读《子虚赋》而善之，曰：'朕独不得与此人同时哉！'得意曰：'同邑人司马相如自言为此赋。'上惊。乃召问相如。相如曰：'有是，然此乃诸侯之事，未足观也。请为天子游猎赋。'赋成，奏之。上许，令尚书给笔札。相如以'子虚'，虚言也，为楚称；'乌有先生'者，乌有此事也，为齐难；'无是公'者，无是人也。明天子之义，故空借此三人为辞，以推天子诸侯之苑囿。其卒章归之于节俭,固以讽谏。"《文选》分"亡是公听然而笑曰"以下为《上林赋》。《子虚赋》写楚国的子虚在齐国的乌有先生面前夸说楚国云梦之大、楚王田猎之盛况。乌有先生批评说"奢言淫乐而显侈靡",并且把齐国又夸耀一番。《上林赋》写亡是公听了子虚和乌有先生的对话,又以天子上林的巨丽、猎游的壮观,来压倒楚国和齐国,最后归结到反对奢侈淫靡。文章运用大量的对偶、俳句,层层渲染,增加了文章词采的富丽,例如"撞千石之钟,立万石之虡,建翠华之旗,树灵鼍之鼓;奏陶唐氏之舞,听葛天氏之歌;千人唱,万人和;山陵为之震动,川谷为之荡波"。《子虚上林赋》确立了"铺采摛文,体物写志"的辞赋传统,奠定了一种铺张写志的大赋体制。

【长门赋】西汉司马相如作。这篇赋写陈皇后阿娇被汉武帝刘彻遗弃后,在长门宫过着幽禁生活时苦闷抑郁的心情。反映了封建社会中国妇女处于受压迫、遭蹂躏的地位。作品表现了皇后的幽思之情,层次井然,逐步深入,先写她独居宫中,对武帝的爱情忠诚不泯。接着写她登上兰台遥望,急盼他到来。继而写她失望走下兰台,心神恍惚,在宫里踌躇徘徊。再写她在月夜抚琴变调,寄托愁思。最后写她颓然就寝,梦见君王在旁;而南柯梦醒,却一无所见:怅惘悲伤,无以复加。赋篇以铺排的方法,渲染女主人公愁闷幽思的感情,淋漓尽致。写女主人公独处长门宫,忽而"登兰台"、忽而"下兰台"、忽而又"挤玉户"。在每个活动中,又铺排了一系列的景象声响。由于一系列的铺排,阴天、急风、浮云、雷声构成了一幅阴暗、幽深的景象,烘托出女主人公愁苦悲凉的心境。《长门赋》是抒哀伤之情的辞赋名篇。

【答客难】西汉东方朔作。《汉书·东方朔传》:"朔上书陈农战强国之计……欲求试用,其言专商鞅,韩非之语也。指意放荡,颇复诙谐,辞数万言,终不见用。朔因著论,设客难己,用位卑以自慰谕。"可见东方朔对位卑并不满意,不过在文章里只是以博闻辨智者的口吻,用托词自解的方式表达出来。文章着重阐明"时异则事异"的思想。作者认为苏秦、张仪所以通行于战国、自己所以不见重于当朝,是因为"彼一时也,此一时也,岂可同哉"。作者进一步说:"使苏秦、张仪与仆并生于今之世,曾不得掌故,安致望侍郎乎?"接着,表明要务修身,道其常,做到自得:"天有常度,地有常形,君子有常行。君子道其常,小人计其功。"最后指出客之难己,"适足以明其不知权变而终惑于大道也"。《答客难》发展了宋玉《对楚王问》的赋体制,并开创了"对问设论"类汉赋的新天地。

【非有先生论】西汉东方朔作。东方朔向汉武帝提出的强国化民政策的思想基础有两点：一是崇俭富民。《汉书·东方朔传》载："时天下侈靡趋末，百姓多离农亩。上从容问朔：'王欲化民，岂有道乎？'朔对曰：'今陛下以城中为小，图起建章，左凤阙，右神明……撞万石之钟，击雷霆之鼓……上为之淫侈如此，而欲使民独不夸侈失农，事之难者也。……陛下诚能用臣朔之计，推甲乙之帐之于四通之衢，却走马示不复用，则尧舜之隆宜可与比治矣。'"二是招贤纳谏。《汉书·东方朔传》："上以朔口谐辞给……尝问朔曰：'先生视朕何如主也？'朔对曰：'臣伏观陛下功德，陈五帝之上，在三王之右。菲若此而已，诚能得天下贤士，公卿在位咸得其人矣。'"《非有先生论》假设，非有先生与吴王对话，借以表达了东方朔的政治思想。文章明确指出："故直言其失，切谏其邪者，将以为君之荣，除主之祸也。"文章说哪里"辅弼之臣瓦解，而邪谄之人并进"，哪里就会"宗庙崩也，国家为墟"；哪里贤者得"遇明王圣主"，哪里就会实现"五帝三王之道"。如"伊尹蒙耻辱，负鼎俎五味以干汤；太公钓于渭之阳，以见文王"，结果就出现了"引义以正其身，推恩以广其下……禄贤能，诛恶乱……天地和洽，远方怀之"的政治局面。文章最后叙述吴王采纳了非有先生的意见，"于是举贤才，布德惠，施仁义，重有功。躬亲节俭，减后宫之费，捐车马之用。放郑声，远佞人，省庖厨，去侈靡，卑宫馆，坏苑囿，填池堑，以予贫民无产业者……薄赋敛，省刑罚。行此三年，海内晏然，天下大治"。高步瀛先生《文章流别·辞赋·设论》指出："东方曼倩《非有先生论》（《汉书》本传及《文选》卷五十一），王子渊《四子讲德论》（《文选》卷同上），亦当入设论类；而昭明列入论中，与贾生《过秦》、班叔皮《王命》相次，非也。"辨明了这篇赋的实质。

【悲士不遇赋】西汉司马迁作。司马迁任太史令三年，遭李陵之祸，被系入狱。虽在缧绁，不忘著述。他想到"文王拘而演周易，仲尼厄而作春秋……诗三百篇，大抵圣贤发愤之所为作也"。出狱后，仍以刑余的精力，完成了《史记》的著作。以后便在抑郁悲愤中结束了一生。《悲士不遇赋》就是司马迁晚年直抒悲愤的作品。作品开头就深沉地自伤冷酷的遭遇："悲夫士生之不辰，愧顾影而独存；恒克己而复礼，惧志行之无闻。"接着控诉社会的黑暗："何穷达之易惑，信美恶之难分。"然后指出这种冷酷的现实是个人无能为力的："天道微哉，吁嗟简兮。"最后以听天由命作结："无造福先，无触祸始。委之自然，终归一矣。"全诗辞意愤激，语言简劲，是汉代抒情辞赋的名篇。

【羽猎赋】西汉扬雄作。古代帝王田猎，士卒负羽箭随从叫羽猎。《羽猎赋》是记汉成帝田猎的文章，也称《校猎赋》。《汉书·扬雄传》："其十二月羽猎,雄从。以为昔在二帝三王,宫馆台榭,沼池苑囿,林麓薮泽,财足以奉郊庙,御宾害,充庖厨而已,不夺百姓膏腴穀土桑柘之地……武帝广开上林……虽颇割其三垂,以赡齐民;然至羽猎,甲车戎马,器械储偫,禁御所营,尚泰奢丽夸诩,非尧、舜、成、汤、文王三驱之意也。又恐后世复修前好,不折中以泉台,故聊因《校猎赋》以风之。"刘歆《七略》:"羽猎,永始(成帝年号)三年十二月上校猎。"李奇曰:"以五校兵出猎也。"《羽猎赋》描述汉成帝田猎的盛况,铺张扬厉,辞采丰美。例如:"于是天子乃以阳朝,始出乎玄宫。撞鸿钟,建九旒,六白虎,载灵舆,蚩龙并毂,蒙公先驱。立历天之旂,曳捎星之旃,辟历列缺,吐火施鞭。萃傱允溶,淋漓廓落,戏八镇而开关;飞廉云师,吸嚊潚率,鳞罗布列,攒以龙翰。啾啾跄跄,入西园,切神光;望平乐,径竹林,蹂蕙圃,践兰唐。举烽烈火,辔者施技,方驰千驷,校骑万师,虓虎之陈,从横胶輵,猋泣雷厉,骈骈駍磕,汹汹旭旭,天动地岌。羡漫半散,萧条数千里外。"这一片段把帝王畋猎、士卒负羽的盛况,描绘得淋漓尽致。

【长杨赋】西汉扬雄作。《汉书·扬雄传》:"明年(成帝永始四年)上将大夸胡人以多禽兽,秋,命右扶风发民入南山。西自褒斜,东至弘农,南驱汉中张罗罔罝罘,捕熊罴豪猪,虎豹狖玃,狐兔麋鹿,载以槛车。输长杨射熊馆。以罔为周阹,纵禽兽其中,令胡人手搏之,自取其获。上亲临观焉。是时,农民不得收敛。雄从至射熊馆,还,上《长杨赋》聊因笔墨之成文章,故借翰林以为主人,子墨为客卿以风。"长杨,汉行宫名。《三辅皇图》载:"长杨宫。在今周至县东南三十里。本秦旧宫。至汉修饰之,以各行幸。宫中有垂杨数亩,因为宫名。"《长杨赋》描写了宫室的宏丽、物类的繁富和武夫的壮勇,借以显示汉室的声威。文章结构宏大,语言华美,显示出汉赋的特征。例如:"今朝廷纯仁,遵道显义,并包书林,圣风云靡;英华沉浮,洋溢八区。普天所覆,莫不稿濡。士有刁谈王道者,则樵夫笑之。意者以为事罔隆而不杀,物靡盛而不亏,故平不肆险,安不忘危。乃时以有年出兵,整舆竦戎,摄师五花,习马长杨,简力狡兽,校武票禽。乃萃然登南山,瞰乌弋,西厌月出骨,东震日域……然后陈钟鼓之乐,鸣鞀磬之和,建碣石害之虡,拮隔铭球,掉八列之舞……方将俟元符,以禅梁甫之基,增泰山之高,延光于将来,比荣乎往号……且盲不见咫尺,而离娄烛千里之隅。客徒爱胡人之获我禽兽,曾不知我亦已获其王侯。"极力描绘长杨宫猛兽之繁,军士角搏之勇猛,最后点明讽喻之意。

【解嘲】西汉扬雄作。本篇作者就假设客人所提嘲讽问题,予以解答;并抒发了作者的处世思想。客人所提问题:"今子幸得遭明盛之世,处不讳之朝……曾不能画一奇，出一策……位不过侍郎，擢才给事黄门。意者玄得毋尚白乎？”作者指出统治者用刑罚、诗书、礼乐、举士制度来束缚士人，而士人只图仕进，依然“雷动云合，鱼鳞杂袭，咸营于八区”。在扬雄看来，他所处的时代是“县令不请士，郡守不迎师，群卿不揖客，将相不俯眉。言奇者见疑，行殊者得辟。是以欲谈者卷舌而同声，欲步者拟足而投迹”。因此，他采取了“默黔者存”、“自守者身全”的处世态度。他认为客人之所嘲讽，乃是“以鸱鸮而笑凤凰，执蝘蜓而嘲龟龙”。这篇赋也是对问设论一类的名作。

【酒箴】西汉扬雄作。这是一篇状物的小赋。表面看，文章在说水罐质朴有用，反而易招危害；酒囊昏昏沉沉，倒能自得其乐。其实，作者的真意是在借物喻人。文章前一段写水罐的遭遇是“处高临潭，动而近危。一旦喜得，为瓮所辐。身提黄泉，骨肉为泥”。后一段写酒囊的际遇是“尽日盛酒，人复借酤。常为国器，托于属车。出入两宫，经营公家”。作者本意，正在借以谴责那些贪荣好利、趋炎附势的小人，歌颂安分守己之士的高洁朴素并同情他们的冷落处境。

【自悼赋】西汉班婕妤作。《汉书·外戚传》：“孝成班婕妤，帝初即位选入后宫始。为少使，俄而大幸，为婕妤，居增成舍，再就馆，有男，数月失之。成帝游于后庭，尝欲与婕妤同辇载，婕妤辞曰：‘观古图画，贤圣之君皆有名臣在侧，三代末主乃有嬖女，今欲同辇，得无近似之乎？’上善其言而止。太后闻之，喜曰：‘古有樊姬，今有班婕妤。’婕妤诵《诗》及《窈窕》、《德象》、《女师》之篇，每进见上疏，依则古礼。自鸿嘉后，上稍降于内宠。婕妤进侍者李平，平得幸，立为婕妤，上曰：‘始卫皇后亦从微起。’乃赐平姓曰卫，所谓卫婕妤也。其后赵飞燕姊弟亦从自微贱兴，逾越礼制，寖盛于前。班婕妤及许皇后皆失宠，稀复进见。鸿嘉三年，赵飞燕谮告许皇后、班婕妤挟媚道，祝诅后宫，詈及主上。许皇后坐废。考问班婕妤。婕妤对曰：‘妾闻：死生有命，富贵在天。修正尚未蒙福，为邪欲以何望？使鬼神有知，不受不臣之诉；如其无知，诉之何益？故不为也。’上善其对，怜悯之，赐黄金百斤。赵氏姊弟骄妒，婕妤恐久见危，求其养太后长信宫。上许焉。婕妤退处东宫，作赋自伤悼。”班婕妤的《自悼赋》是古代妇女自我伤感的文章。“情虽出于幽怨，而能引分以自安，援古以自慰，和平中正，终不过于惨伤。又其德性之美，学问之力，有过人者。”（朱熹《楚辞后语》）篇末“惟人生兮一世，忽已过兮若浮。己独享兮高明，处生民兮极休。勉虞精兮极乐，与福禄兮无期。《绿衣》兮《白华》，自古兮有之”几句道出了这种精神。赋末引古诗以自况：《绿衣》，春秋时代卫庄公夫人庄姜失位自伤之诗；

《白华》,周幽王申后被废所作。

【洞箫赋】西汉王褒作。《文选》吕延济注曰:"王褒,蜀人也。益州刺史。王襄荐于宣帝,仕为谏议大夫。褒以箫音响清肃,故为此赋。洞者,通也,言其无底上下相通,故曰洞箫。"《洞箫赋》是为歌颂帝王游乐而作的咏物小赋。作者在赋中描摹箫声,不但清肃和谐,而且生动形象。如:"故听其巨音,则周流泛滥,并包吐含,若慈父之畜子也;其妙声,则清静厌瘱,顺叙卑迭,若孝子之事父也。……故其武声,则若雷霆輘輷,佚豫以沸䯻;其仁声,则若凯风纷披,容与而施惠。"又写箫声的清美,可以发生强烈的移情力量:"故贪饕者听之而廉隅兮,狼戾者闻之而不怼,刚毅强暴反仁恩兮,啴唌逸豫戒其失。"《洞箫赋》文辞优美,读来令人有"辩丽可喜"、"虞悦耳目"之感。

【北征赋】东汉班彪作。《后汉书·班彪列传》:"班彪,扶风安陵人。性沉重好古。年二十余,更始败,三辅大乱。时隗嚣拥众天水,彪乃避难从之。嚣问彪曰:'往者周亡,战国并争。意者纵横之事复起于今乎?'(彪)对曰:'汉承秦制,致立郡县……方今雄杰带州域者,皆无七国世业之资,而百姓讴吟,思仰汉德,已可知矣。'嚣曰:'生言周、汉之势可也;至于但见愚人习识刘氏姓号之故,而汉家复兴,疏矣。'彪既疾嚣言,又伤时方艰……遂避地河西。河西大将军窦融以为从事,深敬待之,接以师友之谊。及融还京师,光武问曰:'所上章奏,谁与参之?'融对曰:'皆从事班彪所为。'帝雅闻彪才,圆召入见,举司袭茂才,拜徐令。"《文选》李周翰注曰:"征,行也;言北行而赋之也。"文章表述,作者为了维护汉室正统,反对隗嚣等的割据分裂行动,决定旅行河西避难。沿路跋山涉水,目击塞外荒凉,深有感慨。如:"瘏旷怨之伤情兮,忘诗人之叹时。""游子悲其故乡,心怆恨以伤怀。"他坚信此行是对的,是合乎孔子之道的。"夫子固穷,游艺文兮;乐以忘忧,惟圣贤之。达人从事,有仪则兮。……君子履信,无不居兮。虽之蛮貊,何忧惧兮?"萧统《昭明文选》列在纪行类赋的首篇。

【两都赋】东汉班固作。《两都赋序》说:"臣窃见海内清平,朝廷无事,京师修宫室,浚城隍,起苑囿,以备制度。西土耆老,咸怀怨思,冀上之眷顾,而盛称长安旧制,有陋洛阳之议。故臣作《两都赋》,以极众人之所眩曜,折以今之法度。"文章假设西都宾向东都主人夸耀西都的优胜。西都长安是大汉开国的首都,"肇目高而终平","历十二之延祚",西都昌隆繁盛,物阜民丰。"都都相望,邑邑相属。……士食旧德之名氏,农服先畴之畎亩,商循族世之所鬻,工用高曾之规矩。"东都主人批评西都宾不能"精古今之清浊,究汉德之所由",并称述东都举行田猎、祭祀、朝会、饮宴的盛况；特别指出明帝修洛邑（东都）“备制度”的重大意义。“且夫辟界西戎，险阻四塞，修其防御，孰与处乎土中，平夷洞达，万方辐凑？秦岭九嵕，泾渭之川，曷若四渎五岳，带河泝洛，图书之渊？建章甘泉，馆御列仙，孰与灵台明堂，统和天人？太液昆明，鸟兽之囿，曷若辟雍海流，道德三富？游侠踰侈，犯义侵礼。孰与同覆法度，翼翼济济也？子徒习秦阿房之造天，而不知京洛之有制也；识函谷之可关，而不知王者之无外也。”然后，东都主人又念了歌颂东都的五首诗。听了诗，西都宾遂拜服：“矍然失容，逡巡降阶……乃称曰：‘美哉乎斯诗！义正乎扬雄，事实乎相如！非唯主人之好学，盖乃遭遇乎斯时也。小子狂简，不知所裁。既闻正道，请终身而诵之。’”

【答宾戏】东汉班固作。“答宾戏”，就是回答客人的诙谐提问。作者在篇首序中说：“永平中，为郎，典校秘书，专笃志于儒学，以著述为业。或讥以无功。又感东方朔、扬雄自喻以不遭苏（秦）、张（仪）、范（雎）、蔡（泽）之时，曾不折之以正道，明君子之所守。故聊复应焉。”文章用宾主问答的形式，表述了作者的思想。首先由宾客戏问道：“今吾子幸游帝王之世，躬带绂冕之服……然而器不贾于当己，用不效于一世，虽驰辩如涛波，摛藻如春华，犹无益于殿最也。意者，且运朝夕之策，定合会之计，使存有显号，亡有美谥，不亦优乎？”主人含笑答道：“若宾之言，所谓见世利之华，离道德之实，守交奥之荧烛，未仰天庭而睹白日。”意思是说，客人的见识太肤浅了。主人又说：“是以仲尼抗浮云之志，孟轲养浩然之气，彼岂乐为迂哉？遂道可以贰也。”最后表示要坚守正道，向坚贞亢直的古代先贤学习：“若乃伯夷抗行于首阳，柳惠降于辱仕，颜（渊）潜乐于箪瓢，孔子终篇于西狩，声盈塞于天渊，吾徒之师表也。”作者以此表达了君子应坚守正道，不该追求名利的思想。

【封燕然山铭】东汉班固作。《后汉书·窦融传》：“（永元元年）会南单于请兵北伐，乃拜（窦）宪车骑将军，以执金吾耿秉为副，发北军及羌胡兵出塞，与北单于战于稽落山，大败之。于是温犊须、日逐、温吾、夫渠王柳鞮等八十一部率众降者，前后二十余万人。（窦）宪、（耿）秉遂登燕然山（今蒙古国境内的杭爱山），去塞三千余里，刻石勒功，纪汉威德。令班固作铭。”铭文首先指出汉朝兵力的强大：“鹰扬之校，螭虎之士，爰该六师……元戎轻武，长毂四分。”接着歌颂战果的辉煌：“陵高阙，下鸡鹿，经碛卤，绝大漠。斩温禺以衅鼓，血尸逐以染锷……逾涿邪，跨安侯，乘燕然，蹑冒顿之区落，焚老上之龙庭。”然后欢呼向王朝献功：“上以摅高文之宿愤，光祖宗之玄灵；下以安固后嗣，互拓境宇，振大汉之天声。”最后以铭辞作结:“铄王师兮征荒裔,剿凶虐兮截海外。复其邈兮亘地界,封神丘兮建隆竭,熙帝载兮振万世。”

【二京赋】东汉张衡作。《二京赋》,《文选》分列题为《西京赋》和《东京赋》,是作者有感于“天下承平日久,自王侯以下,莫不逾侈”而创作的。《二京赋》基本上模拟班固的《两都赋》,以东京和西京为描写对象,而描述景物更加细致。如:“濯龙芳林,九谷八溪。芙蓉覆水,秋兰被涯。渚戏跃鱼,渊游龟蠵。永安离宫,修竹冬青。阴池幽流,玄泉洌清。鹎鶋歌栖,鹘鸼春鸣。鹊鸠丽黄,关关嘤嘤。”文字清丽,音调谐和。此外,还描写了不少新东西,如都市商贾、侠士、辩士的活动以及杂技角抵百戏的演出情况,写得都很突出。《二京赋》还有一个特点,就是在描述之中加入议论说理。如《东京赋》中说:“且夫天子有道,守在海外;守位以仁,不恃隘害。苟民志之不谅,何云岩险与襟带?……方其用财取物,常思生类之殄也;赋政任役;常畏人力之尽也……今公子苟好辅民以偷乐,忘民怨之为仇也;好殚物以穷宠,忽下叛而生忧也。夫水所以载舟,亦所以覆舟。坚冰作于履霜,寻木起于蘖栽。”《二京赋》的规讽、议论切直明朗,贯注了作者真实的思想感情。

【归田赋】东汉张衡作。《归田赋》是张衡的晚年作品。当时汉安帝已死,顺帝幼弱无能,宦官把持朝政,结党营私,肆行残暴。衡虽屡次上书伸张正义,终恐为宦官谗害,所以有意离去罪恶渊薮,以求独善其身。赋中表达了作者对当时黑暗现实的不满,不甘与统治者同流合污,因而向往田园生活、欲归隐田园的心情。开头一段写现实黑暗,自己虽有雄心壮志,不得实现。如:“游都邑以永久,无明略以佐时。徒临川以羡鱼,俟河清乎未期……超埃尘以遐逝,辞与世事乎长辞。”以下从各方面描写归田之乐。既写了田园中的赏景之乐,如“仲春令月,时和气清……于焉逍遥,聊以娱情”;也写了射鸟钓鱼之乐,如“体飞纤缴,俯钓长流”;更写了归隐田园时高雅闲逸的情趣,如“弹五弦之妙指,咏周孔之图书。挥翰墨以奋藻,陈三皇之轨模”。最后以“苟纵心于物外,安知荣辱之所如”的归隐决心作结。《归田赋》是继班固《幽通赋》而创作的述志抒情辞赋。

【思玄赋】东汉张衡作。《后汉书·张衡传》:“(衡)后迁侍中,帝引在帷幄,讽议左右。尝问衡天下所疾恶者。宦官惧其毁己,皆共目之,衡乃诡对而出。阉竖恐终为其患,遂共谗之。衡常思图身之事,以为吉凶倚伏,幽微难明,乃作《思玄赋》以宣寄情志。”张衡处在宦官专权、朝政日非的情况下,与奸佞同流合污既不肯:“惟天地之无穷兮,何遭遇之无常!不抑操而苟容兮,譬临河而无一航。”“游于六合之外”又不可能：“虽游娱以偷乐兮，岂愁慕之可怀？”只有退隐田园，寄情于学理的探讨了：“缤联翩兮纷暗暖，倏眩眃兮反常间……默无为以凝志兮，与仁义乎消摇。不出户而知天下兮，何必历远以劬劳？……回志去竭来从玄谋，获我所求夫何思！”

【述行赋】东汉蔡邕作。桓帝延熹二年（159年），宦官徐璜等听说蔡邕精通音律，为了讨好皇帝，推荐蔡邕去京师洛阳为桓帝鼓琴。蔡邕被迫应召赴京，行至偃师，托病不前，返回家乡。本赋记述了在此行途中的所见所闻及行程的艰阻。作者联系所经之处的史事，发思古之幽情，抒哀今之愤慨，同时对古人古事发表感想和看法。对于“贵宠煽以弥炽”的黑暗现实，予以揭露和谴责：“穷变巧于台榭兮，民露处而浸湿。消嘉谷于禽兽兮，下糠秕而无粒。宏宽裕于便辟兮，纠忠谏其骎急。怀伊吕而黜逐兮，道无而获入。”

【刺世疾邪赋】东汉赵壹作。东汉末年，外戚宦官专权，朝政腐败，社会风气混浊。从皇帝朝臣到郡邑州官卖官鬻爵，贿赂公行，以致阿谀逢迎的人青云直上，刚介耿直之士横遭残害。赵壹性本刚直，不肯趋炎附势，痛感当时社会风气的恶劣，于是作了这篇赋。作者在赋中愤怒地揭露了现实生活中种种黑白颠倒的现象，如“佞谄日炽，刚克消亡。舐痔结驷，正色徒行……邪夫显进，直士幽藏”，辛辣地讽刺了世俗小人的无耻行径。同时一针见血地指出这些社会弊端的根源，在于“执政之匪贤”，矛头直指包括皇帝在内的封建统治者。文章风格较典型的汉赋有所改变：变板滞为疏荡，变典雅为浅俗，变含蓄为直率，变体物为写志。

【悲愤诗】汉末蔡琰作。《后汉书·列女传·董祀妻传》：“陈留董祀妻者，同郡蔡邕之女也。名琰，字文姬。博学有才辩，又妙于音律。适河东卫仲道，夫亡无子，归宁于家。兴平中，天下大乱，文姬为胡骑所获，没于南匈奴左贤王，在胡十二年，生二子。曹操素与邕善，痛其无嗣，乃遣使以金璧赎之，而重嫁于祀。后感伤乱离，追怀怨愤，作诗二章。”今传《悲愤诗》两首，一为五言，一为七言。七言一首后人多疑为伪托，五言一首较可信。这首诗内容从董卓作乱，被掠入胡叙起，直到别儿归国，还乡再嫁为止，反映了作者12年间流离转徙的生活，悲伤痛楚的心情，以及当时政治的变乱，社会的动荡，广大人民的颠沛流离，军阀割据战争的罪恶和关怀祖国的热情。中间写母子离别时的苦情，尤为急切动人，如：“儿前抱我颈，问母欲何之？人言母当去，岂复有还时！阿母常仁恻，今何更不慈？我尚未成人，奈何不顾思？见此崩五内，恍惚生狂痴。号泣手抚摩，当发复回疑。”全篇“铺采摛文”，实近于赋。

【胡笳十八拍】汉末蔡琰作。《胡笳十八拍》为骚体。全篇18章，一章为一拍，故名十八拍。作者在诗中写她为乱军所掳，流入南匈奴，后被赎归汉，与亲子分别的悲惨生活和矛盾心情。各章的要点是：一章，“干戈日寻兮道路危，志意乖兮节义亏”。二章，“戎羯逼我兮为室家，志摧心折兮自悲嗟”。三章，“亡家失身兮不如无生，衔悲畜恨兮何时平”。四章，“殊俗心异兮身难处，嗜欲不同兮谁可与语”。五章，“攒眉向月兮抚雅琴，五拍泠泠兮意弥深”。六章，“追思往日兮行李难，六拍悲来兮欲罢弹”。七章，“逐有水草兮安家葺垒，七拍留恨兮恶居于此”。八章，“为天有眼兮皇何不见独飘流？我不负天兮天何配我殊匹？”九章，“举头仰望兮空云烟，九拍怀情兮谁与传？”十章，“故乡隔兮音尘绝，哭无声兮气将咽”。十一章，“生仍冀得兮归桑梓，死当埋骨兮长已矣”。十二章，“喜得生还兮逢圣君，嗟别稚子兮会无因”。十三章，“焉得羽翼兮将汝归，一步一远兮足难移”。十四章，“身归国兮儿莫知(之)随，心悬悬兮长如饥”。十五章，“再还汉国兮欢心足。心有怀兮愁转深。子母分离兮意难任”。十六章，“今别子兮归故乡，旧怨平兮新怨长”。十七章，“去时怀土兮心无绪，来时别儿兮思漫漫”。十八章，“胡与汉兮异域殊风，天与地隔兮子西母东。苦我怨气兮浩于长空，六合虽广兮受之应不容”。本篇词句模拟骚体，而内容铺陈近于赋。

【鹦鹉赋】东汉祢衡作。本赋为祢衡寄寓江夏太守黄祖处时所作。有一次，黄祖之子黄射宴请宾客，祢衡被邀参加。席间，有客送鹦鹉来。黄射要求祢衡以鹦鹉为题写一篇赋，以娱乐宾客。他文思敏捷，奋笔疾书，立成此赋。文章通篇在写鹦鹉，实际作者在借物抒怀。明为鹦鹉诉述衷怀，实为借以抒发自己的不幸遭遇和悲愤心情。词气之间，也表达了才智之士生于乱世的不幸遭遇。赋中刻意描写了鹦鹉的才质优美和明慧聪善，结果却落入失群丧侣，流离异乡，委命依人，孤危愁苦的境地。它身系樊笼，念故乡而不能展翅高飞，怀家室而欲归不得。而这正是作者现实处境的写照。显示了他内心既有因言语招祸的自责，又有禄命衰薄、遭逢险恶的悲叹。

【登楼赋】三国魏王粲作。《登楼赋》是作者在荆州依附刘表时登临当阳县城楼所作。主要抒写作者因久留客地，才能不得施展而产生的思乡情绪和怀才不遇的感慨。开篇点题：“登兹楼以四望兮，聊暇日以销忧。”在描写荆州地区的辽阔、壮美，风物宜人，物产丰富之后，笔锋一转，以“虽信美而非吾土兮，曾何足以少留”作结。第二段，写思乡的忧情。由上段的“登楼四望”荆州原野到“凭轩遥望”自己的故乡。由“四望”到“遥望”，正是借“登楼”以“销忧”到“孰忧思之可任”的过程。在遥望中,他“向北风而开襟”,“悲旧乡之壅隔兮,涕横坠而弗禁”。他不禁说出“人情同于怀土兮,岂穷达而异心”。第三段由思乡之情引出失意之感。他最恨“瓠瓜之徒悬”、“井渫之莫食”,有才能抱负而无所用。第三段由凭栏“遥望”到“步栖迟以徒奇”,正是由失意之感发展到“心凄怆以感发兮,意忉怛而憯恻”。忧思愈重,苦闷愈深。这时作者所见到的楼外景色,是那样的凄凉萧瑟,“原野间其无人兮,征夫行而未息”。最后以“夜参半而不寐兮,怅盘桓以反侧”结束全文。

【洛神赋】三国魏曹植作。《洛神赋》是魏文帝黄初四年,曹植到京师朝见后,归途路过洛水时写的一篇赋。这是一篇托神寄意之作。曹丕对他的一些兄弟一向猜忌,尤其忌恨曹植,随时想把他杀害。曹植曾作《求通亲亲表》说:“愿陛下沛然垂诏,使诸国庆问,四节得展,以叙骨肉之欢恩,全怡怡之笃义。”但是,虽“葵藿之倾叶”,可是太阳终“不为之回光”。因此,曹植的心情就更加悲苦失望。《洛神赋》就是抒发他的这种悲苦失望心情的。内容写曹植与洛神相遇,两相爱慕,但隔于人神之道,未能交接,不胜怨恨。作者通过对女神若隐若现的描写,表达自己在受压抑、猜忌、迫害下的苦闷、彷徨、哀情不能上达的感情。文中描写的女神,从姿容到衣着,从动作到心理,都刻画得栩栩如生。如“翩若惊鸿,婉若游龙……远而望之,皎若太阳升朝霞;迫而察之,灼若芙蕖出渌波……披罗衣之璀粲兮,珥瑶碧之华琚……微幽兰之芳蔼兮,步踟蹰于山隅”,千百年来,成为人们传诵的佳句。

【七启】三国魏曹植作。《文选·七启》刘良注曰:“启,开也;欲开发天下令归正道,故托言贤人在山林,待明君而后出。盖明君崇贤也。”文章设为镜机子与玄微子对话的形式,用以启发玄微子的处世态度。镜机子首先对玄微子遁迹山林,遗世离俗的态度提出疑问:“予闻君子不随俗而遗名,智士不背世而灭勋。今吾子弃道艺之华,遗仁义之英,耗精神乎虚廓,废人事之纪经……未之思乎?何所规之不通也?”玄微子答曰:“盖有形必朽,有迹必穷。名秽我身,位累我躬。窃慕古人之所志,仰老庄之遗风。”然后镜机子与玄微子就几件生活处世问题做了问答。1. 镜机子曰:“……此肴馔之妙也,子能从我而食之乎?”玄微子曰:“予甘藜藿,未暇此食也。”2. 镜机子曰:“……此容饰之妙也,子能从我而服之乎?”玄微子曰:“予好毛褐,未暇此服也。”3. 镜机子曰:“……此羽猎之妙也,子能从我而观之乎?”玄微子曰:“余乐恬静,未暇此观也。”4. 镜机子曰:“……此宫馆之妙也,子能从我而居之乎?”玄微子曰:“予耽岩穴,未暇此居也。”5. 镜机子曰:“……此声色之妙也,子能从我而游之乎?”玄微子曰:“予愿清虚,未暇此游也。”6. 镜机子曰:“若夫田文、无忌之俦,乃上古之俊公子也。皆飞仁扬义,腾跃道艺,游心无方,抗志云际。凌铄诸侯,驱驰当世。挥袂则九野生风,慷慨则气成虹蜺。吾子若当此之时,能从我而友之乎?”玄微子曰:“予亮愿焉。然方于大道,有累如何?”镜机子曰:“世有圣宰,翼帝霸世。同量乾坤,等曜日月……举不遗才,进各异方。赞典礼于辟雍,讲文德于明堂。正流俗之华说,综孔氏之旧章……观游龙于神渊,聆鸣凤于高冈。此霸道之至隆,而雍熙之盛际。然主上犹以沉思之未广,惧声教之未厉;采英奇于仄陋,宣皇明于岩穴……吾子为太和之民,不欲仕陶唐之世乎?”于是玄微子攘袂而兴,曰:“伟哉言乎!……今予廓尔,身轻若飞,愿反初服,从子而归。”

【思旧赋】魏晋间向秀作。《思旧赋》是一篇抒情短赋,是作者抒发悼念旧友的感情的。作者和嵇康是志趣相投的朋友,他们同是“竹林七贤”中的人物。由于对当时社会不满,他们都曾有意识地摆脱政治生活。嵇康去打铁,向秀欣然做他的助手。向秀也曾与吕安一同灌园。后来嵇康、吕安被人诬陷,同时被司马昭杀害。向秀对他们寄予深切的怀念,在强大的专制帝王面前,著文为无辜受害者哭诉,这就表示了对司马氏杀害贞良的无声抗议。这篇赋写得很简短,很含蓄,因为作者在当时的环境下,有些话未敢明言。

【酒德赋】西晋刘伶作。《世说新语·任诞》:“刘伶病酒,渴甚,从妇求酒。妇捐酒毁器,涕泣谏曰:‘君饮太过,非摄生之道。必宜断之。’伶曰:‘甚善。我不能自禁,唯当祝鬼神,自誓断之耳!便可具酒肉。’妇曰:‘敬闻命。’供酒肉于神前,请伶祝誓。伶跪而祝曰:‘天生刘伶,以酒为名(名,这里同“命”),一饮一斛,五斗解酲。妇人之言,慎不可听。’便饮酒进肉,隗然已醉矣。”《文选·酒德颂》李善注:“刘灵(伶),字伯伦,沛国人也。志气旷放,以宇宙为狭。著《酒德颂》。”文章假设一个大人先生,表达个人的生活观。“以天地为一朝,万期为须臾,日月为扃牖,八荒为庭衢……幕天席地,纵意所如,止则操卮执觚,动则挈榼提壶唯酒是务,焉知其余?”当有贵介公子、缙绅处士向他陈说礼法时,这个大人先生正在那里“兀然而醉,豁尔而醒,静听不闻雷霆之声,熟视不睹泰山之形”。作者正是通过大人先生以自况。“唯酒是务,焉知其余”,正是“天生刘伶,以酒为名”的意思,他对向他“陈说礼法”的贵介公子的态度,正表现他对封建礼法政教的蔑视。

【鹪鹩赋】西晋张华作。《文选》李善注:“张华,字茂先,范阳人也。少好文义,博览坟典,为太常博士,转兼中书郎。虽栖处云阁,慨然有感,作《鹪鹩赋》。”张铣曰:“华有感作《鹪鹩赋》,以比鸟小而能安也。”作者在篇首序中指出鹪鹩这种小鸟的特点是“生于蒿莱之间,长于藩篱之下,翔集寻常之内,而生生之理足矣。色浅体陋,不为人用。形微处卑,物莫之害”。赋文开始就此描写鹪鹩的生活:“摄生而受气。育翩翾之陋体兮,无玄黄以自贵。”因而它的生活态度是“动翼而逸,投足而安,委命顺理,与物无患”。这样的生活态度,结果自然是“静守约而不矜,动因循以简易;任自然以为资,无诱慕于世伪”。这“无诱慕于世伪”,已经由咏物而联系到喻人了。再下两句“变音声以顺旨,思摧翮而为庸”,直是言为咏物而意在喻人。篇末“将一以上不足,而下比有余,普天壤以遐观,吾又安知其小大之所如”,以知人论世之语结束全文,揭示主旨。

【文赋】西晋陆机作。《文赋》是研究文学创作的论文。它以创作过程中的构思问题为中心,论述了创作上的许多问题。在论述构思问题时,陆机特别重视想象力的作用。他认为想象力要充沛、丰富,必须“精骛八极,心游万仞”,“浮天渊以安流,濯下泉而潜浸”,才能“情瞳昽而弥鲜,物昭晰而互进”,使所得的印象慢慢趋于鲜明,为下一步“笼天地于形内,挫万物于笔端”打下基础。谈到遣意遣词时,陆机提倡创新,反对因袭,主张“谢朝华于已披,启夕秀于未振”;如果“暗合乎曩篇”,“亦虽爱而必捐”。谈到意与辞的关系时,陆机认为意是主,辞是从;所以他说“理扶质以立干,文垂条而结繁”。辞藻应该为表现文意服务,所以又说“辞程才以效使,意司契而为匠”。陆机反对不顾文意,一味追求言藻末节的做法,认为这样的文章“言寡情而鲜爱”,虽然文辞和谐,也不会感人。同时陆机也很讲究艺术技巧,提出“会意尚巧”、“遣言贵妍”的主张,认为文辞清空的作品,有如白煮的肉汁、庙堂的古乐,即使雅致,也不能引人入胜。文章最后谈到文思的通塞问题。他根据自己的经验,生动地描述了“天机骏利”时思绪有如风发泉涌,“六情底滞”时,则如枯木涸流。此外,《文赋》还发展了曹丕的文体论(见《典论·论文》)。他把文体从曹丕的四科(奏议、书论、铭诔、诗赋)细分为:诗、赋、碑、诔、铭、箴、颂、论、奏、说十体,并从内容和风格两方面说明各种文体的特点和要求;同时还论述了谋篇、修辞、创作上的种种关键和利弊以及文章的功能等。

【演连珠】西晋陆机作。连珠这种文体起于汉代。其体不指说事情,只以华丽的文辞假借譬喻,委婉地表达意旨,如明珠的连贯,故称连珠。陆机的这篇《演连珠》也是理论、比喻、事例的结合,写得很有文采。演,有演习、推广的意思。原文有 50 首,大抵是叫人不要从表面看问题,而要抓住主要的东西,从政治上、生活上都有一些可取的见解。例如“臣闻春风朝煦,萧艾蒙其温;秋霜宵坠,芝蕙被其凉。是故威以齐物为肃,德以普济为弘”(《演连珠》之二十),前举两个比喻,后加说明,是比喻和说理的结合。又如“臣闻披云看霄,则天文清;澄风观水,则川流平。是以四族放而唐劭,二臣诛而楚宁”(《演连珠》之二十六),先举两个比喻,再举两个事例,一是唐尧放逐了共工、驩兜、三苗、鲧四族而政治清明,二是楚国诛了费无极、鄢将师二臣而国内安宁。这是两个比喻与两个事例的结合。

【闲居赋】西晋潘岳作。《文选》李周翰注:“《礼记》有《闲居篇》,岳取以为赋名,言将不涉世事,自取闲逸。”作者在篇首序说:“拙者可以绝意乎宠荣之事矣。太夫人在堂,有羸老之疾,尚何能违膝下色养而屑屑从斗筲之役乎?于是览止足之分,庶浮云之志。筑室种树,逍遥自得。池沼足以渔钓,舂税足以代耕。灌园鬻蔬,以供朝夕之膳;牧羊酤酪,以俟伏腊之费……此亦拙者之为政也。乃作闲居赋,以歌事遂情焉。”赋文开始先指出自己的性格是“巧智之不足,而拙艰之有余”,“于是退而闲居于洛之涘,身齐逸民,名缀下士”。接着描述闲居的环境是“陪京泝伊,面郊后市……其西侧有元戎禁营,玄幙绿徽……其东则有明堂辟雍,清穆敞闲”。在那里可以看到“天子有事于柴燎,以郊祖而展义;张钧天之广乐,备千乘之万骑”。还可以看到“两学齐列,双宇如一。右延国胄,左纳良逸。祁祁生徒,济济儒术”。作者对这闲居的环境由衷的高兴,不禁自我安慰道:“此里仁所以为麦,孟母所以三徙也。”在这个环境里,有“长杨映沼……菡萏敷披……石榴蒲陶之珍……梅杏郁棣之属”,还有“蘘荷依阴,时藿向阳”。生活在这里的主人经常“顿足起舞,抗音高歌。人生安乐,孰知其它”。在优美的环境里过着闲逸的生活,体现了文章的主旨是“仰众妙而绝思,终优游以养拙”。

【怀旧赋】西晋潘岳作。《文选》李善注:“怀,思也;谓思于亲旧而赋也。”《怀旧赋》是潘岳行经他的父辈朋友杨肇及其二子道元、公嗣的墓地时作的。篇首序说:杨君、道元、公嗣“不幸短命,父子凋殒。余既有私艰,且寻役于外,不历嵩丘之山者,九年于兹矣。今而经焉,慨然怀旧而赋之”。文章开头叙述归途望见杨氏墓地:“途艰屯其难进,日晼晚而将暮……前瞻太室,傍眺嵩丘。东武(杨肇封号)托焉,建茔启畤。”睹物思人,不胜感慨。“今九载而一来,空馆阒其无人……步庭庑以徘徊,涕泫流而沾巾(襟)。宵展转而不寐,骤长叹以达晨。”最后以“独郁结其谁语,聊缀思于斯文”二句结束全文,并表达怀念之情。

【西征赋】西晋潘岳作。在晋初统治者内部斗争中,潘岳依附后党杨骏。

惠帝元康元年，杨骏被贾后所杀，潘岳也险遭不测；幸而获免，出为长安县令。《西征赋》就是潘岳元康二年赴长安时所作。赋中记述旅途见闻，并回忆所经地方的史迹。旅程开始，就“越平乐，过街邮，秣马皋门，税驾西周”。接着就是“眄山川以怀古，怅揽辔于中途。虐项氏之肆暴，坑降卒之无辜”。然后回忆“经渑池而长想，停余车而不进。秦虎狼之强国，赵侵弱之余烬。超入险而高会，仗命世之英蔺”。行至崤山，想到“蹇哭孟以审败”。到了曲崤，又想到“托与国于亡虞”。到了潼关、函谷关，记起韩遂、马超拒险反抗曹操的史事。到了骊山，突出想到秦始皇的陵墓。作者对此深为愤慨：“异哉，秦始皇之为君也！倾天下以厚葬，自开辟而未闻。匠人劳而弗图，俾生埋以报勤。外罹西楚之祸，内受牧竖之焚。”在临潼，也想到“籍含怒于鸿门，沛蹐踘而来王”。最后写到长安后的感想，感谢皇恩，决心把长安治理好，“岂三圣之敢梦，窃十乱之或希”。相信“人之升降，与政隆替。仗信则莫不用情，无欲则赏之不窃。虽智弗能理，明弗能察，信此心也，庶免夫戾”。

【哀永逝文】西晋潘岳作。《哀永逝文》是潘岳为悼念亡妻而作的。开头悲叹妻亡匆促，生活陷于孤寂：“逝日长兮生年浅，忧患众兮欢乐鲜……今奈何兮一举，邈终天兮不反！”接着沉痛地回忆送葬时的情景：“尽余哀兮祖之晨，杨明燎兮援灵柩……凄切兮增欷，俯仰兮挥泪。想孤魂兮眷旧宇，视倏忽兮若仿佛。”送葬之后，更加感到生活的孤独：“思其人兮已灭，览馀迹兮未夷。”连周围的环境都变得凄惨冷漠：“望山兮寥廓，临水兮浩汗；视天日兮苍茫，面邑里兮萧散。”昼夜思之，以至梦寐还在忧思：“是乎非乎何遑，趣一遇兮目中。既遇目兮无兆，曾寤寐兮弗梦。”过于深重的哀伤无所排遣，最后只有以庄子“人且偃然寝予巨室”的至道来自我开脱了：“渠怀之其几何，庶无愧兮庄子。”

【寡妇赋】西晋潘岳作。作者在篇首序中说：“乐安任子威，有韬世之量，与余少而欢焉。不幸弱冠而终……其妻又吾姨（妻妹）也。少丧父母，适人而所天（指夫）又殒。孤女藐焉始孩（同咳，小儿笑）。斯穷生民之至艰，而荼毒之痰哀也。昔阮瑀既殁，魏文悼之，并令知旧作寡妇之赋。余遂拟之，以叙其孤寡之心焉。”文章首先叙述青年寡妇的孤独情况：“何遭命之奇薄兮，遘天祸之未悔！荣华晔其始茂兮，良人忽以捐背。静阖门以穷居兮，块茕独而靡依。”接着写寡居生活的痛苦：“口呜咽以失声兮，泪横迸而沾衣。愁烦冤其谁告兮，提孤孩于坐侧。”然后写寡妇对亡夫的怀念：“仰神宇之寥寥兮，瞻灵衣之披披……耳倾想于畴昔兮，日仿佛乎平素。虽冥冥而罔觌兮，有犹依依以凭附。”这种怀念亡夫的深情，经年不曾稍减：“自仲秋而在疚兮，逾履霜以践冰……意忽恍以迁越兮，神一夕而九升……愿假梦以通灵兮，目炯炯而不寝……气愤薄而乘胸兮，涕交横而流枕。”想到死者不能复生，生者无以为命，青年寡妇痛苦到情不欲生的程度：“感三良之殉秦兮，甘捐生而自引。”

【三都赋序】西晋左思作。《文选》李善注引《晋书》曰：“左思，字太冲，少博览文史，欲作《三都赋》，乃诣著作郎张载，访岷邛之事，遂构思十稔。赋成，张华见而咨嗟，都邑豪贵，竞相传写。三都者，刘备都益州号蜀，孙权都建业号吴，曹操都邺号魏。”《三都赋序》，作者说明作赋的宗旨及原则。左思认为汉赋描述事物间有失实，如“相如赋《上林》而引卢橘夏熟，扬雄赋《甘泉》而陈玉树青葱”。左思认为这样就是“于辞则易为藻饰，于义则虚而无征”。他作《三都赋》，有意识地避免这种偏向：“余既思摹《二京》而赋《三都》，其山川城邑，则稽之地图；其鸟兽草木，则验之方志；风谣歌舞，各附其俗；魁梧长者，莫非其旧。”左思认为：“升高而赋者，颂其所见也。美物者贵依其本，赞事者宜本其实。匪本匪实，览者奚信？”左思的《三都赋》力求内容真实，避免浮夸，较之汉赋徒尚藻饰者前进了一步。《三都赋》，《文选》分别题为：《蜀都赋》、《吴都赋》、《魏都赋》。

【蜀都赋】西晋左思作。《蜀都赋》描述了蜀国的地理风土。《文选》吕向注曰：“太冲假立蜀公子、吴王孙相夸以奢丽，以魏先生引法度折之。”文章设为西蜀公子言于东吴王孙曰：“九土星分，万国错峙。崤函有帝皇之宅，河洛为王者之里。吾子岂亦曾闻蜀都之事欤？请为左右扬搉而陈之。”西蜀公子首先总述蜀都的历史沿革和地理形势：“夫蜀都者，盖兆基于上世，开国于中古。廓灵关以为门，包玉垒而为宇。带二江之双流，抗峨眉之重阻。水陆所凑，菲六合而交会焉；丰蔚所盛，茂八区而庵蔼焉。”其次分层描述蜀都周围的形势。再次记述蜀都境内的水文地脉、农作物产以及水产鸣禽。然后描述城郭的坚固，宫观府第的宏丽。再后专述“少城”（成都内小城）的“市廛所会，万商之渊”。还有蜀都的名人逸事，包括作赋的扬雄与碧血的苌弘。最后提出“公孙耀马而称帝，刘宗下辇而自王”，以此证明“天下孰尚？故虽兼诸夏之富有，犹未若兹都之无量也”。

【游天台山赋】东晋孙绰作。这是一篇别开生面的文章。题目是游天台山，内容并非写游览天台山的景物，而是记述以天台山为对象的神游生活。作者在篇首《序》中就明确交代，天台山不是一般的山，而是与“蓬莱”、“方丈”一样的“山岳之神秀”。登上天台，不仅看到了赤城、瀑布，更重要的是悟出造物的深妙道理。“理无隐而不彰，启二奇以示兆。”到这里，可以摆脱尘世的俗念，通达物外的高情。“释域中之常恋，畅超然之高情。”进一步达到“永存乎长生”的境界。“过灵溪而一濯”，可以“疏烦想于心胸”。游览一次天台山，不止于登山临水，观览风光，而是得到“体静心闲”、“世事都捐”，尘世间的一切嗜欲都清除了。这种精神上的出凡入化，简直就是“释二名之同出，消一无于三幡……浑万象以冥观，兀同体于自然”了。孙绰的《游天台山赋》，不是游观人间的山水，而是神游世外的仙宫，找到了人生的归宿。

【归去来兮辞】东晋陶渊明作。本文作于安帝义熙元年（405 年）。《宋书·陶潜传》说：“郡遣督邮至县，吏白应束带见之。潜曰：‘我不能为五斗米折腰向乡里小人！’即日解印绶去职，赋《归去来兮》。”文章开头叙述自悔过去求官失误，自喜今日归田得所的心情：“既自以心为形役，奚惆怅而独悲。悟已往之不谏，知来者之可追。”接着逐层记叙到家的欢快温暖，纵情山水的乐趣，乐天知命的人生态度，从而表现了不肯随波逐流的可贵情操。陶渊明是怀着如释重负的快感返回农村的，对未来又抱着美好的憧憬，文章的感情真挚明朗。作者善于通过景物环境的烘托，饮酒赋诗的描写，创造出一种怡然自得的意境，以寄寓他耿介的性格和高尚的理想。语言如行云流水，音节畅达，韵调和谐，是一篇广为传诵的赋体文章。

【闲情赋】东晋陶渊明作。《闲情赋》篇首《序》云：“始则荡以思虑，而终归闲正。将以抑流宕之邪心，谅有助于讽谏。”闲正，防范纠正之意。本篇内容是有关男女爱情的。作者主旨在于爱情要发挥得正当，不要流于淫邪。首段“淡柔情于俗内，负雅志于高云”二句，便道出这闲情的主旨。接着写自己闻琴声而欲往求爱，又恐违礼；著待行媒，又“恐他人之我先”。于犹豫中露出深情。“愿在衣而为领，承华首之余芳……愿在木而为桐……终推我而辍音。”以排宕的语言，抒深切的真情，表现出极大的创造力。全篇结构谨严，语意连贯。开头“夫何瑰逸之令姿，独旷世以秀群”两句，突然而起，篇末“坦万虑以存诚，憩遥情于八遐”，戛然而止，声韵铿锵，不落板滞。

【自祭文】东晋陶渊明作。本文是陶渊明生前为自己死后预作的。文章写于宋文帝元嘉四年（427 年）九月，过了两个月他就死去了。与一般祭文不同，作者只抓住自己生前归隐田园的乐趣加以铺排，以表现他生无所恋、死无所恨的思想感情。文章首段写自祭缘由。接着就着重写自己安贫乐道，归隐终生。强调万物都有生有灭，人亦当有生有死，为表现他生无所恋、死无所恨的达观思想打下哲学基础。而后，集中又交错地写他一生田园生活的清贫辛劳及其乐趣。“箪瓢屡罄，絺绤冬陈”，这是很贫困的；但在贫困中“合欢谷汲，行歌负薪”又充满了愉快。长年身务农事，紧张地忙于除草、培土、育苗工作；有时又能“欣以素牍，和以七弦，冬曝其日，夏濯其泉”，又是那么闲雅自然。

【雪赋】南朝宋谢惠连作。《文选》李善注引《宋书》曰：“谢惠连，幼而聪敏，年十岁能属文……为《雪赋》，以高丽见奇。”《雪赋》作者假设梁孝王“置旨酒，命宾友，召邹生，延枚叟，相如末至，居客之右。俄而微霰零，密雪下。王乃歌北风于卫诗，咏南山于周雅。授简于司马大夫（司马相如），曰：‘……为寡人赋之。’”于是作者托司马相如而作《雪赋》。首先描述降雪前夕的气象：“玄律穷，严气升。焦溪涸，汤谷凝。火井灭，温泉冰。”接着降雪开始了：“于是河海生云，朔漠飞沙。连雾累霭，掩日韬霞。霰淅沥而先集，雪纷糅而遂多。”雪愈下愈大！“始缘甍而冒栋，终开帘而入隙。”直至“初便娟于墀庑，未萦盈于帷席”。大雪过后，展现一片银妆世界。真是“眄隰则万顷同缟，瞻山则千岩俱白”。使得“皓鹤夺鲜，白鹇失素”。及至夜深，风起雪止，顿时呈现“风触楹而转响，月承幌而通晖”的霁月风光。大雪打得庭前萱草萎折了，诗人不免“践霜雪之交积，怜枝叶之相违”。因而引起“驰遥思于千里，愿接手而同归”的感想。最后枚叔为《乱》曰：“白羽虽白，质以轻兮；白玉虽白，空守贞兮；未若兹雪，因时兴灭。”诗人道出雪的本质：“玄阴凝不昧其洁，太阳耀不固其节……值物赋象，任地班形。”诗人歌颂雪的因时应世的品格，实际在抒发作者的处世态度，那就是“素因遇立，污随染成。纵心皓然，何虑何营”。

【芜城赋】南朝宋鲍照作。芜城，荒芜的城，指广陵城（旧址在今江苏江都市）。据《宋书》及《南史》记载，宋竟陵王刘诞对宋朝有一些功勋，他在广陵修建的宫室，“夯极工巧，园池之美，冠于一时”，并且“多聚才力之士实之，第内精甲、利器，莫非上品”。宋孝武帝刘骏是个生性猜忌的人，对于刘诞颇有些怀疑畏惧，因此，就在大明三年（459 年）指使有司弹劾刘诞，刘诞乃据广陵反抗。孝武帝派沈庆之统帅大军进攻，经过 70 多天的战斗，攻破广陵城，杀死刘诞，并且杀死城里的居民 3000 多人。鲍照在大明三、四年间客居江北。他在广陵城被破坏之后，见到废墟上的荒凉景象，就写了这篇表达感慨的文章。文章首先写广陵昔日的繁华，次写广陵今日的衰败，最后在广陵今昔对比之后，抒发兴亡成败的感慨。文辞“驱迈苍凉”、“惊心动魄”，语言奇警有力，形象生动鲜明，千古以来被誉为“赋家之绝唱”。

【月赋】南朝宋谢庄作。《月赋》是一篇叙事兼抒情的短赋。作者假设曹植与王粲月夜游吟的故事，借以抒发情怀。开头叙述曹植因死去两个好朋友——应玚、刘桢而感到忧伤，于是在“素月流天”之夜，吟诵起古人咏月的诗篇，并令王粲提笔作赋。王粲盛赞明月从来是照耀王宫的，“引玄兔于帝台，集素娥于后庭……增华台室，扬采轩宫”。晶莹皎洁的月光能使“列宿掩缛，长河韬映”，能使君王“厌晨欢，乐宵宴，收妙舞，弛清悬，去烛房，即月殿”。在凄切的凉夜中，“聆皋禽之夕闻，听朔管之秋引”，很容易引起伤感。因感慨无所寄托，只得“愬皓月而长歌”。“美人迈兮音尘阙，隔千里兮共明月；临风叹兮将焉歇，川路长兮不可越。”“月既没兮露欲晞，夕方宴兮无与归。”这些歌辞，委婉地抒发了离情别绪。

【别赋】南朝梁江淹作。《别赋》通过各种人物的离别感受，表现“黯然销魂者，唯别而已矣”的主题。江淹生于齐、梁动乱时代，目睹各种人物辞别亲人，离乡背井之苦，写了这篇《别赋》。文章开头总写别情之苦，接着分别描写富贵者、侠客、从军者、远适异国者、求仙学道者、男女恋人各种离别之苦。最后写别情之苦非语言所能形容，总结全文。《别赋》以整饬铿锵的语言描写行人临别的苦情：“是以行子肠断，百感凄恻。风萧萧而异响，云漫漫而奇色。舟凝滞于水滨，车逶迟于山侧。棹容与而讵前，马寒鸣而不息。”“下有芍药之诗，佳人之歌。桑中卫女，上宫陈娥。春草碧色，春水绿波，送君南浦，伤如之何。”生动形象地道出了男女恋人别离的悲苦之情。

【北山移文】南朝齐孔稚珪作。《文选·北山移文》吕向题注云：“钟山在都北。其先，周彦伦（即周颙）隐于此。后应诏出为海盐县令，欲却过此山。孔生乃假山灵之意移之，使不得至。故云《北山移文》。”按《南齐书·周颙传》未载周为海盐县令，亦无先隐后宦之事。吕注恐不符合史实。这篇文章当出于朋友之间的一种戏谑。所谓北山、周子，当系作者假设人物。作者通过北山与周子的对话，对封建社会里那些表面退居山林，实际上心怀官禄的所谓隐士，给以揭露和批判。文章开头感慨地指出当时世上并没有真正的隐士。接着描写周子隐居北山时自命清高的情态。“排巢父，拉许由，傲百氏，蔑王侯，风情张日，霜气横秋。或叹幽人长往，或怨王孙不游。谈空空于释部，覈玄玄于道流。务光何足比，涓子不能俦。”然后，写周子做官之后极其庸俗卑下的表现。最后写北山愤慨地拒绝周子从自己身边经过。

【冬草赋】南朝齐梁间萧子晖作。作者原为南齐王朝的宗室。南齐王朝失败后，一般士大夫多迎奉新朝。子晖有感于时人的易节，因写此赋以明志。文章主要描写天阴苦寒时节，一般“直木先摧”，“众芳委绝”了，唯“有闲居之蔓草，独幽隐而罗生”。作者旨在以此自况，就是说，在艰难环境中，多数人在变志易节，而自己却能坚持操守。这种坚贞品行有如“岁寒”的“松柏”。所以作者自慰地说:“但使万物之后凋,夫何独知于松柏?”文章短小精练,语言形象。不事抽象说理,而是通过“蔓草”经霜不枯,反映士大夫的坚贞不屈。赋篇把体物和写志融为一体,对读者颇有感染力。

【春赋】北周庾信作。庾信早年就有很高的文学修养,在萧梁王朝承平时代,庾信和父庾肩吾一起出入宫廷,写作绮丽的诗文,著称于当时。《春赋》就是他做东宫学士时的作品。文章主要描写王公贵族春游的欢乐情景。首先写春到人间:“宜春苑中春已归,披香殿里作春衣。”接写宫中美人开始出游。她们“出丽华之金屋,下飞燕之兰宫”。宫女们妆饰得十分艳丽:“眉将柳而争绿,面共桃而竞红。”她们上登“欢萧弄玉之台”,下临“鸣佩凌波之水”,有“绿珠捧琴至,文君送酒来”。不但临池畅饮,还要歌舞骑射。奏着“阳春绿水之曲”,跳着“对凤回鸾之舞”,“拂尘看马埒,分朋入射堂”。酣歌恒舞,乐得天色已晚都不想回宫。“百丈山头日欲斜,三晡未醉莫还家。”文章通过春游狂欢的描写,充分反映了南朝统治阶级的腐朽生活。

【哀江南赋】北周庾信作。庾信晚年留仕北朝,既遭背井离乡之苦,又感负国失节之疚。这种遭遇和经历,使他后期作品多在抒发怀念故国乡土的情绪及对身世的伤感。《哀江南赋》就是庾信叙述梁代兴亡和个人身世的长赋。《赋》前有叙,述作赋主旨:“信年始二毛,即遭丧乱。藐是流离,至于暮齿。燕歌远别,悲不自胜;楚老相逢,泣将何及。畏南山之雨,忽践秦庭;让东海之滨,遂餐周粟。下亭漂泊,高桥羁旋。楚歌非取乐之方,鲁酒无忘忧之用。追为此赋,聊以记言。不无危苦之辞,唯以悲哀为主。”赋的正文历数梁代统治者的腐朽无能、自相残杀,一些将士的英勇事迹,都很凄婉动人。其中描写西魏攻破江陵后被掠百姓遭受的痛苦,尤为凄婉动人:“冤霜夏零,愤泉秋沸。城崩杞妇之哭,竹染湘妃之泪。水毒秦泾,山高赵陉,十里五里,长亭短亭。饥随暗燕,暗逐流萤。秦中水黑,关上泥青。于时瓦解冰泮,风飞电散,浑然千里,淄渑一乱。雪暗如沙,冰横似岸。逢赴洛之陆机,见离家之王粲。莫不闻陇水而掩泣,向关山而长叹。”篇末写到自己的身世,“提挈老幼,关河累年。死生契阔,不可问天。况复零落将尽,灵光岿然。日穷于纪,岁将复始。逼迫危虑,端忧暮齿”,显得十分悲苦。

【小园赋】北周庾信作。庾信失梁仕周,位望通显,而时为乡关之思。这种乡关之思,在《哀江南赋》和《小园赋》中都有明显反映。《小园赋》的内容很复杂。作者一方面欣赏自己的小园:“欹侧八九丈,纵横数十涉,榆柳两三行,杂桃百余树。拨蒙密兮见树,行欹斜兮得路。蝉有翳兮不惊,雉无罗兮何惧。”对于小园中的生活也很满意，“窟室徘徊，聊同凿坏”，“可以疗饥，可以栖迟”，“非夏日而可畏，异秋天而可悲”。一方面则是“屡动庄舄之吟，几行魏颗之命”，“龟言此地之寒，鹤讶今年之雪”。感到这里原是“风骚骚而树急，天惨惨而云低”的地方。而这后一方面，正是庾信当时的真实思想，文章写得情景交融。作家的思想不是直接议论出来，而是在景物描写中渗透出来。如“风骚骚而树急，天惨惨而云低”，“聚空仓而雀噪，惊懒妇而蝉嘶”的景象，就表现出灰暗阴沉的气氛，悲惨凄凉的情调。又如：“一寸二寸之鱼，三竿两竿之竹。云气荫于丛著，金精养于秋菊。”这也反映出人物心情的寂寞孤独。

【山中人】唐王维作。作为诗人的王维，40岁以后，由于政治上的挫折及佛学的影响，生活思想发生了变化。由比较积极变为完全消极，由入世变为出世。安史之乱后，渐渐觉得仕宦之途“既寡遂性欢，恐遭负时累”（《赠从弟司库员绿》），于是开始了“晚年惟好静，万事不关心”（《酬张少府》）的生活。这时的诗作，以写终南辋川的闲逸生活为主。如“空山不见人，但闻人语响”（《鹿柴》），“独坐幽篁里，弹琴复长啸”（《竹里馆》）。《山中人》这首小赋，正是这种闲逸生活的反映。作品告诉人们：“山寂寂兮无人，又苍苍兮多木”。作者假设有人问他为什么不入世为官，他的回答是“文寡和兮思深，道难知兮行独”。诗人很爱这山中生活：“悦石上兮流泉，与松间兮草屋。入云中兮养鸡，上山头兮抱犊。”对于现实，抱着一种“无可无不可”的漠不关心的态度。他认为“君子以布仁施义、活国济人为适意，纵其道不行，亦无意为不适意也”（《与魏居士书》）。

【大鹏赋】唐李白作。《庄子·逍遥游》云：“鹏之背，不知其几千里也。怒而飞，其翼若垂天之云……鹏之徙于南冥也，水击三千里，抟扶摇而上者九万里……绝云气，负青天，然后图南。且适南冥也。”庄子笔下的大鹏，本来就够气势磅礴的了。李白的《大鹏赋》以丰富的想象，夸张的手法，雄奇的笔触，加以扩展、生发，使得大鹏的形象更加豪迈超逸，瑰丽多彩。李白用以自况的大鹏，是“背岳太山之崔嵬，翼举长云之纵横”。大鹏飞起来，“斗转而天动，山摇而海倾”。它飞到高空往下看，真是“块视三山，杯视五湖”。它有极其强大的生命力，它能“参玄根以比寿，饮元气以充肠”。无怪乎：“希有鸟见而谓之曰：‘伟哉鹏乎。此之乐也：吾右翼掩乎西极，左翼蔽乎东荒，跨蹑地络，周旋天纲，我呼尔游，尔同我翔。’”

【剑阁赋】唐李白作。剑阁，栈道名，在今四川省剑阁县东之大剑阁山、小剑阁山之间，是川陕间的主要通道。《水经注》：“（漾水）又东南迳小剑戍北，西去大剑三十里,连山绝险,飞阁通衢,故谓之剑阁也。”文章前半写景,说剑阁横断在两座崔嵬云峰之间,“上则松风萧飒,旁有飞湍走壑,洒石喷阁”,气象极其雄伟险要。后半抒发送别之情:“送佳人兮此去,复何时兮归来?望夫君兮安极,我沉吟兮叹息。若明月出于剑阁兮,与君两乡对酒而相忆。”这就唱出了别时的凄怆,渲染出离情的凄凉悲苦。

【吊古战场文】唐李华作。《吊古战场文》乃借古讽今之作,表面写的是古战场,实际说的是今战场,就是唐战场。历史记载,唐玄宗天宝十年,鲜于仲通征讨南诏;宰相杨国忠为立军功,大募两京及河南、河北以击南诏;开元十五年,唐玄宗大肆发兵吐蕃。这些被迫驱使到边疆的士兵,有的死于战斗,有的死于冻饿,命运十分悲惨。《吊古战场文》正反映了这种悲惨景象。有如文章第三段所说:“吾想夫北风振漠,胡兵伺便,主将骄敌,期门受战……主客相搏,山川震眩……当此苦寒,天假强胡。凭陵杀气,以相剪屠……尸填巨港之岸,血嘴长城之窟。无贵无贱,同为枯骨。可胜言哉?”文章的主旨,并不是单纯地反对穷兵黩武,同时也严厉地谴责了当时天子在边庭上的用人不当。作者认为唐朝发动对外战争,导致生灵涂炭,枕骸遍野,根本原因就是“任人而已”。正是唐玄宗在边镇上任用一批昏庸将帅,引起边境纠纷,导致“边庭流血”,以至“中州耗斁”。

【进学解】唐韩愈作。《进学解》是唐宪宗元和八年韩愈任国子博士时的作品。《旧唐书·韩愈传》:“愈复为国子博士,愈自以才高,累被摈黜,作《进学解》以自喻。执政览其文……以其有史才,改礼部郎中,史馆修撰。”“进学解”,意谓对增进学行问题的辨析。指出了增进学行的方法在于“勤”与“思”,目的是“业精”和“行成”。文章借国子监先生与弟子的对话,抒发作者长期不受重用,反遭贬斥的不满情绪,也暗寓着对当时执政者不以才德取人、用人不公不明的讽刺。韩愈的《进学解》是模仿汉代东方朔《答客难》、扬雄《解嘲》一类文章而有所发展,增加了新的内容:1. 排斥佛老,这是他认为“卫道”所必需的。2. 评文部分,历举《尚书》、《春秋》、《左传》、《易经》、《诗经》以及庄周、屈原、司马迁、司马相如、扬雄;六艺不提三《礼》,史部不提《汉书》,文家不提东汉诸人。这是他论文取舍的特点。

【感二鸟赋】唐韩愈作。唐德宗贞元十一年,韩愈从京师长安回归河阳故乡,路上遇见地方官笼着白乌鸟往长安去给皇帝献礼。来往行人都给白乌让路,不敢正眼相看。韩愈对此很有感慨,就作了《感二鸟赋》。作者借鸟和自己对比,主旨在于发泄不平,也对统治者和窃据权位的大官僚进行讽刺。诚如作者在《序》中说的:“今是鸟也,唯以羽毛之异,非有道德智谋,承顾问,赞教化者,乃反得蒙采擢荐进,光耀如此。”自己是个“读书著文”的人,“行状已不敢有愧于道,其闲居思念前古当今之故,亦仅志其一二大者焉”,可是竟不得被朝廷录用。“选举于有司,与百十人偕进退,曾不得名荐书,齿下士于朝。”于是作者就发牢骚道:“感二鸟之无知,方蒙恩而入幸。惟进退之殊异,增余怀之耿耿……余生命之湮陋,曾二鸟之不如。”当然,韩愈并不是真的要与鸟相比,所以最后说:“幸年岁之未暮,庶无羡于斯类。”

【送穷文】唐韩愈作。“送穷”谓送走穷神。旧俗以阴历正月晦日为送穷神日。韩愈《送穷文》李翘注:“予尝见《文宗备问》云:‘颛顼高辛时,宫中生一子,不着完衣,宫中号为穷子。其后正月晦死,宫中葬之,相谓曰,今日送却穷子,有尔相承送之。’”这篇《送穷文》是韩愈借穷鬼来发牢骚,也是把自己的个性和形象画给别人看。“矫矫亢亢”四句,就是《新唐书》本传所说“操行坚正”的印证。“傲数与名”四句,表示他轻视名和数,去研究杳渺玄微的形而上学说。“不专一能”几句,说他的文章不合当时人的口味。如他作了一篇《毛颖传》,人多怪笑他,又有人说:“讥戏不近人情,此文章之甚纰缪者。”“影与形殊”四句是说自己做事负责任,不谋私利。“磨肌戛骨”四句是说自己太直率,因此得罪了许多人。这是本着“君子固穷”的意思做的讽刺文字,嘲讽当时社会,借以抒发自己的牢骚。

【祭田横墓文】唐韩愈作。田横是战国时齐田氏的后代。秦末,其从兄田儋自立为齐王,不久战死。儋弟田荣与荣子田广相继为齐王,田横为相国。韩信破齐,横自立为齐王,率从属 500 人逃往海岛。刘邦称帝,遣使者往招降。横与客二人往洛阳,行至尸乡(在洛阳东 30 里),羞为汉臣,自杀。原居留岛中之徒众,闻横死,亦皆自杀。田横墓在尸乡。唐德宗贞元十一年九月,韩愈往东京洛阳,路过田横墓地,有感于田横的“义高能得士”,就写了这篇祭文吊祭他。文章主旨在于借田横能得士来讽刺当时的宰相。“余既博观乎天下,曷有庶几乎夫子之所为?死者不复生,嗟余去此其从谁?”对当时的统治阶级加以无情的抨击,措辞极为愤激。“苟余行之不迷,虽颠沛其何伤”二句,表示田横要坚定地走自己所选择的道路,死而无悔。

【砥石赋】唐刘禹锡作。《砥石赋》作于刘禹锡被贬朗州期间。赋前有序说:“始余有佩刀甚良,至是涩不可拔……窑有闻焉,裹密石以遗余……切副上下,真质焯见……客曰:‘吾闻诸梅福曰:爵禄眷,天下之砥石也。高皇帝可以砺世磨钝,有是耶?’”刘禹锡写《砥石赋》就在于借宝刀受湿而生锈,经砥石磨砺而复原的描述,发挥他的“法以砥焉,化愚为智”的法治观点,并揭露了唐代中期“地慝而伤物”的恶劣政治气候。最后提出:“播生在天,成器在君。天为物天,君为人天……安有执砺世之具而患乎无贤与?”抒发出渴望重新施展政治抱负的战斗豪情。

【陋室铭】唐刘禹锡作。刘禹锡参与政治革新失败被贬,政治上处于逆境,理想不得实现,才能无处发挥。但他并未被逆境所压倒。他蔑视昏庸腐朽的权贵,要保持自己的高尚节操,他对黑暗的社会现实不满,不肯与名利之徒同流合污。《陋室铭》就表现了刘禹锡的这些思想。文章从议论开始。“山不在高,有仙则名;水不在深,有龙则灵”,两句话概括出这样一个道理:一件事物如何,主要在它的内容实质,而不在它的形式。接着把这个道理落实到自己的陋室上,“斯是陋室,唯吾德馨”。然后描述陋室之陋,就是“苔痕上阶绿,草色入帘青。谈笑有鸿儒,往来无白丁”。借以表明作者不同流俗,鄙弃名利的高洁品格。然后写陋室主人的生活:“可以调素琴,阅金经。无丝竹之乱耳,无案牍之劳形。”这表现了身居陋室的闲逸心情。最后把自己的陋室比作诸葛亮的茅庐和扬雄的住宅,实际就是把自己身居陋室比为诸葛亮、扬雄的隐居。

【吊屈原文】唐柳宗元作。《吊屈原文》是柳宗元任永州司马时作的。永州在湖南,战国时属楚地。屈原是爱国诗人,政治革新家,楚怀王时任左徒。以奸臣谗害不见容,流放江南。柳宗元的遭遇有似屈原,因此想到屈原,感慨万分,就写下了这篇文章。文章猛烈地鞭挞了楚国当时社会的黑暗,是非颠倒,黑白不分。“谗巧之哓哓兮,惑以为《咸池》。便媚鞠恧兮,美愈西施……匿重痼以讳避兮,进俞、缓之不可为。”热情地歌颂了屈原坚持正义、至死不渝的爱国精神。“先就生之不从世兮,惟道是……何先生之凛凛兮,厉针石而从之。”最后作者联系自己的时代和遭遇,抒发感慨:“吾哀今之为仕兮,庸有虑时之否臧?食君之禄畏不厚兮,悼得位之不昌。退自服以默默兮,曰吾言之不行。既偷风之不可去兮,怀先生之可忘。”

【牛赋】唐柳宗元作。《牛赋》是柳宗元在永州时作的。在这篇文章里,柳宗元以牛自况,认为像他这样的人,勤勤恳恳,辛辛苦苦,做了许多有利于天下的事,却得不到好报,就像牛一样。“抵触降曦,日耕百亩。自种自敛,服箱以走。陷泥蹶块,常在草野……牛虽有功,于己何益!”可是那些趋炎附势的小人,不劳不作,无益于世,只是因为善于钻营取巧而被重用,横行天下,就像羸驴一样。“不耕不驾,藿菽自与。腾踏康庄,出入轻举……当道长鸣,闻者惊辟。善识门户,终身不惕。”最后发出感慨:“命有好丑,非若能力。慎勿怨尤,以受多福。"愤怒地抨击了当时不合理的社会现实。

【阿房宫赋】唐杜牧作。主旨在于借古论今。文章写于唐敬宗宝历年间。是时,唐王朝的统治江河日下,一蹶不振。唐敬宗即位以来,沉湎声色,广选美女,大兴土木,使唐王朝统治更加岌岌可危。作者在赋里,通过阿房宫的建造到毁灭,提出了一个历史教训:统治者穷奢极欲,不爱惜人民,只会导致自己的败亡。全篇可分两个部分。从开头到"秦人视之亦不甚惜"为第一部分,铺排描写阿房宫的壮丽、奢侈。在这一部分,先写阿房宫的雄伟富丽;次写阿房宫中宫女之多;再次写阿房宫的奢华。第二部分是议论。"嗟乎"一段,指出"秦爱纷奢","使天下之人,不敢言而敢怒。独夫之心,日益骄固"。结果"戍卒叫,函谷举,楚人一炬,可怜焦土"。"呜呼"一段,指出秦灭亡的原因是不爱惜人民,从而突出主题思想。篇末"秦人不暇自哀而后人哀之,后人哀之而不鉴之,亦使后人而复哀后人也"几句,作者更沉痛地提出一个历史教训,值得历代统治者深思。

【虱赋】唐李商隐作。是一篇寄托讽刺的咏物小赋。文章用形象的语言说明虱子的性格。它与其他动物一样,也是靠雌雄结合而孕育生成的。它的职能就是咬人,可是又不善于咬人。"尔职唯啮,而不善啮",这就翻出了新意。怎么说虱子不善于咬人呢?答案是"回臭而多,跖香而绝"。颜回贤而贫,贫就臭;盗跖暴而富,富就香。虱子却多咬那贫而臭的颜回,却不咬那富而香的盗跖。这岂不是"不善啮"吗?文章言简意赅,以虱喻人,辛辣深刻地讽刺那些畏强凌弱的暴徒们。李商隐于晚唐牛李党争中受到过排挤,《虱赋》一文可能意有所指。

【韩朋赋】敦煌变文之一,亦称俗赋。文章主要用口语,散文韵文相间。《韩朋赋》内容是韩朋与素女贞夫结为夫妇后,仕宋,六年不归。贞夫念切,遂致书。韩朋得书,不慎,失于殿前。宋王得书,发使往韩家,掠走贞夫。到宋,拜为皇后。贞夫入宫,憔悴不乐,对宋王说:卿是庶人之妻,不愿做宋王之妇。宋王用梁伯计,毒打韩朋齿落,令着敝衣筑台。筑台讫,贞夫乞求往见韩朋。及见,韩朋在割草饲马,见妾自羞,以草遮面。贞夫见状,泪下如雨,问韩何以取草遮面,避妾隐藏。朋曰:"去贱就贵,于意如何?"贞夫闻言,即裂裙前三寸之帛,卓齿取血,且作私书,系箭头上,射与韩朋。朋得此书,便即自死。贞夫乞往观墓所。临圹呼君,君亦不闻。顾谓百官曰:"盖闻一马不被二鞍,一女不事二夫。"言未讫,遂即至室,苦酒侵衣,遂脆如葱,左揽右揽,随手而无。王闻大怒,取剑煞臣四五,百官集聚,天下大雨,水流圹中,难可得取。梁伯谏王曰:

"只有万死,无有一生。"宋王遣人掘之,不见贞夫,唯得两石,分埋道之东西。道东生于桂树,道西生于梧桐。枝枝相当,叶叶相笼。根下相连,下有流泉。宋王问:"此是何树?"梁伯对曰:"此是韩朋之树。"并解曰:"枝枝相当是其意,叶叶相笼是其恩,根下相连是其气,下有流泉是其泪。"宋王即遣人诛伐之。三日三夜,血流汪汪。二札落水,变成双鸳鸯,举翅高飞,还我本乡。唯有一毛羽甚好端正。宋王即将磨拂项上,其头即落。生夺庶人之妻,枉杀贤良。未至三年,宋国灭亡。《韩朋赋》通过韩朋夫妇为宋王迫害,终于双双殉情,表现了反抗暴力、歌颂爱情的主题思想。

【茶酒论】篇首题乡贡进士王敷撰。篇末有开宝三年阎海真题记,约为五代或宋初人作品。《茶酒论》叙述茶和酒各自夸耀,争论不休。茶说它是"贡王侯宅,奉帝王家,自然尊贵,何用论夸"。酒说它是"帝王饮之,叫呼万岁,群臣饮之,赐卿无畏"。茶为酒曰:"明僧大德,幽隐禅林,饮之语话,能去昏沉。"酒为茶曰:"曾道赵王弹琴,秦王击缶,不可把茶请歌,不可为茶交舞。"茶为酒曰:"君不见生生鸟,为酒丧其身。即道有酒黄酒病,不见道有茶疯茶癫。阿阇世王为酒煞父害母,刘伶为酒一死三年。"两个正在争论不休,水在一旁对它两个道:"阿你俩何用忿忿。人生四大,地水火风。茶不得水,作何相貌?酒不得水,作何形容?万物须水,五谷之宗。江河淮济,有我即通。由自不说能圣,两个何用争功?"于是茶酒两个才停止了争论。

【秋声赋】北宋欧阳修作。《秋声赋》大约作于仁宋嘉祐四年(1059 年),欧阳修当时 52 岁。作者感于秋声对自然界万物的摧败,产生了人生短促的感慨,认为人们不该自寻苦恼,自我伤害,从而宣扬了清心寡欲、养生全命的消极思想。作者壮年仕途坎坷,晚年渐居高位,既有回首往事的伤感,又滋生了知足保和、与世无争的情绪,因而他笔下的秋声凄凄惨惨。文章艺术成就较高。作者根据平时对自然现象的细致观察,加上丰富的想象,通过一组比喻写出无形的秋声,渲染了秋夜萧森的气氛,还从色、容、气、意、声几个方面,具体生动地描绘了变化多方的秋景,并用传统的解释,借题发挥地阐明秋气肃杀的原因,这就把秋声的形象丰满地突现出来了。作者的目的不只是写物,而在于借景抒情。凄切的秋声,寂寥的秋景,与作者苍凉悲切的秋心交相渗透,达到了和谐的统一。

【赤壁赋】北宋苏轼作。宋神宗熙宁年间,王安石推行新法。苏轼不愿接受新法的主张。元丰二年,写诗讽刺新法,被捕入狱。后贬为黄州团练副使。苏轼到黄州后,身居闲散职位,处境又比较险恶,想到年华易逝,事业无成,心情难免痛苦，往往寄情山水，聊以解忧。正是在这种心境下，写了这篇《赤壁赋》。文章首先描写泛游长江的情形。在清风明月、波光万顷的美景中，逗出“羽化而登仙”的畅想，继而因凄切的箫声引起感情的过渡。通过对历史人物的凭吊，陷入现实生活的苦闷，抒发了人生短促，宿志难伸的感慨。最后，作者以眼前景物为喻，生发出一段万物有“变”也有“不变”的哲理，用放任、旷达的态度求得精神上的解脱与慰藉。文章在叙事、描写、议论、抒情等错杂并用上达到了炉火纯青的地步。无论是勾画秋江月夜的清奇，摹状呜呜箫声的凄切，还是描写历史人物的雄姿，阐发玄妙精微的哲理，都能驰骋想象，饱含情韵。情、景、理三者水乳交融，浑然一体，诗情画意，兼而有之。

【后赤壁赋】北宋苏轼作。苏轼前一次游赤壁在神宗元丰五年秋七月，后一次游赤壁在同年十月。前一次游赤壁，活动在舟中，《赤壁赋》虽也描绘江上的景色，而主要在于谈玄说理。后一次游赤壁主要活动在江岸。《后赤壁赋》以叙事为主。叙述作者“携酒与鱼，复游于赤壁之下”，描述了“摄衣而上，履巉岩，披蒙茸，踞虎豹，登虬龙，攀栖鹘之危巢，俯冯夷之幽宫”的情景。两赋抒发的心情大致相同，只是《后赤壁赋》带有更浓厚的虚无色彩。同一游地，同写风月，而境界不同。前者是“清风徐来，水波不兴”，“白露横江，水光接天”，清风霁月，字字绘出宁谧而安静的秋色；后者则是“霜露既降，木叶尽脱”，“江流有声，断岸千尺，山高月小，水落石出”，木枯水瘦，句句是冷清的冬景。

【黠鼠赋】北宋苏轼作。黠鼠，狡猾的老鼠。《黠鼠赋》，描述老鼠从箱笼里逃跑的事。作者主旨在于借咏物而抒发议论。文章开头叙述：夜间听得老鼠咬东西的声音，拍一拍床就不咬了，过一会儿又咬。用灯光一照，箱子里空空的，却听得见老鼠咬牙的声音。打开箱子一看，什么也没有。用灯一照，里面有个死老鼠。把箱笼翻过来一倒，“死”老鼠掉地就跑了。对此，作者慨叹说：“异哉！是鼠之黠也。闭于橐中，橐坚不可穴也。故不啮而啮，以声致人。不死而死，以形求脱。”因此引出一番议论，说明一个道理：最有智慧的人类，倘能集中精神，发挥智力，便能搏猛虎，役万物；如果精力分散，疏忽大意，就难免“见使于一鼠”，“变色于蜂虿”。

【浯溪赋】南宋杨万里作。是一篇借古讽今的文章。文中所说唐代事，实际是宋代事。文中的唐玄宗，影射的是宋徽宗；文中的唐肃宗，影射的是宋高宗；文中说的中唐败国之事，影射的是北宋败国之事。文章开头一段集中渲染了浯溪景色：“欻两峰之际天，俨离玄而不倚；其一怪怪奇奇，萧然若仙客之鉴清漪也；其一蹇蹇谔谔，毅然若忠臣之蹈鼎镬也。”“萧然若仙客”以象征洁身自好、不涉浊流之士;“蹇蹇谔谔”以象征献身国事、坚贞不屈之士。第二段回忆唐代中期的动乱。对唐玄宗的荒淫误国,进行了讥刺。对于元结关于唐肃宗的批评进行了辩护,旨在以唐说宋。作者用唐玄宗比宋徽宗,是因为宋徽宗的荒淫无道,不恤国事,才引起靖康之变。这个讥刺是深刻的。最后抒发感想,突出“退则七庙之忽诸,进则百世之扬觯”的思想,对于北宋妥协投降政策表示了嗟叹。

【秋望赋】金元好问作。元好问,太原秀容人。在金朝作过左司员外郎,入翰林知制诰。金亡不仕。好问生长北方,天性多豪侠之气。又怀亡国隐痛,诗文多慷慨悲凉。作品多能反映国破家亡的苦痛和人民的灾难,暴露金末政治的黑暗和蒙古统治者的残暴。《秋望赋》就是这类作品之一。作品从写秋景出发,即景生情,感叹金朝的衰落,抒发了奋发图强、挽救危亡的爱国感情。在赋中,作者坚持故国之思,誓志效法古代高洁贤士,“挹清风于箕颍,高巢由之遗名”。高歌赞颂“豫州之士,复于慷慨击楫之誓;西域之侯,起于穷悴佣书之笔”。决心蓄积力量,挽救危亡。“谅生世之有为,宁白首而坐食!且夫飞鸟而恋故乡,嫠妇而忧公室。岂有夷坟墓而剪桑梓,视若越肥而秦瘠?”

【伐寄生赋】明刘基作。“寄生”指生长在果树上的杂花野草。《伐寄生赋》的主旨,在于说明伐去寄生植物而果树繁茂,以喻铲除窃国奸臣而政治昌明的道理。文章开门揭示主题,“附丽以生”的寄生植物,对于“资土而成”的“天生五材”就是“瘠人以肥己”。接着说明寄生物对于果树的具体危害:“来乌鸟之咙聒,集虫豸以刺蚝。果被之而实萎,卉蒙之而本悴。”经过斧斤的剪伐,“巨蠹既夷,新荑载蕃。迎春而碧叶云滃,望秋而硕果星繁”。最后得出结论,要想果树长得好,必须剪伐寄生的恶草。同理,要想国家治理得好,必须铲除盗窃权柄的奸佞,这是因为“蠹凭木以槁木,奸凭国以盗国”。

【吊屈平赋】明王守仁作。明武宗正德初,王守仁以论救言官戴铣等得罪宦官刘瑾,被阙下,谪龙场驿丞。赋前序云:“某以罪谪贵阳,取道沅湘,感屈原之事,为文而吊之。”《吊屈平赋》描述了屈原坚持正义而遭受迫害的情况:“念累之宫兮焉托处,四山无人兮骇孤鼠,魑魅游兮群跳啸,瞰出入兮为累奸宄。”回忆了屈原放逐时去国怀乡的痛苦心情:“眷故都兮独延伫,君不还兮郢为墟。心壹郁兮谁与语?”最后作者借悼念屈原的含恨沉江,抒发自己蒙冤被谪的忿忿之情:“日西夕兮沅湘流,楚山嵯峨兮无冬秋。累不见兮涕泗,世愈隘兮孰知我忧?”

【瘗旅文】明王守仁作。《瘗旅文》是明武宗正德四年(1509 年)作者贬在贵州龙场驿时写的。瘗,埋葬。旅,旅居在外的人。本文表面上是悼念客死在外的中原吏人,实际寄寓着作者的自我悲悼,并抒发了作者贬官异域的凄苦哀伤之情。文章重点在祭告一段。在这一段,作者呼唤感叹,伤己怜人,饱含着浓烈感情。"繄何人?繄何人?吾龙场驿丞余姚王守仁也!"介绍自己的姓名身份时,流露出呼天抢地的感情。以下用层层曲笔抒写出缠绵悱恻的深情。"吾与尔皆中土之产。吾不知尔郡邑,尔乌乎来为兹山之鬼乎?"是一层。"吾以窜逐而来此,宜也;尔亦何辜乎?"是二层。"胡为乎以五斗而易尔七尺之躯;又不足,而益以尔子与仆乎?"是三层。"尔诚恋兹五斗而来,则宜欣然就道,胡为乎吾昨望见尔容蹙然,盖不胜其忧者?"是四层。"吾固知尔之必死,又不谓尔子尔仆亦遽然奄忽也!"是五层。通过五层,逐步深入地传达出作者的悲怆之情。

【祓禊赋】清王夫之作。祓是古代习俗,为除灾去邪而举行的仪式。郑玄注《周礼》说:"岁时祓除,如今三月上巳如水上之类。"禊是祓祭仪式。古人消除不祥之祭,常在春秋两季于水滨举行。阴历三月初三日上巳修禊尤为流行。祓亦称禊,也可合称为祓禊。潘宗洛《船山传》说:"戊午(1678 年)春,吴逆(指吴三桂)僭号衡阳,伪僚有以劝进表属先生者。先生曰:'某亡国遗臣,鼎革以来,久遗于世。今汝亦安用此不祥之人为?'遂逃之深山。作《祓禊赋》。"《祓禊赋》描写了在除灾求福日的抑郁心情:"芜有事兮江干,畴凭兹兮不欢。"表现了对春色的向往却又感到芳春渺茫:"思芳春兮迢遥。"这实际寄寓着反清复国之情思。同时对曾经卖国求荣的吴三桂不存在幻想:"意不属兮情不生,余踌躇兮倚空山而肃清。阒山中兮无人,蹇谁将兮望春?"赋文虽短,寓意深沉,甚得骚人风旨。

【秋兰赋】清袁枚作。袁枚是清著名才人,以个性及才赋为世所嫉,毕生不得志。晚年引疾归乡,息影泉林,洁身自好。尝借歌咏秋兰以自况,作《秋兰赋》。文章重点在"果然兰言"一段。在这段,作者先写兰花在深秋之时,隐开出处,不为人知:"啼露眼以有待,喜采者之来迟。"次写把兰花抬回家中,赏玩爱护:"朝焉与对,夕焉与双。乃复玉几安置,鱼屏掩复。虽出入之条闲,必褰帘而三嗅。"接着写对兰花的赞美:一赞兰花之"晚景后凋";二赞兰花之"含章贞吉";三赞兰花"露以冷而未晞,茎以劲而难折";四赞兰花"瓣以敛而寿永,香以淡而味逸"。对兰花的赞美,实即作者的自我比况。在袁枚看来,作为一个士大夫就应该像兰花一样有着这样的美好品德。结尾"秋兮秋兮,将如兰何",作者借赞美兰花的经霜不凋而抒发"遗世独立"的傲岸品格。

【狐父之盗颂】清汪中作。《列子·说符》:“东方有人焉,曰爰旌目,将有适也,而饿于道。狐父之盗曰丘,见而下壶餐以餔之。爰旌目三哺而后能视,曰:‘子何为者也?’曰:‘我狐父之人丘也。’爰旌目曰:‘谮非汝盗邪?胡为而食我?吾义不食子之食也。’两手据地而欧之,不出,喀喀然,遂伏而死。狐父之人则盗矣,而食非盗也。以人之盗,因谓食为盗而不敢食,是失名实者也。”汪中有感其事,因作此颂。作者借狐父之盗的故事,说明世俗之所谓盗,倒是很有“仁”德,很有“良心”,“悲心内激,直心无挠”,“吁嗟子盗,孰如其仁”。这是针对当时空喊“仁义道德”、“天理良心”而实则不顾人民死活的腐朽统治者的愤慨之谈。“芒芒下土,曾无可依,惟盗哺我,慈母婴儿。”这些话,作者是在用以自抒愤懑,实际上已代表了封建末期受到残酷压榨的广大人民的心声。

【哀盐船文】清汪中作。乾隆三十五年,仪征江面盐船起火,烧毁船只130艘,死亡1400人。作者目睹这场严重灾害,怀着深切的同情写了这篇《哀盐船文》。文章首先描写火起船坏的情况:“于斯时也,有火作焉。摩亦自生,星星如血,炎光一灼,百舫尽赤。”大火烧得船民“痛苦田田,狂呼气谒”。有的“跳踯火出”,有的“转侧张皇”,结果便是“并千命于一瞬,指人世以长诀”。连那些救人的“善游”者,也不免于“投身急濑”,“乃同归乎死地”。十几天后,死者们好像知道亲属来悼念,他们便“诉强死之悲心,口不言而以意”。那些被烧死的人,尸体都被“焚剥支离,漫漶莫别”。只有“收然灰之一抔,辨焚余之白骨”了。写到这里,作者不禁发出极其沉痛的哀悼:“天乎何辜,罹此冤横?”并且提出了强烈的呼声:“人逢其越也邪?天降其酷也邪?夫何为而至于此极哉?”

【经旧苑吊马守真文】清汪中作。旧苑,明代南京秦淮河畔一处官妓的住宅。马守真,号湘兰,明代万历年间的名妓,性豪侠,能诗,善画兰竹。作者在这篇凭吊文章里对荡堕娼门的马守真,寄予着深切的同情。既欣赏她能诗善画的“秀气灵襟”,更同情她“托身乐籍,少长风尘”的“摧辱”命运。作者认为马守真的摧辱甚至在“(班)婕妤悼伤、(蔡)文姬悲愤”之上。作者还进一步联系自己的处境。汪中出身孤苦,家贫无力读书,借做书商学徒的余暇勤苦学习,考取拔贡后即放弃仕进,一生过着幕僚卖文的生活。作者想到自己一生操翰,数更府主,经常是“俯仰异趣,哀乐由人”。“静言身世,与斯人其何异?只以荣期二乐,幸而为男,差无床箦之辱耳。”这几句话,深刻道出封建文人的苦难遭遇。“惟女生而从人兮,固各安乎室家。何斯人之高秀兮,乃荡堕于女闾!”则是揭露封建社会对善良人民的摧残和污辱。

【黄山赋】清张惠言作。作者于篇首序说:“余既作《游黄山赋》,或恨其阙略，非昔者居方物，别图经，沐寓浴陴，群类庶聚之意也，乃复捃采梗概以赋之。”《黄山赋》全面地描写了黄山的山势风物，反映了祖国河山的壮丽。文章开头一段，概述黄山的地理位置及山川形势。接着，“尔其大势…… 傑池(同差池)未已”一段，写黄山的山势、山貌及山石姿态。然后“尔乃其木……松肪出焉”一段，写黄山上的草木禽兽。再后“尔乃其悬磴……呼吸亡双”一段，写黄山形势之险及仙化的情景。最后“于是天雨新霁……于胥乐兮发蒙盖”，写登山后的所见所闻，突出黄山云海的绚丽多姿。全文以四言句式为主。铺彩摛文，体物言志，有汉赋的风貌。

【出关与毕侍郎笺】清洪亮吉作。这是作者写给毕沅的一封信。毕沅，字秋凡，乾隆间状元，曾由侍郎出任陕西、河南等地巡抚，故称毕侍郎。作者的好友黄景仁死于运城(今山西省运城市)，洪亮吉从西安赶往料理丧事，并将棺柩送回常州安葬。作者此笺，是向当时陕西巡抚毕沅报告经过情况。文章开头写作者出潼关踏上河东平原，看到“阴云蔽亏”，“原林黯惨”的景象，不禁忆起当年向秀山阳闻笛的情景，因而引起对亡友的深切怀念。接着写到达运城省视景仁殡舍的情况。只见殡舍内停放着遗棺，没有守丧的人；亡人的遗物还在，“枕书满箧，遗笺尚存；丹铅狼藉，几案纷披”。这表明亡者的写作精神依然健在。最后表示热诚欢迎毕沅整理刊印景仁的遗著，认为这是“勉其遗孤，风兹来祀”的盛事。文章语言整齐，音调铿锵，字里行间，洋溢着感人的友情。例如：“见其遗棺七尺，枕书满箧。抚其吟案，则阿你之遗笺尚存。披其穗帷，则城东之小史既去。”这是一篇著名的用书信方式写的骈体小赋。

第四章 名家论赋

【《周礼·春官·宗伯·大师》以赋为“六诗”之一】“大师……教六诗:曰风,曰赋,曰比,曰兴,曰雅,曰颂。”汉代郑玄注:“赋之言铺,直铺陈今之政教善恶。”六诗,《诗·大序》称六艺,后人据郑注和唐孔颖达疏,认为风、雅、颂是诗歌音乐的三种类型;赋、比、兴是诗歌的三种不同表现手法。这是赋的含义和起源。

【《诗·大序》以赋为“六义”之一】“故诗有六义焉:一曰风,二曰赋,三曰比,四曰兴,五曰雅,六曰颂。”宋代朱熹《诗集传·周南·葛覃》:“赋者,敷陈其事而直言之者也。”“六义”,《周礼·大师》称六诗。唐代孔颖达疏认为风、雅、颂是诗篇之异体,赋、比、兴是诗文之异辞。前三者是“诗之成形”,后三者是“诗之所用”。就是用赋、比、兴三种手法来表现风、雅、颂三种不同体裁的乐歌,《诗·大序》和《周礼》是我国最早提出“赋”的典籍。

【司马相如论作赋】《西京杂记》:“司马相如为《上林》、《子虚》赋,意思萧散,不复与外事相关。控引无地,错综古今;忽然如睡,焕然而兴,几百日而后成。其友人盛览,字长通,牂牁名士,尝问以作赋。相如曰:‘合綦组以成文,列锦绣而为质。一经一纬,一宫一商,此赋之迹也。赋家之心,苞括宇宙,总览人物,斯乃得之于内,不可得而传览。乃作《合组歌》、《列锦赋》而退,终身不复敢言作赋之心矣。”这里司马相如以赋的形式为“迹”,以赋的精微(思想感情)归之于“赋家之心”。“心”是赋家禀赋的才性,不可得来传习;“迹”是赋家的造诣,只要功力到就会有所成就。

【司马迁论骚赋】《史记·屈原列传》:“屈平疾王听之不聪也,谗谄之蔽明也,邪曲之害公也,方正之不容也,故忧愁幽思而作《离骚》……屈平之作《离骚》,盖自怨生也。《国风》好色而不淫,《小雅》怨诽而不乱。若《离骚》者,可谓兼之矣。上称帝喾,下道齐桓,中述汤、武,以刺世事。明道德之广崇,治乱之条贯,靡不毕见。其文约,其辞微,其志洁,其行廉,其称文小而其指极大,举类迩而见义远。其志洁,故其称物芳。其行廉,敢死而不容自疏。濯淖污泥之中,蝉蜕于浊秽,以浮游尘埃之外,不获世之滋垢,皭然泥而不滓者也。推此志也,虽与日月争光可也……屈原既死之后,楚有宋玉、唐勒、景差之徒者,皆好辞而以赋见称,然皆祖屈原之从容辞令,终莫敢直谏。”司马迁极力颂扬了屈原在骚赋中表现的爱国精神和为崇高理想而坚持战斗的坚贞行为，高度评价屈赋依诗取兴，引类比喻的艺术成就。

【扬雄论辞赋创作原则】《法言·吾子》："或问：吾子少而好赋？曰：然。童子雕虫篆刻。俄而曰：壮夫不为也。或曰：赋可以讽乎？曰：讽乎！讽则已；不已，吾恐不免于劝也。或曰：雾縠之组丽。曰：女工之蠹矣……或问：景差、唐勒、宋玉、枚乘之赋也益乎？曰：必也淫。淫则何？曰：诗人之赋丽以则，辞人之赋丽以淫。"扬雄早年好辞赋，论赋也从文学角度来衡量。《西京杂记》："司马长卿赋，时人皆称典而丽，虽诗人之作不能加也。扬子云曰：'长卿赋不似从人间来，其神化所至耶？'子云学相如而弗逮，故雅服焉。"桓谭《新论·道赋篇》引扬雄说："能读千赋，则善赋。"扬雄晚年转向儒家经典，论赋也从儒学道德角度来批判辞赋。这里提出的诗人之赋和辞人之赋创作原则之不同，就成为汉魏以后学者论辞赋的准则了。用轻薄如雾的丝织品的华丽而不切实用，徒徒浪费妇女纺织工作，以比喻华而不实、没有意义的辞赋作品。

【班固论赋】《汉书·艺文志·诗赋略》："传曰：'不歌而诵谓之赋。登高能赋，可以为大夫。'言感物造端，材知深美，可与图事，故可以为列大夫也。"这里指出诗和赋的不同在于诗能歌，赋不能歌而是诵。又指出赋的作用，"登高能赋"，正是刘勰所论"情以物迁，辞以情发"，"物色之动，心亦摇焉"（《文心雕龙·物色》）的道理。

【班固论诗赋演变】《汉书·艺文志·诗赋略》："春秋之后，周道浸坏，聘问歌咏，不行于列国，学诗之士，逸在布衣，而贤人失志之赋作矣。大儒孙卿及楚臣屈原，离谗忧国，皆作赋以风，咸有恻隐古诗之义。其后，宋玉、唐勒；汉兴，枚乘、司马相如，下及扬子云，竞为侈丽闳衍之词，没其风喻之义。"《两都赋序》："或曰：'赋者，古诗之流也。'昔成康没而颂声寝，王泽竭而诗不作。大汉初定，日不暇给。至于武宣之世，乃崇礼官，考文章，内设金马石渠之署，外兴乐府协律之事，以兴废继绝，润色鸿业……故言语侍从之臣，若司马相如、虞丘寿王、东方朔、枚皋、王褒、刘向之属，朝夕论思，日月献纳。而公卿大臣御史大夫倪宽、太常孔臧、太中大夫董仲舒，宗正刘德、太子太傅萧望之等，时时间作。或以抒下情而通讽喻，或以宣上德而尽忠孝，雍容揄扬，著于后嗣，抑亦雅颂之亚也。"班氏论述赋源于诗，兴于战国末世，而大盛于汉，但已失去讽喻意义，这是用儒家思想立论的。

【班固论屈原赋】《楚辞·离骚序》："今若屈原，露才扬己，竞乎危国群小之间，以离谗贼。然数责怀王，怨恶椒、兰，愁神苦思，强非其人，忿怼不容，沉江而死,亦贬絜狂狷景行之士。多称昆仑冥婚宓妃虚无之语,皆非法度之政、经义所载。谓之兼诗风雅而与日月争光,过矣。然其文弘博丽雅,为辞赋宗,后世莫不斟酌其英华,则象其从容。自宋玉、唐勒、景差之徒,汉兴,枚乘、司马相如、扬雄,骋极文辞,好而悲之,自谓不能及也。虽非明智之器,可谓妙才者也。”班氏论屈赋,赞其是辞赋之宗,是妙才;而对屈原为人,则认为是“露才扬己”,怨刺其上,这是儒者尊奉经典的不公正的评论。王逸《楚辞章句·离骚后序》已加以驳斥,认为班氏之说“是亏其高明而损其清洁者也”。刘勰也反驳说:“而孟坚谓不合传体,褒贬任声,抑扬过实;可谓鉴而弗精,玩而未核者也。”(《文心雕龙·辩骚》)洪兴祖《楚辞补注》、朱熹《楚辞集注序》也都驳斥班氏之说。

【班固论司马相如赋】《汉书·司马相如传赞》:“司马迁称:相如虽多虚辞滥说,然要其归,引之于节俭。此亦《诗》之风谏何异?扬雄以为靡丽之赋,劝百而讽一,犹骋郑、卫之声。曲终而奏雅,不已戏乎!”班氏所论,本自《史记·司马相如列传》,文辞略加变动。认为司马相如辞赋仍承诗的讽喻之义。反驳扬雄贬抑司马相如辞赋只是“靡丽”,劝多而讽少,正如淫荡的郑卫之声。

【班固论扬雄赋】《汉书·扬雄传》:“先是时,蜀有司马相如,作赋甚弘丽温雅,雄心壮之,每作赋,常拟之以为式。又怪屈原文过相如,至不容,作《离骚》,自投江而死,悲其文,读之未尝不流涕也。以为君子得时则大行,不得时则龙蛇,遇不遇命也,何必湛身哉,乃作书,往往摭《离骚》文而反之,自岷山投诸江流以吊屈原,名曰《反离骚》;又旁《离骚》作重一篇,名曰《广骚》;又旁《惜诵》以下至《怀沙》一卷,名曰《畔劳愁》。”这里论述扬雄少年好辞赋,模拟司马相如赋作,学习屈原骚体的作品。

【王逸论屈原赋】《楚辞章句·序》:“而屈原履忠被谮,忧悲愁思,独依诗人之义,而作《离骚》,上以讽谏,下以自慰。遭时暗乱,不见省纳,不胜愤懑,遂复作《九歌》以下凡二十五篇。楚人高其行义,玮其文采,以相教传……今若屈原,膺忠贞之质,体清洁之性,直若砥矢,言若丹青,进不隐其谋,退不顾其命,此诚绝世之行,俊彦之英也……而论者以为露才扬己,怨刺其上,强非其人,殆失厥中矣。”王氏论屈原忠贞的本质和洁身自好的品格,是屈原骚赋的宝贵内容,而文采又极为奇伟,成为壮丽的不朽之作,从而批判班固贬屈原“露才扬己”的儒家偏见。

【曹丕论辞赋创作原则】《典论·论文》:“夫文同而末异,盖奏议宜雅,书论宜理,铭诔尚实,诗赋欲丽。此四科不同,故能之者偏也,唯通才能备其体。”

子桓好文学，以著述为务，《典论·论文》是作者从创作实践中总结而阐明的文学理论和文学批评。这里论述文章有共性，而不同文体又各有其特殊性；“丽”则是诗赋的特殊要求。扬雄虽然晚年批评比较诗人和辞人之赋不同在于“则”和“淫”，但也指出二者的共同要求都是“丽”。

【曹丕论王粲辞赋】《与吴质书》：“仲宣独自善于辞赋，惜其体弱；不足起其文，至于所善，古人无以远过。”《典论·论文》：“王粲长于辞赋……如粲之《初征》、《登楼》、《槐赋》、《征思》……虽张、蔡不过也。”子桓将建安七子诗赋誉为“于学无所遗，于辞无所假”，可以媲美汉代张衡、蔡邕之赋作。后来刘勰也赞同曹丕的文学观点，称王粲等赋家是“魏之赋首”。

【陆机论辞赋特点】《文赋》：“赋体物而浏亮。”唐代李善《文选注》：“赋以陈事，故曰体物。浏亮，清明之称。”清代王闿运《论诗文体法》：“赋者，诗之一体，即今谜也……庄论不如隐言，故荀卿、宋玉皆因作矣。汉代大盛，则有相如、平子之流以讽其君。太冲、安仁发摅学识，用兼诗书，其文烂焉。要本隐以之显，故托体于物而贵清明也。”陆氏以文学观点论赋的特点，认为赋的内容应以“体物写志”为宗，而文辞则应以“浏亮”，即清而不杂、明而不晦为主。而这也正是魏晋以来的赋不同于汉赋之点。

【皇甫谧论辞赋作家作品】《昭明文选·序上·三都赋序》：“是以孙卿、屈原之属，遗文炳然，辞义可观，存莫所感，咸有古诗之意；皆因文以寄其心，托理以全其制，赋之首也。及宋玉之徒，淫文放发，言过于实，夸竞之兴体失之渐，风雅之则，于是乎乖。逮汉贾谊，颇节之以礼。自时厥后，缀文之士，不率典言，并务恢张。其文博诞空类，大者罩天地之表，细者入毫纤之内。虽充车连驷，不足以载；广夏接榱，不容以居也。其中高者至如相如《上林》、扬雄《甘泉》、班固《两都》、张衡《二京》、马融《广成》、王生《灵光》，初极宏侈之辞，终以约简之制，焕乎有文，蔚尔鳞集。皆近代辞赋之伟也。”这里也是以儒家讽喻之义来衡量历代赋家作品，推崇荀卿、屈原赋，而贬抑宋玉诸赋；汉赋中赞许贾谊而指斥其他大量赋作；其中仅举出司马相如《上林》等六篇赋作称为能归之于讽喻。

【左思论赋的本义】《三都赋·序》：“发言为诗者，咏其所志也；升高携赋者，颂其所见也。美物者贵依其本，赞事者宜本其实。匪本匪实，览者奚信?”郭绍虞《中国文学批评史》说：“盖所谓‘发言能诗者’，不过言其精之自为生者而已，所请‘升高能赋者’，不过言其情之自外起者而已，未必诗可逞虚而赋必核实也。”郭氏的论述，符合诗赋创作特点；而左思主张作赋必须处处求实，则不免儒家书生之见，不合乎“铺采摛文”的要求。

【挚虞论辞赋特点】《文章流别论》：“赋者，敷陈之称，古诗之流也。古之作诗者，发乎情，止乎礼也。情之发，因辞以形之；礼义之旨，须事以明之；故有赋焉，所以假象尽辞，敷陈其志。前世为赋者，有孙卿、屈原，尚颇有古诗之义；至宋玉则多淫浮之病矣。《楚辞》之赋，赋之善者也。故扬子称赋莫深于《离骚》。贾谊之作，则屈原俦也。古诗之赋，以情义为主，以事类为佐。今之赋，以事形为本，以义正为助。情义为主，则言省而文有例矣；事形为本，则言富而辞无常矣。文之烦省，辞之险易，盖由于此。夫假象过大，则与类相远；逸辞过壮，则与事相违；辩言过理则与义相失；丽靡过美，则与情相悖。此四过者，所以背大体而害政教。是以司马迁割相如之浮说，扬雄疾‘辞人之赋丽以淫’。”（《史记·司马相如列传》：“太史公，曰：相如虽多虚辞滥说，然其要归引之节俭，此与《诗》之讽谏何异?”）挚虞论赋，虽未脱自扬雄、班固以来的儒家“止乎礼义”的古诗之义；但指出今之赋的“四过”，也确是一些辞赋的偏颇，招致文学批评家对一味堆砌辞藻，过分罗列事物，形成百科事典的赋作的贬责。

【萧统论骚赋源流】《昭明文选·序》：“至于今之作者，异乎古昔，古诗之体，今则全取赋名。荀、宋表之于前，贾、马继之于末。自兹以降，源流实繁。述邑居则有‘凭虚’、‘亡是’（指张衡《西京赋》凭虚公子、司马相如《上林赋》亡是公）之作，戒畋游则有《长杨》、《羽猎》之制。若其纪一事，咏一物，风云草木之兴，鱼虫禽兽之流，推而广之，不可胜载矣。又楚人屈原，含忠履洁，君匪从流，臣进逆耳，深思远虑，遂放江南。敢介之意既伤，壹郁之环靡愬；临渊有怀沙之志，吟泽有憔悴之容。骚人之文，自兹而作。”萧统《文选》首列辞赋，次列诗，再次列骚，把赋和骚分为两种文体，实则诗、骚、赋乃同源而异流。屈骚也称赋，宋玉《九辩》入骚，而《高唐赋》等三篇则入赋，从实质看，骚赋一体；从发展看，赋由骚变而来。刘勰《文心雕龙》也把《辨骚》和《诠赋》分为两篇论述。后人骚体赋之称，即源于此。

【刘勰论楚辞】《文心雕龙·辨骚》：“自风雅寝声，莫或抽绪；奇文郁起，其《离骚》哉！回已轩翥诗人之后，奋飞辞家之前；岂去圣之未远，而楚人之多才乎？……固知‘楚辞’者，体慢于三代，而风雅于战国；乃雅颂之搏徒，而辞赋之英杰也……自《九怀》以下，遽蹑其迹；而屈、宋逸步，莫之能追。故其叙情怨，则郁伊而易惑；述离居，则怆怏而难怀；论山水，则循声而后貌；言节候，则技文而见时。是以枚、贾追风以入丽，马、扬沿波而得奇。其衣被词人，非一代也。”这里论述《离骚》开创的“楚辞”，是继承诗三百篇之后，成为汉赋先驱的奇文。

三者相较,“楚辞”逊于诗三百篇,而远胜于战国以后的辞赋。这是作者以儒家观点立论,从赋的讽喻作用加以轩轾。但对楚辞的“体物写志”方面的伟大成就,则肯定后世赋家难以追及,对汉赋以至魏晋六朝赋的繁荣,影响很大。

【刘勰论赋的本义和渊源】《文心雕龙·诠赋》:“《诗》有六义,其二曰赋。赋者,铺也,铺采摛文,体物写志也。昔邵公称:‘公卿献诗,师箴赋。’《传》云:‘登高能赋,可以为大夫。’《诗序》则同义,《传》说则异体;总其归涂,实相枝干。刘向云:‘明不歌而颂。’班固称:‘古诗之流也。’及灵均唱骚,始广声貌。然赋也者,受命于诗人,拓宇于楚辞也。于是荀况《礼》、《智》,宋玉《风》、《钓》,爰锡名号,与诗画境;六义附庸,蔚成大国。遂客主以首引,极声貌以穷文。斯盖别诗之原始,命赋之厥初也。”刘勰论述赋的本义取自《诗经》六义中表现手法之一,全面地说应是“铺采摛文,体物写志”。赋的内容是抒写自然和社会种种事物,借以抒发情志;赋的形式是铺张文采,藻饰文词。赋的溯源则是源于诗,开拓于楚辞,荀卿、宋玉的作品问世,便有赋的名称。从此,诗和赋发展成为不同的两种文体。

【刘勰论汉赋】《文心雕龙·诠赋》:“素世不文,颇有杂赋,汉初词人,顺流而作。陆贾扣其端,贾谊振其绪,枚、马同其风,王、扬骋其势。皋、朔已下,品物毕图。繁积于宣时,校阅于成世,进御之赋千有余首。讨其源流,信兴楚而盛汉矣。夫京殿苑猎,述行序志,并体国经野,义尚光大。既履端于倡序,亦归余于总乱。序以建言,首引情本;乱以理篇,迭致文契。按那之卒章,闵马称乱;故知殷人辑颂,楚人理赋。斯并鸿裁之寰域,雅文之枢辖也。至于草区禽族,庶品杂类,则触兴致情,因变取会。拟诸形容,则言务纤密;象其物宜,则理贵侧附。斯又小制之区畛,奇巧之机要也。”这里说明“鸿裁”大赋,篇幅较长,内容较广;“小制”小赋,篇幅较短,内容较狭,二者具有不同特色。但都以“铺采摛文,体物写志”为能事;加以作家作品之多,足见汉赋之盛。

【刘勰论先秦两汉魏晋赋家和作品】《文心雕龙·诠赋》:“观夫荀结隐语,事数自环;宋发巧谈,实始淫丽;枚乘《兔园》,举要以会新;相如《上林》,繁类以成艳;贾谊《鹏鸟》,致辨于情理;子渊《洞箫》,穷变于声貌;孟坚《两都》,明绚以雅赡;张衡《二京》,迅发以宏富;子云《甘泉》,构深玮之风;延寿《灵光》,含飞动之势。凡此十家,并辞赋之英杰也。及仲宣靡密,发端必遒;伟长博通,时逢壮采;太冲、安仁,策勋于鸿规;士衡、子安,底绩于滥制;景纯绮巧,缛理有余;彦伯梗概,情韵不匮。亦魏晋之赋首也。”这里评述先秦汉代辞赋英杰十家,魏晋赋首八家。认为荀赋似谜语,采自问自答方式,是后世咏物说理赋的先声。宋赋夸饰铺陈,是“丽以淫”的辞人之赋的首创。枚赋铺张扬厉;相如赋罗列名物,追求辞采;贾赋抒发情思,辨明祸福荣辱之理;王褒赋极力描摹物的声貌变化;班赋内涵丰富而辞采绚丽;张赋刚健有力,宏大丰富;扬赋深沉美好;王赋描述生动。王粲赋描摹细密,开笔有力;徐幹赋内容丰富,辞采壮丽;左思、潘岳赋以大赋立功;陆机、成公绥赋,以新体贡献;郭璞赋奇丽而富于道理;袁宏赋慷慨而富有情味。

【刘勰论辞赋创作原则】《文心雕龙·诠赋》:“原夫登高之旨,盖睹物兴情。情以物兴,故义必明雅;物以情观,故词必巧丽。丽词雅义,符采相胜,如组织之品朱紫,画绘之著玄黄,文虽新而有质,色虽糅而有本。此立赋之大体也。然逐末之俦,蔑弃其本;虽读千赋,愈惑体要。遂使繁华损枝,膏腴害骨;无贵风轨,莫益劝诫。此扬子所追悔于雕虫,贻诮于雾縠者也。”这里提出作赋要求“丽词雅义”,有质有本,以风轨为贵,有益劝诫。这虽承袭汉以来儒家观点,但指明赋的创作源泉是作者“师物兴情”,“情以物兴”,“物以情观”的道理,则是正确的。这和《文心雕龙·物色》篇所说“情以物迁,辞以情发”的话是一致的。批评那些只事铺张,专务辞藻,而内容缺乏思想感情,毫无教育意义的作品,也是针砭当时浮靡文风的良药。

【刘勰论诗赋的文和质(形式和内容)】《文心雕龙·情采》:“昔诗人什篇,为情而造文;辞人赋颂,为文而造情。何以明其然?盖风雅之兴,志思蓄愤,而吟咏情性,以讽其上,此为情而造文也。诸子(指辞赋家)之徒,心非郁陶,苟驰夸饰,鬻声钓世,此为文而造情也。故为情者要约而写真,为文者淫丽而泛滥。而后之作者,采滥忽真,远弃风雅,近师辞赋;故体情之制日疏,逐文之篇愈盛。”刘氏精辟地指出诗赋作品的优劣高低,在于作者是否有真实的激情,从而以高妙的艺术技巧和语言,恰当而有力地表达出来,使作品的内容和形式达到高度的统一。这就是“为情而造文”,否则就是“为文而造情”的无病呻吟,欺世盗名。

【刘勰论历代辞赋家的才略】《文心雕龙·才略》:“屈、宋以《楚辞》发采……荀况学宗而象物名赋,文质相称,固巨儒之情也……汉室陆贾,首发奇采,赋《孟春》而选典诰,其辩之富矣。贾谊才颖,陵轶飞兔,议惬而赋清,岂虚至哉!枚乘之《七法》,邹阳之《上书》,膏润于笔,气形于言矣。仲舒专儒,子长纯史,而丽缛成文,亦诗人之告哀焉。相如好书,师范屈、宋,洞入夸艳,致名词宗。然覆取精意,理不胜辞,故扬子以为文丽用寡者长卿,诚哉是言也。王褒构采,以密巧为致,甜声测貌,泠然可观。子云属意,辞人最深,观其崖度幽远，搜选诡丽；而竭才以钻思，故能理赡而辞坚矣。桓谭著论，言号猗顿，宋弘称荐，爰比相如；而《集灵》诸赋，偏浅无才，故知长于讽论，不及丽文也。敬通雅好辞说，而坎壈盛世，《显志》自序，亦蚌病成珠矣。（东汉冯衍，字敬通）二班、两刘，奕叶继采，旧说以为固文优彪，歆学精向，然《王命》清辩，《新序》该练，璇璧产于昆圈，亦难得而逾本矣。傅毅、崔骃，光采比肩；瑗、实踵武，能世厥风者矣。杜笃、贾逵，亦有声于文，迹其为才，崔、傅之末流也。李尤赋铭，志慕鸿裁，而才力沈腿，垂翼不飞。马融鸿儒，思洽识高，吐纳经范，华实相扶。王逸博识有功，而绚采无力。延寿继志，瑰颖独标。其善图物写貌，岂枚乘之遗术欤！张衡通赡，蔡邕精雅，文史彬彬，隔世相望。是则竹柏异心而同贞，金玉殊质而皆宝也。刘向之奏议，旨切丽调缓；赵壹之辞赋，意繁而体疏；孔融气盛于为笔，祢衡思锐于为文，有偏美焉。潘勖凭经以骋才，故绝群于《锡命》；王朗发愤以托志，亦致美于序铭。然自卿、渊以前，多俊才丽不课学；雄、向以后，颇引书以助文此取与之大际，其分不可乱者也。魏文之才，洋洋清绮，旧谈抑之，谓去植千里。然子建思捷而才俊，诗丽而表逸；子桓虑详而力缓，故不竞于先鸣。而乐府清越，《典论》辨要，迭用短长，亦无懵焉。但俗情抑扬，雷同一声，遂令文帝以位尊减才，思王以势窘益价，未为笃论也。仲宣溢才，捷而能密，文多兼善，辞少瑕累，摘其诗赋，则七子之冠冕乎！琳、瑀以符檄擅声，徐干以赋论标美，刘祯情高以会采，应玚学优以得文。路粹、杨修，颇怀笔记之工，丁仪、邯郸，亦含论述之美，有足算焉。刘劭《赵都》，能攀于前修；何晏《景福》，克光于后进。休琏风情，则《百壹》标其志；吉甫文理，则《临丹》成其采。嵇康师心以遣论，阮籍使气以命诗，殊声其合响，异翩而同飞。（魏代魏文帝曹丕，字子桓。曹植，字子建，谥号思。王粲，字仲宣。陈琳，字孔璋。阮瑀，字元瑜。邯郸，指邯郸淳。应璩，字休琏。应贞，字吉甫。）张华短章，奕奕清畅，其《鹪鹩》寓意，即韩非之《说难》也。左思奇才，业深覃思，尽锐于《三都》，拔萃于《咏史》，无遗力矣。潘岳敏给，辞自和畅，钟美于《西征》，贾余于哀诔，非自外也。陆机才欲窥深，辞务索广，故思能入巧，而不制繁。士龙朗练，以识检乱，故能布采鲜净，敏于短篇。孙楚缀思，每直置以疏通；挚虞述怀，必循规以温雅；其品藻流别，有条理焉。傅玄篇章，义多规镜；长虞奏笔，世执刚中，并桢干之实才，非群华之韡萼也。成公子安，选赋而时美；夏侯孝若，具体而微。曹摅清靡于长篇，季鹰辩切于短韵，各其善也。孟阳、景阳，才绮而相埒，可谓鲁卫之政，兄弟之文也。刘琨雅壮而多风，卢谌情发而理昭，亦遇之于时势也。景纯艳逸，足冠中兴，《郊赋》既穆穆以大观，《仙诗》亦飘飘而凌云矣。庾元规之表奏,靡弱以闲畅;温太真之笔记,循理而清通,亦笔端之良工也。孙盛、干宝,文胜为史,准的所拟,志乎典训。户牖虽异,而笔采略同。袁宏发轸以高骧,故卓出而多偏;孙倬规旋以矩步,故伦序而寡状。殷仲文之孤兴,谢叔源之闲精,并解散辞体,缥缈浮音,虽滔滔风流,而大浇文意。(陆云,字士龙。傅咸,字长虞。成公绥,字子安。夏侯湛,字孝若。张翰,字季鹰。张载,字孟阳。张协,字景阳。郭璞,字景纯。庾亮,字元规。温峤,字太真。谢混,字叔源。)"这是一篇作家论,评述了先秦、两汉、魏、晋时代作家近百人。首先评论先秦作家,其次评论两汉作家33人,再次评论魏代作家18人,最后评论晋代作家25人。全文以论作家才气识略为主,结语也说明作家成就和时代有关。原著所论,还有其他文体作家与著述家,这里只摘录评论赋家之言,省略其他诸家。刘氏出于文质并重思想,从内容和形式兼顾观点论述赋家的特色和风格,虽不免囿于儒家传统观念,但也并不随俗抑扬,而能独抒己见。

【刘勰论"对问"、"七发"、"连珠"的起源和本义】《文心雕龙·杂文》:"智术之子,博雅之人,藻溢于辞,辞盈乎气。苑囿文情,故日新殊致。宋玉含才,颇亦负俗,始造《对问》,以申其志;放怀寥廓,气实使之。及枚乘摛艳,首制《七发》,腴辞云构,夸丽风骇。盖七窍所发,发乎嗜欲,始邪末正,所以戒膏粱之子也。扬雄覃思文阔,业深综述;碎文琐语,肇为《连珠》,其辞虽小而明润矣。凡此三者,文章之枝派,暇豫之末造也。"梁昭明太子萧统《文选》分类,已把"七"、"对问"、"连珠"别立文体,列在赋类之外。刘勰从之,不入《诠赋》篇,而另立《杂文》篇,认为这是游戏消遣之作,是枝派末流,这是儒家传统观念。但能探本寻源,指出这些作品实质是赋体的创新,有讽诫意义,是赋家发愤表志之作。

【刘勰论"对问"作家作品特点】《文心雕龙·杂文》:"自《对问》以后,东方朔效而广之。名为《客难》,托古慰志,疏而有辨。扬雄《解嘲》,杂以谐谑,回环自释,颇亦为工。班固《宾戏》,含懿采之华;崔骃《达旨》,吐典言之裁;张衡《应间》,密而兼雅;崔实《客讥》,整而微质;蔡邕《释诲》,体奥而文炳;景纯《客傲》,情见而采蔚。虽迭相祖述,然属篇之高者也。至于陈思《客问》,辞高而理疏;庾敳《客咨》,意荣而文悴。斯类甚众,无所取裁矣。原兹文之设,乃发愤以表志。身挫凭乎道胜,时屯寄于情泰,莫不渊岳其心,麟凤其采,此立本之大要也。"这里论述了"对问"这种赋体的两汉、魏晋作家的短长,并提出这类赋作的创作原则是"发愤以表志",要有高深的思想和珍奇的文采。

【刘勰论"七发"作家作品特点】《文心雕龙·杂文》:"自《七发》以下,作者继踵。观枚氏首唱，信独拔而伟丽矣。及傅毅《七激》，会清要之工；崔骃《七依》，入博雅之巧；张衡《七辨》，结采绵靡；崔瑗《七厉》，植义纯正；陈思《七启》，取美于宏壮；仲宣《七释》，致辨于事理。自桓麟《七说》以下，左思《七讽》以上，枝附影从，十有余家。或文丽而义暌，或理粹而辞驳。观其大抵所归，莫不高谈宫馆，壮语畋猎，穷瑰奇之服馔，极蛊媚之声色；甘意摇骨体，艳词动魂识。虽始之以淫侈，而终之以居正，然讽一劝百，势不自反。子云所谓先骋郑卫之声，曲终而奏雅者也。唯《七厉》叙贤，归以儒道，虽文非拔群，而意宴卓尔矣。"这里论述东汉、魏、晋"七"体赋家的作品，赞扬王粲以前作品，而贬抑东汉、魏晋十余作家，仍以是否合于儒道来衡文，但从中也可以看出"七"这类赋的特点。

【刘勰论"连珠"作家作品特点】《文心雕龙·杂文》："自《连珠》以下，拟者间出。杜笃、贾逵之曹，刘珍、潘勖之辈，欲穿明珠，多贯鱼目。可谓寿陵匍匐，非复邯郸之步；里丑捧心，不关西施之颦矣。唯士衡运思，理新文敏，而裁章置句，广于旧篇。岂慕朱仲四寸之珰乎！夫文小易周，思闲可赡。足使义明而词净，事圆而音泽，磊磊自转，可称'珠'耳。"这里论述"连珠"这种赋体，自扬雄开创之后，只有陆机《演连珠》道理新颖，文辞敏捷；其他诸家所作，都是鱼目混珠，邯郸学步，东施效颦而已。并指出"连珠"赋体创作原则是短小紧凑，含义深厚明畅，文辞简净，音韵和谐。

【杜甫论庾信赋】《戏为六绝句》之一："庾信文章老更成，凌云健笔意纵横。今人嗤点流传赋，不觉前贤畏后生。"《春日忆李白》："清新庾开府，俊逸鲍参军。"（庾信在北周任骠骑大将军、开府仪同三司。鲍照在南朝宋任前军参军。）《咏怀古迹五首》之一："庾信平生最萧瑟，暮年诗赋动江关。"屈、宋以来，以至南北朝，骈体诗赋藻饰词采，重视音韵，杜甫继承发展其优点，而补其不足。加以晚年漂泊江湖，对庾信的生活、心情深有感受，对庾信诗赋有深刻理解，因而评论其作品正确深入。"老成"指庾信诗赋词采靡丽而情思深沉，意气纵横，笔力刚健。"清新"也指庾作在当时淫靡风气之下，具有真情实感。"暮年诗赋动江关"指庾信晚年寄身北周，虽身居高位，而怀有故国乡关之思，运用他的创作才力，写出《哀江南赋》等名篇。

【祝尧论赋】《古赋辨体·西汉体》："扬子云曰：'诗人之赋丽以则，辞人之赋丽以淫。'愚谓骚人之赋与诗人之赋虽异，然犹有古诗之义，辞虽丽而义可则，故晦翁不敢直以词人之赋视之也。（宋代朱熹，自号晦翁。）至于宋、唐以下，则是词人之赋，多没其古诗之义，辞极丽而过淫伤，已非如骚人之赋矣，而况于诗人之赋乎！何者？诗人所赋，因以吟咏情性也；骚人所赋，有古诗之义者，亦以其发乎情也。其情不自知形于辞，其辞不自知而合于理。情形于辞，故丽而可观；辞合于理，故则而可法。然其丽而可观，虽若出于辞，而实出于情；其则而可法，虽若出于理，而实出于辞。有情有辞，则读之者有兴起之妙趣；有辞有理，则读之者有咏歌之遗音。如或失之于情，尚辞而不尚意，则无兴起之妙，而于则乎何有？后代之俳体是已！又或失之于辞，尚理而不尚辞，则无咏歌之遗，而予丽乎何有？后代赋家之文体是已！是以三百五篇之《诗》，二十五篇之《骚》，莫非发乎情者。为赋、为比、为兴，而见于风、雅、颂之体，此情之形乎辞者，然其辞莫不具是理；为风、为雅、为颂，而兼于赋、比、兴之义，此辞之合乎理者，然其理莫不本于情。理出于辞，辞出于情，所以其辞也丽，其理也则，而有风、比、雅、兴、颂诸义也欤？汉兴，赋家专取《诗》中赋之一义以为赋；又取《骚》中赡丽之辞以为辞。所赋之赋为辞赋，所赋之人为辞人。一则曰辞，二则曰辞。若情若理，有不暇及，故其为丽已异乎《风》、《骚》之丽，而则之与淫遂判矣。贾、马、扬、班，赋家之升堂入室者，至今尚推尊之。晦翁云：'自原之后，作者继起，独贾生以命世英杰之才，俯就骚律，非一时诸人所及。'定斋云：'赋则漫衍其流，体亦丛杂。长卿长于叙事，渊、云长于说理。'（元代汪一龙，号定斋。）林艾轩云：'扬子云、班孟坚，只填得腔子满；张平子辈竭尽气力，又更不及。'（宋代林光朝，号艾轩。）如是则贾生之非所及，毋论也；张平子辈之更不及，不论也。若长卿、子云、孟坚之徒，诚有可论者。盖其长于叙事，则于辞也长，而于情或昧；长于说理，则于理也长，而于辞或略。只填得腔子满，则辞尚未长，而况于理？要之，皆以不发于情故尔。所以渔猎捃摭，夸多斗靡，而每于性情；哀荒亵慢，希合苟容，而遂善于义理。问如《上林》、《甘泉》，极其铺张，终归于讽谏，而风之义未泯；《两都》等赋，极其眩曜，终折以法度，而雅颂之义未泯；《长门》、《自悼》等赋，缘情发义，托物兴辞，咸有和平从容之意，而比兴之义未泯。一代所见，其与几何？诚以其时经焚坑之秦，故古诗之义未免没而或多淫，近风雅之周，故古诗之义犹有存而或可则。古今言赋，自《骚》之外，咸以两汉为古，已非魏晋以还所及。心乎古赋者，诚当祖《骚》而宗汉，去其所以淫，而取其所以则可也。今故于此各论古今之体制，而发明扬子丽则、丽淫之旨。庶不失古赋之本义云。"祝氏论赋，尊崇诗人之赋、骚人之赋，认为汉赋尚存古诗之义或有可则；而对东汉以后赋家，特别是魏晋、南北朝俳赋和唐以后的文赋，一则"尚辞而不尚义"，失"则"；一则"尚理而不尚辞"，失"丽"，都不合乎扬雄以来"诗人之赋丽以则"的标准。立论虽不出儒家"发乎情止乎礼义”的传统观念，但比较具体浅明地说明了“丽以则”和“丽以淫”的含义和所以然，足资参考。

【徐师曾论赋的源流和演变】《文体明辨·赋》：“按《诗》有六义，其二曰赋。所谓赋者，敷陈其事而直言之也。古者诸侯卿大夫交接邻国，揖让之时，必称诗以喻意。以别贤不肖，而观盛衰。如《春秋传》所载晋公子重耳亡之秦，秦穆公享之，赋《六月》；鲁文公如晋，晋襄公飨公，赋《菁菁者莪》；郑穆公与鲁文公宴于棐，子家赋《鸿燕》；鲁穆叔如晋，见中行献子，赋《圻父》之类，皆以吟咏性情，各孰义类。故情形于辞，则丽而可观；辞合于理，则丽而可法。使读之者有兴起之妙趣，有咏歌之遗音，扬雄所谓‘诗人之赋丽以则’者是已。此赋之本义也。春秋之后，聘问咏歌，不行于列国，学诗之士逸在布衣，而贤士失志之赋作矣，即……《楚辞》是也。扬雄所谓‘词人之赋丽以淫’者，正指此也。然自今而观，《楚辞》亦发乎情而用以为讽，实兼六义而时出之，辞虽太丽，而义尚可则；故朱子不敢直以词人之赋目之。（宋代朱熹《楚辞集注·序》：“原之为书，其辞旨虽多流于跌宕怪神、怨怼激发而不可以为训，然皆生于缱绻恻怛，不能自已之至意……此予之所以每有味于其言，而不敢直以‘词人之赋’视之也。”）而雄之言如此，则已过矣！赵人荀况，游宦于楚，考其时在屈原之前。所作五赋，工巧深刻，纯用隐语，若今人之揣谜；于《诗》六义不啻天壤，君子盖无取焉。两汉而下，作者继起，独贾生以命世之才，俯就骚律，非一时诸人所及。相如长于叙事，而或昧于情；扬雄长于说理，而或略于辞；至于班固，辞理俱失，若是者何？凡以不发乎情耳。然《上林》、《甘泉》，极其铺张，而终归于讽谏，而风之义未泯；《两都》等赋，极其炫耀，终折以法度，而雅颂之义未泯；《长门》、《自悼》等赋，缘情发义，托物兴词，咸有和平从容之意，而比兴之义未泯。故虽词人之赋，而君子犹有取焉，以其为古赋之流也。三国、两晋，以及六朝，再变而为俳，唐人又再变而为律，宋人又再变而为文。夫俳赋尚辞而失于情，故读之者无兴起之妙趣，不可以言则矣；文赋尚理而失于辞，故读之者无咏歌之遗音，不可以言丽矣。至于律赋，其变愈下，始于沈约‘四声八病’之拘，中于徐、庾‘隔句作对’之陋，终于隋、唐、宋‘取士限韵’之制，但以音律谐协、对偶精切为工，而情与辞皆置勿论。呜呼！极矣！”徐氏说明赋的源起，认为《诗》六义之一的赋，是“吟咏性情”，“情形于辞”则丽，“辞合于理”则“则”，阐释了扬雄“诗人之赋丽以则”的道理，肯定这是赋的本义，但不赞同扬雄所指《楚辞》是“辞人之赋丽以淫”的始作俑者；而认为《楚辞》也是“发乎情而用以为讽”，“义尚可则”。对荀卿赋认为是远离《诗》的六义，不可取。对汉赋推崇贾谊骚赋，对司马相如、扬雄赋，认为各有短长，班固赋则“情理俱失”，主要原因是这些赋家作品不是“发乎情”的。但又指出三人之赋，铺张扬厉，而终于归于讽谏；虽是辞人之赋，犹有可取之处。至于俳赋、律赋、文赋，则认为越演变就越脱离赋的本义，情和辞各有所偏或二者俱失。

【张惠言论先秦汉魏晋六朝赋】《七十家赋钞·序》：“谲而不觚，尽而不彀，肆而不衍，比物而不丑；其志洁，其物芳，其道杳冥而有常，比屈平之为也。与风雅为节，涣乎若翔风之运轻赮，洒乎若玄泉之出乎蓬莱而注渤澥。及其徒宋玉、景差为之，其质也华然，其文也纵而后反。虽然，其与物推拍宛转，泠汰其义，毂锞于物，芴芴乎古之徒也。刚志决理，輐断以为纪，内而不汙，表而不著，则荀卿之为也。其原出于礼经，朴而饰，不断而节。及孔臧、司马迁为之，章约句制，百乔不可理。其辞深而旨文，确乎其不颇者也。其趣不两，其于物无甥，若枝叶之坿其根本，则贾谊之为也。其原出于屈平，断以正谊，不由其曼。其气则引费而不可执，循有枢，执有庐，颉滑而不可居。开决宦篓，而与万物都，其终也芴莫，而神明为之橐，则司马相如之为也。其原出于宋玉。扬雄恢之，胁入窍出，绿督以及节，其起轶绝尘，而莫之控也；其波骇石咢，而没乎其无垠也。张衡盱盱，块若有余，上与造物为友，而下不遗埃壒。虽然，其神也充，其精也茶，及王延寿、马融为之，杰格拮掇，钩孑夔吾；而俶傀可觏。其于宗也，无蜕也。平敞通洞，博厚而中，大而无瓠，孙而无孤，指事类情，必偶其徒，则班固之为也。其原出于相如，而要之使夷，昌之使明。及左思为之，博而不沉，赡而不华。连犿马而不可止，言无端厓，傲倪以为质，以天下为郛廓，入其中者，眩震而谬悠之，则阮籍之为也。其原出于庄周。虽然，其辞也悲，其韵也迫，患忧之词也。涂泽律切，夸蘱纷悦，则曹植之为也。其端自宋玉，而泲其角，摧其牙，离其本而抑其末，浮华之学者，相与尸之，率以变古，曹植则可谓才士矣揹揹乎改绳墨，易规矩，则佞之徒也。不捐于同，不独于异，其来也首首，其往也曳曳，动静与适，而不为固植，则陆机、潘岳之为也。其原出于张衡、曹植，矫矫乎振时之儁也。以情为裹，以物为褥，镵雕云风，琢削支鄂，其怀永而不可忘也。坌乎其气，煊乎其华，则谢庄、鲍照之为也。江淹为最贤，其原出于屈平《九歌》。其掩抑沉怨，冷冷轻轻，其纵脱浮宕而归大常。鲍照、江淹，其体则非也，其意则是也。逐物而不反，骀荡而驳舛，俗者之囿，而古是抗；其言滑滑，而不背于涂奥，则庾信之为也。其规步矱骤，则扬雄、班固之所引衔而控辔。惜乎拘于时而万能骋；然而其志达，其思哀，其体之变则穷矣。”张氏评论赋家，大多中肯，出自造诣深，有心得。但仅以汉赋为主，而不满于魏、晋以后之赋，则是一已之见。如论屈赋是奇特而不怪异，详尽而不枯燥，放开手笔而不漫无边际；用比喻而不是同类比较，志洁物芳，含义深远而守常道。遵循诗人风雅的标准，流动如风吹轻霞，洋洋洒洒如深泉出于蓬莱仙山注入大海。论宋玉、景差赋是内容华美，文辞放纵然后返于正道；但是能尽事物之貌不露痕迹，与物宛转，任其自然，大概可以说是古之诗人一类。荀卿的赋是有见识，重道理，圆通为主，内容纯正，形式朴实。根源出自礼经，质朴而有文采，又能适当节制。孔臧、司马迁的赋是制约章句，不易理解，文辞艰深，含义雅正，坚定不移。贾谊赋是志趣专一坚定，对事物从容不迫，正如枝叶增益根干一样。根源来自屈原，以义为准，而避免曼丽。司马相如赋是气势宏大，掌握中心，变幻莫测，敞开隐怀，同万物聚合，最终则寂寞无形，而寓有精神，根源来自宋玉。扬雄赋是扩大了相如赋篇的气势，如骏马飞奔，不可控制。张衡赋是睁大眼睛，自在端详，上观天文，俯瞰大地，巨细无遗；但是神情虽充沛，而精力疲怠。王延寿、马融赋是割裂丛杂，但奇异可观。班固赋是不离其宗，开阔通达，深厚合乎中道，大而不空，顺理而不歪曲，体物抒情，力求逼真。根源来自司马相如，而发展为平正明畅。左思赋是博大而不深入，丰富而不俊丽。阮籍赋是写物宛转而止不住，言辞无边无际，以矜夸为本，广大天下都在视野之内，入其笔触，则觉得眼花缭乱，空虚悠远，根源来自庄周，但是文辞悲愤，韵调急促，是心怀忧患的文章。曹植赋是重词采音律，如繁花盛开，悦人眼目，根源来自宋玉，可是只是离开根本而铺陈末事。从而浮华之辈，奉为宗主，群起改变古人之道。曹植乃是才士，而那些竭力改变古人法度者，则是巧言谄谀之辈。陆机、潘岳赋是不超出相同主张，也不独立于不同主张之外，新到来的风尚，居首迎接，过去的风尚，远远去送走；一动一静都能适应时代风尚，绝不固执。根源来自张衡、曹植，真是矫健出众，振动当时的俊杰。谢庄、鲍照赋是内情外物，雕刻风云，琢磨枝萼，情怀绵绵，令人难忘，意气喷涌，华美宜人。江淹赋作最好，根源出自屈原《九歌》。深沉幽怨，清爽轻巧，放荡不拘而能归于古礼。鲍照、江淹赋体制不合，情意端庄。庾信赋过分追求外物，放纵乖杂，拘于流俗，文词涌流，而不违背正道。可惜受当时风气局限，不能任意驰骋；但是心胸广阔，情思哀怨，赋体演变已到绝境。

【李调元论唐代律赋】《赋话》："永明、天监之际，吴均、沈约诸人，音节谐和，属对密切，而古意渐远。庾子山信衍为长篇，益加工整，如《三月三日华林园马射赋》及《小园赋》（《庾开府集》卷一），皆律赋之所自出……唐初进士，试于考功，尤重帖经试策；亦有易以箴论表赞，而不试诗赋之时，专攻律赋者尚少。大历、贞元之际,风气渐开。至大和八年,杂文专用诗赋,而专门名家之学,樊然竞出矣。李程、王起,最擅时名;蒋防、谢观,如骖之靳,大都以清新典雅为宗。其旁骛别趋,元(稹)、白(居易)为异。下逮周繇、徐寅辈,刻酷锻炼,真气尽漓,而国祚亦移矣。”李氏对唐代律赋的起源发展做出扼要论述。齐梁骈体特重词句的音律、属对,庾信赋篇更工整。唐代课试,专用诗赋,从而律赋大盛,清新典雅,略有佳制。其后作则愈加追求格律,内容空洞,与赋的本义相去甚远。

【程廷祚论诗骚赋的异同】《青溪集·骚赋论》:“既知诗与骚赋之所以同,又当知骚与赋之所以异。诗之体大而该,其用博而能通,是以兼六义而被管弦。骚则有于言幽怨之情,而不可以登清庙。赋能体万物之情状,而比兴之义缺焉。盖风、雅、颂之再变而后有《离骚》,骚之体流而成赋。赋也者,体类于骚而义取乎诗者也……骚之于诗远而近,赋之于骚近而远,骚主于幽深,赋宜于浏亮。”程氏指出诗、骚、赋三者的继承演变关系,继承必有相同之点,演变自然各具特色,从而具有相异之处。既阐明三者同异的原因,也具体点出同异的所在。

【程廷祚论赋的演变】《青溪集·骚赋论》:“荀卿《礼》、《知》二篇,纯用隐语,虽始构赋名,君子略之。宋玉以瑰玮之才,崛起骚人之后,奋起雄夸,乃与《雅》、《颂》抗衡,而分裂其土壤。由是词人之赋兴焉。汉《艺文志》称其所著十六篇,今虽不尽传,观其《高唐》、《神女》、《风赋》等作,可谓穷造化之精神,尽万类之变态,瑰丽窈冥,无可端倪,其赋家之圣乎!后之视此,犹后夔之不能舍六律而正五音,公输之不能捐规矩而成方圆矣。于是缀词之士,响应景从。汉兴,陆贾导之于前,贾谊振之于后。文、景以还,则有淮南王安、枚乘、庄忌、司马相如、吾丘寿王、严助、枚皋,并以文辞见知于时,遭遇太平,扬其鸿藻。宣、成之世,则有刘向、王褒、扬雄之伦。盖赋之盛,于斯为极。贾生以命世之器,不竟其用,故其见于文也,声多类骚,有屈氏之遗风。若其雄伟卓荦,冠于一代矣。长卿天纵绮丽,质有其文;心迹之论,赋家之准绳也。《子虚》、《上林》,总众类而不厌其繁,会群采而不流于靡,高文绝艳,其宋玉之流亚乎?其次则扬雄也,王褒又其次也。子云之《长杨》、《羽猎》,家法乎《上林》,而有迅发之气;《甘泉》深伟,庙堂之鸿章也。大抵汉人之赋,首长卿而翼子云,至是而赋家之能事毕矣。后有作者,弗可尚已。东京作者,体卑于昔贤,而风弱于往代。其时则有冯衍、杜笃、班彪、班固、崔骃、傅毅、张衡、马融、蔡邕、王延寿、边让、祢衡之流。就而论之,二班、张、王,其最著乎?平子宏富,风度卓然。《二京》之方《两都》，犹青之于蓝也。赋至东京，长卿、子云之风未泯，虽神妙不足，丽雅赡有余，其犹有中古之遗音乎？降及魏晋，非其俦矣。魏之王、曹，晋之潘、陆、左、郭，后先争驱，咸为一时之选。然赋至是，则规制分明，而古人之行无辙迹者，于是乎泯矣。其气不足以发，其神不足以藏，而古人之峥嵘幽渺万变不测者，弗能为之矣。其赋道之衰乎？然而犹贤于六朝。若夫宋、齐以下，义取其纤，词尚其巧，奏新声于士女杂坐之列，演角觝于椎髻左衽之场，虽世俗喜其忘倦，而君子鄙之。扬子讥其类俳，今则信矣。是故以赋譬之山水，岳渎其楚、汉乎，东京则山之丽于岳，水之附于渎者也。又其山之旁出，水之支流，则为魏晋。至于指丘垤以为山，画汓沚以为水者，六朝之谓耳。此其升降之大凡也。盖自雅颂息而赋兴，盛于西京。东汉以后，始有今五言之诗。五言之诗，大行于魏晋而赋亡。此又其与诗相代谢之故也。唐以后无赋。其所谓赋者，非赋也。君子于赋，祖楚而宗汉，尽变于东京，沿流于魏晋，六朝以下无讥焉。”程氏论述赋的演变，仍承袭儒家正统观念，认为宋玉赋以后，每况愈下，自是偏颇之言。然而立论切实，举例具体。认为荀卿初用“赋”名篇，仅具雏形。宋玉才是赋作创始者。汉代辞赋大盛，贾谊骚体，冠于一代；司马相如大赋，是赋家准绳。其次是扬雄、王褒，汉赋已达到顶点。东汉继续发展，张衡赋能青出于蓝；但体卑风弱，神妙不足。魏晋以后，赋道已衰。六朝赋类似俳优；唐以后则无赋矣。

【刘师培论赋的分类】《论文杂记》：“《汉书·艺文志》叙诗赋为五种，而赋则析为四类：屈原以下二十家为一类，陆贾以下二十一家为一类，荀卿以下二十五家为一类，客主赋以下十二家为一类。而班志于区分之意，不注一词。近代校雠家，亦鲜有讨论及此者。自吾观之，客主赋以下十二家，皆汉代之总集类也；余则皆为分集。而分集之赋，复分三类：有写怀之赋，有骋词之赋，有阐理之赋。写怀之赋，屈原以下二十家是也；骋词之赋，陆贾以下二十一家是也；阐理之赋，荀卿以下二十五家是也。写怀之赋，其源出于《诗经》；骋词之赋，其源出于纵横家；阐理之赋，其源出于儒道两家。观班志之分析诗赋，可知诗歌之类，与赋不同，而《离骚》则同于赋体。至《文选》析赋骚为二，则与班志之义迥殊矣；故特正之。”刘氏指出班固所分四类赋的不同；分集之赋析为写怀、聘词、阐理三种及其根源所自，确是创见。今人析为抒情、写物、说理三者，则更为确切。

【刘师培论排偶骈俪是赋体的正宗】《刘申叔先生遗书·文说·耀采篇》：“故《三都》、《两京》、《甘泉》、《籍田》，金声玉润，绣错绮交，赋体之正宗也。”

刘氏针对古文派轻视骈体诗文的偏见，指出排偶骈俪，讲求音律，是赋体正宗。当然这只是就文学作品的艺术形式而言。正所谓完美杰出的文学作品，如果“言之无文”，也是“行而不远”的。

【刘师培论辞赋形容之美】《刘申叔先生遗书·左庵外集》卷十三：“美术者，以饰观为主者也。既以饰观为主，不得不迁就以成其美……汉、魏辞赋，曲意形容，而诵者称为绝作。又如庾信《枯树赋》以桓温与仲文同时，此立词之爽实者也，而后世不闻废其词……则以辞章之文，不以凭虚为戒……盖美术以性灵为主，而实学则以考薮为凭。若于美术之微，而必欲责其征实，则于美术之学，反去之远矣。”刘氏指出文艺创作与科学的不同在于可以虚构，需要夸张铺陈才能抒发情思，深切感人。

【章炳麟论儒家之赋】《国故论衡·文学总略》：“夫宛转偯隐，赋之职也。儒家之赋，意存谏戒。若荀卿《成相》一篇，其足以感人安在？乃若原本山川，极命草木，或写都会、城郭、游射、郊祀之状。若相如有《子虚》，扬雄有《甘泉》、《羽猎》、《长杨》、《河东》，左思有《三都》，郭璞、木华有《江》、《海》，奥博翔实，极赋家之能事矣，其亦动人哀乐未也？其专赋一物者，若孙卿有《蚕赋》、《箴赋》，王延寿有《王孙赋》，祢衡有《鹦鹉赋》，侔色揣称，益成形相，嫠妇孽子读之不泣，介胄戎士咏之不为奋。当其始造，非自感则无以为也，比文成而感亦替。”太炎先生从文学的艺术形式是否和作家的思想感情高度统一着眼，认为赋作须有真实情感，体物写志，铺采摛文，才能动人哀乐，从而具有教育作用。荀赋和汉赋，只是讲道理，状事物，而缺乏真情实感，不足以感人。

【高步瀛论辞赋七类】《文章流别·散文源流·辞赋》：“故今于辞赋所括，析为七目：曰赋，曰骚，曰七，曰词，曰设论，曰符命，曰连珠。”高先生斟酌于《汉书·艺文志》、《文心雕龙》、《明文选》和《古文辞类纂》、《经史百家杂钞》诸书，并参考《文苑英华》、《唐文粹》、《宋文鉴》，以及真德秀《文章正宗》、储欣《八大家类选》等，分赋为七类，作者命名不一，而实皆赋也。此外，实是赋体，标篇称“论”、“述”、“文”、“诗”、“歌”、“解”等；也有不标文体的。

【高步瀛论六朝赋】《文章流别·散文源流·辞赋》：“张皋文评衡诸家（指清代张惠言《七十家赋钞·序》），洞中肯綮。以其所诣甚深，决非王氏所能企及（指清代王芑孙《读赋卮言》）。故其语皆出心得，非同剽袭之谈。顾皋文以汉赋为主，故于魏晋以后赋，时有不满之词。然时运所趋，不当执一格以绳。即如齐、梁之赋，固不免轻浮；而其骨秀，其神远，其词艳而清，其味隽而永，生香活色，亦他代所无，不得概以淫荡目之。故习六朝者，或目汉赋为堆砌，皆一偏之论也。又以庾子山《哀江南》而论，其悲壮雄俊，沉郁顿挫，为六朝以来所仅见。后人谓其神似太史公《自序》，但就近似者拟之；非谓子山之文，即为史公之文。时代不同，体裁不同，安能执一格以相绳也？”高先生论六朝赋，不拘泥于儒家传统观念，指出缺点，更举出“生香活色”，他代所无的成就。其中特别推崇庾信赋作；并认为时代不同，赋体发展也不同，不能“执一格以相绳”，可称独具慧眼的公允之论。

【高步瀛论唐宋赋】《文章流别·散文源流》：“有唐一代，律赋盛而古赋衰。然作者尚不乏人。陈伯玉（子昂）、李泰和（邕），直欲上越六朝，追步汉魏。李遐叔（华）《含元殿赋》，萧茂挺（颖士）许其在《景福》之上，《灵光》之下。（见《唐语林》）夫平叔之赋，意存讽谏，而遐叔则有颂无规；即以词句论，亦不逮《景福》之俊逸。徒以一二壮句，谓可使孟坚瓦解，平子土崩，尤为溢美。然其气浩瀚，其词瑰丽，究不失为杰作。颂后一段，殊属赘疣，盖赋后附记之语，后人误合为一耳。太白仙才，纵其所至，何难鞭笞扬、马，驰骤班、张，乃观其所为，亦仅步文考（王延寿）之后尘，蹈太冲（左思）之遗轨，追逐颜（延年）、鲍（照），规摹谢（朓）、江（淹）已耳。子美（杜甫）之赋，古朴有余，瑰丽不足，拙句杈桠，肘亦为累。誉者以《西京》许之，亦不免阿其所好。夫二公之诗，震烁古今，而子美尤为不祧之祖；至其为赋，皆远逊于诗。必不得已而为平衡，李犹优于杜耳。韩退之力求复古，尝运汉赋气体，寓之于文（如《南海神庙碑》、《送窦从事序》等）。而其为赋也，则用其体不袭其貌，埽去奇字，独恣健笔，遂开宋赋之蹊（本集卷一）。柳子厚上规屈、宋，兼及子云，有其瑰玮，而无其恢奇；然亦足雄视一世也（本集卷二）。舒元舆《牡丹赋》（《文苑英华》卷一百四十九），杜牧之（牧）《阿房宫赋》（《英华》卷四十七），皆自出新意，故传播当时；而气浮语薄，古风荡尽矣。卢子发（肇）《海潮赋》（《唐文粹》卷五），以格致之理，发闳丽之词，不可谓非创作；然以视木（玄虚）、郭（景纯）之《江》、《海》二赋，终不能逮。李庾《西都》《东都》二赋（《文粹》卷二），讽谏甚切；而句求警拔，音转迫促，班、张之风，于是乎远。若夫广平（宋璟）《梅花》（《全唐文》卷百七），实出膺作；袭美（皮日休）《桃花》（《文薮》卷一），乃其稾本，要为齐、梁之余响，而非汉、魏之流风也。自宋颜延年（延之）《赭白马赋序》（《文选》卷十四）以八字对起（骥不称力马以龙名），为后来律赋破题之先声。沈休文（约）、谢玄晖（朓）研求音韵，分析宫商，遂开律赋一派……然唐初试士，遂间以赋命题，初无定韵。至开元二年，王邱知贡举，试旗赋，始以‘风日云浮军国清肃'八字为韵脚。（见《能改斋漫录》卷二）厥后四平四仄，几成通例。于是拘束日甚，体格日卑，而律赋名家，亦由此出……此唐代律赋之大略也。宋代律赋，一因唐式，而贵成语为对，与四六文同，盖当时风气使然也，今不具论。其古赋则马、扬、班、张之风，殆成绝响。如杨侃《皇畿赋》（《宋文鉴》卷二）、崔伯易《感山赋》（《宋文鉴》卷六）、周美成（邦彦）《汴京赋》（《历代赋汇》卷三十三）、李长民《广汴赋》（《赋汇》三十四）、葛澧《钱塘赋》（《赋汇》三十七），非不洋洋巨篇，而字法句法，皆不入古，负声无力，振采不飞，虽多亦奚为哉！若夫欧阳永叔《鸣蝉赋》（《居士集》卷十五），兼效荀卿；王介甫《思归赋》（《临川集》卷三十八），上攀屈、宋，皆为雅制。而流俗传诵，乃在《秋声》一篇（《居士集》卷十五），以是叹作文固难，而知文亦不易矣！子瞻之《飓风》（《东坡续集》卷三）、子由之《黄楼》（《栾集城》卷十七），亦称佳构。而子瞻《赤壁》两赋（《东坡集》卷一）尤为超妙。其前赋，真所谓凭虚御风，与庄周同入神化；然此老之绝调，而非赋家之正轨也。他若伯纪（李纲）《梅花》（《梁溪集》卷一），自仿六朝；元晦（朱熹）《感春》（《文公集》卷一），亦效屈赋。择尤而数，更仆难终。然果能媲美前修，为法后学者，实亦寥寥无几耳。元、明以来，又不出宋代学术之范围；即辞赋一端，亦无多特色。如元黄文仲之《大都赋》（《赋汇》三十五），明盛时泰、黄才伯（佐）之《北京赋》（《赋汇》三十六），不过与《汴京赋》相伯仲。李时勉《北京赋》较胜（同上），而亦时杂以律句。杨廉夫（维桢）《镐京赋》（《赋汇》三十五），则竟生吞孟坚，活剥平子，以此为研京炼都，则夫人能之矣。要之，有明之赋，古律杂糅，罕能入古，付之郐下可也。有清辞赋，实胜明代。然规抚魏晋六朝者，尚不乏人。若夫神合西京，直欲登相如、子云之堂而哜其裁，则皋文一人而已。董方立（祐诚）《西岳华山神庙赋》（《董方立遗书文·乙·上》），几可颉颃。惜乎止此一篇，不能多得也！"高先生论述唐宋古赋、律赋、文赋的演变，兼及元、明、清赋。认为唐宋以来赋家之学骚赋、汉赋者，成就都不大，虽大诗人李白、杜甫也不例外。律赋是应试之作，格调更加卑下。而新兴的文赋，能"运汉赋气体，寓之于文"，"用其体不袭其貌"，成就很大。这与前人鄙薄文赋，甚至谓唐以后无赋之偏见相较，则是一大进步。但对欧阳修《秋声赋》的评价，似欠允当。

【高步瀛论"七"】《文章流别·散文源流·辞赋·七》："'七'者，假设七事，以为讽喻，始于枚叔《七发》。《文选》李善注曰'七发'者，说七事以起发太子也，犹《楚辞·七谏》之流（卷三十四）。后人多因其说。然按之文体，与《七谏》迥乎不同。五臣注张铣曰：'七'者，少阳之数，欲发阳明于君也。殊属穿凿。陈无功(懋仁)、方望子（熊)皆谓‘七’者对问之别名。(《文章缘起》注及补注)案‘七’文虽托为问对之词,然不得以问对释‘七’字,陈、方说亦非也。挚仲洽《文章流别论》曰:‘《七发》造于枚乘,借吴、楚以为客主。先言是舆入辇,蹷痿之损;深宫洞房,寒暑之疾;靡漫美色,宴安之毒;厚味暖服,淫濯之害。宜听世之君子,要言妙道,以疏神导体,蠲淹滞之累。既设此辞,以显明去就之路,而后说以声色逸游之乐。其说不入。乃陈圣几辩士讲论之娱,而霍燕疾瘳。此固膏粱之常疾,此为匡劝。虽有甚泰之辞,而不没其讽喻之义也。’(《艺文类聚》卷五十七)……枚叔《七发》而后,继作者纷然而起。后汉傅武仲(毅)《七激》(《全后汉文》卷四十三)、刘广世《七兴》(同上)、崔伯亭(骃)《七依》(《全后汉文》卷四十四)、崔子玉《七苏》(《全后汉文》卷四十五,《文心雕龙》作《七厉》)、崔子玮(琦)《七蠲》(同上)、桓元风(麟)《七说》(卷二十七)、桓彦林(彬)《七设》(同上)、李伯仁(尤)《七款》(卷五十)、张平子(衡)《七辩》(卷五十五)、刘曼山(梁)《七举》(卷六十五)、马季长(融)《七厉》(见傅休奕《七谟·序》,《太平御览》卷五百九十引《容斋随笔》卷引作《七广》)、杨氏(疑杨德祖修)《七训》(同上)、王仲宣(粲)《七释》(《全后汉文》卷九十一)、徐伟长(干)《七亩》(卷九十三)、魏曹子建(植)《七启》(《文选》卷三十四、《全魏文》卷十六)、《七忿》(《全魏文》卷同上,一作《七咨》)、刘孔才(劭)《七华》(卷三十二)、傅公悌(巽)《七诲》(卷三十五)、晋杜元凯(预)《七规》(《全晋文》卷四十二)、应吉甫(贞)《七华》(卷三十五)、陆士衡(机)《七微》(一作《七徵》)、《七羡》(卷九十八)、张景阳(协)《七命》(《文选》卷三十五,又《全晋文》卷八十五)、傅休奕(玄)《七谟》(卷四十六)、孙休明(毓)《七诱》(卷六十七)、成公子安(绥)《七唱》(卷五十九)、湛方生《七欢》(卷一百四十)、宋谢灵运《七济》(《全宋文》卷三十三)、颜延年(延之)《七绎》(卷三十七)、孔欣《七诲》(卷四十)、齐竟陵王萧云英(子良)《七要》(《全齐文》卷七)、梁简文帝《七励》(《全梁文》卷十一)、昭明太子萧德施(统)《七契》(卷二十)、萧景则(子范)《七诱》(卷二十三)、北齐郦善长(道元)《七聘》(《全北魏文》四十一),皆其最著也……由此观之,‘七’文最盛,在汉、魏、晋之世;南北朝以来,名作较少。挚仲洽曰:‘傅子(据《容斋随笔》即傅玄)集古今‘七’篇,而论品之,署曰《七林》。’……而《隋书·经籍志》有《七集》十卷,注云,谢灵运集。又《七林》十卷,注云,梁十二卷,录二卷,卞景撰。梁文有《七林》三十卷,又《七悟》一卷,注云,颜之推撰。可见当时之盛矣。诸家评‘七’,与评赋亦略同。挚仲洽曰:‘《七发》造于枚乘,其流遂广,其义遂变,率有辞人淫丽之尤矣。崔骃既作《七依》,而假非有先生之言。呜呼!扬雄有言,童子雕虫篆刻。俄而曰,壮夫不为也。孔子疾小言破道。斯文之旋,岂不谓义不足而辨有余者乎?赋者将以讽,吾恐其不免予劝也。'(《文章流别论》,见《艺文类聚》及《御览》引)傅休奕曰:'世之贤明,多称《七激》工,余以为未尽善也。《七辨》似也,非张氏至思;比之《七激》,未为劣也。《七释》佥曰妙哉,吾无间矣。若《七依》之卓轹一致,《七辩》之缠绵精巧,《七启》之奔逸壮丽,《七群》之精密闲理,亦近代之所希也。'(《七谟·序》,引同上)刘彦和曰:'自《七发》以下……而意实卓尔矣。'(引文参见刘勰《文心雕龙·杂文》论'七发'条,今略去)步瀛案汉景、武之时,辞赋大盛。枚叔以千言之赋,裁而为'七',使人耳目一新。推陈出新,可谓善变者矣。厥后迭相沿袭,亦不过争胜词句之间。何义门曰:'《七激》、《七依》,不免寿陵之步;虽陈思亦不能出一头地。'(《文选》评)其说良是。故六朝以后,无复名作可传。唐、宋以来,为之者遂落如晨星矣。柳子厚《晋问》(本集卷十五),实用'七'体,而加以变化。洪容斋(迈)曰:'枚乘作《七发》,创意造端,丽旨腴词,上薄骚些,盖文章领袖,故为可喜。其后继之者,归嚣太切,了无新意。傅玄又集之以为《七林》,使人读未终篇,往往弃诸几格。柳子厚《晋问》,乃用其体,而超然别立新机杼,激越清壮;汉、晋之间,诸文士之弊,于是一洗矣。'(《容斋随笔》卷七)然柳文以外,他家亦罕为之者。宋晁无咎《七述》(《鸡肋集》卷二十八),作于十七岁时,已属难能可贵;然以较《七发》、《七启》等篇,气势之厚薄,骨力之雄孱,亦不可同日而语。元、明以来,如袁白长(桷)之《七观》(《元文类》卷四十五)、宋景濂(濂)之《志释》(《宋文宪集》卷六十六),可无论矣。而吴德敏乃盛称《志释》,以为议论非《七发》所可比。(《文章辨体》)则明人之陋见耳。清代辞章之学,实胜元、明,洪北江《七招》(《卷葹阁文乙集》卷二),或可为曹、张之嗣音尔。"高先生论述"七"这种辞赋的本义、源起,并驳斥谬说。然后列举"七"赋历代作家,以见汉、魏、晋时代最盛。最后举出对"七"文的评论,推崇枚乘《七发》推陈出新;六朝以后,再无名作;唐宋以来,更少"七"作。仅柳宗元,洪亮吉赋作,具有新意。

【高步瀛论"词(辞)"】《文章流别·散文源流·辞赋·词》:"窃谓'词'者,源出于诗,而与骚赋无二。后人以命名有异,遂别之为'词'。孙卿子之《成相》(《荀子》卷十八),调最奇韧;息夫躬之《绝命》(《汉书·息夫躬传》),意极悲愤;王子渊(褒)之《责髯奴》(《初学记》卷十九,《言文苑》以为黄香作),语含滑稽,昭明皆未录;录者惟汉武帝《秋风辞》、陶渊明《归去来辞》二首。《秋风辞》神似楚骚，与六朝诗体不同，故昭明不入于诗。而自唐以后，诗人往往有此，如李太白之《鸣皋系》、杜子美之《桃竹杖歌》皆是。不复更入‘辞’类，此亦可见风气之异矣。《归去来辞》词意旷远，岩象华妙，自是佳著……晋以来作家，有不名为‘词’，而实为‘词’者，亦不一而足。如晋王世将（廙）《春可乐》（《全晋文》卷二十）、夏侯孝若（湛）《春可乐秋可哀》（卷六十八）、谢琨《秋夜长》（卷八十三）、苏彦《秋夜长》（卷一百三十八）、何瑾《悲秋夜》（卷一百四十），湛方生《秋夜》（同上）、梁元帝（萧绎）《秋风摇落》（《全梁文》卷十五），皆当继《秋风辞》后，而入之‘词’类者也。其命为‘辞’者，亦不可胜举。如江文通《山中楚辞》（本集卷十）、刘复愚（蜕）《悯祷词》（《文苑英华》卷三百五十八）、陆鲁望（龟蒙）《迎潮送潮词》（同上）、苏子瞻《上清辞》（《东坡集》十九）、《黄泥坂词》、《清溪词》（并同上）、王逢源（令）《山中辞》、《江上辞》、文与可（同）《超然台辞》、田文初（画）《华清宫辞》（以上皆《宋文鉴》卷三十）、刘静修（因）《白云辞》（《元文类》卷一）、刘伯温（基）《送龙门子入仙华山辞》（《诚意伯集》卷八）、朱竹垞（彝尊）《醉司命辞》（《曝书亭集》卷六十一），皆较为可观者也。”高先生指出词（辞）与骚、赋，名异而实同，即有些赋作不名为“辞”而实则也是“辞”，并列举历代辞的名作，从而可以看出这种赋的体制特点。

【高步瀛论“设论”】《文章流别·散文源流·辞赋·设论》：“‘对问’、‘设论’，文体略同，昭明分而为二，彦和合而为一，均无不可者。今欲省类目，故从刘氏。《文心雕龙》曰……观此，则此类文之大略可见矣。以上彦和所举之外，如扬子云《解难》（《汉书》本传）、应德琏（玚）《释宾》（《全后汉文》卷四十二）、邵令先（正）《释讥》（《全晋文》卷七十），皆属此体。又东方曼倩《非有先生论》（《汉书》本传及《文选》卷五十一）、王子渊（褒）《四子讲德论》（《文选》卷同上），亦当入设论类。而昭明列入论中，与贾生《过秦》、班叔皮《王命》相次，非也。设论之文，古今作者亦夥，而雄逸腾迈，以东方《客难》为先；恢闳博丽，以子云《解嘲》为最，孟坚、平子，皆不能逮也。后来惟韩退之《进学解》（本集卷十二）犹堪继武。曾文正评之曰：‘仿《客难》、《解嘲》，气味之滞懿不及，而论道论文二段精实过之。’可谓定论。后有作者，弗可及已。”高先生合“设论”、“对问”为一类，并补列名作加以评论，可补刘勰之说。特别是从实质上指出，《昭明文选》仅从篇名而将《非有先生论》、《四子讲德论》误入议论类中之谬误，具有卓见。推重韩愈《进学解》，也说明唐代古赋创作的成就。

【高步瀛论“符命”】《文章流别·散文源流·辞赋·符命》：“符命之说，本极荒谬，而在今日尤不待辨。特以古人之文，有属此类者，故聊存此目，俾诸文便于叙述耳。符命之事，以封禅为重；故符命之文，亦以封禅为先。刘彦和《文心雕龙》，且专著《封禅》一篇……刘彦和曰：'铺观两汉隆盛，孝武禅号于肃然，光武巡狩于梁父，诵德铭勋，乃鸿笔耳。观相如《封禅》，蔚为首唱。尔其表权舆，序皇王，炳元符，镜鸿业；驱前古于当今之下，腾休明于列圣之上；歌之以祯瑞，赞之以介丘，绝笔彗文，固维新之作也。及光武勒碑，则文自张纯（《全后汉文》卷十二泰山刻石文）。首胤典谟，末同祝词；引钩谶，叙离乱，计武功，述文德；事核理学，华不足而实有余矣。凡此二家，并岱宗实迹也。及扬雄《剧秦》（《文选》卷四十八）、班固《典引》，事非镌石，而体因纪禅。观《剧秦》为文，影写长卿，诡言遁词，故兼包神怪。然骨掣靡密，辞贯圆遁，自称极思，无遗力矣。《典引》所叙，雅有懿乎！厉鉴前作，能执厥中，其致义会文，斐然余巧。故称《封禅》丽而不典，《剧秦》典而不实。岂非追观易为明，循势易为力欤。'（《文心雕龙·封禅》）刘彦和此评，竟以《典引》优于《封禅》，实觉未当。姚范曰：'《封禅文》相如创为之，体兼赋颂。其设意措辞，皆翔蹑虚无；非如杨、班之徒，诞妄贡谀，为跖实之文也。通体结构，若无畔岸，如云兴水溢，一片浑茫骏邈之气。'姚姬传（鼐）曰：'观班、杨之作，而后知相如文句句欲活。'（《古文辞类纂》）以文字论，二姚评较彦和为当矣……继杨、班而作者，则有魏邯郸子叔（淳）《受命述》（《全三国文》卷二十六）、曹子建《魏德论》（《全三国文》卷十七）。刘彦和曰：'邯郸《受命》，攀响前声，风末力寡，辑韵成颂；虽文理顺序，而不能奋飞。陈思《魏德》，假论客主，问答迂缓，且已千言；劳深绩寡，飚焰缺焉。'（《文心雕龙·封禅》）亦可见班、扬亦未易企及，何况长卿？至唐柳子厚《贞符》（本集卷一），较之长卿，恐亦望尘莫及矣。"高先生据辞赋发展史实，指出待命封禅一类赋作，内容固不可取，但在铺采摛文、体物方面，典雅靡丽，可备赋体的一格。除引刘勰论述历代封禅赋作之外，对司马相如《封禅文》颇有好评，不同意刘勰的"丽而不典"的评论。

【高步瀛论"连珠"】《文章流别·散文源流·辞赋·连珠》："《艺文类聚》杂文部引傅休奕叙'连珠'曰：'所谓连珠者，兴于汉章帝之世，班固、贾逵、傅毅三子，受诏作之，而蔡邕、张华之徒又广焉。其文体辞丽而言约，不指说事情，必假喻以选其旨，而贤者微悟，合于古诗劝兴之义。欲使历历如贯诛，易睹而可悦，故谓之连珠也。'（《文选》陆士衡《连珠》李善注《御览文部六》引之）又引沈休文注《制旨连珠表》曰：'窃寻连珠之作，始自子云。放易象论，动模经诰。班固谓之命世，桓谭以为绝伦。连珠者，盖谓辞句连续，互相发明，若珠之结排也。'刘彦和曰：'扬雄覃思文阁（今本"阁"误"阔"，今依《玉海》卷五十四引校改），业深综述，碎文琐语，肇为连珠。其辞虽小，而明润矣。'（《文心雕龙·杂文》）《文章缘起》亦云：'连珠，扬雄作。'《艺文类聚》载有扬子云《连珠》（卷五十七）。则连珠之兴，不始于后汉章帝时矣。《北史·李先传》言明元即位，召先读韩子《连珠论》二十二篇。陈无功（懋仁）注《文章缘起》曰：'韩非子书中有连语，先列其目，而后著其解，谓之连珠。据此则连珠已兆韩非。'案韩子并无'连珠论'之名；惟内外《储说》所载之经，凡三十三则。（《内储说上·七术》七则，《内储说下·六微》六则，《外储说左上》六则，《外储说右上》六则，《右下》五则，凡三十三则）故友王古愚（振尧）曰：'《李先传》所谓《连珠论》者，盖指此。其云二十二篇，或即三十三篇之误。其说殆是。以其名理互发，词旨连贯，故扬子云拟之为连珠也。'《韩非子》评语，子云而后，拟者纷纷而起。后汉杜季雅（笃）（《全后汉文》二十八）、班孟坚（固）（《全后汉文》二十八），贾景伯（逵）（《全后汉文》三十一）、傅武仲（毅）（见傅休奕叙，今佚）、刘秋孙（珍）（见《文心雕龙》，今佚）、蔡伯喈（邕）（《全后汉文》七十四）、潘元茂（勖）（《全后汉文》八十七）、魏文帝（曹丕）（《全三国文》七）、晋傅休奕（但序存，见上）、陆士衡（机）（《文选》五十五）、宋颜延年（廷之）（《全宋文》三十七）、谢惠连（《全宋文》三十四），齐刘显休（祥）（见《南齐书》本传，今佚）、梁武帝（萧衍）（《全梁文》六）、简文帝（萧纲）（《全梁文》十三）、沈休文（约）（《全梁文》三十）、灵叔庠（均）（《全梁文》六十）、刘孝仪（潜）（《全梁文》六十一）、后梁宣帝（萧詧）（《全梁文》六十八）、北周庾子山（本集卷九），皆有《连珠》之作，可谓盛矣。而谢灵运有《连珠集》五卷（《隋书·经籍志》、《新唐书·艺文志》）；梁武帝《制旨连珠》十卷（梁邵陵王纶注，又十卷，陆缅注；《隋志》、《新唐志》作四卷，陆缅注）；梁又有《设论连珠》十卷、《陈证连珠》十五卷。其卷帙颇多，疑皆非一人所著，如晋代之有《七林》矣……傅休奕曰：'班固喻美辞壮，文章弘丽，最得其体。蔡邕似论，言质而辞碎，然其旨笃矣。贾逵儒而不艳，傅毅文而不典。'（亦叙连珠之文，引见上）刘彦和曰：'自《连珠》以下……可称珠耳。'（引文参见刘勰《文心雕龙·杂文》论"连珠"文，今略去）案观傅、刘之论，知此体为之殊未易工；而葛稚川（洪）《抱朴子·博譬篇》专用此体，亦可谓善言名理矣。庾子山《拟连珠》，与《哀江南赋》相表里。李申耆（兆洛）评之曰：'但敦身世，无关理要，连珠之别格也。'（《骈体文钞》二十九）其说是已。自隋以来，为此体者颇谌。有唐一代，传者惟司空者圣（图）二首而已。故《文苑英华》、《唐文粹》，竟无'连珠'之目，当时风气可见也。至南唐徐鼎臣

(铉)始著《连珠》五首(《徐省骑集》卷二十四),宋晏同叔(殊)(《宋文鉴》卷一百二十八)、宋公序(庠)(《玉海》卷五十四曰:‘宋庠撰《连珠》一卷,仿陆机之作。’案《宋文鉴》只录一首,《元献集》卷三十六亦仅载《连珠》一首,知散佚久矣)、刘贡父(攽)(《彭城集》卷四十)继之。明宋景濂(濂)有《连珠》五十首。虽无奇特,亦能步武前人。清洪稚存(亮吉)有《连珠》三十二首(《卷葹阁乙集》卷一),气息深厚,胜于景濂之作矣。”刘勰《文心雕龙·杂文》论述简略,更多微词,高先生对“连珠”起源、本义、历代作家,多有补充,足以使人对这一类赋体的了解更加全面而深入。

【瞿兑之论赋的特点】《中国骈文概论·赋》:“用诗人赋物的方法,加上楚辞的形式,便成了汉魏以后的赋,而赋的应用范围也就宽了。汉朝皇帝都喜欢提倡文学,于是宫廷文学尤其重赋,而赋的对象也以宫廷为主,司马相如《上林赋》、扬雄《羽猎赋》、《长杨赋》都是。再扩而充之,班固《两都赋》、张衡《两京赋》、左思《三都赋》,也是从描写宫廷而出发的。赋以铺张扬厉为主,所以不嫌言过其实;不然也不足以动人……第二点我们应该注意的,便是赋家用字的广富。比如《上林赋》中……利用双声与叠韵,以极不由衷尽形容的力量,再加以名初之繁夥,不独使增加文字之声容色泽,并且使意中所欲言者,皆能曲折写出。这种伎俩,谓之侔色揣称,可以说是文章第一能事,唯有赋家最擅长。”瞿氏对赋的起源、特点,特别是在艺术手法上大量运用夸张、形容,讲求声韵等所谓侔色揣称,具体作了论述,可供参考。

【瞿兑之论赋的分类】《中国骈文概论·赋》:“至于赋的种类,照《文选》所列的很繁密。大致说来,不外以下几种:一都邑之属:如班固《两都》、张衡《两京》、左思《三都》,都是些最有名的伟作,班、张二氏不过意存讽谏,而左氏之作,却是为魏、蜀、吴三国作整个的描写,可以当史的论文读……所以较之班、张,尤为出色,而后来也绝无嗣响了。一宫廷之属:这一种专为铺陈巨丽之王制,以致颂扬。司马相如《上林赋》,扬雄《甘泉赋》、《长杨赋》、《羽猎赋》,潘岳《籍田赋》之类,都可以列入……惟有专写一种建筑物的如王延寿《鲁灵光殿赋》、何晏《景福殿赋》之类,尚不失纪实的好处。一山川之属:如木华《海赋》、郭璞《江赋》之类。而孙绰《游天台山赋》虽以游览为主,而亦是描写此山之状态,终可归入此类。大抵铺叙一山一川之景物,连类及其物产等等,用形容字甚多,以奥僻见长……一行役之属:班彪有《北征赋》,曹植有《东征赋》,

而潘岳的《西征赋》尤为宏肆……一景物之属：从宋玉《风赋》以后，有潘岳的《秋兴赋》，而谢惠连《雪赋》、谢庄《月赋》，尤为刻画尽致。然以对景生情而论，终不如《秋兴赋》的亲切。一物类之属：贾谊《鹏鸟赋》之后，有祢衡《鹦鹉》、张华《鹪鹩》。但是细加分别，《鹏鸟赋》并不以鹏鸟为对象，还不是此类的正宗。而祢、张二氏也只是借物咏怀。直至颜延年《赭白马赋》、鲍照《舞鹤赋》之类，方才是专以咏物为主的……一述志之属：这是《离骚》以后的正传。班固《幽通》、张衡《思玄》二篇，最为宏博深雅。潘岳《闲居赋》则别开一境界，专为一时的感触，局面较小，也自然容易出色。一哀伤之属：司马相如《长门赋》开此派之先河。向秀《思旧赋》、陆机《叹逝赋》、潘岳《怀旧赋》、《寡妇赋》、江淹《恨赋》、《别赋》，都是异曲同工。而鲍照《芜城赋》、庾信《哀江南赋》，以实事为对象，尤其愈唱愈高。大约这一种赋，是古人不及近人的。一情爱之属：宋玉《高唐》、《神女》二赋之后，曹植《洛神赋》自是古今独步。陶潜《闲情赋》尤有其风趣。萧绎、庾信一班人都喜欢作这种文。一艺术之属：王褒《洞箫赋》、傅毅《舞赋》，都属于这一种。王氏之赋，为汉宫人所传诵，是因题目较小，易于领略的缘故。然而陆机《文赋》却是一篇绝伟大的作品，也在这一类中。"瞿氏摆脱传统观念，用现代文学批评观点对辞赋分类依所赋内容重作区划，较之《昭明文选》、《文体明辨》诸书，更加科学合理。于每类赋作的所长所短加以抑扬，也是实事求是的。

【鲁迅论《楚辞》】《汉文学史纲要》："战国之世…一在韵言则有屈原起于楚，被谗放逐，乃作《离骚》。逸响伟辞，卓绝一世。后人惊其文采，相率仿效，以原楚产，故称《楚辞》。较之于《诗》，则其言甚长，其思甚幻，其文甚丽，其旨甚明，凭心而言，不遵矩度。故后儒之服膺诗教者，或訾而绌之，然其影响于后来之文章，乃甚或在三百篇以上……原彷徨山泽，见先王之庙及公卿祠堂，图画天地山川神灵，琦玮僪佹，及古贤圣怪物行事。因书其壁，呵而问之，以抒愤懑，曰《天问》……今所传《楚辞》中有《九章》九篇，亦屈原作。又有《卜居》、《渔父》，述屈原既放，与卜者及渔人问答之辞，亦云自制，然或后人取故事仿作之，而其设为同难，履韵偶句之法，则颇为词人则效，近如宋玉之《风赋》，远如相如之《子虚》、《上林》，班固之《两都》皆是也。《离骚》之出，其沾溉文林，既极广远，评价之语，遂亦纷繁，扬之者谓可与日月争光，抑之者且不许与狂狷比迹，盖一则达观于文章，一乃局蹐于诗教，故其裁决，区以别矣。实则《离骚》之异于《诗》者，特在形式藻采之间耳，时与俗异，故声调不同；地异，故山川神灵动植皆不同；惟欲婚简狄，留二姚，或为北方人民所不敢道，若其愤怨责数之言，则三百篇中之甚于此者多矣。楚虽蛮夷，久为大国，春秋之世，已能赋诗。风雅之教，宁所未习，幸其固有文化，尚未沦亡，交错为文，遂生壮采。刘勰取其言辞，校之经典，谓有异有同，固雅颂之博徒，实战国之风雅，'虽取熔经义，亦宜铸伟辞……故能气往轹古，辞来切今，惊采笔艳，难与并能。'（《文心雕龙·辨骚》）可谓知言者已……同对有儒者赵人荀况……亦作赋，《汉书》云十篇，今有五篇在《荀子》中，曰《礼》，曰《知》，曰《云》，曰《蚕》，曰《箴》。臣以隐语设问，而王以隐语解之，文亦朴质，概为四言，与楚声不类。又有佹诗，实亦赋，言天下不治之意，即以遗春申君者，则词甚切激，殆不下于屈原，岂身临楚邦，居移其气，终亦生牢愁之思乎？……稍后，楚又有宋玉、唐勒、景差之徒，皆好辞，而以赋见称。然虽学屈原之文辞，终莫敢直谏，盖掇其哀愁，猎其华艳，而'九死未悔'之概失矣。宋玉者……所作本十六篇，今存十一篇，殆多后人拟作，可信者有《九辩》。《九辩》本古辞，玉取其名，创为新制，虽驰神逞想，不如《离骚》，而凄怨之情，实为独绝……又有《招魂》一篇，外陈四方之恶，内崇楚国之美，欲召魂魄，来归修门。司马迁以为屈原作，然辞气殊不类。其文华靡，长于敷陈，言险难则天地间皆不可居，述逸乐则饮食声色必极其致，后人作赋，颇学其夸。句末俱用'些'字，亦为创格，宋沈存中云：'今夔峡湖湘及南北江獠人，凡禁咒句尾皆称些，乃楚人旧俗也。'……其称为赋者则九篇（《文选》四篇，《古文苑》六篇，然《舞赋》实傅毅作），大率言玉与唐勒景差同侍楚王，即事兴情，因而成赋，然文辞繁缛填委，对涉神仙，与玉之《九辩》、《招魂》及当时情景违异，疑亦犹屈原之《卜居》《渔父》，皆后人依托为之。又有《对楚王问》，自辩以不见誉于士民众庶之故，先征歌曲，次引鲸风，以明俗士之不能知圣人。典辞甚繁，殆如游说之士所谈辩，或亦依托也。然与赋当并出汉初。刘勰谓赋荫于《骚》，荀卿宋玉，乃锡专名，与诗划境，蔚成大国；又谓'宋玉含才，始造对问'，于是枚乘《七发》，扬雄《连珠》，抒愤之交，郁然盛起。然则骚者，固亦受三百篇之泽，而特由其时游说之风而恢宏，因荆楚之俗而奇伟；赋与对问，又其长流之漫于后代者也。"鲁迅先生以现代民主科学观点论述《楚辞》，潜研作品，联系作家时代、生活、学识各方面，一洗传统观念，独得作者之心。特别是强调屈原赋作，历来儒者大多加以贬抑，认为不如《诗》三百篇之温柔敦厚，能发乎情止乎礼义。而先生独能点出屈赋时代不同、作者生活环境不同，加以南方楚文化与北方文化的交流、融合，从而产生言长、思幻、丽文、明旨、凭心、逾矩的伟大作品，其影响中国文学的发展，甚至超过诗三百篇。又如论荀卿赋类屈原，是身临楚地，居移其气的影响。再如论述屈、宋赋作中后人模拟依托之作，只是如实指出，并不一笔抹杀。一则这些赋作出自汉代初年，距屈、宋时代最近；二则其影响于后世文学发展不能忽视。最后总结出《楚辞》是受诗三百篇的影响，加以当时游说之风和荆楚习俗之异，故能产生抒情刺世，恢宏奇伟的不朽之作。

【鲁迅论司马相如赋】《汉文学史纲要》："盖汉兴好楚声，武帝左右亲信，如朱买臣等，多以楚辞进，而相如独变其体，益以玮奇之意，饰以绮丽之辞，句之短长，亦不拘成法，与当时甚不同。故扬雄以为使孔门用赋，则贾谊升堂，相如入室。班固以为西蜀相如游宦京师，而文章冠天下。盖后之扬雄、王褒、李尤，固皆蜀人也。然相如亦作短赋，则繁丽之词较少，如《哀二世赋》、《长门赋》。独《美人赋》颇靡丽，殆即扬雄所谓'劝百而讽一，犹骋郑卫之音，曲终而奏雅'者乎？……然其专长，终在辞赋，制作虽甚迟缓，而不师故辙，自摅妙才，广博闳丽，卓绝汉代。明王世贞评《子虚》、《上林》，以为材极富，辞极丽，运笔极古雅，精神极流动，长沙有其意而无其材，班、张、潘有其材而无其笔，子云有其笔而不得其精神流动之处云云，其为历代评摅家所倾倒，可谓至矣。"前人论汉赋，往往认为板滞，如读字书或动植物大辞典。鲁迅先生这里能从中国文学发展观点，赞扬司马相如赋作是"独变其体"、"不师故辙"、"自摅妙才"、"广博闳丽"、"卓绝汉代"。并首肯王世贞对司马相如、贾谊、班固、张衡、潘岳、扬雄等汉赋作家的评摅，自是卓识。

【刘麟生论赋的演变】《中国文学概论·散文与骈文·赋与骚》："最早的赋家，为荀卿，所作有《礼》、《知》、《云》、《蚕》、《箴》等篇，咏物而近于隐语，句子多很短……实在与短歌为近。同时屈原所作的《离骚》，也是近于诗歌的。骚的作品，后来实在是一种赋体……赋的正式成立，要以宋玉之功为多。他的《九辩》是骚体，但是他的《风赋》、《神女赋》是汉赋的先声。汉赋的大作家，如司马相如、枚乘，都不免过于堆砌……魏、晋以来，文字日趋整齐，修辞日趋绮靡，于是造成骈体文的独霸江东的局面。同时四声的研究渐渐成功，音调也日趋完美，所以赋发生弄彩。就赋论赋，可以说是到了赋的极致了，古人称之为俳赋……唐代的科举，有以诗赋取士，专注重赋的平仄与对偶，于是失去了情文相生的妙趣。这种‘律赋’是很少有文学上的大价值的。到了宋代,文学专重散文化,赋也受了散文化的影响,于是有‘文赋’之称。像欧阳修的《秋声赋》、苏轼的《赤壁赋》,简直是有韵的散文,实在是赋的变体了……总而言之,就文学价值方面而论,只有汉赋和六朝的赋,是赋的极峰。汉赋以典重胜,六朝赋以雅丽胜。对于音韵方面,后者又较前者为胜。”刘氏从现代文学价值观点论述古赋、俳赋、律赋、文赋的演变,认为汉代大赋过于堆砌,唐代律赋徒重格律,宋代文赋乃有韵散文;而独推许汉赋的典重,六朝赋的雅丽为赋的极峰。

【盐谷温论赋的特点】《中国文学概论讲话·文体》:“赋虽说是‘古诗之流’(《文选·两都赋序》),或‘不歌而诵谓之赋’(《汉书·艺文志》);但在诗经里赋原是六义(风、赋、比、兴、雅、颂)之一,赋、比、兴是诗底体裁。比与兴专是感物引譬而作的,但赋体却是直接地叙述思想感情,故朱子在《诗经集注》里解作敷陈其事而直言之……赋是古诗之一体,又是不歌的,诚然不错,但回溯其源流则全是从楚辞出的,故楚辞可以说是赋之祖……宋玉等所作,失掉了引喻比兴之义,单务于叙事写物,就纯然成了赋体了。故《文章缘起》里有‘赋,楚大夫宋玉所作’之说……要之,赋的特性是铺张。运用高大幽远的想象,骈比绚烂惊目的美辞,排列铿锵浏亮的佳句,争一字之巧,竞一韵之奇。语大则包括宇宙,纵览古今;论细则品类万物,描写形状。”盐谷温论赋源于《楚辞》宋玉赋作。对赋的铺张特点,论述较为具体。

【盐谷温论赋的分类】《中国文学概论讲话·文体》:“《文选》底赋目录分为京都、郊祀、耕籍、畋猎、纪行、游览、宫殿、江海、物色(《风赋》、《雪赋》之类)、鸟兽、志(《闲居赋》之类)、哀伤、论文、音乐、情(《神女赋》之类)等十五种(孙俍工译本未列‘哀伤’,合计十四种,今补正)。或叙事、或抒情、或说理,没有不具备的,即为后世底记体(山水游记、楼阁记、祠庙记、学记等)。《文体明辨》因古今底沿革把赋体分为左记的四品:1. 古赋(两汉)。两汉之赋虽丽以淫,然尚不失古意。所谓古意,即是说发乎情止乎礼义。2. 俳赋(六朝)。六朝原是尚文之世。从潘陆之徒着重修辞底技工起,六朝之赋多尚辞而失情。故单是排列些绚烂的文字,没有能使读者感奋兴起的活力与妙趣。3. 律赋(唐)。始于沈约底四声八病,拘束于徐庾底对句,唐以后以科场韵为限,作为取士之赋,仅以平仄协谐与对偶精巧为工,置情与辞而不论。全是嵌入于一种模型之中，不问内容如何，与赋的本意不适合了。4. 文赋（宋）。宋因为是文章底全盛时代，所以宋人用散文之法作赋，专门抒情说理而不拘泥于字句。故读起来很少咏歌底遗音。欧阳修底《秋声赋》、东坡底《赤壁赋》等即是其例，与汉代底赋一比较，全然是读散文一样了。大概是学《楚辞》底《渔父》、《卜居》的，究非赋底正体。”盐谷温概括《昭明文选》赋类为叙事、抒情、说理三者，又就《文体明辨》所分古、徘、律、文四类赋加以褒贬，准则是“发乎情止乎礼义”这一中国儒家观点。

第五章　古代著名赋论

【诗赋略】西汉末叶刘向、刘歆父子曾撰《七录》,是整理编纂古籍的著作。但其书早已亡佚。班固的《汉书·艺文志》,依据刘氏父子的《七录》,编辑《七略》。《七略》内容:一、辑略,二、六艺略,三、诸子略,四、诗赋略,五、兵书略,六、数术略,七、方技略。其中第四部分《诗赋略》中,总举诗赋作家106人,作品1318篇。除去其中诗歌28家,314篇,则赋有78家,1004篇。他又把赋作分为4类:自屈原至王褒,赋20家,361篇;自陆贾至朱宇,赋21家,274篇;自孙卿(荀况)至路恭,赋25家,136篇;自客主赋至隐书,赋12家,233篇。可惜只有作家而无作品,以至今日无法查考,但《诗赋略》对赋作研究者,仍具有很高的价值。

【文赋】晋代陆机作。形式为赋体,主要论述作文的利弊,涉及方面颇为广泛。他在《文赋序》中说:"每自属文,尤见其情。"说明他写作此文时,都是作者的切身体会,深知甘苦之言。他认为作文之由,一感于物,一本于学;而所难者,在于"意不称物,文不逮意"。所论意和辞的关系,以及构思、感兴、独创和文章弊病等都很有见地。其中对于构思写得特别透彻。对于"赋"的意见,他提到"赋体物而浏亮",虽只指出其荦荦大端,但也很有价值。刘勰作《文心雕龙》,不少地方受到他的启发。

【文章流别集】晋代挚虞撰。41卷,《晋书·挚虞传》作30卷。为古代文章分类选集。他又作《文章流别志论》2卷,分类评论各体文章。原书早佚亡。清代严可均《全上古三代秦汉三国六朝文》中,辑有《文章流别论》佚文。他论辞赋时,把汉代的赋作了两种分类:"古诗之赋,以义正为主,以事类为佐;今之赋,以一事形为本,以义正为助。"他用"古诗之赋"概括那些较具有现实意义的作品,而把过分追求形式、忽视内容的辞赋,称之为"今之赋",并指出这种"今之赋"的缺点是"假象过大"、"逸辞过壮"、"辩言过理"、"丽靡过美"。这些观点可以明显看出扬雄的思想对他的影响。他对于汉代流行的浮夸侈靡的赋作的批评是恰当的。《文章流别论》对后世的影响很大。

【诠赋】南朝梁人刘勰撰《文心雕龙》一书,其中有《诠赋》一篇。刘勰认为赋是诗和骚演化出来的。所以在讲了诗和乐府后,讲《诠赋》。诠赋,就是诠释赋的意思。他认为赋从作为铺陈手法的赋,以及不歌而诵的赋,发展到作为一种文体的赋。再讲到骚体的发展，有荀况赋结隐语的，有宋玉赋托讽的，有贾谊赋致辨情理的，有司马相如赋穷极声貌的；有大赋，有小赋，但对汉末的抒情小赋则未明确论及。最后讲到作赋的要求和赋的流弊，提出“情以物兴，故义必明雅；物以情观，故词必巧丽”。情和物并举，这“情”字兼包情志，所以义归雅正。再加上绘声摹貌，所以辞能巧丽，达到有质有文，有本有色。他在《文心雕龙·情采》中说：“昔诗人篇什，为情而造文；辞人赋颂，为文而造情。”“为情者要约而写真，为文者淫丽而泛滥。”这里把诗和赋分开，认为诗以情为主，赋以文为主。《诠赋》中提出“情以物兴，物以情观”，“体物写志”的赋，要从情的角度来观察。这说明刘勰认为赋也应该以情为主，通过体物来抒写情志，以达到“丽词雅义”的要求。他也指出赋的流弊，总的认为是“繁华损枝，音腴害骨，无贵风轨，莫益劝诫”。他的论点是全面公允的，《诠赋》一篇是我国比较早期研究赋论的作品，在中国文论史上是重要的著作。

【昭明文选】总集名。南朝梁萧统（昭明太子）编选。录选了自先秦至梁代的诗文辞赋，但不选经子，对史书也只略选其“迹缉辞采”、“错比文华”的论赞，已经注意区别文学作品与其他类型的著作了。《文选》把“赋”列在最前，并细分为15类；又与“骚”分列；还分立“七”、“对问”、“设论”、“辞”、“符命”、“连珠”等类，后人统归之于赋。《文选》是我国现存最早的一部诗文总集。以前虽有杜预的《善文》、李充的《翰林》、刘义庆的《集林》等书，但都亡佚。《文选》收录的作品在数量和体制上广泛齐备，它的价值是保存了不少古代的优秀文学作品。他在《文选序》中辨析文章体制时，也涉及赋作，在理论上做出了有价值的阐述。另外萧统在《陶渊明集序》中，对陶的《闲情赋》也作了适当的评价。

【历代赋汇】总集名。清康熙时陈元龙等编。共184卷。分类集录先秦至明代的赋。凡正集140卷，为叙事记物之赋。外集20卷，为抒情之赋。残文逸句2卷。补遗22卷。系搜集历代赋体文学最为完备的总集。

【七十家赋钞】总集名。清代张惠言选辑。6卷。录屈原《离骚》至南北朝庾信辞赋凡70家，206篇。在同类选本中，所收较为繁富。首有辑者弁言，概述赋体流变。大抵以荀卿、屈原的作品称为赋作之祖。他认为屈赋本于《诗》，荀赋出于《礼》，后世各家皆源出前人。

【文章缘起】一名《文章始》。文体论。旧题梁任昉撰，一卷，已佚亡。今传本疑即《新唐书·艺文志注》所载张绩补撰之书。所述诗人骚赋各体缘起，有85题之多，惟辞简略，也有疏误。有明陈懋仁注本，清方熊补注本。

【文章正宗】总集名。宋代真德秀编著。正、续集各 20 卷。正集选《左传》、《国语》以迄唐末之作,分辞令、议论、叙事、诗赋 4 类。续集均为北宋散文,仅叙事、议论两类。所集赋作,具有研究参考价值。

【古赋辨体】元代祝尧撰。他对从古赋到俳赋的历史演变发展作了论述:"盖西汉之赋,其辞工于楚《骚》,东汉之赋,其辞又工于西汉,以至三国六朝之赋,一代工于一代,辞愈工,则情愈短味愈浅;味愈浅则体愈下。建安七子,独王仲宣辞赋有古风;至晋陆士衡辈《文赋》等作,已用俳体;流至潘岳,首尾绝俳;迨沈休文等书,四声八病起,而俳体又入于律矣。徐、庾继出,又复隔句对联,以为骈四俪六;簇事对偶,以为博物洽闻;有辞无情,义亡体失,比六朝之赋所以益远千古。然其中有安仁(潘岳)《秋兴》、明远(鲍照)《舞鹤》等篇,虽曰其辞不过后代之辞,若乃其情,则犹得古诗之余情矣。于此,益叹古今人情如此其不相远,古诗赋义,其终不泯也。"祝尧的评论大体上是正确的,但认为从古赋到俳赋就"义亡体失",完全丧失了价值,也不够全面。其实,从文学的角度上看,三国六朝时代的一些赋体作品,在情味和技巧上,比起那些所谓"通讽喻"的"古赋"来,其价值似乎还更高些。

【文章辨体】总集名。明吴讷编著。分内、外集,内集 50 卷,外集 5 卷。辑明以前诗文,分体编录,加以解说。大体模仿宋人真德秀《文章正宗》。内集收古体,外集录骈体、律诗及词。卷首载有前人论作文法若干则,在解说文体中,杂以评论,有一定的参考价值。以后徐师曾编著《文体明辨》,贺复征辑《文章辨体汇选》,都是根据此书增修而成的。

【文体明辨】总集名。明代徐师曾编著。共 84 卷。系取吴讷《文章辨体》加以修订而成。分 127 体,并对各体加以解说。卷首有《文章纲领》,辑历代作家论诗论文语。他把赋作分为古赋、俳赋、律赋、文赋 4 类,比较符合中国赋体作品历史发展的实际。

【赋话】一名《雨村赋话》。清代李调元(号雨村)撰。10 卷。全书分《新话》6 卷,《旧话》4 卷。《新话》为李调元自著,重在采摘前人赋中"佳语",评论体制技巧。《旧话》则为李调元辑古人作赋故事,间加按语。因为李调元历任广东学政,当为其视学广东指示诸生习赋而作。

【赋概】清代刘熙载著《艺概》6 卷。分"文概"、"诗概"、"赋概"、"词曲概"、"书概"、"经义概"6 类。分论诗、文、赋、词曲各体,兼及书法、制义。编排有序,自成系统;虽只言大概,但精简扼要,多心得之言。《赋概》即是《艺概》的组成部分。

【古文辞类纂】总集名。清代姚鼐编。共 75 卷。选录自战国至清代的古文辞赋，依文体分为论辨、序跋、奏议、书说、赠序、诏令、传状、碑志、杂记、箴铭、颂赞、辞赋、哀祭共 13 类。书首有序目，略述各类文体的特点及其义例，书中并有评点。后来，王先谦编有《续古文辞类纂》34 卷，黎庶昌编有《续古文辞类纂》28 卷。

第六章 陆机《文赋》通释

小 序

《文赋》的开端，是采用散文形式写的。它对《文赋》本身来说，可以称作小序，交代了写作的动机和意图。

【原文一】余每观才士之所作，窃有以得其用心①；夫放言遣词，良多变矣②。妍蚩好恶，可得而言③。每自属文，尤见其情④。恒患意不称物，文不逮意⑤。盖非知之难，能之难也⑥。

1. 词语通释。

① 余每观才士之所作：每，有每每、常常的意思。才士，一说有写作才气的人，指古今文学家；一说才士即先士，指秉有才学的古人。所作，指作文。所，特殊指代词。

窃有以得其用心：窃，私下，自以为的意思，谦辞。有以，有所以，有可以用来。得，领悟，领略，感悟。其，指代才士。用心，是说写作的用心。这里有两方面的意思，一是说写文章所要达到的目的，是从思想内容表现上说的；二是说用心写作文章的甘苦，是从构思技巧上说的。但全句意思着重在构思，指创作思想、创作意图。

② 夫放言遣词：此句是说写文章必须运用语言辞藻，把意思表达得准确、鲜明、生动。夫，提示词，用在一句话开端。放言，立言，指运用语言阐明观点。遣辞，指使用词汇写文章。《文选》李善注："放其言，遣其理。"这即指驱遣语言文字把文意表达出来。

良多变矣：实在变化很多。良，很，实在，确实。

③ 妍蚩好恶：指文章的美丑好坏。妍蚩，美丑。

可得而言：指文章的写法，虽有千变万化，但它们的美丑优劣，还是可分辨清楚的。

④ 每自属文，尤见其情：每当自己作起文章来，便更加能了解到才士们写作时的用心与甘苦了。属文，把文字连缀起来，指文章而言。

⑤ 恒患意不称物：我经常忧虑构思意念不能完全符合所要描写的复杂客

观事物的真实情况。这即苏东坡所说的观物之妙,不能了然于心。恒,经常,时常。患,忧虑,苦恼。称,符合,适合。意,意念,意象。物,指客观具体的事物。

文不逮意:是说写出来的文章与构思的意念,差距很大,不能充分地表达出自己所要表达的思想内容与情趣,即苏东坡所说的不能了然于心,指不能了然于口。逮,及,赶得上的意思。《文选》李周翰注:"体属(附着)于物,患意不似物;文出于意,患词不及意也。"

这两句是说,自己写起文章来,总是怕构思的意思和所要反映的客观事物不相符合,而且写出的语言文辞又不能完全表达构思时的意象。

⑥ 盖非知之难,能之难也:知道怎样写文章并不困难,而要能写出美妙的好文章才是真正困难的呀!这是知易行难的意思。盖,发语词,用来承接上文,有大概之意。知,知道,了解。之,代词,指代写好文章的方法。能,能够,有能力做到。顾施祯说:"知者,明于文者也;能者,善作文者也。"(《文赋集释》)

2. 译文。

每当我阅读了有才华的人所写的文章,对于其艺术构思,私自以为能够领略到他们写作时的良苦用心。这些人在思想感情的表达和语言辞藻的运用上,确实有很多变化。而文章的美丑优劣我还是可以分辨清楚的。因此,每当自己写文章时,就会体会到创作的艰苦和辛酸。我经常苦恼构思时的意念,不能和所要表达的客观事物相吻合,而且写出的文辞又与自己的意念有着相当大的差距。其实,这并不是在"知"的理解上有困难,而是写作能力不够强呀。

【原文二】故作《文赋》,以述先士之盛藻①,因论作文之利害所由,它日殆可谓曲尽其妙②。至于操斧伐柯,虽取则不远③;若夫随手之变,良难以辞逮④。盖所能言者具于此云⑤。

1. 词语通释。

① 故作《文赋》,以述先士之盛藻:为了总结前人的创作经验,探讨作家艺术构思的方法,所以写出这篇《文赋》,论述前辈作家优秀华美的文章。故,所以。先士,指前辈作家。盛藻,指优秀华美的文章。《文选》李善注:"孔安国《尚书序》曰:'藻,水草之有文者。'以喻文焉。"

② 因论作文之利害所由,它日殆可谓曲尽其妙:利害所由,指出利弊根源之所以然。其即是有利条件和不利条件的根源之由来。曲尽其妙,指委婉细

致,穷尽其写文章的奥妙。它日,异日,改日。殆,大概。可谓,郭绍虞以为,“可谓”亦可作“可以”讲。曲,委婉细致。尽,全部。

把上面两句串起来说,所以写《文赋》,是为了论述前人优秀华美的文章,探讨创作的经验。今天虽然知道作文的利害缘由,但未必能写出好文章,将来的某一天或可能做到论述委婉细致,穷尽其作文的奥妙。这仍是解说“非知之难,能之难”的问题。

③ 至于操斧伐柯,虽取则不远:《诗经·豳风·伐柯》中有:“伐柯伐柯,其则不远。”《传》曰:“柯,斧柄也。”孔颖达《正义》讲:“执柯以伐柯,比而视之,旧柯短则如其短,旧柯长则如其长,其法不在远也。”至于,连词,表示另提一事。操,持,拿。伐,砍削。则,法式,规格。不远,说明伐柯必须就近取法于斧柄,而且斧柄就在手中,所以说不远。

这两句是说,如果手中拿着斧头去砍伐做斧柄的木材,斧柄本身就可以作为模式。好比写作文章,有古人的文章近在身边手头,则可以效法、借鉴,以此来研究写作的法则与规律。

④ 若夫随手之变,良难以辞逮:至于下笔之际,神思为贵,随手行文,变幻多端,运用文辞实在难以曲尽其妙地一一表达出来。若夫,转折连词,至于。良,实在。

⑤ 盖所能言者具于此云:我大概能够用语言说得出来的全都写在这篇《文赋》里了。盖,发语词,大概的意思。具,全部,完全。能,能够。云,句末语气词。

2. 译文。

所以,我写这篇《文赋》,以此来论述前辈作家优秀美妙的写作成果,探索写作上利弊得失的缘由;将来某一天,或者可以深入而细致地弄清写作上的全部奥妙。借鉴前辈作家的写作经验,这就像拿着斧子去砍削木材做斧柄,斧柄的模式就在自己的手中;但砍削时的随手变化,只能意会,实在难以用语言表达出来。我所能说的大概全部都在这篇文章里了。

序意阐述。

六朝骈赋,在其正文的前面,往往写上一段简短的话语作为小序。这种小序一般都是后人为作者编纂文集时另外加上去的,以此来说明作者写此文的动机和意图。本段文字乃是陆机本人用散文的语言形式所写的自序,交代了自己写《文赋》的目的、意念,探讨写作规律,叙述写作经验及其用心的甘苦辛酸。比如他说:“恒患意不称物,文不逮意。”其意思是说自己常常忧虑写作的意图不符合所描述的客观事物，文辞不能传达构思时所感受的意念。这是理解《文赋》主旨的关键所在，应当重视。所谓“称物”，就是要准确地认识光怪陆离、纷纭复杂的客观事物；所谓“逮意”，就是要使文辞能够准确地表达作者的思想和意念。实际上，陆机写《文赋》的目的，就是企图解决作者心中的“意”、笔下的“文”，全是为了反映客观存在的“物”，而且力求其符合于“物”的真相。这是因为他洞晓创作的最大困难就在于客观事物是非常复杂多变的。

《文赋》开头就说，我常常阅读古代才士所写的文章，这些文章没有不是使用明确的语言和精练的字词来写作的。于是，体会到他们在创作中是匠心独运、煞费苦心的。陆机在《文赋》中所讲的创作过程是以构思为核心，这是由于他从古代作家的写作成就中体会到，巧妙构思是成功的先决条件。同时，也是他自己在写作的实践中领悟或意识到的。他希望读者能从具体作品中体会到古人思想的高超、情感的深沉以及表现手法之微妙。他认为假若能长期地如此沉浸在经典作品里，就会被先贤们的精神所陶冶，潜移默化，获得教益，并在不知不觉中汲取古人的伟大精神和气魄。

我们要有一个坚定的信念，凡是经得起各阶层读者推敲，而且在长时期里为广大群众喜闻乐见，并能持久行远的作品，才称得上是真正的优秀作品。因为一篇作品，只有被一切时代的人们喜爱时，才算得上真正的杰作。如果一部作品或者一篇文章在不同职业、不同生活、不同习惯、不同理想和不同年龄的人们中间，能博得异口同声地赞美，如《三国演义》、《水浒传》、《红楼梦》等，才能有力地证明这些作品确实是千古佳作。

那么，陆机写作《文赋》，正是由于他阅读古代优秀作品有了心得体会，并总结了前人的创作经验。在写作时，怎样使意能称物，文能逮意，也就是作者的思想意念必须符合所要写的宇宙万物之真相，以及写出来的作品要能准确地表达自己的构思意图，这就要学习前人写作的经验。所以，《文赋》在小序里所讲的极为突出的就是如何使“意称物，文逮意”这一根本问题。他认为“物”是客观存在，而创作的最高目标就在于文能逮意，意能称物。可见，陆机对文学与现实的关系的看法是朴素、唯物的。这也是我们通过《文赋》的学习而要达到的写作目的。

陆机所谓“每自属文，尤见其情”，是其发自内心的肺腑之言。他确切地体会到了写作的甘苦。由于陆机深刻感受到在写作过程中下笔行文时，千变万化，微妙多端，是非语言所能表明得了的，以致每当他自己写起文章来，更加领会到其中的艰难困窘情况：即使你尽了最大的努力，也不能把写作中的所有微妙变化之处一一表达出来。

如何理解陆机所提出的“意不称物，文不逮意”的问题呢？他所讲的“意”，并不是通常所谓的文章中已表达的意思，而是构思过程中的“意念”，亦即构思中所形成的具体内容。就是说，作者在构思时的意念，往往在写文章时，总觉得不能完全符合客观事物的真相。至于“意称物，文逮意”，就是构思时的意念要与客观事物相吻合，文辞才能够准确生动地表达作者的主观思想和情趣。唐大圆在《文选》注上说：“所构之意，不能与物相称，则患在心粗。或意虽善构，苦无辞藻以达之，则又患在学俭。欲救此二患，则一在养心，使由粗以细，一在勤学，使由俭而博。”其实，陆机写作《文赋》的动机，就是企图探索解决文学创作中的“意”、“物”、“文”三者的正常关系，即意与物相称，文与意相逮这个文学创作的根本问题，也就是情景相为吻合的奥妙。一篇杰作，总是三者完美统一。所以，写文章首先要求思想内容纯正。思想内容纯正深刻了，才能有益于读者，有益于社会。

意能称物，文能逮意，不是容易做到的。在作家的群体中，也有文野之分和高下之别。因为文学创作既要注意于色、声、香、味之观赏的描写与印证，又要注意于事实的写照、心理的反映与理想的自白。但是，文学家要从日常丰富的口语中，严格挑选最准确、最鲜明、最生动、最有意义的字眼，像悲观、乐观、庄严、淡漠、抑郁、忧伤、讽刺、嘲弄等状态，就要找到恰当的语气来描写，而且直到作品的终了或者一章的结尾，都要保持这种统一的语气，这是非常必要的。因此，构思问题是《文赋》讨论的中心课题，即如何使构思符合于客观的现实，又如何使构思中的东西具体化为语言文字的物质性表现。这种合乎唯物主义反映论的观点，贯串于《文赋》整个创作理论中，成为全文的研究核心。实质上，意（情志）、物（物象）相称，即情志和物象相统一，描绘出来的艺术形象才能够表达作者的思想和情感。但艺术形象不同于物象。因为艺术形象总是要饱含着作者的情志，表现一定的思想意义的。塑造艺术形象是文学艺术的重要任务，也是艺术构思的中心。因此，只有当描写的对象感动了作者，强烈地打动作者心灵的时候，才能创作出生动感人的篇章。当然，从各个作品分别观察之，那一定是千差万别、各不相同的。创作文学作品，作家要从繁复杂乱的生活现象中去感受、选择、提炼出有典型意义的东西，再加以集中、概括，通过形象表现出来。这是因为，人民群众要求作品在栩栩如生地描写生活的同时，也要求作品有发人深省的思想内容。

何况客观事物是复杂多变的，所以，使用语言既要做到准确、鲜明、生动，又要做到形象逼真、惟妙惟肖地将客观事物描绘出来。孔子说过，“情欲信，辞欲巧”，就是说情感要真实，文辞要巧妙，又要把事物真相准确、鲜明、完美、透彻地表现出来。假如你所写的东西没有实质内容，枯燥乏味，尽是一些陈词滥调和标语口号所组成的词句，对人又有什么启发和教育作用呢？由此可见，文学创作是一种复杂的艰巨劳动。作者不仅在认识生活、提炼题材的时候需要经过艰苦的劳动，而且拿起笔来进行写作时，也同样需要经过艰苦的劳动。这样，才能有所成就。

然而，不管是写文章或是搞创作，用词是第一要素。一篇文章是由许多句子集成的，一个句子又是由许多词语集成的。文学是语言的艺术，词语则是文章传递信息的媒介物。文学不像绘画、雕刻，使人们直接看见物体，一目了然；也不像音乐有节奏旋律，使人们一听便能引起感情共鸣。一篇文章，不管它是小说、论文，或是有趣味的游记，都得用许多文辞做媒介。因此，文学具有绘画、雕刻所不具备的特点。因为文学较之绘画、雕刻，更能表现繁复的思想感情和各样的人生观。由此可知，词语既然是一篇文章的媒介物，那么，一篇文章作得好不好，则要看它词语用得好不好。古人说：“韩信将兵，多多益善。”但用词和将兵不同，用兵要多，而用词则要少。用字要用得精练，能以很少的字表现繁复的思想。因此，古人作文很注意炼字。所谓“吟安一个字，捻断数茎须”，这就是指诗人用字要经过艰苦推敲的阶段。

文学是用语言来创造形象、典型和性格，用语言来反映现实、自然景象和思维的。它与各种事物、生活现象结合在一起构成了文学材料，并在充分地和明晰地描绘事物的后面反映所蕴藏着的社会生活的意义。因此，文学作品必须运用明确的语言和精练的字眼。但运用名词、动词、形容词等，要竭力避免重复，这是一切作家共有的规则。同时，用文字要善于绘声绘色，塑造出历历可见的事物，生动地表现现实，表现人们的行为和状态。只有深知语言的各种用法，善于发掘未经触动过的语言宝藏，并善于感觉到密布在我们周围的诗意，才能绘声绘色地把它表现出来。

我们说某篇文章好或者不好，首先是看内容。内容是评价文章优劣的主要标志。因此，写文章一定要有明确的主题，有了明确的主题才能把文章写好。那么，主题一旦确定，反映这个主题的思想就应像一条红线似的，或明或暗，若断若续，从头至尾贯串在整个作品里，时时刻刻让读者感到灵魂的跳动。因为只有主题明了，才能根据主题的需要选择材料，谋篇布局，遣词造句，如陈骙在其《文则》中所说:"辞以意为主,故辞有缓有急,有轻有重,皆出乎意也。"由此可见,一题到手,必先明确其注重之点,犹如连山千里,必有主峰;汇水百川,必有主流。因为,一篇文章是一个有机的整体,不管运用哪种表达方式,都要求其有一个明确的主题贯串全文。文章的各个部分都要同主题有有机的联系,所讲的事情都应该为表达主题服务。只有这样,文章的主题才能鲜明、突出,组织结构才显得紧凑、和谐、完整、美观。如果主题不明确,或者写作意图未确定,势必想到哪儿就写到哪儿。何处该起,何处该收,哪些应详,哪些应略,心中无数,那还有什么准则呢?

当然,文章的思想内容绝对不像天马行空那样无所凭借,而是产生于作者对所反映的客观事物的观察。而认识和理解,是以客观事物为基础的。离开了客观事物,文章的思想就成为无源之水、无本之木了。正如高尔基所说:"主题是从作者的经验中产生,由生活暗示给他的一种思想。"(《和青年作家谈话》)

陆机特别强调说,写文章"非知之难,能之难也"。这里提出"知"和"能"的问题,说明了写作不但要"知",而且还要"能",并且"知"不难,而"能"才是真难。顾施祯说:"知者,明于文者也。能者,善作文者也。"实际上,如何解决意称物、文逮意的问题,这不光是一个认识问题,而且是一个实践问题。它确实亦关系到"知"和"能"的实质问题了。的确,有些人在理论上能说得头头是道,甚至天衣无缝,可是写起文章来却不能得心应手,很难差强人意。懂得写作的规律和方法,不见得就能写出好文章,这是大家所公认的。显然,"能"是更为重要的。然而,长于写文章的人,常常是只凭心领神会,而说不出作文的奥妙。何况写作变化多端,绝不能用几条固定的格式和法则把其写作文章所有的奥妙、秘诀都一一地说出来。当然,仍要辩证地看问题。倘若一个人的知识不够渊博,亦很难发挥他的写作才能。

那么,如何学习写作呢?《文赋》中引用了《诗经·豳风·伐柯》的诗句"伐柯伐柯,其则不远",比喻写作要效法古人,而文章随手变化的微妙,完全凭着人们的心领神会了。

正 文

《文赋》正文共15个自然段,可分为两部分。前半部分(前5个自然段)主要谈写作由酝酿,想象构思,摄取形象,组织布局,安排结构,直到把文章写成为止的全过程。后半部分(后10个自然段)主要论述创作中的一些利弊问题,从立意、布局、结构、剪裁、修辞直到音韵,无不一一详谈之,确实具有独到见解。

正文段一

本段是谈论创作的准备。陆机指出,写作前要静观默察客观事物,钻研古籍和前贤的文章,借以引起文思,进而发泄胸中情愫。

【原文一】伫中区以玄览,颐情志于典坟①。遵四时以叹逝,瞻万物而思纷②。悲落叶于劲秋,喜柔条于芳春③。

1. 词语通释。

① 伫中区以玄览:长久地站立在天地之间,对万物进行幽深玄远的观察。伫(zhù),《说文》云:“久立也。”中区,犹区中,指宇宙或人世间。以,连词,表示动作的目的。玄览,向幽深邈远的地方进行深刻的观察与思索。张凤翼说:“居玄以览物,故谓之玄览。”《老子》中有“涤除玄览”。河上公注:“心居玄冥之处,览知万物,故谓之玄览。”

颐情志于典坟:要在古代书籍中陶冶情志,即从钻研古书中求得精神上的营养,以此来焕发文思,引起联想。颐,保养,引申为涵养性情和志趣。于,介词,引出动作的处所。典坟:即三坟、五典,泛指古代经典书籍。《左传·昭公十二年》:“楚国左史倚相,能读三坟,五典,八索,九丘。”杜预注:“皆古书名。”孔颖达疏引孔安国《尚书序》:“伏羲、神农、黄帝之书谓三坟,言大道也。少昊、颛顼、高辛、唐、虞之书,谓之五典,言常道也。”

② 遵四时以叹逝:顺着四时的推移变化,感叹时光的流逝太快了。遵,循,顺着。四时,指春、夏、秋、冬。《淮南子》:“四时者,春生、夏长、秋收、冬藏。”

瞻万物而思纷:观察到万物的盛衰,引起思绪的纷纭,以及文情的激荡。瞻,观察。思纷,指思绪纷纭和文情的激荡。

③ 悲落叶于劲秋:是说从深秋的草木凋落而引起心情的伤感。劲秋,深秋。秋有肃杀之感,故称劲秋。《文选》刘良注:“秋气杀万物,故云劲秋也。”

喜柔条于芳春:是说在艳阳的春日,看到草木的绿叶嫩枝,自然会引起心情的喜悦与高兴。这两句说明了文以情生、情因物感的道理。

2. 译文。

我屹立在天地之间,长久地进行幽深玄远的观察,并从古代的坟(三坟)典(五典)里来陶冶个人的情志。遵循着四时的变化,感叹时光像飞箭般地流逝。每每看到万物的荣枯变化,引起情思的杂沓纷纭。在凄凉肃杀的寒秋,感伤草木的飘摇零落;在明媚的艳阳春日,喜悦于枝条的翠绿柔嫩。

【原文二】心懔懔以怀霜,志眇眇而临云①。咏世德之骏烈,诵先人之清芬②。游文章之林府,嘉丽藻之彬彬③。慨投篇而援笔,聊宣之乎斯文④。

1. 词语通释。

① 心懔懔以怀霜:只有心地纯洁、清心寡欲的人,才能拥有读书之志趣。懔懔,恐惧貌。怀霜,比喻内心洁白,就像怀抱霜雪一样。

志眇眇而临云:只有情操高雅的人,文品才会崇高。眇眇,犹渺渺,高远的样子。临云,比喻有崇高远大的志趣,如同升上云霄似的。郭绍虞主编《中国历代文论选》中说:"怀霜临云,喻心志之高洁。心志高洁则文品亦高洁。"这就是通常所说的文如其人。

② 咏世德之骏烈:歌咏先代的功业德泽。咏,歌诵。世德,指先世流传下来的盛德功绩。骏烈,指伟大的功绩。骏,大的意思。烈,功业。陆机的祖父和父亲两代身居吴国将相之位,是三国时代的伟大人物。他所写的《祖德赋》、《述先赋》等,就是歌颂先代的丰功伟绩和伟大德业的。

诵先人之清芬:称述先人的美好名声。诵,称说,述说。先人,指前代贤人。清芬,比喻美好名声。

《文选》张铣注:"咏当时俊美之述作,诵先贤辞赋之芬芳。"这两句句式相对,意思相近。骈俪文有时故意使用板滞对偶句子,以此来加强语气的分量。

③ 游文章之林府:当时心情好像遨游于文章的山林府库。《文选》李周翰注:"林府,谓多如林木,富如府库也。"游,浏览,欣赏。林府,即文苑,指收藏众多的古今书籍的场所。

嘉丽藻之彬彬:赞美文章里的辞藻美丽,及其内容和形式的优美完整。丽藻,指文辞华丽的文章。彬彬,指文质兼美,既有内容又有文采。

④ 慨投篇而援笔:是说在感叹之余,慨然丢开书本。慨,慨叹,慨然,指有所感受的样子。投篇,抛开书本或丢去书本。援笔,抓起笔来,亦云搦笔。

聊宣之乎斯文:姑且在这篇文章里抒发自己的感受吧。

2. 译文。

我怀着戒惧的心情,保持霜雪般洁白的情操,志趣远大,好像高临于云霄之上。歌咏先世的丰功伟业,赞扬前哲的懿德美名,心悠荡于文章的园林府库,怡情于文质彬彬的华丽辞藻。遂慨然丢下书本,拿起笔来,姑且把自己的感想写在这篇文章里。

正文段二

本段主要谈创作时的酝酿和描述在文学创作中的情况,指出进行艺术构思时,作家要具有丰富的想象力和驰骋的联想,并且论述了写作的谋篇布局、立意遣词与内容形式的关系等。

【原文一】其始也,皆收视反听,耽思傍讯[①]。精骛八极,心游万仞[②]。

1. 词语通释。

① 其始也:指写作构思开始时。其,代词,代构思。也,语尾助词。

皆收视反听:全部收回视力和听觉,即闭目塞听,集中注意力的意思。皆,俱、全、都,总括之词。《文选》李善注:“不视不听也。”也就是心志专一,有视而不见、听而不闻、视听具息的意思。说明当写作开始时必须集中精力、专心致志,断绝外界的一切干扰。

耽思傍讯:写作时只有做到精神集中,方能做到深思熟虑,从多方面广泛探索。耽思,深思,熟虑,指专心思考。傍讯,即旁求博采,广泛地采访探索。

② 精骛八极:指精神奔驰到极远的地方。精骛,精神驰骋。八极,即八方,指东南西北及东南、西南、西北、东北,喻示极其遥远的地方。《淮南子·地形训》说:九州之外有八寅,八寅之外有八纮,八纮之外,乃有八极。

心游万仞:万仞,喻极高的地方。仞,量词,周代八尺、汉代七尺为一仞。

这里说明了作家在创作开始,构思之际,必须精力集中,心无二用,杜绝外界的干扰,才能心神运思,深思旁求,致使文思涌来。驰骋想象,翱翔于天地之间,既无空间的限制,亦不受时间的约束。这就是写作开始构思过程的实际情况。

2. 译文。

每当写作构思开始的时候,首先要集中精神,不视不听,避免外界事物的干扰;同时要深思熟虑,更广泛地进行博采旁求,让思维驰骋在广阔的五湖四海,使心神遨游于万仞高空。

【原文二】其致也,情曈昽而弥鲜,物昭晰而互进[①]。倾群言之沥液,漱六艺之芳润[②]。浮天渊以安流,濯下泉而潜浸[③]。

1. 词语通释。

① 其致也:指构思成熟、文思到来之际。其,代词,代文思。致,指文思到来。《尔雅》注:"致,至也。"

情曈昽(tóng lóng)而弥鲜:指文思由朦胧不明而逐渐显明清晰,好像太阳初出时由暗而明的景象,比喻文思由隐约而至明晰。弥鲜,愈加清晰。弥,愈、益。

物昭晰而互进:是说事物以清晰的形态依次呈现出来。昭晰,清楚。

这里是说,文思酝酿到成熟之时,情思好像初升的朝阳,由朦胧而逐渐清晰明亮;物象则以清晰的形态渐渐地依次明朗起来,交互涌上心头。也就是由不清楚而清楚,由不明显而明显,这是一种好的变化。但也往往出现思路阻塞,情志恍惚,形象由明而暗、把握不定的时候。只有对外物观察得清楚时,心意才能自自然然地称物了。

② 倾群言之沥液:当作家构思之际,倾注着各种文章之精华;迨意能称物了,所倾注的就是群言——诸子百家之言论的精华了。倾,倾注。群言,众说,指诸子百家学说。沥液,涓滴,喻精华,指去其渣滓,取其浆汁的意思。

漱六艺之芳润:含英咀华于六艺之芳香液汁,说明六艺群言统受行文写作时的驾驭和驱使。漱,含英咀华的意思。六艺,亦称六经,指《诗》、《书》、《礼》、《乐》、《易》、《春秋》。芳润,指芳香润泽的液汁。陆机在群言之后,特别提出六艺,说明六艺的思想和文采是异常芬芳醇美,故云芳润。

③ 浮天渊以安流:当构思和想象一旦贯通,犹如展开想象的翅膀,飞翔到天上的银河里,安然自在地漂游。浮,漂浮。天渊,天河。安流,指安然自在地任意漂浮流动。

濯下泉而潜浸:又可下到地下泉水里自由地浸泡洗濯。濯,洗涤。下泉,指地下的泉水。潜浸,沉浸,指深沉地潜伏水底。

这几句说明作文时的思路一旦打开,客观事物则依次呈现于面前。于是,从群书里吸取精华,同时,借鉴前人的写作方法,感到自己的认识顿时明朗,精神异常充沛活跃,犹如升天入地,在天河的水流里漂浮游荡,在地下的泉水中洗濯浸泡,为所欲为,纵横驰骋,毫无障碍。

2. 译文。

当文思刚涌来时,情思犹如旭日初出时的曈昽景象,朦朦胧胧,尚未达到大明的境界;等到情境渐开,物态渐次明媚清晰,各种各样的形象在作者心中亦渐次昭晰明彻,交互涌现。这时候,便可以倾注着群书(诸子百家)的精华,含漱着六艺(《诗》、《书》、《礼》、《乐》、《易》、《春秋》)的芳香液汁,有时犹如安然地浮游于天河之上，有时好像沉浸在地下的泉水中随意洗濯。

【原文三】 于是沉辞怫悦，若游鱼衔钩，而出重渊之深[①]；浮藻联翩，若翰鸟缨缴，而坠曾云之峻[②]。

1. 词语通释。

① 沉辞怫悦：形容吐辞艰涩困难，不舒畅。沉辞，吐词困难，指艰涩不流畅的词语。怫悦，难以吐出的样子。

② 浮藻联翩：形容文思连绵不断，浮在脑际的辞藻犹如鸟儿联翩飞舞一样。联翩，连续不断，继续而迅疾。

若翰鸟缨缴，而坠曾云之峻：指高飞的鸟儿中箭后，被箭上的丝绳缠住。翰鸟，高飞的鸟儿，指天鸟，俗称山鸡。缨缴，箭上丝绳，用以系箭，以喻中箭。坠，落下。曾云，即层云，指高空的云彩。峻，高。

这几句是说，在写作时，总要寻找辞藻用来表达文思。可是用时感到词语贫乏，致使一些思想找不到恰当的语言来表达，犹如想把衔钩奔逃的大鱼从深渊中拉上来那样困难。有时生动的辞藻联翩而来，好像潮水奔腾或泉水涌出，清新明快的词语连续不断涌现，犹如高空的飞鸟，被箭射中，便从云端掉下来那样轻快迅速。这是说明作文时沉郁繁杂的词语阻碍着文思的表达。可是灵感来了的时候，那些优美清新的语言就汩汩而来，写作异常得心应手，一挥而就，毫不费力。

2. 译文。

可是，用词语表达文思，有时感到词语艰涩，好像要把吞钩的大鱼从深渊里拉上岸来那么困难；然而，有时吐词异常顺利，美言俊语就像高空的飞鸟中了箭镝，从云端里连续坠落下来似的。

【原文四】 收百世之阙文，采千载之遗韵[①]。谢朝华于已披，启夕秀于未振[②]。观古今于须臾，抚四海于一瞬[③]。

1. 词语通释。

① 收百世之阙文：指把千百年来的历代古书上的阙疑文字汇集起来，凡是空缺处都把它补缀起来。收，收集。百世，指历史。阙文，《论语·卫灵公》："吾犹及史之阙文也。"其义是我还能看到史书存疑的地方。包咸注："古之良史于书字有疑则阙之，以待知者。"这是指古书阙疑的文字。

采千载之遗韵：选千载遗漏的文字或未曾见过的文章。采，采集。遗韵，指古代韵文，也就是未曾见过的文章。

《文赋》唐大圆注："百世阙残不全之篇章，皆收集之以为吾文之用。千载遗失不录之咏歌，亦采摭之以充吾文。此既无剿袭雷同之弊，而亦有推陈出新之美。”

② 谢朝华于已披：谢绝早晨已经开过了的残花，丢掉不要。谢，谢绝，去掉。朝华，指早晨开放过的花朵。已披，已经开过的残花。披，开的意思。

启夕秀于未振：晚间未开放的花儿，促使其开放。启夕秀，指晚上开放的花。秀，泛指一般的花。启，开放。未振，未开。

这里是说，通过构思之后，即使百代的阙文、千载的遗韵，都应采纳，聊以备用。但对早晨已经开过的残花必须放弃，对晚间未开的花儿促其开放，以便采纳、备用。就是说，凡古人已使用过的意境和词句，犹如早晨已经开过的花儿，应当抛弃而不用；凡是古人未曾用过的意境与词句，犹如晚间未曾开放的花儿，应该促其开放而采集使用之。正如《文选》张铣注：“朝华已披，谓古人已用之意，辞而去之也。夕秀未振，谓古人未述之者，开而用之。”这是打比方，要求创作不必重复前人已有的成就，而要独出心裁，务求创新，唐大圆说得好：“上句是务去陈言，下句是独出心裁。”

③ 观古今于须臾：在想象构思的驰骋中，古距今虽远，却观察于片刻须臾之间。须臾，片刻，少顷。

抚四海而一瞬：在想象构思的驰骋中，四海虽广，也不过一眨眼间而已。一瞬，一眨眼的工夫。这两句是本段谈论构思的总结语。它说明在构思过程中，要把眼界放宽些，博采古今，周览万物。因为艺术想象活动不受时间和空间的束缚和限制，而是自由驰骋和遐思。只要思路一开，古今四海所有之物，顷刻间尽能收罗起来而陈列在面前，供其写文使用。这是形容思维敏捷和概念内涵的广阔性，只有这样，才能提高思维的深度和广度。

2. 译文。

仍须搜求百代的阙疑文字，采集千年亡佚的诗篇。在词语和意境上，抛弃前人曾经用滥了的词句和意境，好比辞谢早晨已经开过的残花；要重新创造前人未曾用过的词语和意境，犹如促使晚上未开放的蓓蕾快些开放。只要发挥了构思和想象的力量，一刹那即可观察古今，转瞬间即可窥视四海。

【原文五】然后选义按部，考辞就班[①]。抱景者咸叩，怀响者毕弹[②]。

1. 词语通释。

① 选义按部：构思完成之后，就要选择适当的事理，运用确切的词句，安排布置在恰当的位置上。选义，选择适当的事理。按部，指根据事义安排章节层次。部，部位，指层次段落。

考辞就班：考校词语，各就班次。考辞，考校词语。考，考校。就班，指恰当运用词句。班，班次，位次。

② 抱景者咸叩：抱景者，指有光景的东西。景，指物象。咸叩，都扣触一下，比喻表达出来的意思。咸，都、皆。扣，指触动一下。

怀响者毕弹：怀响者，指能发出响声的东西。毕弹，皆用手拨弄一番。毕，全部，尽。《文选》吕延济注："谓物有抱光景者，必以思扣触之而求文理；物有怀音响者，必以思弹击之，以发文意。"意思是说，在表达事物特点的时候，要掌握事物的形状和声音，尽量使用形象化的手法，确切地描写出来。由此可知，凡天地间一切有声、有色的东西，皆可以作为题材写进文章里。

2. 译文。

在构思成熟以后，首先要做的是选择适当的事理，按照章节层次，分段布局。同时，要斟酌确切恰当的词语，安排在适当的结构位置上。因此，凡是有形的，都应摸一摸，有声的，都要敲一敲。尽量掌握事物的形象和声调，将其确切地描述出来。

【原文六】或因枝以振叶，或沿波而讨源[①]。或本隐以之显，或求易而得难[②]。或虎变而兽扰，或龙见而鸟澜[③]。或妥帖而易施，或岨峿而不安[④]。

1. 词语通释。

① 因枝以振叶：只要摇撼树枝，叶子自然抖动起来。这好比文章由本而末，喻文章本根牢靠、扎实而枝叶自然得以纷披茂密，强调作文要先树立文章要领。因，依照。枝，指树的枝干，喻文章的主要部分。振，抖动。叶，喻树干以外的次要部分。

沿波而讨源：逆水寻源，那水的源头自然就会寻到。这好比文章出末及本，通过细节，展示事物的基本特征，最后点出文章主题。沿波，循着水道。讨源，探索水的源头。

② 本隐以之显：把隐晦难明的道理逐步阐述，以达到浅近明白的地步。本，动词，本着。隐，隐晦，不明。"之"，动词，至、到。

求易而得难：用平易浅近的比喻阐明难懂的道理。

方廷珪另有一说："（本隐句）去其沉晦，（求易句）求之平易。得难者，反得其难得之语，谓佳句也。"（转引自张少康《文赋集释》）这就说明了意与辞隐显难易的交互关系和复杂情况，阐述了语言艺术的微妙变化。

③ 虎变而兽扰：虎跃起则百兽驯服，喻文思大者得而小者则平易。虎变，喻虎跃起。语出《易·革卦》："大人虎变，其炳也。"《正义》说"其反炳者，义取

文章炳著也”。兽扰，百兽驯服。变，动。扰，驯服。意思是写文章要抓住主要的，其余的都会迎刃而解，好比老虎一跳动而百兽就规规矩矩地驯服了。

龙见而鸟澜：龙现出来而群鸟就涣散了，喻文思的主旨一经确立，无关紧要的东西必然被淘汰了。龙见，语出《易·乾卦》：“见龙在田”注曰，“出潜离隐曰见龙”。见，同现。这句的意思是巨龙腾飞而群鸟涣散。澜，分散。

这二句是喻文章只要抓住要领，掌握中心，突出重点，就能统帅全局，把文章各个部分统帅起来，使全文焕发出光辉异彩。

④ 妥帖而易施：是说写文章时，遣词造句，有时候比较贴切顺利，招之即来，使文章稳当通畅，相当容易。妥帖，贴切，稳当。易施，容易表现。

岨峿而不安：写文章有时比较艰难，抵触不合，因而选词须再三推敲，煞费苦心。岨峿(jǔ yǔ)，同龃龉，指牙齿参差不齐，互相抵触；喻意见不合，不相协调。

2. 译文。

至于表现方法，有的要顺写，因枝以添叶，繁衍成文；有的要倒叙，沿波而讨源，点明主题；有的要从隐晦写起，逐渐明朗；有的要从简易入手，层层深入；有的须掌握文章的要领，好比虎起而百兽驯服；有的须抓住文章的重点，好比龙现而群鸟惊散；有时信手写来，辞义十分妥帖；有时反复推敲，辞义总是难以协调。

【原文七】罄澄心以凝思，眇众虑而为言[①]。笼天地于形内，挫万物于笔端[②]。始踯躅于燥吻，终流离于濡翰[③]。理扶质以立干，文垂条而结繁[④]。

1. 词语通释。

① 罄澄心以凝思：写文章要沉下心来，去掉杂念，才能精神集中，把情思从想象活动中收回来，以便于思考。罄，竭尽，彻底。澄心，沉下心来。凝思，精神集中。

眇众虑而为言：是说选义考辞的时候，全由超越众人思虑之外而得之，始能尽到行文之妙；或者要专心致志地思考琢磨，从众多的想法中选择，把语言文字运用得精妙确切。眇众虑，精细考虑。眇，精微。为言，说出来，指写作成文。

② 笼天地于形内：天地固然辽阔广大，却可概括在文章的体式之内。笼，笼罩，概括。形，体式，喻文章。

挫万物于笔端：万物虽然杂沓众多，却可以摄取其形象描述于作者的笔端。挫，摧折，含有加工的意思。笔端，指笔尖，写下的意思。

《文选》张铣注："谓天地虽大，可笼于文章形内，万物虽众，可挫取其形，以书之于笔端。"

③ 始踯躅于燥吻：形容选辞艰涩未定，难以出口，犹如踯躅徘徊不进的样子。因为古人写文章多用吟咏之法，以致弄得口干舌燥，嘴唇干裂。始，开始，当初，指事之初，为"终"之对。踯躅，徘徊不前貌。燥吻，指嘴唇干裂。

终流离于濡翰：最终还是通过饱蘸墨汁的笔端淋漓自然地倾泻出来。流离，犹淋漓，形容顺利，引申为流畅，笔端自然流出。濡翰，饱蘸墨汁的笔。濡，渍。翰，笔。

这两句是说，开始时，总是感到言辞在干裂的唇边艰涩难出，最终还是淋漓通畅地泻于笔端。

④ 理扶质以立干：思想内容是文章的骨架，如同树木要有主干。理，事理，喻文章的思想，指构思而言。扶，扶持，树立。质，犹本根，指内容。立干，喻文章以立意为主，这是就选义而言的。

文垂条而结繁：辞藻犹如枝条花果，必然要依附在思想上；或说树木有了主干，枝条就会茂盛，果实就会繁多。文，指使用的文辞。垂条，垂挂在树上的枝条。结繁，指树上结出繁多的花果，喻文辞犹如枝叶和花果，附在文章的思想内容上。

《文选》吕延济注："为文之理，必先扶持本根乃立其干，谓先树理，次择词也，故如垂条而结叶繁茂也。"

2. 译文。

因此，要完全静下心来，凝神苦想，精心地从多方面去思考，把广大的天地笼罩在形象之中，把纷繁的万物熔铸在笔端之下。但在开始动笔时，总觉得言辞枯涩难吐，像嘴唇干裂，说不出话来；最后终于笔酣墨饱，文辞淋漓地写下来。文理犹如内容的主干，而文辞就像枝条繁衍茂盛。

【原文八】信情貌之不差，故每变而在颜[①]。思涉乐其必笑，方言哀而已叹[②]。或操觚以率尔，或含毫而邈然[③]。

1. 词语通释。

① 信情貌之不差：指思想情感和所表现出来的文辞相符合。为此，诚于中而形于外，表里必然如一。信，确实，诚然。情，内心情感。貌，容貌，外表。

故每变而在颜：所以内心情感变化了，自然反映在脸上。

这两句是说，内心情感变化了，自然反映在脸上，所谓表里一致，丝毫不差，说明文辞与情感的关系。一旦思想感情变化了，语言形式也会随之变化，比喻文随情变,文辞必然要随着思想感情的变化而变化。

② 思涉乐其必笑:思想情感一涉及快乐的事情,文辞也一定会充满欢乐喜悦的情调。思涉乐,指思想情感涉及欢乐之事。其,那么,则。

方言哀而已叹:指文章一说到悲伤哀叹的事情,字面上就会不知不觉地流露出感伤的色彩。方,正,刚。言哀,谈到哀伤事情,文辞上就会不自觉地流露出叹息之意。

这两句是说,每当想到欢乐之事,文辞就常常如带笑意;刚谈到悲哀之事,文辞就又如含叹息了。

《文心雕龙·夸饰》说:“谈欢则字与笑并,论蹙则声共泪偕。”这跟方廷珪所说“情乐则貌必笑,情哀则貌必叹”的意思是一致的,都是承接上句“故每变而在颜”来的。如果创作的思想情感是真挚的,表达方法是高明的,那必然会做到文情一致,决无芥蒂差错。

③ 或操觚以率尔:有时轻易下笔很快就将文章写成了。操觚,犹言持纸,喻写文章。操,持。觚,古人的习字方形木板,可以随时擦去重写。率尔,轻率,迅速,引申为不假思索,形容文思敏捷。

或含毫而邈然:有时文思艰涩枯竭,嘴里含着笔头,一个字也写不出。含毫,指将笔头噙在嘴里,形容写作时凝思冥想的神态。毫,毛笔尖。邈(miǎo)然,邈远难寻,形容文思梗阻、迟迟不来的样子。

这两句是说,有时文思汩汩而来,握笔疾书,很快写成;有时文思枯竭,噙笔头而苦闷神疲,很长时间写不出来。

2. 译文。

人的内心感情与外貌容颜,确实是一致而不相矛盾的。所以,每当情绪有所变化时,必然流露在脸上。在想到快乐的事情时,便一定会发出笑声;刚说到悲哀的事情,就已在长吁短叹了。有时可以随便地执笔为文,有时含笔凝思而文思茫然难寻。

正文段三

本段讲文章写作是从无形到有形,从无声到有声,是一个从无到有的过程。尤其从意与辞方面,要进行艺术概括。文章要有五种乐趣。

【原文一】 伊兹事之可乐,固圣贤之所钦[①]。课虚无以责有,叩寂寞而求音[②]。

1. 词语通释。

① 伊兹事之可乐：是说写文章这件事是可乐的。伊，发语词。兹事，这件事，指写文章。

固圣贤之所钦：本为圣贤们所渴慕而向往的呀！指文章写好了，委实足以令人心情愉快。固，本来是。钦，敬仰、羡慕，引申为向往的意思。

这两句是说，写文章本是件快乐的事情，为古代圣贤学者们所钦佩和重视。

② 课虚无以责有：是说写文章是探寻无形的虚无之处，以求得具体而实用的形象。课，试探，考察。虚无，指抽象的，有若无，实若虚。责，要求，索取。有，实在。

叩寂寞而求音：是说从叩击无声（寂寞）的东西而求得有声的韵律。叩，敲，打击。寂寞，寂静，无声。

这两句的意思是，通过想象虚构，使无形的东西成为有形可见的，使无声的东西成为有声可听的，即写出有声有色的作品来。说明了构思的作用，也指出了写作的乐趣所在。

2. 译文。

写文章本身就有很大乐趣，一向为先圣贤哲所重视。作文就是从虚无中凝神构思，从而创造出形象来，向无声中探索，以求得其声响。一般说来，在写作之前，理本虚无，心自寂寞。但经过构思，写成文章，使无形的，有形象可观赏；使无声的，有音韵可聆听。这就是从无形到有形，从无声到有声的过程啊！

【原文二】 函绵邈于尺素，吐滂沛乎寸心①。言恢之而弥广，思按之而逾深②。

1. 词语通释。

① 函绵邈于尺素：是说在一篇短文中能将极遥远、深广的气势包括进去。函，包含。绵邈，遥远，深广。尺素，一尺长的篇幅，指短文，又是书信的代称。

吐滂沛乎寸心：是说浩大而滂沛的情感都可以从寸心中倾泻出来。滂沛，气势盛大的样子。寸心，指胸部中心方寸之地方，故名寸心。

《文选》刘良注："虽远者含文于尺素之上，虽大者吐辞于寸心之间。"其意思是说，极远的事物也可包含在篇章之中，浩大繁多的东西，都可以从内心倾吐出来。

② 言恢之而弥广：是说思路一开，越写越开阔。言，语言，指文句。恢，扩大。弥，愈，益。

思按之而逾深：唯深思能穷理尽性，即越研究越深入。思，深思。按，抑下，引申为研究、考察。逾，更加。

殷石臞说："四句谓尺素虽短，而含义则多，寸心虽小，而吐辞则巨。故能广言以传之行远，深思以穷理尽性也。"

2. 译文。

在一尺绢帛之上，可以容纳深远广阔的意境；于方寸的心地，可以倾吐出滂沛精深的情思。文辞越铺张，表现越广阔；思想越锤炼，内容越深刻。

【原文三】播芳蕤之馥馥，发青条之森森①。粲风飞而猋竖，郁云起乎翰林②。

1. 词语通释。

① 播芳蕤之馥馥：文辞即如芳蕤花草的香气传播久远。播，传播。蕤（ruí），形容花草的枝叶柔嫩纷垂的样子。馥馥，香气浓郁的样子。

发青条之森森：像发出的青枝柔条那样繁茂得悦人。青条，春天初生的嫩枝柔条。森森，树木茂密的样子。

从这两句起又侧重在词语方面来写了，是说文采像花朵散发出来的香气，又像草木青枝生长得那样茂密。

② 粲风飞而猋竖，郁云起乎翰林：文章词语的明快犹如风飙飞扬回旋，蔚郁犹如浓云起于文坛之上。粲，华美。猋（biāo），旋风。竖，升起，指风向上起，是说文思之迅速。郁云，云气浓盛貌。翰林，指文坛，文苑，即文学领域。翰，毛笔。这里的"风飞"、"猋竖"、"云起"是用三种自然现象来比喻文章的蓬勃气象。

2. 译文。

文采优美如花朵散发着馥郁的香气；文辞朴茂像枝条丛生着怡人的繁花；文笔明快好似旋风回旋飞扬于原野之上；文意葳蕤，笔底犹如风起云涌，得心应手，足以驰骋于文坛。

正文段四

本段集中谈论各种文体及文章的风格与作家气质性格的关系，同时指出各种文体的特点和写作时应该共同遵守的准则。

【原文一】体有万殊，物无一量。纷纭挥霍，形难为状①。辞程才以效伎，意司契而为匠②。在有无而僶俛，当浅深而不让③。虽离方而遁圆，期穷形而尽相[4]。

1. 词语通释。

① 体有万殊：文体有多种多样，各不相同。体，指文体。万殊，文体多样，故云万殊。殊，不同。

物无一量：事物总是杂乱繁多的，难以衡量。量，指事物轻重、大小、长短的规格。就是说，世界上的事物不能用单一的标准加以衡量。《文选》李善注："文章之体有万变之殊，众物之形无一定之量也。"

纷纭挥霍：文体既然是千差万别，故觉其纷纭杂乱。须知物象变化迅速，作者动作必须轻便敏捷。纷纭，杂乱，是承文体说的。挥霍，摇手为挥，反手为霍，极言动作的轻便敏捷，是承物象而说的，形容变化迅速。此词还可引申为用钱没有节制。

形难为状：在物象千差万别的变化中，要想确切地描写事物形状，实在是不太容易呀。形，指事物的形状。状，指陈述或描摹。这里是说，文章的体裁多种多样，作家所描写的物象也没有一定的模式可遵循。体裁和物象既纷纭多样而又千变万化。在这种情况下，要真实而恰当地描绘出事物的形象，当然就很困难。

② 辞程才以效伎：写作要尽力推敲文辞，能曲尽思绪者为好。这较之"意能称物，文能逮意"又前进了一步。辞，指语言文辞。程，显示，表现。才，才能。效伎，献出技巧。效，发挥，贡献。伎，技巧，技艺。

意司契而为匠：写作文章需要掌握要领，做出安排。但思想是文章的主宰，犹如兴修工事，必须订好计划，做出安排，像工程一样指挥着进行。意，意念。司契，掌握要领。司，管理，掌握。契，投合，意志相合为契，另一解犹言图样。匠，工匠，言苦心经营能穷究物情则可成为巧匠。《文选》李善注："众辞俱凑，若程才效伎，取舍由意，类词契为匠。"这是说辞藻纷纭而至，决定取舍，必须掌握分寸，精心考虑，匠心独具。

这两句是说，当一个人写作文章时，感到许多辞藻汩汩而来，一齐涌现在眼前，好像助人显现才能，贡献技艺。此时要像匠人一样取舍权衡，必须掌握分寸。

③ 在有无而僶俛：从辞上讲，不管它是丰富或贫乏，要尽力而为，好好组织。僶俛（mǐn miǎn），同勉力、努力的意思，谓勉强求之。在，察。有，具体的。无，抽象的。《诗经·邶风·谷风》："何有何亡，僶俛求之。"其意思是家里缺什么，就努力去求什么。

当浅深而不让:这是从意上讲,不管它是深是浅,要大胆去写,毫不谦让。当,妥当,正确。《诗经·邶风·谷风》:"就其深矣,方之舟之;就其浅矣,泳之游之。"是说水深的地方,就坐船过去,浅的地方,就游泳过去。意思是说,文意的深刻或肤浅要斟酌,做到恰当。这句指意,承上文"意司契而为匠",指写文章只要立意正确,不论理论高深或肤浅,都可大胆去写。意之当深则深,当浅则浅,均须自作主张,然后遣词得当,故云不让。

这两句是说,在辞的取舍上要大力斟酌推敲。在意思上,要努力争取恰当为好。

④ 虽离方而遁圆:说明写文章自有格式法度,但有时为了充分表现事物的形象,也不妨离方遁圆,不一定死按照作文规律法则。遁,即脱离,回避。方、圆,犹言规矩法度。

期穷形而尽相:在写物时,总须穷形尽相,完成表达任务。期,期望,要求达到。穷形,穷尽物之形状。尽相,尽量表现物之真相和面目(指事物形象)。

这两句是说,虽然有时超越了规矩,总是要把事物的形象惟妙惟肖地表现出来。

2. 译文。

文章体裁本有千差万别,多种多样。客观事物纷纭杂沓,既无一定的形状,亦无一定的尺度可以衡量。由于它们纷纭杂陈而又变化多端,实在难以描绘出繁复具体的形状。然而,驾驭文辞的技巧方能显示作者的才力。可是内容的深刻就像匠人一样,需要掌握题材的分寸。只有辞与意吻合了,才是艺术技巧高。从文辞上讲,何取何去要用心推敲。不管是具体的或是抽象的,要竭力去求取。从意思上讲,该深该浅,要争取恰当。写作没有刻板的公式,总希望把形象描绘得鲜明清爽。

【原文二】故夫夸目者尚奢,惬心者贵当①。言穷者无隘,论达者唯旷②。

1. 词语通释。

① 故夫夸目者尚奢:指喜欢炫耀文采的人,总是崇尚文辞的华丽或浮艳。

惬心者贵当:指办事喜欢切理顺心的人,要求文章把内心的思想感情适当表达。惬心,恰合心思。贵当,指表现精当,合理贴切。

② 言穷者无隘:指谈论事物喜欢寻根究底的人,是不怕讨论的深入细致的。

论达者唯旷:指议论说理畅达的人,观察和思路十分广阔。唯旷,只求文章内容旷阔开朗。

2. 译文。

好炫耀的人总是崇尚浮艳；喜爱切理顺心的人重视恰当。谈论事物喜欢寻根究底的人说起话来深入细致，无所障碍；议论通达的人总是一味豁畅明快。

正文段五

本段主要指出各种文体的特点和写作时所应共同遵守的准则。

【原文一】诗缘情而绮靡，赋体物而浏亮①。碑披文以相质，诔缠绵而凄怆②。铭博约而温润，箴顿挫而清壮③。颂优游以彬蔚，论精微而朗畅④。奏平彻以闲雅，说炜晔而谲诳⑤。

1. 词语通释。

① 诗缘情而绮靡：诗歌是抒情的，因情而发，所以要以强烈的情感来激发人心。它要求文辞华丽动人。缘，因，依据。绮（qǐ）靡，艳丽细致。其实，绮指辞藻美，靡指韵律美。按陆机论文体，均是意与辞并重。所以缘情指意，绮靡指辞。追求诗歌语言的绮靡是西晋太康年间诗歌的一个重要特点。

赋体物而浏亮：赋主要是描写事物，而事物又繁杂多样，描写起来要铺张扬厉，才能曲尽情意。因为铺张扬厉，辞藻较为丰富艳丽，篇幅写得较长，字句段落参差不齐。所以，它要求清楚、明确，有气势，宜于诵读，不宜于歌咏。然而从赋体的说明来看，作者强调的是内容和文辞并重。体物指内容，浏亮指文辞。体物指状物，铺陈景物，有描绘表现的意思。其特色是浏亮、清明。《文选》李善注："诗以言志，故曰缘情；赋以陈事，故曰体物。"

② 碑披文以相质：碑是刻石以记叙功业德泽的文体，要陈述事实，说真话，去掉阿谀逢迎的词汇。披，披露，发表。相质，合乎事情的实际。相，辅助。质，事实。陈柱云："碑以纪功德，然必立言不苟，称乎其人，故曰披文以相质。"但"披文相质"是兼指意与辞说的。《文选》李善注："碑以叙德，故文质相半。"因为碑文是记叙功德的，要讲究点修辞，借助文采并恰如其分地表现其人。

诔缠绵而凄怆：诔是对死者的一种哀悼伤感的文体，所以要求感情缠绵，文辞悲切，令人伤感。诔（lěi），哀悼死者的文章。缠绵，形容在感情上纠缠不已。凄怆，悲哀，令人感伤。《文选》李善注："诔以陈哀，故缠绵凄怆。"这里缠绵凄怆兼指意与辞。

③ 铭博约而温润：铭是记述功德的文体，因而意要深刻，文辞要简洁，要

亲切感人。铭,记叙事实和功德的文体。所以文辞要由博反约,语气委婉。秦汉以来铭多刻在石头和器物上。博,广博丰富,指意应深刻。约,文辞应简要。温润,温和柔润,使人感到亲切。《文选》张铣注:“博谓意深,约谓辞浅。”博约温润,亦兼指意和辞说的。

箴顿挫而清壮:箴是自砭得失,警惕、讥刺的文体,应该抑扬顿挫,文清理壮。箴(zhēn),是含有警惕训诫之意、讥刺得失的文体。顿挫,文意要有停顿转折,抑扬顿挫。清壮,音节要清新壮健。方廷珪说:“箴以自砭得失,故须顿挫清壮。”这亦兼指意与辞说的。

④ 颂优游以彬蔚:凡是歌功颂德的文体,内容应该丰富充实,文辞应该华美繁茂。颂,歌功颂德的文体。优游,语气从容舒缓。彬蔚,辞藻华美丰富。这里,优游指意,彬蔚指辞。《文选》吕向注:“颂以歌功颂德,故须优游纵逸而华盛也。”

论精微而朗畅:评论是非的文章,说理要精深微妙,措辞要清楚畅达。论,说理的文体,是用以评论是非的。精微,精深入微,有精确细密的意思。朗畅,明白通畅的意思。这里,精微是指意,朗畅是指辞而说的。刘熙载《文概》说:“精微以意言,明畅以辞言。精微者不唯其难,唯其是;明畅者不唯其易,唯其达。”

⑤ 奏平彻以闲雅:凡是向君主陈述事情的奏议,内容要平正透彻,文辞要从容娴雅。奏,古代大臣和地方官吏向君主上书陈奏事情的文体。平彻,平正通彻,指意说的。娴雅,辞气平和得体,指辞说的。《文选》李周翰注:“奏事帝庭,所以陈叙情理,故和平其辞,通彻其意,雍容娴雅,此焉可观。”

说炜晔而谲诳:说这种文体,是用来论辩说理的,内容要清楚明白,文辞要变化多端,富有说服力。说,属于论辩文体。炜晔,光彩,鲜明。谲诳,指语言变化多端,富有诱惑力。谲,诡诈。诳,欺骗。这是兼指意与辞说的。《文选》李周翰注:“说者,辩词也。辩口之词,明晓前事,论谲虚诳,务感人心。”

2. 译文。

诗是抒发情感的,要求文辞华美绮丽;赋是描写景物的,要求语言清通明快;碑文是记叙事迹的,要求文质相称;诔文是纪念死者的,要求缠绵哀伤;铭文需要事博文约,简朴温润;箴文要抑扬顿挫,理清辞壮;颂歌要语气舒缓,文采华丽;论这一文体要精密深刻,语言通畅;奏章要平顺透彻,雍容典雅;说的体裁要阐明事理,语言变化多端。

【原文二】虽区分之在兹,亦禁邪而制放[①]。要辞达而理举,故无取乎冗长[②]。

1. 词语通释。

① 虽区分之在兹:《文选》刘良注:“诗、赋、碑、诔、铭、箴、颂、论、奏、说,其体各殊,故区分在兹。”虽,转语词。兹,代词,此。

亦禁邪而制放:是说各种文体所应遵守的准则。禁邪,禁止淫邪辞语。制放,抑制、防止放肆、过分的言论。黄侃说:“禁邪制放,诸体所同。”十种文体的特点,区别虽然在此,但也须注意防止其淫邪和行文过分的缺点。

② 辞达而理举:这是对十种文体所提出的普遍要求。因为文体不同,意义也就有所区别,以至选辞造句,必然也存在着某种差异,各有自己的写作特点。但所有文体都要求辞能达意,意由辞来表现。至于辞之有无,意的浅深,只有勉力为之而已。《文选》刘良注:“文辞见才以致巧,立意以理要为宗。”说明写文章辞藻纷纭而来,不管它是具体的或抽象的,都应斟酌取舍,掌握分寸,努力组织恰当的词语来表现,也就是“意司契而为匠”,苦心惨淡经营之意。

2. 译文。

虽然各种文体的区分差别全在此了,还要禁止偏邪的内容和放荡的文辞,目的是要辞能达意,说理周全。冗长的文句,决不可取。

正文段六

本段谈论文章立意要巧,用词要妍,同时更要重视音律和谐,所以要求作者达变识次。这是总论作文利弊之关键。

【原文一】其为物也多姿,其为体也屡迁[①];其会意也尚巧,其遣言也贵妍[②]。暨音声之迭代,若五色之相宣[③]。

1. 词语通释。

① 其为物也多姿:是说文章要反映客观事物,而客观事物的形成千姿百态,所以说文是多姿的。其,指代词。物,指文章而说的,不是物象。

其为体也屡迁:是说文章的结构、格式是变化多端的,说明“文无定法”。体,指文章的结构、格式。屡迁,变化多端。屡,多次。迁,变化。《文选》李善注:“万物万形,故曰多姿;文非一则,故曰屡迁。”万物的形态是丰富多样的,写作的方法也是变化莫测的。

② 其会意也尚巧:是说写文章立意要崇尚巧妙,不可死板生硬。会意,说明写作时对所反映的事物领会于心,掌握物象的精神,即指文章中的具体构

思，要苦心经营，穷究物情与物理。

其遣言也贵妍：在遣词造句时，要重视文辞的华美艳丽、形象鲜明。遣言，遣词造句。妍，美好，华丽。

以上两句是说文章的语言要尽力推敲，能曲尽情意就可谓意能称物、文能逮意了。

③ 暨音声之迭代：至于文辞的语言音节，交织更替以成文，而达到和谐上口。暨(jì)，以及，至于，又作当、和、及、与讲。迭代，指文辞的语言音节，交织成文，相互更换替代。

若五色之相宣：文章的语言音节调配好了，就像五颜六色调配成图画一样更加鲜艳夺目。若，如，犹如。五色，红、黄、蓝、白、黑。相宣，指五种颜色互相调和搭配，使人感到更加华丽。《文选》李善注："言音声迭代而成文章，若五色相宣而为绣也。"意思是说至于文辞的语言音节相互更替连缀，犹如五颜六色配合得鲜明华美一样，让人耳目一新。

2. 译文。

文章的形式是千姿百态的，而其体裁绝无一成不变的道理。写作的法则也有各式各样的变化。所以，立意构思要崇尚巧妙，运用语言须注重华丽。至于秉有音韵和节奏的文辞交替使用，犹如五色交相辉映，才能和谐。然而，文章的声调虽然变化无穷，要用文辞妥帖地表达安排也是很不容易的。

【原文二】虽逝止之无常，固崎锜而难便[①]。苟达变而相次，犹开流以纳泉[②]；如失机而后会，恒操末以续颠[③]。谬玄黄之秩叙，故淟涊而不鲜[④]。

1. 词语通释。

① 虽逝止之无常：即使文章变化无常，正说明事物没有固定的常态。虽，让步，连词，即使之意。逝止，犹言去留。指语言文辞的取舍。逝，流逝。无常，佛家语，指宇宙间一切事物不能停止不前。

固崎锜而难便：本来因为文章的声调变化无常，用文辞安排妥帖是很难的啊！固，本来。崎锜，不安貌。难便，一说不适合，一说上下无常，因知安排之困难哪。便(pián)，安排的意思。

② 苟达变而相次：假若能明白变化原理和掌握它的变化规律，就能识别写作的次序，安排得当。苟，假若。达变，指通晓变化原理，掌握变化规律。相次，指认识事物的次序，顺着思路的变化，按着次序来安排写作。

犹开流以纳泉：如果能明白它的变化次序，好似挖开河流引入泉水一样顺利，下笔通畅，极容易写下去。犹，如，若。

这两句是承上启下的文字。如上文所说的音声迭代,写作本来是变化无常的,应出乎自然随性适情。但此时关于声律的理论还未建立起来,难免有不妥之处。只有达变者才能使口吻调顺,即沈约所说的“欲使宫羽相变,低昂舛节”的本意了。按陆机所说的自然声调,与文艺理论所说的极为相近,近似韩愈的气势说,“则声之高下与言之长短皆宜”。

③ 如失机而后会:如果思虑失机而后会合。是说不按照变化规律的次序去写,错过时机就会使文思中断了。如,假若,如果,假设连词。失机,犹失次,指失去时机,即不按照次序去写。机,指文章变化的机遇。后会,指不能掌握规律,错过了机会,过后再凑合在一起。

恒操末以续颠:是说文思既已中断,再迎头去赶上,就如同持着线尾去接线头,那就先后失序,把次序弄颠倒了,文章必然写不好。末,末尾。颠,同巅。

这两句是说,写文章如果不能掌握规律,做恰当的处理,常会弄得像拿着线尾来接线头一样,犯了倒置的毛病。

④ 谬玄黄之秩叙:这是用绘画涂色做比喻,说明作文固不可不设色,但要按其部位的需要和浓淡相间为宜。谬玄黄,指五色相混乱。谬,动词,错乱,弄错。玄,黑色。秩叙,次序。

故淟涊而不鲜:假若不按其部位之先后,只取其色浓,反而污浊模糊,不鲜艳了。淟涊(tiǎn niǎn):污浊不鲜明的样子,指犯了污秽的毛病。

《文选》李善注:“言音韵失宜,类绣之玄黄谬叙,故淟涊垢浊而不鲜也。”这是说音韵失调,类似彩绣被错乱地涂上黄黑色彩,当然显得污浊而不鲜艳了。

2. 译文。

可是文章的声调虽然变化无穷,要用文辞妥帖安排也是很难的呀!但写作时,假若能够通晓文理,掌握规律,顺着思路的发展,按次序来写,便如同挖河渠引泉水,流利畅达,容易写下去。倘若不按照变化规律的次序去写,错过时机,使文思中断,再迎头赶上,就等于持着线尾去接线头,把次序弄颠倒了;又好比弄错了玄黄色彩的作画次序,胡乱地涂抹在一起,必然造成污浊模糊而不鲜艳。

正文段七

本段是谈剪裁取舍的原则标准。陆机指出,意和辞不相符合,是文章写作的弊病之一。他主张写作要周密权衡，认真剪裁，炼意炼辞，并提出剪裁的标准：定去留，绳其必当，使意和辞达到双美。

【原文】或仰逼于先条，或俯侵于后章[①]；或辞害而理比，或言顺而义妨[②]。离之则双美，合之则两伤[③]。考殿最于锱铢，定去留于毫芒[④]；苟铨衡之所裁，固应绳其必当[⑤]。

1. 词语通释。

① 或仰逼于先条：有时后面的文辞和前面的文辞发生抵触。或，表示不定，副词，犹也许。逼，抵触。先条，指前段的文辞。条，科条。

或俯侵于后章：有时前面章节的文辞已经侵入后面章节的文辞范围。俯侵，前章的文辞妨碍了后章。侵，犯。后章，后面的章节。

“条”和“章”都是文章的布局，无论后犯前，前犯后，也就是后段与前段相抵触，都是不好的。

② 或辞害而理比：有时文章立意是对的，而辞语拙劣不妥当。辞害，文辞不正确，有毛病，指以辞害意。理比，理顺，指文理通顺。

或言顺而义妨：指文辞通顺，而情理不适宜。这是说尽管词语漂亮，而说得不近情理。

辞害理比，言顺义妨，是指辞义不能相互适应的毛病，说明写作常有理顺而辞不顺，亦有辞顺而理不顺的。

③ 离之则双美，合之则两伤：是说好的文意离开坏的词语，或好的词语离开坏的文意，就可获得辞理双美。如果把两者勉强合起来，那就两败俱伤了。离之，指前者去掉其辞害的毛病，而取其理比；后者去掉其义妨，而取其言顺。就是说，让好的文意离开坏的词语，好的词语离开坏的文意，则可以得到言美理顺的文章了。合之，各自保留这些缺点。两伤，对辞理两者都有伤害。

这里是说，有的文辞虽然顺当，而对于义理却是有妨碍的。如果去掉这些毛病，使文辞和义理都完美起来，对于文章不是更好吗？假若把这些毛病勉强合在一起，致使文辞和文章全都受到妨害，岂不是两败俱伤吗？

④ 考殿最于锱铢：在很轻微的分量上要分出高低。考，考核、比较的意思。殿最，考课等差，上等叫最，下等叫殿。《汉书》云：“即奏其殿最而行赏罚。”锱铢(zī zhū)，是古代的重量单位，6 铢为 1 锱，4 锱为 1 两。比喻极其轻微细小。《文选》李善注：“下功曰殿，上功曰最；极下为殿，第上为最。”这里次第等级，第上为最，极下为殿；优者为最，劣者为殿。为汉朝公文上的用语。

定去留于毫芒：在极其细微的部分也要决定去留。定，决定。毫芒，喻细小。毫毛的尖端比喻极其细微,即指一字一句地去留,都要力求精当。毫,古度量名,10 丝为 1 毫,10 毫为 1 厘。芒,草的尖端。

这是说写作时必须选义考辞,辨别优劣,然后才能决定取舍。这些都应认真细微地衡量斟酌,而不能疏忽大意。

⑤ 苟铨衡之所裁:把写好的文章来衡量一下,必须按照标准,严格剪裁。苟,如果。铨衡,衡量。《声类·仓颉篇》:"铨,称也。所以称物也。"衡,称物轻重之器具。《汉书》:"衡,平也,平轻重也。"裁,剪裁选择。《文心雕龙》:"规范本体谓之熔,剪裁浮词谓之裁。裁则芜秽不生,熔则纲领昭畅。"

固应绳其必当:固然应以精当不精当为准绳。绳,木匠用的量具,此处指纠正度量,使之合乎规范。

这是谈关于文章意与辞的考选标准,必须以精当为主,务必使意和辞双美而不两伤,始能首尾一贯,内外交融。或者说假若经过铨衡,需要剪裁,则将不合绳墨的,一定用绳墨加以纠正,使其达到意辞双美。

2. 译文。

有的文章后段和前段相抵触,有的文章前段和后段有矛盾;有的文辞拙劣,而道理合适;有的语言通顺,而文理不通。去掉毛病则内容和形式均美,把它们勉强凑合在一起,就完全糟糕了。要想考察词句的优劣高下,决定取舍,则要细察分毫。如若经过衡量,在辞义上还有不当之处,便要依据法则加以纠正,使辞意两者互相适应,做到妥帖恰当为好。

正文段八

本段主要谈论文章要有明确的主题,为了突出主题就得通过警句表现出来。所以,警策的语句要简明扼要地安置在重要的地方,以便突出文章的中心思想。而且主题在一篇文章中只能有一个,并要贯穿全文,这样使意和辞各有所归宿,形成一个有机的整体。

【原文】或文繁理富,而意不指适[①]。极无两致,尽不可益[②]。立片言而居要,乃一篇之警策[③];虽众辞之有条,必待兹而效绩[④]。亮功多而累寡,故取足而不易[⑤]。

1. 词语通释。

① 文繁理富:文章词句繁多,涉及很多道理。

意不指适:文章的中心意思并没有能表达出来。意,文意。指,文章的宗旨,即主题思想。适,中,恰如其分。《文选》刘良注:“适,中也。谓文意不中于所指之事。”这是说主旨不明白,不突出。

② 极无两致:是说意思尽管丰富,但一篇文章不能有两个主题。极,尽,极点,指道理讲透,今语所谓主题思想。无两致,不容有二也。致,结论,最终目标。这里的“致”,亦极的意思。

尽不可益:尽管文辞繁多,绝不应有多余的话。尽,达到饱和,到了不能再添加一个字的地步。益,增加。

这两句是说,尽管理富,不能有两个主题;尽管文繁,不应使读者看作多余。《文选》李善注:“言其理既极,而无两致。其言又尽而不可益。”这意思是说:内容已经扩展到了尽头,不能有两个主旨;这就说明了文章不妨写得淋漓尽致,但必须建立一个中心思想。

③ 立片言而居要:写文章要把一段或数句精练的话放在最显要的地方。立,设置,建树。片言,一段或几句精辟的话。居要,放在显眼的地方,指在关键处抓住要点,点明题意,作为纲领。

乃一篇之警策:遂成为一篇文章中的警句。警策,警句,指文中精粹的句子,是文章中最醒目处。“警策”一词,本意是鞭策马牛使其惊动快走,这里比喻文章中最生动的句子,足以惊动读者,醒人耳目。陈柱说:“凡文章必有一段或数语为一篇之精神所团聚处,或为一篇之精神所发扬处。”是说在文繁理富而文意不贴切的情况下,应该写出动人、独特的警句,并放在扼要之处,以突出文章的主题。

④ 虽众辞之有条:一篇文章尽管有许许多多的词句都排列得有条不紊。虽,虽然,让步连词。众辞,指警策以外的词句。有条,指有条理,不紊乱。

必待兹而效绩:但一定要有警句才能发挥出文章的较好功能。必,一定,必然,副词。兹,此,指警策句。效绩,指表达功能,卓有成绩。效,招致。《文选》刘良注:“但立片善之言以居要节,乃能为警策。”警,驱动貌。策,马鞭,用以击马。谓片善之言增色一篇,亦犹以策击马,马得其惊动也。

⑤ 亮功多而累寡:诚然好处多,而缺点少。犹言利多弊少。亮,诚然,信然,确实是。功多,好处多。累寡,缺点毛病少。累,累赘,指害处。

故取足而不易:完善之文,不便再改动了。故,所以。取足,充分运用,得到满足,指言以足志,文以足言。不易,不可改动和不宜改动了。

郭绍虞说:“篇中有了警策语则功多累寡。功多故取足,指言以足志,文以足言。累寡则不必更易改动。”(引自《中国历代文论选》)

2. 译文。

有的长篇巨著说了很多道理,但文章的中心思想并未表达出来。一篇文章绝对不能有两个中心思想,只要把话说清楚了,就不需要唠叨多说。唯在文章的扼要之处,运用几句极精练的语言,作为一篇文章的警句,即使全篇词语都说得条理分明,还要靠警句才能显示出它的功能。这样确实是功多而弊少啊! 因此,一篇文章已经完美无缺,也就不必再更动修改了。

正文段九

本段谈意与辞贵在独创的问题。作文需要创新,避免雷同,力戒剽窃抄袭,缺乏特色。

【原文】或藻思绮合,清丽芊绵①。炳若缛绣,凄若繁弦②。必所拟之不殊,乃暗合乎曩篇③。虽杼轴于予怀,怵他人之我先④。苟伤廉而愆义,亦虽爱而必捐⑤。

1. 词语通释。

① 藻思绮合:内容和形式相结合的作品。藻思,辞藻和文思,亦指美妙的文情。绮合,文采合乎情思,好像织锦那样美丽,而且组织得严密漂亮。绮,有文彩的丝织品。

清丽芊绵:如同锦绣丝绸那样给人清新华丽的享受。清丽,清新华丽。芊绵,草木茂盛的样子。此处用以形容文辞清丽、光彩鲜明、连绵不断的样子。郭绍虞说:“此言文思如绮之丽,风格清丽,光彩鲜艳。”

② 炳若缛绣:有的文章像色彩繁复的锦绣,那样绚丽夺目。炳,鲜明,光耀。缛绣,彩色缤纷的锦绣,或说五彩鲜艳的锦绣。缛,色彩繁丽。

凄若繁弦:形容辞藻之盛,又像多弦乐器奏出的乐调那样悦耳动人。凄,凄恻,有感人之意。繁弦,曲调复杂,形容辞藻之盛。

③ 必所拟之不殊:构思没有什么不同。必,必然,一定。拟,比拟,模拟。不殊,没有不同。殊,特殊,独特。

乃暗合乎曩篇:往往与前人的作品暗合,所以应当借鉴古人的艺术经验。乃,则。暗,隐晦。合,不谋而合。曩篇,前辈人的文章,指古典作品。曩,往昔,从前。程鲁冒说:“曩篇,先士之盛藻也。人同此心,心同此理。江山物色,千古常新。暗合曩篇,盖有之矣。”

这里是说,写出的文章没有创新,也无独特的风格,就会和前辈人的篇章意思暗合，容易发生雷同抄袭的嫌疑。

④ 虽杼轴于予怀：构思时，虽然费了一番心思，但不是抄袭模拟。虽，虽然。杼轴：织布工具，这里用作动词。杼持纬，轴受经，喻文章创作构思。怀，内心。

怵他人之我先：恐怕别人在我之先说过同样的话，或写成文章了。怵，恐怕。我先，先于我，或在我之先。《文选》李善注："杼轴以织喻也。虽出自己情，惧他人先已也。"即使文章的辞意都是出自自己的胸臆，仍惧怕别人先于自己写出文章了。

⑤ 苟伤廉而愆义：如果抄袭了别人的文章，不仅损害了廉洁，也违背了道义。苟，假使。伤廉，伤于苟取，即剽窃的意思。廉，廉洁。愆义，违背道义，指文章内容的主旨发生谬误。愆（qiān），过失，差错，违背，作动词用。

亦虽爱而必捐：即使是自己心爱的文章，也只好抛掉不用，因为雷同之辞近乎剽窃，必须抛弃。捐，抛弃。《文选》李善注："言他人言，我虽爱，必须去之也。"

2. 译文。

有的文章辞藻和文思结合得细密美观，如同彩绮绸缎，色泽鲜艳，花纹清丽，富有光彩，灿烂的光泽犹如五彩缤纷的锦绣，声调凄切动人，好像繁弦奏出的乐调。假如所写的东西没有自己的特色，就会与前人的篇章不谋而合。虽然是出自个人的精心创作，亦怕别人在自己之前已经用过。辞意雷同，近于抄袭，那是一种有损廉洁和缺乏道德的行为，即使衷心喜爱，也必须摒弃不用。

正文段十

本段谈文章若写平庸了，可以创造精美的词句予以挽救。因为精美的词句对平庸文章有起死回生的功效。

【原文一】或苕发颖竖，离众绝致[①]，形不可逐，响难为系[②]。块孤立而特峙，非常音之所纬[③]。心牢落而无偶，意徘徊而不能揥[④]。

1. 词语通释。

① 苕发颖竖：文章中如有佳句，就像芦花的花梢，像禾穗的芒尖一样，形容文章达到精妙突出的地步。这是以草木与禾穗之超群出众、出类拔萃，喻文中有突出之佳句。苕（tiáo），陵苕，芦苇的花。发，显露出来。颖，禾穗的芒。竖，竖立，显示出来。

离众绝致:出众,与众不同,超越一般。绝致,超绝,在一篇文章之中达到最精彩的地步,指绝妙的好文章。致,体态,风致。

② 形不可逐:指形影是难以追逐的。形,指文章的形体。逐,追逐,追求。

响难为系:音响是难以留住的。响,声的音响,指文章的音韵。系,缚住。《文选》李善注:"影之随形,响之应声。言方之于影,而影不可逐,譬之于声,而响难系也。"这里所说的形不可逐,即指形与影不可追逐。响难为系,是说声响不可留住。意思是说,文章的形体声韵,只能领会于心,不能用语言进行描述,真可谓"只能意会,不可言传"。

③ 块孤立而特峙:文意中若有佳句,则孑然屹立。块,块然,孤立的样子。孤立,特别突出的样子。特峙,形容突出的、杰出的。峙,耸立。

非常音之所纬:指平凡语句是不能加以表达的。这是说绝对与众不同就不能用平常的音调伴奏了。常音,指平凡的语句。这里用平凡的音调,喻一般的文句。所纬,比喻词句组织成文。纬,编织,经纬,以经纬比喻组织词句,意指配合。

这两句意思是,佳句孤独地峙立于文章之中,不是一般平庸词句配合得上的。

④ 心牢落而无偶:未能为这些绝妙的词句找到配偶的词句,心中觉得它们孤立无依,无所寄托。意思是本想舍弃此句,又不免徘徊难于舍弃。牢落,寥落,形容孤独寂寞、无所依托的样子。无偶,没有与之相配合的。偶,配偶。郭绍虞说:"言一二秀句,独拔篇中,心情落寞,找不到和它相称的句子。"形容寂寞空旷、孤独无依的样子。

意徘徊而不能揥:即使整篇文章的内容比较平淡,但这种精彩的部分是不能丢弃的。意,指作者的主观意念或想法。徘徊,流连忘返之意,形容犹豫不定的样子。揥(dì),丢弃,去掉。

这两句是说,因为一些佳句孤立篇中,没有与之相配合的句子,内心感到寂寞空旷,而意念又犹豫不定,难以丢弃。

2. 译文。

有时有些佳句像开放的苇花、挺立的禾穗,在全文中俨然有超群出众之概。但佳句难得,如同人的影子追不上形体,声音发出难以拴住一样。这些佳句在文章中孤峰突起,独出耸立,不是一般平庸的词句所能配合的,以致找不到佳偶,心中无主,内心觉得非常空旷;可是反复斟酌,犹豫难决,不忍将它舍弃。

【原文二】石韫玉而山辉，水怀珠而川媚[①]。彼榛楛之勿剪，亦蒙荣于集翠[②]。缀《下里》于《白雪》，吾亦济夫所伟[③]。

1. 词语通释。

① 石韫玉而山辉，水怀珠而川媚：此是说文章中有了佳句，好比玉蕴藏在石头里，使整个山都显出光辉。水里有了珍珠，整个水域都显得妍媚悦人。这说明佳句虽然不多，却能使山辉水媚，增加文章的迷人色彩。韫(yùn)，蕴藏，包含的意思。怀，亦蕴藏的意思。媚，妍媚，美好。荀子《劝学篇》："玉在山而草木润，渊生珠而岸不枯。"《文选》李善注："虽无佳偶，因而留之；譬若水石之藏珠玉，山川为之辉媚也。"这两句套用荀子语，说明佳句的高雅意境在文章中的作用。

② 彼榛楛之勿剪，亦蒙荣于集翠：指那榛楛的恶木，不要删剪；由于翠鸟群集其上，亦可增加榛楛的光彩。比喻即使平庸无奇的文章，由于篇中有佳句，也应该获得重视而保留下来。榛楛(zhēn hù)，指荆棘恶木，泛指灌木丛生，比喻文章中的庸音拙句。榛，荆棘类灌木。楛，类似荆棘的植物。剪，删除。蒙，受。翠，青色的鸟雀。集，群鸟在木上，曰集。《文选》李善注："以珠玉之句既存，故榛楛之辞亦美。"榛楛比喻拙句，集翠比喻美辞。也就是说，榛楛恶木，由于翠鸟栖息其上，也能增添光彩，不至于惨遭砍伐，说明瑜足以掩瑕的意思。

③ 缀《下里》于《白雪》，吾亦济夫所伟：把平庸低劣的乐曲掺杂于优美高雅的乐曲中，即使诗句内容的质量及其所寄托的意境并不高，也有利于奇伟佳句，使之更加奇伟。对此，仍然值得我们珍视。缀，使动用法，连接，组合。下里，即《下里巴人》，俚俗歌曲，低下的乐曲，喻常调。白雪，即《阳春白雪》，指高雅乐曲，喻佳句。《文选》李善注："言以此庸音而偶彼佳句，譬以下里鄙曲，缀彼白雪之高唱，吾虽知其不伦，然且以益夫所伟也。"

2. 译文。

实质上，那些突出的佳句，如同宝玉蕴藏在石头中，使山峦放射光辉；又如珍珠潜伏在水里，使江河妍媚。那芜杂参差的恶木，由于翠鸟栖息其上，也显得有了光彩。平庸的俗曲《下里巴人》接上高尚的雅乐《阳春白雪》，亦可以增加歌辞的优美。

正文段十一

本段是以音乐打比方，论述文章中的五种文病：唱和靡乐、乐而不和、和而不悲、悲而不雅、雅而不艳。可分五个层次。

【原文一】或托言于短韵，对穷迹而孤兴①，俯寂寞而无友，仰寥廓而莫承②；譬偏弦之独张，含清唱而靡应③。

1. 词语通释。

① 或托言于短韵：有时题材贫乏，只能孤单地写上几句话。或，有时。托言，寄托言辞，指写作。短韵，简短的几句话，一说诗的篇幅短小，故称短韵。

对穷迹而孤兴：有时写作素材较少，没有什么可发挥的话语，成不了文章。穷迹，贫乏事迹。孤兴，孤独的感触，指简单的感想或单调的情致。兴，兴致，起兴。《文选》李善注："短韵，小文也。言文小而事寡，故曰穷迹。迹穷而无偶，故曰孤兴。"

② 俯寂寞而无友：向下看之，好像一个孤独的人，没有朋友。俯，向下看。之，指下文。寂寞，孤单冷清。无友，指下文没有与之相配合的文辞。

仰寥廓而莫承：向上看之，好像一片空旷广阔的空间，没有相配的语句。仰，向上看之。寥廓，指上文空旷广阔。莫承，没有相配的语句。承，接。这两句是指文短事寡。孤兴，无偶，是说前后上下无联系。《文选》李善注："言事寡而无偶，俯求之则寂寞而无友，仰应之则寥廓而无所承。"

③ 譬偏弦之独张：内容孤单的几句话，好比一弦发出声响，有弹无和。偏弦，指单独一弦。偏，侧。独张，单独弹奏。

含清唱而靡应：即使含有清脆悦耳的声音，也因没有弦的应和而不能成曲调。靡应，没有应和。靡，无，没有。应，和。这里是说只含清唱，而前后无照应。文之短小，与此相似。因此，写文章应防止内容单薄、思想贫乏，以至于不能成为文章。《文选》李善注："言累句以成文，犹众弦之成曲；今短韵孤起，譬偏弦之独张。弦之独张，含清唱而无应。韵之孤起，蕴丽则而莫承也。"

2. 译文。

有时把文思寄托在短小篇幅中，对着空洞而单调的东西去抒发感情。往下看，感到孤零冷落，没有词句相应；往上看，觉得空空荡荡无所依傍，就好像弹奏一根偏弦，虽然发出清越的音响，但无应和的乐调。

【原文二】或寄辞于瘁音，徒靡言而弗华①。混妍蚩而成体，累良质而为瑕②，象下管之偏疾，故虽应而不和③。

1. 词语通释。

① 寄辞于瘁音：寄托文辞于瘁音之中。瘁音，憔悴之音，指缺乏生气、没有力量的言辞，比喻基调低沉的文章。瘁（cuì），病。

徒靡言而弗华：只是空美而不光华。徒，只是。言，文辞，文句。靡，美好。弗华，无光华，指文辞空洞浮靡而缺少光彩。

这两句是说，有些人将要说的话表达在索然无味的声调上，虽然文句美好，而仍缺少光彩，也是作文的弊病。

② 混妍蚩而成体：美丑组成文体。妍蚩，美丑。妍，指靡言。蚩，指瘁音。

累良质而为瑕：是说妍蚩相混，则瑕足以累瑜。累，连累，拖累，俗称受累。这是指有害的意思。良质，美质，指美好的内容。瑕，玉上的斑点，或称瑕疵，比喻文章中的缺点。

这两句是说，把美的和丑的混同一气而成文，反而把美好的那一部分内容也连累坏了，而成为缺点。

③ 象下管之偏疾：堂下吹管，其声偏疾，虽升歌间奏相应，但不和谐。象，类似，好比。下管，乐名。古时在堂下吹奏管乐，故称管乐为堂下管。偏疾，即偏急，偏于过快，指速度过快。

故虽应而不和：所以应而不和。这是根据上文瘁音而谈的所谓美丑相混，极不协调。应，相呼应。不和，即不和谐。《文选》吕向注：堂上歌《鹿鸣》，堂下吹下管，管声疾，与《鹿鸣》雅声不相和谐，所以应而不和。那么，好坏相杂而成文章，类似堂下的管乐那样，虽然吹奏出与堂上歌舞相应的曲调，但因过于偏急而不和谐。

2. 译文。

有的人写出憔悴无力的文章，言辞浮靡而缺乏光彩。把靡词和瘁音相混，如同美丑混杂，使美妙的文辞受到连累，就像玉上的斑点瑕疵。又好比堂下吹奏偏急的节拍，即使和堂上雅乐相应和，也不会和谐好听。

【原文三】或遗理以存异，徒寻虚以逐微[①]，言寡情而鲜爱，辞浮漂而不归[②]；犹弦幺而徽急，故虽和而不悲[③]。

1. 词语通释。

① 或遗理以存异：指有的文章不顾内容实质，只崇尚诡异新奇的文辞。遗理，遗弃义理，指悖理反常，不顾实际，抛弃了文章的义理内容。遗，弃。存异，保存奇异文辞，只求与众不同。异，新奇。

徒寻虚以逐微：指离本逐末，只在辞藻形式上注意。寻虚，搜寻虚浮不实的文辞，只讲表现浮辞虚夸。虚，浮夸，浮华。逐微，追求非本质的细枝末节。微，细小，指细枝末节。

这两句是说，有的文章遗弃正当的理论，不顾文意专求新奇，又一味搜寻虚浮无实的辞藻，追求隐微末节的表现。李谔《上隋高帝革文华书》写道：“魏文三祖，更上文辞，忽君人之大道，好雕虫之小艺。下之从上，有同影响，竞驰文华，遂成风俗。江左齐、梁，其弊弥甚，贵贱贤愚，唯务吟咏。遂复遗理存异，寻虚逐微，竞一韵之奇，争一字之巧。连篇累牍，不出月露之形；积案盈箱，唯是风云之状。世俗以此相高……”可见，遗理存异，寻虚逐微，是魏晋以后的不良文风。

② 言寡情而鲜爱：写文章要求以情感人，以理服人，如果只有华美文辞，而缺乏爱憎之情，就不会令人喜爱。言，指文辞。寡情，没有或少有真实的感情。寡，缺少。鲜，缺乏。

辞浮漂而不归：是说文辞流离，不归于实，没有着落。浮漂，游离。不归：没有着落，无所归宿，指不归于理。《文选》李善注：“不归，谓不归于实。”是说辞藻浮滥，寡情鲜爱，必然无所归宿。也就是说，凡是没有真实感情的文章，词句又飘浮空洞，虚浮不实，必然令人讨厌。

③ 犹弦幺而徽急：弦小弹急，曲调虽和谐而不感人，比喻辞和意不相协调。幺（yāo），细小。古琴有七弦，幺弦最为细小，声最高。徽急，演奏高音，急弹琴。徽，琴上的标志，即琴上调宫商定高低音节的。如果它与琴柱距离远，弹起来声音就缓和；若距离近，弹起来声音就急促。急，急促，曲调急骤。这是说，言无真情，辞不立诚，犹如幺调急徽，虽和却不悲切感人。

故虽和而不悲：这是用弹琴作比方，若弦细小，徽又急促，即使音节和谐，还是不够动人。古人论音乐，用到悲字是指能感动人的意思。因为悲哀之音最易感动人，由此引申出感动人的意思。

2. 译文。

有的文章不顾思想内容，而崇尚文辞新奇诡异，只讲求虚夸浮华而去追求细微末节，语言缺少真实感情与爱憎，词句空泛飘浮而不着边际，好像琴弦细小而又急弹，声音固然和谐，但不悲切感人。

【原文四】 或奔放以谐合，务嘈嚈而妖冶①，徒悦目而偶俗，固高声而曲下②；寤《防露》与《桑间》，又虽悲而不雅③。

1. 词语通释。

① 或奔放以谐合：有的文章如同放荡妖冶的音乐那样，迎合时好。这是借音乐来比喻文章。奔放，放纵，指文章的情思放纵，或指文势纵逸。谐合，即和谐。

务嘈嚈而妖冶：指文章只追求声音的嘈杂浮艳，华丽不实，却有淫荡之美。

说明写作为了迎合时俗所好,必然造成浮艳而妖冶。务,专力以求。嘈嘈,犹嘈杂,指音节繁多的声音,杂乱喧哗。妖冶,淫荡,貌美丽而不端庄。《文选》吕延济注:“或有奔驰放纵其思以求和合,务成嘈杂之声。”

② 徒悦目而偶俗:用音乐比喻文章,说明音乐只能娱乐悦耳,不能迎合世俗的喜好。悦目,目见后有快感,借姿色以喻音乐之美。偶俗,随俗,指迎合世俗的需要。

固高声而曲下:如果写作为了迎合时好,声音虽然好听,但乐曲的本身却是低级的。高声,指声调高,声音好听。曲下,指曲调低下。其意思是说乐声高亢而曲调卑下,艺术水平就低劣。

这四句是说,如果文章放纵情思,务求声韵繁杂妖冶,只是为求得悦耳,迎合流俗的爱好,声调固然高昂,其曲品则是卑下的。

③ 寤《防露》与《桑间》:于是明白《防露》、《桑间》那样的乐曲,确实是很能感动人的。寤,觉悟,了解。《防露》,古曲名,音调优美。谢灵运的《山居赋》有“楚客放而《防露》作”句。何焯云:《防露》指“岂不夙夜,谓行多露”,言“《桑间》不可与并论,故戒妖冶也”。《桑间》,指桑间、濮上之音,都是古代情歌,虽然能感动人,却不雅正。《礼记·乐记》:“桑间濮上之音,亡国之音也。”是说桑间亦悲音,未归雅正。

又虽悲而不雅:此就文体卑下而言,故举《防露》之曲、《桑间》之音,为虽悲而不雅者戒。想必二者皆悲词。那么,皆悲意而终非雅曲,故云虽悲而不雅,像这样的音乐虽然能激动情感,却不是正派的。悲,指感动人的意思。雅,雅正,典雅,指意趣高尚。

2. 译文。

有的文章写得情思奔放,音调和谐,讲求音韵的繁杂、文辞的妖冶,只图悦人耳目,所以调子虽高而曲品却是低下的。要了解《防露》与《桑间》那种情歌艳曲,虽然悲切感人,却背离了雅正。

【原文五】或清虚以婉约,每除烦而去滥①,阙大羹之遗味,同朱弦之清氾②;虽一唱而三叹,固既雅而不艳③。

1. 词语通释。

① 或清虚以婉约:有的文章词句清淡简朴,那是由于经常剪裁芜杂虚靡浮辞的结果,才使之成为清空婉约的文体。清虚,指文章词语虽清新但不华丽。婉约,简约不博,婉转而简明。

每除烦而去滥:是说剪裁浮词,而无芜秽的意思。每,经常。除烦,烦与滥通,去掉杂乱以就简。去滥,去掉虚夸不实的词语。滥,浮词。许文雨说:“按剪裁浮词,则芜秽不生,见清虚之体。”

② 阙大羹之遗味:古代举行祭典时所用的不调五味的肉汁,以喻文少质多,比之大羹,尚阙余味。阙,同“缺”,缺少,亏缺。大羹,即太羹,指水煮的肉汁,或古代不调五味的肉汁。遗味,即余味。古代肉汁不加盐,有肉余味。古语说,太羹不和,就是说祭祀用的汤是不加调味品的,所以遗味。连这种遗味都缺乏,是指极端清淡。

同朱弦之清氾:朱弦是古代琴上系着的深红色的丝弦,这里指琴。这是指古代质朴的乐调。朱,红色。清氾,清散,单调而不繁密,以形容古乐之质朴。氾(fàn),动摇不定。

③ 一唱而三叹:古代宗庙奏颂歌时,一人唱三人应和。这是唱颂歌的方式。这里喻文章婉转而有情致,并非确指音乐。虽然一人唱三人应和,还是不动听,这样的文章虽然文思平正,但过于质朴,缺少文采和情趣。

固既雅而不艳:固然一人唱而有多人应和,雅是雅了,还是不够艳丽呀。《礼记·乐记》:“清扁之瑟,朱弦而疏越,一唱而三叹,有遗音者矣。大飨之礼,尚玄酒而俎腥鱼,大羹不和,有遗味者矣。”文章要使人一唱三叹,须有遗音余味。《文选》李善注:“言作文之体必须文质相半,雅艳相资。今文少而质多,故既雅而不艳,比之大羹,而阙其余味,方之古乐,而同清氾,言质之甚也。”

2. 译文。

有的文章清淡简朴,除去繁缛浮夸文辞,好像祭祀用的不调五味的白肉汁一样缺乏滋味,又像太庙古瑟朱弦的声音那样弹出舒缓平淡的曲调。虽然是一人唱三人和,雅是雅了,却不艳美动听。

正文段十二

本段是讲为文的第一难。作者申述序言中的“意不称物,文不逮意”的问题,进而大谈文章的种种变化不是作文法则所能约束控制得了的。它说明了每个人构思不同,而表现手法不免有异;但用得巧妙又与才情、功力有关系。何况人的才情是很难用文章说清楚的,因为世间的确有博学多闻的人而拙于文,亦有寡学少闻之辈却能巧文者。以下分别论述文人微妙情思的各种表现。

【原文】若夫丰约之裁,俯仰之形,因宜适变,曲有微情①。或言拙而意巧,或理朴而辞轻②;或袭故而弥新,或沿浊而更清③;或览之而必察,或研之而后精[4]。譬犹舞者赴节以投袂，歌者应弦而遣声[5]。是盖轮扁所不得言，故亦非华说之所能精[6]。

1. 词语通释。

① 若夫丰约之裁：若夫，转折连词，至于。正说一件事，另提一件事，便用"若夫"，有时用"若乃"。丰约之裁，指裁定的文辞繁简。丰约，犹繁约。裁，剪裁。

俯仰之形：是说上下或前后的安排。俯仰，犹上下，前后。形，形成。

因宜适变：要因事制宜，适应情况的变化，就是序文所说的"随手之变"的含义。因，根据，顺从。宜，客观事宜。适变，适应情况变化。

曲有微情：曲折而有微妙的情况，也就是序文中所说的"良难以辞逮"的意思。

这四句大意是说，至于文辞繁简的剪裁，上下文气的形成，怎样使得文章的发展处理得当，并且适应文情的变化，其中情况是很曲折微妙的啊！

② 或言拙而意巧：有的文章言语似乎很笨拙，却巧妙地比喻出内容意义。《老子》上说："大巧若拙。"其意思是说，有的措辞虽然笨拙，而表现出的意义却很巧妙。

或理朴而辞轻：是说有的文理质朴，而文辞轻快。这两句均指辞与意相背离。然从赋体的对偶句看之，以"言拙"对"喻巧"，"理朴"对"辞轻"，体现了对偶工整、措辞巧妙之处。

③ 或袭故而弥新：指有的文章虽是因袭旧说，反而使人感到更加新鲜。袭故，因袭旧说。弥新，更加新颖。弥，愈益，更加。

或沿浊而更清：有的出自污浊反而更觉清新。沿，出自。浊，污浊。

这里的"袭故"、"沿浊"二者，皆指辞采音调说的，亦即化腐朽为神奇的意思。后人所谓点铁成金，脱胎换骨法，即指袭取沿用旧时的文辞却使人感到更加新鲜有趣。

④ 或览之而必察：有的一看就能领会，觉察文章的好处。览，看，浏览。察，明察，看得清楚。

或研之而后精：有的要仔细钻研探讨之后才发现其精练美妙之所在。研，仔细地琢磨。精，精通，微妙。所谓"览之"，"研之"，是说曲度微情，有的一览而知，亦有的精研后乃得其微妙的。

⑤ 譬犹舞者赴节以投袂，歌者应弦而遣声：指文章的种种变化犹如舞蹈的人，按照音乐的节拍，甩袖起舞；又如歌唱的人随着乐调而应声歌唱一样。

赴节,随着乐曲的节拍,踏步起舞。赴,趋。投袂(mèi),挥动衣袖,甩袖子。古时舞蹈用长袖来帮助姿态。投,振。应,和。遣声,发声。遣,送,发。

⑥ 是盖轮扁所不得言,故亦非华说之所能精:这是指文章变化的奥妙,非语言所能表达的,犹如轮扁斫轮的巧妙是他本人所不能说的,也不能借助于华丽的语言把精妙处讲出来的。大概就像轮扁所说的"口不能言"那样,不是表面上用些铺张浮华之辞能说到深奥微妙之处的。华说,华丽的语言,指表面铺张的话。其意思是说,单靠表面说得天花乱坠,还是达不到深处。这说明因作者、体裁、题材各异,创作中有种种曲折微妙的变化,其间的奥妙难以用言辞说清楚。是,是故,连词,所以,是以。轮扁,齐国做车轮的木匠,名扁。《庄子·天道》说:有一次齐桓公在堂上读书,一个名轮扁的制造轮子的木匠,在堂下提出自己的见解。他对桓公说:你读的那些书是古代圣人的糟粕,有什么用处?像我制作车轮的这项活儿,干了70年,完全靠自己操作的体会得来经验,其中最精妙的地方,只能由自己亲身去体会,凭口无法传给别人。单靠古人的话就能行吗?这是说,精深奥妙的地方是言语所不能传达的(只能意会,不能言传)。

2. 译文。

至于文章繁简详略的剪裁,前后的辞意安排,要因事制宜,适应变化。但这也有曲折微妙的情况:有的言辞朴拙,而喻义非常巧妙;有的道理质朴,而文辞轻佻;有的袭用典故,而创出新意;有的出语庸俗,而格调清新;有的一看就可以觉察其妙;有的要经过研究,才能明确它的精深含义。好比舞蹈者按照音乐节拍而舒袖起舞,歌唱者应和琴弦而放声歌唱。这大概就是轮扁斫轮随心应手,而说不出他的技巧奥妙一样。有些东西绝不是华丽的言辞所能讲得清楚的。

正文段十三

本段是讲为文的第二难。作者阐述为文难佳,即使知道写文章的规律法则,也不一定能写出好作品来,正如序言所说"非知之难,能之难也"。此自述为文甘苦,抒发感慨。

【原文一】普辞条与文律,良余膺之所服[①]。练世情之常尤,识前修之所淑[②]。虽浚发于巧心,或受蚩于拙目[③]。彼琼敷与玉藻,若中原之有菽[④]。同橐籥之罔穷,与天地乎并育[⑤]。

1．词语通释。

① 普辞条与文律：所有的写作文章的法度准则。普，普通，所有的。《文选》吕延济注："普，见也。"是说广泛阅览"辞条"，指写文章普遍适用的文辞规律。文律，作文之法式，指写作的一些法则。

良余膺之所服：实在都是我牢牢铭记在心中的。良，的确，实在。服膺，牢牢铭记在心中。膺，胸怀。服，钦佩，佩服，牢记。《礼记·乐记》："得一善则拳拳服膺，而弗失之矣。"

② 练世情之常尤：当前要注意世上一般人在写作上常犯的毛病。练世情，熟悉世情，指世俗作文的情调。常尤，常犯的毛病。尤，过错，毛病。

识前修之所淑：即可认识前代人的文章美妙之所在。前修，指前贤或古代作家，说明自己作文必法前贤。淑，善、美。屈原《离骚》："蹇吾法夫前修兮，非世俗之所服。"《文选》李周翰注："尤，过也。前修者，前贤也。淑，美也。练简时人之常过，乃识前贤之所美也。"

③ 虽浚发于巧心：虽然有些作品深深发自于作家的慧心巧思。浚（jùn），深。巧心，指精妙灵巧的匠心。

或受蚩于拙目：有时也要受到那不识好坏的世俗人所讥笑。蚩（chī），亦作嗤，讥笑。拙目，拙劣的眼光，指眼力平庸的人。

这两句是说，文章虽然出自作者精心巧意，仍然还会受到眼力平庸的人所讥笑。

④ 彼琼敷与玉藻：那些琼敷玉藻般的瑰丽文章。琼敷，琼花，比喻瑰丽华美的文章。敷，指花朵。玉藻，喻华美的辞藻，形容美好的文章。

若中原之有菽：犹如田野中的豆子那么多，只有辛勤采摘的人才有收获。中原，犹原中，原野中。菽，豆类总称。《诗经·小雅·小宛》："中原有菽，庶民采之。"意思是说，那些珠玉般的文辞，如同原野中的豆子，只有辛勤的平民百姓才可以随处采摘。《文选》张铣注："琼敷玉藻，谓文章妙句，其为无限，若中原有菽，采之则有同天地之气，无穷并育乎也。"

⑤ 同橐籥之罔穷：美妙的好文章，如同风箱中鼓出的气，无穷无尽。橐籥（tuó yuè），古代冶炼时鼓风用的器物，犹如现在的风箱。橐，为外箱；籥为内箱的风管。罔穷，无穷。罔，无。《老子》："天地之间，其犹橐籥乎？"以橐籥比喻天地间的大气，是无穷无尽的。

与天地乎并育：是说瑰丽的文章，生命长存，可与天地永垂不朽。并育，并生共存。育，生长。

2. 译文。

写文章的普遍修辞规律和创作法则，我都谨记在心中，要熟悉当前人们写作上所犯的通病，从中认识到先贤文章的美妙之处。即使是自己的精心杰作，有时也会受到一些不识好歹的人所嗤笑。那些琼花玉藻一样优美的作品，如同原野中的豆子那么多，只有辛勤劳动才能获得收益。所以美妙的好文章就像风箱鼓出的风儿一样，无穷无尽，且与天地共长久。

【原文二】虽纷蔼于此世，嗟不盈于予掬①。患挈瓶之屡空，病昌言之难属②。故踸踔于短垣，放庸音以足曲③。恒遗恨以终篇，岂怀盈而自足④；惧蒙尘于叩缶，顾取笑乎鸣玉⑤。

1. 词语通释。

① 虽纷蔼于此世：虽然世上的好文章是美不胜收的。纷蔼，繁多。

嗟不盈于予掬：可叹我能掌握的还不满一掬。盈掬，指满满的一捧。盈，满。掬，两手合捧承物叫掬，即捧。

这两句是说，固然世上华美的文辞很多，可惜我所得到的却不满一捧。

② 患挈瓶之屡空：所忧自己学浅才疏，如挈瓶屡空，文思枯竭。挈瓶，提着小瓶子打水，说明容量不大，比喻知识短浅。屡空，瓶中水常空，比喻文思枯竭。《文选》吕延济注："挈瓶，小器也。谓小智之人才思屡空也。"

病昌言之难属：比喻难以续前贤的写作事业。病，苦于。昌言，恰当的言辞，指古之佳文。直抒己见，无所顾忌为昌。

这两句是说，我常苦于自己才智好像容量小的汲水瓶那样经常匮乏，因而担心难以求索到恰当的言辞来进行写作。

③ 故踸踔于短垣：写文章才力不足，犹如跛脚行走那样，连矮墙也难以翻越过去。故，所以。踸踔（chěn chuō），一足行路貌，颠簸困顿是必然的。借行走之吃力喻写作之艰难。短垣，矮墙，喻短小的篇幅，指短文。《国语·吴语》："君为短垣，而自喻之。"踸踔短垣，是说受到才力的限制。

放庸音以足曲：只有用平庸言辞勉强拼凑成篇，犹如用平凡的音调演奏一支曲子一样。庸音，平凡的音调。足，满。足曲，凑足一支曲子，以喻平庸的文辞。《文选》李善注：短韵作短垣。踸踔短垣，言为天分所限，只能放出平庸之音，聊以足曲。这是用音乐比喻文章。

④ 恒遗恨以终篇：拼凑起来的文章，往往于写成之后有遗憾。恒，常常。遗恨，即遗憾，感到不足。终篇，写完一篇文章。

岂怀盈而自足：哪里还能会自我满足呢？岂，反诘副词。岂怀盈，犹如哪能自满自足。怀盈,怀着满意的心情。这两句是说,每每文章写成之后,总是感到遗憾,不能满意,哪里还会有内心的满足呢?

⑤ 惧蒙尘于叩缶:唯恐瓦缶蒙上尘灰,更加叩击不出声响了。蒙尘,盖满灰尘,喻有所蔽或蒙受耻辱。缶(fǒu),大肚子小口的瓦器。叩缶,受到打击能发声的瓦器。《文子》曰:"蒙尘而欲无眯,不可得也。"秦人叩缶以节歌,为较低级的俗乐。

顾取笑乎鸣玉:反而被音响很美的玉磬所取笑。顾,反而。取笑,招来嘲笑。玉,指玉磬,一种玉石制作的打击乐器,发音清越。鸣玉,指美玉发出悦耳的声音,比喻文章是优秀作品、鸣世之作。《文选》李善注:"缶,瓦器,而不鸣,更蒙之以尘,故取笑于玉之鸣声也。"

陆机在最后八句中自谦地说,自己才智本来短浅,写不出好文章,勉强动笔,尔后自己看了也很不满意;如果跟优秀作家相比,的确感到十分惭愧。

2. 译文。

虽然世界上优美辞藻的好文章那么多,可叹我所有的还不满一捧。唯感自己的才能就像汲水的小瓶子,经常空着,自然写不出好作品。即使艰苦费力地写出一篇短文,就如同用平庸的声音拼凑成的曲调,往往在文章完成之后,便觉得遗憾惭愧,怎能以满意的心情而感到骄傲呢？实在是唯恐自己的文章像盖满了灰尘的瓦缶,敲叩不出声响,必然会被那玉磬的声音所取笑。

正文段十四

本段是讲为文的第三难,着重阐述作者必须重视灵感的到来。每当灵感涌现时,作者一定会被生活现象所触动,爆发出某种思想火花,涌现出某种生动的形象,这就要即时抓住时机进行创作。

【原文一】若夫应感之会,通塞之纪,来不可遏,去不可止①。藏若景灭,行犹响起②。方天机之骏利,夫何纷而不理③?思风发于胸臆,言泉流于唇齿④;纷葳蕤以馺遝,唯毫素之所拟⑤;文徽徽以溢目,音泠泠而盈耳⑥。

1. 词语通释。

① 若夫应感之会:至于应感的交会,乃是文思通塞契机。应感之会,指心应外物,而有所感触,即应物生感,指创作灵感。应感,即感应。会,指机会,时机。

通塞之纪:是说思路忽然通畅、忽然滞塞的规律。通塞,指文思的通畅和滞塞。通,通畅。塞,堵塞,滞塞。纪,法度,规律。

来不可遏,去不可止:文思来时既无法阻止,去时也无法挽留。遏,拦阻。止,挽留。

这四句是说,所谓灵感,有时通畅,有时阻塞。它来时不可阻挡,去时不可留住。这里指出作家必须重视灵感。当灵感涌现时,要及时抓住时机,不停息地进行创作。因为灵感来时匆匆,去亦匆匆。

② 藏若景灭,行犹响起:文思潜伏时好像影子消失了,文思来时又像声音的突然爆发。《文选》李周翰注:"思之将藏,若形影之灭没也。将行,如音响之动也。"《文赋集释》中方廷珪语:"景,形之影,文之已成。响,声之响,文之入手。"这是对李注的较好解释。这两句是说,灵感藏匿时就像影子消失,涌现时就像声音响起来。

③ 方天机之骏利:这是形容当灵感旺盛,思路畅通,文思汹涌、奔腾的状态。方,当。天机,自然灵机,指文思涌现时神秘自然的情势,即灵感。骏利,形容像骏马般的快速,指文思敏捷。骏,快速。利,流利。《庄子·大宗师》:"其嗜欲深者,其天机浅。"

夫何纷而不理:有什么纷乱的思绪理不清呢?意思是说,文思敏捷时,事物无论多么纷乱,都能理出头绪的。纷,乱。

④ 思风发于胸臆:灵感来时,文思像风一样从胸中刮起。思,文思。风发,迸发,文思好像风那样迅速地迸发出来。胸臆,胸怀。

言泉流于唇齿:指文辞像喷泉那样从唇齿间喷泻出来。言,语言、文辞。泉流,是说像泉水一样流出来。方廷珪说:"思之起如发于胸臆;言之出如泉流于唇齿。"

⑤ 纷葳蕤以馺遝:是说文思通畅时文情纷至沓来,浮想联翩,应接不暇。纷,众多的意思。葳蕤(wēi ruí),草木茂盛的样子。馺遝(sà tà),形容前后相继不断,来往纷纭盛多。

唯毫素之所拟:只有用纸笔尽情地去描写。毫,指笔。素,指洁白生绢,古代用以写字,实际谓纸。拟,拟写,此处指拟稿。

⑥ 文徽徽以溢目:文辞华丽,充满眼前。文,文辞。徽徽,形容文采华美。

音泠泠而盈耳:是说音韵清脆,充满于耳。泠泠,水清,形容声音清越。盈耳,充满在耳中。《文选》吕向注:"徽徽溢目,文章盛也。泠泠盈耳,音韵清也。"这里极力描摹感兴来时,酝酿成熟,提起笔来,则文采焕发、声韵清越。此写文辞通畅,则文章愈能尽态极妍。

2. 译文。

至于讲到灵感何时到来，文思的通塞问题，那是很难掌握的。它是说来就来，来的时候无法阻止；说去就去，去的时候无法留住。隐蔽时好像影子的消失，涌现时犹如音响的爆发。当文思敏捷时，有什么纷乱思绪不能理清楚呢？于是胸中文思像风那样刮起，文辞就像泉水从唇边流出，丰富多彩的文章油然产生了。只要你拿起笔来随意挥写，文采就会焕然满目，满耳充溢着清越的声音。

【原文二】及其六情底滞，志往神留①，兀若枯木，豁若涸流②；揽营魂以探赜，顿精爽而自求③；理翳翳而愈伏，思轧轧其若抽④。是以或竭情而多悔，或率意而寡尤⑤。虽兹物之在我，非余力之所戮⑥。故时抚空怀而自惋，吾未识夫开塞之所由⑦。

1. 词语通释。

① 及其六情底滞，志往神留：情思凝滞的时候，虽心意渴求向前，而精神却滞留不动。六情，指喜、怒、哀、乐、好、恶。底滞，停滞。志，指心思。神，指精神。留，停滞。

这两句是说，等到灵感停滞的时候，心意即使仍想前进而精神却停滞不动了。

② 兀若枯木，豁若涸流：犹如枯了的树木和干了的河水，形容呆立不动及心思衰竭。兀，呆立不动，形容无知貌。豁，开阔的山谷，形容空虚。涸，指水干竭。《文选》吕延济注："兀若枯木，思不动也；豁若涸流，思之竭也。谓豁空虚，涸而无水。"

③ 揽营魂以探赜：挖空心思探索奥妙。揽，收敛，持取。揽营魂，竭尽心神，或挖空心思。《老子》："营，魂也。"营魂是复合词，意即灵魂。探赜(zé)，探索幽深奥妙的道理。

顿精爽而自求：振作精神再搜文思。顿，同"揽"，提，持。精爽，《左传·昭公二十五年》："心之精爽是谓魂魄。"自求，指构思作文。黄侃谓自求于心也。

④ 理翳翳而愈伏：即使费尽心机，而道理仍然隐晦难明，不能揭示出来。理，道理，指文章的内容。翳翳(yì)，掩蔽、昏暗不明的样子。伏，潜伏，藏匿。

思轧轧其若抽：文思难以表达，艰涩得像抽丝那样不易抽出来。思，文思。轧(yà)，言苦思难出。

这两句是说，文理掩蔽昏暗，而文意更加潜伏阻塞，像丝一样抽不出来。

⑤ 是以或竭情而多悔：有时竭尽了心力才情，文章反而写得不如意。竭情，耗尽了才情。竭，尽。是以，所以。多悔，有很多的悔恨。

或率意而寡尤：有时随意挥写，却收到很好的效果，指天机骏利之时。率意，随意，任意，不花多大力气。率，轻率。寡尤，很少过失。尤，过失，毛病。

这两句是说，有时竭尽才情去写反而招致很多悔恨；有时随意写之，反而毛病很少。

⑥ 虽兹物之在我：写文章虽然全在我自己。兹物，指文思、灵感而言。

非余力之所戮：但文思开塞，系乎天机，灵感却不是自己所能左右或控制的。余力，尽力。戮(lù)，控制，左右。

这两句是说，虽然写文章这件事全在个人，但写得好与坏，系乎天机，绝不是仅凭个人的努力奋斗就能完全如意的。

⑦ 故时抚空怀而自惋：所以我时常安抚自己的空虚胸怀，而独自惋惜。抚，安抚，慰勉。空怀，空虚的胸怀。惋，惋惜，怨恨。

吾未识夫开塞之所由：我始终不明白文思通畅和阻塞的根由在什么地方。文思开塞却系天机，不是人力所能及的。开塞，指文思的通畅和阻塞，另一说打开思路。开，通达，指天机骏利。塞，闭塞，指文情阻滞。

2. 译文。

等到灵感阻滞的时候，文思散去，精神凝固了，就像兀立的枯树，像干涸的河道，虽然竭尽心神去探索，损耗精神去追求，文理却依然隐晦不明，思路很难抽出头绪。因此，有时耗尽心血，文章却写得极不满意。有时随意写来，文章反而很少毛病。虽然文章由我来写，但不是我尽力了就可写好的，所以我常常抚胸自叹，我还不能懂得文思通畅与闭塞的根由。

正文段十五

本段是全文的结尾部分。它以总论文章的功绩，赞扬文章的社会作用来结束。曹丕说："盖文章者，乃经国之大业，不朽之盛事。年寿有时而尽，荣耻止乎其身，未若文章之无穷。"这说明文章对社会要有功效，对人类要有作用，这是它不朽的缘由。假若没有功效与作用，即使雕琢辞藻，使用华丽的词语，与《礼记·曲礼》所说的鹦鹉能言不脱离飞禽，猩猩能言不脱离走兽，又有何不同呢？

【原文】伊兹文之为用，固众理之所因[①]。恢万里而无阂，通亿载而为津[②],俯贻则与来叶,仰观象乎古人[③]。济文武于将坠,宣风声于不泯[④]。涂无远而不弥,理无微而弗纶[⑤],配沾润于云雨,象变化乎鬼神[⑥]。被金石而德广,流管弦而日新[⑦]。

1. 词语通释。

① 伊兹文之为用:唯此文章之功用。伊,发词,常用于句首,与唯、惟、维等字同。兹文,泛指文章。为用,作用,功用。

固众理之所因:本来是表达万事万物的道理而写出来的。固,乃。众理,指宇宙间万事万物的道理。因,凭据,缘由。

这两句是说,文章的功用,乃在于通过它把许多的事物道理表达出来。

② 恢万里而无阂:有了文章,在空间上无论多远,也没有阻隔、界限。恢,广大;阂,阻隔界限。

通亿载而为津:在时间上无论多久多远,文章可作为沟通古今的桥梁。通亿载,指时间之长,说明它能流传久远。通,沟通。津,渡口。《说文》:"津,渡也。"《文选》刘良注:"使广大万里以为一也,通文章之津梁使得达也。"

这两句是说,文章在空间上可扩到万里之外而毫无阻隔,在时间上可沟通亿万年而成为渡口的津梁。

③ 俯贻则与来叶:向下可以将法则留给后世,垂范后人。俯,向下。贻则,遗留下的法则。来叶,后世,后代。

仰观象乎古人:向上可以从古人学到好的典范。观象,犹言取法。《尚书·益稷》上说"予欲观古人之象",意思是往上可以从古人学到好的典范。

这两句是说,我们通过文章往上可以取法古人,往下可以垂范后世。

④ 济文武于将坠:文章可以拯救文武的道统,不至于坠落于地。济,拯救。文武,指文章能传授文王、武王的道统。《论语·子张》:"文武之道,未坠于地。"这里的道,泛指儒家的道统,实际上就是指治理国家的制度和方法。

宣风声于不泯:文章又可宣扬圣贤的风教,不使归之于泯灭或伦亡。宣,宣扬,传播。风声,指风教,好的教化。泯,灭。不泯,即不灭。

这里说明文章的功用,既能辅助政教,又能改变风俗。

⑤ 涂无远而不弥,理无微而弗纶:无论多么远的路途,无论多么微妙的道理,文章都可以蕴含进去。涂,路途,道路,这里指文章之道。不弥,不终止,即到达之意。弥,终止。弗纶,不知。《释文》:"纶,知也。"另一说,分丝叫经,合丝叫纶,纶有综合的意思。《易·系辞上》:"与天地准,故能弥纶天地之道。"弥纶,缠裹统摄之意。《文选》李周翰注:"文经天地,故无远不弥,无微不纶。"

这两句是说,路途无论多么遥远都可到达,道理无论多么微妙都可包括进去。

⑥ 配沾润于云雨:文章的功用比得上滋润万物的云雨。配,相当,匹配。沾润,滋润。沾,濡,渍。方廷珪说:"云雨有沾润万物之功,文章有阐扬万物之功,故云配。"

象变化乎鬼神:好像变化莫测的鬼神。象,比拟,相似。神,贾子说:"神者,变化而无所不为也。"《文选》李周翰注:"文德可以养人,故配沾润于云雨,出幽入微,故象变化乎鬼神。"

这两句是说,文章可以和云雨滋润万物之功德相匹配,又能出幽入微,变化莫测,只好用鬼神来比拟之了。

⑦ 被金石而德广:把文章刻在金石上,可以布德教,流传久远。被金石,刻于金石。被,有刻写的意思,亦可作布讲。金石,金指钟鼎,石指碑碣,古人用以歌颂功德。这是古代统治者纪念功德以吹捧自己的妙法。

流管弦而日新:文章流传于音乐中可以与日俱新。流,流布,注入,配上的意思。管弦,乐器,指音乐。日新,指日日新,谓永不衰微。《文选》李善注:"金,钟鼎也。石,碑碣也。言文善者,可被之金石也。施之乐章也。"《吴越春秋》:"乐师谓越王曰:'君王德可刻于金石,声可托之于管弦。'"

这两句是说,文章可以刻于钟鼎、碑碣之上,以布德泽;声调可播于管弦,广为流传,永不衰竭。

2. 译文。

可是若说文章的功用,宇宙间万事万物的道理要靠它得以解说和传播。它既可以流传万里而无阻隔,又可以作为沟通亿万年的桥梁。往下,文章可以垂范于后代;往上,也可以取法于先哲贤人。它既可以使文王、武王的道统免于中断,也可以宣扬教化不至于泯灭。再遥远的道路都可到达,任何细微的道理都能阐明。它比得上云雨可以滋润万物,它变化的灵妙可与鬼神比拟。它可刻在金石上使功德广为流传;播于管弦,可使声调万古常新。

第七章 赋 论

上篇 赋的起源演变与发展

一、赋体作品名称概念

赋,作为文学体裁,据现有的材料,它最早流行于战国时代。根据我国文学体裁形成的一般规律,可以推定赋作为文学体裁,在正式进入文坛之前,应当是曾经在民间流传过。如《周易》爻辞中就保存了许多民间俗语(廋词、隐语)。以后"隐语"传入宫廷,成为策士说客以至俳优人物的解颐妙语、善辩辞令。《国语·晋语》记有"秦客廋词于朝,大夫莫之能对"。《史记·滑稽列传》说齐威王好隐,淳于髡说以隐。这种风气在楚国也很盛行,《史记·楚世家》记有:"庄王即位三年,不出号令,日夜为乐,令国中曰:'敢谏者死。'伍举入谏曰:'愿有进隐。'曰:'有鸟在于阜,三年不飞不鸣,是何鸟也?'庄王曰:'三年不飞,飞将冲天;三年不鸣,鸣将惊人。举退矣,吾知之矣'。"伍举不去直谏,而说之以"隐语",巧妙地达到"指事"的目的。《汉书·艺文志·诗赋略》载有《隐书》18 篇,说明在战国时期一些文人已在对"隐语"进行了创作,而荀况(约公元前 298—约前 238)大概正是利用并改造了一问一对的格式,创制了他的赋篇五篇。荀子留下的五赋之外,尚有一篇佹诗,是荀赋的另一体。佹诗"愤激之辞,溢于言表"。鲁迅在《汉文学史纲要》中说:春申君以况为兰陵令,是"言天下不治之意,即以遗春申君者,则词甚激切,殆不下于屈原(约公元 340—约前 278)"。到了西汉,继荀子、屈原、宋玉,赋作大兴,成为一个时代的文学主流。近人王国维说:"凡一代有一代之文学,楚之骚,汉之赋,六朝之骈语……"赋作成为一个独特的文学体裁,作家作品因变传递,一直写了两千多年,历久不衰。而今正逢盛世,民族复兴,传统的文学体式——赋,又开始活跃起来,我们更应认真去研究探讨。借古而创今,认识到古赋的得与失,扬长避短,总结创作经验,无疑是非常必要的。

古人释赋体作品说法不少,最早见于先秦的,为赋即敷、布。《诗·大雅·烝民》"明命使赋",《毛传》曰:"赋,布也。"《诗·小雅·小旻》"敷于下土",

《毛传》曰:“敷,布也。”郑玄注《周礼》“六诗”,说《毛诗》“六义”之“赋”谓“赋之言铺,直铺陈今之政教善恶”。其次是讽读口诵的意。《国语·召公谏弭谤》:“故天子听政,使公卿至列士献诗……瞍赋,蒙诵。”这里的“赋”、“诵”,均指以声节之,不待奏乐的口头讽诵。因此班固在《汉书·艺文志》里引:“传曰:不歌而诵谓之赋,登高能赋,可以为大夫。”作为一种文体,赋是“不歌而诵”,适合口头朗读。但这不同于平时说话,朱自清在《诗志辩》中引用《周礼·大司乐》郑玄注“以声节之曰诵”。又引用《墨子·公孟》“诵诗三百,弦诗三百,舞诗三百”,然后解释说:“‘诵’,无弦乐相配,似乎只有节奏——也许是配鼓罢。”这意思很确切,赋作为一个新文体,不像诗经那样,可以合乐歌唱,也不同于诸子的散文,当时人称它为“赋”,是最为妥当的。总之,赋在写作手法上是“铺陈写物”,在体制上与诗不同,它是介于诗和文之间的特殊文体,是散韵间出,半诗半文的一枝古老而独特的奇葩。

二、赋的分类

首先要说明的:辞与赋本是两种文学体裁,都是在战国时期的楚国最先出现的。辞,即楚辞,是汉代人称呼以屈原为代表的楚国作家的作品,始见于《史记》,以后刘向把屈原、宋玉等人的作品汇为一集,题名《楚辞》,因此“楚辞”不仅是文体的名称,又是专书的名称了。

当代学者费振刚说:

> 楚辞作为一种文体,在我国古代文学发展史中,是比较特殊的。别的文体,例如诗、词、曲,它们的产生和发展都经历了相当长的过程……它们都不是一个时期独有的文化现象,唯独楚辞,从现存作品看,它的存在几乎和屈原相始终,甚至可以说,楚辞的内涵和外延和屈原的作品是相同的。
>
> (费振刚《全汉赋校注》序)

这论点很有道理,是对辞、赋研究的一个突破,把屈原作品从赋体或辞赋体剥离出来,独立为一种文学品种。我个人认为以后是否可以不再称它是“屈赋”或“辞赋”了,辞就是辞(楚辞),赋就是赋,它们之间有联系,更重要的是有很大的区别(诗可入乐,楚辞亦可入乐,它们同属于诗歌范畴)。

费振刚又说:

> 梁代,刘勰在《文心雕龙·诠赋》中论赋的起源时,提及了屈原、

荀子和宋玉，以严格的文体加以区分，可以认为屈原有辞无赋，荀子有赋无辞，而宋玉，则是辞赋二体兼长的作家。

……

过去，把屈宋并称，只是说他是屈原后继者……现在着眼于赋的形成和发展……荀子、宋玉及一些不知名的作者，正在尝试运用赋这种文体进行写作之逐渐趋于完善……那就是赋的形成和发展的时代，荀、宋是赋这一文体的开拓者。

（费振刚《全汉赋校注》序）

关于赋体的创立由屈宋改为荀宋，是最科学、最妥当的。宋人黄伯思《东观馀论·翼骚序》中对什么是楚辞曾有过界说：

《楚辞》始肇于楚，而其目盖始汉世。然屈宋之文，与后世依傍者，通有此目。而陈说之以为惟屈原所著者，则谓之《离骚》，后人效而继之者，则曰"楚辞"，非也。自汉以还，文师词宗，慕其轨躅，摛华竞秀，而识其体要亦寡，盖屈宋诸骚，皆书楚语，作楚声，纪楚地，名楚物，故可谓之"楚辞"。若些、只、羌、谇、蹇、纷、侘傺者，皆楚语也。悲壮顿挫，或韵或否者，楚声也。沅、湘、江、澧、修门夏首者，楚地也。兰、茝、荃、药、蕙、若、苹、蘅者，楚物也。他皆率若此，故以楚名之。自汉以还，去古未远，犹有先贤风慨。而近世文士，但赋其体，韵其语，言杂燕粤，而亦谓之"楚辞"，失其旨矣。

（费振刚《全汉赋校注》序）

过去的研究者，只看见黄伯思讲的什么是楚辞，而忽略了他讲的什么不是楚辞。汉代武帝以后，作"骚体赋"者，始终未断，但形制、手法都有变化、发展，一种更新的文体已摆脱前代的窠臼，而兴起独立了。人们有理由地说：楚辞的形制，在骚体赋中得到了延续，但"另一方面也可以说《楚辞》出而楚辞亡了"。（参看费振刚《全汉赋校注》前言）按：司马迁《史记·太史公自序》云"屈原放逐，乃著《离骚》"，而未言《楚辞》，又是一证。

最早把赋分类记述是班固的《汉书·艺文志》，在《诗赋略》中总举诗赋106家，1318篇，除其中的诗歌28家，314篇，则赋有78家，1004篇，把赋又分四类：

1. 自屈原至王褒，赋20家，361篇；

2. 自陆贾至朱宇，赋21家，274篇；

3. 自孙卿(荀况)至路恭,赋 25 家,136 篇;

4. 自客主赋至隐书,赋 12 家,233 篇。

班固对分类没有细说,著录作家作品,绝大部分又均亡佚,无从考察。清代学者章学诚曾作过一番研究,他推断说:"然则三种之赋(指前三种),亦如诸子之个别为家,而时不能尽归一例者耳。"又说:"三种之赋,人自为篇,后世别集之体也;杂赋一种(指第四种),不列专名,而类叙为篇,后世总集之体也。"(见《文史通义》)章学诚的意思是班固的分类按流派划分的,第四类带有总集的性质,这就使我们知道班固的分类确实很不科学,是失误了。

以后,赋家辈出,作品纷繁,而又各具特征,之后梁代萧统(昭明太子)主编了一部我国的现存最早的文学总集《昭明文选》,把赋列在所收作品的最前面。并分为京都、郊祀、耕藉、畋猎、纪行、游览、宫殿、江海、物色、鸟兽、志、哀伤、论文、音乐、情等 15 类。萧统的分类方法,是以赋作内容,题材作为分类的标准,可见到了六朝,赋作已很繁富了。

清代许梿(1787—1862),字叔夏,号珊林,浙江海宁人,道光进士。专门把南北朝的赋作选编为《六朝文絜》一书,于道光年间刊行。他认为"辑选斯帙",可以"上诉汉魏""胎息三唐"。该书精选骈体,称"赋"者 12 篇,称"诏"者 4 篇,称"敕"者 2 篇,称"令"者 2 篇,称"教"者 2 篇,称"策问"者 2 篇,称"表"者 5 篇,称"疏"者 1 篇,称"启"者 8 篇,称"笺"者 1 篇,称"书"者 17 篇,称"移文"者 1 篇,称"序"者 1 篇,称"论"者 1 篇,称"铭"者 7 篇,称"碑"者 1 篇,称"诔"者 2 篇,称"祭文"者 3 篇:体式共有 18 种,作品 72 种,作家 35 人,除陆机是晋人外,其余都是南北朝知名作家。他从嘉庆十一年(1806)至道光五年(1825)用 20 年的时间,"易稿者四"(自序),完成《六朝文絜》的编选。许梿认为六朝骈文的缺点是烦冗,他以全篇构思精炼和修辞简洁为标准选择作品,入选作品都是小品。入选者多是名人大家,加上题材广泛、体制较多,因而能较好地显示南北朝骈文发展的特点和成就。许梿对所选各篇都做了眉批,大多数属于写作艺术的鉴赏评点。例如点出《芜城赋》"从盛时极力说入,总为'芜'字张本,如此方有势有力";指出《月赋》"若夫气霁地表"一节,"数语无一字说月,却无一字非月,清空彻骨,穆然可怀";析出《小园赋》"前半俱从小园落想,后半以乡关之思"等,可有助于学习的欣赏。光绪间,黎经诰为之加注,详加笺释,光绪刊世,1935 年上海扫叶山房石印本,1962 年有中华书局排印本。

近人王先谦(1842—1917),字益吾,号葵园,湖南长沙人。同治进士、翰林院庶吉士、翰林院侍讲,历任国子监祭酒、江苏学政、长沙南城书院、岳麓书院院长等职。辛亥后乡居著书。所选编的《骈文类纂》,为学界所习范本,流行颇广。1998 年,浙江古籍出版社有重印本。该书所选骈文,上起先秦,下讫清末,计约 300 位作家 2000 余篇作品。“骈文”系古代文体名,起源于汉、魏,形成于南北朝。全文以骈句(即双句)为主,讲究对仗、声律和藻饰。例以四六字相间,又称“四六文”,即骈文中的一体。在南北朝时,视为文章正宗,唐宋八大家倡导古文,遂取代了骈文的地位,但直至清末,仍有人写作骈文。《骈文类纂》收“论说类”121 篇,“序跋类”160 篇,“表奏类”131 篇,“书启类”97 篇,“诏令类”64 篇,“檄移类”19 篇,“传状类”6 篇,“碑志类”127 篇,“杂记类”62 篇,“箴铭类”46 篇,“颂赞类”63 篇,“辞赋类”28 篇。王先谦《骈文类纂》的特色是选文标准注重雅洁,反对浮艳,并仿姚鼐《古文辞类纂》体例,首列序目,略述各类文章的不同特色,评论前创作的得失。可以说是学习骈文的实用选本。

赋的分类。我认为明代徐师曾总结了前代赋作体制特点,在《文体明辨》中,把赋分为古赋、俳赋、律赋、文赋四种,比较科学,多被后人接受。兹分别加以说明:

古赋:主要是产生于两汉的辞赋。古赋,一方面是说它产生的时代早,另一方面也是区别于后来讲求对仗、要求声律的俳赋(骈赋)、律赋而言的。古赋从体制上可以分为三类:一类是散体大赋,一类是骚体赋,一类是小赋。典型的散体大赋多以主客对话方式构成赋文。如班固的《两都赋》、扬雄的《长杨赋》。有些赋虽未采取主客问答的方式,其开头是一个简单的小序,并交代作赋的缘由,结尾则往往采用“楚辞”的“乱曰”或“辞曰”,如王延寿的《鲁灵光殿赋》、扬雄的《甘泉赋》等。文采华丽,辞藻丰富,是散体大赋语言上的特点。如《上林赋》、《羽猎赋》、《二京赋》等。讲求铺张,描绘穷尽;题材宏大,竭尽夸饰,是散体大赋的又一特点。“骚体”赋,以贾谊的《吊屈原赋》为最有名。其他如司马相如的《长门赋》、班彪的《北征赋》等都是模拟“楚辞”,但以赋为篇名的赋作。小赋,是相对千言的大赋而言,是通篇押韵的,不似大赋那样具设问为答,韵散间出的结构。

俳赋(骈赋),是在古赋的基础上发展变化出来的一种新体赋。这种赋兴于汉魏,盛行于南北朝时期。俳,是俳偶;骈,是骈俪,都是指句子对仗的意思。俳赋的主要特点,就是追求句子上的工整对仗,音节上的轻重协调。这与当时文学上普遍兴起的骈俪风尚是密切关联着的。孙梅在《四六丛话》论到赋的演变时说:

左(思)、陆(机)以下,渐趋整炼;齐、梁而降,益事研华,古赋一变而为骈赋。江(淹)、鲍(照)虎步于前,金声玉润;徐(陵)、庾(信)鸿骞于后,绣错绮交,固非古音之洋洋,亦未如律体之靡靡也。

这就说明了赋作品从古赋到俳赋的演变过程,也概述了俳赋的特征。在赋中用对仗句,古赋中也是有的,如"周以龙兴,秦以虎视"(班固《两都赋》),"声与风游,浮从云翔"(张衡《东京赋》),但只是偶然可见。到了魏晋以后,赋中使用对仗句就逐渐多起来,试摘数则,以观其演变的痕迹。如曹植的《洛神赋》:

其形也,翩若惊鸿,婉若游龙;荣曜秋菊,华茂春松。髣髴兮若轻云之蔽月,飘飖兮若流风之回雪。远而望之,皎若太阳升朝霞;迫而察之,灼若芙蕖出渌波。秾纤得衷,修短合度,肩若削成,腰如约素。……于是屏翳收风,川后静波,冯夷鸣鼓,女娲清歌。……于是越北沚,过南冈,纡素领,回清阳。

左思的《三都赋》:

水陆所凑,兼六合而交会焉;丰蔚所盛,茂八区而庵蔼焉。

又:

玩其碛砾,而不窥玉渊者,未知骊龙之所蟠也;习其敝邑,而不睹上邦者,未知英雄之所躔也。

又:

剑阁虽嶛,凭之则蹶,非所以深根固蒂也;洞庭虽睿,负之则北,非所以爱人治国也。

又:

南瞻淇澳,则绿竹纯茂;北临漳滏,则冬夏异沼。

晋陆机《文赋》:

遵四时以叹逝,瞻万物而思纷。悲落叶于劲秋,喜柔条于芳春。心懔懔以怀霜,志眇眇而临云。

又:

浮天渊以安流,濯下泉而潜浸。

又：

> 沈辞怫悦，若游鱼衔钩，而出重渊之深；浮藻联翩，若翰鸟缨缴，而坠曾云之峻。收百世之阙文，采千载之遗韵。谢朝华于已披，启夕秀于未振。观古今于须臾，抚四海于一瞬。

以上举的都是魏、晋时代的例子，可以看出在句式上追求整炼，俳偶的风气已经形成；单对和长隔句对，在这时作品中屡见不鲜。

到了南北朝时期，对偶工整，辞藻华丽新巧的俳赋，就成了赋作的主要体格。像鲍照(413？—466)的《芜城赋》，江淹(444—505)的《恨赋》、《别赋》，沈约(441—513)的《丽人赋》，谢庄(421—466)的《月赋》，庾信(513—581)的《哀江南赋》、《春赋》、《灯赋》、《对烛赋》，都号称名篇，而无一不是俳赋(骈赋)。沈约的某些赋作，既运用对偶还讲究平仄音律；庾信的《小园赋》甚至采用工整的四六对，这与"古赋"的区别更加明显。另外，这一时期的赋，篇幅均短小了，鸿篇巨制已经少见，抒情成分较为浓厚了；在倾向上更近于诗歌或词作(如前人称柳永《望海潮》[东南形胜]，说这首词可以改称为《杭州赋》)。这与汉大赋是有很大不同了。举庾信的《灯赋》为例：

> 九龙将暝，三爵行栖。琼钩半上，若木全低。窗藏明于粉壁，柳助暗于兰闺。翡翠珠波，流苏羽帐。舒屈膝之屏风，掩芙蓉之行障。卷衣秦后之床，送枕荆台之上。乃有百枝同树，四照连盘，香添然蜜，气杂烧兰。烬长宵久，光青夜寒，秀华掩映，蚖膏照灼。动鳞甲于鲸鱼，焰光芒于鸣鹤。蛾飘则碎花乱下，风起则流星细落。况复上兰深夜，中山醑清。楚妃留客，韩娥合声。低歌著节，游弦绝鸣。辉辉朱烬，焰焰红荣。乍九光而连采，或双花而并明。寄言苏季子，应知余照情。

全文只有一百八十余字，这种俳体小赋从题材上看，它写的是日常生活中的品物，表露出闺房离情，和汉大赋专写帝王生活、都城、林苑等内容是很不一样的。此外，六朝俳赋在用典技巧上，也与汉赋不同。

律赋，主要是适应唐宋科举考试而产生的既讲究对偶又限制音韵的新赋体。它是在六朝俳赋的基础上变化出来的。俳赋，讲究对仗工整，到了南朝沈约、谢朓、王融诸人所倡"四声八病"之说以后，在对仗工整之外又兼讲究平仄和谐。赋的演变与两汉、魏、晋时代的"古赋"，就有了很大的不同，清代李调元(雨村)在其所著《赋话》中云：

鲍照、江淹、权舆已肇。永明天监之际，吴均、沈约诸人，音节和谐，属对精密，而古意渐远。庾子山（信）演其习，开隋唐之先躅；古变为律，子山实开其先。

又说：

变古为律，兆于吴均、沈约诸人，庾子信衍为小篇，益加工整，如《三月三华林园射马赋》及《小园赋》，皆律赋之所自出。

明代徐师曾在所著《文体明辨》中也说过：

三国、两晋以及六朝，再变为俳，唐人再变而为律……至于律赋，其变愈下，始于沈约"四声八病"之拘，中于徐（陵）、庾（信）"隔句作对"之陋，终于隋、唐、宋"取士限韵"之制，但以音律谐协，对偶精切为工，而情与辞皆置弗论。

故律赋来源于俳赋，律赋的产生，是隋、唐科举的产物，因为它在体制上不是作家创作实践而自然形成的，是出于统治阶级课试制的需要而硬性规定出来的。律赋的体制，讲求俳偶，以限韵为基本特点。律赋比俳赋更注意对仗工整、平仄和谐。特别是押韵有严格的限制。一般由考官（有时也由皇帝）命题限韵。一般出八个韵字（有时也有三、四、五、六、七字）为韵，如宋代范仲淹《金在熔赋》以"金在良冶求铸成器"为韵；除韵字有规定外，连押韵的次序，韵脚的平仄也有规定，字数也有限制，一般不超过400字。律赋的限韵也经历了由松到严的过程，限制越来越多，而有价值的作品，却是不多的。

文赋，在唐宋古文运动的影响下而产生的赋体作品。文赋一反俳赋、律赋在骈偶、用韵方面的限制，接近于散文化而近于古文。唐宋时代著名的文赋作家，如欧阳修、苏轼等都是著名的古文家。文赋不完全排斥对偶，如欧阳修的《秋声赋》中"初淅沥以潇洒，忽奔腾而澎湃"、"草拂之而色变，木遭之而叶脱"，苏轼的前后《赤壁赋》中"纵一苇之所如，凌万顷之茫然"、"耳得之而为声，目遇之而成色"、"山高月小，水落石出"等等，但也只行文中必要铺排，用来增强文章的气势，不像俳赋那样一味追求声色的华丽。文赋也用韵，但比较自由。句式以四言、六言为主，也间用长句。使用连接词和"之"、"乎"、"也"、"哉"、"邪"、"矣"、"焉"等虚词。如欧阳修《秋声赋》中"此秋声也，胡为乎来哉"，"草拂之而色变，木遭之而叶脱"。还吸收了古文的章法、气势。虽然也有铺陈的特点，但基本上摒除了僻字、僻典和堆砌辞藻的毛病。在内容上，已不像汉赋那样专事歌颂或执着于"以讽喻为宗"的主题,但往往说理。不过像苏轼的《赤壁赋》虽也杂以说理、议论,其叙事写景,形象生动,文字清新流畅,诗意盎然,而又洋溢贯通着古文的"气势"和赋作的"气韵",在赋作中堪称珍品。

其他尚有称"俗赋"的作品。在《敦煌变文集》中,有些是赋类的作品。它跟变文作品不同。如《韩朋赋》、《晏子赋》、《燕子赋》等,是通俗文学中的赋体作品,故称俗赋。《韩朋赋》写韩朋夫妇为宋王迫害,终至双双殉情,具有反抗黑暗社会的思想意义。《韩朋赋》的本事最早见于干宝《搜神记》,这篇赋的文字古朴,又多用古韵,可能产生于隋、唐以前。《晏子赋》写晏子使梁时,梁王因看他丑陋矮小,设辞讥笑,反被晏子所讽刺。《燕子赋》写黄雀强夺燕巢,燕子向凤凰控诉,被凤凰判罪。此外,与俗赋体裁相似的还有《孔子项托(橐)相问书》和《茶酒论》。前一篇写孔子出游遇见小儿项相托(橐),提出许多难题问项托(橐),他对答如流,最后反把孔子难倒了。这与《列子·汤问篇》里所记"两小儿辩日"相近。后一篇写茶酒各自夸耀,争论不休,最后水出来调停。全文设为主客问答,又都用韵,实际上是一篇俗赋。篇末署有"开宝(宋太祖赵匡胤年号)三年阎海真题记",可能是五代或宋初的文人手笔。

骈体文(包括骈赋),这种文体经过两汉时代的酝酿,魏晋人的努力,到南北朝时期,趋于鼎盛。两汉时期,一种被称为"赋体"的作品发展起来,赋体属于半诗半文的文学体裁,它要求铺叙内容,语言整练,并且崇尚辞藻,要求节韵琅琅,便于诵读。因此,排比、对偶的修辞手法便自觉地、广泛地运用起来。例如汉代辞赋大家枚乘(?—约前140年)的著名作品《七发》,就运用许多对偶、排比句式,这种散中带骈的现象,在其他赋中也是很多的,这对骈体文来说,已是一种胎息的萌芽的状态。到了汉末、魏晋时期,赋的骈俪化更为明显。如曹植的《洛神赋》,对偶颇精工。晋初陆机的《文赋》则完全是骈偶写的。骈俪之辞的发展也影响到其他的文体。早在西汉时期,除赋之外,散文中亦可见到。如邹阳《狱中上梁王书》中的语句:"故女无美恶,入宫见妒;士无贤不肖,入朝见嫉。昔者司马喜膑脚于宋,卒相中山;范雎摺胁折齿于魏,卒为应侯。"这些骈丝俪片的出现,说明对偶修辞手法浸润着当时的文坛。东汉的辞赋比起西汉来俪句更多,如班固的《两都赋》,张衡、蔡邕、仲长统的文章,均是整齐华赡的。孙松友《四六丛话序》中说:

> 西汉之初,追踪三古,而终军奇木白麟之对,倪宽奉觞上寿之辞,胎息微萌,俪形已具;迨乎东汉,更为整赡,岂识其为四六而造福欤?

踵事而增华，自然之事耳。

到了六朝时期，整个文坛重辞藻、讲对偶，日趋骈化（按：当时对审美的认识，就是美化），并且达到了高潮。这时，除了史学和其他少数学术著作外，骈体文几乎占有了一切文字领域。诗赋如此，一切公牍文字如诏、令、表、疏和一切应用文字，如碑、铭、诔文、祭文，以及书信之类，都已经用骈体文了。

骈体文的主要特征，大致可归纳如下几点：

第一，语言对偶。这是骈体文的基本特征。有所谓"言对"、"事对"、"反对"、"正对"等区别。"言对"，指只就一般语言的一般相对，其中不含故事、典故。"事对"，指在对偶中用了人和事方面的典故。"反对"，指把相反的两个事物对举出来。"正对"，指把相同的两件事对举出来。"言对"与"事对"是并列的；"反对"与"正对"也是并列的。刘勰《文心雕龙·丽辞》中特别指明："言对事对，各有反正。"骈体文为了对偶精巧，讲求多用"反对"和分别"事类"。"反对"用反义词配对，可起相比相衬的作用，使作品内容既充实又有变化，文章更为精巧工整。分别"事类"用同类性质的概念相对，如人名对人名，地名对地名，数量对数量，方位对方位，颜色对颜色，等等。

第二，四、六句式。初期骈文，以四、六为主，其间也杂以五字、七字以至更长的句式；到了唐宋，"四六"的格式就定型了。唐代李商隐所作四六文，即称《四六甲乙集》。一般说来，四六文的结构因对仗情况不同，有以下几种：

1. 四字句与四字句组成上下两联相对

英英相杂，绵绵成韵。

（吴均《与顾章书》）

轻如游雾，重似崩云。

（鲍照《飞白书势铭》）

2. 六字句与六字句组成为上下两联相对

窥地门之绝景，望天际之孤云。

（鲍照《登大雷岸与妹书》）

芥千金而不眄，屣万乘其如脱。

（孔稚珪《北山移文》）

3. 上四、下四与上四、下四组成上下两个长联

风树之酷，万始莫追；霜露之哀，百忧总萃。

（梁元帝《答群下劝进初令》）

两岸石壁，五色交辉；青林翠竹，四时俱备。

（陶弘景《答谢中书书》）

4. 上四、下六与上四、下六组成上下两个长联相对

前园后圃，从容丘壑之情；左琴右书，萧散烟霞之外。

（杨暕《召王贞书》）

渔舟唱晚，响穷彭蠡之滨；雁阵惊寒，声断衡阳之浦。

（王勃《滕王阁序》）

5. 上六、下四与上六、下四组成两个长联相对

对天山之积雪，尚得开衿；冒广厦之长风，犹当挥汗。

（庾信《谢赵王赉白罗袍裤启》）

6. 上六、下六与上六、下六组成上下两个长联相对

知仁义不能禁暴，设刑网以胜残；知揖让不可济世，用干戈而靖乱。

（骆宾王《兵部奏姚州破贼设蒙俭等露布》）

第三，音韵声律。骈体文可分有韵骈文和无韵骈文两类，凡是用骈体写的赋、箴、铭、赞、颂、诔词等，一般都是有韵的，其他体裁一般是不用韵的。骈体文讲究平仄，是从齐梁时开始的，其他体裁一般是不用韵的。到唐代，随着严格的"律诗"的出现，骈文在平仄格律要求上，也日趋严格了。宋代古文大家欧阳修写过《蔡州乞致仕第二表》一文，几乎无一字、无一句不是平仄间出的，讲求声律，已是后期骈文的一个体制因素了。

第四，用典与藻饰。这本属修辞问题，在散体文章也是常用的。但骈文对两者都极度发展，因此倒成了骈文的重要特点之一。文章用典，可起论据作用，增强说服力，还可以发人幽思，借抒怀抱，表达情感而丰富内容，使其言简意赅，风格典雅。骈体文在创作上与古文相比，古文讲"气势"，而骈文讲"气韵"；古文通畅、古朴，骈文含蓄典丽。在中国文章中，有韵、散之分，又有骈、散之分。骈赋，就是"铺采摛文，体物写志"的用韵的骈体之一。

附带介绍一下，还有一种叫"八股文"的，它是古代科举应制时所作的文章。唐、宋时期，考试采用的赋体（时文）称"律赋"；明、清时期称为"八股文"。八股文每篇由"破题"、"承题"、"起讲"、"入手"、"起股"、"中股"、"后股"、

"束股"八个部分组成,从"起股"到"束股",才是正式的议论,"中股"为全篇的重心。这四股都有两股排比对偶的文字,合称八股,所以叫"八股文",也称"八比",这种体式,律赋有时采用。

三、赋的用韵

赋的押韵与诗歌有相同之处,也有不同之处。赋的押韵方式主要有下列几种:

第一,赋的篇幅一般较长,这就往往需要换韵,一韵到底的赋是很少的。有的换韵比较快,像扬雄的《解嘲》,很多地方只有两三个韵脚就换韵;贾谊的《吊屈原赋》则换韵更快,每一个韵,只有两个韵脚;江淹的《别赋》换韵则较慢,至少三个韵脚,大多是五个韵脚以上才换韵。六朝赋换韵往往较慢,这与细腻的风尚有关。

第二,赋的换韵,往往与内容、段落是一致的。例如扬雄的《解嘲》,每一段用一至八类韵,没有任何一类韵是跨段相押的。而且在每段所用的几类韵,换韵的地方在作品内容上也有转变。这一现象在六朝以后的赋作中,显得更为突出。例如江淹的《别赋》许多段是一韵到底的,换韵则是另起一段。正是因为这样,许多赋作家可以用韵来表示段落。一直到以后的文赋,如苏轼的《前赤壁赋》,以至更晚时期的赋作情况都是这样。

第三,赋的押韵。有的句句押,有的隔句押。隔句相押是赋作中最常见的押韵方法,这又和《诗经》、《楚辞》的押韵方法是相同的。古赋和文赋常有散句,押与不押,可以自由。一个段落的押韵很不规则,有句句押,有隔句押,也有六七句,到十多句不押韵的。文赋除句句押和隔句押以外,也有三句或四句才押韵的。这种作法,是因为赋中诗的成分减少,散文成分增多的缘故。

第四,所有韵脚不一定都放在句末。如果句末是虚词,往往在虚词前面押韵,这也是《诗经》、《楚辞》的传统作法。如扬雄《解嘲》:"意者玄得无尚白乎?何为官之拓落也?""客徒欲丹吾毂,不知一跌将赤吾族也!"这种押韵的方式,在古赋和文赋运用得较多,而在俳赋中一般不用。但是末句的虚词,也有用来押韵的。如江淹的《别赋》:"黯然销魂者,唯别而已矣!况秦吴兮绝国,复燕宋兮千里。或春苔兮始生,乍秋风兮蹔起。"

第五,韵脚以不重复为原则。如上所举都没有同字重押的。个别同字的,或是同形字,而音义不同,或是不同义,只是同音字。即使这样,赋作家还是注意把同形字和同音字保持一定的距离。这种规矩,直到唐宋诗词中仍有使用。

如杜甫《自京赴奉先县咏怀五百字》,文中共出现了三个“卒”字押韵,但它们既不同义,又不同音。

第六,到了唐代,骈体文在平仄的要求、运用平仄的规律,跟“律诗”中的律句大致相同。即在一句之中,平节和仄节交替。如四字句式,第二字、第四字是节奏点;六字句式,如果是二四式,则第二、第四、第六为节奏点;如果三三式,则第三、第六为节奏点。节奏点的平仄是最严格的。而骈文中上、下两联之间,则要平仄相反,即平对仄,仄对平。现举王勃的《滕王阁序》中第二段引来比较一下:

时维九月,
(－)(丨)
序属三秋。
(丨)(－)
潦水尽而寒潭清,
(丨) (－)
烟光凝而暮山紫。
(－) (丨)
俨骖騑于上路,访风景于崇阿;
(－)(丨) (丨) (－)
临帝子之长洲,得仙人之旧馆。
(丨)(－) (－) (丨)
层台耸翠,上出重霄;
(－)(丨) (丨) (－)
飞阁流丹,下临无地。
(丨)(－)(－)(丨)
鹤汀凫渚,穷岛屿之萦回;
(－)(丨) (丨) (－)
桂殿兰宫,列冈峦之体势。
(丨)(－) (－) (丨)

上述引文,可以看出骈文的平仄对仗,绝不马虎,整练谐调,为骈文的重要特色。唐代如此,宋代更为讲究,用于公牍实用文的所谓“四六”,平仄声律,则更趋严了。越精密,越典丽,这是当时的审美原则了。

四、赋的用典

写作用典，本属赋诗写文的修辞问题。刘勰《文心雕龙·事类》篇说："事类（按：即用典）者，盖文章以外，据事以类义，援古以证今者也。"是说用典的目的，是在援引古人、古事以加强文章论据，证明自己的观点和主张，并非自己的偏见，而是古已有之的，是正确无疑的。黄侃先生所撰《文心雕龙札记》一书中说：

意皆相类，不必语出于我；事苟可信，不必义起于今，引事可言，凡以达吾之思而已。若夫文之以喻也，征于旧则益为信，举彼所知，则易为从。

因而文章用典，可起使论据充分，增强说服力，启人联想，抒发怀抱，使行文含蓄简洁，委婉典雅的作用。为了进一步了解骈体文的用典，仍以王勃的《滕王阁序》第一段结尾部分为例：

嗟乎！时运不济，命途多舛。冯唐易老，李广难封。屈贾谊于长沙，非无圣主；窜梁鸿于海曲，岂乏明时。所赖君子见机，达人知命。老当益壮，宁移白首之心？穷且益坚，不坠青云之志。酌贪泉而觉爽，处涸辙以尤欢。北海虽赊，扶摇可接；东隅已逝，桑榆非晚。孟尝高洁，空余报国之情；阮籍猖狂，岂效穷途之哭！

文章是送友人宇文（名不详）而写的赠序文。因为朋友到边远的地方做官，实为迁谪，故在文中临别赠言，加以慰勉。所用典故是很讲究的。"冯唐易老"句，是用汉代冯唐宦海浮沉的故事；"李广难封"句，是用汉代名将李广，遭逢不遇的故事；"贾谊"句，是用汉代贾谊不被重用的故事；"梁鸿"句，是用汉代梁鸿用《五噫歌》讽刺朝政，畏罪逃亡的故事；"孟尝"句，是用后汉孟尝能革新政治，竟不被重用的故事；"阮籍"句，是用晋代阮籍不满当时，常恸哭的故事。上述这些人物，都是不幸的怀才不遇者，历史上屡见不鲜；借此劝慰故友善自珍重，不必悲观失望。除明喻，作者还用一些暗喻。写了晋代吴隐之饮贪泉而更清廉；庄子自比"涸辙之鱼"、"相濡以沫"的故事，说明患难之交的可贵。还用了诗文中的话语铸典，多姿多样，深化了文章主题。但如果用典没有真实感情，为用典而用典，那就成了"掉书袋"了。

五、小结

在中华文化宝库中的诗、词、曲、赋，在世界文化史的花坛上都是独树一帜的。赋始于先秦，鼎盛于两汉，风靡于六朝，革新于唐宋，延至明清而及近代，繁荣发展，历两千余年而不绝，可见它有极强的生命活力。今日又呈复兴之势。

赋，最早不是文体概念，也不是诗体概念，而是作为朗诵作品而出现的，"不歌而诵谓之赋"，实际是说，这样的品种，不能配乐演唱，而只能有节奏地诵读。到了战国中晚期，作为一种文体的赋，就开始产生了。屈原的作品称为楚辞，与诗关系密切，但也有赋的某些因素，人们以"风骚"并举，足见它是诗歌的范畴。司马迁作《史记·屈原贾生列传》："屈原既死之后，楚有宋玉、唐勒、景差之徒者，皆好辞而以赋见称。"这句话从逻辑因果关系上，值得进一步探究：司马迁在《报任安书》中说："屈原既放，乃赋《离骚》。"这里的"赋"是动词，他赋的是《离骚》，没讲他赋的是"赋"，说明"离骚"就是"离骚"。屈原既死（不是既放）之后，他的后继者"宋玉、唐勒、景差之徒者，皆好辞而以赋见称"。故前论"荀、宋是赋的开拓"了。

其实赋的起源，主要是战国的纵横家的游说之辞为胚胎，从文体上讲，有楚辞的影响；从内容上讲，就以夸张铺陈、藻饰绮丽用来服人，既有散文之形，又有诗歌之韵。

到了汉代，赋家蜂起，赋作繁盛。既有歌功颂德之辞，又有赞叹宫室林园美化之语，既用铺陈采排，穷相声貌的宏制，又有游宴畋猎，睹物生情的短篇。赋的创作，成为"一代之文学"，虽为帝王歌德，但也表现出一代文人的才华妙手，也使我们对汉代人的一部分生活状况，有些具体形象的认识。

到了魏晋六朝，赋作争奇斗艳，巧为藻饰，赋作十分繁盛。孙梅在《四六丛话》中说："左（思）、陆（机）以下，渐趋整炼，齐、梁而降，益事研华，古赋一变为骈赋，江（淹）、鲍（照）虎步于前，金声玉润；徐（陵）、庾（信）鸿骞于后，绣错绮交，固非古音之洋洋，亦未如律体之靡靡也。"这里讲赋由古变骈的过程和骈赋的主要特征。

以上举的都是魏晋的例子，就可知俳偶已形成风气。到了南北朝，对偶工整，辞藻华丽，新式奇巧的俳偶，是主要体格，如鲍照的《芜城赋》，江淹的《恨赋》、《别赋》，沈约的《丽人赋》，谢庄的《月赋》，庾信的《哀江南赋》、《春赋》、《灯赋》、《对烛赋》，都是名家名篇，但无一不是俳赋。庾信的《小园赋》更求

“四六”工对。他们都是这一时期的妙手,为我们留下了丰富的文化遗产。然而对事物的看法不能绝对化,一概肯定或一概否定。赋的作品往往有形式主义的问题,如古赋的堆砌辞藻,俳赋的追求妍丽、奇巧。这都是实事求是的评价。

到了唐宋之际,赋作风格为之一变,文赋一反律赋,出现了许多意精词美,声情并茂的佳作,代表一个崭新时代,赋作历史,大放光彩。一直延续元、明、清乃至近代,许多名家,仍挥笔作赋,美篇妙什,延之不绝。一株奇葩,历两千余年而不衰,可见它是有极强的生命力的。

下篇 当代赋作的复兴

中国美学大师王国维论及“元代最佳文学”——散曲时，认为被“郁堙沉晦”了数百年，我认为中国文学奇葩——赋，也与曲的命运差不多，也被冷落了很长时间。其原因一是赋作本身，写真实的少了，又加语言多是堆砌铺排，陈言生僻，老调重弹，千篇一律（这里不包括历代流传的古赋、俳赋、律赋、文赋中优秀作品），使人读而生畏；二是时代变迁，五四时提倡白话文，“打倒孔家店”，脏水和孩子一齐都泼入阴沟里了，再加上“白卷”第一，“读书无用”，谁还去理会那些带着“毒”气的“破烂货”；三是读者的文化水平越来越低，对古代的赋的美文，根本无从欣赏，能创作的行家，刚从禁锢中挣脱出来，惊魂未定而更是心有余悸了。

但是优秀的民族文化，是任何的邪恶势力想来打倒它，也终究打不倒的。在历史的长河中，那不过是一股逆流，正像浮云永远不能遮尽太阳，“野火烧不尽，春风吹又生”，这是规律，是不以人们的意志为转移的。

盛世来临，中华民族一定复兴，而民族复兴，一定包括优秀的民族文化的复兴，而赋，已写了两千多年了，它的复兴也是必然的。赋作的复兴，形势很快，“忽如一夜春风来”，名家名作，纷然出现，耳目一新，颇为壮观。2007 年春，《光明日报》开辟“百城赋”专栏，并公开发表了“开栏的话”，其中一段：

> 从江南到漠北，从东海到西疆，灿若星河的中华名城叙述着泱泱华夏的辉煌。在中华民族复兴的伟大时代，传统在创新中传承，文明在进步中光大。幸福安康、勤劳勇敢的人民和他们绚丽多彩、日新月异的城市，科学发展，共建和谐，一同推动着中国历史巨轮滚滚向前。今天的城市，是欣欣向荣的中国缩影。盛世方写华章……本报将刊登 100 个城市的辞赋，诚邀您欣赏评点。

《光明日报》此种创举（也是壮举），社会反响强烈，同声叫好。如湖南读者李广华诗曰：

> 国运昌隆文运兴，诗联曲赋复繁荣。
> 弘扬国粹光明报，百赋城文灿若星。

又如辽宁省葫芦岛市读者周建强《忆江南》词云：

品百赋，一报任神游。锦绣河山书画卷，人文历览写春秋。纵笔颂神州。

又如黑龙江省哈尔滨市读者何庆云《忆秦娥》词云：

品百赋，妙笔生辉好文赋。好文赋，壮我河山，激情永驻。古往今来多建树，更有改革开新路。开新路，科学发展，小康共处。

又如河南省洛宁县读者曲少波《水调歌头·回首百城赋》词云：

历时十八月，铺陈唱百城。西安谋篇开卷，鞍山洛阳中。群贤云集白鹿，研讨扬帆鼓劲，廿期登新程。体国亦经野，披瞽亦骇聋。字词丽，音韵和，对偶工。河山图壮，文采斐然古今容。囊括浩浩广宇，总览代代彦俊，巨擘竞腕功。匠心独筹运，举世赞光明。

还有一篇赞《百城赋》写得很别致，是华侨大学读者庄锡福写的：

锦绣中华颂。一篇篇、倾珠倒玉，雕龙描凤。五岳三山争奇丽，又见峨眉高耸。终不及，黄山邀宠。南北江湖如珠串，更高原青海波涛涌。立珠穆，众峰拱。煌煌文化尊周孔。五千年、历朝廿五，喜江山统。文采风流群星灿，李杜苏辛屈宋。俱往矣，人民为重。改革东风千万里，唤神州十亿心香共。圆百载，复兴梦。

这里对《百城赋》的赞美都是妥帖的。这是什么文体，非诗亦非词，但语句整练，注意对仗，通体押韵，虽未标明“赋”，但实际是赋，可以说在当今是以赋评赋的佳作。由此，我忽然想到宋代柳永有一首词《望海潮》（东南形胜），善用铺排的手法极写杭州之胜。故前人曾说：“你把它的题目改为《杭州赋》，也很恰当。”这使我们悟出了一个道理，诗词文章，表现出的意境往往是相通的。另有一位武汉读者胡均平写了几句散体文字，赞美《百城赋》的艺术魅力，他说：

到下面出差，偶然发现光明日报的《百城赋》，立即被吸引。读了一期大快我意。马上找出所有的报纸，一张一张地翻阅，居然找出了十来篇。于是，一个人到宿舍，一篇一篇地看，一赋一赋地品，如沐甘霖，如坐春风，如品香茗。城市新篇，盛世中国，华彩尽在光明日报《百城赋》。

这段话也恰似我的写照，某些心情、思绪和生活动作，几乎相似。我从《光明日报·百城赋》开栏起，两年多时间，剪报共集得100余篇作品，也是篇篇必读，而且细心推敲，做了许多品评。我主张为诗为文，均应立意在先，复兴传统优秀文化，是“旧瓶装新酒”、“推陈出新”，“新”在具有新时代的特点，“不薄今人爱古人，清词丽句必为邻”（杜甫《戏为六绝句》），“唯陈言之务去”（韩愈语），取其精华，去其糟粕，这都是人所共知的创作原则。《百城赋》的作者不少是名家，都有较好的写作水平。盛世作赋，激情满怀，铺张扬砺，赋味浓厚，布局谋篇，深得要旨，古树新花，开得如此繁盛，怎能不感动千万读者心灵。古赋名篇，得天时之孕育，借才人之妙笔。往往费时很久，一种文体流派的形成，又往往是几代人苦心孤诣，千锤百炼的结果。而今人的赋作，仿佛一夜之间，灼灼繁花，就开满各地；如果此风一起，腾蛟起凤，用上几十年、上百年，那将会是什么样的辉煌局面？“路漫漫其修远兮”，不能设想一个早晨就把好事做完；“吾将上下而求索”，我们应立足现实，大家奋力，一步一步地走向成功之路。

百城百篇吾均爱，尤爱其活泼生动之作，立体见人见形，闻声闻语。如2008年6月10日《光明日报》所发表的《舟山赋》，全文约1700字，形式虽然仍是汉大赋“主客问”的旧套，赋中以“听涛主人”为线索，贯穿起“诸客”的问对，使赋的内容波澜起伏，写尽了舟山群岛之古、之博、之盛；文似已尽，忽又突显奇枝，补其历史之悲，但其岛如龙，商侨并联，风光独好；结尾似梦亦真，妙语佳构，不同凡响，读后令人遐思，美感无限。金庸先生以如椽之笔，站得高、看得远、看得深、乍感浅、内容丰、文字短，仅以九百余字写了《香港赋》，朴实无华，结尾感慨不尽，以“笑傲香江”四字作结，名家之作，当非虚语。所有赋作，尽避冗繁，长者二千字左右，短者不足五百，因地设事，量体裁衣，长篇短制，各有千秋；惜墨如金，浑然一气，读之壮气，细读慢品，诚如斯言。

新赋开花，《光明日报》眼光远大，美文丽赋，神州翩飞彩凤，一石激起千层浪，万众争相咏百城；古都西安，人才荟萃，妙笔生花，诗刊多见韵文，三秦大兴新时赋，办大赛，睹盛况，二载丰收硕果存。

陕西省在文化创新上已做出了巨大成绩，在省市县各级都建立诗词学会（或社团、研究会），省级学会还专设置散曲、辞赋研究机构。拥有一支相当强大的队伍，上下同心，成绩辉煌。诗词曲赋佳作，已达四万多首（篇章），许多成功之作，已在海内外流传。

从上面对赋作不全面的统计中，可以看出视野广阔，体察细腻，有写古城古堡，名山胜水的；有写珍奇文物，古墓遗址的；有的咏物记事，也有专评文学创作的。非常多样，千姿百态，异彩纷呈。如翟增泽先生，他是陕西省诗词界的领军人物，他的不足千字的《毛笔赋》，构思立意，十分新奇，写尽了古今斯文。徐耿华先生也是高手，聪明睿智，刻苦自励，他的《散曲赋》，深入探讨散曲历史，而深得曲味要旨；三年前，他的一首《叨叨令》，是咏叹留守打工嫂的纯真之爱的颂歌，公认为是一篇杰作，几乎传唱了海内外，而脍炙人口了。于水先生，他是一位多产作家，多才多艺，博学好问，他的《中国烹饪赋》，手法娴熟，赋的开头一段话：

> 中国烹饪，源远流长，环球称冠；艺术奇葩，光彩夺目，举世无双。一门科学，博大精深严肃；一种艺术，绝伦美妙辉煌。中华美学开一朵，技艺高超法三章：自然美，艺术美，巧妙结合；形态美，质地美，和谐统一；实体美，意境美，水乳交融。巧夺天工，如诗如画；均衡营养，益寿益康。盐为味之首，鲜为食之长。“羊大为美”非谬论，“鱼羊为鲜”岂牵强！好即美：美食、美味、美酒、美梦……俊即美：美服、美发、美德、美人……烹饪艺术，为百业同兴繁荣添彩，为中华文明争光。

他研究中国烹饪文化很深入，故操笔为赋，玉振金声而不同凡响。我同他见过面，通过信，讨论过写作，好像他不是美食家，但读作品，应该承认他是一位美食艺术理论家吧。

读《秦风》2009 年第 1 期，刊有岳芳珍的《南瓜藤赋》全文 380 字，抄录于下：

> 生于荒坡堤畔，长于贫瘠垄沿。一籽入土，占地盈寸，点滴雨水，破土而出；两芽朝饮清露，夜迎清霜，盈盈于垄亩之圃；勃勃于田头地畔，与丽花竞秀，共百草同春，收阳光之温暖，感明月之蕴涵；绣骄阳裙系于纤腰，缀黄花于嫩叶丛间。一夜春雨，裙染翠绿，不觉细藤蜿蜒于古埝；晨露花开，笑迎蜂蝶，穿梭往来，惠赐花粉，雌雄异株而得贵子焉。四月春荒，菜缺粮断，瓜花入菜，香养童年；美妙之味，日日思鲜。
>
> 若乃，春去秋来，渐藤枯叶干，然果实累累，个大珠圆。从夏到秋，节节瓜甜。虽生命贱如野草，然身藏百宝。虽不能身居良田，然坡沿瘠土依能结瓜甸甸。虽无松柏之苍劲、绮花之耀眼，然奉献之大谁能比焉？虽不如西瓜之甜美，香瓜之口鲜，然入药，除脂降糖，功在药前，奇蔬异果谁具此功焉？且饥年灾月，可粮可菜，亦湿亦

干,以备荒患。今民食精细,佳肴万种,然南瓜之入酒宴,贫富皆宜,老幼同欢,饱尝口福,西餐洋店,登堂优先。百草文献,明目养颜,益气通肝;科学研究,改善循环,防癌护肝,营养全面。当无愧于食品之王,百果之冠。

今作斯赋,不唯其可药、可食、可观焉。吾敬南瓜之攀岩不舍,与杂草共生之淡然,不择地而生之悠然,不以命贱而泰然处之,不以身小而自弃焉。

感曰:家贫根土薄,志气傲凌霄。不择天时利,潇然奉献高。

此赋应为咏物喻志的小品。尽管语言结构,尚可商榷,但立意明正,文辞通畅,不去用典,注意对仗,略有铺陈,每有夸张,咏小物而申大义,倡大节而浩气昂扬,读古赋殊难一见,集今赋也闻到一股芳香。

平时剪报,性爱收藏,吉光片羽,常入诗囊。2008 年 5 月,偶见《北京晚报》的一篇文章透露了一位被誉为“汉语拼音之父”的周有光先生的一篇小赋,亦称《陋室铭》,文曰:

山不在高,只要有葱郁的森林;水不在深,只要有洄游的鱼群。这是陋室,只要有唯物主义的快乐自寻。房间阴暗,更显得窗子明亮;书桌不平,更怪我伏案太勤。门槛破烂,偏多不速之客;地板跳舞,欢迎老友来临。卧室就是厨房,饮食方便;书橱兼作菜橱,菜有书香。喜听邻居的收音机送来音乐,爱看素不相识的朋友寄来文章。使尽吃奶的气力,挤上电车,借此锻炼筋骨;为打公用电话,出门半里,顺便散步观光。仰望云天,宇宙是我的屋顶;遨游郊外,田野是我的花房……

文章还未完,至少得有个结尾,我怀疑是编辑有意删节了。周有光,1906 年出生于江苏常州,曾任《汉语大词典》学术顾问、《不列颠百科全书》中美联合编审委员、全国政协委员兼教育组副组长,北大、人大等校硕士研究生导师。此赋,是仿唐人刘禹锡的《陋室铭》,而独创新意。乍一看平常琐碎,仔细品味则立意深远,深得赋的旨趣,语庄而谐,不落窠臼,是一篇独具风神的新时期的优秀赋作。他有独特的个性,独特的生活习惯,他的写作态度也是严肃的。这篇作品对创新赋作,也有启发,可以模拟古人之作,但面孔一定须是全新的。周有光又在另外一篇文章中介绍过学者谭如为的一篇《端午节有感》,文曰:

黄钟毁弃,雷鸣瓦釜;文人厄运,鱼肉刀俎;每临端阳,瓣香瑶圃;

思接千载，徜徉江浒；靳尚媚上，郑袖善舞；台榭山丘，屈平不腐；长吟离骚，诗魂翘楚；美人香草，比兴媚妩。后昆垂范，前贤踵武；砺我精神，生气虎虎；浩然正气，流芳千古；佳节永志，屈子风骨。

写于2009年端午节

这完全是一首赋，如果你把题目改成《吊屈原文》或《诗人节赋》，不是都很恰当吗？

此外，我的老友刘麟（山东人），北京香山诗社顾问，二十多年前，他写过一篇《葱颂》，文曰：

此物普通，原产山东。相貌无奇，周身白青。其味甘辣，通窍扩胸。煎饼可卷，烤鸭伴同。家常便饭，宴席佳烹。调味要素，缺葱不成。人人颂桔，无人颂葱，颂其有用，情理之中。

全是白话，语浅意深。我不仅视之为诗，而且也视为赋。是当代的好赋。

我还有老友江金惠擅诗词，他曾写过一首《声声慢·雪》，文曰：

漉漉弈弈，扰扰纷纷，蔼蔼麻麻密密。若絮因风，簌簌乱侵帘隙。凭栏远看寰宇，蓦惊奇，千峰成壁。瞩阡陌，审楼台，不似旧时相识。已使寒鸦失色。但依旧、扬扬洒洒萦积。白屋荒村，此际怎生将息？朱门舞厅酒肆，掷千金，竟无人惜。欲问取，夜沉沉，天地俱寂。

这首词，风格是很标准的。但排比铺陈，有情有韵，充满了“赋味”。许多叠词夸饰描绘，连词汇都是从南朝时的谢惠连《雪赋》中化用的。视之为“雪赋”，亦觉合适。故世人有称“词化赋”者，即是。

我曾写过一篇《路赋》，是有感而发，深感人生路程的艰难，总结自己，推己及人，乃至国家和人民；力戒浮躁，由小康到富强，道路很长，要实实在在地走路。兹录于下，以求正于方家。

路 赋

原来世上本无路，人走多了就有路。初生必须学走路，大了迈步奔大路，千里之行始于足下路，走完一生路。

一生走过多少路？远方去的路，远方归来的路，漫漫路，修远路，上下求索前程路，东西南北天涯路；多少路，无尽路。

走过的路，有千条路，万条路；有古路，有今路，羊肠路，繁花路；

有土路,有泥路,有沙路,有石路;有山路,盘环路;高速路,通衢路;有油路,水泥路;有铁路,双行路,单行路,交叉路,拐弯路;轻轨路,地下路,高架路;有水路,江河路,海运路;天上飞航路,山间凿隧路;圣火传递路,太空探宇路;登云梯也是路,跨海桥也是路;过独木也是路,阳关道道即路。有歧路,有横路,山穷水尽忽有路,不到山前应知路。有正路,有邪路,各走各的路,人各有思路。

人世常有艰难路,走过风风雨雨的惊险路,熬过那战战兢兢,如履薄冰的路,夹着尾巴去走路,人变牛鬼的荒唐路;说是路,不对路;只是妖雾迷人路,乱折腾的狼牙路。

人生多彩路,把准方向走着自己的路,不动不摇地踏上朝阳路。为民服务都顺路,损人利己逆行路;不走老路闯新路,与时俱进超前路,建功立业千秋路。

有位伟人居困路,走着小道思远路,为国为民找出路,闭关锁国是死路,百年历史屈辱路,再犯糊涂成绝路,开放改革是活路,奇思构想独特路,深入调查南巡路,四海扬帆开天路,巨龙升腾祥云路,后继有人遵航路,大显身手创业路,中华民族走向复兴路。

居安路思危路,头脑清醒思来路,奔小康刚上路,科学发展路,要走更长的长征路。不能懈怠停半路,须警惕英雄也会有末路。

知识就是实践路,知识就是生存路,知识就是幸福路;书山词海勤为路,永走自强不息路。

年老年轻同一路,青春正是芳草路,年老还剩一段黄金路,兴来小赋夕阳路。

我是作为创新的尝试而动笔来写的,完全是大白话,立意是明确的,怎样表现,我想力求摆脱旧套,在通俗中包含深意。我是壮着胆写的,是优是劣,是成功是失败,实在没有什么把握;只是抛砖引玉,盼求热心人的讨论,以推动新赋的发展。

结语:古赋的特征与成就前人之述备矣,毋庸多论。我们应该知道古代赋作也并非是无懈可击的。郝敬在其《艺圃论谈》中说:"《甘泉》绝无典故,惟浮响甃(zhòu),时见鄙拙。如'珍台闲馆,琁题玉英,蝴蜎蠖濩',文字重沓;'柜鬯泔淡'、'熛讹硕麟'等语,幽僻无味的毛病,大抵赋虽尚富丽,而太肥亦可厌。"这几句的大意是说,像扬雄的《甘泉赋》那样有名的大赋,也有文字重沓,鄙拙无味;堆砌太肥,也非常讨厌。古人尚且明白这种毛病是可鄙可厌的,今天我们创制新赋,更不能蹈其覆辙。

创制今赋,应在继承优秀传统的基础上进行。赋体是"不歌而诵"、"韵散相间"、"半诗半文"的文体,这点,今人必须坚持,否则,那就不是赋了,你写别的体裁去吧。

创制今赋,也要讲究铺陈,"赋者,铺也、敷也、布也"。这是放笔书写,流光溢彩的必要手法。

长短适中,一般不宜过长。司马相如的《子虚赋》共1600字,《上林赋》也不过3000字;班固的《两都赋》,其序文500余字,《西都赋》2800字,《东都赋》2200字;枚乘的《七发》算是较长的赋了,但也只有3000余字,其他流传的优秀的"俳赋"多为短篇;其他如文赋,如欧阳修《秋声赋》只有500余字,苏轼的《赤壁赋》880余字。可资借鉴。王安石的《龙赋》只100余字,既无铺陈,也无藻饰,表现他的政见和阐明很深的哲理。赋曰:

> 龙之为物,能合能散,能潜能见,能弱能强,能微能章。唯不可见,所以莫知其乡;唯不可畜,所以异于牛羊。变而不可测,动而不可驯,则常出乎害人,而未始出乎害人。此夫所以为仁,为仁无止;则常至乎丧己,夫此所以为智。止则身安,日唯知几。动则物利,曰唯知时。然则龙终不可无乎?曰:与为类者常见之。

提倡少用典,僻典更不能用,因为那是文字库中的垃圾,已被淘汰,今人作赋,更应避免,不给读者增加障碍。

提倡语言通俗,明白流畅;不一定尽是文言,白话赋又何不好?其实最早的大赋家宋玉《登徒子好色赋》就写得很通俗。文字形象逼真,说理有据,人物个性鲜明,刻画美女,达到极致,古人尚且如此,今人亦能做到。新兴的乃至外来的词汇入赋,看来是不可避免的。

最后,仅献《赋今人赋》一章以作结尾:

> 赋之为体,恣肆汪洋,传之千古,浩浩泱泱。古人之论赋兮,首推《周礼》,赞誉屈宋兮,司马子长。班固编史而志艺文,后世踵承,亦尽周详。陆机《文赋》,以赋论文,荦荦大端,赋体物而浏亮,乐天《赋赋》,以赋评赋,"润色鸿业",美前贤观止汉唐。
>
> 我赋今赋,思为提倡,实事求是,绝不夸张,文章千古事,得失动心肠。盛世为文,吟咏歌唱,呐喊助威,美赞斯邦。文化复兴兮,匹夫有责;曲冷赋荒兮,重振辉煌。

《光明日报》开专栏，百城激荡，名家里手挥巨笔，大块文章。千万读者，眼前一亮，篇篇妙文，骏马脱缰。文艺复兴兮带动百业复兴，文明和谐兮建起文明城乡。

三秦奋勇创曲赋，一省齐力驾飞航；诗家众情聚，领导有眼光！

神州佳作知多少，代代相传文风扬；十年种树成林海，百年育人作栋梁。

噫嘻乎！殷殷寄语看前方！登高作赋震山冈！

附录

洛神赋(并序)

曹 植

黄初三年,余朝京师,还济洛川。古人有言:“斯水之神,名曰宓妃。”感宋玉对楚王神女之事,遂作斯赋。其辞曰:

余从京域,言归东藩,背伊阙,越轘辕,经通谷,陵景山。日既西倾,车殆马烦。尔乃税驾乎蘅皋,秣驷乎芝田,容与乎阳林,流眄乎洛川。于是精移神骇,忽焉思散,俯则未察,仰以殊观。睹一丽人,于岩之畔。乃援御者而告之曰:“尔有觌于彼者乎?彼何人斯?若此之艳也!”御者对曰:“臣闻河洛之神,名曰宓妃。然则君王所见,无乃是乎?其状若何,臣愿闻之。”

余告之曰:“其形也,翩若惊鸿,婉若游龙,荣曜秋菊,华茂春松。髣髴兮若轻云之蔽月,飘飖兮若流风之回雪。远而望之,皎若太阳升朝霞;迫而察之,灼若芙蕖出渌波。秾纤得衷,修短合度,肩若削成,腰如约素。延颈秀项,皓质呈露,芳泽无加,铅华弗御。云髻峨峨,修眉联娟,丹唇外朗,皓齿内鲜。明眸善睐,靥辅承权,瑰姿艳逸,仪静体闲。柔情绰态,媚于语言。奇服旷世,骨象应图。披罗衣之璀粲兮,珥瑶碧之华琚。戴金翠之首饰,缀明珠以耀躯。践远游之文履,曳雾绡之轻裾。微幽兰之芳蔼兮,步踟蹰于山隅。于是忽焉纵体,以遨以嬉。左倚采旄,右荫桂旗。攘皓腕于神浒兮,采湍濑之玄芝。”

余情悦其淑美兮,心振荡而不怡。无良媒以接欢兮,托微波而通辞。愿诚素之先达兮,解玉佩以要之。嗟佳人之信修兮,羌习礼而明诗。抗琼珶以和予兮,指潜渊而为期。执眷眷之款实兮,惧斯灵之我欺。感交甫之弃言兮,怅犹豫而狐疑。收和颜而静志兮,申礼防以自持。

于是洛灵感焉,徙倚彷徨,神光离合,乍阴乍阳。竦轻躯以鹤立,若将飞而未翔,践椒涂之郁烈,步蘅薄而流芳。超长吟以永慕兮,声哀厉而弥长。

尔乃众灵杂遝,命俦啸侣,或戏清流,或翔神渚,或采明珠,或拾翠羽。从南湘之二妃,携汉滨之游女,叹匏瓜之无匹兮,咏牵牛之独处。扬轻袿之猗靡兮,翳修袖以延伫。体迅飞凫,飘忽若神,凌波微步,罗袜生尘。动无常则,若危若安,进止难期,若往若还。转眄流精,光润玉颜,含辞未吐,气若幽兰。华容婀娜,令我忘餐。

于是屏翳收风,川后静波,冯夷鸣鼓,女娲清歌。腾文鱼以警乘,鸣玉鸾以偕逝,六龙俨其齐首,载云车之容裔。鲸鲵踊而夹毂,水禽翔而为卫。于是越北沚,过南冈,纡素领,回清阳,动朱唇以徐言,陈交接之大纲。恨人神之道殊兮,怨盛年之莫当,抗罗袂以掩涕兮,泪流襟之浪浪。悼良会之永绝兮,哀一逝而异乡,无微情以效爱兮,献江南之明珰。虽潜处于太阴,长寄心于君王。忽不悟其所舍,怅神宵而蔽光。

于是背下陵高,足往神留,遗情想像,顾望怀愁。冀灵体之复形,御轻舟而上溯。浮长川而忘反,思绵绵而增慕,夜耿耿而不寐,沾繁霜而至曙。命仆夫而就驾,吾将归乎东路,揽骓辔以抗策,怅盘桓而不能去。

赋 赋

白居易

赋者，古诗之流也。始草创于荀宋，渐恢张于贾马。冰生乎水，初变本于《典》《坟》；青出于蓝，复增华于《风》《雅》。而后谐四声，祛八病，信斯文之美者。

我国家恐文道浸衰，颂声凌迟，乃举多士，命有司，酌遗风于三代，明变雅于一时，全取其名，则号之为赋。杂用其体，亦不出乎诗，四始尽在，六义无遗，是谓艺文之儆策，述作之元龟。

观夫义类错综，词采舒布，文谐宫律，言中章句，华而不艳，美而有度。雅音浏亮，必先体物以成章；逸思飘飘，不独登高而能赋。

其工者，究笔精，穷指趣，何惭《两京》于班固；其妙者，抽秘思，骋妍词，岂谢《三都》于左思？掩黄娟之丽藻，吐白凤之奇姿，振金声于寰海，增纸价于京师，则《长杨》、《羽猎》之徒，胡为比也！《景福》、《灵光》之作，未足多之！

所谓立意为先，能文为主，炳如绘素，铿若钟鼓。郁郁哉，溢目之黼黻；洋洋乎，盈耳之《韶》《頀》。信可以凌轹《风》《骚》，超轶今古者也。

今吾君网罗六艺，淘汰九流，微才无忽，片善是求，况赋者，雅之列，颂之俦，可以润色鸿业，可以发挥皇猷。客有自谓握灵蛇之珠者，岂可弃之而不收！

前赤壁赋

苏 轼

壬戌之秋，七月既望，苏子与客泛舟，游于赤壁之下。清风徐来，水波不兴。举酒属客，诵明月之诗，歌窈窕之章。少焉，月出于东山之上，徘徊于斗牛之间。白露横江，水光接天。纵一苇之所如，凌万顷之茫然。浩浩乎如冯虚御风，而不知其所止；飘飘乎如遗世独立，羽化而登仙。

于是饮酒乐甚，扣舷而歌之。歌曰："桂棹兮兰桨，击空明兮溯流光。渺渺兮予怀，望美人兮天一方。"客有吹洞箫者，倚歌而和之。其声呜呜然，如怨如慕，如泣如诉，余音袅袅，不绝如缕。舞幽壑之潜蛟，泣孤舟之嫠妇。

苏子愀然，正襟危坐，而问客曰："何为其然也？"客曰："'月明星稀，乌鹊南飞。'此非曹孟德之诗乎？西望夏口，东望武昌，山川相缪，郁乎苍苍，此非孟德之困于周郎者乎？方其破荆州，下江陵，顺流而东也，舳舻千里，旌旗蔽空，酾酒临江，横槊赋诗，固一世之雄也；而今安在哉！况吾与子渔樵于江渚之上，侣鱼虾而友麋鹿，驾一叶之扁舟，举匏樽以相属。寄蜉蝣于天地，渺沧海之一粟。哀吾生之须臾，羡长江之无穷。挟飞仙以遨游，抱明月而长终。知不可乎骤得，托遗响于悲风。"

苏子曰："客亦知夫水与月乎？逝者如斯，而未尝往也；盈虚者如彼，而卒莫消长也。盖将自其变者而观之，则天地曾不能以一瞬；自其不变者而观之，则物与我皆无尽也，而又何羡乎？且夫天地之间，物各有主，苟非吾之所有，虽一毫而莫取。惟江上之清风，与山间之明月，耳得之而为声，目遇之而成色，取之无禁，用之不竭，是造物者之无尽藏也，而吾与子之所共适。"

客喜而笑，洗盏更酌。肴核既尽，杯盘狼藉。相与枕藉乎舟中，不知东方之既白。

图书在版编目（CIP）数据

诗词曲赋知识手册 / 常法宽主编. -- 北京 ：商务印书馆国际有限公司，2020.11

ISBN 978-7-5176-0771-7

Ⅰ.①诗… Ⅱ.①常… Ⅲ.①韵文—基本知识—中国—手册 Ⅳ.①I207.2-62

中国版本图书馆 CIP 数据核字(2020)第 184140 号

SHI CI QU FU ZHISHI SHOUCE

诗词曲赋知识手册

主　　编	常法宽
出版发行	商务印书馆国际有限公司
地　　址	北京市朝阳区吉庆里 14 号楼 佳汇国际中心 A 座 12 层
邮　　编	100020
电　　话	010-65592876(编校部) 010-65598498(市场营销部)
网　　址	www.cpi1993.com
印　　刷	三河市紫恒印装有限公司
开　　本	880mm×1230mm　1/32
字　　数	569 千字
印　　张	19
版　　次	2020 年 11 月第 1 版第 1 次印刷
书　　号	ISBN 978-7-5176-0771-7
定　　价	58.00 元